DAS BUCH

Malichai Fortune ist noch begabter, noch kompromissloser und noch härter als seine Schattengänger-Brüder. Kein Wunder also, dass es ihm zu schaffen macht, als er nach einer schweren Verletzung nach San Diego in den Zwangsurlaub geschickt wird. Seine düstere Stimmung hellt sich in dem Moment auf, in dem er in der Pension, in der er sich eingemietet hat, der blonden Schönheit Amaryllis begegnet und sich leidenschaftlich in sie verliebt. Dann ereignen sich mysteriöse Dinge in der Stadt, und Malichais übernatürlich geschärfte Schattengänger-Sinne versetzen ihn höchste Alarmbereitschaft. Doch um die Frau, die er liebt, zu retten, müsste er ihr zunächst offenbaren, wer er wirklich ist …

DIE AUTORIN

Christine Feehan wurde in Kalifornien geboren, wo sie heute noch mit ihrem Mann und ihren elf Kindern lebt. Sie begann bereits als Kind zu schreiben und hat seit 1999 mehr als siebzig erfolgreiche Romane veröffentlicht, die in den USA mit zahlreichen Literaturpreisen ausgezeichnet wurden und regelmäßig auf den Bestsellerlisten stehen. Auch in Deutschland ist sie mit ihrer *Schattengänger*-Serie, der *Leopardenmenschen*-Saga, den *Drake-Schwestern* und der *Sea-Haven*-Saga äußerst erfolgreich.

Mehr über Christine Feehan und ihre Romane finden Sie auf: *www.christinefeehan.com*

CHRISTINE FEEHAN

TÖDLICHES SPIEL

Ein Schattengänger-Roman

WILHELM HEYNE VERLAG
MÜNCHEN

Titel der amerikanischen Originalausgabe
LETHAL GAME
Deutsche Übersetzung von Ruth Sander

Penguin Random House Verlagsgruppe FSC® N001967

2. Auflage
Deutsche Erstausgabe 09/2021
Redaktion: Sabine Kranzow
Copyright © 2020 by Christine Feehan
Copyright © 2021 der deutschsprachigen Ausgabe
und der Übersetzung by Wilhelm Heyne Verlag, München,
in der Penguin Random House Verlagsgruppe GmbH,
Neumarkter Str. 28, 81673 München
Printed in Germany
Umschlaggestaltung: Nele Schütz Design, München
Satz: Greiner & Reichel, Köln
Druck und Bindung: GGP Media GmbH, Pößneck

ISBN 978-3-453-32155-7

www.heyne.de

Für Brian und Domini,
denn dieses Buch wäre nicht zustande gekommen,
wenn ihr beide mich nicht dazu angetrieben hättet,
es fertigzustellen, als mir das unmöglich schien.

nox noctis est nostri

DAS BEKENNTNIS
DER SCHATTENGÄNGER

Wir sind die Schattengänger, wir leben in den Schatten.

Das Meer, die Erde und die Luft sind unsere Heimat.

Nie lassen wir einen gefallenen Kameraden zurück.

Wir sind einander in Ehre und Loyalität verbunden.

Für unsere Feinde sind wir unsichtbar, und wir vernichten sie, wo wir sie finden.

Wir glauben an Gerechtigkeit und beschützen unser Land und jene, die sich selbst nicht schützen können.

Ungesehen, ungehört und unbekannt bleiben wir Schattengänger.

Ehre liegt in den Schatten, und die Schatten sind wir.

Wir bewegen uns absolut lautlos, im Dschungel ebenso wie in der Wüste.

Unhörbar und unsichtbar bewegen wir uns mitten unter unseren Feinden.

Wir kämpfen ohne den geringsten Laut, noch bevor sie unsere Existenz überhaupt erahnen.

Wir sammeln Informationen und warten mit unendlicher Geduld auf den passenden Augenblick, um Gerechtigkeit walten zu lassen.

Wir sind gnädig und gnadenlos zugleich.

Wir sind unnachgiebig und unerbittlich in unserem Tun.

Wir sind Schattengänger, und die Nacht gehört uns.

DIE EINZELNEN BESTANDTEILE DES SCHATTENGÄNGERSYMBOLS

STEHT FÜR
Schatten

STEHT FÜR
Schutz vor den Mächten des Bösen

STEHT FÜR
Psi, den griechischen Buchstaben, der in
der Parapsychologie für außersinnliche
Wahrnehmungen oder andere übersinnliche Fähigkeiten benutzt wird

STEHT FÜR
Eigenschaften eines Ritters – Loyalität,
Großzügigkeit, Mut und Ehre

STEHT FÜR
Ritter der Schatten schützen vor den
Mächten des Bösen unter Einsatz von
übersinnlichen Kräften, Mut und Ehre
Nox noctis est nostri

1

WIR SIND UNTER *schwerem feindlichem Beschuss.*

Als ob sie nicht selber merkten, wie der Hubschrauber hin und her schlingerte, als sie versuchten, dort herunterzugehen, wo die verwundeten Soldaten auf ihren Abtransport warteten. Malichai Fortunes hielt in der einen Hand seinen Arztrucksack und in der anderen sein Gewehr griffbereit. Mit dieser Waffe konnte er sogar einer Fliege die Flügel wegschießen.

Du bist dran, Soldat, sagte Joe Spagnola, sein Teamchef. *Komm in einem Stück zurück.*

Verstanden. Ohne zu zögern sprang Malichai, landete im Schnee und ging schnell beiseite, um für Rubin Campo, einen weiteren Kameraden aus dem Schattengänger-Team, Platz zu machen.

Sie trugen beide weiße Kampfanzüge mit grauen Flecken, damit sie in der Umgebung, die sie erwartete, besser getarnt waren. Sobald sie am Boden waren, zog der Helikopter wieder hoch und rauschte seitwärts davon, um dem andauernden gefährlichen Artilleriefeuer aus drei oder vier Gefechtsständen zu entkommen.

Als der Hubschrauber außerhalb der Reichweite der Geschütze war, stand Malichai auf und rannte geduckt zu dem Punkt, wo sich den Koordinaten nach eine kleine Gruppe von Soldaten befand, die nach dem Abschuss ihrer Maschine auf der Spitze eines sehr kalten Berges ausharrten, umzingelt von Feinden und ohne Vorräte und medizinische Hilfe, während ihnen langsam die Munition ausging.

Tödliche Maschinengewehrgarben bohrten sich auf ihren Spuren in Zickzackmustern in den Berg.

»Wir kommen rein«, brüllte Malichai und hoffte, dass nicht auch noch seine eigenen Leute auf ihn schossen.

Dann sprang er mit Rubin über einen Steinwall und landete mitten in dem Verteidigungsring, den die Soldaten angelegt hatten. Außer den Steinen gab es nicht viel Deckung, und die Männer froren erbärmlich. Malichai hatte schon viele traurige Szenerien gesehen, aber diese war eine der schlimmsten. Dazu kam noch, dass alle Soldaten verwundet waren und der Steinwall nicht gerade das beste Bollwerk war. Der Feind hatte genug Feuerkraft, um die großen Findlinge, hinter denen sie sich versteckten, zu pulverisieren.

Fünf Männer mit verschiedenen Verletzungen lagen in ihrem Elend, hatten aber ihre Waffen griffbereit. Einer versuchte, sich aufzurichten, doch Malichai winkte ab. Alle zitterten unkontrolliert und an manchen Stellen war der Schnee rot gefärbt.

»Ich bin Malichai, das ist Rubin.« Ihren Rang verschwieg er absichtlich. »Wir kommen, um euch hier rauszuholen. Den Lagebericht«, forderte er den Soldaten auf, der offenbar die Führung übernommen hatte.

»Jerry Lannis hat es am schlimmsten erwischt. Am Bein und am Arm. Sie haben mit Mörsern auf uns geschossen. Er hat uns abgeschirmt, als eine Granate in der Nähe eingeschlagen ist. Wir haben alles getan, was wir konnten, um ihm zu helfen …« Der Anführer verstummte und deutete auf einen Mann in dem Bereich der kleinen Festung, der den größten Schutz bot.

Sofort ging Rubin zu Jerry und zog die Decke zur Seite. Dann schaute er Malichai an und schüttelte kaum merklich den Kopf. *Wenn er es schafft, wird er beide Körperteile verlieren.*

Fang mit ihm an.

Rubin ließ den Blick zu den anderen Soldaten schweifen, die ihn alle hoffnungsvoll ansahen. Dann senkte er den Kopf und suchte an Jerrys Arm nach einer Vene.

Rubin war ein Schattengänger, sowohl psychisch als auch physisch weiterentwickelt, und noch dazu etwas sehr Seltenes – ein Chirurg, der mit der Kraft seines Geistes heilen konnte. Wenn er der Ansicht war, dass Jerry diese Körperteile verlieren würde, konnte niemand sie retten. Rubin würde sein Bestes tun, und das hieß, dass Jerry höchstwahrscheinlich überleben würde, doch die Chance, dass er mit allen vier Gliedmaßen weiterlebte, war gering.

»Wir haben etwas zu essen dabei. Aber nicht viel, deshalb müsst ihr es rationieren.« Während Malichai das sagte, riss er die dünnen Packungen mit den Decken auf, die den Männern genug Wärme spenden sollten, um zu überleben, solange sie auf ihre Bergung warten mussten. Dann untersuchte er jeden Patienten kurz.

Der zum Anführer ernannte Soldat fuhr mit seinem Bericht fort. »Jack Torren hat zwei Kugeln abgekriegt. Eine steckt in seiner Hüfte, die andere in den Rippen. Die sind gebrochen, aber die Hüfte ist so weit in Ordnung. Wir wissen nicht genau, wieso.«

Jack warf Malichai ein mattes Lächeln zu. »Ich schätze, ich bin zu zäh, um zu sterben. Ich hab schon immer gesagt, dass ich unkaputtbar bin.«

»Barry Clarke hat sich einen Arm und eine Hand gebrochen. Den Arm auf der einen, die Hand auf der anderen Seite.«

»Schön«, sagte Malichai. Also waren mindestens zwei Männer mobil, falls Jack mit seiner Hüfte wirklich laufen konnte.

»Tim Barrens ist von einem Schuss in den Kopf umgehauen worden. Er ist schon seit einiger Zeit mal wach und mal nicht. Meistens nicht, aber wenn er zu Bewusstsein kommt, weiß er, dass er Soldat ist und bei uns liegt und still sein muss, also versteht er, was um ihn herum vorgeht.«

Malichai war schon dabei, Jack zu verarzten. Er säuberte seine Wunden und hängte ihn an einen Tropf, damit der Flüssigkeitsverlust so schnell wie möglich wieder ausgeglichen wurde. Einige von diesen Männern mussten wieder auf die Beine kommen und bereit sein weiterzukämpfen, obwohl sie sich in dieser eingegrabenen Stellung bis jetzt wacker verteidigt hatten gegen einen Feind, der ihnen zahlen- und waffenmäßig überlegen war.

»Wir haben uns sehr über eure Ankunft gefreut«, fuhr der Anführer fort.

»Wo sind Ihre Wunden?«, fragte Malichai.

»Mein Name ist O'Connell. Braden O'Connell. Ich habe einen Schuss abbekommen, am Oberschenkel, aber es war ein glatter Durchschuss. Ich hab Glück gehabt, es ist nichts Ernstes, obwohl ich mich ziemlich schwach fühle.«

Das ließ Malichai aufhorchen. Er fluchte in sich hinein. Hätte der Junge so lange überlebt, wenn seine Beinarterie verletzt war? Vielleicht hatte er trotz allem innere Blutungen.

»Ich war mir nicht sicher, ob alles gut ist, deshalb habe ich mich vorsichtshalber nicht allzu viel bewegt. Ich kümmere mich so gut ich kann um die anderen, aber ich bin kein Sanitäter.«

»Wann kommen sie uns holen?«, fragte Jack.

Abrupt wurde es still. Selbst die Gewehre der Feinde waren verstummt. Malichai spürte, dass die Augen der Soldaten auf ihm ruhten. Sie vertrauten ihm. Er schenkte ihnen ein kleines Lächeln und beendete Jacks Behandlung, ehe er sich Barry zuwandte.

»Tja, Jack, wir dachten, ich springe einfach aus dem Heli und bringe dich so weit, dass du deinen unkaputtbaren Hintern in Bewegung setzt und uns alle nach Hause schaffst.«

Die anderen grinsten, und niemand beschwerte sich, dass er die Frage nicht beantwortet hatte. Es hakte auch niemand nach. Soweit Malichai das sagen konnte, war Barrys linker Arm glatt gebrochen. Irgendjemand, höchstwahrscheinlich Braden, hatte ihn geschient, und zwar so gut, dass Malichai nichts daran ändern wollte. Stattdessen untersuchte er die gebrochene Hand. Sie war blutunterlaufen und geschwollen. Auch sie war von Braden geschient worden, aber es war deutlich zu sehen, dass Barry sie weiter benutzt hatte, um den anderen beim Halten ihrer Position behilflich zu sein.

Malichai stabilisierte den Bruch und verband die Hand. »Du wirst auch Flüssigkeit brauchen, aber dich häng ich erst an den Tropf, wenn ich mir die anderen angesehen habe.« Barry hatte Glück gehabt und keine lebensbedrohlichen Verletzungen davongetragen.

Tim lag sehr still. Zu still. Malichai stieß einen leisen Fluch aus, bedeckte mit der Hand die offen stehenden Augen des Soldaten und schloss behutsam dessen Augenlider. Tim war tot. Der Kopfschuss hatte ihn lautlos getötet, wohl in den späten Abendstunden, und niemand hatte es bemerkt, man hatte ihn »schlafen« lassen. Malichai wandte sich um und sah Braden an. Der Mann wusste Bescheid. Er hatte mitbekommen, was Malichai getan hatte und wie er den Kopf gesenkt und selber kurz die Augen geschlossen hatte.

»Es tut mir leid«, sagte Malichai leise, hauptsächlich an Braden gewandt. Der Soldat hatte versucht, die Gruppe zusammen und am Leben zu halten, seit der befehlshabende Offizier fort war. Der Helikopter, in dem diese Männer gesessen hatten, war bei ihrem Abtransport abgeschossen worden. Der andere mit dem Rest der Truppe war Gott sei Dank davongekommen.

»Er war ein guter Soldat. Ein guter Mann«, sagte Braden betroffen. Er rang um Fassung. »Und ein sehr guter Freund.«

Die anderen schauten erst Tim und dann einander an. »Wie geht's Jerry, Rubin?«, fragte Malichai laut, um ihre Aufmerksamkeit auf die Lebenden zu lenken. »Mit vollem Namen heiße ich übrigens Malichai Fortunes, und das da ist Rubin Campo. Wir sind nur vorbeigekommen, um zu sehen, wie es euch geht und um euch für die Heimreise fertig zu machen.«

Alle Köpfe wandten sich Rubin zu. Der war schon immer wortkarg gewesen und schaute Malichai nun böse an, was Malichai mit einem leichten Grinsen quittierte.

»In ein paar Stunden ist er reisebereit. Er braucht eine Transfusion und ist schwer dehydriert. Er hängt schon an den Schläuchen und bekommt gerade das mitgebrachte Blut.«

»Was ist mit seinem Bein und seinem Arm?«, fragte Jack.

Rubin schüttelte den Kopf. »Die bessere Frage ist: Was

ist mit seinem Leben? Morgen früh wird der Feind sicher frontal angreifen. Die Hubschrauber müssen direkt über uns auf dem Bergrücken aufsetzen. Wir müssen es schaffen, ihn da hinzubringen, ohne ihn zu verlieren. Dazu brauchen wir euch alle.«

»Da oben kann kein Hubschrauber landen«, meinte Braden. »Habt ihr auf dem Hinflug nicht die Gefechtsstände gesehen? Da drin sind schwere Geschütze. Also wirklich schwere. Die holen die Hubschrauber einfach vom Himmel.«

»An der Stelle kommen wir ins Spiel.« Malichai hatte Mitleid mit Rubin. »Wir werden dafür sorgen, dass sie unsere Vögel nicht abschießen können, wenn sie euch holen kommen.«

Eine kleine Pause entstand, dann stieß Braden zischend den Atem aus. »Das ist Selbstmord. Ernsthaft. In diesen Bunkern gibt es alle erdenklichen Waffen und dazu entsprechend erfahrene Schützen.«

»Das ist uns bekannt«, sagte Malichai beruhigend. »Aber nur so kriegen wir euch hier raus. Wir wussten, worauf wir uns einlassen, als wir uns freiwillig dazu gemeldet haben, euch den Arsch zu retten.« Er tat extra so großspurig, doch obwohl Rubin und er über besondere Kräfte verfügten, würde es nicht leicht werden, die Waffen in den Unterständen zum Schweigen zu bringen – und das mussten sie schaffen, denn sonst würden sie einen Hubschrauber nach dem anderen verlieren.

»Deine Aufgabe ist es, Kraft zu sammeln, dich warm zu halten, Flüssigkeit aufzunehmen und deine Muskeln langsam wieder zum Arbeiten zu bringen«, sagte Rubin, um die Stille zu füllen, weil die anderen sie sprachlos anstarrten, als wären sie verrückt geworden.

»Wir machen das nicht zum ersten Mal, wisst ihr«, übernahm Malichai. »Deswegen sind wir ja auch auf die Idee gekommen. Vor ein paar Jahren hat ein SEAL auf einem anderen Berg so etwas Ähnliches getan.«

»Sie wechseln andauernd die Waffen«, bemerkte Braden. »Ich sage euch, das ist Selbstmord. Als ich versucht habe, etwas näher an den Feind heranzukommen, haben sie uns die Hölle heiß gemacht.«

»Wir dachten, dass sie sich irgendwann an uns heranschleichen und uns umbringen«, sagte Jack. »Deshalb haben wir abwechselnd Wache gehalten und uns bemüht, nicht einzuschlafen, aber eigentlich könnten sie uns jederzeit wegpusten.«

»Im Moment seid ihr hier zu wertvoll für sie. Sie wissen, dass wir nicht aufhören werden, Truppen zu schicken, die euch nach Hause holen sollen«, erklärte Malichai. »Ihr dient als Köder.«

Wieder schauten die Soldaten einander an. Das gefiel ihnen nicht.

»Ich kann mitkommen«, bot Braden an.

»Vielleicht kann ich ja aufstehen und mich auch nützlich machen«, schlug Jack vor. »Barry kann so lange auf Jerry aufpassen. Ich bin ein verdammt guter Schütze. Ihr habt uns doch etwas Munition mitgebracht, oder?«

Das hatten sie, aber sie wollten bei dem, was auf ein Himmelfahrtskommando hinauslief, keine Verwundeten dabei haben – ganz zu schweigen davon, dass ihre besonderen Talente geheim bleiben mussten. Wenn irgend möglich, sollten sie vor anderen verborgen werden.

»Dein Job ist es, dafür zu sorgen, dass ihr bereit seid, zu der Lichtung direkt über uns zu laufen. Dort wird der Helikopter aufsetzen. Wenn es uns gelingt, die Gefechtsstände auszuschalten, bekommen wir auf dem Weg Hilfe. Wenn nicht, sind wir auf uns allein gestellt.«

»Wir lassen Tim nicht zurück«, sagte Braden entschlossen.

Die anderen murmelten etwas Zustimmendes, nickten einhellig und sahen Malichai an, als wollte er ihren Entschluss infrage stellen. Dabei hatte er nicht vor, Tims toten Körper hier im Steinwall liegen zu lassen, wenn es nicht unbedingt sein musste. Der Mann hatte tapfer für die Vereinigten Staaten gekämpft. Er gehörte nach Hause, nicht hierhin, wo ihm viel zu früh das Leben genommen worden war.

»Nein, wir lassen ihn nicht zurück«, erklärte Malichai ruhig, in der Hoffnung, dass alles nach Plan lief und er sein Versprechen nicht zurücknehmen musste. Denn was auch geschah, die Lebenden gingen vor.

Er blickte quer durch den kleinen Kreis zu Rubin, der immer noch mit Jerry beschäftigt war. So sanft und sorgfältig, wie er den Mann verarztete, sah es für Jerry nicht gut aus. Das bedeutete, dass sie vielleicht noch eine Leiche mitnehmen mussten, wenn es so weit war. Hoffentlich war das nicht nötig.

Jerry hatte viel geopfert, um die anderen zu retten, aber er lebte noch. Er konnte auch ohne das eine Bein und den einen Arm ein gutes Leben führen. Malichai wollte nicht zu genau darüber nachdenken, wie dieses Leben aussehen würde. Er musste sich immer wieder sagen, dass Jerry wenigstens nicht tot war. Tim dagegen würde keine Chance mehr bekommen.

»Braden. Ich würde vorschlagen, dass Sie sich nur noch bewegen, wenn es absolut unvermeidlich ist. Ich glaube, dass Sie innere Blutungen haben. Am besten halten Sie sich so still wie möglich und trinken viel. Ich gebe Ihnen auch eine Bluttransfusion.«

Rubin, wenn du eine Minute Zeit hast, untersuchst du ihn mal? Ich habe ein schlechtes Gefühl.

Rubin schaute nicht auf, aber er nickte.

Alle in dem kleinen Camp schienen die Luft anzuhalten. Braden war nicht ihr Kommandant, hatte aber den Befehl übernommen, als es nicht anders ging. Er war derjenige gewesen, der von Mann zu Mann gekrochen war, um die Essensrationen zu verteilen und dafür zu sorgen, dass die Verwundeten gepflegt wurden. Er hatte sie verteidigt, als sie immer wieder beschossen worden waren und sein Leben riskiert, als er nachts um die Bunker herumgeschlichen war, um den Feind auszukundschaften.

»Die Transfusion hilft Ihnen für den Weg nach Hause. Es geht Ihnen gut, wir sollten nur etwas vorsichtiger sein«, sagte Malichai mehr zu den anderen Männern als zu Braden.

Der zuckte die Achseln. »Sparen Sie das Blut für die anderen. Besonders für Jerry.«

Malichai lächelte ihn an. »Ihr habt nicht alle dieselbe Blutgruppe, Braden. Wir haben für jeden von euch etwas Passendes mitgebracht, weil wir ja nicht wussten, in welcher Verfassung wir euch vorfinden würden. Die stören den Funkverkehr zu sehr.«

Braden schaute auf seine Uhr. »Es dauert nicht mehr lange, dann fangen sie mit ihrer abendlichen Machtdemonstration an, wohl um uns klarzumachen, dass wir uns besser nicht vom Fleck rühren sollten. Sie wissen, dass wir praktisch wehrlos sind, verballern aber bloß ihre Munition und lassen uns dann in Ruhe.«

»Und was macht ihr?«

»Wir gehen einfach in Deckung und lassen es über uns ergehen. Ich rate allen immer, so zu tun, als wäre es ein großes Feuerwerk zum Nationalfeiertag. Wir dürfen keine Munition mehr verschwenden, indem wir auf sinnlose Angriffe reagieren. Wir würden sowieso nichts treffen. Wenn sie es wirklich wollten, könnten sie uns jeden Augenblick in die Luft jagen.«

Das gefiel Malichai zwar nicht, aber es stimmte. Die Männer wurden nur deshalb am Leben gelassen, damit weitere Hubschrauber kamen, um sie zu retten.

Das Zischen einer einzelnen Kugel war die erste Warnung. Dann brach die Hölle los. Maschinengewehrfeuer kam aus drei verschiedenen Richtungen, wahnsinnig laut, aber schön anzusehen in der kalten, klaren Nacht. Das Schauspiel erinnerte wirklich an ein Feuerwerk, lange weiße Schweife durchzogen die Luft, kleine helle sternartige Punkte erschienen am dunklen Himmel, und hin und wieder explodierten tosend rote und orangefarbene Flammenkreise.

Wenn man über den schrecklichen Krach und die Tatsache hinwegsah, dass diese Waffen tödlich sein konnten, wirkte die mörderische Attacke genau so, wie Braden gesagt hatte – wie die Feuerwerke am 4. Juli. Braden fing sogar an, die unterschiedlichen Mündungsfeuer der Stellungen zu kommentieren. Sie duckten sich und blieben so gut es ging in Deckung. Viele Kugeln schlugen ganz in der Nähe ein, doch die Männer hatten diesen Beschuss jeden Abend ertragen, daher hatten sie sich bereits an die Plätze zurückgezogen, die den besten Schutz boten.

Malichai bemerkte, dass Tim und Jerry, die am schwersten verletzt waren, beide dicht hinter dem größten Findling lagen. Rubin hatte sich während des Maschinengewehrfeuers über Jerry geworfen. Er selber war bei Braden geblieben, um ihn mit Blut und Flüssigkeit zu versorgen, außerdem war Braden der Exponierteste von allen, deshalb hatte er ihn instinktiv abgeschirmt.

Braden stupste ihn an. »Bunker drei ist der schlimmste. Die schießen immer so auf die Felsen, dass wir Splitter und Funken abbekommen. Die Besatzung dort ist in der besten Position, um uns alle abzuknallen, aber Bunker zwei hat die besten und präzisesten Schützen. Die Männer haben die Helis heruntergeholt. Sie sind wohl alle gut, aber Bunker zwei scheint die erfahrensten zu haben.«

Soweit Malichai das einschätzen konnte, hatte Braden O'Connell eine Empfehlung verdient, und wenn sie heil aus diesem Schlamassel herauskamen, würde er ihn für einen Orden vorschlagen. Man sollte erfahren, wie der Mann sich im Feld unter Beschuss bewährt hatte, obwohl er selber verwundet war. Dazu noch hatte er wertvolle Informationen für ein mögliches Rettungskommando ausgekundschaftet.

»Haben Sie eine Vorstellung davon, wie viele Männer in den Unterständen sind?«

»Ich konnte nicht nah genug herankommen. Sie haben Fallen aufgestellt, die sie warnen sollen, falls irgendjemand sich anschleicht. Ich hab zweimal eine ausgelöst. Einmal bei Bunker drei und einmal bei Bunker zwei. Als ich beim ersten ankam, wusste ich, wie sie aussehen.« Er zog ein abgerissenes Stück Papier aus seiner Tasche. Mit zitternder Hand reichte er es Malichai. »Ich hab sie so gut gezeichnet, wie ich konnte. Aber man sollte sich nicht hundertprozentig darauf verlassen.«

Malichai fand, Braden sei der Inbegriff des guten Soldaten. Obwohl er verwundet war, war der Mann nachts zu den Gefechtsständen gekrochen, um etwas über ihre Anordnung und die Anzahl der Feinde und ihrer Waffen herauszufinden. Er nahm das Papier und sah es sich genau an. Der Gegner hatte wesentlich mehr Feuerkraft, als sie angenommen hatten. Er wollte nicht, dass einer von den Helikoptern in die Nähe ihres Lagers kam, bevor er und Rubin die Gelegenheit gehabt hatten, die Waffen unschädlich zu machen.

Als das schreckliche Trommelfeuer aufhörte, arbeiteten die beiden Schattengänger möglichst schnell und effizient weiter. Der Krach war ohrenbetäubend gewesen. Außerdem waren rings um sie herum Kugeln eingeschlagen. Der ständige Granatbeschuss so nah an ihrem Unterschlupf war furchterregend, aber sie konnten nirgendwo anders hin. Sie hatten sich hinter den letzten großen Felsbrocken verschanzt, dahinter gab es nur noch den Gipfel. Sie lebten in ständiger Gewissheit, dass der Feind es früher oder später leid werden würde, seinen Spaß mit ihnen zu haben. Es würde nicht besonders schwer sein, sie zu töten, sobald der Steinwall zerschossen war.

Nachts war es bitterkalt, dann fiel die Temperatur drastisch. Selbst nachdem ihre Wunden behandelt worden waren und sie Blut, Kochsalzlösung und Schmerzmittel bekommen hatten, würden die Männer nicht lange durchhalten, wenn sie nicht von diesem Berg weggebracht wurden.

»Wir verhalten uns so unauffällig wie möglich«, sagte Malichai, während er Munition an die Soldaten austeilte. »Wir möchten nicht, dass ihr versucht, uns zu helfen. Ihr sollt euch nur ausruhen, trinken und schlafen, wenn ihr könnt. Macht keinen Lärm und ruft nicht nach uns, damit bringt ihr uns nur in Gefahr.«

»Sie haben ausgezeichnete Nachtsichtbrillen«, sagte Braden warnend. »Das habe ich auf die harte Tour gelernt. Ich glaube nicht, dass einer von uns euch zu Hilfe kommen kann.« Doch er wirkte, als wollte er es versuchen.

Malichai legte eine Hand auf seinen Arm, damit er still sitzen blieb. »Entspannt euch einfach. Besonders Sie, Braden. Ich werde Sie noch brauchen, wenn es losgeht. Machen Sie sich nicht so viele Sorgen, ich habe ein paar Asse im Ärmel.«

Braden musterte ihn nachdenklich. Malichai wusste, dass es abgesehen davon, dass er kampferprobt war, nicht viel zu sehen gab. Seine Erfahrung zeigte sich an den Falten in seinem Gesicht, der Ruhe, die er unter allen Umständen bewahrte, und dem kalten Blick seiner Raubtieraugen. Schließlich nickte Braden ein wenig beruhigt.

»Bist du bereit?«, fragte Malichai Rubin.

Der beugte sich über Jerry. »Ich geh jetzt los, aber ich bin rechtzeitig zurück, um dich hier rauszubringen. Ich will, dass du lebst, Soldat. Hast du mich verstanden? Du hast eine Familie, die zu Hause auf dich wartet. Jack ist direkt neben dir, falls du irgendetwas brauchst.«

»Ich bin bei dir, Kamerad«, versicherte Jack und fasste nach Jerrys Handgelenk.

Jerry versuchte zu grinsen. »Ich lauf schon nicht weg. Ich bleib hier liegen. Gebt mir ein Gewehr. Ich bin Rechtshänder.«

Rubin schaute hoch und fing Malichais zweifelnden Blick auf. Niemand wollte, dass Jerry sich das Leben nahm. Seine Kameraden kannten ihn besser als sie, deshalb sahen sie beide Braden an und überließen ihm die Entscheidung.

»Das würde er niemals tun, solange wir ihn brauchen. Er weiß, dass jede Waffe zählt«, sagte Braden leise zu Malichai.

Also nickte Malichai Rubin zu, und der legte Jerry ein Gewehr auf die Brust. »Es ist geladen. Ziel einfach und schieß. Pass nur auf, dass du es nicht auf mich richtest.«

»Das hängt davon ab, ob diese Medikamente noch wirken, wenn du zurückkommst«, entgegnete Jerry.

Rubin grinste ihn an, klopfte ihm auf die Schulter und wandte sich dann an Jack. »Ein zäher Bursche, aber du hältst ihn im Zaum, bis ich wiederkomme.«

Jack nickte, während Jerry spöttisch auflachte. »Ja, spiel du meine Mama und sag mir, wie ich mich benehmen soll.«

»Haltet euch an das, was ich gesagt habe.« Geduckt lief Rubin zu Malichai. Dann packten sie ihre Ausrüstung aus und legten die Schneeanzüge ab.

Ihre Kleidung war speziell für Einsätze bei Nacht gefertigt. Sie spiegelte die Umgebung und würde es ihnen zusammen mit ihren Talenten recht leicht machen, mit der Nacht zu verschmelzen. Sie waren beide imstande, ihre Körpertemperatur so weit abzusenken, dass sie mit Nachtsichtbrillen nicht zu entdecken waren und dennoch ohne Einschränkungen funktionierten. Allerdings war das ein Talent, dass Malichai nur sehr ungern einsetzte.

»Der Hubschrauber kommt in der Morgendämmerung«, erklärte Rubin. »Bis dahin sind wir wieder da.«

Wenn nicht, waren sie tot.

Während Malichai die gut versteckten Taschen an seiner Kleidung mit Waffen bestückte, betrachtete er Braden. »Sie bleiben hier. Jack, wenn er verrückt wird und meint, er müsste hinter uns her, setz dich auf ihn oder schieß ihm ins Bein.«

»Ich weiß nicht, ob ihn das aufhalten würde«, meinte Jack. »Aber ich führe den Befehl sehr gern aus, Sir.«

Braden stöhnte laut. »Sie geben diesem groben Klotz viel zu viele Befugnisse, Sir.«

Malichai bemerkte die Anspannung in den Stimmen der Männer, obwohl sie sich bemühten, sie mit Scherzen zu kaschieren. Er salutierte knapp. »Bis zur Dämmerung. Macht euch bereit, dass es dann schnell gehen muss.«

»Verstanden, Sir«, sagte Jerry.

Rubin drehte sich um und sah Malichai an. Dann schlichen sie beide geduckt zum Ende des Steinwalls. Die Felsen wurden immer kleiner und zwangen sie schließlich zu robben. Bewegungen zogen immer Aufmerksamkeit auf sich. In allen drei Unterständen hatte sicher ein Posten die Aufgabe, darauf zu achten, ob jemand sich aus ihrem Lager schlich, besonders nachdem Braden mehrmals Alarm ausgelöst hatte.

In den Bergen von Afghanistan lebten trotz der ständigen Kämpfe viele wilde Tiere, unter anderem Schneeleoparden, Löwen, Schakale, Füchse und Steinböcke. Auch die hätten für Alarm sorgen können, doch Braden hatte eindeutige Spuren hinterlassen. Wie auch immer, sie mussten diese Gefechtsstellungen ausräumen, damit der Hubschrauber eine Chance hatte, sicher zu landen und die Verwundeten nach Hause zu bringen.

Malichai signalisierte Rubin, dass sie sich zuerst Bunker zwei vornehmen würden – den mit der größten Feuerkraft und den erfahrensten Kämpfern. Wenn sie nicht an alle Gegner herankamen, mussten sie wenigstens die in Bunker zwei töten. Es würde eine Stunde dauern, über den schneebedeckten Boden zu kriechen, wenn sie nicht gesehen werden wollten. Sie hofften, dass ihre Feinde in dieser Stunde eine dringend benötigte Pause machten, etwas aßen und, wenn sie Glück hatten, sogar schlafen gingen. Malichai wollte sich von der einen Seite nähern, Rubin von der gegenüberliegenden.

Zentimeter um Zentimeter schob Malichai sich voran. Er robbte nicht mehr, weil er es sich nicht leisten konnte, im Schnee Spuren zu hinterlassen, deshalb musste er sich auf Händen und Füßen fortbewegen. Immer dicht über dem Boden. Ohne seine gesteigerte Kraft hätte er das nie geschafft.

Vor einigen Monaten war ihm ins Bein geschossen worden, doch dank Rubins psychischer Chirurgie und der Bemühungen seines Teamkameraden Joe, eines sehr erfahrenen Geistheilers, war sein Bein kräftiger denn je. Deshalb überquerte er die ausgedehnte Schneefläche bis zum Unterstand mit großem Selbstvertrauen.

Seine Talente waren nicht so speziell wie die einiger anderer Schattengänger, weil er als Soldat »vielseitig« einsetzbar sein sollte. In einer Wüste konnte er Wasser in über sieben Meter Tiefe aufspüren. Außerdem konnte er jeden noch so steilen Berg hinauflaufen und lange unter Wasser schwimmen, ohne Luft zu holen. Dabei war er extrem schnell. Auch sein Geruchs- und Gehörsinn, sowie sein Sehvermögen waren außergewöhnlich gut ausgebildet.

Er kam sich oft vor wie jemand, der in nichts der absolute Überflieger war, dem es aber dennoch gelang, alle möglichen schwierigen Situationen zu meistern. Wenn es eins gab, womit er angeben konnte, war es seine Fähigkeit, in Rekordzeit Bomben zusammenzusetzen und wieder auseinanderzunehmen. Er hatte einfach ein Gefühl dafür. Er konnte es fast blind. Rein instinktiv. Aber mehr Talente hatte er nicht.

Bis sie beide ihr Ziel erreicht hatten, herrschte Stille zwischen ihnen. *In Position*, meldete Rubin schließlich.

Sie waren bei der telepathischen Kommunikation immer sehr vorsichtig, denn es gab viele Menschen, die eine übersinnliche Veranlagung hatten, wenn auch nicht weiter ausgebildet. Dann wurde nur deshalb Alarm ausgelöst, weil jemand auf sie aufmerksam geworden war, ohne dass diese Person sagen konnte, warum – sie hatte es nur so im Gefühl gehabt.

Ich auch. Rubin, wir dürfen nicht riskieren, dass sie Krach schlagen. Wir müssen das richtig machen. Selbst wenn es ihnen gelang, ihre Gegner zu töten, mussten sie dazu noch schnell sein, damit die anderen nichts davon merkten. *Höchstwahrscheinlich haben wir es mit fünf Männern zu tun. Und hinter dem Unterstand wird eine Wache sein.* Die musste Malichai zuerst ausschalten. Der Mann konnte am ehesten entkommen und die anderen warnen. *Ich schleich mich jetzt hintenrum zur Wache.*

Er kommunizierte in sehr kurzen Intervallen und hielt den Energielevel so niedrig wie möglich. Langsam setzte er sich in Bewegung und tastete dabei nach den Fallen, die Braden ihm beschrieben hatte. Auf die erste war er ungefähr sechs Meter vom Unterstand gestoßen. Sie reihten sich in dichtem Abstand rund um das Bollwerk aneinander. Ein wahres Minenfeld aus Alarmvorrichtungen und echten Tretbomben war angelegt worden, um die Leute im Bunker zu schützen.

Die Fallen verströmten eine Energie, auf die seine Körperhaare reagierten. Er hatte immer wieder geübt, sensibel genug zu werden, um eine Falle oder Bombe zu »erspüren«. Überhaupt alles, was ihm oder denen, die ihm anvertraut waren, gefährlich werden konnte.

Malichai suchte sich einen Weg um den Unterstand herum. Wegen der vielen Felsen war es ziemlich weit bis dahin. Wo es kein Durchkommen gab, überwand er sie mithilfe seiner enormen Kraft und der feinen gecko-ähnlichen Härchen an seinen Händen, die sein doppeltes Gewicht tragen konnten. Diese Haare waren mikroskopisch klein und fächerten sich in Tausende noch feinere Härchen auf, die wie winzige Bürsten aussahen. Aber man konnte sie nicht sehen, nur fühlen. Er hatte monatelang geübt, wie man sich richtig an eine Oberfläche »heftete«, und dann noch lernen müssen, sich wieder davon zu lösen. Als ihm das gelungen war, hatte er trainiert, damit schnell und lautlos zu klettern. Wenn nötig, konnte er inzwischen lange Zeit kopfüber an einer Decke hängen.

An einen Felsen geklammert, überblickte er die feindliche Stellung und zählte sechs Männer im Bunker. Mit der Wache waren es also sieben. Der Schlafbereich befand sich im hinteren Teil des Camps. Dort lagen zwei Männer. Zwei weitere tranken gerade etwas, das wie Tee aussah, während ein anderer mit einer Nachsichtbrille das Lager beobachtete, in dem Braden und die anderen ausharrten. Der sechste Mann behielt gleichzeitig mit einem Nachtsichtfernrohr den schneebedeckten Bereich vor dem Bunker im Auge.

Vorsichtig ließ Malichai sich an der Felswand herunter und schlich zur Hinterseite, wo die Wache postiert war. Dort war es am dunkelsten, weil das Licht von dem Feuer im Unterstand nicht so weit reichte. Lautlos pirschte Malichai sich heran. Der Wachmann wandte dem Bunker den Rücken zu, denn er dachte, jede Gefahr käme von außen. Malichai verlor keine Zeit. Schnell rammte er dem Mann von hinten sein Messer ins Genick und hielt ihm zugleich den Mund zu, damit er keinen Laut von sich gab, dann ließ er ihn behutsam zu Boden gleiten.

Erledigt.

Rubin wartete an der Wand auf der anderen Seite. Die beiden Schlafenden töteten sie zuerst. Sie lagen ein Stück weit weg von den anderen, und niemand schaute sich nach ihnen um, man ließ sie in Ruhe, damit sie schlafen konnten. Danach schlichen Rubin und Malichai sich an die zwei Teetrinker heran, töteten sie blitzschnell und fingen im selben Moment die kleinen Gläser auf, aus denen die beiden soeben getrunken hatten. Als Letzte kamen die Männer an die Reihe, die auf den Beobachtungsposten waren – auch sie wurden ohne einen Laut ausgeschaltet.

Die beiden Schattengänger ließen das Feuer brennen und gingen durch den Hintereingang zu den anderen Unterständen. In Bunker eins waren nur fünf Männer, in der gleichen Verteilung wie in Bunker zwei. Einer bewachte den Hintereingang, für den unwahrscheinlichen Fall, dass ein Angriff aus dieser Richtung kam. Zwei beobachteten das feindliche Lager und den Bereich vor dem Bunker, während zwei andere schliefen. In Bunker drei war es genauso.

Als alle Feinde liquidiert waren, konnten Malichai und Rubin sich auf den Rückweg machen. Oberhalb der Bunker gab es ein paar Höhlen, und sie befürchteten, dass sich dort weitere Gegner aufhielten, daher wagten sie es nicht, die Waffen in die Luft zu jagen. Also machten sie nur die größeren Geschütze unschädlich und kehrten eilig in ihr Lager zurück, wo sie kurz vor dem Eintreffen des Hubschraubers ankamen.

Malichai bedeutete Braden und den anderen, dass sie leise sein sollten, wenn sie den Berg zum Treffpunkt mit dem Heli hinaufrannten. Sie wollten keinesfalls verräterische Geräusche verursachen, die eventuell weitere Feinde in den Höhlen auf ihre Flucht aufmerksam machten.

Ohne ein Wort nahm Rubin Jerry Huckepack, der trotz der Medikamente sicher höllische Schmerzen hatte, und lief mit ihm bergauf. Doch schon nach ein paar Metern schlug direkt hinter ihm eine Gewehrsalve ein. Sofort ging Rubin mit Jerry in den Armen in Deckung.

Malichai fluchte. Das beantwortete die Frage, ob es in den Höhlen noch mehr Feinde gab oder nicht. Zumindest einer war aufgetaucht und hatte die Toten entdeckt.

»Scheiße«, zischte Malichai. »Ein paar haben wir wohl übersehen.«

»Das ist unmöglich«, behauptete Rubin, doch er hatte das Gewehr schon im Anschlag.

»Ich vertreibe sie.« Malichai blieb keine andere Wahl. Wenn sie die Verwundeten zum Helikopter bringen wollten, mussten sie sicherstellen, dass der Vogel landen konnte. Ihm blieb nichts anderes übrig, er musste gehen.

Braden schüttelte den Kopf. »Das ist Wahnsinn, Mann. Gegen so viel Feuerkraft kommen Sie nicht an.«

»Haben Sie eine bessere Idee?«, fragte Malichai. Sein Blick war auf Bunker zwei gerichtet. Der lag so, dass er fast jeden Winkel des Berges beschießen konnte. Deshalb hatte die Ablösung sich natürlich dort eingenistet. Die anderen Bunker wurden gar nicht benötigt, um das gesamte Gebiet zu kontrollieren. Er musste diesen Unterstand aus dem Gefecht nehmen. Und er durfte nicht zögern. Er musste es sofort tun, ehe der Helikopterpilot entschied, dass eine Landung zu riskant war und sie zurückließ, und ehe weitere Feinde auftauchten – falls es noch mehr gab. Würden sie sich dann nicht deutlicher zeigen? Darüber konnte er jetzt nicht nachdenken.

Ohne weitere Diskussion verließ er den Schutz des Steinwalls und sprintete den Berg hinunter. Geduckt und im Zickzack stürzte er sich mit seiner unglaublichen Schnelligkeit direkt ins Feuer, sprang über kleinere Felsen hinweg und wich den größeren aus. Unzählige Kugeln aus einem Maschinengewehrhagel rissen rings um ihn herum den Boden auf und schleuderten Felssplitter in die Luft. Manche zerfetzten ihm sogar die Kleidung und streiften seine Haut. Aber er war noch auf den Beinen und lief weiter, voll auf die große Aufgabe konzentriert, die vor ihm lag.

Egal wie, er musste diese Waffen zum Schweigen bringen. In Bunker zwei befanden sich mindestens drei Gegner, denn dort wurden drei verschiedene Waffen bedient, und zwar sehr präzise. Das anhaltende Knattern, das über seinen Kopf hinwegdröhnte, war so laut, dass ihm die Ohren wehtaten. Er hatte ein außergewöhnlich gutes Gehör, und ganz egal, wie er sich bemühte, die Lautstärke des mörderischen Donners herunterzuregeln, er schaffte es nicht.

Beinahe gleichzeitig schlugen zwei Granaten rechts und links von ihm ein, was ihm verriet, dass auch in Bunker eins noch wenigstens ein Kämpfer am Leben war. Aber es war unmöglich, dass Rubin und er so viele Feinde übersehen hatten, auch wenn es dunkel gewesen war. Das musste eine Ablösung sein, die aus drei oder vier, wahrscheinlich sogar fünf Männer bestand. War das ein Zufall? Waren die Ersatzmänner in den Höhlen gewesen? Gab es da noch mehr? Es trieb ihn noch in den Wahnsinn, wenn er weiter darüber nachdachte.

Er warf sich hin, rollte zur Seite, sprang wieder auf und warf eine Granate nach der anderen in Bunker zwei. Der Feind feuerte, bis diese Granaten nacheinander hochgingen. Doch der Beschuss aus Bunker eins hielt an, und um ihn herum schlugen immer noch Kugeln ein. Eine hätte ihm fast einen neuen Scheitel gezogen, er spürte den brennenden Schmerz auf der Kopfhaut ganz deutlich.

Dann bellte Rubins Gewehr, und ein Körper in Bunker zwei fiel zu Boden. Danach wurde es etwas ruhiger, und Malichai nutzte die Chance. Ohne auf das feindliche Feuer aus Bunker eins zu achten, lief er die letzten paar Schritte zum Schutzwall, sprang hinüber, landete im Schnee und suchte mit gezückter Waffe nach Überlebenden in Bunker zwei.

In dem beengten Unterstand hing der bleierne Geruch Blut und Tod. Ein Schrapnell hatte die Soldaten zerfetzt und nur blutige Hüllen zurückgelassen; ein Anblick, den er sicherlich lange Zeit nicht aus dem Kopf bekommen würde. Doch ihm blieb nichts anderes übrig, als durch dieses Blutbad zu waten, um zu dem noch intakten Mörser zu kommen.

Das unaufhörliche Maschinengewehrfeuer aus Bunker eins zischte über den dicken Steinwall hinweg in den Unterstand und hielt ihn in Schach. Das leichte Geschütz stand auf einer dreibeinigen Metallplatte. Er drehte den gesamten Apparat so, dass er auf Bunker eins zielte, nicht mehr auf die Findlinge, hinter denen sich seine Patienten versteckten.

Dann ließ er den Feind die ganze Kraft seiner Waffe spüren. Als er eine Runde nach der anderen in Bunker eins jagte, fiel auch Rubins Gewehr ein, und sein Kamerad schoss nie daneben. Wann immer Rubin den Abzug durchdrückte, ging unweigerlich jemand zu Boden. Nach einer gefühlten Ewigkeit wurde es still in Bunker eins. Malichai wartete. Er konnte nicht sicher sein, aber auch den Hubschrauber nicht ewig warten lassen. Alles eine Frage des Sprits.

Alles blieb still und ruhig. Malichai wusste, dass er in Bunker eins und drei nachschauen musste, obwohl aus Bunker drei nicht geschossen worden war. Andererseits mussten sie dringend die Verwundeten in den Helikopter schaffen, der auf die Freigabe zur Landung wartete. Mit klopfendem Herzen und trockenem Mund trat Malichai aus dem Schutz von Bunker zwei. Nichts regte sich. Er lief gerade los in die Richtung von Bunker eins, als das Maschinengewehrfeuer plötzlich wieder einsetzte. Schnell, wütend und blutrünstig.

Er wusste nicht, wie oft er getroffen wurde, aber es fühlte sich an wie ein Dutzend Mal. Vielleicht mehr. Unter- und Oberschenkel brannten wie Feuer, von der Wade bis zur Hüfte. Mit einem Bein, das so zerschossen und zerfetzt war, kam man nicht zurück. Schon in dem Moment, in dem er zusammensackte, wusste er, dass er ein toter Mann war. Die Knochen in seinem Bein waren zerschmettert. Das spürte er. Der heiße Schmerz, der ihn erfasste, war so stark, dass er fast ohnmächtig wurde. Er kämpfte dagegen an und ignorierte die Kugeln, die ihm immer noch um den Kopf flogen. Wie auf Autopilot riss er mit den Zähnen Verpackungen auf und klatschte Notfallverbände auf seine Wunden, obwohl er wusste, dass es sinnlos war. Er verlor zu viel Blut, trotzdem drückte er Pflaster auf die schlimmsten fünf, aus denen fontänenartig Blut spritzte.

Dr. Peter Whitney hatte ein Medikament namens Zenith entwickelt. Dieses Medikament stillte Blutungen und löste einen Adrenalinschub aus, der es dem Verwundeten ermöglichte, wieder auf die Beine zu kommen. Eigentlich sollte es die Heilung fördern, doch nach ein paar Stunden begann es, genau das Gegenteil zu tun, dann zerstörte es nach und nach Zellen, und der Verwundete starb, es sei denn er bekam ein Gegenmittel. Whitney war der Mann, der das Schattengänger-Programm erdacht und solche Soldaten psychisch weiterentwickelt hatte, bei denen man außergewöhnliche geistige Fähigkeiten festgestellt hatte. Dabei hatte er sie ohne ihre Erlaubnis auch genetisch verändert.

Das Zenith der zweiten Generation war von Whitneys Tochter Lily entwickelt worden. Sie war eine brillante Ärztin und Forscherin. Und sie hatte zu jenen Waisenmädchen gehört, die Whitney für seine Experimente benutzt hatte. Aus irgendeinem Grund hatte er sie zu seiner Nachfolgerin erkoren und sie offiziell adoptiert. Sie war mit einem Schattengänger aus Team Eins verheiratet. Das neue Zenith sollte ohne die hässlichen Nebenwirkungen des alten funktionieren. Malichai hoffte das sehr. Denn das Zenith war alles, was er hatte, um am Leben zu bleiben.

Er atmete schwer und wartete auf den Adrenalinschub. Als er schließlich kam, war die Dosis aus fünf Pflastern beinah zu viel für Malichai. Die Pflaster stillten zwar die Blutungen und versiegelten die Wunden von außen, doch das bedeutete nicht, dass er keine inneren Blutungen hatte oder dass die zersplitterten Knochen wie durch ein Wunder wieder zusammenwachsen würden, aber immerhin gab das Adrenalin ihm die Kraft, die er brauchte, um nicht aufzugeben.

Er fing an, sich über den Boden zu ziehen. Direkt unter dem Schnee befanden sich raue Felsen, die es ihm schwer machten voranzukommen. Jedes Mal wenn der Schütze in Bunker eins sich aufrichtete, um auf Malichai anzulegen, knallte ein anderes Gewehr und dann ein drittes. Offenbar versuchten Braden und Jack, ihm Rückendeckung zu geben, während er sich mühsam dem Bunker näherte.

Anscheinend kostete es ihn sehr viel Kraft, sein verletztes Bein hinter sich herzuschleifen. Außerdem hinterließ er im weißen Schnee eine lange Blutspur, die für den Feind wie ein Pfeil war, der auf ihn deutete. Da halfen auch die Tarnkleidung und die besonderen Talente nichts – die Blutspur war ein verräterischer Hinweis.

Obwohl Rubin und die anderen ihn unterstützten, ratterte das Maschinengewehr weiter und um ihn herum schlugen gnadenlos Kugeln ein. Es kümmerte ihn nicht. So heftig wie er trotz des Zeniths blutete, war er ohnehin so gut wie tot. Er hatte ja auch nicht so furchtbar viel zu verlieren. Er musste dem Helikopter nur die Gelegenheit geben, zu landen und die Verwundeten nach Hause zu bringen.

Mit der enormen Kraft seiner Arme schleppte er sich über den eiskalten felsigen Grund bis zur Mauer der feindlichen Stellung. Nun konnte er es riechen. Das Blut. Die Angst. Den Gestank der ungewaschenen Soldaten. Er wusste, dass er genauso roch. Er blieb einen Moment lang ruhig liegen, um zu Atem zu kommen, und hoffte, dass niemand inzwischen sein Gewehr über die Mauer schieben und ihn von oben her abknallen würde, ehe er seine Aufgabe erfüllt hatte.

Er nahm seine letzte Granate und warf sie in den Unterstand. Wie erhofft traf er mitten zwischen die Feinde, die ihm durch ihre Bewegungen ihre Position verraten hatten. Die Explosion erschütterte die Mauer und ließ Schutt auf ihn niederregnen, doch dann regte sich nichts mehr. Er schaffte es nicht, von seinem Hintern hochzukommen und sich zu vergewissern, ob er wirklich auch den letzten Gegner erwischt hatte.

Er lauschte darauf, ob sich jemand rührte. Oder stöhnte. Auf irgendetwas, das ihm verriet, dass noch jemand am Leben war. Doch als die Zeit verging, ohne dass er einen Ton hörte, machte er sich auf den mühseligen Weg quer über die Ebene zurück zum Berghang. Er musste es noch bis zum Landeplatz des Helikopters schaffen, und der schien ewig weit weg zu sein. In der Ferne konnte er ihn schon kommen hören, und er war dankbar dafür, aber im Hinterkopf war ihm klar, dass er nicht mitfliegen würde.

Er hätte Ezekiel sagen sollen, dass er ihn liebte. Komisch, dass er das nie getan hatte. Mordichai hatte er es auch nicht gesagt. Und dann waren da noch Rubin und Diego. Sie waren zwar nicht mit ihm blutsverwandt, aber trotzdem seine Brüder. Die würden es ebenfalls nicht erfahren.

»Schluss jetzt, Malichai«, sagte Rubin streng. »Spar dir deine Kräfte. Du darfst nicht sterben. Sonst verpasst mir Ezekiel eine Ladung.«

Das war durchaus möglich. Zeke war manchmal so drauf. Verwirrt schaute Malichai auf. Rubin war da, das Gewehr auf dem Rücken, aber er sah ihn so verschwommen vor sich, dass er dem Bild nicht traute. Vorsichtig stupste er es mit einem Finger an. »Bist du echt?«

»Ich denke doch.«

»Bringst du mich hier raus?«

»Das habe ich vor. Aber du wiegst eine Tonne. Ich werd Nonny sagen, dass sie dir nicht mehr so viel zu futtern ge- ben soll.«

Rubin nahm ihn Huckepack und rannte zum Hub- schrauber, der bereits aufgesetzt hatte und so schnell wie möglich die Verwundeten einsammelte.

2

»WAS ZUM TEUFEL MACHEN die Leute eigentlich im Urlaub?«, fragte Malichai laut. Dann schüttelte er den Kopf und wandte sich vom Spiegel ab. Vom Sich-selber-Anstarren wurde man auch nicht schöner.

Er war ein großer Mann, mit unübersehbaren, gut ausgeprägten Muskeln. Nicht so leicht zu sehen dagegen war, dass all diese Muskeln locker waren, damit er ihre Kraft dazu nutzen konnte, schnell zu reagieren, falls seine erstaunlich guten Reflexe es erforderten. Er hatte seltsame Augen, schon immer gehabt, selbst als Kind. Doch durch die Veränderungen, die man beim Militär an ihm vorgenommen hatte, wirkten sie nun beinahe golden. Wie altes Gold. Florentinisches Gold.

Sein Lebensstil begann, seinen Tribut zu fordern. Darum kam er nicht herum. Er meldete sich so oft wie möglich für Einsätze. Meistens retteten sie verwundete Soldaten, die sofort aus einem Krisengebiet herausgebracht werden mussten. Er war schnell und stark und sehr geschickt bei diesen Operationen. Es gab nur wenige, die besser darin waren, Verletzungen richtig einzuschätzen oder eine Vene zu finden, und ehe sie kollabierte, schnell eine Nadel hineinzubekommen. Er hatte es sich zur Aufgabe gemacht, möglichst alle ihm anvertrauten Kameraden lebend nach Hause zu bringen. Also meldete er sich jedes Mal freiwillig, wenn sie zu gefährlichen Missionen ausrücken mussten.

Tja, deshalb war er ab und zu angeschossen worden und hatte mehr als genug Nahkämpfe erlebt. Ein paar Mal hatte er sich auch mit Drogenkartellen angelegt. Was sollte er auch sonst im Leben machen? Er gehörte nicht zu den Männern, denen Frauen besondere Aufmerksamkeit schenkten. Er wusste nicht einmal, ob eine Frau überhaupt mit ihm leben konnte – er schaffte es ja selber kaum. Also waren ein Zuhause und eine Familie keine Option für ihn. Das sah er ein, auch wenn ihm das nicht unbedingt gefiel.

Er war mit seinen zwei Brüdern Ezekiel und Mordichai auf den Straßen von Chicago aufgewachsen. Später hatte Ezekiel Rubin und Diego Campo entdeckt, die sich ebenfalls allein durchschlugen, und sie hatten sich zusammengetan. Zur Schule waren sie nur gegangen, wenn Ezekiel es möglich machen konnte. Meist waren sie auf der Suche nach Essen gewesen und hatten sich gegenseitig vor irgendwelchen Schurken beschützt. Seine Jugend war also hart gewesen, er hatte gelernt, seine Fäuste zu gebrauchen in jeder nur vorstellbaren Form von hinterhältigen Straßenkämpfen, bei denen es um Leben und Tod ging. Er hatte sich für das Leben entschieden.

Malichai seufzte und ging zur Tür seines Pensionszimmers. Es war klein, daher hatte er sie schnell erreicht, viel zu schnell. Sobald er diese Tür öffnete, musste er etwas unternehmen. Irgendwo hingehen. Sich vergnügen. Dabei hatte er ganz vergessen, wie man das machte.

Inzwischen lebte er in den Sümpfen von Louisiana und hatte festgestellt, dass er dieses Leben liebte. Er mochte seine »Familie« dort, besonders die Großmutter seines Teamkameraden Wyatt Fontenot. Sie bestand darauf, dass das gesamte Schattengänger-Team sie Nonny nannte, was die Männer auch taten. Mit der Zeit war es ihm so vorgekommen, als hätte er zum ersten Mal im Leben eine Oma. Nonny kochte wunderbare Gerichte für alle. Bei ihr stand immer Essen auf dem Tisch. Und er war immer hungrig. Auch jetzt.

Zufrieden, dass er nun einen guten Grund hatte, sein Zimmer zu verlassen, hielt er kurz vor der Tür inne und lauschte automatisch, ob irgendjemand sich auf der anderen Seite befand. Mindestens drei Personen standen im Flur, aber das ging in Ordnung, er wusste bereits, wer das war. Die drei wohnten auch in der kleinen Bed-and-Breakfast-Pension.

Er trat in den Flur und ging in Richtung Treppe, wobei er die anderen lediglich mit einem Seitenblick würdigte. Sie standen eng beieinander und debattierten gerade darüber, wohin sie gehen sollten. Die beiden Männer und die eine Frau schienen sich ständig zu streiten, und zwar so penetrant, dass er sich angewöhnt hatte, sie in seinem Gehör auszublenden. Sie sprachen in einer Lautstärke miteinander, die sie für Flüstern hielten, doch jemandem mit seinem überdurchschnittlichen Hörvermögen fiel es nicht schwer, ihrem lächerlichen Hickhack zu folgen, wenn er wollte – was nicht zutraf.

Als Malichai das Esszimmer betrat, rieselte ein warnender Schauer über seinen Rücken, deshalb sah er sich schnell in dem fast leeren Raum um. Nur eine einzige andere Person saß allein an einem Ecktisch. Sie las ein Buch – einen Roman –, bemerkte er und grinste. Die Frau sah großartig aus, und er versuchte, sie nicht anzustarren. Sie war blond, doch ihr Haar war so dick, dass er die Farbe nicht für natürlich hielt. Die meisten Blondinen hatten feineres oder dünneres Haar. Er musste die Frau zu genau gemustert haben, denn sie blickte auf. Zuerst offenbar nur aus purer Neugier, doch dann versteifte sie sich und fixierte ihn.

Ihre Augen waren wunderschön, strahlend blau, wie Edelsteine. So tief blau, dass es sich bestimmt um Kontaktlinsen handelte. Dann schaute sie schnell wieder in ihr Buch, doch er merkte, dass sie nicht mehr las. Wahrscheinlich hatte er ihr Angst eingejagt. Er war nicht wie einige seiner Schattengänger-Kameraden, die anscheinend nur in einen Raum zu kommen brauchten, um die Hälfte der dort anwesenden Frauen ins Schwärmen zu bringen – und das hatte nichts mit ihren besonderen Fähigkeiten, sondern nur mit ihrem guten Aussehen oder ihrem Charisma oder beidem zu tun, aber er hatte weder das eine noch das andere.

Das Frühstück war als Buffet in einer langen Reihe von Speisewärmern auf einem Tisch angerichtet. Wenn er sich etwas davon nahm, würde er mit dem Rücken zum Raum stehen, doch anscheinend war er ohnehin der Letzte, der zum Frühstück erschienen war. Dennoch hatte ihn beim Betreten des Raums ein Gefühl des Unbehagens beschlichen, obwohl nur zwei Leute da waren – die Blondine und er. Ging von ihr etwa eine Bedrohung aus? War sein Unbehagen überhaupt begründet? Schließlich war er im Urlaub. Sollte man sich da nicht entspannen? Er wusste es nicht, verdammt noch mal.

Er nahm sich etwas zu essen und blieb dabei seitlich stehen, um die Frau im Blick zu behalten. Wieder schaute sie zu ihm auf, ließ das Buch ein wenig sinken und stellte beide Füße auf den Boden. Als sie entspannt gewesen war, hatte sie ein Bein unter sich gezogen. Er grinste sie herausfordernd an.

»Sie lesen ja gerade mein Lieblingsbuch.«

Die Frau kniff die Augen zusammen. »Sie wissen doch gar nicht, was ich lese.«

Als Schattengänger hatte er Adleraugen. »Der Roman heißt *Gefährliches Glück*.« Er hoffte, dass er jetzt nichts zum Inhalt sagen musste, denn davon hatte er keine Ahnung.

Überrascht schaute die Frau auf ihr Buch. Als sie wieder zu ihm aufblickte, geriet sein Herz ein klein wenig aus dem Takt. Die Sonne traf sie in einem Winkel, der ihr Haar in einen Wasserfall aus funkelndem Gold und Silber verwandelte, der ihn einen Augenblick so sehr blendete, dass er sie in dem hellen Glitzern nur noch verschwommen sehen konnte.

Irritiert blinzelte er, und als es ihm gelang, sie wieder klar zu erkennen, schaute er in ihre leuchtenden Augen, die sich wie blaue Flammen in seine brannten.

»Sie lesen keine Romane.« Sie hob das Kinn. »Aber es ist absolut nichts Schlimmes daran, wenn man etwas von Männern lesen möchte, die an Monogamie glauben. Allerdings bezweifle ich, dass Sie etwas davon verstehen.«

Malichai setzte sich an einen Tisch ihr gegenüber, trank langsam seinen Kaffee und betrachtete ihr kleines wütendes Gesicht. Sie war sehr schön, wenn sie so zornig war. Wieder geriet sein Herz leicht aus dem Takt, und mit einem Mal fühlte er sich sehr lebendig. Vielleicht wurde dieser Urlaub gar nicht so schlecht.

»Wie kommen Sie denn darauf? Wenn ich Romane lese, habe ich auch lieber ein Happy End und Männer und Frauen, die einander treu sind.« Man musste eben nur schnell reagieren. Eine herausragende Eigenschaft aller Schattengänger.

»Weil ich glaube, dass Sie ein ganz …« Die Frau unterbrach sich, als eine andere Frau in der Tür erschien, die so erregt war, dass sie gar nicht zu bemerken schien, dass Malichai auch da war.

»Amaryllis?« Es handelte sich um Mrs. Stubbins, die Eigentümerin der Pension. »Ich weiß, dass du noch eine Viertelstunde Pause hast und dass du meinetwegen schon die halbe Nacht wach warst, aber würde es dir etwas ausmachen, jetzt gleich in der Küche auszuhelfen? Irgendwas stimmt mit der Spülmaschine nicht, und ich kann Jacy nicht beruhigen ...« Sie verstummte, als sie Malichai an seinem Tisch bemerkte. »Oh, tut mir leid. Ich dachte, alle wären fertig.«

»Ich bin heute Morgen erst spät heruntergekommen«, erwiderte Malichai. »Kann ich Ihnen irgendwie helfen? Ich kann so was ganz gut reparieren. Das habe ich bei Nonny auch schon ein- oder zweimal gemacht.« Meist benutzte Nonny ihre moderne Spülmaschine gar nicht und irgendwelche Nagetiere knabberten die Kabel durch, doch das wollte er nicht verraten.

»Nein, nein, Sie sind doch Gast«, sagte Mrs. Stubbins.

Malichai war befohlen worden, Urlaub zu nehmen und seine Therapie fortzusetzen, indem er viel im Meer schwamm. Die Frauen und Mädchen im Haus der Fontenots hatten sich nur zu gern um den mit Broschüren bedeckten Tisch in der Küche versammelt, um über sein Los zu entscheiden. Ihre Wahl war auf diese kleine Pension in San Diego, Kalifornien, gefallen. Sie lag direkt am Strand und war für ihre ausgezeichnete Küche bekannt, das war das Einzige, was ihn interessiert hatte. Über die Besitzerin hatte man Nachforschungen angestellt, denn schließlich konnte man Spezialeinsatzkräfte, die mehrere Millionen wert waren, nicht einfach irgendwo hingehen lassen, ohne genau zu wissen, was dort auf sie wartete und mit wem sie in Kontakt kommen könnten.

Mrs. Stubbins war Witwe – eines Soldaten, der vor drei Jahren im Kampf für sein Land sein Leben verloren hatte. Sie hatte Mühe, sich finanziell über Wasser zu halten, hauptsächlich deshalb, weil ihre Tochter zwei Herzoperationen gehabt hatte, und das war nicht billig. Malichai mochte die Frau und alles, was er in ihrer Akte gelesen hatte.

Mrs. Stubbins biss sich auf Unterlippe. »Außerdem denke ich, dass die Spülmaschine bloß alt ist und einfach den Geist aufgegeben hat.«

»Wenn ich Ihnen nicht helfe, würde meine Großmutter mich versohlen, Mrs. Stubbins. Zeigen Sie mir dieses kaputte Gerät mal, und lassen Sie mich sehen, was ich tun kann.«

Malichai krempelte die Ärmel hoch, sodass die Tattoos an seinen Armen zum Vorschein kamen, und ging, ohne die Frau am Tisch aus den Augen zu lassen, zu der Pensionswirtin. Amaryllis ließ ihr Buch liegen und kam so hastig hinter dem Tisch hervor, als befürchtete sie, dass er Mrs. Stubbins etwas tun wollte.

»Bitte nenn mich Marie, und lass uns am besten ›Du‹ sagen. Bist du sicher, dass es dir nichts ausmacht?«

»Ganz sicher, Marie. Gib mir doch was zu tun. Urlaub machen liegt mir nicht so besonders.«

Amaryllis folgte ihnen. Malichai gefiel es nicht, sie hinter sich zu haben, also trat er absichtlich höflich beiseite und winkte sie an sich vorbei. Sie zögerte einen Lidschlag lang, doch dann schloss sie eilig zu Mrs. Stubbins auf. Sie überholte die Wirtin sogar, sodass sie als Erste in die Küche gelangte und ihn mit dem Rücken zur Wand im Auge behalten konnte, als er eintrat. Sie kam ihm eher misstrauisch als ängstlich vor.

Marie Stubbins deutete auf die große Profi-Spülmaschine, die sie schon von der Wand abgerückt hatte. »Ich habe versucht, den Fehler selber zu finden, aber ich kenne mich damit nicht aus.«

»Ich schau mal auf YouTube nach, vielleicht finde ich eine Checkliste, die wir abarbeiten können«, schlug Amaryllis hilfsbereit vor. »Dann kann Mr. …« Sie verstummte und erwartete offenbar, dass Malichai ihr seinen Namen nannte, denn Marie war diejenige gewesen, die ihn empfangen und in sein Zimmer geführt hatte.

Doch den Gefallen tat Malichai ihr nicht. Stattdessen setzte er sich auf den Boden und betrachtete die beeindruckende Auswahl an Werkzeugen, die Marie bereitgelegt hatte. »Danke, Amaryllis. Ich könnte etwas Hilfe gebrauchen. Und während Sie das tun, schau ich mir die Maschine mal an und gucke, ob ich irgendetwas finde, das mir auffällt.« Ohne weiter auf Amaryllis zu achten, blickte er zu der Wirtin auf. »Du hast gesagt, sie macht gar nichts mehr?«

»Gestern Abend hat sie noch einwandfrei funktioniert, aber als ich sie heute Morgen anstellen wollte, rührte sich gar nichts.«

Malichai merkte genau, dass Amaryllis ihn unschlüssig ansah, doch dann stolzierte sie aus der Küche. Er konnte sich ein Feixen nicht verkneifen. Das war ja ein großartiger Start.

»Mach dir keine Sorgen, wenn ich dieses Ding nicht wieder zum Laufen kriege, helfe ich Amaryllis beim Abwasch, dann sehen wir weiter.«

Marie sah so aus, als wollte sie protestieren, aber offenbar war sie zu erschöpft. Also lächelte sie ihn nur matt an. »Ich weiß gar nicht, wie ich dir danken soll. Ich könnte dir einen Tag weniger berechnen …«

Malichai hob eine Hand. »Ich bin immer auf der Suche nach Essen. Ich glaube, ich habe ständig Hunger, und meine Großmutter sagt, bei dem, was ich in mich hineinstopfe, müsste ich eine Tonne wiegen.«

Marie lachte. »Und ich bin eine gute Köchin. Ich werde dafür sorgen, dass du immer genug zu essen bekommst.«

Amaryllis musste einen Geschwindigkeitsrekord aufgestellt haben oder ihr kleines Tablet war nicht weit weg gewesen, denn sie kam schon wieder in die Küche gelaufen und blieb erstaunt stehen, als sie Marie lachen hörte. Bei ihrem Anblick stockte Malichai der Atem. Es war das erste Mal, dass er es sich gestattete, ihre Figur genauer zu betrachten. Sie trug eine hauteng Yogahose und ein kleines Ringerrückentop, das jede Kurve betonte – und davon hatte sie einige. Sie war vielleicht etwas klein geraten, aber dennoch atemberaubend.

Malichai spähte in die Maschine, als wäre diese Reparatur die wichtigste Aufgabe seines Lebens. Er wollte nicht dabei ertappt werden, wie er sie anstarrte, sonst merkte sie noch, dass sie hier die Oberhand hatte. Denn der weibliche Körper, der in dieser Yogahose und diesem Tanktop steckte, war einfach umwerfend.

»Ich lass euch zwei dann mal allein«, sagte Marie. »Aber keine Sorge, Amaryllis, ich hab nicht vergessen, dass ich dir einen Haufen Überstunden schulde, auch für gestern Abend und heute Morgen. Ich räume die Tische ab und mache das Esszimmer sauber, solange ihr hier beschäftigt seid. Heute Nachmittag habe ich einen Termin bei Jacys Arzt, aber ich kann das Abendessen machen …«

»Das kann ich auch übernehmen«, unterbrach Amaryllis sie. »Bislang habe ich ja noch niemanden vergiftet.«

Malichai überlegte, ob die spitze Bemerkung auf ihn abzielte, aber Marie schien das nicht so aufzufassen, denn sie lachte, als fände sie das sehr lustig.

Er wartete, bis Marie hinausgegangen war, erst dann drehte er sich um und schaute wieder zu Amaryllis. Sie strahlte die Art von Energie aus, die er auch spürte, wenn er einem kampfbereiten Gegner gegenüberstand. Aber da war noch etwas anderes. Wenn es irgendwie möglich wäre, hätte er angenommen, sie wäre genauso wie er. Doch normalerweise erkannten Schattengänger einander, auch wenn es ein paar gab, die sich und bei Bedarf auch ein ganzes Team von den anderen abschotten konnten. Er war weit weg von zu Hause, und die einzigen Schattengängerinnen, die er näher kannte, waren Frauen, die Whitney als gescheiterte Experimente betrachtete.

Er ignorierte Amaryllis' gerecktes Kinn. »Hast du etwas für mich – als Ausgangspunkt? Denn von außen sieht alles gut aus. Sie hat gesagt, gestern Abend hat das Ding noch funktioniert, aber heute Morgen ... ging nichts mehr.«

»Du willst also wirklich die Spülmaschine für Marie reparieren?« Ihre Stimme triefte vor Sarkasmus.

Malichai betrachtete sie von oben bis unten. »Ich weiß nicht, was du für ein Problem mit mir hast, und ehrlich gesagt interessiert es mich auch nicht, aber meiner Meinung nach ist Marie eine sehr nette Lady mit zu viel Arbeit und zu vielen Problemen. Wenn ich es schaffe, ihre Spülmaschine wieder in Gang zu bekommen, opfere ich nur einen sehr kleinen Teil meiner Zeit, um jemandem zu helfen, der es zu verdienen scheint. Wenn du mir dabei nicht zur Hand gehen willst, ist das in Ordnung.

Ich bin durchaus imstande, selber im Internet nachzuschauen.«

Amaryllis starrte ihn einen langen Moment an, während die Uhr im Hintergrund tickte. Dann schlug sie einmal kurz die langen Wimpern nieder. »Du willst das wirklich für sie machen, ja?«

»Das habe ich doch gesagt.«

»Aber Männer wie …« Sie unterbrach sich. »Normalerweise sind die Menschen nicht so nett.«

Sie hatte »Männer wie du« sagen wollen, aber er sprach sie nicht darauf an. »Ich habe doch schon gesagt, dass es meiner Großmutter nicht gefallen würde, wenn ich bei so was nicht helfe.«

Amaryllis musterte sein Gesicht. »Du hast gar keine Großmutter.«

»Genau genommen sind wir nicht blutsverwandt, aber ich habe sie angenommen und sie Gott sei Dank mich. Wir nennen sie alle Nonny, und sie ist der Mittelpunkt der Familie. Eine gute Frau. Sie hat ihr ganzes Leben lang in den Sümpfen von Louisiana gewohnt, ist blitzgescheit und die netteste Frau, die ich kenne.«

Amaryllis blickte auf ihr Tablet. »Fang mit dem Hebel an der Tür an. Mit der Verriegelung, meine ich. Nein, warte. Es handelt sich um ein ganzes System. Sie hielt ihm ihr Tablet hin. »Guck. Hier steht, wenn da was nicht stimmt, geht die Tür nicht richtig zu und die Maschine läuft nicht.«

Malichai schaute sich das kurze Video an, ehe er sich die Sache genauer betrachtete. »Geht es Marie wirklich gut? Sie wirkt sehr aufgeregt, eigentlich zu aufgeregt, um sich über einen kaputten Geschirrspüler Gedanken zu machen. Außerdem konnte ich eurem Gespräch entnehmen, dass du Überstunden gemacht hast, um ihr ein bisschen zu helfen«, sagte er leise, während er das Schließsystem untersuchte.

»Jacy geht es gerade wieder ziemlich schlecht. Sie hat ja ein Herzleiden. Marie hat ihren Mann verloren, und Jacy ist ihr Ein und Alles. Sie macht sich große Sorgen.«

»Also es ist das Herz?«

»Ich weiß es nicht genau. Und ich glaube, Marie auch nicht. Aber sie hat große Angst davor.«

»Das ist wirklich schlimm.« Malichai wusste nicht, was er sonst noch sagen sollte, aber die Situation bedrückte ihn. Es war nicht richtig, dass die Witwe eines Mannes, der im Dienst für sein Land gestorben war, dem finanziellen Ruin und dem möglichen Verlust ihrer Tochter ins Auge sehen musste, weil das Kind Probleme mit dem Herzen hatte. »Was kann ich sonst noch überprüfen? Das hier sieht gut aus.«

»Die Thermosicherung. Dazu muss man sich Zugang zum Bedienfeld verschaffen und einen Strommesser benutzen. Weißt du, wie man mit so was umgeht?«

»Ich wundere mich, dass Marie so gute Werkzeuge hat.«

»Die gehörten ihrem Mann. Eigentlich war er derjenige, der die Idee hatte, eine Pension aufzumachen. Mit ihm als Hausmeister und ihr als Köchin, und die Hausarbeiten hätten sie gemeinsam erledigt. Als sie dieses Gebäude gekauft haben, war es renovierungsbedürftig, und gerade als sie mit allem fertig waren, wurde er getötet. Seine Kameraden kommen hin und wieder noch vorbei, aber sie bittet sie nie um Hilfe.«

Malichai kontrollierte die Thermosicherung zweimal, ehe er sie als Ursache ausschloss »Ich glaube, die ist auch nicht das Problem.« Als Marie mit einer viel zu voll geladenen Wanne mit Geschirr hereinkam, blickte er über die Schulter. »Mein Gott, du bist doch kein Packesel. Am Ende kriegst du noch Rückenschmerzen. Lass mich das für dich tun.«

Marie lachte. »Red keinen Unsinn, Malichai. Das mach ich doch jeden Tag, und Amaryllis auch.«

Marie hatte ihn ja schon bei der Ankunft am Empfang begrüßt, trotzdem war er überrascht, in welch freundschaftlichem Ton sie seinen Namen aussprach. Einige seiner Teamkameraden waren verheiratet, auch sein Bruder Ezekiel, und die Frauen in ihrer »Familie«, die ebenfalls Schattengängerinnen waren – genauso gefährlich wie ihre Männer –, scherzten locker mit ihm, doch Fremde taten das für gewöhnlich nicht. Er führte das auf sein Aussehen zurück. Er wusste, dass er einschüchternd wirkte.

»Das heißt aber nicht, dass es gut ist, Ma'am«, erwiderte er.

»Marie«, korrigierte sie ihn wieder. »Nenn mich bitte einfach Marie. Sonst fühle ich mich noch älter, als ich es jetzt schon tue.«

Malichai hatte seine Zweifel, ob Marie überhaupt schon dreißig war. Er schaute in Amaryllis' Richtung. »Wir haben das Problem bald gefunden. Wenn wir kein Ersatzteil brauchen, können wir die Spülmaschine hoffentlich mit all diesem Zeug beladen. Wenn nicht …«, verschwörerisch senkte er die Stimme, »… ich habe Amaryllis noch nicht gesagt, dass ich uns beide freiwillig gemeldet habe, gemeinsam den Abwasch für dich zu machen.«

Amaryllis versteckte ihr Lächeln hinter einer Hand. »Da ich oft die Küche putze und die Sachen abwasche, die nicht in die Maschine passen, hatte ich so etwas erwartet.«

»Hörst du das, Marie? Sie fängt an zu begreifen, dass Männer gelegentlich auch nützlich sein können.«

»Das habe ich nicht gesagt«, widersprach Amaryllis eilig. Dann lächelte sie, und ihre blauen Augen brachten ihr ganzes Gesicht mit der makellosen weichen Haut zum Strahlen. Ihre Stimme war sehr angenehm. Sanft und melodisch. Das war ihm besonders aufgefallen, weil fast jedes Wort, das sie sagte, irgendwie in ihm nachhallte.

Marie stellte die Wanne mit dem schmutzigen Geschirr ab und ging kopfschüttelnd und leise lachend über ihr Geplänkel zurück, um die Speisewärmer zu holen.

»Sie ist einfach toll«, meinte Malichai. »Aus ihr wird auch mal eine Nonny. Als Kind hatte ich nicht viel mit Frauen zu tun. Mein Bruder Ezekiel hat uns aufgezogen. Er war selber noch ein Kind, aber ich habe ihn nie so gesehen. Er war knallhart. Wenn jemand versuchte, uns unser Essen oder unseren Schlafplatz wegzunehmen, hat er ihn grün und blau geschlagen. Und wenn Mordichai und ich ihm nicht aufs Wort gehorchten, was wir fast nie taten, hat er uns grün und blau geschlagen.«

»Warum überrascht es mich nicht, dass du ihm nicht gehorcht hast?«

Malichai grinste sie an. »Keine Ahnung. Die Thermosicherung ist es auch nicht. Was ist das Nächste auf der Liste?«

»Hier steht, man soll den Timer und die elektronische Steuerung testen.«

Finster starrte Malichai sie an. »Ach ja? Und? Etwas mehr Informationen bitte.«

Als Amaryllis ihn entschuldigend anlächelte, beschleunigte sich sein Herzschlag. Je öfter er sie anschaute, desto schöner wurde sie. Allein dieses Lächeln löste eine starke körperliche Reaktion aus, und zwar eine, die man nicht haben wollte, wenn man auf einem Küchenboden saß und versuchte, eine Spülmaschine zu reparieren.

»Tut mir leid, ich dachte, dass du vielleicht mit einer Spülmaschinen-Bedienungsanleitung im Kopf geboren worden bist oder so was. Ich les es dir vor.«

»Mit einer Spülmaschinen-Bedienungsanleitung im Kopf?«, wiederholte Malichai. »Das Einzige, was ich über diese Dinger weiß, ist, dass Nonny sie nicht gern benutzt. Auch wenn das keinen Sinn macht. Manchmal ist es okay, dann plötzlich wieder nicht, und sie braucht Freiwillige für den Abwasch.«

»Hört sich lustig an.«

»Ist es auch. Aber sie ist nicht nur lustig. Meist sitzt sie in ihrem Schaukelstuhl und schaut über den Sumpf, eine Pfeife zwischen den Zähnen und ein Gewehr griffbereit, denn sie gehört dahin. Wie alle Menschen dort. Sie kennt jede Pflanze und ihre Wirkungsweise, versorgt weniger vom Schicksal Begünstigte mit Nahrung und Kleidung und hat immer einen Topf Gumbo oder Fischeintopf auf dem Herd, falls irgendeiner von uns hungrig bei ihr vorbeischauen sollte.«

»Sie scheint eine beeindruckende Frau zu sein.«

Malichai nickte. »Das ist sie. Und was mich am meisten an ihr beeindruckt hat, war, dass sie uns sofort mit offenen Armen empfangen hat. Ich weiß noch, wie ich zum ersten Mal mit ihrem Enkel Wyatt bei ihr ankam. Ich war völlig fertig. Wir alle waren völlig fertig. Es war sehr spät, wir waren flussaufwärts gefahren und legten an ihrem Pier an. Ich kann es dir nicht richtig erklären, denn ich hatte nie ein Zuhause. Ich habe die meiste Zeit auf den Straßen von Chicago gelebt, und nun war ich dort, mitten im

Sumpf, in einer schwülen, wunderschönen, ganz eigenen seltsamen Welt, und wir stiegen die Stufen hoch zu der Veranda, wo sie einfach in ihrem Schaukelstuhl saß und ihre würzig riechende Pfeife rauchte. Dann schaute sie mich an, und ich schwöre dir, es war, als wäre ich nach Hause gekommen.«

Die Geschichte hatte er noch niemandem erzählt, nicht einmal Wyatt, und er verstand selbst nicht, warum er sie Amaryllis anvertraute. Er schaute zu ihr auf. Sie starrte ihn an, als wäre ihm ein zweiter Kopf gewachsen. Malichai seufzte. Typisch für ihn. Sie mit alten Geschichten beeindrucken zu wollen, war wohl keine gute Idee gewesen, auch wenn das Erlebnis mit Nonny einschneidend für ihn gewesen war. Doch ganz gleich, was er tat, Frauen würden ihn offenbar niemals cool finden.

»Du überraschst mich immer wieder, Malichai, und zwar positiv.« Amaryllis klang ehrlich erstaunt.

»Ich glaube, das ist nicht besonders schwer. Schließlich hast du keine hohe Meinung von mir.«

Röte stieg an ihrem Hals empor und färbte ihr blasses Gesicht rosa. »Entschuldige. Wirke ich so abweisend?«

»Eher so wie eine Frau, die ihre Freundin vor einem Fremden beschützen möchte. Ich weiß, dass ich nicht sehr vertrauenerweckend aussehe, deshalb rechne ich sogar mit ein wenig Widerstand, wenn ich einer Frau helfen will, die viel zu hart arbeitet.«

Stumm musterte Amaryllis ihn eine lange Weile. Ihr Blick glitt über sein Gesicht wie ein Streicheln, hauchzart, dabei unendlich faszinierend.

»Warum meinst du, du wärst nicht vertrauenerweckend? Du wirkst verschlossen, so als wärst du dir selber genug, aber nicht verschlagen.«

Malichai lehnte sich zurück und schaute zu ihr auf. »Warum hast du dann Angst vor mir?«

Sofort wurde ihr Blick wieder misstrauisch. »Ich habe keine Angst vor dir.«

Das kam so entschieden, dass Malichai am liebsten gegrinst hätte, aber er verkniff es sich. Oh doch. Sie hatte Angst vor ihm. Nur nicht so, wie er angedeutet hatte. Er war für sie auf mehr Arten gefährlich, als für sie beide gut war.

»Schön. Dann können wir ja hiermit fertig werden, ehe wir den Berg Geschirr spülen müssen, den Marie für uns auftürmt.« Er wandte sich wieder der Maschine zu, achtete aber darauf, dass er Amaryllis unauffällig stets im Auge behalten konnte. Sie machte ihn immer noch nervös. Irgendetwas stimmte mit ihr nicht. »Was hast du sonst noch anzubieten?«

»Ich schau mal. Offenbar pumpen Spülmaschinen als Erstes noch vorhandenes Wasser ab.«

»Warte. Es kann doch kein Wasser übrig sein, wenn wir sie gar nicht angemacht haben.«

»Aber da unten ist doch noch welches. Wenn du kein Pumpgeräusch gehört hast, liegt der Fehler vielleicht am Timer. Ist der elektronisch oder manuell?«

»Also zuerst mal springt dieses verdammte Ding nicht an, also kann ich auch nichts hören, aber ...«, Malichai hob eine Hand, um sie daran zu hindern, ihn zu unterbrechen, »... ich guck mir das an.«

Amaryllis lachte, und das löste irgendwo in seinem Bauch ein seltsames Schwächegefühl aus, das ihn mehr beschäftigte, als es sollte. Herrgott, sie schaffte ihn! Je länger er in ihrer Nähe war, desto stärker fühlte er sich zu ihr hingezogen. Außerdem roch sie so verdammt gut, dass er sich kaum davon abhalten konnte, die Werkzeuge auf der Stelle fallen zu lassen und sie wie ein Festmahl auf dem Küchentisch zu vernaschen.

Schnell zwang er sich, sich wieder auf die Spülmaschine zu konzentrieren. »Anscheinend wird das Ding manuell bedient.«

»Nach dieser Erklärung bringt der Timer alles Mögliche zum Funktionieren. Die Pumpe, das Einlassventil …« Sie schaute auf und sah ihn zweifelnd an. »Weißt du überhaupt, was das ist? Vielleicht sollten wir doch jemanden kommen lassen.«

»Ich weiß, was ein Einlassventil ist.«

Amaryllis kniff die Augen zusammen. »Du lügst. Du hast keine Ahnung.«

»Vertrau mir, Baby.«

Sie verdrehte die Augen. »Neben der Pumpe und dem Einlassventil schaltet dieses Timer-Dings auch den Heizkreislauf und das Abpumpen in der richtigen Reihenfolge ein. Dazu benutzt er eine Reihe von elektrischen Kontakten, die von einem kleinen Motor angetrieben werden. All das befindet sich in der Bedienblende. Ich hoffe, damit kannst du was anfangen.«

»Ja, jetzt hab ich's.« Malichai vergewisserte sich noch einmal, dass die Maschine nicht mehr am Strom hing, beobachtete Amaryllis aber dabei aus den Augenwinkeln. Wenn etwas keinen rechten Sinn ergab, machte ihn das stets misstrauisch – und genau das war bei ihr der Fall.

»Ich muss jetzt alles anhand einer schematischen Zeichnung der Reihe nach durchmessen. Hoffentlich finden wir den Fehler dann.« Er machte sich an die Arbeit. »Wie lange kennst du Marie schon?«

Eine kleine Pause entstand. Malichai blickte über die

Schulter. Amaryllis war nervös, schaute ihm aber nun achselzuckend in die Augen. »Ungefähr ein Jahr. Ich bin ihr in einem Lebensmittelladen begegnet. Sie brauchte Hilfe und ich einen Job. Für mich ist sie wie deine Nonny, oder eher wie Mutter und Schwester zugleich, denn ich hatte nicht gerade die besten Voraussetzungen. Aber Marie hat mir gezeigt, dass das keine Rolle spielt. Dass ich trotzdem etwas aus mir machen kann.«

»Das klingt gut. Hast du auch ihren Mann kennengelernt?« Malichai wusste nicht, warum er das fragte, schließlich kannte er die Antwort. Vielleicht um sie bei einer Lüge zu ertappen. Sie konnte ja nicht ahnen, dass sein Team Marie vor seiner Ankunft durchleuchtet hatte.

»Nein, er war schon gestorben. Aber sie redet so viel über ihn, dass ich das Gefühl habe, ihn zu kennen.«

»Ich glaube, ich habe den Fehler entdeckt, Amaryllis.« Er liebte ihren Namen. »Das Ersatzteil müssen wir wohl bestellen. Es sollte möglichst bald da sein, aber es sieht so aus, als hätten wir in den nächsten paar Tagen Spüldienst.«

»Marie wird es nicht gefallen, wenn ein Gast dabei hilft. Ich könnte es allein machen, aber ehrlich gesagt bin ich dir dankbar für dein Angebot.«

»Gib die Nummer des Ersatzteils ein und schau nach dem besten Preis und der kürzesten Lieferzeit. Ich spüle ab, weil ich es Marie versprochen habe, und ich halte mein Wort. Dazu kommt …«, umsichtig räumte er die Werkzeuge auf, »… dass du mich anscheinend loswerden willst, also bleibe ich dabei, nur um dich zu ärgern.«

»Das ist gemein.«

»Nein, ich erweitere nur deinen Horizont, hole dich aus deiner Komfortzone und zeige dir, dass selbst ein rauer

Mann nett sein kann.« Schließlich schloss er die Spülmaschine, damit er aufstehen konnte. Vom langen Sitzen auf dem Boden war sein Bein steif geworden, deshalb schwankte er dabei ein wenig, fing sich aber wieder.

»Stimmt was nicht?«

»Alles in Ordnung«, erwiderte Malichai schroff, beinah barsch. So machte man sich bei einer Frau, die man gern beeindrucken wollte, sicher richtig beliebt.

Amaryllis fragte nicht noch einmal. »Jetzt hör endlich mit dieser Mitleidsnummer auf. Du spielst hier den hässlichen Macho, obwohl du genau weißt, dass du gut aussiehst.«

Malichai hustete, um sein abfälliges Schnauben zu übertönen. Darauf wäre er nie gekommen. In seiner Einheit gab es mehrere sehr gut aussehende Männer – und er gehörte nicht dazu. Trotzdem hatte er nichts dagegen, dass Amaryllis ihn attraktiv fand.

»Möchtest du spülen oder abtrocknen?«

»Ich trockne ab. Ich weiß ja, wo alles hin muss.«

»Du willst doch bloß meine Tattoos sehen.«

»Stimmt«, gab sie zu. Wieder schaute sie ihn mit einem kleinen Lächeln und diesem Gesichtsausdruck an, den er nicht richtig zu deuten wusste. »Die, die ich schon gesehen habe, sind jedenfalls sehr schön. Da hat jemand gute Arbeit geleistet.«

Malichai nickte. »Ich war so mit siebzehn, achtzehn das erste Mal bei ihm und kehre immer noch nach Chicago zurück, wenn ich ein neues Tattoo haben möchte. Hast du auch welche?«

Amaryllis schüttelte den Kopf. »Nein, aber ich habe immer eins haben wollen.«

»Was soll es denn sein?«

Sie zuckte die Achseln. »Etwas sehr Persönliches. Vielleicht meinen Namen, also die Blume.«

Malichais Magen zog sich zusammen. Schnell drehte er sich um und betrachtete die Edelstahlspüle, weil er nicht wollte, dass sie seinen Gesichtsausdruck sah, falls er sich verändert haben sollte. »Mit Blumen kenne ich mich nicht besonders gut aus. Mein Name kommt aus der Bibel. Malichai ist entweder ein Prophet oder ein Buch oder beides, auch wenn meine Mutter den Namen nicht mal richtig schreiben konnte. Das war typisch für sie.« Er konnte sich eine gewisse Bitterkeit im Tonfall nicht verkneifen, obwohl er auf den Straßen von Chicago irgendwie darüber hinweggekommen war. »Ein hübscher Name wie deiner ist viel schöner. Ist die Blume auch hübsch?«

»Meiner Meinung nach schon. Ich finde sie immer sehr schön. Und je nach Farbe auch sehr auffallend. Am liebsten mag ich die Scharlachroten.«

Malichai schaute zu Amaryllis hinüber, während er heißes Wasser ins Becken laufen ließ. »Das kann ich mir vorstellen. Du bist eine wunderschöne Frau, deshalb passt der Name echt gut zu dir.«

Wieder warf sie ihm ein kleines Lächeln zu. »Wärst du lieber ein Prophet oder ein Buch?«

Das war er noch nie gefragt worden. Er las den anderen eher aus dem Buch des Todes vor und nannte das manchmal die Bibel. Okay, nicht nur manchmal. Dabei fühlte er sich eher wie ein Prophet, der seinem Feind klarmachte, dass er jetzt sterben würde.

»Wenn ich es mir aussuchen könnte, wäre ich lieber ein Prophet.«

Amaryllis nahm ein frisches Trockentuch aus einer Schublade und stellte sich neben ihn. Sobald sie in seiner

Nähe war, sog er unwillkürlich bei jedem Atemzug ihren Duft ein. Und je länger er das tat, desto bewusster nahm er sie wahr. Jede Zelle in seinem Körper schien sich auf sie auszurichten. Er wusste genau, wann sie Atem holte. Und ihn wieder ausstieß. Und atmete mit ihr. Ein und aus. Zusammen. Als teilten sie sich den Atem bereits.

Noch nie hatte er sich mit einer Frau so verbunden gefühlt. Dabei berührte er sie nicht einmal. Das war gar nicht nötig. Er spürte sie auch so auf der Haut. Ihren Atem, der ihn streifte. Ihren Duft, der ihn einhüllte. Als er ihr einen Teller reichte, berührten sich ihre Finger, und ein Stromschlag durchzuckte ihn.

Er konnte kaum denken, so stark pochte es in seinem Kopf, aber er musste unbedingt überlegen. Amaryllis war der Name einer Blume. Viele Frauen waren nach Blumen benannt. Nur weil sie diesen Namen trug, konnte man nicht davon ausgehen, dass sie eins von Dr. Whitneys Forschungsobjekten war. Der Mann hatte Kinder aus Waisenhäusern geholt – Mädchen, die für ihn Wegwerfartikel waren – und an ihnen herumexperimentiert, um die psychischen Gaben, die er bei ihnen entdeckt hatte, weiterzuentwickeln. Deshalb hatte er tierische DNA in ihr Erbgut eingefügt. Oder sie mit Krebs infiziert. Er hatte unzählige fürchterliche Experimente angestellt, um den perfekten Soldaten zu erschaffen – einen wie ihn.

Das alles hatte Whitney den kleinen Mädchen angetan, um herauszufinden, was er mit den Männern machen sollte, die er für seine Vision ausgewählt hatte. Danach behielt er die Mädchen, bildete sie zu Soldatinnen aus und steckte sie dann in ein Zuchtprogramm, weil er mit Babys arbeiten wollte. Einige der Frauen hatten fliehen können. Andere erledigten noch Aufträge für ihn. Man konnte sie nicht auseinanderhalten. Falls Amaryllis irgendetwas mit Whitney zu tun hatte, war sie nicht nur eine Bedrohung für ihn, sondern auch für die nationale Sicherheit. Wenn ein Feind ihres Landes sie jemals entdeckte und verschleppte, würde man sie auseinandernehmen, um zu erforschen, wie Whitney seine Schattengänger erschaffen hatte.

Sollte Amaryllis wirklich zu Whitneys Programm gehören, wie war es möglich, dass sie zufällig in der Pension arbeitete, die er sich ausgesucht hatte? Sie hatte gesagt, sie sei schon seit einem Jahr da. Wenn Marie ihm das bestätigte, würde er sich wesentlich besser fühlen.

»Was machen die Leute eigentlich im Urlaub?«

Amaryllis hielt mit ihm mit und trocknete fast genauso schnell ab, wie er abspülte. Doch jetzt hörte sie damit auf und starrte ihn an, als wäre er verrückt.

»Sie melden sich jedenfalls nicht freiwillig, wenn es darum geht, kaputte Spülmaschinen zu reparieren oder abzuwaschen. Sie bezahlen dafür, dass sie sich entspannen dürfen und Spaß haben können. Lesen einfach ein Buch. Wie dein *Lieblingsbuch* zum Beispiel. Oder gehen ins Kino. Legen sich in die Sonne, um braun zu werden. Direkt vor der Tür liegt einer der schönsten Strände, die es in der Gegend gibt, dort könnte man sich hinsetzen und die Wellen beobachten.«

»Machst du das auch?« Er hätte gern gewusst, wie ihr tägliches Leben aussah.

»Nein, ich arbeite.«

»Aber manchmal hast du doch sicher frei.«

»Das hier ist in erster Linie Saisonarbeit. Und im Moment ist Hochsaison. Ich arbeite, wann immer Marie mich braucht.«

»Sieht so aus, als wäre das ständig.«

Amaryllis zuckte die Achseln. »Das macht mir nichts aus. Wenn es ruhiger wird, nehme ich mir Zeit für mich selbst. Mir gefällt es hier. Ich habe ein eigenes Zimmer und ein eigenes Bad. Der Strand ist in Sichtweite, falls ich jemals genug Zeit haben sollte, ihn zu besuchen, und ich lese sehr gern.«

»Was machst du hier eigentlich alles?«

»Inzwischen koche ich meistens. Das hat früher Marie gemacht, aber ich nehme es ihr mehr und mehr ab, zumindest beim Frühstück. Abends arbeiten wir zusammen. Außerdem putzen wir die Zimmer und richten sie neu her, wenn jemand abreist, obwohl wir in der Hochsaison zur Unterstützung auch eine Putzkolonne anstellen. Es ist ein schönes Leben.«

»Bei dem du alle möglichen Männer triffst.« Dass er eifersüchtig war, gefiel Malichai überhaupt nicht. Er gab sich zwar Mühe, nicht so zu klingen, aber er spürte, dass dieses gemeine, unbeherrschbare Monster sein hässliches Haupt erhoben hatte und war selber schockiert über seine völlig unangemessene Reaktion.

»Dazu bin ich viel zu beschäftigt, mal abgesehen von meinem Surferboy.«

Wieder lachte sie dieses leise Lachen, das ihm durch und durch ging.

»Und keiner, nicht mal mein Surfer, hat jemals angeboten abzuwaschen, also kann ich nichts dazu sagen.«

»Wie ist denn dieser Surfer, den du so nett findest?«

»Na, ein echtes Klischee. Blondes, zu langes Haar, immer in Badehose und so braun, dass er in ein paar Jahren Hautkrebs kriegen wird. Und wie er redet. Manchmal denke ich, wenn er noch einmal ›Alter‹ sagt, stelle ich ihm ein

Bein, wenn er das nächste Mal mit seinem Surfbrett ins Wasser rennt wie im Fernsehen.«

»Er surft also wirklich?« Malichai holte tief Luft und wandte sich ihr zu. Aus der Nähe war sie noch umwerfender. Schöner. Und anziehender.

Sie lehnten sich an die Küchentheke. »Oh ja. Und er ist richtig gut. Ich glaube, dass seine Eltern sehr reich sind und dieses ewige ›Alter‹ nicht aushalten, also haben sie ihn ins sonnige Kalifornien geschickt, damit er uns in den Wahnsinn treibt. Und wenn wir dann alle in der Klapsmühle sind, kaufen sie hier das Land auf und schicken ihn in den nächsten Staat, der einen Strand hat.«

Malichai musste lachen. »Schöne Verschwörungstheorie.« Er hatte *Spaß*. Richtig Spaß. Er würde Nonny einen Kuss dafür geben, dass sie ihm das Abwaschen beigebracht hatte.

»Wenn du ihn kennenlernst, verstehst du, was ich meine.«

»Hat er auch einen richtigen Namen?«

»Die Surfer nennen ihn Dozer. Und ja, wenn du dumm genug bist, ihn danach zu fragen, so wie ich, obwohl Marie mich davor gewarnt hat, wird er dir erklären, wie es dazu kam.«

»Das hättest du wohl gern, aber mir wäre es lieber, dass du es mir erzählst. Ich habe jedenfalls keine Lust, einen hübschen Surferboy nach seinem Namen zu fragen, der mich ›Alter‹ nennt. Sonst drehe ich ihm noch den Kopf so weit rum, bis er beim Laufen rückwärts schaut.«

Amaryllis presste das Trockentuch an den Mund, um ihr Lachen zu dämpfen. »Das hatte ich auch schon oft vor. Na gut, er geht die Wellen frontal an. Wie ein Bulldozer, weißt du. Als wollte er sie zerstören.«

63

Langsam wandte Malichai sich ihr zu, obwohl er wusste, dass das ein Fehler sein könnte. Anscheinend hatte er sich nicht mehr im Griff, denn er wollte sie sehen, wenn sie sich amüsierte. Sie hatte eine zierliche, sehr weibliche Figur, doch unter der weichen Haut waren Muskeln. Außerdem bewegte sie sich sehr graziös und sicher. Aber das war es nicht, was ihn interessierte.

Er wollte nur sie sehen. Die Frau. Er wollte ein Mann im Urlaub sein, der sich auf einen Sommerflirt einlässt. Mit einer Frau, die ihn dazu bringen könnte, länger zu bleiben und weiterzuträumen. Wie in diesen rührseligen Geschichten, die man immer wieder hörte. Deshalb hatte er Angst davor herauszufinden, ob Amaryllis eins von Whitneys Waisenmädchen war.

Irgendwann hatte der Arzt beschlossen, weibliche und männliche Soldaten zusammenzubringen, weil er der Ansicht gewesen war, dass sie dann besser getarnt sein würden. Männliche Schattengänger waren meist sehr einschüchternd und auffällig. Ein Paar wirkte weniger bedrohlich. Dann hatte er diese Pärchen mit tierischer DNA und allem anderen ausgestattet, mit dem sie sich gegenseitig helfen konnten, um ihr Ziel zu erreichen. Sodass sie einander im Notfall sogar Blut spenden konnten und ihre psychischen und physischen Verbesserungen genau aufeinander abgestimmt waren. Am Ende hatte er dann die Zahl der Pheromone so sehr erhöht, dass die zwei der körperlichen Anziehungskraft des jeweils anderen nicht widerstehen konnten.

Malichai war klar, dass Amaryllis natürlich schön und sexy genug war, um jeden Mann anzuziehen, aber sie flirtete mit ihm. Sie arbeiteten zusammen in dieser Küche, und vielleicht war es ganz normal, dass er sich zu ihr hingezogen fühlte, obwohl sein Bein höllisch schmerzte – aber gleich so heftig? So unerbittlich wie dieser Schmerz, der einfach nicht weggehen wollte? Woher kam dieses plötzliche Bedürfnis, von ihr berührt zu werden? Ihren Atem auf seiner Haut zu spüren? Er fluchte innerlich. Eine so starke körperliche Anziehungskraft war für ihn nicht zu erklären, jedenfalls nicht nach so kurzer Zeit.

»Ich freue mich schon darauf, Mr. Dozer kennenzulernen.« Er zwang sich, die Unterhaltung fortzusetzen.

Mit beiden Händen presste Amaryllis sich das Trockentuch noch fester auf den Mund. Ihre blauen Augen funkelten vor Vergnügen. »Nicht. O mein Gott, so kannst du ihn nicht nennen. Nicht vor anderen Leuten. Du darfst keine Miene verziehen, wenn er sich vorstellt und dich ›Alter‹ nennt. Sonst amüsieren sich alle in Hörweite, und dann wäre er sehr gekränkt. Er ist wirklich ein netter Junge.«

»Du nennst ihn immer Junge. Wie alt ist er denn?« Malichai hoffte, sie würde fünfzehn oder sechzehn sagen. Trotzdem wünschte er sich, er könnte den Burschen umhauen.

»Ich schätze, er geht auf die dreißig zu, aber er wirkt wie ein Kind. Er ist immer gut drauf. Immer fröhlich. Er hält die Welt für einen wunderbaren Ort, und wenn man mit ihm zusammen ist, geht es einem genauso. Trotz seiner Attitüden muss man ihn einfach gernhaben.«

Da war Malichai nicht so sicher, aber er würde sich Mühe geben. Doch zuerst musste er sich etwas zu essen besorgen, ehe er verhungerte, und dann musste er seinem Bein eine Pause gönnen. Die Frauen hatten diesen Strand für ihn ausgesucht. Einen sonnigen, wundervollen Platz. Er hatte zugesehen, wie Bellisia, die Frau seines Bruders, Zara, Shylah, Pepper und Cayenne mit Nonny und

der kleinen Schlangenbrut gemeinsam am Tisch in Bü-
chern und im Internet nachgeschaut und überlegt hatten. Er hatte ihnen versprochen, dahin zu gehen, wo sie
ihn hinschicken würden. Ihm war es egal gewesen. Doch
ihre zufällige Auswahl hatte ihn direkt zu Amaryllis und in
Schwierigkeiten gebracht.

3

WÄHREND SIE DIE KÜCHE aufräumten und alles für das Abendessen vorbereiteten, schaute Malichai auf seine Uhr. Amaryllis hatte bereits riesige Auflaufformen mit Lasagne gefüllt und strich gerade Butter und Knoblauchsalz auf das Sauerteigbrot, das es dazu geben sollte. Er fragte sich, wie sie noch auf den Beinen sein konnte.

»Was tust du denn noch hier?«, fragte Marie, als sie hereinkam. Sie hatte ein kleines Mädchen an der Hand.

Malichai lächelte das Mädchen an, denn er wusste aus langer Erfahrung, dass sein Aussehen Kindern oft Furcht einflößte. Dann ging er in die Hocke, damit er auf Augenhöhe mit der Kleinen war. »Du bist ja genauso schön wie deine Mutter. Ich bin Malichai. Und wie heißt du?«

Das Mädchen blinzelte einmal und fing dann langsam an zu lächeln.«

»Ich bin Jacy.«

»Das ist ein sehr schöner Name.«

»Kennst du meinen Daddy?«

Malichai schaute zu Marie auf. Sie stand ganz still, fast so, als wäre sie zu Eis erstarrt und würde in tausend Stücke zerbrechen, wenn sie sich bewegte. Von ihr war also keine Hilfe zu erwarten.

»Nein, Schätzchen, es tut mir leid, dass ich nicht die Gelegenheit hatte, ihn kennenzulernen, aber er war ein sehr guter Mann.«

Das Kind nickte ernst, wobei seine blonden Locken auf und ab hüpften. »Du bist so wie er. Das weiß ich.« Jacy streckte eine Hand aus und berührte eine der kleineren Narben an seinem Kinn. Sie reichte bis zu seinem Hals. Das war die Wunde, die ihn fast umgebracht hätte.

»Jacy«, sagte Marie warnend.

»Das macht mir nichts aus«, meinte Malichai. »Mein Freund Wyatt hat Drillinge. Drei kleine Mädchen, und gerade ist er noch Vater von Zwillingen geworden. Auch Mädchen.«

Marie riss die Augen auf und wechselte einen schockierten Blick mit Amaryllis. »Fünf? Er hat fünf kleine Mädchen?«

Malichai nickte. »Wir wohnen alle in seiner Nähe und helfen ihm, sie aufzuziehen. Es ist leicht, sich in sie zu verlieben, obwohl die Drillinge kleine Wirbelwinde sind. Wir müssen sie die ganze Zeit im Auge behalten. Was der einen nicht einfällt, heckt die andere aus.« Dabei unternahm er keinen Versuch, die Zuneigung in seiner Stimme zu unterdrücken.

Ehrlich erheitert prustete Marie los, sodass Amaryllis und Jacy ebenfalls lachten. »Ich kann mir nicht vorstellen, drei Kinder im selben Alter zu haben, und dazu noch Zwillinge. Wie alt sind die Drillinge denn?«

Malichai grinste schief, als er aufstand. Sein Bein bereitete ihm Probleme, und er musste sich anstrengen, um nicht zusammenzuzucken. Er spürte, wie Amaryllis ihn beobachtete, prüfte aber nicht nach, ob sie seine Schwäche bemerkt hatte. »Ich glaube zwei. So was weiß ich nie so genau. Und wie alt bist du, Jacy?«

»Fünf. Und ich gehe schon zur Schule«, erwiderte sie stolz.

»Sehr schön«, sagte Malichai. »Ich habe gerade das Geschirr gespült.«

»Bist du Amaryllis' Freund?«

»Noch nicht, aber ich habe daran gedacht, sie zum Essen auszuführen. Wir haben den ganzen Tag zusammen gearbeitet, und bislang hat sie mir noch keine Bratpfanne auf den Kopf gehauen.« Er zwinkerte dem kleinen Mädchen zu. »Vielleicht heißt das, dass sie mich mag. *Außerdem*«, verschwörerisch senkte er die Stimme, »haben wir beide das gleiche Lieblingsbuch, auch wenn sie mit dem Lesen nicht so schnell ist wie ich.«

Verstohlen warf er einen kurzen Blick auf Amaryllis. Sie hatte die Hand vorm Mund, um ihr Lachen zu dämpfen, aber ihre Augen blitzten, als sie Marie anschaute und den Kopf schüttelte über den Unsinn, den er ihrer Meinung nach von sich gab. Doch er war sich nicht ganz sicher, ob er dem Kind nur etwas vormachte. Er mochte Amaryllis. Je mehr Zeit er in ihrer Gesellschaft verbrachte, desto froher war er. Es gefiel ihm, dass sie so hart arbeitete, um Marie zu helfen. Sie hatte Mitleid, war fleißig, und sie konnte kochen. Alle drei Charakterzüge bewunderte er. Dazu hatte sie noch einen großartigen Sinn für Humor, etwas, das er bei jedem seiner Freunde als absolutes Muss betrachtete.

Wieder nickte Jacy ernst, dann schaute sie zu ihrer Mutter hoch. »Kann Amaryllis mit Malichai essen gehen?« Seinen Namen richtig auszusprechen, fiel ihr schwer, doch sie schaffte es.

»Ich denke schon. Wir haben ja noch Zeit, bis wir das Abendessen servieren müssen.«

Malichai grinste Amaryllis an. »Ich nehme an, das heißt, du musst mir zeigen, wo man hier am besten isst. Wir sind etwas spät dran, aber es wird schon klappen.«

»Bei uns isst man besten«, entgegnete Amaryllis. »Aber am Ende des Blocks gibt es ein nettes kleines Café. Da können wir hingehen und uns auf die Terrasse mit Blick auf den Strand setzen.«

»Das ist perfekt. Es wird nicht lange dauern«, versicherte er Marie. »Kommst du so lange allein zurecht?«

»Malichai.« Marie versuchte, streng zu klingen. »Du bist hier zu Gast.«

»Mag sein, aber Nonny würde nicht wollen, dass ich selbstsüchtig bin. Ein wenig zur Hand zu gehen, wenn es nötig ist, ist etwas Gutes und macht mir nichts aus. Wir sind gleich wieder da.« Er richtete seine Aufmerksamkeit auf Jacy. »Eigentlich wollte ich die Schürze deiner Mutter anlegen, aber sie hat mir nicht gepasst. Meinst du, du könntest eine in meiner Größe finden?«

Das Kind betrachtete ihn und schüttelte dann den Kopf. »Das glaube ich nicht, aber meine Mommy kann nähen. Bestimmt kann sie dir eine machen.«

Malichai nickte. »Das klingt gut. Ich brauche schon länger eine. Vielleicht kann deine Mama eine nähen, und ich erledige den Abwasch, bis die Spülmaschine wieder funktioniert. Das ist doch ein fairer Deal, findest du nicht?«

Jacy dachte darüber nach und nickte schließlich. »Ja.«

Triumphierend grinste Malichai Marie an. »Sieht so aus, als wäre ich deine offizielle Spülmaschine, wenn du mir eine Schürze nähst, die ich mit nach Hause nehmen kann. Die Mädchen werden sich totlachen. Würde es dir etwas ausmachen, auch Taschen dranzumachen, wenn es möglich ist? Dann kann ich ein paar Sachen für die Mädchen reinstecken, die sie suchen können, wenn sie mir helfen.«

»Willst du wirklich, dass ich dir eine Schürze nähe?«, fragte Marie.

»Ja, bitte, wenn es nicht zu viele Umstände macht. Ich habe sowieso nicht die geringste Ahnung, was man im Urlaub so macht, also erledige ich gerne den Abwasch. Und es macht mir einfach Spaß, euch drei näher kennenzulernen.« Das gefiel ihm viel besser, als alleine am Strand zu sitzen.

Amaryllis legte eine Hand auf seinen Arm, und sofort rieselte ein Schauer über seinen Rücken, und sein Blut prickelte, als wäre es voller winzig kleiner Champagnerperlen. Er spürte förmlich, wie sich dieses Prickeln über seine Adern unaufhaltsam im ganzen Körper verbreitete.

»Wenn wir wirklich essen gehen und auch Zeit genug haben wollen, um es zu genießen, müssen wir jetzt los«, sagte sie.

Selbst ihre Stimme schien seine Nervenenden zum Vibrieren zu bringen, deshalb war er nicht ganz sicher, ob allein mit ihr zu sein – selbst am helllichten Tag mit Menschen um sie herum – eine besonders gute Idee war. Dennoch nahm er ihre Hand und verschränkte seine Finger mit ihren.

»Du hast recht, lass uns gehen.« Er winkte Jacy zu und ließ sich von Amaryllis nach draußen führen.

Der Ausblick, der sich ihnen bot, war atemberaubend. »Diese Pension liegt einfach perfekt. Kein Wunder, dass Marie die Hälfte der Zeit eine Warteliste hat.« Fast hätte Malichai laut aufgestöhnt. Er hatte einen großen Fehler gemacht. Das war bei der Überprüfung herausgekommen. Er hatte nur reservieren können, weil jemand abgesagt hatte.

»Ja, es ist wunderschön hier, nicht?«, sagte Amaryllis. »Marie liebt ihr Bed and Breakfast. Wenn Jacy nicht so krank wäre, würde es ihr finanziell sehr gut gehen. Sie arbeitet viel und hart. Aber sie hat keine Verwandten, die ihr helfen könnten, also macht sie alles allein, seit ihr Mann getötet worden ist.«

»Wird Jacy wieder gesund?«

»Sie hat eine gute Chance. Marie ist sehr besorgt um sie. Sie hält sie von den meisten Menschen in der Pension fern, um das Risiko zu verringern, dass sie sich etwas einfängt, womit ihr Immunsystem nicht fertig wird. Aber Jacy ist sehr wissbegierig und aufgeweckt, deshalb fällt es ihr schwer, nicht auf die Gäste zuzugehen. Marie sah heute Nachmittag nicht so niedergeschlagen aus wie heute Morgen, deshalb gehe ich davon aus, dass der Besuch beim Arzt gut gelaufen ist. Sie hat mir in zwei Nachrichten geschrieben, dass es besser geht, also hoffe ich, dass Jacy nur etwas zu kämpfen hatte – wie so oft morgens – und nicht wirklich krank ist.«

»Ich habe sie bestimmt nicht angesteckt«, versicherte Malichai ihr schuldbewusst, weil er Jacy so nahe gekommen war. »Schon als Kind war ich nicht so oft krank wie andere Kinder, also habe ich wohl ein sehr starkes Immunsystem. Oder mein Bruder hat mich so oft verprügelt, dass ich Angst hatte, Schwäche zu zeigen«, sagte er lachend und freute sich, als Amaryllis mitlachte.

Sie spazierten über den Bürgersteig. Auf der einen Seite erstreckte sich bis zu den Wellen des Ozeans der Sandstrand, auf der anderen standen bunt bemalte Häuser. Die Sonne brannte, doch die Hitze war anders als die geruchsintensive schwüle Hitze im Sumpf. Er hätte sie als trocken bezeichnet, wenn die leichte Brise nicht den salzigen Hauch des Meeres mitgebracht hätte.

Amaryllis schien nicht zu bemerken, dass sie immer noch Händchen hielten, daher machte er nicht den Fehler, sie darauf aufmerksam zu machen. Hand in Hand war er noch nie mit einer Frau irgendwo hingegangen, aber er stellte fest, dass es ihm mit ihr gefiel.

»Wenn ich richtig darüber nachdenke, werde ich auch nicht oft krank«, sagte Amaryllis. »Das ist doch komisch, oder? Dass wir beide nicht viele Kinderkrankheiten hatten.«

Malichai zuckte die Achseln, denn er wollte nicht zu genau über diese Gemeinsamkeit nachdenken. »Meine Brüder behaupten, das heißt nur, dass es bei mir, wenn ich als Erwachsener krank werde, egal, was ich bekomme, viel schlimmer ausgehen wird als bei andern. Und wenn sie mir das ausmalen, kichern sie meist wie Hyänen.«

»Hört sich so an, als wären alle in deiner Familie sehr ... nett.«

Malichai bemerkte den wehmütigen Unterton in ihrer Stimme. »Das sind sie.« Er folgte ihr die Stufen hinauf zu dem kleinen Café, das zwischen zwei größeren Geschäften eingezwängt war. Eines verkaufte alle möglichen Andenken für Touristen, das andere versorgte alle am Ort mit Strandmode. Er merkte sich die Gebäude mit Aus- und Eingängen, Stufen, Dächern und Feuerleitern sowie die Autos auf dem Parkplatz und die Leute auf dem Gehweg und prägte sich jede noch so kleine Information gut ein, während sein Blick schnell über Gesichter und Kleider glitt und er im Kopf eine Karte von der Gegend und denen, die dort wohnten und arbeiteten, entwarf – und das alles innerhalb von Sekunden.

Das Café wurde gut geführt. Es war recht klein, deshalb hatte man es nicht mit Tischen und Stühlen vollgestopft, sondern einen großzügigen Bewegungsraum für die Kellner geschaffen. Die Mehrzahl der Tische stand draußen auf einer sehr großen überdachten Terrasse. Die Gäste bestellten drinnen, bekamen eine Nummer und setzten sich dann dorthin. Sobald Malichai sich niedergelassen hatte, streckte er sein Bein aus und versuchte, nicht vor Erleichterung zu stöhnen, weil er es nicht mehr belasten musste.

»Wie ist das passiert?«, fragte Amaryllis.

Malichai dachte, dass es keinen Grund gab, ihr etwas vorzumachen. Offenbar gelang es ihm nicht halb so gut, seine Verletzung zu verbergen, wie er gedacht hatte. Er verstand nicht, warum das Bein immer noch so schmerzte, wenn es inzwischen doch fast völlig geheilt sein müsste. Nachdenklich rieb er sich den Oberschenkel, wo die Krämpfe am schlimmsten waren. Der Großteil seiner Arbeit unterlag strenger Geheimhaltung. Oder besser, seine *bloße* Existenz und die der anderen Mitglieder seines Teams waren streng geheim.

»Ich bin in der Air Force – Rettungsspringer. Arzt. Bei einem Einsatz ist es etwas brenzlig geworden, und mein Bein hat einiges abgekriegt. Ist nicht schlimm, aber trotzdem lästig. Wurde deshalb zwangsbeurlaubt, und hier bin ich.«

Amaryllis stützte das Kinn in die Hand und betrachtete ihn mit ihren saphirblauen Augen. »Was machen Rettungsspringer denn so? Von dem Beruf habe noch nie etwas gehört.«

Malichai legte eine Hand auf die Brust. »Das trifft mich – wirklich. Wie ein Stich direkt ins Herz. Die meisten von uns sind Ärzte und Schwestern, die für die Kampfrettung ausgebildet wurden. Wir kommen, wenn unsere Leute schwer verletzt sind, stabilisieren sie so weit, dass wir sie rausbringen können, schützen sie, wenn wir zum Hubschrauber rennen, und hoffen, dass wir dabei nicht getroffen werden.« Er grinste sie an. »Ich war zu langsam.«

»Das ist dein Beruf?«

Sein Grinsen verschwand und er nickte. »Es geht um verwundete Soldaten. Unsere Männer. Wir sorgen dafür, dass sie nicht zurückgelassen und dem Feind ausgeliefert werden. Manchmal haben wir ein paar Hubschrauber dabei, die versuchen, uns den Gegner vom Leib zu halten. Meistens werden wir in ein Krisengebiet geschickt, daher wissen wir schon vorher, dass wir unter Beschuss geraten werden. Die Verwundeten brauchen sofort Hilfe, und manche müssen nach Deutschland oder woandershin ausgeflogen werden, wo sie operiert werden können, auch wenn ein paar Ärzte das schon vor Ort machen mussten, um ein Bein, einen Arm oder ein Leben zu retten.«

»Du bist überhaupt nicht so, wie ich dachte.«

»Was hast du denn über mich gedacht?«, fragte Malichai neugierig, dabei bemerkte er ein Pärchen ein paar Tische weiter, das sich stritt, allerdings sehr leise. Die Frau war aufgeregt und bestand darauf, »es« der Polizei zu erzählen, doch der Mann schüttelte störrisch den Kopf und sagte, er wolle da nicht hineingezogen werden. Sie wüssten doch gar nicht genug, um irgendjemandem etwas zu erzählen. Sie solle lieber den Mund halten und das Thema wechseln.

»Du wirkst ziemlich einschüchternd. Du hast die Figur eines Bodybuilders, obwohl du kein Muskelprotz bist. Du hast nicht so viel Masse, bist aber sehr gut in Form. Und du erweckst den Eindruck, dass man sich besser nicht mit dir anlegen sollte.«

Malichai lächelte schwach und erlaubte es sich, den Blick an dem streitenden Pärchen vorbei über die anderen Gäste schweifen zu lassen. An einem Tisch saß das Trio aus der Pension, das morgens im Flur gestanden hatte. Die beiden Männer unterhielten sich darüber, wo man in San Diego am besten surfte, die Frau wirkte gelangweilt. Ein weiteres Trio aus Männern in Anzügen mit Aktentaschen saß an einem anderen Tisch. Die drei hatten sich in der Pension zum Arbeiten in einen der Räume zurückgezogen, die genau diesem Zweck dienten.

»Denkst du, Sanitäter sollten anders wirken? Wir müssen so sein. Wir arbeiten im Feld, während uns Kugeln um die Ohren fliegen. Manchmal packen wir uns die Verwundeten mitsamt den Infusionsbeuteln sogar auf den Rücken und springen mit ihnen in die Hubschrauber, wenn sie schon abgehoben haben.«

»Das hört sich völlig verrückt an. Ich habe nie darüber nachgedacht, wer die Soldaten rettet, wenn sie verletzt sind. Ich habe wohl immer angenommen, Rangers und SEALs und solche Einheiten würden das machen.«

»Ich gebe mir Mühe, nicht beleidigt zu sein.« Malichai richtete seine Aufmerksamkeit wieder auf Amaryllis. »Aber *wir* retten unsere Soldaten.«

Die Sonne schien auf ihr Haar und ließ weizenblonde, karamellfarbene und silberweiße Strähnen aufblitzen. Sogar ein paar goldene waren dabei. Ihre Haarfarbe war genauso faszinierend wie ihre Augenfarbe. Beide gefielen ihm sehr, doch die ihrer Augen wohl ein klein wenig besser. Je öfter er in sie hineinschaute, desto unwahrscheinlicher erschien es ihm, dass Amaryllis Kontaktlinsen trug.

Sie schenkte ihm ein Lächeln, das sein Inneres zum Schmelzen brachte und ihm klarmachte, dass es keine gute Idee war, sich zu sehr in sie zu verlieben, denn wenn sie ihn so anlächelte, konnte sie ihn um den kleinen Finger wickeln. Und dann würden seine Brüder und Teamkameraden ihn gnadenlos aufziehen.

»Ich wollte dich nicht beleidigen, es ist nur so, dass ich mir nie richtig Gedanken darüber gemacht habe. Ich hatte immer den Eindruck, dass Ärzte aus dem Schlimmsten herausgehalten werden, zumindest ist das so im Film. Die kommen immer erst, wenn die Kämpfe vorbei sind.«

Malichai zuckte die Achseln. »Ich habe nie darüber nachgedacht, wie wir in Filmen dargestellt werden, und das interessiert uns auch nicht. Uns geht es um die Soldaten und darum, sie lebend und in einem Stück nach Hause zu bringen, wenn es irgendwie möglich ist.«

Er deutete auf die drei Geschäftsleute. »Die drei habe ich in der Pension gesehen. Und die zwei Männer und die Frau an dem Tisch dort auch. Sie haben sich im Flur gestritten und scheinen sich immer noch nicht einig zu sein. Sind die immer so?«

»Die drei Geschäftsleute sind einen Tag vor dir angekommen. Sie arbeiten alle für dieselbe Firma, *Lanterns International*, aber jeder ist aus einem anderen Land. Einer aus Texas, einer aus Hongkong und der Dritte aus Indien. Offenbar treffen sie sich alle sechs Monate persönlich. Sie warten noch auf zwei weitere Kollegen aus der Schweiz und aus Japan. Die sind schon früher bei uns gewesen. Die Firma heißt *Lanterns International*, weil es denen um neue Ideen geht, wie man Frieden und Verständnis zwischen Menschen aus verschiedenen Ländern fördern kann. Menschen mit gegensätzlichen Ansichten und politischen Überzeugungen.«

»Scheint mir eher schwer zu erreichen als Zielsetzung«, bemerkte Malichai.

Amaryllis war ein wenig konsterniert. »Aber du siehst doch sicher auch, wie viel Unruhe in der Welt ist. Wenn die Menschen nicht so sehr damit beschäftigt wären, einander zu beurteilen, und stattdessen versuchen würden, mehr Verständnis füreinander aufzubringen, könnte man vielleicht ...« Die Stirn leicht gerunzelt verstummte sie.

Spontan griff Malichai über den Tisch und strich mit den Fingerspitzen über ihre Lippen, als könnte er so das Stirnrunzeln wegwischen. »Ich habe nicht gesagt, dass es keine tolle Idee ist, nur dass sie, wie man sieht, wohl nicht umzusetzen ist. Es gibt doch dauernd irgendwelche Friedensverhandlungen, die offenbar nichts bringen.«

Ihre Lippen waren genauso weich, wie sie aussahen. Dazu voll und so schön gebogen, dass sie einen Mann zum Träumen brachten. Einen Moment lang rührte sie sich nicht, doch ihre Augen wurden dunkler und bekamen diesen Glanz, der ihm von Anfang an aufgefallen war. Dann wich sie ein wenig zurück, und er ließ seine Hand sinken, als würde ihm erst in diesem Moment bewusst, was er gerade tat.

»Diese Verhandlungen bringen nichts, weil jedes Land nur seine eigenen Interessen im Sinn hat und den besten Deal für sich machen will. Die Idee dieser Leute ist es, *Menschen* zusammenzubringen. Sie haben eine riesige Konferenz geplant, die bald stattfinden soll, zumindest hat Marie mir das gesagt. Sie arbeiten schon seit mehreren Jahren daran. Ich habe das nicht verfolgt, aber ich weiß, dass die fünf deshalb hier sind. Das *San Diego Convention Center* ist nicht weit von hier, und die Tagung ist ausgebucht.«

»Tja, ich hoffe, sie haben Erfolg. Ich habe genug von unseren jungen Männern tot oder sterbend nach Hause

geholt, ohne Arme oder Beine und manchmal sogar …«
Er drückte seine Finger auf die Augenwinkel und dachte an Tim und Jerry. Sie hatten sich sehr nahegestanden. Gute Männer, beide, der eine war tot, und der andere hatte noch einen sehr langen Weg vor sich.

Amaryllis legte eine Hand auf seinen Arm. »Denk nicht mehr dran. Was auch mit deinem Bein passiert ist, egal, was dich traurig macht, denk nicht mehr daran.« Sie sah sich auf der Terrasse um. »Die Hälfte der Gäste aus der Pension geht zu dieser Konferenz. Die drei Anzugträger kennst du ja schon. Das Pärchen am Tisch gegenüber wohnt im Erdgeschoss. Laut Marie sind die zwei zum ersten Mal bei uns. Bryon und Anna Cooper. Sie sind seit einer Woche da und bleiben noch eine weitere. Beide sind sehr nett. Sie geben gutes Trinkgeld und sind ausgesprochen höflich.«

Der Kellner brachte ihr Essen nach draußen und stellte es vor sie hin. Malichai hatte gewusst, dass sein Magen heftig rebellieren würde, wenn er nicht bald etwas zu essen bekam, trotzdem versuchte er, nicht so zu wirken, als wäre er am Verhungern, als er seinen Hamburger nahm und hineinbiss. Das Ding schmeckte köstlich. Schon möglich, dass er einfach nur ausgehungert war, womöglich aber war es auch der beste Burger, den er je gegessen hatte.

Amaryllis lachte in sich hinein. »Du machst ja ein geradezu wollüstiges Gesicht.«

Malichai runzelte die Stirn und hielt den Hamburger auf Brusthöhe, um ihn ja nicht aus der Hand legen zu müssen. »Also, ich finde die Beschreibung passt nicht. So würde ich doch nur aussehen, wenn ich Sex hätte. Und zwar guten.« Er wusste, dass die Anspielung unangemessen war, konnte sie sich aber nicht verkneifen. Außerdem war er etwas schockiert über den Vergleich.

Wieder lachte Amaryllis in sich hinein. »Ich kann doch nichts für das Gesicht, das du ziehst. Vielleicht siehst du ja beim Sex genauso aus. Isst du so gern?«

»Du meinst, genauso gern, wie ich Sex habe?« Malichai biss noch einmal zu und kaute nachdenklich, als würde er das im Geiste abwägen. »Man muss essen, um genug Kraft für Sex zu haben, deshalb ist essen wichtig, also kann man es ruhig genießen. Nonny ist eine sehr gute Köchin.«

»Ist sie hübsch?«

Hörte er da einen Hauch von Eifersucht? Er hoffte es. »Ich würde sagen, alle Männer finden sie attraktiv. Sie ist achtzig und längst eine Legende in der Gegend. Aber sie hat ihr ganzes Leben lang einem Mann die Treue gehalten, auch noch lange nachdem sie ihn verloren hatte.«

Amaryllis nickte. »Verstehe. Also weiter im Text. Was findest du besser, essen oder Sex?«

»Kommt darauf an, wer kocht und mit wem ich Sex habe.«

»Du redest dich raus. Das ist unfair.«

Malichai grinste sie an. »Du hast keine Regeln aufgestellt, also muss ich auch nicht ehrlich antworten.« Er deutete auf die beiden Männer und die Frau, die auch in der Pension wohnten. Er musste ein besseres Thema finden, über das er mit ihr reden konnte. »Wer sind denn die?«

Amaryllis verdrehte die Augen. »Tania und Tommy Leven, Geschwister, und Billy Leven, ihr Cousin. Die sind schwierig. Es gibt immer ein paar schwierige Gäste, das ist nichts Besonderes.« Sie biss von ihrem eigenen Hamburger ab. Sie hatte sich keinen doppelten bestellt, daher sah das bei ihr wesentlich gesitteter aus.

»Was ist denn an ihnen so schwierig?«

Amaryllis zuckte die Achseln. »Ach, das Übliche. Sie möchten nicht, dass ihre Zimmer gereinigt werden und werfen die nassen Handtücher im Flur auf den Boden. Dann wollen sie neue, lassen mich aber nicht in ihr Bad. Außerdem bestehen sie auf Zimmerservice, den wir gar nicht anbieten. Ständig rufen sie an und verlangen nach Kaffee. Ich habe ihnen schon tausend Mal gesagt, dass sie den an der Straßenecke kriegen oder den Kaffeekocher in ihrem Zimmer benutzen können, aber das ist ihnen nicht gut genug. Also nichts Schlimmes, so was ist nicht ungewöhnlich, aber wenn man arbeitet wie eine Verrückte, kann es sehr lästig sein.«

Das verstand Malichai. »Die Frauen aus meiner Familie würden sich das nicht gefallen lassen.« Cayenne, Traps Frau, würde die drei wahrscheinlich in einem Seidenkokon an einem Baum aufhängen, aber das konnte er an der Stelle schlecht anmerken.

»Ich sollte mich nicht über sie beklagen. Sie waren echt nett zu Jacy. Sie haben ihr sogar ein Malbuch und Stifte geschenkt, als sie sich einmal aufgeregt hat und die drei sie weinen gehört haben. Tania hat erzählt, dass sie eine Schwester hat, die fast zehn Jahre jünger ist als sie, aber sie vergöttert das Mädchen. Es hat ihr sehr leidgetan, dass Jacy so traurig war, also können sie auch nett sein, obwohl sie manchmal nerven. Alle anderen haben Jacy auch weinen hören, das weiß ich, weil Bryon und Anna Cooper sich am nächsten Tag nach ihr erkundigt haben, und auch einer der Männer von *Lanterns International*, aber nur Tania ist darauf gekommen, etwas für Jacy zu besorgen.«

Malichai hatte seinen Burger fast vertilgt und arbeitete sich durch seine Pommes, dabei versuchte er, nicht auf Amaryllis' Portion zu schielen. Sie hatte noch keine einzige Fritte angerührt, denn sie war der langsamste Esser der Welt. Sie kaute jeden Bissen mehr als hundert Mal.

»Erzähl mir mehr von den kleinen Mädchen deines Freundes. Du hast gesagt, er hätte fünf Töchter. Ich habe noch nie waschechte Drillinge gesehen.«

Unwillkürlich versteifte Malichai sich. Keiner aus dem Team redete viel über die Mädchen. Sie beschützten die Kleinen und ihre Mutter Pepper. Die drei waren von einem der Gefolgsleute Whitneys, der eins seiner Labore leitete, auf die Todesliste gesetzt worden, doch dann hatte Malichais Team *ihn* getötet.

»Ich kenne mich mit Kindern nicht besonders gut aus, aber ich glaube, die drei sind verdammt süß. Ich wüsste wahrscheinlich nicht, was ich mit einem Kind anfangen sollte, trotzdem machen sie einem Lust darauf, welche zu haben. Wenn sie einen anlächeln, schmilzt man einfach dahin.« Er sah Amaryllis über den Tisch hinweg in die Augen. »Möchtest du Kinder?«

Sie nickte und schob das kleine Körbchen mit ihrem halb gegessenen Burger und allen Fritten zu ihm hinüber. »Ich will noch Platz haben für die Lasagne und das Sauerteigbrot.« Sie deutete auf den Korb. »Manchmal sitze ich am Strand und schaue den Kindern dabei zu, wie sie im Sand spielen oder Burgen bauen. Und Jacy lässt mich auch dahinschmelzen. Ja, ich glaube, irgendwann würde ich gerne Kinder haben.«

Malichai bemerkte, dass das Pärchen aufstand. Dann legte Bryon einen Arm um die Schultern seiner Frau, und sie stiegen die Stufen zum Strand hinunter. Es war ein wunderschöner klarer Tag, der ihm das Gefühl vermittelte, bis zur anderen Seite des Ozeans blicken zu können. Die Wellen rollten sanft am Sandstrand aus, wo Dutzende bunte Sonnenschirme aufgestellt waren und Familien spielten oder lasen oder einfach nur die späte Nachmittagssonne genossen.

Es war so friedlich an diesem Ort. Aber vielleicht kam es ihm auch nur so vor, weil er mit Amaryllis zusammen war. Schließlich verbrachte er sonst nicht besonders viel Zeit mit Frauen. Normalerweise gabelte er eine in einer Bar auf, verbrachte ein paar Stunden mit ihr und machte sich dann wieder aus dem Staub. Sein Leben drehte sich um den Dienst für sein Land, das Leben mit seinen Freunden und den Bau einer Festung mitten im Sumpf von Louisiana, in der sie hoffentlich vor jedem Angriff sicher waren.

Schattengänger waren anders. Aus Experimenten hervorgegangen. Und sie hatten sich bereits einige Feinde im Weißen Haus gemacht, Männer und Frauen, die sie für zu gefährlich hielten, um sie am Leben zu lassen. Es gab vier Schattengänger-Teams. Das erste hatte Probleme mit Hirnblutungen und anderen schweren Einschränkungen gehabt, aber die Männer zogen immer noch los und taten die Arbeit, die sie für nötig hielten, um ihrem Land zu helfen.

Jeder Einzelne von ihnen hatte ein rigoroses Spezialtraining durchlaufen, und das war längst nicht alles. Das erste Team hatte sich mit der zweiten Einheit in der Abgeschiedenheit von Montana zusammengetan und baute dort eine Festung zum Schutz ihrer Frauen und Kinder. Team drei errichtete sein Bollwerk in San Francisco, und Malichais Team tat in Louisiana das Gleiche.

»Ich hätte nie gedacht, dass ich einmal an so einem Ort sitzen und mich mit einer Frau wie dir unterhalten würde«, sagte er. Dann nahm er die übrige Hälfte des Burgers, den sie sorgfältig halbiert hatte, und biss hinein.

»Mit einer Frau wie mir?«

»Einer Frau, die so wunderschön ist, dass es mir den Atem verschlägt.« Er konnte nicht glauben, dass er das gesagt hatte. »Was ich offenbar nicht für mich behalten kann.«

Amaryllis wirkte geschmeichelt, aber auch leicht verlegen. »Danke, das ist ein sehr nettes Kompliment.«

Er wand sich auf seinem Stuhl. »Sag bitte nicht ›nett‹. Wenn Frauen einen Mann so bezeichnen, hat er keine Chance bei ihnen.«

»Keine Chance?«, wiederholte Amaryllis. »Mal abgesehen von diesem Wort, du hättest also gern eine Chance bei mir?«

»So ist es.« Malichai vertilgte den Rest ihres Burgers. »Danke, dass du dein Essen mit mir geteilt hast.«

»Schade, dass du heute Abend nichts mehr essen kannst, unsere Lasagne ist sehr gut. Eine Spezialität des Hauses.«

»Die schaff ich schon noch. Nonny sagt immer, ich hätte ein Loch im Bauch. Meine Frau wird es schwer haben, mich satt zu kriegen.« Er grinste.

Amaryllis schüttelte den Kopf. »Das sind ja schreckliche Aussichten.«

»Aber immerhin habe ich dein Interesse geweckt.«

Sie lachte, so wie er es gehofft hatte. »Du bist ein schrecklicher Kerl«, sagte Amaryllis, »und wir sollten jetzt gehen. Willst du die Fritten mitnehmen?«

»Nein, die können die Vögel haben.« Malichai deutete auf die Möwen, die über den Sand und die Holzdielen liefen und nur darauf warteten, dass sie verschwanden. »Ich möchte ja noch die Lasagne probieren.«

Als Amaryllis sich erhob, stand auch Malichai auf und reichte ihr seine Hand. Ohne zu zögern, legte sie ihre

Hand in seine, was ihm sehr gefiel. Dann gingen sie über die Stufen zum Strand, genauso wie es das Pärchen vor ihnen gemacht hatte. Auf dem Rückweg zur Pension zog Malichai Amaryllis näher an sich heran und drückte ihre Hand einen kurzen Augenblick an sein Herz.

Er spürte, wie sie ihn ansah, doch er ging weiter, mied ihren Blick und schaute sich in der Gegend um. Es fühlte sich richtig an, einfach nur mit ihr spazieren zu gehen. Mit ihr zusammen zu sein. Auch das war eine neue Erfahrung für ihn. Etwas so Einfaches zu tun, nur gemeinsam dahinzuschlendern, ohne dass einer von ihnen das Bedürfnis verspürte, das Schweigen zu brechen. Erst als sie an der Pension angekommen waren, blieb sie stehen und entzog ihm ihre Hand.

»Was ist?« Er schlang eine Hand um ihren Nacken und wagte es, mit dem Daumen ihren zarten Wangenknochen zu streicheln.

»Du sollst einfach nur wissen, dass ich es schön finde, dass du so nett bist.«

Dann beugte sie sich vor und küsste ihn aufs Kinn, auf die unvermeidlichen dunklen Bartstoppeln, die schon wieder auf der unteren Hälfte seines Gesichts sprossen. Es war ein sehr kurzer Kuss, doch ihm stockte das Herz, und er spürte die Berührung am ganzen Körper. Dann wandte sie sich blitzschnell ab, lief durch den Flur und verschwand in dem Teil des Hauses, zu dem Gäste keinen Zutritt hatten. Er schaute ihr länger nach, als nötig gewesen wäre, und war dankbar, dass keiner von den Schattengängern ihn dabei sah. Seine Kameraden hätten sich ohne Ende über ihn lustig gemacht.

Auf dem Weg zu seinem Zimmer begegnete er zwei Männern, die aus ihrem Zimmer kamen. Sie waren neu in der Pension, mussten also an diesem Tag angekommen sein. Malichai zog sein Handy aus der Tasche und tat, als würde er seine Nachrichten lesen. Es war ja nicht so, als bekäme er wenige. Die meisten stammten von seinen Brüdern, die ihm Prügel androhten, wenn er nicht bald antworten würde. Sie wollten wissen, ob es ihm gut ging.

Doch statt ihnen zu schreiben, schoss er heimlich ein paar Bilder, so wie er es bei allen Gästen gemacht hatte. Das war ein notwendiges Übel. Er hatte sogar Amaryllis' Foto eingeschickt, allerdings ohne ein Wort darüber zu verlieren, welchen Verdacht er manchmal hegte – nämlich dass sie, genau wie er, physisch und psychisch weiterentwickelt sein könnte. Denn wenn das stimmte, konnte sie in Whitneys Auftrag unterwegs sein, oder sie war aus einem seiner Lager entkommen und auf der Flucht.

Doch sie wirkte nicht so, als würde sie sich verstecken, und sie arbeitete schon über ein Jahr in der Pension. Damals wäre es ihm nie in den Sinn gekommen, Urlaub im sonnigen Kalifornien zu machen. Also war es nicht vernünftig, an irgendeine große Verschwörung zu glauben, bei der es um ihn ging.

Er bemerkte, dass die beiden Neuankömmlinge ihn genau musterten, als er auf sie zukam. Dann trennten sie sich, sodass er gezwungen war, zwischen ihnen hindurchzugehen, und schauten ihm nach, bis er die Tür hinter sich schloss. Vielleicht weil er auf manche Menschen einschüchternd wirkte. Vielleicht aber auch, weil sie geschickt worden waren, um ihn zu töten. Das passte definitiv besser in sein Weltbild. Großartig, nun fühlte er sich schon von den Pensionsgästen verfolgt.

Wenigstens flirtete keiner von den anderen Männern im Haus mit Amaryllis. Das hätte ihn gereizt, und er war nicht nett genug, um in dem Fall stillzuhalten. Normalerweise war er nicht eifersüchtig, also war auch diese übertriebene Kampfbereitschaft eine neue Erfahrung für ihn.

Er legte sich aufs Bett und gönnte seinem Bein Ruhe. Es auszustrecken tat weh, aber es zu schonen, war definitiv besser, als darauf herumzulaufen, auch wenn sämtliche Muskeln dagegen protestierten. Verletzungen heilten bei Schattengängern schneller als üblich, doch obwohl sein Bein äußerlich recht gut aussah, wurde es einfach nicht wieder gesund. Nur beim Schwimmen fühlte es sich halbwegs normal an, und das machte er hier wie empfohlen regelmäßig.

Rubin, der allein mit der Kraft seines Geistes operieren konnte, hatte ihn wieder zusammengeflickt. Auch Joe, der ebenfalls mit Geisteskräften heilte, hatte sich mehrfach mit ihm befasst. Außerdem hatte ein Orthopäde Wunder gewirkt. Und er war zur Krankengymnastik gegangen. Er hatte sich schon immer sehr rasch erholt, und seit den Weiterentwicklungen ging es noch viel schneller.

Der Physiotherapeut hatte ihm gesagt, er solle sich nicht überanstrengen. Er sollte zwar mit dem verletzten Bein gehen, es aber nicht übertreiben, nur kurze Spaziergänge machen, aufhören, wenn der Schmerz zunahm, und nicht rennen – ein Witz für einen Mann wie ihn. Außerdem sollte er jeden Tag im Meer schwimmen. Er war ein ausgezeichneter Schwimmer – eine Kanone im Wasser –, und die anderen hatten gedacht, Bewegung ohne das volle Körpergewicht könnte helfen, das Bein zu stärken. So wie auch das tägliche Laufen im Sand. Nach all den Therapien, den psychischen Heilungen und OPs müsste sein Bein eigentlich in Topform sein, doch es tat nach wie vor höllisch weh.

Wenn er so mit seinem schmerzenden Bein auf dem Bett lag, kam er sich vor wie ein Jammerlappen. Er war es gewöhnt, stets etwas zu tun zu haben, und ohne Amaryllis, die ihn ablenkte, fühlte er sich nahe dran durchzudrehen. Amaryllis, sein kleines Rätsel. Schnell wandte er seine Aufmerksamkeit wieder ihr zu. Er wollte sich an jedes Detail an ihr erinnern, besonders daran, wie ihr Gesicht aufleuchtete, wenn sie lachte.

Sie war leichtfüßig – um nicht zu sagen glatt wie Wasser – über den Sand geschritten, ohne darin steckenzubleiben. Aber Schattengänger erkannten einander. Meist an dem Energiefeld, das sie umgab. Sollte sie tatsächlich eine Schattengängerin sein, war sie anscheinend in der Lage, sich abzuschotten, und diese Fähigkeit gab es selten.

Angenommen, sie war eins von Whitneys Experimenten. Dann musste er daraus folgern, dass er zufällig auf eine der Frauen gestoßen war, die aus den zahlreichen, auf der ganzen Welt verteilten Lagern entkommen waren, und dass es ihr gelungen war, unterhalb von Whitneys Radar zu bleiben. Wenn das stimmte, würde sie ihn als Bedrohung betrachten, nicht als »nett«.

Malichai seufzte. Er war nicht gut im Flirten, wäre es aber gern gewesen, denn er vermisste sie bereits. Er konnte es jetzt schon kaum noch erwarten, sie wiederzusehen. Es freute ihn sehr, dass sie das Ersatzteil für die Spülmaschine bestellen mussten. Das bedeutete zwar Mehrarbeit für Amaryllis, aber auch, dass er als Abspülexperte des Hauses Zeit mit ihr verbringen konnte.

Sein Handy summte unentwegt, was ihn furchtbar nervte. Also zog er es aus der Tasche und schaute auf den Bildschirm. Ezekiel bombardierte ihn mit Nachrichten, die inzwischen unzählige Flüche beinhalteten und eine sofortige Antwort verlangten. In der letzten drohte er, mit Traps Flugzeug aufzukreuzen, um nach ihm zu sehen. Mist. Das war nicht gut, denn das war Zeke durchaus zuzutrauen.

»Das wurde aber auch Zeit«, meldete sich sein älterer Bruder sofort auf seinen Anruf.

»Was ist los?«

»Du warst verschwunden.«

Sein Körper entspannte sich. Malichai war gar nicht bewusst gewesen, wie angespannt er gewesen war. Sein Bruder war ein harter Brocken, aber auch ein Kümmerer. »Wenn ich mich richtig erinnere, Bruderherz, war deine Frau dabei, als mein Urlaubsort ausgesucht wurde. Sie weiß ganz genau, wo ich bin.«

»Du hättest doch Mordichai mitnehmen können oder Rubin. Irgendeinen von uns.«

»Denkst du, ich brauche jemanden, der mir mein Händchen hält?«

Eine kleine Pause entstand. »Ich habe beim letzten Einsatz beinah meinen Bruder verloren. Daran denke ich, Malichai. Das war verdammt knapp. Wir wissen noch nicht, ob dein Bein sich wieder erholt und ...«

Malichai unterbrach ihn. »Das wird schon. Ich bin durch den Sand gelaufen und im Meer geschwommen und habe es nicht übertrieben, so wie ich es versprochen habe. Mir geht's gut. Alles in Ordnung hier. Ich hab ein paar Bilder von den anderen Gästen der Pension geschossen und schicke sie dir zur Überprüfung und für all diesen Scheiß. Ich glaube nicht, dass irgendein anderer Urlauber so etwas tut. Also mach dir nicht so viele Sorgen.«

Ezekiel seufzte. »Mir gefällt es einfach nicht, dass du so weit von zu Hause weg bist, wenn du so verletzlich bist, Malichai. Wenn Whitney Wind davon bekommt, wo du bist, könntest du in Schwierigkeiten geraten. Wir haben alle möglichen Feinde, nicht nur ihn. Es gibt eine ganze Reihe von Fanatikern, die uns gern alle eliminieren möchten. Und was ist mit Cheng in China? Den gibt's auch noch. Außerdem wäre da noch diese Vereinigung von Bankleuten oder was immer die sind. Es ist ja nicht so, als wären wir nicht von Feinden umzingelt.«

Malichai kam zu dem Schluss, dass dies kein guter Zeitpunkt war, um über Amaryllis und die Frage zu reden, ob sie eins von Whitneys Mädchen sein könnte. Ein Wort über sie, selbst wenn er seinen Verdacht für sich behielt, und Ezekiel würde in Traps Flugzeug steigen, wie er es vorhin angedroht hatte.

»Hast du mich verstanden, Malichai? Nimm das nicht auf die leichte Schulter und wink nicht ab, als wäre ich paranoid. Die Gefahr ist sehr real, denn momentan hast du ein Problem. Wir wissen doch beide, dass dein Bein nicht voll einsatzfähig ist.«

Malichai war klar, dass er sich im Notfall nicht auf sein Bein verlassen konnte.

»Ich bin noch am Leben, Zeke«, sagte er leise und sanft. Er liebte seinen Bruder. Als sie klein gewesen waren, hatte Ezekiel für alles gekämpft, was sie hatten, Kleidung, Nahrung, sogar für Zahnbürsten. Wenn er ihnen etwas nicht kaufen konnte mit dem Geld, das er auf alle möglichen Weisen verdient hatte, hatte er für seine Brüder gestohlen. Und er hatte alle räuberischen Zweibeiner und andere Kinder in die Flucht geschlagen, die ihnen ihr Revier streitig machen wollten. »Ich lebe und bin zum allerersten Mal im Urlaub. Vor meiner Haustür ist ein Strand, und es gibt gutes Essen und gute Gesellschaft.«

Eine weitere Pause entstand. »Gute Gesellschaft?«, hakte Ezekiel nach.

Malichai ging nicht darauf ein. Das war gefährliches Terrain. »Ja, hier sind fünf Männer, jeder aus einem anderen Land, die coole Ideen für Friedensgespräche haben …«

Ezekiel unterbrach ihn, genau wie Malichai es erwartet hatte. »Das ist ja schön und gut, Kai, aber du tust genau das, was der Doktor gesagt hat. Lass dich nicht ablenken. Du willst doch, dass dein Bein heilt.«

»Verstanden.«

»Und nächstes Mal antwortest du mir.«

Doch das wollte Malichai nicht versprechen, nicht einmal dann, wenn er mit dem halb vergessenen Spitznamen aus Kindertagen angesprochen wurde. »Bis bald, Bruder.«

»Wir hören voneinander«, erwiderte Ezekiel.

Malichai drehte sich auf die Seite und blickte auf seinen Wecker. Bald würde es Abendessen geben. Die Lasagne roch so gut, dass sein Magen vor Hunger schon gierig knurrte. Und da er Amaryllis am Morgen bei den Vorbereitungen zugesehen hatte, trieb der Duft aus den Auflaufformen ihn dazu aufzustehen. Seinem Magen war es egal, ob er gerade gegessen hatte oder nicht oder ob sein Bein ihn tragen würde. Ihm war sogar das ganze Bein egal – er interessierte sich nur fürs Essen.

Als Malichai ins Esszimmer kam, schaute Amaryllis auf und lächelte ihm zu. Das war alles wert, selbst eine Standpauke von seinem Bruder. Sie brachte den ganzen Raum zum Leuchten – seinetwegen. Er nahm einen Teller und stellte sich an das Ende der Schlange. Die zwei Männer, die ihm so auffällig nachgestarrt hatten, waren ganz vorn und wurden gerade von Amaryllis bedient. Hinter den beiden stand ein anderer Mann, auch ein Neuankömmling, den er nicht kannte. Direkt vor ihm warteten drei Frauen, und als eine von ihnen sich umdrehte, um Hallo zu sagen, hielt sie bei seinem Anblick inne. Dann strahlte sie ihn an.

Malichai hatte den Blick die ganze Zeit auf Amaryllis gerichtet, sah aber dennoch alles im Raum. Sie teilte ein sehr großes Stück Lasagne aus und deutete auf die nächste Station, an der es Salate und Brot gab. Die beiden Männer zogen weiter. Die Frau vor ihm strahlte ihn immer noch an und fing an, auf ihn einzureden.

»Malichai«, rief Amaryllis ihm zu. Sie klang besorgt.

Sofort trat er aus der Schlange und ging zu ihr. »Was ist los, Schatz?«

»Ich habe nicht genug Lasagne für die erste Runde mitgenommen. Würdest du bitte Nachschub holen? Aber vergiss nicht, Handschuhe anzuziehen und eine Heizplatte mitzubringen.«

»Kein Problem.« Malichai stellte seinen Teller ab und ging in die Küche, dabei gab er sich große Mühe, so zu tun, als würde sein Bein nicht wie Feuer brennen und als würde er ihr glauben. Denn sie hatte genug Lasagne für alle. Es hatte ihr nur nicht gefallen, dass diese Frau ihn so angestrahlt hatte. Das versetzte ihn in gute Stimmung.

In der Küche brauchte er ein paar Minuten, um die anderen Auflaufformen zu finden. Amaryllis benutzte den Ofen zum Warmhalten. Er nahm eine Form heraus, widerstand dem Drang, sich ein Stück herauszuschneiden und es gleich an Ort und Stelle zu verschlingen, und kehrte lässig ins Esszimmer zurück. Amaryllis hatte es geschafft, fast jeden aus der Schlange zu versorgen. Die drei Frauen standen inzwischen vor ihr. Die Kokette strahlte ihn wieder an, während Amaryllis ihr ein Stück Lasagne auf den Teller knallte.

Malichai lächelte zurück, behielt dabei aber Amaryllis im Blick. »Soll ich das ganze Ding aufs Buffet stellen? Ich kann die Lasagne auch klein schneiden.«

»Wirklich, Schatz?«, fragte Amaryllis. »Du bist wirklich der Beste.«

Malichai wusste, was sie damit bezweckte, und er war vollkommen zufrieden damit. Sie gab den Damen zu verstehen, dass er vergeben war.

»Isst du auch etwas?«

»Sobald ich mit dieser Runde fertig bin.«

»Am selben Tisch?« Er deutete auf den, an dem sie mit ihrem Buch gesessen hatte, als er sie zum ersten Mal gesehen hatte – und sofort fasziniert gewesen war. Als ihm der Gedanke gekommen war, dass sie so sein könnte wie er.

Amaryllis nickte. »Genau.«

Malichai schnitt die Lasagne in große Stücke, nahm sich eine ordentliche Portion, dazu grünen Salat und Brot, ging zu dem kleinen Tisch, setzte sich und wartete auf Amaryllis.

4

IRGENDETWAS WECKTE IHN und versetzte ihn in höchste Alarmbereitschaft. Ein Geräusch. Ein verschwörerisches Tuscheln? Ein Kratzen an der Tür. Eine Bewegung in seinem Zimmer. Malichai rührte sich nicht und ließ seine verbesserten Sinne arbeiten. Bisher hatte er sich bemüht, sie zu zügeln und sich normal zu verhalten. Doch jetzt nutzte er jeden Vorteil, den er hatte. Er lauschte mit einer Hörfähigkeit, die er seiner Katzen-DNA verdankte – und der einer Motte. Ja, er hatte etwas von einer Motte in sich. Seltsam, aber wahr. Er ging davon aus, dass sein ausgezeichneter Geruchssinn der Grund dafür war, dass er so stark auf Amaryllis reagierte, denn sie sandte Wellen von Pheromonen aus, und solche konnte er selbst dann wahrnehmen, wenn er rannte. Dazu hatte er Elefanten-DNA in sich, deshalb konnte er stets Wasser finden, auch dann, wenn es sich mehr als sieben Meter unter der Erde befand. Und die Pinguin-DNA erlaubte es ihm, wie eine Kugel durchs Wasser zu schießen und lange untergetaucht zu bleiben.

Er griff nach seinem Messer. Es passte so genau in seine Hand, als wäre es ein Teil von ihm. Dann wartete er ruhig atmend auf den Angriff und tat weiter so, als ob er schliefe. Darin hatte er schließlich viel Übung. Bei seinen Einsätzen auf der ganzen Welt hatte er, wo immer er konnte, umgeben von Feinden ein Nickerchen gemacht.

Als er tief einatmete, war er sicher, dass er nicht allein

war. Einer der beiden Männer, die schon fast so lange da waren wie er, war bei ihm im Zimmer. Burnell Strathom hatte die schlechte Angewohnheit, ihn provozieren zu wollen, indem er im Flur absichtlich nah an ihm vorbeiging und ihn hart mit der Schulter anrempelte. Dabei kam sein Freund Jay Carpenter immer von der anderen Seite dazu und versuchte, ihn so in die Enge zu treiben. Das Spielchen hatten die beiden in der letzten Woche schon mehrmals probiert.

Malichai und Amaryllis gingen oft zu dem kleinen Café und schlenderten anschließend Händchen haltend und redend am Strand entlang. Wenn er mit ihr zusammen war, war er immer zufrieden und entspannt. Manchmal folgten ihnen die beiden Männer, aber er konnte sie nicht darauf ansprechen, denn die zwei hielten großen Abstand und taten so, als spazierten sie einfach ziellos umher. Selbst Amaryllis war aufgefallen, dass die zwei stets in dieselbe Richtung gingen wie sie. Er hatte das ins Lächerliche gezogen und erwidert, dass sie vielleicht Angst hätten, sich zu verlaufen.

Frühmorgens, ehe irgendjemand anders auf war, ging er zum Schwimmen, und sogar dann schlich einer von den beiden ihm nach. Sie kamen ihm nicht zu nahe, aber er entdeckte seine Verfolger jedes Mal. Das war lästig, besonders deshalb, weil sie nicht gerade Meister im Beschatten waren. Manchmal bummelte er einfach herum, schüttelte sie ab und setzte sich dann mit einem Kaffee in das Foyer der Pension, damit er zuschauen konnte, wie sie panisch hereingerannt kamen.

Auf leisen Sohlen trat Burnell ans Bett. Was immer er vorhatte, auch mit dem Anschleichen klappte es wohl nicht so ganz.

»Sie sollten besser abhauen, Burnell«, warnte ihn Mali-chai. »Sonst ramme ich Ihnen dieses Messer so fest in den Hals, dass es hinten wieder rauskommt. Es ist unhöflich, mitten in der Nacht in das Zimmer eines Mannes einzu-dringen und seinen Schlaf zu stören.«

Es wurde still. Dann seufzte Burnell leise. »Ich muss mit Ihnen reden.«

»Wie wär's beim Frühstück?«

»Das geht nicht. Sie sind ja immer mit dieser Frau zu-sammen.«

Malichai versteifte sich. Damit war Amaryllis gemeint. Langsam setzte er sich auf, denn durch seine Katzen-DNA konnte er nachts sehr gut sehen. »Setzen Sie sich auf den Stuhl da drüben. Eine falsche Bewegung, und Sie sind ein toter Mann.«

Burnell gehorchte, obwohl es seinen Stolz verletzte. Doch das kümmerte Malichai nicht. Schließlich war der Mann in sein Zimmer eingebrochen und hatte ihn ge-weckt.

»Wo ist Ihr Freund?«

»Er steht Schmiere. Draußen vor der Tür.«

Malichai schüttelte den Kopf. Wahrscheinlich stand die-ser Dummkopf genau da, wo die Überwachungskameras ein gutes Bild für die Cops machen konnten, falls Burnell vorhatte, ihn anzugreifen. »Also wäre er als Komplize mit dran, wenn es Ihnen gelänge, mich zu töten, und sie beide verhaftet würden«, bemerkte Malichai. »Sind Sie bewaff-net?«

»Nein.«

»Was ist mit Ihrem Freund?«

»Jay? Nein, der hat auch keine Waffe.«

»Dann erzählen Sie mir mal, warum Sie mich verfolgen.« Man konnte unschwer heraushören, wie genervt Malichai war.

»Weil wir Sie anheuern möchten«, gestand Burnell.

Das war das Letzte, was Malichai erwartet hatte. Er ließ das schlimme Bein auf der Matratze liegen und stellte das gute auf den Boden. »Weiter.«

»Da ist dieser Mann.«

»›Dieser Mann‹ sagt mir nichts. Nennen Sie mir einen Namen.«

»Craig Williams.«

»Der hier in der Pension wohnt?«

»Ja, er ist uns hierher gefolgt. Zumindest nehmen wir das an, wir wissen es nicht sicher. Wir glauben, dass er gekommen ist, um uns zu töten.«

Malichai wusste nicht recht, ob das dummes Zeug war oder nicht. Womöglich konnte sich Burnell nur gut herausreden, wenn er auf frischer Tat ertappt wurde. »Warum sollte er euch töten wollen?«

»Ich weiß es nicht. Wir kennen ihn ja gar nicht.« Burnells Stimme klang schrill und ängstlich, und er bemühte sich, sie wieder in den Griff zu bekommen. »Jedenfalls haben wir beschlossen, den stärksten, härtesten Mann in der Pension dazu zu bringen, ihn davon zu überzeugen zu verschwinden.«

»Das ergibt keinen Sinn, Burnell. Überhaupt keinen. Jedes Mal, wenn wir uns im Flur begegnet sind, haben Sie versucht, einen Streit anzuzetteln. Wenn Sie so viel Angst vor dem Mann haben, legen Sie sich doch selbst mit ihm an, damit er rausgeworfen wird.«

»Ich bin eigentlich kein Kämpfer. Ich war immer der Größte in der Klasse, deshalb hatten alle Angst vor mir. Ich wollte nur wissen, ob Sie in der Lage sind, sich zu verteidigen. Jay hat gesagt, darüber sollte ich mir keine Sorgen machen, das könnten Sie bestimmt, aber ich wollte es nicht riskieren, dass Sie auch so einer sind wie ich.«

Malichai gefiel es nicht, dass Burnell sich dafür schämte, dass er kein Kämpfer war. »Zuerst einmal ist es gut, Kämpfen aus dem Weg zu gehen. Andererseits ist es nicht besonders klug, einen Fremden zu provozieren, von dem man nichts weiß. Oder in sein Zimmer einzubrechen. So was kann schnell aus dem Ruder laufen, und am Ende ist dann irgendwer tot. Wenn ich jemanden kaltstelle, dann meistens für immer.« So viel durfte er sicher verraten, schließlich war er Soldat. Und Soldaten mussten öfter töten.

Burnell schauderte. »Ich kenne diesen Mann nicht, aber er verfolgt uns, seit er uns am Strand gesehen hat, und wir glauben beide, dass er vorhat, uns umzubringen.«

»Ihr müsst doch irgendeine Vorstellung davon haben, warum dieser Kerl das vorhaben sollte.« Am Anfang hatte Malichai gedacht, Burnell tische ihm Lügen auf. Dann hatte er geglaubt, er sei einfach nur paranoid. Doch inzwischen war ihm etwas mulmig geworden.

Burnell schüttelte den Kopf. »Wir kennen ihn ja nicht.«

Malichai seufzte. »Rufen Sie Ihren Freund rein.«

»Was ist, wenn Craig hier herumschleicht und Ihr Zimmer in Brand steckt oder so was?«

»Rufen Sie Ihren Freund rein, Burnell. Und damit wir uns richtig verstehen, der Mann, von dem Sie sprechen, ist knapp eins achtzig, hat hellbraunes Haar und braune Augen und trägt meist eine Sportjacke und Jeans? Das ist Ihr Craig Williams?«

Burnell nickte mehrmals. »Genau.« Dann stand er auf, öffnete die Tür und winkte seinen Freund herein.

Während Burnell mit Jay flüsterte, schrieb Malichai seinem Bruder und bat ihn um alle Informationen, die sie bislang über Burnell, Jay und Craig Williams gesammelt hatten. Marie hatte ihm erzählt, Craig käme aus Georgia. Er war schon fast so lang da wie Burnell und Jay, er hatte einen Tag nach ihrer Ankunft eingecheckt. Langsam kam sich Malichai wie in einem schlechten Detektivspiel vor.

Jay setzte sich neben Burnell. »Danke, dass Sie uns zuhören. Ich habe Burnell gewarnt, dass es keine gute Idee sei, mitten in der Nacht bei Ihnen einzubrechen, aber er hat gemeint, das sei am sichersten.«

»Da hat er sich getäuscht«, erwiderte Malichai. »Sie können von Glück sagen, dass ich nicht die Cops gerufen oder ihm den Hals durchgeschnitten habe. Beides wäre möglich gewesen. Und da wir gerade von Cops reden, warum habt ihr euch nicht an die gewandt?«

Die beiden Männer wechselten einen Blick und schüttelten dann die Köpfe. »Wir sind Lebensgefährten«, erklärte Jay. »Das bedeutet, dass das, was wir sagen, oft nicht ernst genommen wird. Wir betreiben eine sehr angesehene Kunstgalerie in Los Angeles, aber wir werden immer noch angeschaut, als wären wir nicht ganz gescheit. Oder als stimmte mit uns etwas nicht. Wir haben ja gegen diesen Mann nichts in der Hand.«

Der Umgang mit Jay war einfacher. Was er sagte, war klar und deutlich, ohne Burnells dramatische Übertreibungen.

»Ich hatte für Burnells Plan, Sie um Hilfe zu bitten, nicht viel übrig, aber wenigstens hören Sie uns ohne Vorurteile zu und tun das, was wir Ihnen erzählen, nicht einfach als dummes Hirngespinst ab.«

»Jay«, Malichai beugte sich vor. »Niemand hält euch deswegen für dumm. Es klingt nur nicht sehr vernünftig. Ihr sagt, ihr habt diesen Mann noch nie im Leben gesehen?«

Beide Männer schüttelten die Köpfe.

»Hat es Drohungen gegeben? Gegen euch? Oder gegen die Galerie?«

Weiteres Kopfschütteln. Malichai trommelte mit den Fingern auf seinen Oberschenkel und zermarterte sich das Hirn, um irgendetwas zu finden, das Williams aus Georgia mit Jay und Burnell aus Southern California in Verbindung brachte. »Wann ist Williams euch zum ersten Mal aufgefallen?«

»Als wir mit Anna und Bryon Cooper am Strand waren. Wir hatten einen Großteil des Tages gemeinsam verbracht und waren auf dem Rückweg zur Pension«, sagte Jay. »Anna hatte einen kleinen Laden entdeckt, einen Zauberladen. Er wirkte sehr altmodisch. Nostalgisch. Echt cool. Wir sind alle reingegangen, haben darin gestöbert und ganz viele tolle Zaubertricks aus alten Zeiten entdeckt, aber es ist nie jemand hinter dem Vorhang hervorgekommen, um uns irgendwie Geld abzuknöpfen. Wir hätten den ganzen Laden ausräumen können.«

Burnell nickte. »Er liegt etwas zurückgesetzt von der Straße in dieser kleinen Gasse zwischen dem Nachbarhaus und einem Briefmarkenladen. Kennen Sie die Gasse?«

Malichai nickte. Dort zeigten Künstler oft ihre Werke und verkauften sie an Touristen. Damit schienen viele ganz gut Geld zu verdienen. Er hatte auch den Zauberladen von außen gesehen, war aber nie hineingegangen.

»Also sind wir hinter die Theke, wo dieser Vorhang in der Tür hing«, nahm Burnell die Geschichte wieder auf. »Dann hat Anna angefangen zu rufen, weil wir ein paar

Leute dort reden hörten. Es hat aber wie eine Art Besprechung geklungen, deshalb haben wir beschlossen, lieber wieder zu gehen. Ich dachte, sie hätten einfach nur vergessen, das ›Geschlossen‹-Schild an die Tür zu hängen. Schließlich war es schon spät. Aber dann hörten wir jemand sagen, dass möglichst viele Menschen getötet werden sollten. Genau das hat der Mann gesagt. Möglichst viele Menschen«, erklärte er fast trotzig mit einem Blick zu Jay. »Er hat es sogar noch einmal wiederholt, ich habe es genau gehört.«

Malichai lief es kalt über den Rücken. »Wer hat das gesagt?«

»Ich weiß es nicht«, gab Burnell zu. »Ich habe niemanden gesehen. Wir haben uns nicht getraut, den Vorhang beiseitezuziehen. Das alles war uns nicht geheuer.«

»Du könntest dich auch verhört haben«, widersprach Jay. »Anna und Burnell haben geglaubt, das verstanden zu haben, aber für Bryon und mich hat es sich eher so angehört wie: ›Wir müssen das gesamte Feld räumen‹. Als ginge es um eine Art Spielfeld. Irgendein Brettspiel.«

»Es gibt aber nicht allzu viele Brettspiele, bei denen *möglichst viele Menschen getötet werden sollen*, Jay.«

Malichai hob eine Hand, um weiteren Streit zu verhindern. »Was hat Craig Williams damit zu tun?«

»Wir sind schnell aus dem Laden raus«, sagte Jay. »Anna war sehr aufgeregt und wollte zur Polizei gehen, aber Bryon war dagegen. Er meinte, sie hätte sich getäuscht. Als wir auf die Hauptstraße kamen, stand Craig da und starrte uns an. Das hat uns Angst eingejagt. Er fixierte uns wie ein Bösewicht in einem Horrorfilm.«

»Dann ist er uns zur Pension gefolgt«, fügte Burnell hinzu.

»Nein, ist er nicht«, widersprach Jay. »Du darfst nicht übertreiben, Burnell. Wir haben ihn nicht mehr gesehen, bis er uns im Flur über den Weg gelaufen ist. Auch da hat er uns böse angestarrt.«

Malichai war Craigs Blick auch schon aufgefallen. Aber es war ja nicht verboten, andere Menschen anzustarren. »Wann war das? Datum und Uhrzeit.« Mit Amaryllis' Hilfe war es nicht schwer zu überprüfen, wann Craig angekommen war.

»Vor einer Woche«, antwortete Burnell unsicher.

Dann musste es der Tag vor dem gewesen sein, an dem sie versucht hatten, Maries Spülmaschine zu reparieren.

»Ihr seid aber nicht noch einmal in den Zauberladen gegangen, oder?«, fragte Malichai die beiden Männer.

Jay schüttelte den Kopf. »Natürlich nicht. Bryon und ich haben den beiden anderen klargemacht, dass das nicht klug wäre. Wir wollten die Sache auf sich beruhen lassen.«

Sein Freund ließ den Kopf hängen. Malichai wartete, doch Burnell schwieg störrisch. Schließlich seufzte Malichai. »Raus damit. Wenn ich euch helfen soll, muss ich alles wissen.«

Burnell schaute kurz zu seinem Freund hinüber. »Anna und ich sind noch mal hingegangen. Nur ganz kurz. Wir wollten sehen, wer dort arbeitet. Da war ein älterer Mann, mit dunklerer Haut und ein paar tiefen Falten, so als wäre er viel in der Sonne gewesen, aber er wirkte sehr fit. Er hat uns immer wieder etwas erklärt und schien sehr dankbar zu sein, als wir ihm ein paar Sachen abgekauft haben.«

»Burnell.« Jay klang entsetzt. »Was hast du dir dabei bloß gedacht?«

»Es hat uns nicht gepasst, dass du und Bryon uns nicht für voll genommen habt«, erwiderte Burnell aufsässig.

»Als hätten wir uns eingebildet, was wir definitiv gehört haben. Sie wollten möglichst viele Menschen töten. Ich habe das gehört. Und Anna auch. Dann ist dieser schreckliche Kerl aufgetaucht und hat uns immer nur angestarrt.«

»Vielleicht hat er ja was an den Augen«, meinte Jay.

Malichai hätte fast laut gestöhnt. »Es bringt doch nichts, wenn wir uns streiten. Du solltest nicht mehr in fremde Zimmer einbrechen, Burnell. Ich werde mich mal informieren, aber ihr müsst ganz normal weitermachen und dürft euch nicht um Craig kümmern, ganz egal, wie sehr er starrt. Lasst euch nicht von ihm provozieren.«

»Vielleicht ist er ein Serienmörder«, bemerkte Burnell. »Vielleicht will er alle hier in der Pension abmurksen.« Ihm schauderte bei dem Gedanken. Dann schaute er Jay an. »Könnte doch sein.«

»Gebt mir ein paar Tage, um Nachforschungen anzustellen«, sagte Malichai. »Sobald ich etwas erfahre, sage ich euch Bescheid.«

»Nächste Woche reisen wir ab«, meinte Burnell.

»Ich rede vorher noch mit euch.« Denn für den Fall, dass sie wirklich etwas Wichtiges gehört hatten, ob Williams nun darin verstrickt war oder nicht, wollte Malichai sichergehen, dass er jede Möglichkeit in Betracht gezogen hatte. Oder aber er war tatsächlich, was Ferien anging, ein hoffnungsloser Fall.

Die beiden Männer dankten ihm und verließen sein Zimmer. Danach tappte Malichai barfuß zur Tür, um das Schloss zu untersuchen. Es war ziemlich schlecht und leicht zu knacken, doch es war gar nicht abgeschlossen gewesen. Falls Amaryllis ihn besuchen kommen wollte. Das sollte ihn lehren, nicht mehr so achtlos zu sein.

Er bombardierte Ezekiel mit noch mehr Angaben, auch

dem Namen des Zauberladens. Er musste wissen, wem er gehörte. Wie der Besitzer aussah. Und wie lange er den Laden schon betrieb.

Ezekiel meldete sich mit einem Daumen-hoch-Zeichen und eigenen Fragen. Malichai habe ihm das Foto einer Frau geschickt. Bislang sei sie nicht zu identifizieren gewesen. Hielt sie sich immer noch in der Pension auf? Wie lange war sie da gewesen? Wie lautete ihr Name? Könnte er Fingerabdrücke von ihr besorgen?

Trotzig schlug Malichais Herz einmal sehr hart gegen seinen Brustkorb. Er hatte es gewusst. Amaryllis musste eins von den Mädchen sein, die Whitney weggelaufen waren. Was sollte er nur machen?

Seine erste Urlaubswoche war vorüber. Sie war recht schnell vergangen, obwohl er geglaubt hatte, sie würde sich ewig hinziehen. Nun dachte er sogar darüber nach, länger zu bleiben. Das war kein Problem. Schließlich hatte er es sich verdient, und sein Bein heilte nicht so schnell, wie alle angenommen hatten. Das konnte er jedenfalls als Entschuldigung vorbringen, auch wenn sein Teamführer Joe Spagnola höchstwahrscheinlich darauf bestehen würde, dass er nach Hause kam, wenn er zugab, wie sehr das verdammte Ding schmerzte. Damit ihre Ärzte ihn untersuchen konnten. Trotzdem freute er sich jeden Morgen beim Aufwachen und konnte es kaum erwarten, den Tag zu beginnen – nur wegen Amaryllis.

Er stand immer um fünf Uhr auf und ging »walken«. Bei ihm bedeutete das: rennen-joggen-walken. Die letzten zehn Jahre, wenn nicht länger, war er fast jeden Tag gelaufen, deshalb erschien es ihm schlicht unmöglich, damit aufzuhören. Dann ging er schwimmen, der beste Teil seiner Reha-Maßnahmen. Das war die einzige Zeit, in der sein Bein halbwegs normal funktionierte. Im Wasser, wenn es kein Gewicht tragen musste, fühlte es sich großartig an.

Es gefiel ihm in San Diego, obwohl das Wetter ganz anders war als in seinem geliebten Sumpf. Unwillkürlich fragte er sich immer wieder, ob Amaryllis sich dort wohlfühlen würde. Manche Menschen hatten große Schwierigkeiten mit der feuchten Hitze.

Wenn er morgens durchs Haus ging – in dem es dann noch still war – machte er immer einen Umweg in die Küche, wo Amaryllis meist am Herd stand. Aber heute hatte sie einen freien Tag, und Marie hatte darauf bestanden, dass sie ihn auch nahm, was sie seit Malichais Ankunft nicht getan hatte.

Er zog sich an und ging durch den langen Flur nach unten. Seine Schritte hallten leise auf dem Fliesenboden. Er mochte die Ruhe und den Frieden, ehe alle anderen aufstanden und er von überallher Stimmen hören konnte, was es seinem scharfen Gehör manchmal schwermachte, diese Art von Lärm auszublenden.

Er hielt einen Moment inne und dachte an die Zeiten, in denen er mit dem sicheren Gefühl aufgewacht war, dass sich etwas Schlimmes anbahnte. War er etwa schon so paranoid wie Burnell? Hatte er diese geflüsterten Unterhaltungen nur geträumt? Verlor er vielleicht doch noch den Verstand? Manchen Soldaten passierte das, besonders solchen wie ihm.

»Guten Morgen, Malichai«, begrüßte Marie ihn fröhlich, als er im Türrahmen erschien und sich an einen Pfosten lehnte. »Du bist ja früh unterwegs.«

»Ich bin daran gewöhnt, im Morgengrauen aufzustehen«, gestand er. »Ich mag es, wenn die Welt so friedlich ist. Und die Farben am Himmel, wenn die Sonne aufgeht. Im Sumpf ist es dann besonders schön«, fügte er hinzu.

»Das würde ich auch gern mal sehen.« Marie verquirlte ein paar Eier und goss sie über die Zutaten für ihre Omeletts. Sie machte immer mehrere für ihre Gäste.

»Du brauchst nur ein Wort zu sagen, und wir laden dich und Jacy zu einem Besuch ein. Nonny wird dir gefallen, und die Mädchen wären begeistert, Jacy kennenzulernen. Wir können euch die schönsten Stellen bei uns zeigen und euch mit Cajun-Essen verwöhnen.«

»Das würde mir gefallen. Es war so schön hier mit dir, Malichai. Amaryllis und ich, wir werden dich vermissen, wenn du wieder weg bist.«

»Apropos Amaryllis«, sagte er, dankbar für die Überleitung. »Wie lange kennst du sie schon?«

»Etwas länger als ein Jahr. Ich bin ihr im Lebensmittelladen begegnet, als ich verzweifelt nach einer Aushilfe suchte. Ich habe immer wieder eine neue Kraft eingestellt, aber keine von ihnen hatte wirklich Spaß an der Arbeit. Amaryllis dagegen packt einfach mit an und macht alles. Außerdem lernt sie schnell. Jacy fing damals an, krank zu werden, und ich konnte die Pension und ihre Krankheit nicht gleichzeitig managen. Ich dachte schon, ich müsste schließen, aber dann habe ich Amaryllis getroffen. Sie ist mir nicht nur eine große Hilfe gewesen, sondern auch eine echte Freundin.«

»Sie ist sehr schön«, sagte Malichai.

Marie nickte. »Ja, das ist sie.«

»Eines Tages nehme ich sie mit nach Hause«, sagte er warnend und war selber überrascht über sich.

Langsam drehte Marie sich um und schaute ihn an. »Das habe ich befürchtet, auch wenn ich mir wünsche, dass sie glücklich ist. Aber du kennst sie erst eine Woche. Du solltest euch etwas mehr Zeit lassen.«

Malichai nickte. »Darüber habe ich auch nachgedacht. Ich weiß, dass ihr immer ausgebucht seid, aber ich kann überall schlafen. Wenn ihr kein freies Zimmer habt, suche ich mir eine andere Pension. Ich hab ziemlich viel Urlaub angesammelt, und da mein Bein nicht so schnell heilt wie erwartet ...« Er spielte die Mitleidskarte absichtlich.

»Warte mal. Was ist mit deinem Bein?«

Er ließ sich nichts anmerken, obwohl Marie ihm sofort auf den Leim gegangen war. Damit hatte er gerechnet, denn sie war sehr mitfühlend. »Ich bin Rettungsfallschirmspringer. Bei meinem letzten Einsatz mussten wir ein paar Jungs nach Hause holen, dabei hat es etwas Ärger gegeben. Jetzt hab ich ein paar Löcher im Bein. Nichts besonders Ernstes.«

»Das hättest du mir sagen sollen, Malichai. Du hast jeden Abend in meiner Küche gestanden und abgespült. Jetzt fühle ich mich schrecklich.«

»Ich wollte es doch so, Marie. Ich möchte euch helfen. Wenn ich am Strand rumsitze, komme ich mir doch nur nutzlos vor. Ich habe mich gefreut, einspringen zu können, ganz zu schweigen davon, dass ich so Zeit mit Amaryllis verbringen konnte.«

»Sie ist wirklich wunderbar.«

»Hat sie dir mal was von ihren Eltern erzählt? Sie redet nie von ihrer Familie.«

Marie schüttelte den Kopf. »Nein, sie spricht überhaupt nicht über ihre Vergangenheit, und ich respektiere das. Du hoffentlich auch. Wenn sie möchte, dass du etwas darüber erfährst, wird sie dich schon einweihen.«

Das glaubte er nicht. Amaryllis würde wohl eher wieder weglaufen als zugeben, dass sie eins von Whitneys Forschungsobjekten gewesen war.

»Was kannst du mir über den kleinen Zauberladen in der Gasse nebenan sagen? Kennst du den Besitzer?«

Maries Augen leuchteten auf. »Ich kenne die meisten Ladenbesitzer ringsum. Wir versuchen alle, uns gegenseitig zu unterstützen. Bei mir gibt es alle Broschüren und Flyer für die Geschäfte in der Nachbarschaft, zu beiden Seiten der Gasse und den Block hinunter. Der Zauberladen gehört Miss Crystal. Sie ist ungefähr achtzig, aber sehr rüstig, du würdest ihr Alter nie erraten. Sie lebt in einer kleinen Wohnung hinter dem Geschäft. Wenn die Saison vorbei ist, trinken wir manchmal zusammen Tee.«

»Was weißt du über sie?«

»Ihr Mann war Zauberer und eine Zeit lang sehr bekannt. Leider hat sie ihn vor ein paar Jahren an den Krebs verloren. Die beiden haben ihren Laden geliebt und im Laufe der Jahre alle möglichen Zaubersachen gesammelt. Sie haben keine Kinder, und Miss Crystal beklagt sich oft darüber, dass sie niemanden hat, der den Laden übernehmen könnte. Sie sagt, sie hat Angst, dass die Erinnerung an manche Zaubertricks stirbt, wenn es diese alten Sachen nicht mehr gibt. Ich habe ihr vorgeschlagen, den Laden zu verkaufen, aber sie sagt, sie kann das einfach nicht. Dann hätte sie ja nichts mehr, für das es sich zu leben lohnte. Gibt es einen bestimmten Grund, warum du das wissen willst?«

Malichai schüttelte den Kopf. »Ich finde den Laden einfach nur interessant und habe mich gefragt, ob er bei den Touristen wohl beliebt ist.«

»Miss Crystal sagt Ja, aber vielleicht ist das auch nur Wunschdenken. Sie liebt ihr Geschäft und all die Erinne rungen an die Zeit mit ihrem Mann.« Maries Tonfall war traurig geworden.

Malichai bekam ein schlechtes Gewissen, weil er sie so ausgefragt hatte. Höchstwahrscheinlich hatte Burnell nur etwas falsch verstanden. Und Anna ebenso. Dann hatten sie sich wohl gegenseitig hochgeschaukelt und einander davon überzeugt, dass irgendjemand einen Anschlag plante. Und nun belästigte er Marie und machte sie traurig.

»Ich sollte besser laufen und schwimmen gehen. Das ist meine Therapie. Ich soll heute Morgen mit Amaryllis frühstücken, und dann bringt sie mich zum Strand und zeigt mir, wie man die Zeit am Meer richtig genießt.«

Marie lachte. »Keine Angst, Malichai. Es wird dir gefallen.«

»Ich weiß nicht, Marie, sie erzählt immer von diesem ›Surferboy‹, und ich bin mir nicht sicher, ob ich bereit bin, jemanden kennenzulernen, der sie immer, wenn sie ihn erwähnt, so wunderschön lächeln lässt.«

»Ich kann es kaum erwarten, alles darüber zu hören.« Marie scheuchte ihn weg, und Malichai trabte gehorsam durch den dunklen Flur zur Haustür.

Der Tag würde wieder sehr schön werden. Er ging direkt zum Strand und marschierte zügig los, um ein Gefühl für den Sand unter seinen Füßen zu bekommen. Dann fing er langsam an zu laufen. Er hatte das Gefühl, dass sein Bein etwas kräftiger wurde. Die Ärzte waren sich ja auch einig gewesen, dass Laufen im Sand und Schwimmen ihm gut tun und seine Muskeln stärken würden.

Doch beim Laufen fragte er sich, ob seine Muskeln wirklich das Problem waren. Manchmal, wenn er sich auf sein Bein konzentrierte, um herauszufinden, was ihm fehlte, kam es ihm so vor, als hätten die Knochen Risse, winzige Brüche, die sich nicht wieder schließen wollten. Dann geriet er jedes Mal in Panik und musste stehen bleiben, sich vornüberbeugen und tief durchatmen, bis er sich selbst wieder daran erinnern konnte, dass es noch nicht so lange her war, dass er schon einmal angeschossen worden war. Auch damals war sein Bein mehrfach getroffen worden, allerdings waren die Wunden beim ersten Mal problemlos verheilt. Gab es deshalb jetzt Komplikationen?

Amaryllis näherte sich ihm lautlos, ein weiterer Grund, warum er sie für eine Schattengängerin hielt. Da er vorgebeugt tief durchatmete, fing er ihren Duft auf, ehe er sie sah. Auch sie lief stets locker über den Sand, egal, ob sie ging, joggte oder rannte. Sie strauchelte nie und beschwerte sich auch nie darüber, wie schwer das war. Im Sand zu laufen, war immer anstrengend, doch sie geriet dabei kaum ins Schwitzen.

Sie legte eine Hand auf seinen Rücken. »Alles in Ordnung?«

»Eine kleine Panikattacke, nichts Ernstes«, antwortete er. Er wollte so ehrlich zu ihr sein, wie er konnte. »Manchmal habe ich Angst, dass mein Bein nicht richtig verheilt und sie mich aussortieren. Ich bin Soldat. Ich kenne kein anderes Leben. Mein Team ist meine Familie. Ich weiß, dass sich das verrückt anhört, aber ich spüre förmlich, wie diese Risse sich wie Spinnennetze in meinen Knochen ausbreiten.«

Amaryllis lachte ihn nicht aus und widersprach auch nicht. »Wirklich? Das hättest du mir sagen sollen. Komm, setz dich.« Sie deutete auf eine der Liegen, die am Strand aufgereiht waren. »So früh ist noch niemand da.«

Malichai richtete sich wieder auf, schaute aufs Meer hinaus und lächelte. »Ist das dein Ernst? Und was ist mit all diesen Irren?«

»Das sind Surfer. Denen ist es egal, ob wir uns hier hinsetzen. Die wüssten gar nicht, was sie mit so einer Liege anfangen sollten.« Sie nahm seine Hand und zog ihn mit sich.

Es war das erste Mal, dass sie von sich aus seine Hand ergriff. Das war gut, und er wäre ihr überallhin gefolgt. Doch sie führte ihn nur zu einem knallbunten Liegestuhl und sorgte dafür, dass er sich setzte und die Beine ausstreckte.

»Mach dich jetzt nicht über mich lustig«, sagte sie. »Ich konnte schon immer ›fühlen‹, was in anderen Menschen vorgeht. In ihren Muskeln oder Knochen. Die meisten Menschen glauben mir das nicht, aber es ist wahr.«

»Keine Ahnung, warum sie dir nicht glauben. Es ist doch bekannt, dass manche Menschen besondere Talente haben. Dann leg mal los.«

Er spürte, wie sie ihn fragend ansah, und konnte nicht anders, als ihren Blick zu erwidern. Am liebsten hätte er sie geküsst. Er nahm ihr Gesicht in beide Hände. »Guck doch nicht so ängstlich, Schatz. Ich glaube dir alles, weil du immer ehrlich zu mir gewesen bist.«

Sie wich seinem Blick aus. Er wollte sie trösten und ihr sagen, dass es ihm gleich war, dass sie vor Whitneys ekelhaften Experimenten weggelaufen war. Das war doch gut. Aber er konnte nichts sagen, weil er eigentlich nichts von diesen Experimenten wissen durfte. Er war nur ein Soldat auf Urlaub.

Mit einer Handbewegung forderte sie ihn auf, seine weite Trainingshose hochzuschieben. Widerwillig zog er die Hose bis übers Knie. Die Schüsse hatten ihn von der Seite getroffen und sein Bein reißverschlussartig durchlöchert.

Die Wunden waren noch rot und hässlich und zogen sich bis zur Hüfte.

Amaryllis erschrak, als sie die frischen, glänzenden Narben sah. »Malichai! Wie hast du das überlebt?«

Er zuckte die Achseln. »Ich hab ziemlich stark geblutet, deshalb hab ich auf die schlimmsten Stellen einen Verband geklatscht. Mein Bruder Rubin hat mich zum Helikopter gebracht und sich den Flug über um mich gekümmert. Ich hatte Glück, dass es Blutkonserven und alles andere gab, was ich brauchte, bis wir landen konnten. Dann hat Ezekiel, mein ältester Bruder, mich gleich operiert. Er hat es geschafft, mich nicht verbluten zu lassen, bis ein Chirurg kam, der sich mit Beinverletzungen auskennt. Aber es war nicht ganz leicht.«

Auch wenn er verharmloste, wie sehr es Spitz auf Knopf gestanden hatte, merkte er, dass Amaryllis das ohnehin klar war. Ohne Rubins besondere Fähigkeiten wäre er gestorben. Und wenn sie keine passenden Blutkonserven dabeigehabt hätten, hätte er es auch nicht geschafft. Es hätte an vielem scheitern können. Er hatte Glück gehabt.

Amaryllis' Hand glitt über sein Bein, und sofort spürte er eine Wärme, die sich schnell in große Hitze verwandelte. Das hatte er schon öfter erlebt, wenn Joe ihn behandelte. Doch er schaute auf Amaryllis' Gesicht, nicht auf ihre Hand, und ihm fiel auf, wie anders ihre Augen aussahen. Ihr strahlend blauer Blick war nach innen gekehrt. So etwas hatte er erst einmal gesehen: bei Joe. Amaryllis war also eine Geistheilerin, und das war eine sehr seltene Gabe. Sollte Whitney davon wissen, hatte sie fliehen müssen, wenn sie nicht den Rest ihres Lebens damit verbringen wollte, auseinandergenommen oder in sein Zuchtprogramm gesteckt zu werden.

Plötzlich fühlte sich sein Bein an, als würde es von oben bis unten brennen. Als läge es unter einem Flammenwerfer. Und er brauchte jedes Quäntchen Selbstdisziplin, um es nicht automatisch aus dieser schrecklichen Hitze wegzuziehen.

Dann nahm Amaryllis ihre Hände weg und ließ sich so hart auf den Liegestuhl fallen, als hätten ihre Beine nachgegeben. Sich vor und zurück wiegend, starrte sie tief atmend ein paar Minuten auf ihre Hände und schließlich auf das Meer und die Surfer.

Geduldig wartete Malichai auf ihr Urteil. Als sie ihn endlich ansah, erschrak er über ihre Miene und strich sich über sein Bein. Es brannte nicht mehr, aber die Nachwirkungen der Hitze waren noch zu spüren.

»Es sieht ziemlich schlecht aus, nicht?« Er versuchte, realistisch zu sein.

»Ich glaube, man kann es wieder richten, aber irgendetwas nagt an deinen Knochen, Malichai. Immer noch. Entweder es war etwas in den Kugeln, die dich getroffen haben, oder du reagierst irgendwie auf die Notverbände. Vielleicht bist du allergisch gegen einen Bestandteil. Aber was immer es auch ist, es versucht, deine Knochen zu zerfressen.«

Malichai ließ den Kopf gegen den Liegestuhl sinken. »Kannst du das beheben? Ich glaube, ein Arzt schafft das nicht. Sonst hätte es längst geklappt. Ich bin schon dreimal operiert worden.« Er zwang sich, sachlich zu bleiben, obwohl er innerlich brüllte. Er durfte sein Bein nicht verlieren.

Er musste sofort Joe anrufen. Selbst wenn Amaryllis glaubte, ihm helfen zu können, warum hatte Joe es nicht geschafft? Nicht einmal Rubin? Dabei war Rubins Talent so ausgeprägt, dass sie ihn buchstäblich vor aller Welt versteckten. Niemand durfte auch nur ahnen, was er konnte, sonst war er Freiwild. Und sie konnten ihn nicht mehr beschützen. Rubin hatte ihn mehr als einmal behandelt. Warum hatte es nichts gebracht? Das machte ihm nicht nur Sorgen, sondern langsam auch Angst.

»Ich habe dieses seltsame Talent, das ich dir gerade gezeigt habe, entdeckt, als ich ungefähr vierzehn war und eins von den Mädchen sehr krank geworden ist.«

»Von welchen Mädchen?«, fragte Malichai vorsichtig, hauptsächlich deshalb, weil sie stutzig geworden wäre, hätte er nicht nachgefragt.

Sie zögerte nur kurz. »Tut mir leid, habe ich es dir nicht erzählt? Ich bin in einem Waisenhaus aufgewachsen. Meine Eltern haben mich nach meiner Geburt ausgesetzt. Diejenigen von uns, die nicht perfekt waren, sind dort geblieben und zur Schule gegangen.«

»Ich habe nicht gewusst, dass in Waisenhäusern immer noch Kinder großgezogen werden. Wahrscheinlich geht es nicht anders. War das schwer für dich? Oder bist du damit gut zurechtgekommen?« Malichai machte sich nicht die Mühe, seine Neugier zu unterdrücken.

»Mir hat es da gefallen. Zwei anderen Mädchen aber nicht. Sie fühlten sich deshalb … minderwertig. Aber ich hatte Glück, weil ich viel Zeit mit der Köchin verbracht habe. Die Arbeit in der Küche hat mir Spaß gemacht, und ich habe schnell gelernt. Deshalb habe ich es auch geschafft, die Beste in der Schule und in allem zu sein, was ich mir vorgenommen hatte.«

»Hast du noch Kontakt zu den anderen Mädchen?«

Da sah sie ihn zum ersten Mal direkt an und musterte ihn misstrauisch. »Nicht wirklich, warum?«

Malichai zuckte die Achseln. »Die gehören doch sicher zu deiner Familie. Bei mir dauert es nie länger als ein paar Tage, bis ich mich erkundige, wie es Ezekiel und Rubin und meinen anderen Brüdern geht.«

»Hast du keine Schwestern?«

Malichai schüttelte den Kopf und strich über sein schmerzendes Bein. Sofort begann Amaryllis, seine steifen Muskeln zu massieren. Ihre Hände waren warm – und wirkten Wunder. Die Schmerzen hörten sofort auf.

»Du hast wirklich Talent, Amaryllis. Mein Bein tut ziemlich weh, aber zum ersten Mal seit langer Zeit fühlt es sich besser an.«

Sie zögerte. »Also, ich kann versuchen, den Schaden an deinem Bein zu beheben, aber ich habe mir noch nie so etwas Schwieriges vorgenommen. Deshalb denke ich, du solltest deinen Arzt anrufen, damit er ein MRT macht, sodass man sehen kann, was mit deinen Beinknochen los ist. Wenn du nicht bald etwas unternimmst, kann das echt schlecht ausgehen.«

Das wusste er. Unbewusst hatte er es schon gewusst, ehe sich auf diesen Urlaub eingelassen hatte. Er schätzte, dass er eigentlich hergekommen war, um über seine Zukunft nachzudenken und darüber, was er tun würde, wenn er sein Bein verlöre. Er hatte sich gerne ablenken lassen, denn über diese Aussicht nachzudenken, war das Letzte, was er wollte. Am Anfang der Behandlungen hatte sich das Bein gut angefühlt, stark und gesund, doch dann hatte es nach und nach angefangen wehzutun. Und am Ende hatte es so sehr geschmerzt, dass sein Bauch den Alarm aussandte, der ihn immer warnte, wenn irgendetwas furchtbar falsch lief.

Als Junge hatte er Angst davor gehabt, einen Arm oder

ein Bein zu verlieren. Jedes Mal, wenn er sich verletzt hatte oder krank wurde, war das seine größte Sorge gewesen, auch wenn er es seinen Brüdern nie verraten hatte. Diese Sorge hatte ihn auch in seiner Laufbahn als Soldat begleitet, wenn er Verletzte heimholte, die Gliedmaßen verloren hatten. Am Anfang, als sein Bein nur leicht wehgetan hatte, hatte er sich eingeredet, das sei eine kindische Angst; doch nun, da Amaryllis so besorgt war, war er stärker verunsichert denn je.

»Die Ärzte haben alles getan, was sie können«, erklärte er. »Ich weiß nicht, was ich sonst noch machen soll.«

Amaryllis blieb ganz ruhig sitzen, nur ihre Hand auf seinem Bein strich zärtlich über das Narbengewebe, eine liebevolle Geste, die ihn tröstete.

»Kannst du etwas erreichen?« Er musste vorsichtig sein, durfte sich nicht anmerken lassen, dass er über Talente wie ihres Bescheid wusste.

Amaryllis zögerte. »Ehrlich gesagt bin ich mir nicht sicher. Ich habe nicht viel Erfahrung, und es fällt mir schwer, meine Kraft im Zaum zu halten. Sie scheint mir sehr groß zu sein, fast schon zu groß. Ja. Viel zu groß. Wenn ich etwas falsch mache und dem Knochen noch mehr schade …« Sie verstummte.

»Du denkst, ich könnte mein Bein verlieren.« Er musste es einmal laut aussprechen, auch wenn es sich an einem Strand mit Meeresrauschen im Hintergrund lächerlich anhörte.

Amaryllis biss sich auf die Lippe und nickte. »Ich weiß nicht. Vielleicht, aber die Verantwortung möchte ich nicht tragen. Ich muss darüber nachdenken, und vielleicht zuerst ein wenig üben. Sonst ist die Hitze zu groß …« Sie unterbrach sich und schaute auf, als ein großer, schlanker

Mann mit einem Surfboard unter dem Arm wie ein zotteliger Collie auf sie zugelaufen kam.

»Amaryllis. Alter. Ihr solltet euch in die Wellen stürzen. Sie sind perfekt heute.«

Sein blondes, zurückgestrichenes Haar wirkte dunkel. Das Salzwasser tropfte noch daraus heraus.

»Malichai, das ist mein Freund Dozer. Dozer, das ist Malichai.«

Dozer streckte zur Begrüßung die Faust vor. »Krasse Narben, Alter. So was hab ich mal bei einem Mann gesehen, den ein Hai angegriffen hatte, aber die waren längst nicht so schlimm. Cool.«

Malichai widerstand dem Drang, seine Hose wieder herunterzuziehen. Schließlich war er keine fünf mehr.

Dozer strahlte ihn an und entblößte Zähne, die fast genauso hell leuchteten wie sein Haar. »Alles gut?«

»Ja, schöner Tag heute«, erwiderte Malichai, weil er nicht wusste, was er sonst sagen sollte. So wie Amaryllis Dozer vorgestellt hatte, war klar, dass sie ihn als Freund betrachtete. »Bei dir auch alles gut?«

Dozer legte die Stirn in Falten. »Irgend so ein Idiot in voller Tauchermontur hat gerade versucht, mich von meinem Surfbrett zu ziehen. Mit Absicht. Ich versteh diese Touristen nicht mehr. Das Meer ist doch groß genug. Warum werden sie aggressiv, wenn ein paar Leute auf den Wellen reiten wollen?«

Malichai setzte sich gerader hin und wechselte einen Blick mit Amaryllis. »Hat dein Freund Dozer ein bisschen zu viel Fantasie? Denn wenn wirklich jemand versucht hat, ihn von seinem Brett zu ziehen …« Er unterbrach sich.

»Ich bin noch da, Alter, und mit Fantasie hab ich's nicht so. Irgend so ein Arschloch mit kompletter Taucher-

ausrüstung hat sich unter Wasser direkt an mich heran-
gepirscht.«

»Du meinst also wirklich, irgendjemand hätte dich absichtlich am Fußgelenk gepackt und versucht, dich von
deinem Surfboard zu ziehen? Und wie ging das weiter?«,
fragte Amaryllis.

»Ich hab mich gewehrt und ihn gegen den Kopf getreten«, gestand Dozer. »Zuerst habe ich gedacht, das wäre
ein Hai, aber dann habe ich den Kerl genau gesehen. Ich
hab schon öfter gehört, dass manche sich mit Surfern anlegen, aber der wollte mich offenbar ertränken. Er hat mich
sogar noch mal angegriffen, als wäre es ihm sehr ernst,
aber ich habe ihm direkt auf die Gesichtsmaske geschlagen. Dann sind mir drei von meinen Freunden zu Hilfe
gekommen, da ist er abgetaucht und verschwunden.«

Das gefiel Malichai ganz und gar nicht. Zuerst hatte er
Anna an den Lippen abgelesen, dass sie zur Polizei gehen
wollte, weil sie etwas gehört hatte, das ihr Sorgen bereitete.
Dann war dieses Künstlerpärchen zu ihm gekommen, von
dem der eine – so wie Anna – glaubte, dass möglichst viele
Menschen getötet werden sollten. Und nun dieser Surfer.
»Hast du in letzter Zeit irgendetwas gehört oder gesehen,
das dir komisch vorkam, Dozer?«

Amaryllis schob ihre Finger zwischen seine und drückte dankbar seine Hand. Sie freute sich, dass er Dozers Geschichte nicht einfach auf sich beruhen ließ. Doch das
konnte er gar nicht. Denn obwohl der Mann sich viel
jünger benahm, als er war, war er mehr als nur ein guter Schwimmer. Er lebte praktisch im Meer. Und wenn
so einer erzählte, dass irgendjemand versucht hatte, ihn
von seinem Brett zu ziehen und zu ertränken, stimmte es
höchstwahrscheinlich.

Dozer zuckte die Achseln und lehnte sich an das Surfbrett, das er in den Sand gesteckt hatte. »Das passiert mir ständig, aber das Letzte war die Geschichte mit Miss Crystal neulich morgens. Sie hatte ihren Zauberladen nicht rechtzeitig aufgemacht. Sie wird langsam alt, wisst ihr? Ich wollte nur nach ihr sehen. Da kam ein Mann an die Tür. Der hat gesagt, Miss Crystal wär ein paar Tage weg, in Urlaub, mit ihrem Sohn. Ich hab gesagt, sie hat gar keinen Sohn. Also hat der Mann sich korrigiert und behauptet, dass sie mit jemandem Urlaub macht, den sie als ihren Sohn *betrachtet*, und in ein paar Wochen wieder da wäre. Da hab ich ihm gesagt, dass ich die Polizei rufen werde, damit sie nach dem Rechten sieht. Miss Crystal lässt ihren Laden nicht gern allein. Dieser Mann war ein Lügner und ein Arschloch, aber ich weiß nicht, was das mit dem Taucher zu tun haben soll.«

»Sei von jetzt an auf jeden Fall vorsichtig«, warnte Malichai ihn. »Hier scheinen seltsame Dinge vorzugehen.«

Dozer nickte, nahm sein Surfbrett und ging wieder zum Wasser.

Malichai sah ihm nach. »Das hat mir mal wieder gezeigt, dass man keine vorschnellen Urteile fällen soll. Ich hätte nicht gedacht, dass er eine soziale Ader hat.«

»Was sollen wir wegen Miss Crystal tun?«, fragte Amaryllis.

»Wir können ja noch nicht behaupten, dass irgendetwas nicht stimmt«, meinte Malichai. »Aber langsam fange ich an, mir Sorgen zu machen. Denn heute Nacht, so gegen drei, habe ich Besuch bekommen.«

Sofort verzog Amaryllis das Gesicht. »Lass mich raten: Bestimmt von Linda, Lorrie und Lexie. Den heißen Schwestern. Die machen ja kein Geheimnis daraus, dass sie sich Männer teilen.« Sie verdrehte die Augen, wich ein wenig zurück und versuchte, ihre Hand aus seiner zu ziehen.

Lachend hielt Malichai sie fest. »Die heißen Schwestern. Na klar. Nein, die waren es nicht, Gott sei Dank. Dann hätte ich sie rauswerfen müssen, und ich bin nicht gern unhöflich zu Frauen. Aber ich bin vergeben. Die Frau neben mir hat alles, was ich brauche. Und ich teile nicht gerne. Gar nicht. Ganz egal, mit wem. Nur damit du es weißt. Du hoffentlich auch nicht.«

Amaryllis holte tief Luft und entspannte sich etwas. Sie verkniff sich jeglichen Kommentar. »Wer hat dich denn dann so früh besucht?«, fragte sie stattdessen nach.

»Burnell und Jay. Sie wollen meine Hilfe. Auf die wirke ich wohl so, als sei ich ein Profikiller oder ein Bodyguard. Sie haben Angst vor dem Gast in Zimmer vierzehn. Craig Williams.«

»Der Gentleman aus dem Süden. Er ist immer höflich. Ein sehr freundlicher Mann.«

»Aber offenbar starrt er Burnell und Jay dauernd an.«

»Ach du meine Güte, er ist wirklich ein sehr netter Kerl.«

»War er schon mal hier?«

»Nein, er ist das erste Mal bei uns. Weil er ein paar alte Schulkameraden treffen will, bei irgendeiner Feier.«

»Du scheinst viel über ihn zu wissen.« Das kühle Misstrauen, das ihn bei dem Gedanken beschlich, gefiel Malichai nicht.

»Ich mache bei ihm sauber, weißt du? Dann unterhalten wir uns manchmal.«

»Ja, klar.« Sie in den Sumpf zu bringen, wurde immer wichtiger für ihn. Vielleicht sollte er Cayenne bitten, sie in

Seide zu wickeln und vor den Türen Netze zu knüpfen, damit sie nicht mehr dort wegkam.

Amaryllis prustete los. »Nein, dir ist gar nichts klar. Auch wenn es wirklich nicht schwer zu verstehen ist. Ich interessiere mich nicht für Craig Williams. Nur für dich. Leider, obwohl ich es nicht sollte. Und jetzt sag mir, was du tun willst, um herauszufinden, ob es Miss Crystal gut geht.«

»Dozer hat gesagt, dass er die Polizei informiert hat. Ich denke, es wäre nicht schlecht, wenn Marie auch dort anrufen würde, aber wir sollten noch einen Tag damit warten. Wenn zwei Leute das melden, könnten die Cops dem Fall tatsächlich Vorrang geben. Morgen schaue ich mir diesen Zauberladen mal an und frage nach meiner alten Freundin, Miss Crystal.«

»Ich komme mit«, bot Amaryllis sofort an.

Malichai zog ihre Hand an seinen Mund und knabberte an ihren Fingerspitzen. »Nein, ich lege einen Köder aus. Nach meinen neugierigen Fragen werde ich schwimmen gehen, ohne irgendwelche Ausrüstung. Wen auch immer ich in diesem Laden antreffe – ich werde darauf achten, dass derjenige das mitbekommt. Wenn mich dann jemand angreift, können wir sicher sein, dass etwas nicht stimmt, und die Cops rufen.«

»Wenn dich dann jemand angreift?«, wiederholte Amaryllis. »Du willst den Köder spielen?«

Malichai nickte. »Ich habe dir doch schon gesagt, dass Urlaub nicht mein Ding ist. Falls Miss Crystal irgendwo festgehalten wird oder vielleicht sogar tot ist, will ich es wissen. Ich möchte nicht, dass sie leidet und denkt, niemand kümmert sich um sie. Wenn genug Leute nach ihr fragen, müssen sie sie möglicherweise wieder auftauchen lassen.«

»Ich weiß nicht, ob dein Plan mir gefällt.«

»Ich bin sehr gut im Wasser, Baby. Denk du einfach darüber nach, was du für mein Bein tun kannst. Und jetzt sollten wir frühstücken, denn ich sterbe vor Hunger. Dann gucken wir uns den Film an, den du sehen wolltest. Und heute Abend gehen wir wieder aufs Dach. Ich finde es toll da oben.«

Aber auf jeden Fall würde er über das nachdenken, was Burnell, Jay und Dozer ihm gesagt hatten. Und außerdem würde er genauere Informationen über alle Gäste in der Pension anfordern, denn in seinem Hinterkopf wurde das Verschwörungsgetuschel immer lauter.

5

MALICHAI ROLLTE SICH auf den Rücken und schaute zu den Sternen empor. Amaryllis lag neben ihm auf einer Decke. Das Dach war flach und auf allen vier Seiten von einem niedrigen Blumenkasten aus Redwood-Holz umgeben, der voller filigraner Grünpflanzen war. Die Plattform war über den Dachboden erreichbar. Das Dach ragte über den Hauseingang hinaus, aber nur wenige wussten, dass man von dort aus ungesehen über den Strand und die wogenden Wellen blicken konnte. Die Aussicht war einfach unglaublich.

»Ich habe noch nie im Leben so viel gelächelt«, gestand Malichai, obwohl er wusste, dass er wahrscheinlich zu viel verriet, doch es war ihm gleich, ob er sich eine Blöße gab. Er mochte Amaryllis – sehr sogar, also musste er aufhören, um das Thema herumzureden und endlich damit herausrücken, dass er es sehr ernst meinte und wollte, dass sie mit ihm kam, wenn er abreiste.

Mit ihr gemeinsam den Abwasch zu machen und dabei zuzuhören, wie sie mit Jacy und Marie scherzte und ihn dabei in ihren Kreis einschloss, hatte dazu geführt, dass er sich so fühlte, als gehörte er zu ihr. Er wusste, dass sie ihm die echte Amaryllis zeigte, so wie er ihr den echten Malichai.

»Das liegt dir nicht besonders, oder?« Sie drehte den Kopf und schaute ihn an.

Er blickte weiter zu den Sternen auf, weil er ihr nicht noch mehr verraten sollte, aber er konnte sich nicht bremsen. Für ihn war das hier eine echte Chance. Diese Frau. Je öfter er mit ihr zusammen war, desto klarer wurde ihm, dass sie die Richtige war.

»Nein, meist spare ich es mir für Wyatts kleine Mädchen und Nonny auf.«

»Das ist völlig verrückt.« Sie fuhr mit den Fingerspitzen über seine Lippen. »Du hast ein so schönes Lächeln. Das ist mir sofort aufgefallen. Warum zeigst du es nicht öfter?«

Malichai widerstand dem Drang, nach ihren Fingern zu schnappen. »Ich habe wohl nicht mehr viel zu lachen gehabt, nachdem meine drogenabhängige Mutter dachte, es wäre eine gute Idee, als Geldquelle für den Stoff ihre kleinen Söhne Männern zum Sex anzubieten.«

»Oh mein Gott.« Amaryllis setzte sich kerzengerade hin. Sie wirkte entsetzt. In ihren Augen glänzten Tränen. »Ist das dein Ernst? Hat sie das wirklich getan? Malichai?«

»Mein Bruder Ezekiel ist gar nicht so viel älter als ich und Mordichai, aber er hat uns beide mitgenommen, und fortan haben wir auf der Straße gelebt. Wir haben gelernt, Essen zu stehlen, uns als Taschendiebe zu betätigen und viele andere schlimme Dinge zu tun.« Er schenkte ihr ein kleines Lächeln. »Ezekiel hat seine Fäuste eingesetzt, um uns und unser Gebiet zu beschützen. Dann hat er uns beigebracht zu kämpfen, aber auch dafür gesorgt, dass wir zur Schule gingen. Er hat auch noch zwei andere Jungs aufgegabelt, die keine Ahnung vom Leben auf der Straße hatten. Sie sind bis heute bei uns.«

Amaryllis legte sich wieder hin und schaute blinzelnd in den Sternenhimmel. An ihren Wimpernspitzen hingen kleine Tränen, die wie Diamanten aussahen.

»Das ist ja schrecklich. Ich weiß nicht, was ich mir gedacht – oder ausgemalt – habe. Vielleicht, dass alle Mütter so wären wie Marie. Sie würde alles für Jacy tun. Und für ihren Mann. Ich denke, bei ihm war es genauso, aber er ist ja gestorben. Manchmal ergibt das alles in meinen Augen keinen Sinn.«

Malichai drehte sich auf die Seite, stützte sich auf den Ellbogen, schlang eine Hand um ihren Hals und strich mit seinem Daumen von ihrem hohen Wangenknochen bis zu ihrem Mundwinkel.

»Amaryllis, das Letzte, was ich wollte, war, dich traurig zu machen. Ich weiß noch, dass ich Angst hatte, aber nach einer Weile hat das aufgehört. Ich wurde stark. Und lernte zu überleben. Deshalb kann ich die Arbeit tun, die ich jetzt mache. Ich kann andere Männer retten, gute Männer wie den von Marie, Männer, die nach Hause gehören, zu den Menschen, die sie lieben. Zu ihren Frauen. Oder ihren Männern. Und ihren Kindern. Was diese Lektionen vor so langer Zeit mich gelehrt haben, hat mich mit den Fähigkeiten ausgestattet, die ich heute brauche.«

Er sah zu, wie sie schluckte und nickte. »Das ist keine kleine Verletzung, die du da hast, Malichai. Du versteckst das zwar sehr gut, aber wenn du zu lange gestanden hast, zum Beispiel beim Spülen, macht sie dir wirklich zu schaffen. Jetzt habe ich selbst gesehen, wie schlimm sie ist. Und bitte widersprich mir nicht, denn ich weiß, dass es dir nicht gut geht. Was genau ist dir zugestoßen?«

»Ich habe den Eindruck, ich rede andauernd, und das bin ich nicht gewöhnt.« Er umfasste ihr Haar und ließ es durch seine Finger gleiten. Sie sagte nichts mehr, sah ihn nur mit diesen saphirblauen Augen an, die direkt in ihn hineinzuschauen schienen.

»Ich habe dir doch erzählt, dass wir ein paar äußerst mutige Soldaten von einem Berg gerettet haben. Wir hatten die meisten Waffen des Feindes zerstört, solche, die imstande sind, Helikopter vom Himmel zu holen. Wenigstens haben wir das gedacht. Aber als wir versuchten, die Verwundeten zum Hubschrauber zu bringen, sind wir unter Beschuss geraten. Neue Kämpfer waren gekommen, und die haben ein paar von den Geschützen bemannt, die nicht zerstört worden waren. Die Hölle, die dann losbrach, war mörderisch. Wir waren ihnen ausgeliefert, und sie hatten genug Munition, um den ganzen Berg wegzuballern, zumindest fühlte es sich so an. Es war wirklich schlimm. Aber so was passiert ständig.«

Malichai rollte sich wieder auf den Rücken und schaute die Sterne an. Sie waren wunderschön und funkelten wie Edelsteine. Er brauchte diese Art von Schönheit, nachdem er so viel Hässliches gesehen hatte. Zu seiner Überraschung schob Amaryllis ihre Hand in seine und verflocht ihre Finger miteinander, als wollte sie ihn nie mehr loslassen. Dann beugte sie sich über ihn und bedeckte ihn fast vollständig mit ihrem weichen Körper. Doch sie sagte nichts, also wartete er.

Er kam sich dumm vor, wenn er diese Geschichte erzählte. Er wollte es auch gar nicht. Schließlich war er kein Held, und er ahnte, dass sie genau das in ihm sehen würde. Er wollte auch nicht damit angeben. Das lag ihm fern. Am liebsten hätte er gar nicht mehr daran gedacht. Er hatte nur keine Wahl gehabt. Um die Verwundeten sicher zum Treffpunkt mit dem Hubschrauber zu bringen, hatte er die Gefechtsstände vom Feind befreien und die Waffen unbrauchbar machen müssen.

»Ich bin direkt ins Gewehrfeuer gelaufen.« Im Vertrauen auf seine besondere Kraft. »Das Bombardement war schrecklich, es hörte gar nicht mehr auf, ich spürte, wie die Kugeln um mich herum zischten, und manche kamen mir so nah, dass sie meine Kleidung zerfetzten und manchmal sogar meine Haut streiften.«

Unwillkürlich fasste er sich an den Arm. »Hin und wieder hör ich den Lärm immer noch. Wie ein anhaltendes Donnergrollen direkt über mir. Schlimm.« Er schüttelte den Kopf. »Es war wirklich schlimm.«

»Erzähl weiter.«

Wenn irgendjemand anders das von ihm verlangt hätte, hätte er ihm gesagt, er solle zur Hölle fahren. »Ich habe eine Granate nach der anderen in den Unterstand geworfen, während der Feind ununterbrochen auf mich gefeuert hat, bis die Granaten explodierten. Einige feindliche Soldaten müssen sich von den anderen getrennt haben und ausgeschwärmt sein, um zu einem Bunker zu laufen, von dem wir dachten, wir hätten ihn zuvor außer Gefecht gesetzt. Oder sie haben Waffen und Munition dabeigehabt. Wer weiß? Jedenfalls wurde ich von dort aus dann auch ins Visier genommen.«

Amaryllis setzte sich wieder auf, drehte sich zu ihm um und hockte sich in den Schneidersitz, ließ seine Hand aber nicht los. Ihre Augen glänzten wie Diamanten und waren fest auf sein Gesicht gerichtet.

»Es ist schwer, den Geruch von Blut und Tod aus der Nase zu bekommen. Und die Bilder von Blutlachen und Schrapnells und was aus einem menschlichen Wesen werden kann, sind genauso schwer aus dem Kopf zu kriegen. Ich musste in diese Hölle hinein, weil aus der anderen Stellung immer noch ununterbrochen auf mich geschossen wurde. Da habe ich den noch intakten Granatwerfer genommen und das Feuer erwidert. Ich hatte Glück, dass Rubin da war – mit seinem Gewehr, denn er ist ein verdammt guter Schütze. Er hat ein paar von den anderen erledigt.«

Malichai schwieg und massierte geistesabwesend sein Bein.

»Schatz?«, drängte Amaryllis ihn sanft. »Erzähl weiter.«

Er zuckte die Achseln. »Dann wurde es still, und ich ging raus, um den anderen Bunker zu überprüfen, damit wir sicher sein konnten, dass wir die Gefahr beseitigt hatten und die Verwundeten in den Hubschrauber laden konnten.« Er schüttelte den Kopf, als er an diese Stille dachte. Und den Geruch von Schießpulver, Blut und Tod. Der Wind hatte kräftig geblasen, er spürte ihn noch im Gesicht.

Fast hätte er das Knattern gar nicht mehr wahrgenommen, mit dem das Maschinengewehr wütend Kugeln ausspuckte, die allesamt seinen Namen trugen. »Ich weiß nicht, wie oft ich getroffen wurde, es fühlte sich an wie ein Dutzend Schüsse, vielleicht auch mehr. Alle schlugen in mein Bein ein, von oben bis unten. Ich wusste, dass ich ein toter Mann war, als ich zu Boden ging, denn die Knochen in meinem Bein waren zerschmettert. Da war so viel Blut. Ich hatte Notverbände dabei. Die habe ich, so schnell ich konnte, auf die Wunden geklatscht, um die Blutungen zu stoppen.«

Er durfte ihr nicht verraten, woraus diese Notverbände bestanden und dass das Zenith aus der zweiten Generation sein Leben gerettet hatte.

»Der Knochen war gebrochen. Geborsten. An vielen Stellen.«

Das wusste sie ja schon. Er konnte es ihr schlecht verbergen, nachdem sie ihre heilende Gabe bereits eingesetzt hatte. Noch hatte sie zwar nicht gelernt, diese Gabe kontrolliert anzuwenden, aber sie verfügte definitiv über solche psychischen Kräfte.

»Tja, das war nicht die beste Neuigkeit für mich. Ich lag am Boden, doch die Notverbände halfen, die Blutungen zu stillen, und Rubin hat alles abgeknallt, was sich bewegte. Auch als ich mich zum Gefechtsstand gezogen und Granaten hineingeworfen habe, bis mein Arm nicht mehr funktionieren wollte.«

Er erzählte ihr nicht, dass der Boden nur aus schneebedecktem Fels bestanden hatte und dass rings um ihn herum Kugeln eingeschlagen waren. Oder dass es die Kraft seiner Arme war, mit der er das geschafft hatte, und wie er dabei eine Blutspur hinter sich hergezogen hatte, die praktisch wie ein Pfeil auf ihn deutete, obwohl die Kleidung, die er trug, und seine besonderen Fähigkeiten es eigentlich unmöglich gemacht hätten, ihn zu entdecken.

Amaryllis war entsetzt. »So schwer verwundet, wie du warst, hast du sie noch weiter angegriffen?«

»Ich dachte, ich hätte nicht mehr viel zu verlieren. So wie ich geblutet habe, war ich sowieso ein toter Mann. Ich musste dem Helikopter die Chance verschaffen, diese Jungs nach Hause zu bringen.« Für ihn war das nur logisch. »Jedenfalls hat Rubin sie einen nach dem anderen erledigt, also brauchte ich nur noch ein paar Granaten zu werfen, dann war es fast vorbei. Ich musste es nur noch zurück zum Helikopter schaffen, und der kam mir meilenweit entfernt vor. Rubin hat mich gerettet. Das Gewehr über der Schulter hat er mich den Berg hoch zu der Lichtung getragen, und ich bin ein schwerer Mann.«

Stumm betrachtete Amaryllis ihn eine lange Weile. Ihre Augen wanderten über sein Gesicht zu seiner Brust und dann wieder nach oben. »Das ist unglaublich, Malichai. Was du getan hast, was ihr beide getan habt, ist unglaublich.«

»Einer der anderen Soldaten hat vorher etwas Ähnliches getan. Er war verwundet, aber er hat die anderen in Deckung gebracht und ihnen solange Mut gemacht, bis Hilfe gekommen ist. Ich rede von mehreren Tagen unter schwerem Beschuss.«

»Und so was willst du wieder tun?« Die Vorstellung schien ihr nicht zu behagen.

Wieder fasste Malichai nach ihrem Haar, in diese seidige Masse, die ihm genauso gut gefiel wie ihre Augen und ihr Mund. Er hätte sie für den Rest seines Lebens einfach nur bewundernd anschauen können.

»Ich bin Soldat, Schatz. Natürlich tu ich so was wieder.«

»Nein, wirst du nicht!«, protestierte sie und schüttelte den Kopf. »Tut mir leid. Ich weiß nicht, warum ich mit dir streite. Ich finde dich außergewöhnlich, nicht nur wegen dieser Rettungsaktion, sondern auch wegen der Art, wie du mit Jacy bist – und allen anderen. Du zeigst jedem gegenüber immer Respekt. Doch du redest nicht darüber und willst auch nicht, dass irgendjemand das bemerkt. Du bist sofort bereit, einzuspringen und auszuhelfen. Ich habe dich beobachtet, weil ich befürchtet habe, dass du ein anderes Motiv hättest, aber du machst uns nichts vor.«

»Ach komm schon, Schatz«, sagte er sanft und schlang eine Hand um ihren Nacken. »Du bist mein Motiv. Würde ich Marie aushelfen, wenn du nicht da wärst? Natürlich würde ich das, aber ich möchte, dass du den Mann siehst, der bereit ist, seiner Frau zu helfen, ganz egal, welches Problem sie hat. Ich bin auf der ganzen Welt gewesen, und ich habe noch nie jemanden wie dich getroffen. Ich hätte nie geglaubt, dass ich einmal einer Frau wie dir begegne.«

Amaryllis wollte nicht, dass er noch mehr sagte. Er war so erstaunlich. So außergewöhnlich. Und er glaubte, sie sei das auch. Er tat so viel für alle um ihn herum. Für völlig Fremde. Opferte sich für Männer, die er gar nicht kannte. Seinen Körper. Sein Leben. Er riskierte alles. Trotz einer schrecklich schlimmen Kindheit gelang es ihm, das Gute in den Menschen zu sehen.

Und was war sie? Eine Auftragskillerin. Eine Frau, die allein arbeitete. Allein trainierte. Und allein aufgewachsen war, selbst unter den anderen Mädchen. Auch wenn sie meistens getrennt gehalten worden waren. Bis sie Marie und Jacy kennengelernt hatte, hatte sie keine näheren Beziehungen gehabt. Auch als sie ihre Flucht geplant hatte, hatte sie es allein getan. Und sie war nicht zurückgekehrt, um sich zu vergewissern, dass die anderen Mädchen ebenfalls durchgekommen waren. Sie hatte sich keinem Gewehrfeuer ausgesetzt, um zu sehen, ob die anderen Frauen genug Zeit gehabt hatten, aus dem Lager herauszukommen. Sie hatte von Anfang an gewusst, dass sie nur zwei von ihnen davon würde überzeugen können, ihr zu folgen. Sobald sie aus dem Lager entkommen waren, wollten sie getrennt fliehen. Frei sein. Jede für sich.

Sie hatte bis zuletzt niemandem von ihrem Fluchtplan erzählt, denn sie traute niemandem ganz. Als die Zeit reif war, hatte sie schließlich ihren Plan erläutert, obwohl sie wusste, damit zu riskieren, dass irgendeine der Frauen Whitney davon erzählte oder, schlimmer noch, Owen. Denn sie war überzeugt – und das nach wie vor: Wenn sie die anderen früher eingeweiht hätte, hätten die zwei, die sich bei Whitney einschmeicheln wollten, ihm sofort davon erzählt; die Dritte wäre unentschlossen gewesen und hätte die Flucht verzögert; und die anderen beiden wären mitgegangen. Sie hatte sie alle sorgfältig beobachtet, ehe sie sich entschieden hatte.

Beschämter denn je schloss sie die Augen. Sie wusste genau, was sie war. Sie wusste, welche DNA er ihr eingepflanzt hatte. Sie hatte gemeine Züge. Er hatte sie so verändert, dass sie vollkommen skrupellos war, bis sie eine Familie fand – dann würde sie denen gegenüber, die für sie dazugehörten, vollkommen loyal sein. Sie war es nicht wert, einen Mann wie Malichai zu haben, der alles für seine Mitmenschen opferte.

Dennoch begehrte sie ihn bei jedem Atemzug. Nie hatte ein Mann sie so angezogen. Für sie war er anders als andere Männer, und als er ihr in ganz sachlichem Ton erzählt hatte, wie er verletzt worden war, hatte alles Weibliche in ihr reagiert. Sie wusste, dass sie ihm treu sein konnte – und auch sein würde. Aber sie wusste ebenso gut, dass sie ihm das nicht antun durfte. Er brauchte eine ganz besondere Frau …

»Hör auf, den Kopf zu schütteln.« Malichai betrachtete sie mit einem kleinen Lächeln und streckte eine Hand aus, um ihr eine verirrte Haarsträhne hinters Ohr zu schieben. Er liebte ihr dickes, seidiges Haar. »Du bist eine erstaunliche Frau, auch wenn ich sehe, dass du das nicht glaubst. Und wir haben viel mehr gemeinsam, als du denkst.«

»Ich weiß nicht, was du an mir so gut findest.« Sie wich leicht zurück.

Doch er ließ sie nicht los. »Du redest davon, dass ich Marie und Jacy helfe. Aber du tust doch auch jeden Tag sehr viel für die beiden, obwohl du es nicht müsstest. Du könntest einfach acht Stunden arbeiten und Schluss machen.

Stattdessen nimmst du Marie so viel ab, wie du kannst. Das ist außergewöhnlich, Amaryllis. Du bist lieb und mitfühlend und weißt jetzt schon, was für eine Mutter du sein möchtest.«

Amaryllis wollte widersprechen, doch Malichai legte einen Finger auf ihre Lippen. »Hör mir zu, Schatz. Ich lebe in Louisiana, und du wirst wahrscheinlich von jedem alleinstehenden Mann angemacht, der in diese Pension kommt, aber ich rede hier nicht von einer Zwei-Wochen-Beziehung. Ich habe nie Beziehungen. Nicht mal One-Night-Stands. Ich will ehrlich sein, und es wird dir nicht besonders gefallen, aber wenn ich Sex will, lese ich in einer Bar eine Frau auf, wir ficken, und dann trennen sich unsere Wege. Ich habe keine Verabredungen, und ich denke nie wieder an die Frauen, mit denen ich mich eingelassen habe. Meistens könnte ich nicht mal sagen, wie sie aussahen. Ich bin nicht stolz darauf, aber das ist die Wahrheit.«

»Warum erzählst du mir das?«

»Weil ich, wenn ich jetzt die Augen zumache, jede Einzelheit an dir beschreiben könnte. Wie du dich bewegst. Wie du lachst. Was du magst und was nicht.«

»Nein, kannst du nicht.«

Wieder lächelte er, weil er ihr ansehen konnte, dass sie es ernst meinte. »Du planst alles durch. Und du liebst Marie und Jacy und betrachtest sie als deine Familie. Du kochst gern, aber noch lieber backst du. Du magst alte Filme, hauptsächlich romantische, schaust aber lieber Action-Filme an, vorausgesetzt es gibt darin eine Liebesgeschichte. Aber am liebsten liest du – wieder eher Romantisches. Verstehst du mich jetzt?« Sein Lächeln wurde zu einem breiten Grinsen. »Aggressive Menschen ärgern dich, aber du kannst mit ihnen umgehen. Du liebst es, an den Strand zu gehen und im Meer zu schwimmen. Außerdem bist du eine Rakete im Wasser. Du guckst gern zu den Sternen auf und kennst alle Sternbilder. Genau all das, was ich mag, magst du auch. Aber am meisten magst du mich.«

Da konnte Amaryllis nicht anders – sie musste lachen, und genau das hatte er bezweckt. Denn er hatte gerade viel von seinen Gefühlen für sie enthüllt.

»Ich achte auf jedes Detail, weil du mir wichtig bist. Sehr wichtig.«

»Wie kannst du das alles wissen, wo wir uns doch erst so kurz kennen?«

Wieder betrachtete sie ihn mit Misstrauen, und er konnte es ihr nicht verdenken. Alles ging viel zu schnell. Er benahm sich ganz anders als sonst und erzählte ihr Dinge, die er sonst niemandem anvertrauen würde, obwohl er darauf achten musste, nicht zu viel zu sagen, um keine Geheimnisse auszuplaudern. Deshalb hatte er sich eher vage ausgedrückt, aber sie konnte sich zusammenreimen, wo dieser Rettungseinsatz stattgefunden hatte, vielleicht sogar wann. Denn sie war klug. Und er wollte diese Frau für sich. Er fragte sich immer noch, ob sie eine Schattengängerin war, die die Fähigkeit hatte, ihre Energie abzuschirmen, aber er wusste, dass sie unmöglich auf ihn angesetzt sein konnte. Whitney hätte niemals eine seiner Frauen über ein Jahr verdeckt arbeiten lassen für den unwahrscheinlichen Fall, dass er sich genau diese Pension für seinen Urlaub aussuchen würde.

Spielte es für ihn eine Rolle, ob ihre Fähigkeiten verbessert worden waren? Ob sie eins von Whitneys Experimenten war? Nein. Alle Teamkameraden hatten eine Frau geheiratet, deren DNA von Whitney verändert worden war.

Der Mann verpaarte diese Frauen gern mit Schattengängern, daher vermutete Malichai, dass er jedes Mal, wenn er Amaryllis' Duft einatmete, enger an sie gebunden wurde. Dennoch war es nicht ihr berauschender Duft, der ihn so faszinierte, sondern ihre Persönlichkeit, ihr Charakter.

»Du kannst das nicht entscheiden, Malichai. Nicht so schnell. Es gibt Dinge, die du nicht über mich weißt, Dinge, die nicht so toll sind.«

Er lächelte sie beruhigend an. »Jeder hat gute und schlechte Seiten. Ich auch. Du kannst auch nicht wissen, ob ich der Richtige bin, Schatz, denn du bist jünger und nicht so weit herumgekommen. Du hast nicht gefühlt tausend Frauen kennengelernt, von denen keine dich besonders beeindruckt hat. Ich habe noch nie auf eine Frau so reagiert wie auf dich, Amaryllis. Wenn ich dich anschaue, verlangt jede Zelle in meinem Körper nach dir. Ich denke jede Minute an dich. Früher hatte ich Alpträume, jetzt habe ich erotische Träume.«

»Die hören sicher bald wieder auf.« Trotz dieser Behauptung lief sie rot an und begann, schneller zu atmen. Bei jedem abgehackten Atemzug hoben und senkten sich ihre Brüste, auf denen sich deutlich die Nippel abzeichneten, die trotz der nicht besonders kalten Nachtluft zu festen kleinen Knospen geworden waren.

»Du kannst natürlich denken, was du willst, dann bleibt mir noch eine Woche, um deine Meinung zu ändern. Natürlich würde ich dich lieber gleich überzeugen und die Belohnung dafür genießen, aber ich bin bereit, so lange wie nötig alles zu tun, um dich umzustimmen.«

Amaryllis schüttelte den Kopf. »Ich verstehe dich nicht, Malichai. Wenn du mir das alles erzählst, riskierst du es, mich zu verschrecken, das weißt du doch, oder?«

»Ich bin nun mal gerne fair, und du scheust keine Auseinandersetzung. Mir ist es wichtig, dass du weißt, welche Absichten ich hege, aber es geht mir nicht nur darum, dich in mein Bett zu bekommen.« Er grinste sie an und strich mit dem Daumen über ihre Lippen. »Na gut, ich will ehrlich sein. Ich habe die Absicht, dich so schnell wie möglich in mein Bett zu bekommen.«

Unter seinen Fingerspitzen formten ihre Lippen ein Lächeln. Diese kleine, kaum merkliche Bewegung, dieses sanfte, seidige Gleiten ging ihm durch und durch und heizte ihm ein.

»Vielleicht kommt es wirklich so weit, dass ich mit dir ins Bett gehe«, erwiderte sie. »Schließlich bist du sehr charmant, und dafür bin ich offenbar etwas zu empfänglich.«

»Nur, weil ich sonst so böse bin.«

»Nein, du bist nett.«

Malichai stöhnte. »Das Wort passt einfach nicht zu mir, Amaryllis. Ernsthaft. Wenn meine Brüder hier wären und hören würden, dass du mich ›nett‹ nennst, würden sie sich nicht mehr einkriegen. Dann müsste ich sie erschießen und käme ins Gefängnis, wo du mich in einem sexy Fummel besuchen würdest, sodass ich mich mit den anderen Insassen herumschlagen müsste. Keine schöne Vorstellung.«

Sie lachte leise, genau wie er es liebte. Für ihn war es wie eine nächtliche Symphonie, die ihm zu Herzen ging. Das wollte er jeden Tag hören. Es übertönte das Maschinengewehr- und Mörserfeuer. Die Schreie der Sterbenden und Verwundeten.

Er schlang eine Hand um Amaryllis' Nacken und zog sie an sich, ließ ihr aber die Möglichkeit zurückzuweichen.

Doch sie nutzte sie nicht, sondern beugte sich über ihn. Aus der Nähe war ihr Gesicht noch viel schöner, die Haut makellos bis auf eine sichelförmige Narbe über ihrem linken Auge. Winzig, wie ein kleiner Mond. Ihre Wimpern waren lang und dicht und flatterten, ehe sie sich senkten.

Dann drückte sie ihren Mund auf seinen, und sein Verstand setzte aus. Als er ihren Geschmack und ihre Wärme spürte, brach ihm der Schweiß aus. Sie schien flüssiges Feuer in ihn hineinzugießen. Sein Herz klopfte wie wild, und er stellte fest, dass er sie küsste wie ein Verhungernder, der endlich Nahrung gefunden hat. Unmäßig, gierig, unersättlich. Er würde von ihr nie genug bekommen. Nie. Ihr Geschmack machte süchtig, aber es war dieses noch nie entzündete Feuer in ihm, das er sein Leben lang spüren wollte.

Er zog sie auf seine Brust und nahm sie so in die Arme, dass sie wie eine Decke über ihm lag, ihre warmen, seidigen Lippen an seinen. Ihr Kuss war heiß und wurde immer heißer, bis er von Kopf bis Fuß und besonders am Unterleib in Flammen zu stehen schien.

Wenn er nicht bald aufhörte, würde er es nie mehr schaffen. Sie machte keine halben Sachen. Sie gab sich ihm einfach hin – voll und ganz. Das war purer Luxus, reine Sünde. Ein großes Versprechen.

Malichai zwang sich, sich zusammenzureißen. Er nahm ihr Gesicht in beide Hände und schaute in ihre Augen, in denen man sich verlieren konnte, und das war ihm offenbar passiert. Es gab keinen Ausweg mehr, und er suchte auch keinen.

»Du küsst sündhaft gut.«

»Ist das gut oder schlecht?«

»Hat es sich etwa schlecht angefühlt?«

Amaryllis schüttelte den Kopf. Er strich ihr ein paar lose Haarsträhnen hinter die Ohren. Sein Herz klopfte immer noch schwer, doch seine Stimmung hatte sich gehoben. Sie lief nicht vor ihm weg, und das war alles, was für ihn zählte. Als sie leicht die Stirn runzelte, versuchte er, sie mit einem Finger zu glätten.

»Was ist los?«

»Da sind Lichter. Vor dem Haus. Von Polizeiautos.« Mit jener Grazie, die ihn inzwischen nicht mehr erstaunte, aber immer noch Fragen aufwarf, rollte sie sich von ihm herunter. Sie war ein ganz klein wenig *zu* graziös. Wenn sie auf die Beine kam, konnte sie gleich weiterlaufen. Es gab keine wacklige Pause. Sie stand stets auf dem richtigen Fuß und bewegte sich sehr geschmeidig.

Malichai drehte sich auf die Seite und sah zu, wie sie zur Dachkante ging. Sie hatte keine Höhenangst und war immer perfekt ausbalanciert. Sie wusste nun einiges über ihn, also musste er die nächste Möglichkeit ergreifen, um ihr Fragen zu stellen, auch wenn er es nicht wollte. Er gelangte mehr und mehr zu der Ansicht, dass sie eins von Whitneys Waisenmädchen war und wollte nicht, dass sie ihn anlügen musste. Das würde ihn kränken. Er würde es zwar verstehen, aber trotzdem.

»Malichai. Die Polizei ist da. Ich muss runter zu Marie.« Amaryllis war aufgebracht.

Sofort sprang er auf. Amaryllis wirkte, als wollte sie weglaufen, als wären die Polizisten ihretwegen gekommen. »Ich komme mit.«

»Es ist nach Mitternacht, warum kommen die um diese Uhrzeit?«, fragte Amaryllis ängstlich.

Malichai legte einen Arm um sie und zog sie an sich, als sie zu der Tür gingen, die wieder ins Haus führte. Die

Treppe nach unten war schmal, deshalb ging er vor ihr her und schirmte sie mit seinem Körper ab. Als sie auf dem Flur im ersten Stock ankamen, steckte Amaryllis ihre Finger in die Hintertasche seiner Hose, um mit ihm in Verbindung zu bleiben.

»Das werden wir gleich herausfinden. Spekulieren macht da keinen Sinn.«

Sie kam nicht an seine Seite, und er forderte sie nicht dazu auf. Also gingen sie nacheinander auch die nächste Treppe zum Erdgeschoss hinunter. Marie stand mit zwei Männern in Anzügen und einem Polizisten in Uniform an der Haustür und drehte sich erleichtert zu ihnen um.

»Oh, wie schön, Malichai. Amaryllis. Zwei von unseren Gästen ist etwas Schreckliches zugestoßen.«

»Ich bin Detective Duncan«, sagte der größere der beiden Anzugträger. »Und das ist Detective Brady. Wir hätten ein paar Fragen, wenn es Ihnen nichts ausmacht.«

Malichai sah, dass Marie ziemlich verstört war, also legte er einen Arm um sie. »Warum kommen Sie nicht herein, meine Herren? Ich bin Malichai Fortunes. Das ist Amaryllis.«

Er blieb leicht zur Seite gedreht, um die Frau, die er als seine betrachtete, zu schützen. Amaryllis war seltsam nervös. Doch selbst wenn sie eins von Whitneys Waisenmädchen war, brauchte sie sich keine Sorgen zu machen – es sei denn, sie hatte keine Papiere. Der Gedanke war ihm bisher nicht gekommen. Er hatte ihren Namen absichtlich nicht an sein Team weitergeleitet. Die anderen hatten nur ein Foto von ihr, und Ezekiel hatte ihn um mehr Informationen über sie gebeten, was bedeutete, dass sie in keiner Datei aufgetaucht war.

Malichai trat von der Tür zurück und ließ die drei Männer ins Haus. Marie führte sie durch den Flur zu ihrem privaten Wohnzimmer.

»Bitte setzen Sie sich«, forderte sie die Polizisten auf. »Kann ich Ihnen irgendetwas bringen? Kaffee? Tee? Ich habe auch Kuchen, wenn Sie etwas möchten.«

Beide Detectives wollten Kaffee. Der Polizist Kaffee und Kuchen. Niemand nahm Milch oder Zucker. Amaryllis sprang auf, um alles zu holen. Marie hätte sie fast daran gehindert, doch dann lehnte sie sich in ihrem Sessel zurück.

»Was machen Sie eigentlich hier?«, fragte Duncan an Malichai gewandt.

Der zuckte die Achseln. »Eigentlich mache ich hier Ferien, ich bin zwangsbeurlaubt. Mir ist bei einem Einsatz ins Bein geschossen worden, deshalb soll ich mich irgendwo erholen. Amaryllis ist meine Freundin, ich mache hier den Abwasch und helfe auch sonst, so gut ich kann.«

Duncan zog ungläubig die Brauen hoch. »Sie haben Urlaub, arbeiten aber für die Pensionswirtin?«

Malichai schüttelte den Kopf und präzisierte. »Ich mach das nicht für Geld. Wir sind Freunde. Marie braucht Hilfe, also springe ich ein. So einfach ist das. Ich kann Ihnen den Namen meiner Einheit und den meines Kommandeurs geben. Dann wird man Ihnen bestätigen, dass ich hier momentan gezwungenermaßen im Urlaub bin.«

Malichai sah, dass Amaryllis mit einem Tablett hereinkam und stand sofort auf, um es ihr abzunehmen. »Alles in Ordnung, Schatz?«, fragte er leise.

Sie holte tief Luft und nickte. Er glaubte ihr nicht, ließ es aber dabei bewenden, weil er keine andere Wahl hatte. Wenn die Cops gegangen waren, würde er ihr einige schwierige Fragen stellen müssen, obwohl er es nicht wollte. Er wollte einfach Zeit mit ihr verbringen, wie ein normaler Mann es mit einer Frau tat, mit der er gern zusammen war.

Er sah zu, wie Amaryllis den Detectives gegenüber in einem Sessel Platz nahm, während er den Polizisten ihren Kaffee aushändigte. Der Sessel, den sie gewählt hatte, war der einzige, der groß genug war, um zu zweit darin zu sitzen. Also setzte er zu ihr, und sofort schmiegte sie sich an ihn, als suche sie Schutz. Jedenfalls kam es ihm so vor, und er hoffte, dass die Cops nicht denselben Eindruck hatten.

»Um welche Gäste geht es denn?«, fragte Marie und legte abwehrend eine Hand an den Hals. »Und haben Sie nicht gesagt, es wäre ein Unfall gewesen?«

»Es geht um Anna und Bryon Cooper.«

Amaryllis schüttelte den Kopf und umfasste Malichais Handgelenk. Sie zitterte, und Marie stieß einen leisen, abgehackten Schrei aus.

»Das kann nicht sein. Die zwei waren doch zum Abendessen noch da. Sie laufen vor dem Schlafengehen immer noch am Strand entlang, und heute war es genauso«, sagte Marie. »Amaryllis, du hast doch noch mit ihnen gesprochen, bevor sie los sind.«

Die Detectives wandten ihre Aufmerksamkeit Amaryllis zu und bemerkten, dass sie sich an Malichai klammerte, als hinge ihr Leben davon ab.

»Wie war noch mal Ihr Nachname?«, fragte Duncan und beugte sich ein wenig in Amaryllis' Richtung.

»Johnson. Amaryllis Johnson.«

»Und was machen Sie hier?«

»Alles, was Marie mir sagt. Hauptsächlich den Haushalt. Spülen. Kochen. So was.«

»Und wie lange machen Sie das schon?«

»Seit ungefähr einem Jahr.«

»Sagen Sie mir alles, was Sie über Anna und Bryon wissen. Vor allem, was heute Abend los war. Gab es da etwas Besonderes? Waren sie irgendwie aufgeregt? Was haben sie gesagt und getan?«

Malichai achtete nicht auf Detective Duncan, sondern auf Detective Brady. Der hatte sein Handy in der Hand, nahm alles auf und machte Fotos, damit er herausfinden konnte, ob sie die waren, die sie zu sein vorgaben. Was auch immer Anna und Bryon Cooper zugestoßen war, es war offenbar kein Unfall gewesen.

Vorsichtig verlagerte Malichai sein Gewicht so, dass sein breiter Körper Amaryllis größtenteils vor den Blicken des Detectives verbarg.

»Sie wirkten nicht anders als sonst. Anna hat über irgendetwas gelacht, das Bryon gesagt hat. Das kam häufig vor. Sie fand ihn witzig. Und wir auch. Er war sehr beliebt bei allen.«

»Und Anna? War sie auch so beliebt?«, hakte Duncan nach.

»Anna war sehr viel zurückhaltender, und Bryon schien sich wie ihr Beschützer zu fühlen. Sie haben über einen Bikini geredet, den sie hier irgendwo gekauft hat. Bryon fand ihn toll und wollte, dass sie ihn morgen am Strand trägt. Aber sie war dagegen, sie meinte, so was sollte man nur an privaten Swimmingpools anziehen. Daraufhin hat er sie anzüglich angesehen und durch den Empfangsraum gejagt. Sie hat sich totgelacht.« Amaryllis blickte auf und schaute dem Detective in die Augen. »Ist Anna wirklich etwas passiert? Allen beiden? Sie waren so nett.«

Malichai legte einen Arm um sie und zog sie fürsorglich an sich. Ihre Augen schwammen in Tränen und ihre Lippen zitterten. Sie sah so aus, als wäre sie kurz davor, Duncan zu bitten, Anna und Bryon zu retten. »Baby«, sagte er leise, weil er ahnte, was kommen würde.

»Leider ja. Ihre Leichen wurden am Strand gefunden. Es sieht so aus, als hätten wir es mit einem erweiterten Selbstmord zu tun. Der Mann hat erst sie getötet und dann sich selbst.«

Amaryllis saß wie erstarrt da und schüttelte den Kopf. »Das glaube ich nicht. Bryon würde Anna nicht umbringen. Niemals.«

»Das sehe ich auch so«, unterstützte Marie sie. »Die beiden waren so verliebt, und Bryon hat Anna angebetet. Er würde sie genauso wenig umbringen, wie ich Jacy umbringen würde. Da stimmt was nicht.«

»Sie kannten die zwei doch erst eine Woche«, bemerkte Duncan. »Vielleicht hat Bryon Ihnen seine dunkle Seite verborgen. Vielleicht hat Anna irgendeinen Mann falsch angesehen, und er ist eifersüchtig geworden.«

»Er wollte, dass sie am Strand einen winzigen Bikini trägt«, widersprach Amaryllis ihm. »So ein Mann ist nicht eifersüchtig. Er wusste sehr genau, was Anna für ihn fühlte. Und ich sage Ihnen, er hätte sie *niemals* getötet.«

Die beiden Detectives wechselten einen Blick. Malichai war sich fast sicher, dass sie diese Geschichte mit dem erweiterten Selbstmord genauso wenig glaubten. Irgendjemand hatte dieses Paar ermordet und es dann so aussehen lassen. Nicht allzu schwer, da es sich um Touristen handelte und niemand hier sie selbst oder ihre Lebensumstände näher kannte.

»Was können Sie uns noch von heute Abend berichten, Ms. Johnson?«, fragte Duncan. »Haben Anna oder Bryon irgendetwas zu Ihnen persönlich gesagt?«

Amaryllis seufzte. Es gefiel ihr nicht, dass Duncan ihre Einschätzung von Anna und Bryon nicht zu teilen schien. »Anna hat über diesen Bikini gekichert und mich gefragt, ob ich am Strand auch einen trage. Sie hat gemeint, dass sie sich normalerweise nicht besonders freizügig kleidet, aber da sie jetzt im Urlaub wären, würde sie Bryon überraschen und den Bikini tatsächlich anziehen. Sie hätte ja auch noch ein passendes Tuch.«

Sie verstummte, und als Malichai auf sie hinuntersah, stellte er fest, dass ihre tränennassen Augen wie Juwelen aussahen. Daraufhin wurde sein Beschützerinstinkt so stark, dass er sie fast auf seinen Schoß gezogen hätte. Aber noch lieber hätte er sie auf seinen Armen aus dem Zimmer getragen.

»Sie wollte ihm den Gefallen tun und den Bikini morgen anziehen.« Amaryllis' Stimme brach, und sie presste die Finger auf die zitternden Lippen.

»Ich würde mir gern mal ihr Zimmer anschauen«, sagte Detective Brady zu Marie. »Vielleicht könnten Sie es mir zeigen, während Detective Duncan weiter mit Ms. Johnson redet.«

»Natürlich«, antwortete Marie und stand auf.

Amaryllis packte Malichais Handgelenk und drückte sich unwillkürlich enger an ihn.

»Ich finde das schlimm, richtig schlimm. Das waren nette Menschen, beide. Maries Pension fängt endlich an, sich zu rentieren. Aber nach einer solchen Geschichte bleiben die Gäste bestimmt weg. Obwohl Marie wundervoll ist und den Erfolg verdient hat. Und dasselbe gilt für Anna.«

»Was ist mit Bryon?«, beharrte Duncan.

Amaryllis runzelte die Stirn. Malichai nahm ihre Hand, steckte sie zwischen seine Beine und strich mit dem Daumen darüber. Ihre Finger zitterten, deshalb schob er sie noch tiefer zwischen seine warmen Schenkel, damit sie begriff, dass er nicht zulassen würde, dass jemand ihr etwas tat.

»Ihn habe ich nicht so gut gekannt, obwohl er, wie gesagt, lustig war. Morgens ging er oft laufen, dann kam Anna ins Frühstückszimmer. Ich sitze da immer an einem kleinen Tisch, wenn die Gäste fertig sind. Dann setzt Malichai sich zu mir und wir frühstücken. Da ist Anna manchmal auch gekommen, und gelegentlich auch Marie und Jacy, und dann haben wir uns einfach unterhalten.«

»Über was?«, wollte Duncan wissen.

»Ihren Job. Sie und Bryon haben ein kleines, aber sehr erfolgreiches Geschäft betrieben, einen Druckerladen. Sie haben Werbung, Broschüren, kleine Bücher, alles, was man so haben will, gedruckt. Auch T-Shirts und Aufnäher. So was. Anna hat eigentlich nur über Bryon geredet, wie gut er mit den Kunden ist, wie charmant er sein kann. Sie hat gesagt, sie liebt ihn so sehr, weil er anderen Menschen immer hilft.«

Amaryllis schaute Malichai an. »Da hatten wir etwas gemeinsam. Ich habe ihr verraten, dass es mir mit Malichai genauso geht, denn er ist der beste Mensch, der mir jemals begegnet ist. Und glauben Sie mir, seit ich hier arbeite, habe ich ziemlich viele Männer kennengelernt.«

Malichai küsste sie leicht auf den Scheitel. »Danke, Amaryllis. Ich glaube nicht, dass das stimmt, aber ich finde es toll, dass du denkst, ich wär nett.« Dafür liebte er sie noch mehr, denn obwohl sie sehr zurückhaltend war, wenn es um Gefühle ging, hatte sie gerade zugegeben, dass er ihr viel bedeutete. Also hatte er eine Chance bei ihr.

»Wie stand Bryon Ihrer Meinung nach zu Anna?«

»Er hat sie geliebt«, sagte Malichai. »Man sah es daran, wie er sie anschaute und an allem, was er für sie tat. Wie er sie berührte. Ein Mann bemerkt das, Bryon hat Anna geliebt.«

Amaryllis nickte und barg das Gesicht an Malichais Brust.

»Aber da ist noch etwas«, fuhr Malichai fort. »Eine ziemlich dünne Geschichte, das sage ich Ihnen gleich. Sehr dünn sogar. Letzte Woche, als Amaryllis und ich zum Mittagessen ins Café am Ende des Blocks gegangen sind, haben wir draußen gesessen, und Anna und Bryon saßen mir direkt gegenüber. Es waren mehrere Tische zwischen uns, aber die waren frei. Deshalb konnte ich die beiden genau beobachten. Sie hielten zwar Händchen, aber sie stritten. Anna war sehr aufgeregt, weil sie etwas belauscht hatte, und wollte zur Polizei gehen. Bryon hat gedacht, sie hätte das nicht richtig verstanden, und sie wüssten doch sowieso nicht, wer das gesagt hätte.«

»Sie haben ihnen zugehört?«, fragte Duncan.

Malichai schüttelte den Kopf und vermied es, zu Amaryllis hinüberzuschauen. »Ich kann Lippen lesen.«

Duncan schwieg und nahm ihn genauer ins Visier. »Dann bräuchte ich mal den Namen Ihrer Einheit und Ihres Kommandanten.«

»Natürlich, kein Problem.« Fast hätte Malichai gegrinst. Seine Existenz war so geheim, dass er sich fragte, ob irgendjemand zugeben würde, dass es ihn wirklich gab.

»Was hatte Anna denn belauscht?«

»Damals habe ich nur mitbekommen, dass sie jemandem davon erzählen wollte – der Polizei –, aber Bryon hat immer wieder gesagt, dass sie nicht genug gehört hätte, um irgendwelche Hinweise zu geben.«

»Sie haben recht. Das ist ziemlich dünn«, sagte Duncan enttäuscht.

»Stimmt, aber dann habe ich spät in der Nacht Besuch von einem anderen Paar hier bekommen. Die beiden waren mit Anna und Bryon Cooper am Strand, und auf dem Weg zurück zur Pension haben sie den kleinen Zauberladen hinten in der kleinen Gasse entdeckt.«

»Den kenn ich.«

»Laut Burnell und Jay sind die vier da reingegangen und haben sich umgesehen, aber niemanden entdeckt, der sie beim Kauf beraten konnte. Also sind Anna und Burnell zur Theke gegangen, um jemanden zu rufen, da haben sie Stimmen von hinter dem Vorhang dort gehört. Für Burnell und Anna hat es so geklungen, als ob einer davon geredet hätte, möglichst viele Menschen zu töten. Genau diese Worte hat Burnell mir gegenüber wiederholt.«

Der Detective beugte sich vor. »Das war in dem Zauberladen?«

Malichai nickte. »Und heute Morgen sind Amaryllis und ich einem stadtbekannten Surfer namens Dozer begegnet. Er war sehr aufgebracht, was bei ihm offenbar ungewöhnlich ist.«

»Dozer kenne ich auch.«

»Und er kennt die Besitzerin des Zauberladens. Als er gesehen hat, dass sie nicht zur üblichen Zeit aufgemacht hatte, hat er sich Sorgen gemacht. Ein Mann ist an die Tür gekommen und hat ihm gesagt, dass Miss Crystal mit ihrem Sohn in Urlaub wäre. Bei der Feststellung, dass sie keinen Sohn hat, hat der Mann zurückgerudert und behauptet, sie würde Urlaub mit jemandem machen, den sie als ihren Sohn betrachtet. Dann, als Dozer surfen gegangen ist, hat ein Mann in Taucherausrüstung versucht, ihn von

seinem Brett zu zerren, ehe er eine Welle erwischen konnte, und laut Dozer hat dieser Mann ihn ertränken wollen.
Aber Dozer hat sich gewehrt. Also, er hat diese beiden Ereignisse nicht miteinander in Verbindung gebracht, aber
er hatte dem Mann im Zauberladen gedroht, die Behör-
den zu benachrichtigen, damit sie vergewissern, ob es Miss
Crystal gut geht.«

»Vielleicht ist das doch nicht so dünn«, sagte Duncan.
»Ich brauche die Namen des anderen Paars, mit dem Sie
geredet haben. Wohnen die beiden auch hier bei Marie?«

Malichai nickte und strich weiter beruhigend über Amaryllis' Handrücken. Irgendetwas an der Art, wie Duncan
Maries Namen ausgesprochen hatte, hatte seine Aufmerksamkeit erregt. »Sind Sie mit Marie Stubbins näher bekannt?« Marie hatte sich nicht anmerken lassen, dass sie
den Detective kannte.

»Ich kannte Carl, ihren Mann. Er war ein guter Mensch.
Als die beiden geheiratet haben, war ich schon beim Militär, kurz vorm Ende meiner Dienstzeit. Danach bin ich
direkt auf die Polizeischule gegangen, aber ich habe oft
mit Carl geredet, und er hat viel über Marie gesprochen.
Das war schlimm, dieser Verlust.« Er schaute Malichai direkt an. »Ich brauche jetzt diese Namen.«

Malichai nannte sie ihm, obwohl er sich ein wenig schuldig fühlte, aber er wollte nicht, dass Burnell und Jay auch
noch in Gefahr gerieten. Wenn Anna und Bryon umgebracht worden waren, weil sie etwas gehört hatten, das sie
nicht hätten hören sollen, war es besser, wenn die zwei alles, was sie wussten, der Polizei sagten, damit es keinen
Grund mehr gab, sie umzubringen.

Marie und Brady kamen die Treppe herunter in den
Flur, Duncan und der uniformierte Polizist schlossen sich

ihnen an, und Marie führte die drei Männer nach draußen. Malichai und Amaryllis warteten, bis sie wiederkam. Marie schlang ihre Arme um Amaryllis und drückte sie für einen Moment fest an sich.

»Ich kann das einfach nicht glauben. Die Armen. Ich bin sicher, dass Bryon Anna nicht getötet hat. Ich wünsche mir bloß, dass ich das Richtige gesagt habe, damit sie mir glauben, dass Bryon Anna niemals umgebracht hätte.«

Malichai umarmte Marie seinerseits und versuchte, sie zu trösten. »Ich glaube nicht, dass einer von den Detectives diese Geschichte mit dem erweiterten Selbstmord geglaubt hat. Nicht mal, bevor sie hierhergekommen sind. Vielleicht war der Tatort einfach zu gestellt. Ich weiß es nicht. Aber wenn man sie näher betrachtet hat, konnte man sehen, dass keiner von beiden denkt, dass Bryon Anna ermordet hat. Ihr habt ihre Vermutungen nur bestätigt.«

»Gott sei Dank«, sagte Marie. »Diese armen Menschen haben Besseres verdient, als ihre Familien etwas so Schreckliches annehmen zu lassen. Könnt ihr euch vorstellen, wie Bryons Eltern sich fühlen würden, wenn ihrem Sohn so etwas vorgeworfen würde? Und Annas Eltern das glaubten? Nein, die Detectives müssen diesen Fall schnell lösen.«

»Das werden sie, Marie«, sagte Amaryllis. »Sie kamen mir sehr souverän vor.«

Malichai wartete, während Amaryllis Marie in ihr Zimmer begleitete, wobei sie beruhigend auf sie einredete. Er wäre auch gern beruhigt worden, insbesondere dahingehend, dass seine Frau nicht weglaufen würde. Sie war ihm ein klein wenig zu nervös. Und immer wenn er Blickkontakt gesucht hatte, hatte sie weggeschaut.

Sie mussten miteinander reden, und er brauchte ein paar Teamkameraden vor Ort, damit er seine Frau nicht verlor. Sie würde sicher nicht begeistert sein, wenn er ihr gestand, wer und was er war – und dass er vermutete, dass sie eins von Whitneys Waisenmädchen war.

6

BEVOR MARIE IHRE TÜR schließen konnte, nahm Amaryllis sie in die Arme und drückte sie noch einmal fest an sich. Dann schloss sie die Augen und atmete Maries Duft ein, weil sie sich jede Kleinigkeit an ihr einprägen wollte. Sie wünschte, sie hätte den Mut, zu Jacy zu gehen und dasselbe zu tun, doch dann würde Marie Verdacht schöpfen. Tränen brannten hinter Amaryllis' Augen, aber sie unterdrückte sie. Marie umarmte sie ebenso fest.

»Ich liebe dich«, flüsterte Amaryllis. Es war das erste Mal in ihrem Leben, dass sie das sagte, dass sie so empfand. Marie war für sie gleichzeitig Mutter, Schwester und Freundin. Sie zu verlassen, war das Schwerste, was sie jemals getan hatte.

Marie hatte ihr beigebracht zu lieben. Und zu leben. Wie es war, zu einer Familie zu gehören. Wie man mit anderen mitfühlte und wie man ein besserer Mensch werden konnte. Marie war es, die sie dazu gebracht hatte, darüber nachzudenken, ob die Mädchen, die mit ihr geflüchtet waren, es geschafft hatten oder nicht – ob die Soldaten die anderen gejagt hatten und ihr damit die Zeit gegeben hatten zu entkommen. Monatelang hatte sie im Bett gelegen und sich gefragt, ob die beiden wieder eingefangen worden waren und was es über sie aussagte, dass sie nicht zurückgegangen war, um sich zu vergewissern. Alles wegen Marie. Und nun war es zu spät, die anderen Mädchen waren längst weg.

Am Ende waren nur zwei mit ihr gekommen. Den anderen war nie richtig klar geworden, was Whitney ihnen antat und mit ihnen vorhatte. Amaryllis hatte Angst um sie. Whitney bewunderte intelligente Menschen und umgab sich gern mit ihnen. Doch die Mädchen, die zurückgeblieben waren, hatten nicht logisch gedacht und auch nicht erkannt, in welcher Gefahr sie schwebten. Die beiden, mit denen sie geflohen war, waren ihr ähnlicher. Silver und Coral waren beide entscheidungsfreudig und wie sie zu Profikillern ausgebildet worden. Auch sie waren Einzelgängerinnen, aber durch eine Art lose Freundschaft verbunden, zu der sie nie gehört hatte. Sie hatte die Einsamkeit vorgezogen. Ruhe. Und ein gutes Buch.

»Ich liebe dich auch«, wisperte Marie und drückte sie noch einmal fest. »Ich weiß nicht, wie ich ohne dich durch das letzte Jahr gekommen wäre.«

Da fühlte sie sich schuldig und gemein. Denn sie musste gehen. Sie hatte sich nie Papiere besorgt. Um die notwendigen Fälschungen zu bekommen, brauchte man Geld, und anstatt ihr Gehalt zu sparen, hatte sie es in die Pension gesteckt, damit ein Zimmer nach dem anderen renoviert werden konnte und so die Aufnahme von immer mehr Gästen ermöglicht wurde. Es gab immer noch Zimmer, die hergerichtet werden mussten, sie hatten nur nicht das Geld dafür, zumal Maries Einkünfte für Jacys medizinische Versorgung draufgingen.

»Du hättest schon einen Weg gefunden«, erwiderte Amaryllis. »Du kannst Berge versetzen, Marie. Ohne dich wäre ich untergegangen.«

Marie wich zurück und musterte Amaryllis mit gerunzelter Stirn. Dann packte sie ihre Freundin an den Armen. »Du hast doch wohl nicht vor …«

Amaryllis konnte es nicht ertragen, die Worte laut zu hören. Deshalb umarmte sie ihre Freundin noch einmal, ehe sie wieder zurückging. Zu ihrer Überraschung war Malichai immer noch im Flur. Reglos wie eine Statue stand er da und verschwamm mit den Schatten. Er konnte sich so still und ruhig verhalten, dass man ihn nicht sah oder hörte und er fast unsichtbar wurde. Dann war sein Energielevel so niedrig, dass sie ihn kaum entdecken konnte.

Sie war als Kind von Dr. Peter Whitney, einem genialen Milliardär, aus einem Waisenhaus geholt worden. Er hatte überall in den Vereinigten Staaten und später auch in anderen Ländern Laboratorien gebaut. Schon als sie kaum laufen konnte, hatte man ihr beigebracht zu kämpfen. Sie war unzählige Male im Krankenhaus gewesen. Hatte unzählige Blutproben abgeben müssen. Nichts gekannt als strenge Disziplin und Lernen. Schule und Kampfsport. Doch dann hatte sie Gerüchte über ein Zuchtprogramm gehört. Damit war sie *nicht* einverstanden, besonders nachdem sie Owen Starks' Aufmerksamkeit erregt hatte. Ihrer Meinung nach war er der Schlimmste von allen, deshalb hatte sie beschlossen wegzulaufen. Manchmal musste es einfach sein – und genau das spürte sie auch jetzt. Ganz egal, wie gern sie hiergeblieben wäre, sie musste weglaufen, ehe es zu spät war.

Sie bemühte sich, so zu tun, als hätte sie Malichai nicht gesehen, doch er trat aus den Schatten und hielt sie am Arm fest, als sie zu ihrem Zimmer gehen wollte.

»Wir müssen reden.«

Diesen Unheil verkündenden Satz wollten Männer doch sonst nie hören, und hier stand er und sagte ihn zu ihr. Fast hätte sie gelacht, wenn er nicht so ernst geklungen und ausgesehen hätte. Der Magen sank ihr in die Kniekehlen. Nervös schaute sie erst Malichai an und dann auf seine Finger, die sich um ihren Arm geschlossen hatten. »Ich muss wirklich etwas schlafen, Malichai. Wir können ja morgen reden.«

»Wem willst du etwas vormachen, Baby?«, fragte er. »Morgen wirst du längst weg sein. Lass uns reden, ehe du dich in Luft auflöst.«

Amaryllis schloss die Augen und schüttelte den Kopf, beschloss aber, ihn nicht anzulügen. Das konnte sie ihm nicht antun. Ihr Herzschlag beschleunigte sich, denn nun machte sie sich Sorgen, dass es vielleicht doch nicht so leicht werden würde zu gehen. Er war imstande, sie umzustimmen. Mit einem Blick. Einem Wort. Einer Geste. Sie reagierte so empfindlich auf ihn. Wie sollte sie ihm erklären, was sie war? Eine Tötungsmaschine. Eine Frau, die sich nie darum gekümmert hatte, wie es ihren Schicksalsgenossinnen weiter ergangen war, während er sogar nach völlig Fremden suchte und sich für sie durchlöchern ließ. Er würde sie keines Blickes mehr würdigen.

Und woher wusste er, dass sie gehen wollte? Wie konnte er sie nach einer Woche so gut kennen? Hatte sie sich auch anderweitig verraten? Sie war wohl in der Pension unvorsichtig geworden. Sie hatte sich zu lange zu sicher gefühlt.

Amaryllis ging mit Malichai zu seinem Zimmer. Dicht an seiner Seite zwängte sie sich unter seine Achsel. Sie liebte das. Es fühlte sich richtig an. Einfach richtig. Dann schlang sie einen Arm um seine Taille, auch wenn das etwas dreist war und sie es nicht tun sollte. So rieb ihr Körper sich bei jedem Schritt an seinem, und das wünschte sie sich für den Rest ihres Lebens. So neben einem Partner herzugehen. Malichai. Der Gedanke kam völlig unerwartet aus dem Nichts und jagte ihr Angst ein. Trotzdem drückte sie sich so lange an ihn, bis sie in seinem Zimmer waren.

Dort hockte sie sich in den Sessel, der am nächsten am Fenster stand, zog die Beine unter sich und machte sich klein. Malichai hielt sich nicht damit auf, Licht anzumachen. Ihr war das egal. Sie konnte im Dunkeln gut sehen. Er lief hin und her, und als er sich zu ihr umdrehte, sah sie das gefährliche Funkeln in seinen Augen, und ein kalter Schauer lief über ihren Rücken.

»Ich bin ein Schattengänger«, sagte er ohne Vorwarnung.

Das war das Letzte, was sie erwartet hatte, und es traf sie wie ein Schlag in die Magengrube. Sie krümmte sich zusammen, um ihn besser auszuhalten. Dann stellte sie ganz langsam die Füße auf den Boden, denn sie war genauso gefährlich wie er und bereit, wenn nötig, ihre Kraft einzusetzen. Doch innerlich fiel sie in sich zusammen. Sie war am Boden zerstört. Entsetzt und schwindlig vor Trauer. Malichai. Ihr Malichai war der Feind.

»Ich werde dir das nicht weiter erklären, weil ich weiß, dass du weißt, was das ist. Und zwar weil du eins von Whitneys Waisenkindern bist. Ich kann nur vermuten, dass dir ganz allein die Flucht gelungen ist.«

Dann schwieg er und hob eine Hand, als wollte er sie davon abhalten, sich auf ihn zu stürzen. Das Einzige, was sie daran hinderte, war, dass sie nicht mehr richtig atmen konnte. Doch sobald sie das unter Kontrolle hatte …

»Falls du glaubst, dass ich etwas dazu sage, kannst du lange warten.« Sie verstummte. In ihrem Gesicht war nichts mehr von der Wärme, die sich normalerweise darin zeigte, wenn sie ihn ansah. Mit starrem Blick beobachtete sie ihn wie eine Katze, damit er wusste, dass sie durchaus über ihre eigenen Waffen verfügte.

Verbissen redete Malichai weiter. »Ich bin wirklich im Urlaub. Es ist reiner Zufall, dass ich hierhergekommen bin. Zuerst habe ich befürchtet, dass du aus irgendeinem Grund auf mich angesetzt worden wärst. Ich bin schwächer als sonst, und wenn Whitney vorhat, einen von seinen Soldaten zurückzubekommen, wäre das der perfekte Zeitpunkt.«

Er zuckte die Achseln und begann wieder, rastlos hin und her zu laufen. Amaryllis hatte den Eindruck, dass die Energie, die sich in ihm aufstaute, ihn gleich zum Explodieren bringen würde. Sie spürte sogar den pochenden Schmerz in seinem Bein, konnte aber nichts dagegen tun, ganz egal, wie sehr sie es sich wünschte und wie stark der Drang war, ihm zu helfen.

»Amaryllis ... ich muss die richtigen Worte finden. Damit du mir glaubst und mich nicht verlässt, aber das fällt mir schwer. Ich bin nicht gut im Reden.« Er seufzte, fuhr sich mit einer Hand durchs Haar und nahm das rastlose Hin und Her wieder auf. Nun hinkte er ein wenig. »Ich muss von jedem, der mir begegnet, jedem, der mir nahekommt, Fotos machen. Mein Team passt auf mich auf, aber irgendwie habe ich dich sogar vor meinen eigenen Leuten in Schutz genommen.« Verstohlen warf er ihr einen Blick zu, wohl um ihren Gesichtsausdruck zu deuten. »Ich war mir damals noch nicht sicher wegen dieser Sache, wollte dich aber trotzdem beschützen.«

Er klang sehr ehrlich. Falls er sie anlog, war er der beste Schauspieler der Welt. Er war einfach ... zu gut. Zu erstaunlich. Zu alles. Amaryllis saß da, schüttelte den Kopf und bemerkte es nicht einmal. Fest biss sie sich auf die

Unterlippe und wünschte sich, sie wäre gut genug für diesen Mann.

Sie schaute auf das Buch, das vor ihr auf seinem Nachttisch lag. *Gefährliches Glück.* Ihr Magen verdrehte sich langsam, und ihr stockte der Atem. Sie glaubte nicht eine Sekunde, dass das sein Lieblingsbuch war oder dass er das eselsohrige Exemplar schon gelesen hatte, bevor er sie damit aufgezogen hatte, aber er hatte es sich bestellt und las es, weil es ihr gefiel. Welcher Mann machte das schon?

»Malichai«, sagte sie leise, den Tränen nah. Es gab keine Hoffnung für sie beide. Absolut keine. Sie musste gehen. Und er musste auch weg aus dieser Stadt. Die Cops würden herausfinden, dass sie nicht existierte, und Whitney hatte seine Augen und Ohren überall. Für Malichai war es hier auch nicht mehr sicher. Daran hatte sie nicht gedacht – dass er genauso gefährdet war wie sie. Sie musste ihn überreden zu verschwinden. Wenn ihr das nicht gelang … blieb ihr nichts anderes übrig, als zu bleiben und ihn zu beschützen. Sein Bein war viel zu kaputt. Wie war es nur so schnell so weit gekommen? Typisch Whitney. Im Handumdrehen ruinierte er Leben, ohne sich auch nur einen Gedanken darüber zu machen.

»Je mehr Zeit wir miteinander verbracht haben, desto sicherer war ich, dass du eins von Whitneys Waisenmädchen bist, aber du hast einen starken Schutzschild. Das ist ziemlich selten. Nur sehr wenige Schattengänger haben dieses Talent. Und dazu deine Heilkraft … wenn Whitney das herausgefunden hätte, hätte er dich auseinandergenommen, nur um zu erfahren, wie das funktioniert. Bist du deshalb weggelaufen? Weil er herausgefunden hat, dass du eine Geistheilerin bist?«

157

Wenn sie nicht schon in Malichai verliebt gewesen wäre, hätte sie ihn jetzt ins Herz geschlossen. Wegen des Mitleids in seiner Stimme. Und seiner verständnisvollen Miene. In diesem letzten Jahr, seit sie in Maries Pension wohnte, hatte sie alle Arten von Männern kommen und gehen sehen, und genauso wie sie die Wachen in den Lagern beobachtet hatte, hatte sie auch die verschiedenen Männer genau studiert. Keiner von ihnen hatte ihr so gut gefallen wie Malichai. Er war einfach außergewöhnlich.

Sie konnte die Augen nicht von ihm lösen. Er war so ehrlich. Sie nickte langsam. »Ja. Es war ein Unfall. Ich hätte ihm niemals erlaubt, es zu sehen, vor allem nachdem ich von seinem idiotischen Zuchtprogramm erfahren hatte. Ein paar von den anderen Mädchen waren ganz versessen darauf, Whitney zu zeigen, was sie konnten, und ich habe es nicht geschafft, sie davon abzubringen. Nichts, was ich gesagt habe, hat sie aufgehalten.«

Sie hob die Hände und massierte ihre plötzlich pochenden Schläfen. Diese Mädchen. Sie wollten einfach nicht hören, dass Whitney sie nicht liebte und keinesfalls ihr Bestes wollte. Sie waren so sicher gewesen, dass er sie eines Tages belohnen würde, wenn sie nur alles taten, was er wollte. Sie hatte keine Ahnung, was er ihnen versprochen hatte, aber sie hatten die anderen Mädchen immer verpetzt und ihm alles erzählt, was sie sagten oder taten.

»Wie hat er herausgefunden, dass du Heilkräfte hast? War das, als du vierzehn warst?«

Wieder schüttelte Amaryllis den Kopf. Diese Stimme. Wer könnte es schaffen, Malichais Stimme zu widerstehen? Sie seufzte und zwang sich, ihn anzuschauen. Sie hätte diese Mädchen nicht zurücklassen sollen, nur weil sie dumm waren, auch wenn sie immer noch keine Ahnung

158

hatte, was sie sonst hätte tun sollen. Was hätte Malichai wohl unternommen? Wahrscheinlich war er stark genug, sich die beiden über die Schultern zu werfen und wegzutragen.

»Ein Mädchen hatte sich mit einem Messer verletzt. Der Schnitt war wirklich tief, deshalb verlor sie zu schnell zu viel Blut. Ich habe nicht nachgedacht, ich habe einfach … die Blutung gestoppt. Das hat dieses Mädchen Whitney erzählt. Brühwarm. Ich habe sofort gewusst, dass ich abhauen musste, als ich sah, wie er mich anschaute. Er hatte mich noch gar nicht zu sich gerufen und mir noch keine einzige Frage gestellt. Der Ausdruck auf seinem Gesicht hat gereicht.« Bei der Erinnerung presste Amaryllis eine Hand auf ihren Bauch. »Sobald er wusste, dass ich Heilkräfte habe, hat sich alles verändert. Er wollte Babys von mir – das wurde für ihn das Wichtigste auf der Welt. Und es gab einen Soldaten, der mich einfach nicht in Ruhe lassen wollte. In dem Augenblick, in dem er erfuhr, dass ich in das Zuchtprogramm gesteckt werden sollte, hatte er Whitney gebeten, mich mit ihm zu verpaaren.«

Im düsteren Zimmer begegnete ihr Blick dem Malichais, und ein kalter Schauer rieselte über ihren Rücken. Ihr süßer Malichai hatte auch eine dunkle Seite. Eine sehr gefährliche dunkle Seite. Das war nicht zu übersehen. Der Gedanke, dass ein anderer Mann von Whitney gefordert hatte, sie zu bekommen, gefiel ihm gar nicht. Er rührte keinen Muskel mehr. Stand so still, dass er eins mit den Schatten zu sein schien, die Augen kalt wie Eis, doch mit lodernden Flammen darin. Nie im Leben hatte sie etwas Erschreckenderes und zugleich Faszinierenderes gesehen.

»Das durfte nicht passieren. Ich habe die anderen schon gefragt, ob sie auch wegwollten, aber erst im letzten

Augenblick, weil ich wusste, dass es zwei unter ihnen gab, die sich gerne bei Whitney einschmeichelten und mich deshalb verraten hätten. Zwei Mädchen sind mit mir gegangen. Wir sind über den Zaun geklettert und dann haben wir uns getrennt. Ich weiß nicht, ob die beiden davongekommen sind. Ich hatte noch keine Gelegenheit, mir eine neue Identität zu beschaffen, also werden die Cops herausfinden, dass ich offiziell gar nicht existiere, und sobald ich in ihrem System auftauche, wird Whitney erfahren, wo ich bin.«

»Du hättest es mir sagen sollen. Du weißt doch Bescheid über mich. Sicher hast du die ganze Zeit schon geahnt, was ich bin.« Wieder begann Malichai hin und her zu tigern, als ob er seine überbordende Energie keinen Augenblick länger zügeln könnte oder aber sie ihn sonst schütteln würde – sie hätte nicht sagen können, was von beidem.

Amaryllis zuckte die Achseln. »Ich habe dich gemocht. Es war einfach schön, Zeit mit dir zu verbringen. Deshalb habe ich gehofft, dass du nicht merkst, dass ich auch eine Schattengängerin bin. Damit ich hierbleiben kann. Es ist das erste echte Zuhause, das ich jemals gehabt habe. Marie und Jacy sind wie eine Familie für mich, aber ich kann nicht bei ihnen bleiben, wenn die Cops entdecken, dass es eine Amaryllis Johnson gar nicht gibt.« Sie holte tief Luft. »Ach, Malichai, setz dich doch. Jeder Schritt, den du machst, verschlimmert die Probleme mit deinem Bein. Wenn du so weitermachst, geht der Knochen kaputt. Ich glaube, der Druck, den du darauf ausübst, führt zu noch mehr von diesen winzigen Rissen. Wie bei den Stressfrakturen, die man manchmal bekommt, wenn man auf Beton läuft.«

Malichai wandte den Kopf und sah sie an. Direkt in ihre Augen. Mit Katzenaugen, die im Dunkeln glühten. »Ich liebe dich, Amaryllis, und ich möchte dich nicht verlieren. Wenn du es mir erlaubst, kann ich mein Team dafür sorgen lassen, dass du eine Identität und einen Lebenslauf bekommst. Sie werden es wie einen Fehler im System aussehen lassen, dass die Polizei bei ihrer ersten Suche nichts über dich gefunden hat.«

Ihr blieb fast das Herz stehen, und dann begann es, viel zu schnell zu schlagen. In ihren Ohren war ein seltsames Rauschen. Sie hörte fast nichts mehr, seit er ihr gestanden hatte, dass er sie liebte. Das hatte noch nie jemand zu ihr gesagt. Nicht ein einziger Mensch. Sie bekam kaum noch Luft und fühlte sich leicht benommen. Malichai hatte tatsächlich gesagt, dass er sie liebe. Sie. Obwohl sie sich nach ihrer Flucht nicht mehr um die anderen Mädchen gekümmert hatte.

Amaryllis brach in Tränen aus. Dabei war sie keine Heulsuse. Wenn man eins von Whitneys Waisenmädchen war, durfte man nicht weinen; das brachte einem alle möglichen schlimmen Strafen ein. Trotzdem konnte sie nicht aufhören. Die Hände vor dem Gesicht schluchzte sie hemmungslos. Nur weil er sie liebte. Das war doch nicht möglich. Das war einfach nicht möglich.

»Hör auf, mein Schatz.«

Wie immer, wenn er mit ihr sprach, war Malichais Stimme sehr sanft. Wie Samt auf der Haut und Trost für die Seele. Endlich erkannte sie, warum das so war – weil sie ihn auch liebte. Sie hatte das nicht einordnen können. Nicht gewusst, wie sich das anfühlte. Auch das hatte er ihr gezeigt, aber sie konnte es nicht zulassen.

»Ich kann nicht. Du kannst mich nicht lieben, Malichai. Es geht einfach nicht. Du bist so gut und ich … *nicht.* Ich bin nicht gut genug.«

»Amaryllis.«

Er klang leicht amüsiert – auf eine typisch männliche Art, auch wenn er versuchte, es zu verbergen. Unter Tränen schaute sie irritiert zu ihm auf. Sie schüttete ihm ihr Herz aus, gestand ihm ihre schlimmsten Fehler, und er fand das lustig?

»Schätzchen, du hast ganz sicher in deinem ganzen Leben nichts getan, das schlimmer ist als das, was ich getan habe. Ich bin Soldat, verdammt noch mal. Und Schattengänger. Was zum Teufel glaubst du, was ich in dem Job mache?«

»Ich habe diese Mädchen zurückgelassen. *Alleingelassen.* Das hättest du nie getan. So viel ist sicher. Du bist immer loyal. Ich nicht. Mich interessieren nur ganz wenige Menschen. Über die anderen denke ich gar nicht nach. Sie sind mir egal. Ich kümmere mich nur um meinen kleinen Kreis. Ich habe Schakal-DNA in mir. *Schakal-DNA.* Weißt du, was das bedeutet?« Fast schleuderte sie ihm die Frage entgegen, damit er endlich begriff, dass diese schlechten Charaktereigenschaften niemals verschwinden würden. Sie waren in ihren Genen. Tief verankert. Sie würde diese Gene an ihre Kinder weitergeben. Und sie hatte noch Schlimmeres in sich, aber darüber wollte sie nun wirklich nicht reden.

»Und warum denkst du, das wäre schlimm? Schakale bleiben ihr ganzes Leben lang zusammen. Die Jungen kehren als Erwachsene zurück und helfen Jahr um Jahr, die Welpen großzuziehen, sodass eine eng verbundene Gruppe entsteht. Sie verteidigen ihr Gebiet und einander. Schattengänger tun das Gleiche, Amaryllis. Daran ist nichts auszusetzen. Außerdem sind Schakale schnell wie der Wind. Wir sind doch alle aus vielen verschiedenen

Genen zusammengesetzt. Whitney hat euch diesen Unsinn erzählt, um euch euer Selbstwertgefühl zu nehmen und euch so besser zu kontrollieren. Er durfte nicht zulassen, dass eine von euch sich für etwas Besonderes hielt. Nicht auszudenken, wenn die Frauen sich gegen ihn erhoben hätten, weil ihnen klar geworden war, dass sie stark und klug und innerlich wie äußerlich wunderschön sind. Scheiß auf ihn und das, was er euch eingeredet hat. An dir ist absolut gar nichts verkehrt.«

Er beugte sich herab und küsste ihre Tränen fort, dann hob er ihr Kinn an. Ihr Herz wollte nicht aufhören zu hämmern. Sie schaute ihm ins Gesicht. Sie liebte sein Gesicht. Und seine Augen, die im Moment ein wenig feucht waren. Er hauchte noch mehr Küsse auf ihre Wangen, Augen und Lippen.

»Hör auf zu weinen, Baby, und lass uns weiterreden. Ich liebe dich genauso, wie du bist. Diese Frauen haben ihre Wahl getroffen, als sie auf Whitney gehört haben und mit jeder Kleinigkeit zu ihm gelaufen sind. Ich liebe dich, und ich möchte, dass du mit mir kommst, wenn ich hier weggehe. Meine Leute können dir eine Identität verschaffen, aber dazu muss ich ihnen von dir erzählen, Amaryllis, sie müssen dich sowieso irgendwann kennenlernen.«

Sie stützte die Stirn auf die Hand. »Woher willst du wissen, dass niemand dich verraten wird, Malichai? Je mehr Menschen Bescheid wissen, desto wahrscheinlicher ist das.«

Er fing wieder an, hin und her zu tigern, und nahm die meiste Wärme im Raum mit. »Alle in meinem Team haben besondere Fähigkeiten. Wir haben uns zusammengetan, weil wir von Feinden umzingelt sind. Das wissen wir, deshalb sind wir immer auf einen Kampf vorbereitet. Wyatts kleine Mädchen waren zur Tötung vorgesehen, weil man sie für fehlerhaft hielt. Wir haben sie befreit und beschützen sie. Und seine Frau ist aus demselben Labor geflüchtet. Traps Frau sollte übrigens ebenfalls getötet werden. Jetzt lebt sie bei uns. Die Frau meines Bruders wurde vor ihren Einsätzen mit einem Virus infiziert, das sie ohne das Gegenmittel umgebracht hätte. Ich könnte ewig so weitermachen. Whitney benutzt uns und hetzt immer mal wieder seine Supersoldaten auf uns, um uns oder sie zu testen, wer weiß schon, was in seinem Kopf vorgeht, aber er kämpft dabei gegen die Fraktion im Weißen Haus, die uns alle tot sehen will. Und dann wären da noch die Feinde, die wir uns bei unseren Einsätzen gemacht haben.«

»Verlockende Aussichten, die du da beschreibst.« Amaryllis hatte ihren Humor nicht verloren.

Er wandte sich zu ihr um, und wieder glühten seine Augen im Dunkeln. »Ich will, dass du von Anfang an weißt, dass das, was ich dir anbiete, keine rosige Zukunft ist. Ich werde dir darüber, worauf du dich einlässt, keine Lügen erzählen. An manchen Tagen fühlt es sich so an, als müssten wir jede Minute kämpfen, um einigermaßen friedlich mit unseren Familien leben zu können. Dann haben wir wieder monatelang Ruhe, und wir wissen alle, dass das ein Luxus ist. Dann wäre da noch mein Bein. Realistisch gesehen könnte ich es verlieren. Aber ich bin zu viel wert, um aussortiert zu werden, also werden sie mir irgendein bionisches Ersatzteil verpassen, auch wenn manche Menschen eine Aversion gegen künstliche Körperteile haben.«

Amaryllis deutete auf den Stuhl ihr gegenüber. »Setz dich, Malichai. Ich meine es ernst. Und beleidige mich nicht. Ich bin nicht so, und du wirst dein Bein nicht verlieren.« Es war zum Verzweifeln. Er tigerte einfach immer weiter herum, als könnte er nicht damit aufhören. Am liebsten hätte sie ihn mit Gewalt auf den Stuhl hinuntergedrückt.

»Wenn du nicht bei mir bleibst und es rettest, vielleicht doch«, erwiderte er.

Amaryllis biss die Zähne zusammen. »Du machst mich fertig. Du könntest doch deinem Bruder Bescheid sagen, dann wäre morgen ein Ärzteteam hier.«

Da blieb Malichai so abrupt stehen, dass ihr Herz fast mit stehen geblieben wäre. Dann drehte er den Kopf langsam in ihre Richtung, und ihr wurde angst und bange. Ihr Herzschlag beschleunigte sich wieder. Er wusste es. Er hatte es die ganze Zeit gewusst. Aber wie sollte sie ihm helfen? Sie hatte eine Gabe, aber keine Ahnung, wie sie sie anwenden sollte. Sie hatte sich nie damit beschäftigt.

»Was könnte ein Ärzteteam schon tun, Amaryllis? Du weißt, dass der Knochen nicht mehr zu retten ist. Wenn ich das weiß, weißt du es auch.«

Nein, sie wusste es nicht, nicht mit Sicherheit. Nur instinktiv. Sie konnte die Energie und Kraft zum Heilen aufbringen, aber sie wusste nicht genau, was sie da tat. Sie wollte lieber bei ihm bleiben, als vor Whitney davonlaufen und sich verstecken, aber jetzt das … Was war, wenn sie zusätzlich zu allem anderen auch bei ihm versagte? Dann war sie schuld daran, dass er sein Bein verlor. Vom Heilen hatte sie eigentlich keine Ahnung. Überhaupt keine. Wirklich nicht. Das schien er nicht zu begreifen.

Amaryllis seufzte und schaute auf ihre Hände hinunter. »Das ist sehr riskant, und ich kann einfach nicht mehr zu Whitney zurück. Ich will auf keinen Fall ein Kind mit diesem widerwärtigen Soldaten haben, mit dem Whitney mich verpaaren will. Der Kerl wird niemals ein Kind von mir in die Finger kriegen.«

»Dann bekomm deine Kinder mit mir, Amaryllis. Ich kann dich beschützen. Und unsere Kinder auch. Mein Team baut gerade eine Festung mitten im Sumpf. Es ist unglaublich. Wir können Marie und Jacy besuchen oder sie zu uns kommen lassen. Ich habe schon mit Lily gesprochen und sie gebeten, dafür zu sorgen, dass Jacy alle nötigen Behandlungen umsonst bekommt. Und dass Maries Krankenhausrechnungen bezahlt werden. Ich will nicht, dass sie sich Sorgen um diese Rechnungen machen muss. Ich habe etwas Geld auf der Bank, das einfach nur da rumliegt. Marie und Jacy können es viel besser brauchen als ich.«

Sprachlos schaute Amaryllis zu ihm auf. Das, was sie gerade erfüllte, musste Liebe sein. Es war ein sanftes, zärtliches Gefühl. Und fremd für sie. Vollkommen fremd. Für Jacy und Marie hatte sie zwar etwas Ähnliches empfunden, aber es war nicht so überwältigend gewesen, dass es ihr den Atem verschlug. Malichai machte es ihr unmöglich, ihn zu verlassen, obwohl sie nicht bleiben konnte. Keiner konnte ihm das Wasser reichen. Keine Frau war gut genug für ihn.

»Du hast so viel Mitgefühl. Das ist ein wundervolles, sehr großzügiges Geschenk.«

»Bleib bei mir, Amaryllis. Ich weiß, dass es dir Angst macht, aber ich verspreche dir, ich lasse es nicht zu, dass Whitney oder irgendjemand anders dich mir wegnimmt.«

Amaryllis musterte sein Gesicht. »Du verlangst einen riesigen Vertrauensvorschuss von mir. Whitney ist ein sehr nachtragender Mensch. Ich hatte meinen Fluchtplan schon lange vorbereitet, und als ich ihn umsetzen musste, habe ich nicht gezögert. Er hat nicht wissen können, dass ich das vorhatte. Wenn ich ihm noch mal in die Hände falle, wird es für mich keine zweite Fluchtmöglichkeit geben.«

»Du hast auch für hier einen Fluchtplan.«

»Natürlich. Und, Malichai, ich bin durchaus imstande, mich selbst zu verteidigen.« Das sollte er wissen. Und dass sie es tun würde. Gnadenlos. Sie hatte mehr als eine Tier-DNA in sich und war von Kindesbeinen an zum Kämpfen erzogen worden. Auch wenn Whitney am Ende entschieden hatte, sie in sein Zuchtprogramm aufzunehmen, war sie vorher Soldatin gewesen, wie Malichai. Als Profikillerin war sie zwar eine Einzelkämpferin, aber auch sie war auf Einsätze geschickt worden und hatte, wenn nötig, getötet.

Ihr Ton war warnend, denn sie wollte, dass er wusste, dass sie neben der Seite, die sie ihm gezeigt hatte, noch eine andere hatte. Und sie befürchtete, dass ihm die vielleicht nicht so gut gefiel. Vielleicht hätte er lieber eine Frau, die nicht alle ihr verfügbaren Waffen einsetzen würde, um ihre Familie und sich selbst vor jedem Angriff zu schützen.

»Baby, du glaubst doch wohl nicht, dass es mir nicht recht wäre, wenn du imstande bist, dich, unsere Kinder und womöglich sogar unser Haus zu verteidigen. Die Frau, die ich von allen auf der Welt am meisten bewundere, ist Nonny, Wyatts Großmutter. Sie hat ihre Kinder und ihre Enkelsöhne im Sumpf aufgezogen. Meistens allein. Wenn man ihr Haus betritt, fällt einem als Erstes auf, dass man sich dort geborgen fühlt. Selbst wenn man das noch nie erlebt hat, geht es einem so. Sie ist ein wunderbarer Mensch, nett und freundlich. Klug und sehr weise. Doch ihr Gewehr hat sie immer in Reichweite. Das bewundere ich an ihr. Sie erwartet nicht, dass andere ihre Probleme lösen.«

»Du bist ein sehr fürsorglicher Mann.« Das stimmte. Er konnte es nicht verbergen. Alles an ihm verriet es. Niemand konnte es übersehen.

Malichai nickte und ließ sich endlich auf einen Stuhl sinken. Der Schmerz hatte Furchen in sein Gesicht gegraben. Sein Bein brannte und würde gleich einknicken, doch er wollte es nicht zugeben.

»Ja, das bin ich wohl. Und ich habe meine verheirateten Freunde damit genervt, dass ich ständig behauptet habe, meine Frau würde außer in der Küche oder im Schlafzimmer nirgendwo etwas zu suchen haben. Dabei habe ich eigentlich schon immer gewusst, dass meine Frau so sein müsste wie Nonny. Und du hast all ihre guten Eigenschaften, alles, was ich so sehr bewundere.«

Amaryllis stand auf und lief dank ihrer Katzen-Gene geschmeidig und lautlos im Dunkeln zu ihm. Kleine Schweißtropfen liefen ihm übers Gesicht. Überrascht wischte er sie fort, denn es war nicht heiß im Zimmer.

Fragend schaute er zu ihr auf. »Könntest du das Fenster aufmachen?«

Doch statt das zu tun, legte sie besorgt eine Hand auf seine Stirn. »Du glühst ja, Malichai.«

Amaryllis ging in die Knie, schob die Jeans an seinem Bein hoch und nahm seine Wade in beide Hände. »Dein Bein fühlt sich heiß an. Da hat sich was entzündet. Wahrscheinlich der Knochen. Schaffst du es bis zum Bett?«

Sie konnte ihre Sorge nicht verbergen. Ohne auf eine Antwort zu warten, schlang sie einen Arm um ihn und hievte ihn fast vom Stuhl. Sie war viel stärker, als sie aussah, schließlich waren auch ihre Kräfte durch die Schattengänger-DNA gesteigert worden.

»Das ist wahrscheinlich keine gute Idee, falls dieser Soldat dich suchen kommt. Wenn ich ihn nicht töten kann, musst du es tun.«

Er wollte Zeit schinden. Das war ihr klar, aber sie warf es ihm nicht vor. Er war schweißnass, und sie war wütend auf sich, weil sie sich so sehr auf ihre Unterhaltung konzentriert hatte. Darauf, dass er ihr seine Liebe gestanden hatte. Auf ihre Fluchtgedanken. Sein Bein. Auf alles, nur nicht darauf, dass es ihm sehr schlecht ging. Einen Fuß in der Luft, den Arm um ihre Taille gelegt, um sein Gewicht leicht abzustützen und das verletzte Bein zu schonen, schwankte er kurz.

»Das ist ein harter Brocken, Malichai. Ehrlich gesagt weiß ich nicht, ob ich es fertigbringe, ihn zu töten. Ich glaube, Whitney hat irgendetwas mit ihm angestellt, das es mir unmöglich macht, ihn mit meinen eigenen Waffen zu schlagen. Ich habe es schon mehrmals versucht und nie geschafft, aber ich werde mein Bestes tun. Einer von uns wird jedenfalls sterben.« Das war ihr bitterer Ernst.

Als Malichai den Fuß auf den Boden stellte und das kranke Bein belastete, zuckte er vor Schmerz zusammen, gab aber keinen Laut von sich, verlagerte nur sofort wieder sein Gewicht auf das andere Bein.

»Mist, Baby, tut mir leid, das klappt nicht.«

»Schon gut. Ich bin stark. Wir schaffen es bis zum Bett. Wirklich, Schatz. Schon heute Morgen, als ich dich untersucht habe, habe ich gedacht, dass etwas nicht stimmt. Ich wünschte, ich hätte mehr Ahnung vom Heilen«, gestand Amaryllis, denn er sollte wissen, dass sie kaum in der Lage war, ihm zu helfen. »Ich bin nie ausgebildet worden, wie ich meine Heilkräfte am besten anwende, aber da Schattengänger sehr viel schneller gesund werden als andere Menschen, sollte es deinem Bein schon viel besser gehen.«

Mit ihrer Hilfe gelang es Malichai, quer durchs Zimmer zum Bett zu hüpfen. Dann ließ er sich fast auf die Matratze fallen. Amaryllis konnte sehen, dass es eine Erleichterung für ihn war, sich hinzulegen. Sie fragte sich, ob er die ganze Zeit hin und her gelaufen war, weil er so große Schmerzen gehabt hatte, und holte schnell ein kühles Tuch für sein Gesicht.

»Hier, Schatz, nimm das. Und trink etwas Wasser, nicht dass du auch noch dehydrierst.« Er verbrannte förmlich. Wann hatte dieses Fieber begonnen? Warum hatte sie es nicht bemerkt?

»Da versuche ich, dich zu beeindrucken, was für ein harter Kerl ich sein kann, der auf dich aufpasst. Hab mir wohl zu viel vorgenommen.«

Amaryllis zwang sich zu lächeln, weil er in einer Situation, die ihr Herz vor Angst heftig klopfen ließ, versuchte, Witze zu reißen. Sie hätte selbst eine Konfrontation mit Whitneys Supersoldaten, die sie wieder einfangen wollten, dieser Situation vorgezogen. Wenn sie einen gewöhnlichen Arzt rief, würde er ihnen nicht helfen können. Sie wusste nicht, was sie tun sollte.

Sie lächelte Malichai kurz und angespannt an. »Wo ist dein Telefon?«

»Warum? Ruf bloß nicht meinen Bruder an.«

Amaryllis schaute auf sein Gesicht. Seine Miene wirkte verdrossen, was sie bei ihm nie erwartet hätte. Er war unvernünftig. Durch diese Entzündung konnte er sein Bein verlieren. Trotzdem wollte er seinen Bruder nicht anrufen und ein Team mit einigen der besten Ärzte der Welt kommen lassen, um sein Bein und vielleicht sogar sein Leben zu retten? Das widersprach jedem gesunden Menschenverstand. Außerdem gab es unter seinen Leuten offenbar auch einen Geistheiler.

Zärtlich strich sie Malichai das feuchte Haar aus dem Gesicht und schaute ihm wieder in die Augen. Sie glänzten fiebrig. Er redete Unsinn, weil er nicht genau wusste, was er tat oder sagte. Sie musste die Sache selbst in die Hand nehmen.

»Ich will nur mit ihm sprechen, Schatz. Gib mir einfach dein Telefon. Ich brauche den Rat deines Bruders.«

Malichai kreuzte die Arme und schüttelte den Kopf. »Nein. Wenn du den anrufst, schickt er ein ganzes Bataillon und sämtliche Schattengänger-Einheiten. Wenn es um die Sicherheit seiner Brüder geht, neigt er zur Übertreibung. Ich möchte nur, dass du bei mir bleibst. Er würde dir nur Fragen stellen, die dir Angst machen.«

»Ich lasse mich nicht so leicht einschüchtern.«

»Aber du wolltest mich verlassen.«

Als sie nach seiner Gürtelschnalle griff, legte er hastig seine Hände auf ihre.

»Was zum Teufel hast du vor?«

»Nicht das, was dir vorschwebt, aber wir müssen dir die Jeans ausziehen. Wo ist dein Handy, Malichai? Hör auf, mich hinzuhalten.« Sie bemühte sich um den strengen Ton, den Marie anschlug, wenn Jacy gehorchen sollte.

Malichai zögerte noch einen Moment, gab dann aber endlich nach. »Hinten in meiner Hosentasche.«

Er lag auf dem Ding und wollte sich nicht rühren. Amaryllis zwang ihn nur ungern dazu, aber sie konnte nicht anders, sie hatte keine Wahl. Also hob sie seinen Unterleib an und zog ihm die Jeans aus. Dann legte sie ihn vorsichtig zurück auf die Matratze und zog nur ein Laken über ihn, weil er noch so heiß war. Malichai ließ sich in die Kissen sinken und schloss die Augen.

Amaryllis nahm das Handy und sah ihn mit hochgezogener Braue an. »Ich brauche dein Passwort, Schatz. Ich weiß, dass das schwer für dich ist, aber bitte konzentrier dich.«

Malichai klappte ein Auge auf und schaute von ihr zu seinem Handy. Dann gab er ihr das Passwort und klappte stirnrunzelnd das Auge wieder zu. Offenbar begriff er nicht ganz, was um ihn herum vorging.

Sofort gab Amaryllis das Passwort ein, fand die Nummer seines Bruders und rief sie an. Sie wusste, dass es spät war, aber er musste rangehen, und das tat er auch, sehr abrupt.

»Es ist spät. Was ist passiert?«

Sie legte eine Hand auf Malichais Brust, mehr um sich selbst zu beruhigen als ihn. Er schien immer wieder wegzudämmern.

Sie wusste nicht, wo sie anfangen sollte. Was sie sagen sollte. Ob Ezekiel ihr glauben würde. Sie war verzweifelt. Sie brauchte Hilfe, und zwar sofort. »Ich heiße Amaryllis. Und ich bin bei Malichai. Ich brauche Ihre Hilfe. Die Knochen in seinem Bein werden immer poröser. Winzige Brüche durchziehen sie wie Spinnennetze. Ich habe ihn heute Morgen untersucht und konnte sehen, dass die Knochen bald ganz kaputtgehen werden. Ich habe nicht viel Erfahrung, verfüge aber über Heilkräfte. Wenn Sie jemanden kennen, der auch welche hat und mich anleitet, könnte ich die Knochen vielleicht retten, aber es muss schnell gehen. Alles hat sich entzündet. Malichais Temperatur geht durch die Decke, und er kann das Bein überhaupt nicht mehr belasten. Er ist mal ganz bei sich und reagiert, und dann wieder nicht.«

Sie holte Luft. »Ich habe absolut keine Erfahrung. Überhaupt keine. Null. Ich weiß nicht, was ich tue. Ich würde ihn gern ins Marinekrankenhaus bringen, aber er will das nicht. So wie es aussieht, bleibt den Knochen nicht mehr viel Zeit.« Jetzt plapperte sie daher wie ein verängstigtes Kind, weil sie sich vor dem fürchtete, was der Mann am anderen Ende vielleicht von ihr verlangen würde. Er war so weit weg. »Er braucht wirklich Hilfe. Unbedingt, und ich weiß nicht, was ich tun soll«, fügte sie flehentlich hinzu.

Eine lange Pause entstand. Amaryllis wusste, was das bedeutete. Ezekiel wartete auf ein Zeichen von Malichai, das ihm verriet, dass der Anruf echt war, dass sein Bruder kein Gefangener war und dazu benutzt wurde, das Team irgendwie in eine Falle zu locken. Es musste ein Codewort geben, das sie dafür benutzten.

Sie versuchte es noch einmal. »Er hat mir alles von euch erzählt, auch von Nonny und Pepper und den drei kleinen Mädchen. Er ist momentan nicht bewusstlos, aber auch nicht besonders klar. Ich weiß nicht, wie viel er mitbekommt. Und ich weiß nicht, auf was Sie warten, aber … *bitte* glauben Sie mir, dass wir Hilfe brauchen.«

»Ist er bei Ihnen?«

»Ja.«

»Sie sagen, er ist nicht bewusstlos, dann möchte ich seine Stimme hören.«

Sie fragte sich, wie sie Malichai zum Sprechen bringen sollte. Sie stellte den Lautsprecher am Handy an und hielt es nah an seinen Mund. »Hörst du mich, Schatz? Dein Bruder ist am Telefon. Er möchte deine Stimme hören. Kannst du bitte irgendwas zu ihm sagen? Mir zuliebe? Ja?«

Am liebsten hätte sie Rotz und Wasser geheult. Sie hatte gelernt, nicht zu weinen, aber vielleicht hatte sie all ihre

Tränen auch nur für den richtigen Moment aufgespart, denn nun wünschte sie sich, dass sie Malichai in die Arme nehmen und dem Drang zu schluchzen einfach nachgeben könnte. Sie fühlte sich hilflos, und das hatte sie nie wieder sein wollen.

Als Malichai ihre tränenerstickte Stimme hörte, riss er sich zusammen. »Mir geht's gut, Baby«, flüsterte er. Dann hob er die Hand und strich ihr übers Haar. »Zeke, bist du das?«

»Am Apparat, Bruder.«

»Amaryllis ist meine Bellisia. Du musst ihr eine neue Identität verschaffen. Amaryllis Johnson.«

»Wir müssen über dein Bein reden, Schatz, nicht über meine Papiere«, unterbrach ihn Amaryllis. Das sah ihm ähnlich.

Malichai ignorierte sie. Mit geschlossenen Augen strich er ihr durchs Haar, nahm es und hielt es sich unter die Nase. »Wenn mir irgendetwas zustößt, musst du sie aus diesem Schlamassel herausholen. Die Cops werden sie überprüfen, also beeil dich mit den Papieren.«

Amaryllis stellte den Lautsprecher ab. »Hören Sie. Er weiß nicht mehr, was er sagt. Er hat hohes Fieber. Kümmern Sie sich nicht um mich. Er ist wichtiger. Finden Sie einen Heiler, der mir helfen kann. Seinen Namen brauche ich nicht zu wissen, er soll mich nur anleiten. Ich weiß, dass das immer die größte Sorge ist. Whitney und alle anderen auf der Welt sind auf der Suche nach Geistheilern, also darf niemand wissen, wer so was kann. Mir ist das auch völlig egal. Ich will nur, dass es Malichai besser geht.«

»Ich rufe in ein paar Minuten zurück. Ich habe ein Foto von Ihnen. Ihr Vorname ist also Amaryllis. Welchen Nachnamen haben Sie bei den Cops angegeben?«

»Johnson. Bitte sorgen Sie dafür, dass mich ein Heiler zurückruft.«

»Dazu hätte ich noch eine Frage: Glauben Sie, dass ein erfahrener Heiler wirklich helfen kann? Oder müsste man noch eine Stufe höher gehen und jemanden holen, der durch Geisteskraft sogar operieren kann?«

Amaryllis war verblüfft. Sie wusste nicht, ob es so etwas wirklich gab. Sie hatte zwar davon gehört, aber nur, wenn Whitney darüber spekuliert hatte, dass das möglich sein könnte, und er hatte immer Ausschau nach so einem Talent gehalten.

»Wenn jemand das kann, würde ich ihn so schnell wie möglich herschaffen. Das ist vielleicht die einzige Chance, Malichais Bein zu retten. Ich weiß nicht, wie lange das noch gut geht, die Entzündung hat sich so schnell ausgebreitet, dass es mir Angst macht. In der Zwischenzeit könnte ein Geistheiler mir doch dabei helfen, ihn stabil genug für eine Operation zu machen, ob körperlich oder geistig. Im Moment habe ich wirklich den Eindruck, dass nicht nur sein Bein in Gefahr ist. Vielleicht steht sogar sein Leben auf dem Spiel.«

»Ein Heiler kann ihn in ein paar Stunden wieder gesund machen.«

Das war Amaryllis klar, trotzdem hatte sie noch nie so große Angst gehabt. »Aber es geht um Malichai«, wisperte sie.

Eine weitere Pause entstand. »Er ist mein Bruder«, erwiderte Ezekiel.

In dem kurzen Augenblick des Schweigens zwischen ihnen spürte Amaryllis, wie sie sich über die Distanz nahekamen und verstanden. Sie beide wussten, wie es war, Malichai Fortunes zu lieben.

»Ich rufe Sie gleich zurück. Und wir fliegen sofort los.«

Ihre Erleichterung war so groß, dass sie wieder in lächerliche, nutzlose Tränen auszubrechen drohte. Sie flossen nur nicht, weil sie gelernt hatte, sie zu unterdrücken, aber sie spürte sie hinter den Augen brennen.

»Danke«, sagte sie leise, doch Ezekiel hatte bereits aufgelegt.

Sie legte das Handy neben Malichai und den Kopf auf seine Brust, weil sie einen Moment brauchte, um durchzuatmen. Nachzudenken. Und die Angst, die ihre Gedanken verwirrte, in den Griff zu bekommen.

»Ich habe dir nie gesagt, was ich für dich empfinde, Malichai. Du bist immer so geradeheraus. Du hattest den Mut, mir zu sagen, dass du ein Schattengänger bist und weißt, dass ich eins von Whitneys Waisenmädchen bin ...«

»Eine Schattengängerin«, murmelte er, ohne die Augen aufzuschlagen. Dann landete seine Hand wieder auf ihrem Kopf, und seine Finger gruben sich in ihr Haar. »Du bist eine Schattengängerin.«

Seine Aussprache war nicht besonders deutlich, aber sein Tonfall verriet, dass er das ernst meinte. Und wollte, dass sie es begriff. Das war nicht nur für ihn ein Unterschied. Sie war kein verängstigtes kleines Mädchen mehr, das niemand wollte. Sie gehörte jetzt zu den Schattengängern. Diese Menschen hatten vielleicht Fehler, aber auch unglaubliche Fähigkeiten, und sie hatten sich zu Familienverbänden zusammengetan, die einander ohne Wenn und Aber unterstützten.

»Ja, Schatz, ich bin auch eine Schattengängerin. Du hattest den Mut, mir zu sagen, dass du mich liebst ...«

»Genau, und zwar sehr, mein Schatz. Kann mir ein Leben ohne dich gar nicht mehr vorstellen.«

Ihr Herz klopfte heftig, denn was sie im Begriff war zu antworten, hatte sie noch nie gesagt. Oder getan. Noch nie im Leben hatte sie einen so großen Sprung gewagt. Sie kniff die Augen zusammen wie ein kleines Kind und versteifte sich, während das Blut wild pochend durch ihre Adern strömte.

»Ich liebe dich, wie ich noch nie irgendjemanden geliebt habe. Von ganzem Herzen, so sehr, dass es mir richtig Angst einjagt.« Sie hob den Kopf ein klein wenig und blickte direkt in Malichais goldglänzende Augen.

7

DIESE AUGEN. Malichai Fortunes hatte außergewöhnlich schöne goldene Augen. Manchmal wirkten sie bernstein-gelb, dann wieder whiskeyfarben und manchmal, so wie jetzt, glänzten sie golden im Dunkeln wie die einer Katze. Wie die eines Raubtiers, das ganz auf sie konzentriert war. Doch anstatt sich von seinem starren Blick eingeschüch-tert zu fühlen, erwiderte sie ihn ruhig.

»Du musst das nicht sagen, Amaryllis.«

Seine Stimme war brüchig, ob seine Rührung oder das Fieber schuld daran waren, konnte sie nicht sagen. Sie wusste nur, dass er sehr krank war und trotzdem nur an sie dachte. Nie an sich selbst. Malichai war der selbstloseste Mensch auf der Welt. Sie wollte so gern so sein wie er. Da-mit sie es verdient hätte, seine Partnerin zu werden.

»Das weiß ich.« Sie hob das Kinn, schaute ihm direkt in die Augen und nahm all ihren Mut zusammen. Er war auch immer so mutig bei allem. »Ich habe dir gesagt, dass ich dich liebe, weil es so ist. Ganz einfach. Und mit jeder Minute liebe ich dich mehr.«

Langsam verzog sein Mund sich zu einem Lächeln, und er ließ sich tiefer in die Kissen sinken. »Ich hab's kommen sehen. Weil ich so toll abspüle, nicht?«

»Ja, stimmt.« Seine Augen fielen schon wieder zu, und das machte ihr Angst. Sie wollte, dass er wach blieb und mit ihr redete.

Da klingelte das Telefon wieder. Sie griff hastig danach, als sie sah, dass es Ezekiel war. Der hielt sich nicht mit einer Begrüßung auf. »Kannst du eine Skizze von den Rissen machen? Das würde uns helfen. Schau sie dir an und zeichne sie. Dann kann sich unser Mann ein besseres Bild machen. Er kommt so schnell wie möglich. Wir sind in einer Viertelstunde in der Luft. Ich bringe einen Chirurgen mit, der Geistheiler ist.«

Amaryllis war so erleichtert, dass ihre Beine zitterten und sie sich der Länge nach neben Malichai aufs Bett fallen ließ. »Ja, kann ich machen.« Sie hatte keine Ahnung, ob das stimmte, aber sie würde es versuchen. Sie konnte ziemlich gut zeichnen.

Ezekiel beendete das Gespräch so abrupt, wie er es begonnen hatte. Das schien normal für ihn zu sein, und sie war froh, dass man sie nicht so leicht kränken konnte. Amaryllis setzte sich wieder auf, schob das Laken von Malichais Bein herunter und legte beide Hände um seine Wade. Sie fühlte sich sehr heiß an. Seine Muskeln waren dick und kräftig, doch auch sie konnten nicht verhindern, dass die Knochen darunter immer schwächer wurden.

Als sie aufschaute, sah sie, dass Malichai sie genau beobachtete. Um an ihrem Gesicht abzulesen, ob alles in Ordnung war. Aber das war es nicht. Die Welt um sie herum brach zusammen. Ihr lieber Malichai. Mit seiner freimütigen Erklärung hatte er sie ins Mark getroffen. So wie er sie immer tief berührte. Weil er so war, wie er war. Er durfte nicht sterben. Er musste gerettet werden.

Sie hatte große Angst um ihn. Riesengroße Angst. Und keine Ahnung, was sie tun sollte, was sie mit all ihrer Kraft anfangen sollte. Sobald sie sein kaputtes Bein berührte, spürte sie diese Kraft in sich aufkommen, wie immer, wenn jemand krank war. Hier gab es jetzt nur Amaryllis Johnson, die vom Heilen keinen blassen Schimmer hatte, und sie musste aufhören zu zögern und loslegen.

Sie konzentrierte den Blick auf Malichais Wade und ließ ihr Sehvermögen über die engen Grenzen dessen hinausgehen, was ihr Verstand ihr als wahrnehmbar vorgab. Sofort wurden ihre Hände, die über seinem Bein schwebten, warm. Und dann heiß. Sie merkte, wie ihre Handflächen glühten, das rotorangene Licht trieb ihr Tränen in die Augen. Dank des großen Anteils an Katzen-Genen konnte sie im Dunkeln sehr gut sehen. Und die Raubvogel-DNA machte diese Nachtsicht noch besser. Doch sie musste auch darüber hinausgehen und tiefer schauen.

Sie hatte Angst. Sogar Panik. Malichai bedeutete ihr sehr viel, und sie hatte Sorgen – große Sorgen –, dass sie seinem Bein noch mehr schaden könnte. Trotzdem musste sie die Ruhe bewahren und diese Angst besiegen, ein schwieriges Unterfangen, denn sie kam sich vor wie gelähmt.

Amaryllis stellte fest, dass sie hyperventilierte. Sie hatte noch nicht einmal angefangen und vermasselte es schon.

»Atme, Schatz, du kannst das«, sagte Malichai sanft. »Du bist dazu geboren worden.«

Das wusste sie. Mit absoluter Sicherheit. Sie spürte die Hitze, die von ihr ausging. Die Kraft, den zunehmenden Drang zu helfen, aber das hier war Malichai, der für sie wichtigste Mensch auf der Welt, und sie hatte nicht die geringste Ahnung von dem, was sie da tat. Kaum merklich schüttelte sie den Kopf.

»Schau mich an, Amaryllis«, beharrte Malichai.

Sie sah auf. Seine goldenen Augen hielten ihren Blick fest. Sie hatte das Gefühl, in einen tiefen, geheimnisvollen Brunnen zu fallen und in purem Gold zu ertrinken.

»Atme mit mir. Ein und aus. Spür, wie dein Atem durch deine Lunge streicht. Konzentrier dich darauf. Denk an nichts anderes, bis du dich wieder beruhigt hast.«

Sie wusste natürlich, wie man sich wieder in den Griff bekam. Das hatte zum Wichtigsten gehört, was man ihr als Kind beigebracht hatte. Dennoch fühlte es sich anders an, fürsorglicher, als sie Malichais Anweisungen folgte. Obwohl er fieberte und kaum mitbekam, was mit ihm und um ihn herum geschah, hat er es geschafft, für sie da zu sein, als sie ihn brauchte. Also musste *sie* auch für ihn da sein – und das würde sie.

Rasch konzentrierte sie sich auf ihre Atmung. Malichai holte langsam und regelmäßig Luft, sog sie tief ein, füllte seine Lunge damit und ließ sie dann in einem langen Strom wieder entweichen. Sobald sie mit ihm atmete und ganz darauf konzentriert blieb, legte sich das Chaos in ihrem Kopf.

Mit neuer Entschlossenheit schaute sie sein Bein an, die Hände nur Zentimeter von seiner Haut entfernt. Nun gelang es ihr, ihre Angst zu vergessen und nur ans Heilen zu denken. Schnell fokussierte sie sich auf das Licht, das von ihr ausging. Wie es aussah, wie es sich anfühlte und wie es ihr nach und nach sein Inneres enthüllte.

Ihr Blick veränderte sich allmählich und wurde so stumpf, als spähte sie durch einen dichten Schleier. Doch hinter dem Schleier befand sich eine grell erleuchtete Landschaft. Mit knallroten Linien, unzähligen wirren Rissen in den Knochen, aus denen winzige Tropfen quollen. Wie bei einem Vulkan, dessen Magma überall hinströmt, um Risse in der Erdoberfläche zu finden, durch die es austreten konnte.

Sie prägte sich jeden einzelnen Riss ein, den sie entdeckte, dann blinzelte sie mehrmals, um klarer sehen zu können. Sie schaute sich im Zimmer um. »Ich brauche einen Stift und Papier.«

Schnell lief sie zu dem kleinen Schreibtisch vor dem Fenster und schaute sich fragend zu Malichai um. Sie wollte nicht ohne seine Erlaubnis in seinen Sachen herumwühlen, aber sie konnte nicht genau sagen, wie viel er noch mitbekam.

Er reagierte nicht, und nachdem sie das, was sie suchte, in einer Schublade gefunden hatte, machte sie das Licht auf dem Schreibtisch an und zeichnete eine Karte von seinen Knochen, auf der sie jeden Riss nummerierte. Sie wollte, dass der Heiler wusste, womit sie es zu tun hatten, deshalb war sie so exakt wie möglich. Dann nahm sie Malichais Handy, fotografierte die dreidimensionale Zeichnung und schickte sie mit erklärenden Hinweisen zu der eitrigen Entzündung an Ezekiel. Mehr konnte sie nicht tun. Nun musste sie warten.

Sie ging wieder zum Bett und legte Malichai noch einmal ein feuchtes Tuch auf die Stirn, um seine Temperatur zu senken. Er schlug die Augen nicht auf, doch er schien zu bemerken, dass sie da war, denn er versuchte immer wieder, sie festzuhalten. Sie rieb Creme auf seine trockenen Lippen und versuchte, ihn zu besänftigen, weil er offensichtlich mit ihr reden wollte.

»Spar dir deine Kraft, Schatz. Ich glaube, dein Bruder leitet alles sehr schnell in die Wege, er kümmert sich um uns. Bald kommt Hilfe, in der Zwischenzeit achte ich auf dein Bein. Versuch einfach, bis dahin durchzuhalten.«

»Aber ich muss dir was sagen.«

Ihr Herz zog sich zusammen. Glaubte er etwa, er würde sterben? Dann wollte sie nicht hören, was er loswerden wollte. »Das kannst du ja auch später noch machen. Im Moment ist nur wichtig, dass du so stark bleibst wie möglich.«

»Wenn mir was zustößt, musst du mir versprechen, mit Zeke und den anderen zu Nonny zu gehen. Da bist du in Sicherheit, Amaryllis.«

Warum sollte sie ohne ihn dort hingehen? Nur um jeden Tag daran erinnert zu werden, dass sie ihn verloren hatte? Das würde sie ihm nicht versprechen. Auf gar keinen Fall.

Er wartete auf eine Antwort, und als keine kam, als sie nur schweigend mit dem kalten Tuch über seine Stirn strich, packte er sie am Handgelenk. »Ich meine es ernst, Schatz. Früher oder später wird Whitney dich aufspüren. Selbst wenn Zeke dir astreine Papiere verschafft, könnte irgendetwas dich verraten. Und wenn es nur ein Foto ist, das ein Tourist zufällig zur falschen Zeit von dir gemacht hat.«

Seine Stimme war leise, kaum mehr als ein Hauch, doch jedes Wort berührte sie tief. Bedeutete ihr sehr viel, weil er ihr damit zeigte, wie viel sie ihm bedeutete.

»Ich lasse nicht zu, dass dir etwas passiert, Malichai. Ich behandle jetzt erst mal dein Bein, und morgen ist dann dein Bruder da. Mit einem tollen Heiler, der wirklich weiß, was er tut. Der wird dich retten.«

Malichai machte die Augen immer noch nicht auf, doch seine Hand griff zielstrebig nach ihrer und zog sie von seiner Stirn an seinen Mund. »Du rettest mich. Wie immer.« Er küsste ihre Finger.

Seine Lippen fühlten sich warm und trocken an. Sein Atem heiß. Doch die Geste war so liebenswert, dass sie in ihrer Magengegend Schmetterlinge aufflattern ließ.

Amaryllis wollte unbedingt das Thema wechseln. Wenn

er darauf bestand zu reden, wollte sie nicht darüber sprechen, dass er sterben könnte und dass sie vorgehabt hatte, ihn zu verlassen. »Glaubst du, dass Anna und Burnell sich nicht verhört haben im Zauberladen, dass diese Leute wirklich möglichst viele Menschen töten wollen?«

Malichai schwieg einen Moment. Sie lauschte seinem Atmen. Es jagte ihr ein wenig Angst ein, weil er so flach war. Am liebsten hätte sie Ezekiel angerufen, dass er sich beeilen solle. Und zwar *ganz schnell.*

»Ich denke, immer wenn man glaubt, so was gehört zu haben, sollte man das überprüfen. Und nachdem Anna und Bryon ermordet worden sind, würde ich sagen, dass man sehr wohl davon ausgehen kann, dass irgendwas mit diesem Zauberladen nicht stimmt.«

»Also dann mache ich mir Sorgen um Miss Crystal.«

Malichais Lider flatterten. »Bleib da weg, Amaryllis.«

»Du wolltest den Köder spielen. Das könnte ich doch auch machen. Ich bin auch sehr schnell im Wasser und genauso gut im Nahkampf, falls jemand mich angreifen sollte.«

Da schlug Malichai die Augen auf, und das Gold in seinen fieberglänzenden Augen funkelte drohend. »Wag es bloß nicht!«

Fast hätte sie über seine Strenge gelacht. Ihr lieber Malichai dachte doch tatsächlich, so könnte er sie aufhalten. Doch wenn sie etwas für richtig hielt, war das nicht möglich. Nur dass sie sich in diesem Fall nicht ganz sicher war.

Das Handy summte, und sie griff hastig danach, um die Nachricht auf dem Bildschirm zu lesen.

Flugzeug ist unterwegs. Mordichai, Rubin und ich sind an Bord. Joe, unser Teamführer, schaut sich gerade deine Zeichnung an und kontaktiert dich in den nächsten zehn Minuten. Malichai braucht Flüssigkeit. Damit er nicht dehydriert. Hängt er an einem Tropf?

Kein Tropf, gibt es hier nicht. Er soll viel trinken. Warte auf den Anruf.

Es war erstaunlich, wie erleichtert sie sich fühlte, dass Malichais Leute unterwegs waren, wo sie doch noch vor ein paar Stunden deswegen in Panik geraten wäre. Sie schob einen Arm unter Malichais Rücken und half ihm, sich aufzusetzen, damit sie ihm eine Wasserflasche an den Mund halten konnte.

»Trink, Schatz. Zeke kommt mit Mordichai, der wohl dein anderer Bruder ist, und Rubin, von dem du mir erzählt hast. Sie sind bald da. Und ein Mann namens Joe wird mich anrufen und mir helfen, dich zu behandeln.«

Malichai trank etwas Wasser, doch das meiste lief an seiner Brust hinunter. Kommentarlos legte er sich wieder hin. Amaryllis schloss die Augen und drückte die kalte Flasche Wasser an ihre Stirn. Jede Minute, die verstrich, fühlte sich an wie eine Stunde.

Das Handy klingelte aus einem Programm heraus, das sie nicht kannte, aber sie ging sofort ran und stellte fest, dass es FaceTime sehr ähnlich war, nur wahrscheinlich sicherer. Obwohl sie diesen Anruf herbeigesehnt hatte, war alle Farbe aus ihrem Gesicht gewichen, und ihre Hand zitterte, als sie sich meldete.

Das Bild auf der anderen Seite war verschwommen, sie konnte den Mann zwar sehen, aber seine Gesichtszüge nicht klar erkennen. So wie sie nicht wollte, dass Whitney von ihrer Gabe erfuhr, ging es auch diesem Mann, der im

Moment ihr Rettungsanker war. Sie war einfach nur dankbar, dass er bereit war, sie anzuleiten.

»Amaryllis hier.« Ihr Herz hämmerte. Sie hatte keinerlei Vertrauen in sich selbst, wenn es um die Anwendung dieser besonderen Gabe ging. Man musste erst lernen, damit umzugehen. Und viel üben. Besonders, bevor man sie bei einem Menschen ausprobierte.

»Deine Zeichnung war sehr hilfreich für mich. Bist du bereit? Ezekiel und die anderen sind zugeschaltet, aber sie werden kein Wort sagen.«

»Sie haben Ihnen aber gesagt, dass ich das noch nie gemacht habe, ja?« Das musste er wissen.

»Ja, tu einfach nur, was ich dir sage. Ich bin die ganze Zeit bei dir.« Joes Stimme klang ruhig und entschlossen, aber vor allem selbstsicher. »Du wirst instinktiv das Richtige tun.«

Sie wollte gerade widersprechen, als Malichai überraschend nach ihrer Hand griff. Allein durch diese Berührung vermittelte er ihr ein Selbstvertrauen, das sie vorher nicht gehabt hatte. Erstaunt schaute sie ihn an und musterte die markanten Züge seines Gesichts. Dann beugte sie sich vor und drückte ihm einen Kuss auf die Lippen, bei dem ihr ganz flau im Magen wurde.

»Ich verlasse mich darauf, dass du mich da durchbringst«, sagte sie zu dem Heiler. Dann zwang sie sich zu lächeln und flüsterte Malichai zu: »Wir schaffen das, keine Angst.«

»Das weiß ich doch, Baby«, murmelte er.

Sie hoffte es, ihm zuliebe. Sie konnte damit leben, wenn er nur noch ein Bein hatte, aber sie wusste, dass man ihn trotzdem weiter auf Einsätze schicken würde – und dass er gehen würde. Sie hauchte ihm noch einen Kuss auf die

Lippen und wandte sich dann wieder seinem Unterschenkel zu.

Sie ließ die Hände über seiner Haut schweben, ohne sie zu berühren, konnte aber spüren, wie sich wegen der Energie, die ihren Handflächen entströmte, die Härchen an seinen Beinen aufrichteten. Erneut erweiterte sie ihr Sehvermögen über das normale menschliche Maß hinaus. Jetzt fiel es ihr schon leichter, weil sie sich daran gewöhnt hatte, wie sich das anfühlte, und sich nicht mehr dagegen wehrte. Und wieder verschleierte sich ihr Blick, als gäbe es eine nebulöse Grenze zwischen ihr und der äußeren Welt.

Ihr Magen hob sich, als sie durch Haut und Muskeln hindurch seine Knochen sah. Diesmal war das Bild sehr viel klarer. Beide Knochen waren von oben bis unten von spinnennetzartigen Rissen durchzogen. Anfangs wirkten sie noch mattrosa, wie hinter einem grauen Vorhang verborgen, doch dann wurden sie immer greller und greller, bis sie schließlich blutrot leuchteten. Sie nahm sich Zeit, atmete sehr bewusst tief ein und aus und konzentrierte sich bei jedem Atemzug auf die glühende Hitze, die aus ihrem Körper entweichen und den fauligen Geruch von Krankheit aufspüren wollte.

Ihr Körper stellte sich sofort auf Malichais ein. Sie spürte, wie jede einzelne Zelle in ihr sich auf ihn ausrichtete und mit ihm verband. Die winzigen spinnennetzartigen Risse, die seine Knochen schwächten, glitzerten, als tanzten winzige Flammen in ihnen. Sie konnte zusehen, wie gelbe Eitertröpfchen aus ihnen herausrannen.

Sie richtete ihre Hitze auf diese Tröpfchen. Dampf stieg auf und nahm ihr die Sicht. Fast wäre sie reflexartig zurückgewichen.

»Nein, nein, das ist genau richtig. Hab keine Angst. Du machst das sehr gut. Vertrau auf dich.«

Die Stimme beruhigte sie. Sie war sanft, fast zärtlich. Ermutigend, ja voller Bewunderung. Und sehr ruhig. Aber sie konnte nicht verstehen, wie der andere Heiler angesichts einer derart katastrophalen Situation so ruhig bleiben konnte. Sie wollte ihn hier haben. Er sollte das selber machen. Schließlich hatte er Erfahrung. Sie dagegen …

»Du hast enorme Kraft«, fuhr die Stimme fort, als wäre sie nicht genauso schwach wie Malichais Knochen.

Das gab ihr mehr Selbstvertrauen, denn selbst sie konnte es spüren. Es war unmöglich, diese Kraft nicht zu erkennen. Sie sagte sich, dass sie für diese Aufgabe geboren worden war. Dieses Talent war ihr in die Wiege gelegt worden. Sie musste es nutzen, um Gutes zu tun. Und Malichai war nicht nur gut – er war der Beste. Das Beste an ihr. Ganz langsam ließ sie ihre Hände weiter über sein Bein gleiten und registrierte zufrieden, wie Dampf aufstieg, wenn sie die langen gelben Eiterschlieren wegbrannte, die aus den Spinnennetzrissen drangen.

Es war faszinierend, erschreckend und erschöpfend. Sie kauterisierte die Wunden, um eine erneute Entzündung zu verhindern, und nahm sie in ihren eigenen Körper auf. Sie fühlte sich krank. Und ihr war schwindlig. Sie hatte das Gefühl, sich übergeben zu müssen. Außerdem war ihr so heiß, dass ihr das Haar feucht am Kopf klebte. Sie war sehr schwach, ihr Oberkörper schwankte und ihre Beine drohten nachzugeben.

»Du musst die Entzündung hemmen«, sagte der Heiler. »Es gibt noch mehr zu tun. Deine Diagnose war korrekt. Wenn du das Bein nicht wieder hinkriegst, wird es immer schlimmer werden. Ich glaube nicht, dass ein Chirurg an dieser Abwärtsspirale irgendetwas ändern kann.«

Auch sie glaubte das nicht, deswegen tat sie ihr Bestes. Das jagte ihr furchtbare Angst ein. »Sein Bruder hat gesagt, er bringt einen Chirurgen mit, der auch Heiler ist.«

»Ja, stimmt. Du stoppst die Entzündung, und sobald der Chirurg bei euch ist, macht er den Rest, aber diese Entzündung muss jetzt gestoppt werden. Konzentrier dich. Du musst das hier abschließen, sonst wird er sein Bein verlieren.«

»Sag doch nicht so was«, blaffte Malichai unerwartet. Seine wütende Stimme klang überraschend stark. Fast drohend, als würde er gleich aus dem Bett springen und den unsichtbaren Mann am Telefon angreifen.

Amaryllis legte eine Hand auf seine Brust, damit er nicht versuchte, sich aufzusetzen oder sonst etwas zu tun. »Schatz«, sagte sie warnend, weil sie nicht wusste, wie sie ihn beruhigen sollte. Er war sichtlich erregt.

Da nahm er ihre Hände in seine. Seine Augen glänzten immer noch fiebrig, schauten aber direkt in ihre. »Das ist nicht deine Schuld, Amaryllis. Wenn es nicht funktioniert oder dich zu sehr mitnimmt, dann ist es eben so. Es ist nicht deine Schuld.«

»Er hat recht«, pflichtete der Heiler ihm hastig bei. »Ich habe mich falsch ausgedrückt, Amaryllis. Damit wollte ich nicht sagen, dass du für irgendetwas verantwortlich bist. Manchmal, wenn ich etwas zu heilen versuche, schaff ich es und manchmal nicht. Das ist mir klar. Uns allen. Und ich habe noch nie jemanden anderen dabei angeleitet.«

»Alles in Ordnung«, erwiderte Amaryllis. Schon die kurze Unterbrechung der Konzentration auf ihr spirituelles Sehvermögen hatte ihr neue Energie gegeben. Sie beugte sich vor und küsste Malichai zärtlich. »Ich habe ein wenig Angst bekommen, Schatz. So was passiert schon mal, aber ich mach das, und es gibt mir das Gefühl, etwas Gutes zu tun. Dein Freund hilft mir sehr, und ich bin ihm sehr dankbar dafür.«

Doch Malichai ließ ihre Hand nicht los und schaute sie fragend an. »Geht es dir auch gut, Amaryllis? Wirklich?«

»Ja, es geht mir gut«, erwiderte sie selbstbewusst.

Da ließ er ihre Hand sehr zögerlich los, und sie ging wieder neben seinem Bein in Position. Sie holte tief Luft und schaute den Mann auf dem Bildschirm an.

»Ich bin bereit. Sagen Sie mir, was ich tun soll.«

Der Mann seufzte. »Ich bin nicht da. Ich kann nichts selber erspüren. Das ist deine Aufgabe. Der Energie nach zu urteilen, die aus deinen Handflächen kommt, hast du extrem viel Kraft. Fang damit an, mit den Händen zwei, drei Zentimeter über seiner Haut über das Bein zu fahren. Wenn du die Risse im Knochen dann noch nicht deutlich siehst, geh etwas näher ran, bis du ein klares Bild hast. Sie sind wie Spalten, die du von unten nach oben schließen musst. Aber berühr nicht seine Haut, sonst verbrennst du ihn. Das wird sehr unangenehm für dich, Amaryllis. Da muss ich dich vorwarnen. Wenn du mit einer Spalte angefangen hast, musst du weitermachen, ganz egal, wie schwierig es wird. Erst wenn du oben angekommen bist, kannst du durchatmen und dich einen Moment entspannen.«

Wieder griff Malichai nach ihrem Arm, ehe sie irgendetwas tun konnte. Er war sehr stark. Extrem stark, deshalb konnte er sie von seinem Bein weg nach oben ziehen. Sobald er sie besser erreichen konnte, schlang er einen Arm um ihre Taille und hielt sie an der Bettkante fest.

»Was soll das heißen? Es wird unangenehm für sie? Warum?«, fragte er.

»Schatz«, sagte Amaryllis, während sie versuchte, sich ihm zu entwinden, ohne richtig gegen ihn anzukämpfen. Er war jetzt stärker, weil die Infektion ihn nicht mehr schwächte. Und sie war müde von der Anstrengung, denn sie war es nicht gewohnt, ihre Gabe zu nutzen. Sie fühlte sich, als wäre sie gerade einen Marathon gelaufen. Am liebsten hätte sie sich hingelegt und sich ausgeruht. »Es spielt doch keine Rolle, warum es unangenehm ist, ich tue es, weil es getan werden muss. Du solltest mich loslassen.«

»Hör auf, dich zu winden. Du kommst nicht von mir los, das weißt du«, erwiderte Malichai mit ruhiger, entschlossener Stimme, als wäre er unbesiegbar. »Joe, erklär mir das. Warum wird das unangenehm?«

»Das ist egal. Ich tu's trotzdem.« Nun war es eine Frage des Stolzes, denn ihnen hörte nicht nur der geheimnisvolle Heiler Joe zu, sondern auch die Brüder und Freunde im Flugzeug.

Amaryllis war klar, dass es denkbar ungünstig war, wenn sie in dieser Situation seinen Stolz herausforderte, doch da sie nun schon in diese Falle getappt war, musste sie einen Weg finden, Malichai zu überzeugen. Es ging hier nicht um seine Brüder oder Joe. Oder um sie und ihre Heilkunst. Es ging um ihn und das, was er brauchte. Er war wie immer bereit, sich für alle anderen zu opfern, sie hingegen war nicht bereit, ihm das zu erlauben.

Malichai ignorierte sie. »Kann ihr dabei etwas passieren?«

»Malichai«, ermahnte Ezekiel ihn.

»Du solltest doch keinen Ton sagen, Zeke«, blaffte Malichai. »Es ist mein gutes Recht, meine Frau zu beschützen. Sag mir, ob das schmerzhaft für sie sein wird.«

»Er hat ›unangenehm‹ gesagt«, bemerkte Amaryllis.

»Aber du hast ›schmerzhaft‹ gemeint, oder, Joe?«, fragte Malichai, ohne auf sie zu achten.

»Ja«, gab Joe zu, weil er Malichai kannte und wusste, dass er nicht aufhören würde, bis er die Information bekam, die er haben wollte. »Eine kurze Zeit überträgt der Heiler die Entzündung oder in diesem Fall die Brüche in deinen Knochen auf seine Knochen. Dann fühlt er den gleichen Schmerz wie der Patient. Nur ganz kurz, aber es kann sehr wehtun, und wenn man darauf nicht vorbereitet ist, kann man Fehler machen.«

»Großer Gott, dann wirst du das nicht tun«, zischte Malichai mit wütender Miene und schlang den Arm so fest um ihre Taille, als wollte er sie nie wieder loslassen. »Das hättet ihr mir gleich sagen sollen. Das heißt, dass schon die Entzündung durch sie hindurchgegangen ist. Kann sie sich damit angesteckt haben, Joe?«

»Nein, wie ich schon sagte, es ist nur vorübergehend.«

»Ganz sicher?«

Amaryllis wusste, dass es keinen Sinn hatte, mit ihm zu streiten. Dann hatte sie keine Chance zu gewinnen. Sie musste sich etwas anderes einfallen lassen, einen Grund, den er einsah und gut fand, sodass er ihn nicht einfach abtun konnte.

»So sicher wie man sein kann. Meines Wissens ist das noch nie passiert.«

Amaryllis stützte ein Knie auf das Bett, und Malichai ließ sie sofort so weit los, dass sie sich auf ihn legen konnte. Ohne sich Gedanken darüber zu machen, dass Joe sie womöglich sehen konnte, und vielleicht sogar die Männer im Flugzeug, nahm sie sein Gesicht in beide Hände und drückte ihre Stirn an seine. Ihr war nur wichtig, dass sie Malichai überzeugte.

»Tu das nicht, mein Schatz. Ich werde immer, immer Respekt vor deiner Arbeit haben. Sie gefällt mir nicht, weil sie dich in Gefahr bringt, aber ich weiß, dass etwas dich dazu treibt, sie zu tun. Du hast mir erzählt, dass deine Frau so sein sollte wie Nonny. Würde sie wegen ein paar Schmerzen davor zurückschrecken, das Bein ihres Mannes zu retten? Nein, sicher nicht. Und ich auch nicht. Du weißt, dass du das nicht von mir verlangen kannst. Das geht nicht. Ich muss das tun. Es ist keine Frage des Wollens, sondern ein innerer Zwang. So bin ich.«

»Verdammt, Amaryllis. Hast du eine Ahnung, wie es sich anfühlt zu wissen, dass ich dir Schmerzen bereite?«

Zärtlich streichelte sie sein Gesicht. Inzwischen machte es sie schon glücklich, es einfach nur zu betrachten. Es drückte so viel Stärke aus. Wenn man Malichai anschaute, wusste man, dass er jemand war, auf den man sich verlassen konnte. Und sie wollte, dass er sich auf sie verließ.

»Du bereitest mir keine Schmerzen. Das würdest du niemals tun, Malichai. So einer bist du nicht und wirst es niemals sein. Du bist verletzt, und ich bin eine Heilerin. Und glücklicherweise steht mir ein großzügiger Heiler zur Seite, der bereit ist, mir in meiner größten Not zu helfen. Ich würde jedem helfen, der so eine Verletzung hat, da bin ich wie du – du bist auch nicht zu halten, wenn andere dich brauchen.«

Sie hauchte Küsse auf sein Gesicht. »Hier geht es um *dich*, Malichai. Den wichtigsten Menschen auf der Welt für mich. Um dich. Vor allem deswegen muss ich das tun. Und wenn ich dabei Schmerzen habe, dann nehme ich das gern in Kauf, wenn du dadurch gesund wirst. Glaub nicht mal einen Augenblick lang, dass ich dir die Schuld daran gebe.«

Eine Sekunde dachte sie, ihm würden die Tränen kommen, doch dann zwinkerte er und küsste sie so, dass sie sich gegenseitig mit ihrer inneren Hitze ansteckten. Zum ersten Mal in ihrem Leben schmeckte sie Liebe, und nichts war köstlicher. Eine tiefe Freude breitete sich in ihr aus und erfüllte sie mit so viel Glück, dass sie sich in diesem schlimmsten Moment ihres Lebens sicher und geborgen fühlte. Das war typisch für Malichai. *Ihren* Malichai.

Sie hob den Kopf, nahm sein Gesicht wieder in beide Hände und schaute in seine seltsamen goldenen Augen. »Verstehen wir uns?«

»Wir werden uns immer verstehen, Baby.« Er zögerte kurz und rang sichtlich mit sich. »Dann mal los.«

»Danke«, sagte sie schlicht. Dann glitt sie vom Bett, stellte sich wieder neben sein Bein und legte das Handy so hin, dass der gesichtslose Heiler sehen konnte, was sie tat. »Wir sind bereit. Danke, dass Sie so geduldig sind. Das alles ist neu für uns.«

»Ihr macht das beide sehr gut«, erwiderte Joe voller Respekt. »Sag mir, wenn du drin bist.«

Amaryllis antwortete nicht und richtete den Blick nach innen. Jedes Mal, wenn sie das tat, war sie überrascht, wie viel schneller und gezielter sie zu der Stelle gelangte, die sie suchte. Und auch das »innere« Bild wurde immer schneller klar. Sie musste nur etwas experimentieren, um die beste Position für ihre Hände zu finden. Dann nahm sie sich einen der kleinsten Risse vor, um die Stärke der Schmerzen zu testen, die sie spüren würde, ehe sie wieder tief Luft holen konnte.

Der gezackte Riss befand sich seitlich am Knie. Er glühte dunkelrot und war an manchen Stellen tiefer als an anderen.

»Mir war nicht klar, dass die Tiefe der Risse variieren würde.«

»Ja, davor hätte ich dich warnen sollen. Aber du musst immer dranbleiben, bis der Riss vollkommen geschlossen ist«, erklärte der Heiler. »Je tiefer er ist, desto schwieriger ist das natürlich. Aber du hast sehr viel Kraft, also kannst du es schaffen, du solltest dich nur jedes Mal auf unterschiedlich starke Schmerzen gefasst machen.«

In Malichais Knochen waren so viele Risse, dass Amaryllis etwas eingeschüchtert war. Doch sie verlor keine Zeit, sie dachte nur kurz daran, dass sie Marie eine Nachricht hätte schicken sollen, um ihr zu sagen, dass sie es nicht schaffen würde, das Frühstück zu machen. Sie bezweifelte, dass sie rechtzeitig fertig werden würde, und wenn, würde sie nicht in der Verfassung sein, es vorzubereiten. Falls sie einigermaßen zeitig fertig wäre, konnte Malichai Marie vielleicht noch eine Textnachricht schicken.

Ihre Hände wurden heiß, dann leuchtete der Riss grellrot auf, und sie spürte, wie ihre Zellen sich mit Malichais verbanden. Diese Verbindung auf molekularer Ebene war ein sehr intimes Erlebnis. Plötzlich durchfuhr sie ein blitzartiger Schmerz, und sie zwang sich, ihn zuzulassen. Malichai hatte wohl viel Schlimmeres ertragen müssen, während er mit ihr abgespült hatte oder am Strand spazieren gegangen war oder wenn er für die Pension eingekauft hatte. Bei dem Gedanken wurde sie von Liebe beinah überwältigt. Malichai. Er war ein so großes Geschenk.

Es dauerte lange, denn sie war sehr sorgfältig und verklebte die Risse, bis sie vollständig verschlossen zu sein schienen und sie sich weiter vorarbeiten konnte. Manchmal war das schwer, manchmal leicht, aber immer, immer sehr schmerzhaft. Die längeren Risse, die bis zum Oberschenkel reichten, waren die schwierigsten, sie verzweigten sich in alle Richtungen und waren an manchen Stellen schlecht zu erreichen, aber sie war sehr genau. Geduld hatte sie schließlich in einer harten Schule gelernt, also blieb sie ganz ruhig und ignorierte den Schmerz, den sie nun akzeptiert hatte.

Als sie sicher war, dass sie jeden Riss versiegelt hatte, fiel Licht durchs Fenster und beschien den Mann, der auf dem Bett lag. Sie schaute noch ein letztes Mal nach, weil sie nicht riskieren wollte, dass die Entzündung und die Risse wiederkamen, ehe der Chirurg eintraf.

Dann trennte sie die Verbindung mit Malichai mit einem langen, tiefen Atemzug. Sofort gaben ihre Knie nach, und sie sank zu Boden.

»Amaryllis?«, rief Joe besorgt übers Handy.

»Mir geht's gut, aber ich glaube nicht, dass ich heute Morgen Frühstück machen kann«, sagte sie und rollte sich auf dem Boden zusammen.

»Wir sind gelandet«, verkündete Ezekiel. »In einer halben Stunde sind wir da.«

»Gut.« Es freute sie, dass jemand anders die Verantwortung übernehmen würde. Wenn sie eine Decke gehabt hätte, hätte sie sie einfach über sich gezogen und wäre an Ort und Stelle eingeschlafen.

»Komm ins Bett, Baby. Leg dich wenigstens zu mir. Wenn du nicht hier raufkletterst, stehe ich auf und hole dich«, drohte Malichai.

»Schreib Marie eine Nachricht und sag ihr, dass ich heute Morgen kein Frühstück machen kann.« Sie war sogar zu müde, um auf seine Drohung zu reagieren. »Danke, Joe. Ich hoffe, dass ich Sie irgendwann mal treffe und mich persönlich bei Ihnen bedanken kann. Alleine hätte ich das nicht geschafft.«

»Oh doch, das hättest du, aber vielleicht habe ich dir etwas Selbstvertrauen geben können. Malichai, du musst dich jetzt ausruhen. Tu nichts, ehe jemand anders dich untersucht hat. Wir wissen nicht, warum diese Knochen nicht wieder heilen und dürfen kein Risiko eingehen«, sagte Joe. »Rubin hat schon einmal an dir gearbeitet. Ich auch mehrmals und jetzt Amaryllis. Das sollte reichen, aber ich habe ein schlechtes Gefühl. Bleib im Bett, bis Rubin sich die Knochen angesehen hat und weiß, wo das Problem liegt. Das, mein lieber Freund, ist ein Befehl!«

»In Ordnung«, versprach Malichai.

Seine Stimme war definitiv kräftiger geworden, Amaryllis dagegen hatte das Gefühl, sich nicht mehr bewegen zu können. Aber das wollte sie auch gar nicht, nie mehr. Trotzdem war sie sehr zufrieden mit sich. Sie hatte es geschafft. Sie hatte die lebensgefährliche Entzündung gestoppt und vielleicht sogar die Knochen so weit stabilisiert, dass sie intakt blieben, bis der angekündigte Heiler operierte.

»Baby, komm zu mir hoch. Die andern sind gleich da. Ich will nicht, dass sie dich auf dem Boden vorfinden. Wenn du liegen bleibst, komme ich und hole dich, das schwöre ich.«

Es kostete Amaryllis eine unglaubliche Anstrengung, ihm den Gefallen zu tun. Jeder Knochen in ihrem Leib schmerzte. Und jeder Muskel. Trotzdem zwang sie sich, sich neben Malichai auf die Matratze zu legen. Er war längst nicht mehr so heiß wie vorher, und dafür war sie sehr dankbar. Er schlang einen Arm um ihre Taille und zog sie an sich, bis ihr Po sich in seine Hüftbeuge schmiegte.

Schon ein paar Minuten später schlichen sich mehrere Männer ins Zimmer. Sie hätte aufstehen sollen, um Malichai zu beschützen, aber im Moment hatte sie genauso wenig Kraft wie er, deshalb blieb sie still liegen, obwohl sie sehr wachsam beobachtete, wie die Männer sich um das Bett scharten. Zwei befassten sich sofort mit Malichai, während einer das Rollo am Fenster herunterzog und der andere die Tür verschloss und sich davorstellte.

»Zeke«, begrüßte Malichai seinen Bruder. »Das ging aber schnell.«

»Hast du was anderes erwartet?«, erwiderte Ezekiel barsch, aber liebevoll. Dann legte er Malichai eine Hand auf die Stirn, wie ein Vater, der die Körpertemperatur seines Kindes überprüft.

Die Geste ließ Amaryllis schlucken. Es war ihr unangenehm, so eng an Malichai zu liegen, wenn so viele fremde Männer im Raum waren, deshalb machte sie Anstalten aufzustehen. Doch damit zog sie nur Ezekiels Aufmerksamkeit auf sich.

»Du musst Amaryllis sein. Danke, dass du meinem Bruder das Leben gerettet hast. Bleib einfach, wo du bist. Ich weiß, dass das schwer für dich war. Ruh dich aus, Rubin erledigt den Rest.«

Rubin. Der wahre Wunderheiler. Sie musterte den Mann. Er sah sehr gut aus. Sehr attraktiv. Schwarze Haare und schwarze Wimpern. Wenn ihre Nachtsicht nicht so gut wäre, hätte sie ihn in dem wieder dunklen Raum gar nicht genau sehen können. Sie hatte das Gefühl, dass das Absicht war, konnte sich aber nicht davon abhalten, ihn anzustarren. Dieser Mann besaß eine Gabe, die außer ihm wohl nur noch ein oder zwei andere Menschen auf der Welt hatten.

Er verlor keine Zeit damit, Fragen zu stellen. Oder überhaupt irgendetwas zu sagen. Eine Bewegung seines Fingers genügte, damit Malichai sich auf den Rücken rollte und lang ausstreckte. Amaryllis setzte sich auf, um besser zusehen zu können. Rubin streckte seine Hände über Malichais Bein aus und ließ sie langsam vom Knöchel bis zur Hüfte wandern. Sein Gesicht war völlig ausdruckslos, doch plötzlich spürte Amaryllis einen Druck auf der Brust, der so stark war, dass sie unwillkürlich beide Hände dagegen presste.

Unter Rubins Handflächen drang kein Licht hervor. Nichts deutete darauf hin, dass er arbeitete, doch dieser Druck auf der Brust verriet es ihr. Sicher litt er beim Heilen genauso sehr wie sie. Sie bewunderte seine Effizienz, hätte sich aber gern getraut, ihm Fragen zu stellen und hätte gern genau gesehen, was er tat. Natürlich war sie neugierig. Sie konnte nun zwar Entzündungen stoppen und gebrochene Knochen zusammenflicken, aber richtig operieren konnte sie nicht. Eine kurze Zeit würde sie es womöglich schaffen, eine Arterie zusammenzuhalten, aber er konnte sie reparieren, er konnte mehr als normale Chirurgen.

Wahrscheinlich verstand sie sogar besser als die Schattengänger, warum eine solche Fähigkeit vor Whitney und dem Rest der Welt geheim gehalten werden musste. Und sie verstand auch, dass sie jetzt, weil sie davon wusste, in ihren Kreis aufgenommen worden war, in ihre Familie, wegen Malichai. Und falls sie jemals versuchen sollte, diese Familie zu verraten, würde sie von jedem lebenden Schattengänger gejagt werden, gnadenlos, bis sie tot war. Das waren die Regeln. Und sie würde sich daran halten. Auch sie würde diesen Mann mit der außergewöhnlichen Gabe schützen.

Eine weitere Stunde verging. Amaryllis kaute an ihrer Unterlippe. Niemand rührte sich. Keiner wurde unruhig. Es gefiel ihr nicht, dass das so lange dauerte, denn das bedeutete, dass es trotz all ihrer Mühen noch viel zu tun gab. Hatte sie etwa Risse übersehen? Was stimmte nicht mit Malichais Bein, dass sich rund um die Schusswunden immer wieder diese kleinen Risse auftaten? Das war seltsam. Sie hatte keine Erklärung dafür. Hin und wieder fühlte sie sich beobachtet und bemerkte dann, wie der Mann an der Tür sie nicht aus den Augen ließ.

Das war Trap, der Besitzer des Flugzeugs. Das Genie. Der, der laut Malichai das Asperger-Syndrom hatte und nicht immer nett zu anderen war, ihm aber ein guter Freund. Mordichai, Malichais Bruder, stand vor dem Fenster und achtete darauf, dass niemand von draußen einen Blick darauf erhaschen konnte, wie Rubin arbeitete, auch wenn wohl kein Mensch darauf gekommen wäre, was er da gerade tat.

Endlich richtete Rubin sich auf und rieb seine steifen Nackenmuskeln. »Das ist wirklich interessant, Malichai.« Er schaute sich kurz im Zimmer um, ging schnurstracks zu dem Sessel am Fenster und ließ sich erschöpft hineinfallen.

Mordichai war sofort bei seinem Bruder und fasste ihn an der Schulter. »Geht es dir gut?«

»Ja, aber bei Rubin bin ich mir da nicht so sicher.«

»Stell uns doch mal deiner Auserwählten vor«, sagte Trap. »Sie hat sich ja für dich richtig ins Zeug gelegt.«

Amaryllis freute sich über das Urteil. Vielleicht akzeptierte Trap sie ja als Familienmitglied, nachdem er am Telefon mitbekommen hatte, wie viel Mühe sie sich mit Malichais Bein gegeben hatte. Dennoch interessierte es sie mehr, was Rubin zu Malichais Verletzung zu sagen hatte, doch dann wurde ihr klar, dass die anderen ihm absichtlich Zeit ließen, sich zu erholen.

»Amaryllis, das sind meine Brüder, Ezekiel, Mordichai, Trap und Rubin.« Malichai deutete auf einen nach dem anderen. »Das ist meine Frau, Amaryllis.« Er nahm ihre Hand und küsste sie.

Es fiel ihr schwer, ihm die Hand nicht schnell wieder zu entziehen, denn die Geste war ihr etwas peinlich. Die Dunkelheit im Raum half ihr, auch wenn sie wusste, dass die Männer genauso gut sahen wie sie.

»Das war gute Arbeit«, sagte Rubin. »Besonders für das erste Mal und in Anbetracht der Tatsache, wie kaputt seine Knochen gewesen sein müssen. Allein der Zustand nach deinen Bemühungen hat mir gezeigt, wie kurz wir davor waren, Malichai zu verlieren. Du hast ihm das Leben gerettet, ob du es glaubst oder nicht.«

»Was ist denn mit seinem Bein?«, fragte Ezekiel.

»Ich weiß nicht genau, warum die Risse immer wiederkommen, aber wenn ich raten müsste, würde ich sagen, dass es etwas mit dem Zenith der zweiten Generation zu tun hat. Sie entstehen rund um die Wunden, auf die er die Notverbände geklatscht hat. Das waren natürlich auch die schlimmsten.«

Rubin fuhr sich mit den Fingern durchs Haar. »Ich brauche etwas Schlaf. Wir alle brauchen das. Malichai, du und Amaryllis, ihr müsst so viel schlafen, wie ihr könnt. Ich will, dass du mit deinem Bein vorsichtig bist. Du kannst damit gehen, aber langsam, nicht laufen oder rennen. Aber schwimmen solltest du so oft wie möglich. Im Wasser trainierst du das Bein, ohne dass es belastet wird. Ich werde es täglich untersuchen, um sicherzustellen, dass du es nicht übertreibst. Schone es, wann immer du kannst. Kein langes Herumstehen mehr. Und wenn du sitzt, legst du es hoch.«

»Verstanden«, sagte Malichai.

»Wir müssen hier raus, ehe jemand uns in diesem Zimmer sieht«, meinte Ezekiel.

Und dann waren sie einfach verschwunden. Wie Geister. Amaryllis legte sich wieder hin, und Malichai drückte sich an ihren Rücken. Sie hatte hundert Fragen, doch ihr fielen bereits die Augen zu, und sie schlief ein, ehe sie auch nur eine davon stellen konnte.

8

MALICHAI SCHENKTE DER älteren Frau hinter dem Tresen
des Zauberladens ein, wie er hoffte, charmantes Lächeln.
»Eigentlich suche ich nach einer guten Freundin von mir.
Ihr gehört dieser Laden. Miss Crystal. Ich bin nur ein paar
Tage in der Stadt, und wir hatten eine Verabredung, aber
sie ist nicht gekommen.«

Ein verärgerter Ausdruck glitt über das Gesicht der älteren Frau. »Die ist nicht da.«

Dein Charme funktioniert offenbar nicht, kommentierte
Mordichais amüsierte Stimme in Malichais Kopf.

Mental zeigte er seinem Bruder den Stinkefinger. Dann
beugte er sich über den Tresen und versuchte es mit
einem weiteren Lächeln. »Tut mir leid, ich habe Ihren Namen nicht verstanden.«

»Tess«, erwiderte sie barsch. »Warum wollen Sie den
wissen?«

»Aus reiner Höflichkeit«, sagte Malichai und lächelte
wieder, diesmal nicht mehr ganz so charmant. »Wo ist Miss
Crystal? Sie hat mich noch nie versetzt.«

»Ich habe keine Ahnung. Sie hat mich gebeten, für sie
einzuspringen, also helfe ich hier aus. Wenn Sie nichts
kaufen wollen, sollten Sie wieder gehen.« Die Frau hatte einen leichten Südstaaten-Akzent, aber offenbar keine
Südstaaten-Manieren.

Malichai zog eine Braue hoch. »Ich bezweifle, dass Miss

Crystal klar ist, wie rüde Sie ihre Freunde und Kunden behandeln. Wenn ich wegen meiner Physiotherapie nicht heute Morgen schwimmen gehen müsste, würde ich zur Polizei gehen, damit die mal nach ihr schaut. Dann müssten Sie ein paar Fragen beantworten.« Ehe die Frau etwas darauf erwidern konnte, drehte er sich um und marschierte aus dem Laden, wobei er darauf achtete, schwer zu hinken.

Wegen deiner Physiotherapie?, wiederholte Mordichai spöttisch. *Vielleicht hast du es ein bisschen übertrieben, Bruder.*

Ich wollte, dass sie weiß, dass ich verletzt bin. Das stimmt doch.

Und zu hinken wie ein dreibeiniger Hund hätte da nicht gereicht?

Wider Willen musste Malichai grinsen, als er die Stufen vor dem Zauberladen herunterstieg und, ohne auf die anderen Geschäfte zu achten, die Gasse hinunterhumpelte.

Sie schaut dir nach, berichtete Mordichai. *Ein Typ hat sich zu ihr gesellt. Er macht Fotos von dir. Ich lass die beiden durch die Gesichtserkennung laufen. Jetzt kommt noch ein Dritter dazu. Mit deinem Auftritt hast du ein ziemlich großes Publikum angezogen. Werd bloß nicht zu dramatisch.*

Ich mach das ja nicht zum ersten Mal, und meine schauspielerischen Fähigkeiten sind immer für ihren außergewöhnlichen Realismus gelobt worden.

Mordichai stöhnte. *Ich hab gewusst, dass du mir diesen dämlichen Artikel in der College-Zeitung eines Tages unter die Nase reiben würdest. Du hättest in dem Stück doch eigentlich gar nicht mitspielen sollen. Wir haben dich da reingebracht.*

Das sagst du nur, weil du schon immer eifersüchtig darauf gewesen bist, wie gut ich bei den Leuten ankomme. Malichai bog um die Ecke und wäre fast frontal mit Amaryllis zusammengestoßen. Sie hatte noch tief und fest geschlafen, als er sie verlassen hatte.

Abrupt blieb sie stehen und starrte ihn wütend an. Zum Glück hatte er es noch um die Ecke geschafft, sodass sie von den drei Menschen, die ihn beobachteten, nicht mehr gesehen werden konnte. Die späte Morgensonne ließ ihr Haar weißgolden leuchten. Er konnte nicht anders, als über diese seidigen Strähnen zu streichen, um Amaryllis zu beruhigen.

»Du hast es getan, nicht wahr? Du hast dich zum Köder gemacht, ohne mich zur Rückendeckung mitzunehmen.«

»Baby. Ich mache meinen Job. Komm mir nicht in die Quere. Meine Brüder passen auf mich auf, und sie waren der Meinung, dass du Schlaf brauchst.«

»Dieser Heiler hat gesagt, du sollst das Bein schonen und nicht schon Stunden später wieder darauf herumlaufen.«

Malichai nahm sie beim Ellbogen und drehte sie in Richtung Strand. »Erstens, *du* bist es, die auch viel geleistet hat. Dass sich nach dir noch jemand anders mit meinem Bein beschäftigt hat, heißt nicht, dass du keinen Schlaf brauchst. Und zweitens solltest du deshalb noch im Bett sein.«

Ich werde Zeke umbringen. Er sollte doch auf sie achten. Wo zum Teufel ist er? Sein Bruder hätte ihn warnen müssen, dass Amaryllis in der Nähe war. Sie hätte alles auffliegen lassen können.

»Als ich aufgewacht bin, warst du nicht da«, sagte sie. »Ernsthaft, Malichai. Wenn du so weitermachst, könnte die ganze Arbeit von gestern umsonst gewesen sein.«

»Das Bein ist stabil. Stärker als je zuvor. Es wird halten. Du solltest nicht hier sein, Schatz. Ich meine es ernst. Ich möchte herausfinden, ob sie versuchen, mich im Wasser anzugreifen, so wie Dozer.«

»Dozer hat eine kleine Macke, Malichai.« Sie warf die Hände in die Luft. »Und du solltest nicht auf diesem Bein herumlaufen. Ich meine es auch ernst. Ich kann genauso schnell schwimmen wie du. Wenn irgendjemand den Köder spielen muss, könnte ich es doch machen. Du hättest auf mich warten sollen. Dann hätte ich diesen Part übernommen.«

»Du hast genug Arbeit mit der Pension und Marie und Jacy. Ich schaff das schon. Das ist keine große Sache.«

»Malichai, denk doch mal daran, dass das deinem Bein schaden könnte.« Voller Sorge schüttelte sie den Kopf.

Zärtlich nahm er ihr Gesicht in beide Hände. »Du weißt doch, dass Rubin es behandelt hat. Und er will doch, dass ich möglichst oft im Meer schwimme, weil mein Bein dadurch kräftiger wird. Hoffentlich stimmt das. Ich werde nicht rennen, nicht mal joggen. Ich übertreibe es nicht, sondern gehe einfach nur schwimmen.«

Amaryllis holte tief Luft und zwang sich zu nicken, obwohl sie eigentlich nicht nachgeben wollte. »Sag mir, was du vorhast.« Das alles gefiel ihr nicht, aber sie akzeptierte seinen Standpunkt und war bereit, ihn zu unterstützen.

»Miss Crystal war nicht da. Die Frau, die sie vertritt, war sehr rüde und mochte meine Fragen nicht. Wenn sie sich als Aushilfe um den Laden kümmern soll, gibt es keinen Grund, so unhöflich zu einem Freund der abwesenden Besitzerin zu sein. Und dass daraufhin zwei Männer mit ihr an die Tür gekommen sind, um mir nachzuschauen, macht die Sache umso verdächtiger.«

»Da könntest du durchaus recht haben. Aber sie praktisch dazu aufzufordern, dich im Meer zu ertränken, wo niemand es sieht und dir zu Hilfe kommen kann, ist lächerlich. Ich könnte doch mitkommen. Du weißt, dass ich echt gut bin im Wasser, wahrscheinlich genauso gut wie du.«

»Nein, du gehst zurück zur Pension und passt auf Marie und Jacy auf. Mir gefällt nicht, dass Anna und Bryon gerade ermordet worden sind, und Burnell und Jay fühlen sich auch bedroht. Das ist mir zu nah an Marie und Jacy dran.«

Amaryllis sah ihn an, und ein Schatten glitt über ihr Gesicht. »Glaubst du wirklich, dass sie in Gefahr sein könnten?«

»Ich bin mir fast sicher, dass Anna und Bryon ermordet worden sind. Keine Ahnung, was hier vorgeht, aber wir müssen es rausbekommen. Ich würde mich besser fühlen, wenn du bei den beiden wärst und sie beschützt. Rubin wird sicher in der Nähe sein, falls du Unterstützung brauchst. Anders als du holt er wohl gerade den Schlaf nach, den er braucht, während Ezekiel wahrscheinlich gerade sich und alle anderen verrückt macht, weil er jeden Zentimeter in der Pension nach Abhörwanzen absucht.«

»Das hört sich so an, als hätten deine Leute alles fest im Griff.«

Sie standen zusammen auf dem Bürgersteig direkt vor dem langen Sandstrand. Die Liegestühle füllten sich bereits mit Menschen, die sich einen schönen Platz für den Tag aussuchten. Das Wasser glitzerte, als wären Diamanten hineingestreut worden. Wellen liefen auf den Strand zu, überschlugen sich und bildeten ein paar Meter vor dem Land Schaumkronen. Es war ein idyllischer Anblick. Sehr schön und friedlich. Niemand käme auf den Gedanken, dass hier zwei Morde begangen worden waren – weder auf diesem weißen Sand noch so nahe der gelassenen Ruhe des Ozeans.

»Marie braucht dich, Amaryllis«, sagte Malichai sanft. Wieder nahm er ihr Gesicht in die Hände und brachte seins nah an ihres heran. »Ich muss wissen, ob du das begriffen hast. Wenn ich mir Sorgen um sie machen muss, kann ich nicht ins Meer und mich dort einem Angriff aussetzen.«

»Deine Brüder können doch …«

»Die kennt Marie nicht. Aber sie kennt dich. Wenn du sagst ›lauf!‹ wird sie weglaufen. Ohne zu zögern. Das weißt du. Ich habe außergewöhnliche Fähigkeiten. Ich kann viel länger unter Wasser bleiben als Dozer. Und ich bin nicht so kälteempfindlich wie andere. Sobald ich im Wasser bin, ist mein Bein entlastet. Ich werde mir viel mehr Sorgen um dich, Marie und Jacy machen als um mich.«

Er küsste sie auf die Augen, die Nase und schließlich den Mund. Er mochte diesen Mund so sehr. Sie öffnete die Lippen, und er zog sie eng an sich und küsste sie richtig. Sofort war er in einer anderen Welt, die nur noch aus Gefühlen bestand. Alles andere verschwand, für ihn gab es nur noch Amaryllis, ihren Körper an seinem und ihren warmen, verführerischen Mund, der in seinem Kopf alle möglichen erotischen Bilder heraufbeschwor.

»Na, ihr zwei scheint euch ja sehr lieb zu haben.«

Lachend lösten sie sich voneinander und drehten sich zu dem Mann um, der neben ihnen stehen geblieben war und sie angrinste. Craig Williams trug Boardshorts und ein T-Shirt mit der Aufschrift »Ab ins Wasser«. Sein Haar war leicht zerzaust und seine dunkle Sonnenbrille verspiegelt.

Malichai nickte und erwiderte sein Grinsen ein wenig verlegen. »Amaryllis ist mit mir verlobt. Also kann ich das nur bestätigen.«

»Das lässt du dir bei der Arbeit aber nicht anmerken, Amaryllis«, sagte Craig. »Ich wäre nie darauf gekommen. Ich dachte, ihr wärt nur Freunde, es ist ja nicht so, als würdet ihr ständig aneinander herumfummeln.«

»Wir versuchen, uns vor den Gästen zu beherrschen«, antwortete Malichai und grinste den Mann vielsagend an, als wollte er ihm klarmachen, dass das nicht immer einfach war. »Kommen Sie oft nach San Diego?«

Craig schüttelte den Kopf. »Nein, ich bin zum ersten Mal hier. Ich habe im Internet ein paar Leute kennengelernt, die im Laufe des letzten Jahres gute Freunde geworden sind. Hier in San Diego treffen wir uns zum ersten Mal persönlich, bei einer Tagung.«

»Der Tagung, bei der es darum gehen soll, wie man den Weltfrieden sichert?«, fragte Amaryllis.

Craig nickte. »Genau. Ich beteilige mich an fast allen Internetforen zu diesem Thema. Es ist unfassbar, aus wie vielen Ländern die Beiträge kommen und wie viele Menschen ihre Ideen einbringen möchten. Die Diskussionen sind immer sehr respektvoll, auch wenn sie manchmal hitzig werden, aber die Moderatoren bringen die Leute immer wieder zusammen und sorgen dafür, dass unterschiedliche Sichtweisen zugelassen und ruhig angehört werden.«

Malichai hatte sich noch keine großen Gedanken über die Tagung gemacht, die im Convention Center von San Diego abgehalten werden sollte, aber das Zentrum war riesig und hatte Platz für Tausende von Gästen. Unwillkürlich dachte er daran, dass irgendwo »möglichst viele

Menschen« getötet werden sollten. Wenn man das be-
absichtigte, kam diese Tagung gerade recht. Er wechselte
einen Blick mit Amaryllis und konnte ihr ansehen, dass sie
dasselbe dachte.

»Wohnen Ihre Freunde auch in der Pension?«, fragte
Malichai.

Craig schüttelte den Kopf. »Sie sind auf verschiedene
Hotels verteilt. So kurz vor der Tagung gab es nur noch
sehr wenige freie Zimmer.« Er zwinkerte Amaryllis zu.
»Aber dein Freund ist offenbar nicht wegen des Weltfrie-
dens hier, oder?«

Er reichte Malichai die Hand. »Ich bin Craig Williams.«

»Malichai Fortunes. Amaryllis kennen Sie ja schon.«

»Allerdings.« Craigs Gesichtsausdruck veränderte sich.
»Man erzählt sich, dass in der Pension ein erweiterter
Selbstmord stattgefunden haben soll. Wenn das wahr wäre,
müsste es doch von Polizisten nur so wimmeln, aber es ist
nur ein Zimmer abgesperrt.«

Amaryllis nickte. »Das stimmt leider. Aber das Pärchen ist
woanders gefunden worden, und wir wissen nicht viel darüber, was passiert ist und wie die beiden gestorben sind.«

Das war so weit richtig, und Malichai war stolz darauf,
wie Amaryllis auf die Frage geantwortet hatte. Sehr sachlich, aber auch ein wenig traurig.

»Ich hatte nicht die Gelegenheit, die zwei kennenzulernen.«, sagte Craig. »Normalerweise treffe ich Menschen
eher online. Ich verbringe die meiste Zeit vor dem Computer. Das hier ist sozusagen mein erster Ausflug zu einem
echten Event dieser Art.« Er schaute zum Wasser hinüber.
»Was habt ihr zwei denn heute Morgen vor?«

»Ich muss zurück, um Marie zu helfen«, erwiderte Amaryllis.

»Und ich werde schwimmen gehen.« Malichai verzog das Gesicht. »Hab ein paar Kugeln abbekommen und soll mich körperlich betätigen. Deshalb hab ich versprochen, hier viel ins Wasser zu gehen, weil ich unbedingt zu Amaryllis wollte. Das ist anscheinend gut für mein Bein.«

»Ein paar Kugeln abbekommen?«, wiederholte Craig.

»Er ist Soldat«, erklärte Amaryllis und verdrehte die Augen. »Er wurde angeschossen. Mehrmals. Er sollte mich nicht besuchen kommen, aber er lässt sich ja nichts sagen.«

Erstaunt riss Craig die Augen auf. »Sie wurden angeschossen? Mit einer Pistole?«

»Nein, es war ein Maschinengewehr«, antwortete Amaryllis, weil Malichai schwieg.

Als er ihr einen warnenden Blick zuwarf, schlang sie einen Arm um seine Taille und schaute bewundernd zu ihm auf. Er hatte keine Ahnung, ob sie gerade Craig etwas vorspielte.

»Er mag es nicht, wenn ich darüber rede, weil er so bescheiden ist, aber er hat viele Leben gerettet.«

»Geh zur Arbeit!«, befahl Malichai barsch, küsste sie auf den Mund und schob sie in die Richtung, in der die Pension lag.

Lachend winkte Amaryllis den beiden Männern zu und ging mit wiegenden Hüften davon. Malichai seufzte. »Diese Frau.«

»Sie ist wunderschön. Und sehr nett. Ich gehe ja nicht viel aus dem Haus, weil ich daheim am Computer arbeite und meine Freunde meist auch. Aber mit ihr kommt man leicht ins Gespräch.«

Das erklärte die seltsamen Blicke, über die Burnell und Jay sich beschwert hatten. Wahrscheinlich hatte er keine

Ahnung, wie man sich von Angesicht zu Angesicht mit echten Menschen unterhielt.

»Ja, sie ist sehr freundlich«, gab Malichai zu. Als er Richtung Strand aufbrechen wollte, stellte er zu seiner Verärgerung fest, dass Craig Anstalten machte, ihm zu folgen. »Ich muss jetzt schwimmen.« Entschlossen ging er weiter und war schon auf dem Weg durch den Sand.

Craig blieb ihm auf den Fersen. »Ich kann nicht schwimmen. Hab's nie gelernt.«

Malichai ging immer schneller. Er vermutete, dass Craig ihn bis zum Wasser verfolgen würde, um seine »Verletzung« zu sehen. Wenn das so war, konnte er es auch gleich hinter sich bringen und seine Jogginghose ausziehen. Darunter trug er Boardshorts, doch damit wollte er nicht herumlaufen, damit nicht alle Leute die frischen, glänzenden Narben an seinem Bein sahen.

Er erwiderte nichts auf Craigs Bemerkung, sondern suchte sich einen Liegestuhl nah am Wasser und zog ungerührt die Jogginghose aus. Erschrocken schnappte Craig nach Luft und verzog entsetzt das Gesicht.

»Wow. Da hat es Sie aber erwischt. Und nicht nur einmal.«

»So ist es«, erwiderte Malichai.

»Sieht so aus, als wär das erst kürzlich passiert.«

»Vor ein paar Wochen. Danach hatte ich ein paar Operationen.« Genau genommen ziemlich viele. Und jede Menge Bluttransfusionen. Im Hubschrauber wäre er fast gestorben, aber er hatte Glück gehabt, dass Rubin bei ihm war. Dann, im Feldlazarett, ehe er zur Behandlung nach Deutschland ausgeflogen wurde, hatten Ezekiel und die anderen aus dem Team ihn nicht aufgegeben. Es war ein langer Weg für ihn, und er war noch lange nicht zu Ende.

»Die Ärzte glauben also, dass Schwimmen das Bein stärkt? Weil es immer noch schwach ist?« Craig ließ sich nicht abwimmeln. Er zog sein Handy aus der Tasche. »Haben Sie etwas dagegen, wenn ich ein Foto für meine Freunde mache? Sonst werden sie mir nicht glauben.«

»Oh ja, das habe ich«, erwiderte Malichai. Es war ihm egal, ob Craig ihn deswegen für unhöflich hielt. Wenn dieser Typ keine Ahnung hatte, wie man im echten Leben mit Menschen umging, wurde es eben Zeit, dass er es lernte. »Mir wäre es lieb, wenn wir nicht mehr darüber reden würden. Und Sie auch in der Pension nichts davon erzählen.«

»Oh ja. Natürlich.« Hastig steckte Craig sein Handy wieder ein. »Tut mir leid. Ich hab mich danebenbenommen. Das ist so krass. Also. Entschuldigung.« Immer noch Entschuldigungen murmelnd, wandte er sich um und eilte in Richtung Straße davon.

Alles in Ordnung, Bruder?, meldete Mordichai sich im Kopf seines Bruders.

Malichai atmete tief durch. War es das? Er hatte nicht damit gerechnet, dass er so heftig reagieren würde. Er hätte das Ganze doch auch lustig finden können. Schließlich wusste er, dass es viele Männer wie Craig gab, die nur selten ihr Haus verließen und in einer virtuellen Welt lebten, in der sie Spiele spielten, sich online mit Freunden trafen, am Computer arbeiteten und eigentlich nur von dieser Arbeit lebten. Solche Menschen schienen den Bezug zur Realität zu verlieren. Eigentlich hätte er Craig dafür loben müssen, dass er es trotzdem geschafft hatte, sein Haus zu verlassen, um ein paar von den Leuten, mit denen er sich wahrscheinlich jahrelang am Computer unterhalten hatte, persönlich zu treffen.

Er war doch schon öfter angeschossen worden. Das war nicht das erste Mal. Er war auf unzähligen Einsätzen gewesen. Keiner davon leicht oder schön. Doch diesmal waren die Wunden anders. Er wusste nicht warum, und er wollte sich auch nicht genauer damit beschäftigen. Er lebte. Sein Bein war intakt. Er hatte Amaryllis gefunden. Das alles war positiv. Die negative Seite wollte er sich nicht anschauen.

Er warf seine Jogginghose auf den Liegestuhl und ging ins Wasser. Es war kühl, so um die 15 Grad. Ihm machte das nichts aus, aber er fragte sich, ob es auffallen würde, wenn jemand ohne Neoprenanzug im tieferen Wasser schwimmen ging. Die Surfer trugen jedenfalls auch keine.

Ich geh jetzt rein, Mordichai.

Wir sind bei dir. Schwimm langsam raus, riet ihm Ezekiel.

Seit Rubin seinen großen Bruder darüber informiert hatte, dass er angeschossen worden war und auf der Kippe stand, bemutterte Ezekiel ihn. Zeke hatte alles getan, um ihn zu retten. Seit man seinen kleinen Bruder aus Afghanistan herausgebracht hatte, war er ihm nicht von der Seite gewichen. Er hatte darauf bestanden, bei jeder Operation dabei zu sein und alles genau zu überprüfen, womit er die Chirurgen und Narkoseärzte in den Wahnsinn getrieben hatte. Und manchmal trieb er auch ihn in den Wahnsinn, aber Malichai war daran gewöhnt, dass Ezekiel sich sorgte, wenn er oder Mordichai krank waren. So war es immer schon gewesen.

Ich dachte, du wärst in der Pension und würdest auf Amaryllis achten. Malichai wusste nicht, was er davon halten sollte, dass seine Frau nur Rubin bei sich hatte. *Anna und Bryon Cooper sind ermordet worden, Zeke.*

So war es geplant, Malichai. Aber Amaryllis hat mir versichert, dass sie durchaus imstande ist, die Pensionswirtin und ihre Tochter zu beschützen und hat mich dringend gebeten, auf dich aufzupassen.

So etwas Dämliches hatte Malichai noch nie gehört. Ezekiel hätte ein Primärziel niemals allein gelassen, es sei denn, er hatte Wichtigeres zu tun – und das schien er zu glauben. Er wollte sich weiter um ihn kümmern und ewig den großen Bruder spielen. Aber was nutzte es, sich mit ihm darüber zu streiten?

Ich komme im Wasser sehr gut allein zurecht, Zeke. Da spielt mein Bein keine Rolle.

Nur damit du es weißt, du Arsch, ich werde meinen Bruder nicht verlieren, scheißegal, was hier vorgeht, verdammt.

Drei Schimpfworte in einem Satz. Das war sicher ein Rekord. Aber Malichai verkniff sich einen Kommentar. *Verstanden.*

Amaryllis' neue Identität steht, brachte Mordichai seine Brüder auf ein anderes Thema. *Die Cops können so lange graben, wie sie wollen, ihr Lebenslauf ist wasserdicht. Übrigens ist sie mit dir verlobt. Ich dachte, das wäre eine gute Idee. Jetzt brauchst du sie nicht mal mehr zu fragen. Sie hat schon Ja gesagt.*

Geschmeidig tauchte Malichai ins Wasser und hielt auf die Wellen weiter draußen zu. *Schön. Jetzt muss ich nur noch den richtigen Ring finden und ihn ihr an den Finger stecken. Ich habe sie schon Craig als meine Verlobte vorgestellt, und sie hat nicht protestiert.*

So ist es richtig, sagte Mordichai. *Man muss den Frauen einfach sagen, wo es langgeht, und nicht so viel diskutieren. Dann ist eine Ehe glücklich.*

Nicht immer, mischte Ezekiel sich ein. *Aber es ist alle Mühen wert. Man muss sich schon etwas anstrengen.*

Mordichai schnaubte verächtlich. *Du stehst doch unterm Pantoffel. Bellisia führt dich an der Nase herum, und jeder weiß es. Langsam denke ich, ich bin die letzte Hoffnung für die For-tunes-Brüder. Ich habe gesehen, wie Malichai seine Frau mit die-sem schmachtenden Hundeblick anhimmelt. Er wird genauso werden wie du, Zeke. Du bist so ein schlechtes Beispiel für ihn. Jetzt wird diese Frau ihn herumkommandieren, und das ist nur deine Schuld.*

Malichai genoss das Gefühl, durch das Wasser zu glei-ten. Zuerst schwamm er langsam, damit seine Muskeln warm wurden, doch sein Körper brauchte Bewegung. Alle Muskeln streckten sich und reagierten immer schneller, je mehr er die Geschwindigkeit erhöhte. Er tauchte un-ter einer Welle hindurch und schwamm noch schneller, schoss wie eine Rakete durchs Wasser und ließ es erst nach dem Auftauchen wieder lockerer angehen.

Mach langsamer, warnte Ezekiel. *Du willst doch nicht, dass irgendjemand, der dir zuguckt, Verdacht schöpft, dass du im Wasser besser bist, als du sein solltest. Du bist doch angeblich ver-letzt.*

Habt ihr schon die Namen von den dreien im Zauberladen? Malichai hatte sich bei der ersten Gelegenheit nach Miss Crystal erkundigt, weil er befürchtete, dass die Detectives Duncan und Brady ihm sonst zuvorkamen. Sie schienen sehr methodisch vorzugehen und zu der Art von Polizisten zu gehören, denen nicht das kleinste Detail entging. Des-halb hatte es ihm solche Sorgen bereitet, dass Amaryllis keine Papiere hatte.

Noch nicht. Aber wir arbeiten daran. Dein Mädel scheint ziem-lich tüchtig zu sein. Gilt das … äh … für alle Bereiche?

Ich werde mit dir nicht über Amaryllis reden. Du bist ein ver-dammter Perverser, Mordichai. Das Wasser fühlte sich inzwi-schen großartig an, und jedes Mal, wenn er tauchte und seine Muskeln ordentlich arbeiten ließ, vibrierte sein Körper beinah vor Freude. Er fühlte sich gut. Lebendig. Wie neu geboren.

Ich muss mich ab jetzt ja für euch mit amüsieren.

Fast wäre Malichai die Luft ausgegangen. *Ich bin unter Wasser, du Idiot. Bring mich nicht zum Lachen.*

In einiger Entfernung von den wenigen Surfern, die an diesem Morgen unterwegs waren, kam er wieder an die Oberfläche. Die Wellen waren nicht besonders hoch, deshalb waren die meisten von ihnen jung und unerfahren. Er machte einen Bogen um sie und steuerte auf eine lang gezogene Strandbiegung zu, während er gleichzeitig weiter ins Meer hinausschwamm. Immer, wenn er konnte, tauchte er unter einer Welle hindurch, schwamm etwas schneller und hielt den Atem ein wenig länger an. In Louisiana ging er oft schwimmen. Das ganze Team tat das, um in Übung zu bleiben, deshalb machte seine Lunge auch jetzt gut mit.

Als er kurz davor war, die Geschwindigkeit zu erreichen, die er im offenen Wasser vorlegen wollte, begann sein Bein, leicht zu schmerzen. Ein eventueller Angriff würde sicher ungefähr da passieren, wo Dozer überfallen worden war. Malichai hatte kein Surfboard, doch wenn er nach dem Training zum Strand zurückkehrte, würde er an genau dieser Stelle extra langsam schwimmen. Bis dahin waren die meisten Surfer wahrscheinlich wieder weg.

Du bist zu weit draußen, ermahnte ihn sein großer Bruder. *Überanstreng dich nicht.*

Malichai hätte gern geantwortet, dass er alt genug sei, um selbst zu entscheiden, was zu weit, zu schnell oder sonst was war, aber er hörte die versteckte Sorge in der Stimme seines Bruders. Er hatte Zeke alles zu verdanken. Also sollte er ihn gewähren lassen, selbst wenn er die ganze Tortur rund um seine Schussverletzung nicht mitgemacht hätte. Die letzte Zeit war Zeke definitiv an die Nieren gegangen.

Ich komme jetzt zurück, beruhigte ihn Malichai. *Bin langsamer geworden und sollte in fünf Minuten an der richtigen Stelle für den Angriff sein.*

Ich beobachte alles von Weitem, habe im Wasser aber bislang keinen Taucher gesehen, meldete Mordichai jetzt ganz sachlich, weil Malichai nun ernsthaft in Gefahr schweben konnte.

Malichai nahm sich Zeit, genoss das Spiel seiner Muskeln und konzentrierte sich auf die Geräusche unter Wasser. Dank der Steigerung seiner Kräfte – die Whitney ohne seine Zustimmung vorgenommen hatte – hörte er ausgezeichnet. Manchmal waren diese Genmanipulationen auch praktisch. Dass sie ihn so anders machten, dass selbst Leute in einflussreichen Positionen Angst vor ihm hatten, war ihm egal, wenn diese Fähigkeiten ihm das Leben retteten.

Er und die Leute aus seinem Team würden nie wie andere Soldaten sein. Ihre Existenz musste geheim gehalten werden, weil keine Regierung gern zugab, dass sie Experimente mit Kindern gemacht hatte. Insbesondere wenn diese Kinder im Namen der Wissenschaft mit Krebs oder anderen Krankheiten infiziert worden waren oder auf einer Todesliste gestanden hatten, weil sie als zu gefährlich galten. Die Schattengänger hatten gelernt, dass sie – obwohl sie Soldaten waren und sich auch als solche betrachteten – nicht zulassen durften, das andere erfuhren, was sie wirklich waren. Deshalb hielten sie zusammen und bildeten Familien, um sich zu schützen. Sie lebten nah beieinander und verließen sich eher auf die anderen aus der Gruppe als auf die, die über ihnen standen und ihre Einsätze anordneten.

Als Malichai sich der Küste näherte, hörte er ein seltsames Geräusch, als würde sich etwas an einem Felsen reiben. Es kam ungefähr von der Stelle, an der Dozer attackiert worden war. Dort ragte ein kleines Riff aus dem Wasser, dessen Felsen mit Krustentieren besetzt waren. Ein Mann in kompletter Tauchermontur sprang von dem Riff herunter, als er vorbeischwamm.

Er ließ den Taucher an sich herankommen. Plötzlich versuchte der Mann, ihn von hinten in einen Würgegriff zu nehmen. Es sollte also wohl so aussehen, als wäre er schlichtweg ertrunken. Niemand wollte eine Morduntersuchung, nachdem Anna und Bryon Cooper tot aufgefunden worden waren. Malichai packte seinen Angreifer bei den Armen und befreite sich blitzschnell aus dessen Griff.

Unter Wasser starrten sie einander an, Malichai ohne Atemgerät. Der Taucher glaubte offenbar, er könnte ihn so lange unten halten, bis er ertrank. Schnell wie ein Hai griff Malichai ihn frontal an, schoss aber im letzten Moment an dem Mann vorbei und riss ihm den Schlauch mit dem Mundstück weg, der ihn mit dem Sauerstofftank verband. Luftblasen stiegen an die Oberfläche.

Beeil dich. Du kannst ihn dir jetzt holen. Wenn Mordichai nicht bald kam, würde der Taucher versuchen zu fliehen. *Er ist bewaffnet. Am Bein hat er ein Messer. Ich kann es ihm wegnehmen, wenn du willst.*

Nein, ich bin schon da.

Wie aus dem Nichts tauchte Mordichai direkt hinter dem Taucher auf, entriss ihm das Messer, zerrte seine Arme nach hinten und hielt sie hinter seinem Rücken fest. Mordichai war nicht allein gekommen. Er hatte Trap mitgebracht, der ein Seil um den Taucher wickelte und ihn fesselte. Dann brachten sie ihn aus dem Bereich heraus, in dem sich Schwimmer und Surfer tummelten, wobei sie ihn gelegentlich Luft holen ließen, indem sie ihm das Mundstück kurz wieder zwischen die Lippen schoben.

Lässig schwamm Malichai zurück zum Ufer. Dann stieg er aus dem Wasser und ließ den Blick über den Strand und die Liegestühle schweifen. Unter einem Baum sprach Billy Leven mit Craig Williams. Die beiden deuteten immer wieder auf einen abgesperrten Bereich, wo Kriminaltechniker im feinen Sand nach Spuren suchten, die ihnen vielleicht halfen herauszufinden, wer Anna und Bryon Cooper umgebracht hatte.

Während Malichai sich abtrocknete, schaute er sich weiter um und entdeckte die ältere Frau, mit der er am Morgen gesprochen hatte. Sie war in Begleitung eines älteren Herrn. Die beiden saßen in Liegestühlen unter einem grellbunten Sonnenschirm, einen kleinen Tisch zwischen sich, und schienen sich sehr angeregt zu unterhalten.

Haben die Cops schon nach Miss Crystal gesehen?, fragte Malichai Rubin, der auf Amaryllis, Marie und Jacy aufpassen sollte. Amaryllis hatte die Polizei darum gebeten, dass man nach ihr schaute, und das gab den Beamten einen Grund, sich in der Wohnung und im Laden umzusehen und Fragen zu stellen, ohne länger auf Informationen warten zu müssen.

Ja. In der Wohnung waren vier Leute. Eine Frau hat behauptet, sie sei Miss Crystals Cousine. Sie ist schon etwas älter, schätzungsweise 65. Grau meliertes Haar. Sie meinte, Miss Crystal hätte sie gebeten, in ihre Wohnung zu ziehen und sich bis zu ihrer Rückkehr um den Zauberladen zu kümmern. Angeblich ist Miss Crystal auf einer Kreuzfahrt im Mittelmeer. Die Frau hat den Namen des Schiffes angegeben und wirkte recht zuversichtlich,

dass der Käpt'n der Polizei auf deren Anfrage bestätigen würde,
dass sich Miss Crystal an Bord befindet.

Malichai dachte darüber nach. War es möglich, dass Miss Crystal tatsächlich noch lebte und Anna und Burnell das, was sie gehört zu haben glaubten, falsch verstanden hatten? Er zog seine Jogginghose an. Ihm war bewusst, dass mehrere Menschen in den Liegestühlen um ihn herum die roten Narben bemerkt hatten, die sich wie ein langer Reißverschluss über sein Bein zogen. Das alles ergab keinen Sinn. Besonders jetzt, da ein Taucher wirklich versucht hatte, ihn zu ertränken. Er hatte keinen Zweifel mehr, dass der Zauberladen mit den Angriffen auf ihn und Dozer zu tun hatte und höchstwahrscheinlich auch mit den Morden an Anna und Bryon. Aber wie? Und warum?

Er streifte sein T-Shirt über, legte sich das Handtuch um den Nacken und ging über den breiten Sandstrand in Richtung Pension. Doch im letzten Moment zögerte er, als frage er sich, ob er direkt hingehen solle, änderte seine Meinung und steuerte auf das kleine Café zu, wo die meisten Pensionsgäste sich tagsüber ihren Koffeinkick holten.

Sobald er vom Strand aus nicht mehr gesehen werden konnte, ging er schneller und bog eilig um eine zweite und dritte Ecke. Zweimal schlug er einen Haken, um sich zu vergewissern, dass er nicht verfolgt wurde. Dann stand er schließlich vor einer kleinen Garage gleich neben dem Haus, das Ezekiel gemietet hatte. Das sah seinem Bruder ähnlich. Er fand immer den perfekten Platz für jede nur denkbare Aufgabe.

Mordichai ließ ihn in den verdunkelten Raum. Der Taucher hatte eine Haube über dem Kopf. Ezekiel schaute sich zu Malichai um, sagte aber nichts, sondern wandte sich wieder dem Taucher zu.

»Wenn ich dir die Haube abnehme, bist du ein toter Mann. Hast du mich verstanden?«

Der Kopf hob und senkte sich. Der Taucher atmete schwer und abgehackt.

»Warum hast du versucht, Dozer und Malichai zu ertränken? Ich warne dich, ich frage das nicht noch mal. Wenn du mir nicht sagst, was ich wissen will, kommt die Haube runter, wir machen das auf die harte Tour, und danach stirbst du. Kapiert?«

Wieder hob und senkte sich der Kopf. »Ich hab meine Anweisungen. Und die befolge ich.«

»Von wem?«

»Ich weiß nicht. Das ist so in meinem Geschäft. Ich bin selbstständig und treffe mich nicht mit Klienten. Gegen Vorkasse führe ich die Anweisungen aus. Wenn der erste Anschlag schiefgeht, mache ich weiter, bis es klappt. Ich dachte, dieser Surfer wäre ein leichtes Ziel, aber da habe ich mich vertan. Sie hatten auch gar nicht viel für ihn bezahlt. Als ich es vermasselt hab, habe ich das Geld einfach zurückgegeben. Die waren ziemlich angepisst.«

»Die?«, hakte Ezekiel nach.

»Na ja, es sind mindestens zwei. Ich kriege die Anweisungen übers Internet. Die Nachrichten sind verschlüsselt, aber ich bin mir sicher, dass sie nicht immer von derselben Person kommen. Die Ausdrucksweise ist unterschiedlich.«

Jemandem in seinem Beruf würde so etwas auffallen. Außerdem hatte er nicht gezögert und nach Ausreden gesucht, sondern bereitwillig Auskunft gegeben. Malichai glaubte, dass er die Wahrheit sagte.

»Warum wollten die einen Surfer und einen Soldaten loswerden?«

Der Gefangene zuckte die Achseln. »Ich habe sie nicht gefragt. Meistens möchte irgendein Ehemann oder eine Ehefrau den Partner beseitigen, damit nicht alles geteilt werden muss, wenn es zur Scheidung kommt. Deshalb versuche ich, wenn möglich, es wie einen Unfall aussehen zu lassen. Das macht alles einfacher.«

Malichai war angewidert von der Leichtigkeit, mit der der Taucher darüber sprach, wie er andere ermordete. Dabei war er selber Soldat. Aber eben auch Arzt. Es fiel ihm nicht leicht, jemandem das Leben zu nehmen, obwohl er es häufig tun musste. Doch er tat es nie leichtfertig. Er schüttelte den Kopf und blickte zu Mordichai. Sein Bruder löste den Blick nicht von dem Gefangenen.

Ezekiel war dem Mann sehr nahe, deshalb ließen die anderen den Killer vorsichtshalber nicht aus den Augen. Trap stand links neben ihm. Mordichai rechts. Und er selbst war an der Tür stehen geblieben, um den Ausgang zu blockieren.

»Du heißt Henry Shevfield? Und wohnst hier in San Diego?« Seine Fingerabdrücke hatten sie zu dem Namen und den Personalien geführt.

Der Mann nickte.

»Du bist verheiratet und hast drei Kinder?«

Der Gefangene versteifte sich. »Lassen Sie meine Frau und meine Kinder aus dem Spiel. Sie haben keine Ahnung, womit ich unseren Lebensunterhalt verdiene.«

»Das glaube ich gerne«, sagte Ezekiel. »War das das erste Mal, dass du mit diesen Leuten zu tun hattest?«

»Nein. In den letzten Jahren haben sie meine Dienste öfter in Anspruch genommen.«

Malichai erstarrte und drückte sich von der Tür ab, an der er lässig gelehnt hatte. In den letzten Jahren? Große Vorhaben musste man sorgfältig planen. Von langer Hand.

»Was meinst du damit. Zwei Jahre? Drei? Sag mir, wie lange du schon für die arbeitest, und was hast du für sie gemacht?«, bohrte Ezekiel nach.

»Ich glaube, seit zweieinhalb Jahren. Ja. Das könnte hinkommen. Das erste Ziel war irgendein hohes Tier bei der Hafenbehörde in San Diego. Der Mann hat irgendwas Wichtiges verhindert, deshalb wollten sie ihn aus dem Weg haben. Das war ziemlich leicht zu arrangieren, er starb bei einem Autounfall. Ist mit seinem Sportwagen zu schnell gefahren. Ein tragisches Unglück.«

»Und der nächste Job?«, drängte Ezekiel.

»War eine Frau, die für die Direktion des Convention Center gearbeitet hat. Das war etwas schwieriger. Man sollte annehmen, dass Büroangestellte öfter aus dem Haus gehen, aber diese Frau hat meistens Homeoffice gemacht. Also musste ich einen Haushaltsunfall vortäuschen. So was ist sehr viel gefährlicher, weil man die Umgebung nicht unter Kontrolle hat.«

Henry Shevfield berichtete so sachlich, dass Malichai schlecht wurde. Offenbar dachte dieser Mann sich nichts dabei, Unfälle zu inszenieren und andere Menschen zu töten, um sich zu bereichern.

»Diese Frau, die du ermordet hast, war sie verheiratet? Hatte sie Kinder?«

»Oh ja, aber ich verstehe nicht, was das damit zu tun hat. Es ist nicht meine Aufgabe, mir darüber Gedanken zu machen. Ich bekomme nur einen Auftrag, erledige ihn, und fertig.«

Ezekiel ging unwillkürlich auf Distanz zu dem Gefangenen, als traute er sich selber nicht ganz. »Weiter. Ich würd gern wissen, wen du noch für diese Leute umgebracht hast.«

»Zwei Wartungsarbeiter. Erst vor Kurzem. In den letzten Monaten. Einer war schon ziemlich alt. Er ›fiel‹ eine Treppe runter und brach sich das Genick. Der andere war jünger, er ist in einer Kurve direkt vor ein Auto gelaufen. Hat noch ein paar Stunden gelebt.«

»Wo haben diese Männer gearbeitet?«

Lässig zuckte Henry die Achseln, eine Geste, die Malichai auf die Palme brachte. Dieser Mann war sichtlich gelangweilt von der Befragung, als seien ihm seine Opfer völlig egal.

»Bei einem großen Unternehmen, das Verträge mit der Hafenbehörde hat. Das kann doch nicht ernsthaft wichtig sein. Außerdem ist es schon eine Weile her.«

»Es ist wichtig, sonst würde ich dir diese Fragen nicht stellen«, erwiderte Ezekiel. »Ich schlage vor, dass du jetzt die Klappe hältst und einfach nur antwortest, wenn ich dich etwas frage. Du hast mich schon so in Rage gebracht, dass ich dir am liebsten ein Messer in deinen verdammten Hals rammen würde.«

Schockiert schaute Malichai ihn an. So war Ezekiel normalerweise nicht. Sein Bruder behielt immer einen kühlen Kopf. Schließlich war er Arzt, sogar Chirurg. Noch dazu ein sehr guter. Er fluchte nicht so leicht. Dieser Killer ließ ihn offenbar die Beherrschung verlieren. Dabei war Henry Shevfield eigentlich recht leicht zu befragen. Er antwortete ganz offen, weil er wegen der Haube, die er trug, davon ausging, dass sie ihn laufen lassen würden. Es machte ihm nichts aus, alles offen auszuplaudern, weil es keine Beweise gab, falls sie ihn anzeigen wollten. Außerdem war ohnehin nichts mehr zu ändern.

Henry schwieg. Sicher hatte er an Ezekiels Tonfall erkannt, in welcher Gefahr er schwebte.

»Die Letzten, die ermordet wurden, Anna und Bryon Cooper, waren Touristen, die hier in einer Pension wohnten. Hattest du damit auch etwas zu tun?«

»Oh nein. Das war schlecht gemacht«, sagte Henry verächtlich. »Nach dem, was ich am Tatort beobachtet habe, haben die Cops schon Verdacht geschöpft. Der, der das in Auftrag gegeben hat, hätte besser mich fragen sollen.«

Es gab eine lange Pause, in der Ezekiel offenbar versuchte, sich zusammenzureißen. Als er weitersprach, hatte er seine Stimme wieder unter Kontrolle. »Haben diese beiden Kunden dir noch irgendwelche anderen Aufträge gegeben?«, fragte er gepresst.

Zum ersten Mal zögerte Henry. Da explodierte Ezekiel und schlug ihm mit dem Handrücken so hart ins Gesicht, dass er mit seinem Stuhl hintenüber kippte. So viel zu Ezekiels Selbstbeherrschung. Da Henry den Sturz nicht abfangen konnte, landete er hart auf dem Zementboden der Garage. Trap und Mordichai richten Stuhl und Mann wieder auf, während Ezekiel in der Garage hin- und herlief und versuchte, so den Adrenalinüberschuss abzubauen, den das Verhör dieses Soziopathen bei ihm bewirkt hatte.

Soll ich vielleicht weitermachen?, fragte Malichai vorsichtig. Ezekiel sollte auf keinen Fall denken, er hielte ihn für zu aufgebracht, um die Befragung zu beenden.

Nein, mir geht's gut. Es regt mich nur auf, dass dieser Kerl so locker darüber spricht, dass er eine Frau ermordet hat, die eine Familie hatte, und dass er einen alten Mann eine Treppe hinuntergestoßen hat, als wäre er nichts wert. Menschen wie der hier ...

Hab schon verstanden, versicherte Malichai. Das stimmte. Sie sahen so viele gute Soldaten sterben. Manchmal, wenn sie zu einem Rettungseinsatz ausrückten, kam es ihnen so vor, als bekämen sie nur Körperteile und Tote zu Gesicht. Und dann fuhr man an einen wunderschönen Ort wie San Diego, und dort lief irgend so ein Typ herum, der gegen Bezahlung tötete. Auch er hätte den Gefangenen gern mit seinen Fäusten bearbeitet.

Aber danke für das Angebot.

Das überraschte Malichai. Sein Bruder gehörte sonst nicht zu denen, die offen Zuneigung ausdrückten oder etwas Nettes sagten. Anscheinend hatte Bellisia, seine Frau, einen guten Einfluss auf ihn. Doch diese Erkenntnis behielt Malichai besser für sich.

»Versuchen wir es noch mal«, sagte Ezekiel sehr geduldig. »Sicher merkst du, dass ich so was nicht zum ersten Mal mache, und ich werde es dir nicht durchgehen lassen, wenn du meinst, du könntest mich anlügen. Das ist keine gute Idee. Sag einfach weiter die Wahrheit, dann wird alles gut. Wenn nicht, verlässt du diesen Raum nicht lebend.«

Wieder hob und senkte sich der Kopf unter der Haube.

»Haben diese Leute dir noch einen Auftrag gegeben?«

»Ja«, murmelte Henry gedämpft. Es klang, als wäre er ziemlich entmutigt.

»Was sollst du tun?«

Henry zuckte die Achseln. »Diesmal geht es um etwas anderes. Eher um eine Ablenkung. Zumindest haben sie das mal gesagt. Ich soll drei Personen auf eine möglichst ›unprofessionelle‹ Art umbringen und dann ihre Pension in Brand stecken. Je mehr Menschen deshalb in Panik geraten, desto besser.«

Malichai richtete sich zur vollen Größe auf und ging leise näher an den Gefangenen heran. Das Wort »Pension« ließ ihn aufhorchen. Und die Art, wie Henry »drei Personen« gesagt hatte, machte ihn krank vor Sorge.

»Irgendwelche Personen oder ganz bestimmte?«, fragte Ezekiel nach.

»Drei Frauen. Die Besitzerin der Pension, ihr Kind und die feste Mitarbeiterin dort. Ich soll ein Blutbad anrichten, damit möglichst viele Cops und Detectives anrücken, und sobald alle im Haus sind, den ganzen Laden in Flammen aufgehen lassen. Damit auch die restlichen Einsatzkräfte zu Hilfe eilen. Wie ich schon sagte, es soll von irgendwas ablenken.«

»Ihr Kind?«, wiederholte Ezekiel. »Du sprichst von einem kleinen Mädchen? Es macht dir nichts aus, ein Kind umzubringen?«

»Es ist rein geschäftlich. Ich suche die Leute ja nicht aus. Die Schuld liegt bei den Auftraggebern.«

Während er das sagte, hatte Henry sich von seinen Fesseln befreit. Schnell riss er sich die Haube herunter und stürzte sich auf Ezekiel. Doch der schien nur darauf gewartet zu haben. Als der Auftragskiller mit ihm zusammenprallte, drang das Messer, das Zeke unauffällig in der Hand gehalten hatte, mit der Schneide nach oben in Henrys Bauch ein, und fast reflexartig drehte Ezekiel es herum. Dann trat er einen Schritt zurück und zog es wieder aus dem Mann heraus.

Henry fiel auf die Knie und dann kopfüber zu Boden, wo er reglos liegen blieb.

»Ich schätze, ich hätte die Fesseln überprüfen sollen, nachdem er umgekippt ist«, sagte Ezekiel.

»Hoffentlich fühlst du dich jetzt besser«, meinte Malichai. »Wir hätten noch viel mehr aus ihm rauskriegen müssen. Mir ist aufgefallen, dass ihr rein zufällig eine Plastikplane auf den Boden gelegt habt.«

Ezekiel zuckte die Achseln. »Blutspuren auf Zement sind besonders hartnäckig. Eine reine Vorsichtsmaßnahme.«

»Na klar«, sagte Malichai. Wenn er das Gleiche getan hätte, hätte Ezekiel ihm eine Woche lang Vorträge gehalten. »Wie willst du den Cops erklären, was hier passiert ist?«

»Eine vom Militär geführte Untersuchung, die unerwartet mit einem zivilen Fall zu tun hat. Ich werde Joe den Toten melden, und er wird den Bericht an den Generalmajor weiterleiten müssen«, erwiderte Ezekiel.

»Dann lass ich euch mal allein. Ich muss zurück zu Amaryllis.« Das war ein echt feiger Abgang, aber er hatte nicht vor, mit Ezekiel über seine Freundin zu diskutieren oder darüber, warum er ihn nicht von Anfang an informiert hatte, dass sie eine von Whitneys Waisen war.

Ezekiel rief ihm etwas Gemeines über seine Eltern nach, doch da das nicht die nettesten Menschen gewesen waren und dazu auch Ezekiels Erzeuger, ließ Malichai das an sich abprallen. So leicht ließ er sich nicht aufhalten. Eilig verschwand er aus der Gefahrenzone, kehrte zur Straße zurück und bemühte sich, nicht über den Ausraster seines Bruders zu schmunzeln.

9

»ICH VERSTEHE EINFACH NICHT, was hier vorgeht«, sagte Lorrie Montclair schaudernd und rückte näher an Malichai heran, als suche sie bei ihm Schutz. »Lexie wollte schon abreisen, aber Linda und ich fanden das nicht richtig. Schließlich ist der Mord ja nicht hier passiert.«

»Aber er hätte auch hier passieren können«, protestierte Lexie störrisch. »Nicht wahr, Mr. Fortunes.« Sie klimperte mit den Wimpern.

Ehe Malichai antworten konnte, mischte Linda sich ein. »Lexie, Schatz, würde Marie dann nicht ein Minus machen? So kurzfristig hätte sie doch keinen Ersatz für uns finden können. Hab ich nicht recht, Mr. Fortunes?«

»Nennen Sie mich Malichai«, erwiderte er und musste sich dabei schwer zusammenreißen. Am liebsten hätte er laut geschrien. Lieber würde er bei lebendigem Leib gehäutet werden als mit diesen drei Schwestern zu reden. Wenn man den Montclair-Frauen bei einer Unterhaltung folgte, kam man sich in etwa so vor wie bei einem Ping-Pong-Spiel.

»Bitte leisten Sie uns doch heute beim Abendessen Gesellschaft«, bat Lorrie und schaute mit einem Blick zu ihm auf, den sie sicher für verletzlich und ängstlich hielt.

Doch Malichai sah nur eine Wölfin im Schafspelz. Seine Frau musste vor diesen drei Raubtieren beschützt werden. Und er wohl auch.

»Ich habe solche Angst. Und Lexie auch. Wir möchten gern wissen, was hier los ist.«

Hilflos sah Malichai zu Amaryllis hinüber, die hinter dem Tresen stand und den Hauptgang austeilte – den sie zubereitet hatte. Das Essen bestand immer aus den besten Zutaten und was immer sie an Gewürzen kombinierte, um es so vorzüglich schmecken zu lassen.

Amaryllis lächelte verstohlen, schaffte es aber nicht, das Funkeln in ihren Augen zu verbergen. Es gefiel ihm nicht, dass sie sich auf seine Kosten so gut amüsierte. »Ehrlich gesagt, Malichai, denke ich, dass das eine sehr gute Idee von Lorrie ist. Wenn du dich zu ihnen setzt, kannst du ihnen alles erklären und ihre Sorgen zerstreuen.« Sie lächelte die drei Schwestern beruhigend an. »Malichai hat sich lange mit den Detectives unterhalten, also kann er alle Ihre Fragen beantworten«, fügte sie hinzu.

Malichai warf ihr einen Blick zu, der versprach, dass er sich rächen würde, nahm aber gehorsam seinen Teller und folgte den drei Schwestern. Er bemerkte, dass die Pensionsgäste sich eher gedämpft unterhielten, als er quer durch den Speiseraum zu dem Tisch ging, den die Schwestern als »ihren« betrachteten. Sie hatten diesen Tisch beinahe sofort mit Beschlag belegt und starrten jeden, der es wagte, sich dort hinzusetzen, böse an. Deshalb war er auch jetzt frei, als die Frauen ihre Teller darauf abstellten. Lorrie rückte mit ihrem Stuhl so nah an Malichai heran wie sie konnte, ohne sich direkt auf seinen Schoß zu setzen.

»Gehen Sie mit Amaryllis aus?«, fragte Linda ohne Umschweife.

»Sie ist meine Verlobte«, erwiderte er leicht verzweifelt, aber sehr zufrieden damit, sich hinter seiner Frau verschanzen zu können.

»*Was?*« Lorrie schob ihren Stuhl zurück und fixierte Amaryllis, die gerade mit Tania und Tommy Leven sprach.

Malichai versuchte, nicht an Amaryllis' Lächeln hängen zu bleiben, denn es war wunderschön. Er wünschte, er könnte bei ihr sein oder weit weg in irgendeinem Dschungel, auch wenn Millionen von Ameisen und Termiten über ihn hinwegkrabbelten – ganz egal wo, nur nicht an diesem Tisch mit den drei Schwestern, die den Eindruck erweckten, als würden sie lieber an ihm knabbern als an den köstlichen Honigrippchen und Maiskolben vom Grill.

»Sie sind *verlobt?*«, fragte Lexie. »Das wusste ich ja gar nicht. Keine von uns wusste das.«

»Warum denn auch?«, fragte Malichai zurück und nahm sich ein Rippchen, wusste aber nicht, ob man es in feiner Gesellschaft nicht besser mit Messer und Gabel aß, obwohl er diese Frauen ohnehin nicht für besonders fein hielt. Sie schienen sich mehr dafür zu interessieren, ob er ungebunden war oder nicht, als für die schrecklichen Ereignisse rund um Anna und Bryon.

»Na, weil Sie so interessant sind«, sagte Lorrie. »Der interessanteste Mann, der uns begegnet ist, seit wir hier sind.«

»Faszinierend«, fügte Lexie hinzu, stützte das Kinn in die Hand und schmachtete ihn an.

Malichai war sich nicht sicher, wie er darauf reagieren sollte, also murmelte er etwas, das vielleicht nicht sehr nett war, aber als »Danke« durchgehen konnte. Dann biss er in sein Rippchen und kaute. Es schmeckte großartig. Er würde Amaryllis auf jeden Fall heiraten. Dann konnte sie ihn bis zu seinem Lebensende bekochen. Aber er würde Ezekiel und Mordichai nicht verraten, dass sie eine so gute

Köchin war. Sonst kamen die Jungs noch jeden Tag zum Essen.

»Hören Sie uns überhaupt zu?«, fragte Linda.

Eigentlich nicht, aber er war glatt dazu bereit, nur damit er diesen scharfen, schrillen Tonfall nicht noch einmal hören musste. »Tut mir leid.« Malichai hatte keine Skrupel, seine Verletzungen vorzuschieben, um keine Schwierigkeiten mit den drei Barrakuda-Schwestern zu bekommen. »Ich erhole mich gerade von einer Verletzung, und die Medikamente sorgen dafür, dass ich manchmal ein wenig unaufmerksam bin.«

»Von einer Verletzung?« wiederholte Linda.

»Ich bin Soldat. Schon seit einigen Jahren, und ich war ziemlich häufig im Ausland im Einsatz. Vor ein paar Monaten bin ich angeschossen worden, seitdem wurde ich mehrmals am Bein operiert. Deswegen haben Amaryllis und ich uns in letzter Zeit nicht oft gesehen.«

Die drei Frauen wechselten einen Blick, der ihm fast nicht aufgefallen wäre, ihn aber aus irgendeinem Grund störte. Zwar tauschte auch er sich ständig stumm mit seinen Brüdern aus, trotzdem war es ihm irgendwie unangenehm, wenn andere Geschwister dasselbe taten.

»Was ist denn?«, fragte er, weil er nicht wollte, dass sie glaubten, er wäre immer noch abgelenkt. Dann knabberte er weiter an seinen Rippchen und wünschte sich, er hätte sich noch viel mehr genommen, so gut waren sie.

»Jetzt macht das alles Sinn. Wir kommen nämlich aus der Gegend. Wir haben ein Haus etwas weiter oben an der Straße. Aber das vermieten wir, wenn es eine Tagung gibt, vor allem wenn es eine so große ist wie zum Beispiel die Comic-Con. Damit verdienen wir viel Geld, weil wir dann normalerweise bei einer Freundin wohnen. Aber im Moment hat sie Besuch, deshalb haben wir hier Zimmer gebucht. Amaryllis ist uns schon öfter über den Weg gelaufen, aber Sie noch nie.«

Malichai zuckte nur mit den Schultern. Eins war ihm klar geworden, je weniger man erklärte, desto weniger Fehler machte man. Sollten die drei doch denken, was sie wollten. Außerdem schienen sie ihm jetzt zu glauben, obwohl sie zuvor misstrauisch gewesen waren.

»Vermieten viele Leute ihre Häuser, wenn eine große Tagung ansteht?« Das würde erklären, warum sein Bruder so schnell eine Unterkunft in der Nachbarschaft gefunden hatte.

Linda hob die Achseln. »Wenn sie schlau sind. Wir verdienen damit ganz ordentlich, auch weil wir normalerweise kostenlos bei unserer Freundin wohnen dürfen.« Sie biss ein Stück von dem Rippchen ab, das sie geziert in den Fingern hielt. »Oh mein Gott, das müsst ihr probieren«, sagte sie zu ihren Schwestern. »Die sind total lecker.«

Malichai war ganz ihrer Meinung.

»Wir haben noch nie einen erweiterten Selbstmord mitbekommen«, sagte Lexie, während sie sich ein Rippchen nahm. »*Niemals.* Ich mochte Anna. Und Bryon noch mehr. Er schien nicht der Typ zu sein, der jemanden umbringt, schon gar nicht Anna. Haben Sie sich mal mit den beiden unterhalten?«

Sie klang sehr traurig. Zum ersten Mal hatte Malichai echtes Mitgefühl mit ihr. Mit allen dreien, wenn er sich ihre Gesichter ansah. Sie waren vielleicht ein wenig mannstoll, aber sie waren definitiv bestürzt über den Tod des Paares, ganz anders als Henry Shevfield, dieser eiskalte Killer.

»Oh ja. Ich fand die beiden sehr nett. Aber ich glaube nicht recht an die Gerüchte von einem erweiterten Selbstmord. Ich warte lieber ab, was bei der Untersuchung in der Gerichtsmedizin herauskommt. Man sollte keine voreiligen Schlüsse ziehen.«

Er aß weiter und bemerkte nicht, dass es rund um den Tisch plötzlich still geworden war. Doch irgendwann fiel es ihm auf, und er blickte hoch. Alle drei Frauen starrten ihn, die Rippchen in den Fingern, mit großen Augen und offenen Mündern an.

»Was ist?« Widerwillig ließ Malichai sein letztes Rippchen sinken.

»Wenn Bryon Anna nicht umgebracht hat, wer dann? Denn es war ja wohl Mord. Wenn Bryon es nicht war, muss irgendjemand *beide* getötet haben«, flüsterte Lexie und sah sich argwöhnisch im Speiseraum um, als säße der Mörder an einem der Tische.

»Machen Sie sich keine Sorgen«, wiegelte Malichai ab. »Ich weiß auch nicht viel mehr als Sie. Ich hab die beiden einfach für ein nettes Pärchen gehalten. Fangen Sie nur nicht an, nervös zu werden, solange es keinen Grund dafür gibt.«

»Das können Sie doch gar nicht wissen. Vielleicht läuft ein Serienmörder frei herum. Und vielleicht steht dieser Spinner auf blonde Frauen. Schließlich war Anna blond, und wir sind es auch.« Wieder schaute Lexie sich um. »Wenn dieser Killer vorhat, Blondinen umzubringen, findet er ja hier reiche Beute.«

»Vielleicht hat das Ganze mit seiner Ex-Frau angefangen, die er hasst, aber nicht töten kann«, gab Lorrie zu bedenken. »Also tötet er stattdessen jede blonde Frau, die ungefähr in ihrem Alter ist.«

»Ach du lieber Himmel«, platzte es aus Linda heraus. »Hört endlich auf damit. Malichai, können Sie uns irgendetwas Näheres sagen, ehe die beiden beschließen, das ultimative Buch über Serienmörder mit einer Vorliebe für Blondinen zu schreiben? Über die Ermittlungen? Haben Sie mit den Cops geredet?«

Das wusste sie doch bereits. Amaryllis hatte den dreien gesagt, dass er sich in der vergangenen Nacht ziemlich lange mit den Detectives unterhalten hatte. Linda versuchte offenbar, ihre Schwestern davon abzubringen, sich mit eingebildeten Horrorgeschichten gegenseitig noch weiter verrückt zu machen.

Malichai nickte langsam. »Ja, hab ich. Als sie gekommen sind, um Marie mitzuteilen, dass die Coopers tot sind, war ich mit Amaryllis zusammen. Wir haben die Blinklichter der Polizeiautos gesehen und sind nach unten gegangen, um die Cops hereinzulassen. Marie war auch da. Sie wollten das Zimmer der Coopers sehen und haben es abgesperrt, damit niemand hineingeht.«

»Wegen der Spuren«, wisperte Lorrie. »Falls der Serienmörder in ihrem Zimmer gewesen ist.«

Malichai konnte sich kaum davon abhalten, die Augen zu verdrehen. Er schaute zu Amaryllis hinüber und bedeutete ihr mit einer Geste, dass er nahe dran war, jemandem den Hals umzudrehen – ob nun Lorrie oder ihr, war ihm selbst nicht ganz klar.

Wütend starrte Linda ihre Schwester an. »Es ist doch logisch, dass sie sicherstellen, dass niemand dieses Zimmer betritt. Haben die Cops Sie irgendwie eingeweiht? Glauben die wirklich, dass Bryon Anna umgebracht hat?«

»Ich habe keine Ahnung, was sie glauben, Linda, sie haben sich nicht in die Karten schauen lassen. Hauptsächlich haben sie Fragen zu Anna und Bryon gestellt. Ich glaube, sie wollten wissen, ob die beiden sich jemals vor uns gestritten haben. Ich habe Nein gesagt, weil ich das nie mitbekommen habe. Oder geht es euch anders? Hat Anna vielleicht mal angedeutet, dass Bryon sie schlecht behandelt?«

Erneut wechselten die drei Schwestern einen langen Blick. Und wieder war es Linda, die für sie sprach. »Nein, sie hat immer nur von ihm geschwärmt. Ich finde es wirklich ganz schrecklich, dass ausgerechnet ihr das zugestoßen ist. Sie war so ein netter Mensch.«

Malichai empfand abermals Mitgefühl mit den Schwestern. Die Trauer am Tisch war echt. Noch einmal schaute er quer durch den Raum zu Amaryllis. Seiner Frau. Sie stellte gerade ein weiteres Tablett mit Rippchen auf den langen Tresen, legte dann mit einer Zange mehrere auf einen Teller, machte sich selber auch einen Teller fertig und trug beide zu dem kleinen Tisch, an dem sie immer zusammen saßen.

»Glauben Sie, dass wir hier sicher sind?«, fragte Linda.

»Absolut, hier kann Ihnen nichts passieren«, erwiderte Malichai. Was sollte er sonst sagen?

Unter der Oberfläche lauerte etwas Ungeheuerliches, doch er konnte nicht sagen, was. Höchstwahrscheinlich hatte es etwas mit der Friedenskonferenz im Convention Center in San Diego zu tun. Das war zwar nur eine Vermutung, aber mehrere Menschen, die Henry zum Opfer gefallen waren, hatten irgendwie damit zu tun. Jedenfalls war er beunruhigt und machte sich große Sorgen, dass eine unbekannte Gruppe vorhatte, dort einen Anschlag zu verüben, um damit ein Zeichen zu setzen und alle guten Pläne zu durchkreuzen, die bei den verschiedenen Foren womöglich herauskamen.

»Geht ihr auch zu der Tagung?«, fragte er.

»Wir haben uns freiwillig als Aushilfen gemeldet«, sagte Lexie. »So kommen wir umsonst rein. Diesmal wissen wir noch nicht genau, ob es etwas wird, aber wir stehen auf der Liste. Das wird schon klappen.«

»Aber es wird wohl langweilig«, maulte Lorrie. »Da kommen keine Filmstars. Ich mag die Comic-Con lieber.«

»Die mag jeder«, sagte Linda. »Aber diese Tagung könnte auch interessant sein. Und sehr informativ.«

»Es geht doch um Politik«, sagte Lorrie verächtlich. »Du weißt, wie sehr ich das hasse. Diese Politiker können sich nie einigen, was soll das Ganze dann?«

»Genau das soll ja geändert werden«, erklärte Linda. »Vielleicht kann man ein Klima der Toleranz schaffen, sodass alle bereit sind, miteinander zu diskutieren, statt sich gegenseitig zu beschimpfen.«

Lorrie rollte die Augen. »Ich finde Leute, die meine Ansichten nicht teilen, einfach lächerlich. Das sind meist Schwachköpfe, die nicht logisch denken können. Wie soll man sich denn mit solchen Leuten unterhalten?«

Linda suche Malichais Blick und zuckte die Achseln, als wollte sie sagen: »Sehen Sie, womit ich mich rumschlagen muss?« Er lächelte matt. Er war in seinem Leben schon mehr als genug Lorries begegnet.

Ohne sich umzudrehen, merkte er, wie Amaryllis näher kam. Ihr Duft erreichte ihn zuerst, als zarter Hauch, der augenblicklich all seine Sinne hellwach werden ließ. Jedes Nervenende, jede Zelle in seinem Körper. Er atmete tief ein und sog den Duft in seine Lunge, um ihn ganz in sich aufzunehmen.

»Hey, Schatz«, flüsterte Amaryllis ihm ins Ohr.

Gern hätte er danach gegriffen, um die kaum merkliche Berührung zu konservieren, doch er zwang sich, ruhig sitzen zu bleiben, weil er wusste, dass alle drei Frauen am Tisch ihn beobachteten.

»Ich hoffe, du hast die Damen beruhigt.« Amaryllis strahlte die anderen Frauen an. »Jetzt muss ich ihn leider entführen. Wir haben noch viel zu besprechen«, sagte sie betont unschuldig.

Sie war gekommen, um ihn zu retten. Sie wusste genau, was sie tat. Sie beide hatten nichts zu besprechen außer dem Mord, und über den würden sie im Speiseraum, wo sie belauscht werden konnten, sicher nicht reden. Ihr ging es darum, ihn von den drei Schwestern loszueisen, denen sie es erlaubt hatte, ihn auszuleihen. Nie im Leben war er dankbarer gewesen. Er nahm seinen Teller und sein Besteck und erhob sich.

»Vielen Dank für die Unterhaltung, Ladies. Ich hoffe, Sie wissen jetzt, dass Sie in Sicherheit sind«, fügte er hinzu und wollte gehen.

Doch Amaryllis hängte sich bei ihm ein und hielt ihn davon ab. »Danke, dass Sie sich um meinen Mann gekümmert haben, solange ich arbeiten musste.«

»Nett, dass Sie ihn uns überlassen haben«, erwiderte Linda.

Lorrie und Lexie schmollten und sagten kein Wort, als sie sitzen gelassen wurden.

Malichai schaute auf Amaryllis' Kopf hinunter. Ihr platinblondes Haar wirkte silbrig und schimmerte wie ein Wasserfall. Ihm stockte der Atem. Was, wenn irgendjemand es tatsächlich auf Blondinen abgesehen hatte?

»Malichai?« Amaryllis schaute mit ihren leuchtend blauen Augen zu ihm auf. »Was ist los?«

Er setzte seinen Teller sehr behutsam auf dem Tisch ab und schaute sich um, musterte jede Person und prägte sich ihr Aussehen ein, damit er es sich wieder ins Gedächtnis rufen konnte. »Ach, diese verrückten Schwestern haben was Komisches gesagt. Nur Linda ist anders, nicht ganz so überdreht wie die anderen beiden.«

»Was haben sie denn gesagt?«

»Sie haben überlegt, ob der Killer ein Serienmörder sein könnte, der hinter Blondinen her ist. Anna hatte ungefähr die gleiche Haarfarbe wie du.«

Amaryllis setzte sich auf den kleinen Stuhl, von dem aus sie den Raum im Blick hatte. Malichai stellte seinen Stuhl immer so hin, dass er mit dem Rücken zur Wand saß. So konnte er nicht hinterrücks überfallen werden und sehen, was auf ihn zukam.

»Das ist doch Unsinn. Bisher ist Anna die einzige Frau, die umgebracht worden ist. Mit Bryon. Und der hatte dunkles Haar. Ernsthaft, Schatz, diese Mädels scheinen wild entschlossen, sich selber Angst einzujagen.«

Malichai nickte, denn er wusste, dass diese Theorie nichts taugte. Schließlich hatte dieser Profikiller zugegeben, dass mehrere seiner Opfer mit dem Tagungszentrum in San Diego zu tun hatten. Hier war kein Serienmörder am Werk. Hier ging es um etwas ganz anderes. Er wollte eigentlich nur noch seine Frau irgendwo in Sicherheit bringen – weit weg von dieser Stadt.

»Deine Freunde sind gar nicht gekommen. Ich dachte, sie hätten vielleicht Hunger.«

Das Manöver war leicht zu durchschauen. Sie wollte wissen, was passiert war, nachdem sie zur Pension zurückgegangen war. Er konnte ihr das nicht übel nehmen, durfte sie aber noch nicht einweihen. »Darüber reden wir heute Abend, auf dem Dach«, erwiderte er.

Amaryllis nickte. »Was hältst du von den Rippchen?« Sie

schob ihm den Teller zu, auf dem sie noch mehr für ihn aufgehäuft hatte.

»Ich bin so verliebt in dich, Baby, dass wir sofort heiraten müssen. Nicht nur kochen und backen, sogar grillen kannst du perfekt.«

Amaryllis prustete los. »Du willst mich heiraten, weil ich grillen kann?«

»Nein, weil du so sexy bist. Ich heirate dich, weil ich mit dir Sex haben will, Schatz. Erst in zweiter Linie wegen deiner wunderbaren Kochkünste.«

»Du weißt doch noch gar nicht, ob ich im Bett gut bin oder nicht. Langsam bekomme ich den Eindruck, dass diese verrückten Schwestern auf dich abgefärbt haben.«

Anzüglich musterte er sie von oben bis unten. »Ach Baby.«

Amaryllis zog eine Braue hoch und griff nach ihrem Maiskolben. »Was willst du damit sagen?«

»Das verrate ich dir heute Abend.«

Sie schaute ihn durch ihre zarten Wimpern an und begann wieder zu lachen. »Du bist schwer einzuschätzen, ich weiß nie, ob du etwas ernst meinst oder nicht.«

»Es gibt zwei Dinge, über die ich nie Scherze mache, Amaryllis.« Er neigte sich ihr zu und schaute ihr tief in die Augen, damit ihr klar wurde, dass er meinte, was er sagte. »Ich mache keine Scherze über Sex, jedenfalls nicht, wenn es um Sex mit dir geht. Denn darauf bin ich ganz wild. Und ich werde nie Scherze übers Heiraten machen. Denn das ist ein ernstes Thema und sollte nicht ins Lächerliche gezogen werden.«

Amaryllis verhielt sich ganz still und schlug die Augen nieder, um ihre Reaktion zu verbergen. Er war ganz offen zu ihr gewesen. Er wollte mit ihr Sex haben und sie heiraten.

»Wenn es um diese Sachen geht, zählt Geduld nicht zu meinen Tugenden. Das habe ich gerade selber an mir festgestellt. Ich dachte, ich könnte mich beherrschen, aber ich habe mich getäuscht. Ich will, dass du meinen Ring trägst. Und dass du in mein Bett kommst. Und zwar sofort, nicht irgendwann später.«

Amaryllis sah ihn durchdringend an und knabberte an ihrem Maiskolben. »Malichai.« Sie schluckte den Mais herunter und schaute mit ihren blauen Augen tief in seine. »Diese Verlobungsgeschichte stimmt nicht. Wir haben das nur vorgeschoben, um uns Ärger zu ersparen.«

»Soweit ich weiß, hast du nie etwas dagegen gesagt.«

»Stimmt. Aber du hast mich nie richtig gefragt.«

»Wenn ich das getan hätte, hättest du Nein gesagt.«

»Genau«, bestätigte sie. »Ich kenne ich dich ja kaum.«

»Also warum sollte ich so blöd sein, dich zu fragen, wenn du bereits zugegeben hast, dass du meine Verlobte bist? Das wäre doch dumm von mir, und ich kann dir versichern, dass ich das nicht bin.«

»Es ist ja wohl kaum besonders klug, jemanden heiraten zu wollen, den man erst eine Woche kennt.«

»Mehr als eine Woche.«

Wieder prustete Amaryllis los. Er liebte dieses Lachen. Kaum zu glauben, wie sehr er es genoss, sie fröhlich zu sehen. Fasziniert sah er zu, wie ihr Gesicht aufleuchtete und ihre Augen saphirblau strahlten.

»Es ist dir wirklich ernst, oder?«

»Jep. Es gibt kein Zurück mehr. Wir fahren bald in den Sumpf, und ich baue dir ein Haus, das du lieben wirst. Ein Haus, das uns ganz allein gehört, in dem wir unsere Kinder aufziehen und vor allem beschützen können, was uns womöglich an Gefahren droht.«

Amaryllis lächelte unsicher. »Aber wie könnte ich Marie verlassen?«

»Du weißt doch schon, dass ich dafür gesorgt habe, dass Maries Schulden bezahlt werden und dass ein Fond für Jacys Arztrechnungen eingerichtet worden ist. So kann sie sich in der Navy-Basis hier nach Aushilfen umsehen. Wir werden zuerst die Frauen und Freundinnen der Soldaten ansprechen, falls sie vorab an der Arbeit Interesse haben. Wir könnten sogar einen Geschäftsführer einstellen, dann hätte Marie Zeit, mit Jacy in den Urlaub zu fahren, falls sie es möchte. Die Pension wirft doch genug Geld ab. Das war nie ein Problem. Nur die Schulden, die sie wegen der Krankenhausrechnungen angehäuft hat, waren ein Problem.«

»Wie kannst du das alles nur so schnell regeln?«

»Ich habe ja noch gar keine Aushilfen gefunden. Ich habe noch nicht mal genug Zeit gehabt, um mit ihr darüber zu reden. Und, Amaryllis, das alles hat nichts damit zu tun, ob du mit mir kommst oder nicht. Als ich Marie kennengelernt habe, habe ich sofort den Drang gehabt, ihr diese Last von den Schultern zu nehmen. Es gibt viele Schattengänger, die Verbindungen zur Navy haben. Die Kameraden dort haben auch alle sofort helfen wollen. Sie werden auch bis ganz nach oben in der Befehlskette alles unternehmen, damit Marie die benötigten Aushilfen am schnellsten bekommt. Und zwar gute.«

Amaryllis schwieg eine lange Weile und schaute auf ihre Hände hinunter. »Ich wünschte, ich könnte sie finden. Die beiden anderen, die mit mir geflohen sind. Silver und Coral. Das waren nette Mädchen. Stark und klug. Ihnen würde es hier sehr gut gefallen, und sie würden Marie und Jacy lieben. Wenn sie die Chance bekämen, wären sie wohl perfekt, um die Pension zu leiten.«

Malichai betrachtete ihr Gesicht. Ganz egal, wie oft er sie beruhigte, sie würde sich immer für die beiden anderen Mädchen verantwortlich fühlen. Obwohl sie erwachsene Frauen gewesen waren und genauso wie Amaryllis ihre Wahl selbst getroffen hatten. Höchstwahrscheinlich waren sie ihr sowieso dankbar, ob ihnen die Flucht nun geglückt war oder nicht.

»Ich kann dafür sorgen, dass die anderen Schattengänger-Teams versuchen, sie zu finden, wenn du das möchtest. Dabei müssen sie natürlich sehr vorsichtig vorgehen, damit Whitney keinen Wind davon bekommt«, bot er ihr an.

Sie richtete ihre unglaublich blauen Augen auf ihn und schaute ihn erstaunt, fast ehrfürchtig an. Das hatte er nicht verdient, aber jeder Mann wünschte sich wohl, so angeschaut zu werden. »Das würdest du wirklich für mich tun, ja?«

»Ich würde alles für dich tun, was in meiner Macht steht«, bestätigte er.

Sie schüttelte den Kopf. »Wir sollten sie besser nicht kontaktieren. Sonst kommt Whitney ihnen noch auf die Spur. Er hat eine außerordentliche Begabung, uns immer zu finden.«

»Gut, aber falls du deine Meinung änderst …«

»Sicher gefällt es dir nicht, wenn ich das sage, aber du bist unglaublich süß, Malichai. Es ist sehr schwer, einem Mann wie dir zu widerstehen.«

»Möchtest du mir denn widerstehen?«

Amaryllis nickte zögernd. »Und du machst es mir sehr, sehr schwer. Ich würde gern mit dir zusammen sein, aber es ist zu gefährlich, Malichai. Whitney ist zu wild entschlossen, uns alle wiederzubekommen, und wenn er herausfindet, dass ich bei dir bin, wird er eine ganze Armee schicken, um mich zurückzuholen. Du musst diese kleinen Mädchen beschützen. Und die Frauen deiner Freunde. Das wäre ihnen gegenüber nicht fair.«

Er streichelte ihren Handrücken, denn sie hielt die Tischkante so fest umklammert, dass ihre Knöchel weiß hervortraten.

»Schatz, wir haben da draußen im Sumpf eine wahre Festung gebaut, weil Whitney alle Frauen wiederhaben will. Auch die Kinder. Und wir werden sie auf jeden Fall verteidigen. Für uns wäre es einfacher, dich und die Kinder zu beschützen, wenn wir dort leben würden, aber wenn du darauf bestehst, in San Diego zu bleiben, werde ich einen Weg finden, wie wir hier in Sicherheit leben können.«

Sie sah ihn lange an, ließ den Blick über sein Gesicht wandern und studierte seinen Gesichtsausdruck. Den Blick in seinen Augen. Dann schluckte sie und schüttelte den Kopf, als könnte sie ihm nicht ganz glauben. »Du meinst das ernst. Du würdest bei mir bleiben, obwohl wir hier wie Freiwild sind.«

»Wenn die Frau, die ich liebe, hierbleibt, bleibe ich auch hier. Aber ich kann dir garantieren, dass Whitney, sobald er herausfindet, wo du bist, eine Möglichkeit finden wird, mich irgendwo auf einen Einsatz zu schicken, damit ich dich allein lasse. Wenn das passiert, möchte ich, dass du in unser Bollwerk in Louisiana gehst. Da wärst du in Sicherheit, solange ich weg bin.«

Amaryllis holte tief Luft und schüttelte wieder den Kopf. »Du bist so … anders. Ich habe nicht damit gerechnet, dass ein Mann so wie du sein könnte. Die, die ich in der Zeit bei Whitney näher mitbekommen habe, waren alle schrecklich.«

»Ich glaube nicht, dass sie schon immer so waren. Ich glaube, Whitney hat an ihnen genauso herumexperimentiert wie an mir. Die Männer, die er für seine Privatarmee rekrutiert hat, sind Soldaten, die bei den Psycho-Tests durchgefallen sind. Sie hatten einige übersinnliche Fähigkeiten, doch aus irgendwelchen Gründen sind sie an den psychologischen Bewertungen gescheitert und deswegen aus dem Schattengänger-Programm geflogen. Danach hat Whitney sie dazu überredet, bei seinem ›Supersoldaten‹-Programm mitzumachen. Leider waren die Experimente an ihnen so ähnlich wie die an den Waisenmädchen. Sie haben Fehler, und er kann sie als Soldaten nicht gut gebrauchen, deshalb benutzt er sie hauptsächlich für seine Versuche und als Kanonenfutter bei den Angriffen auf uns.«

»Diese Kerle sind äußerst aggressiv und streitlustig. Sie gehen schon beim kleinsten Anlass aufeinander los. Und wenn sie kämpfen, stellen sich die anderen im Kreis um sie herum und feuern sie noch an. Manchmal geht so ein Kampf sogar so weit, dass einer von den Männern stirbt. Aber niemanden scheint das zu kümmern.« Sie erschauerte leicht und schlang die Arme um ihre Taille. »Mit so einem Mann möchte ich niemals ein Kind haben.«

»Wirst du auch nicht«, erklärte Malichai.

»Einmal habe ich versucht, mit Whitney darüber zu reden. Ich habe ihn darauf hingewiesen, wie viele Fehler diese Männer haben, und ihn gefragt, ob er wirklich will, dass ihre Charaktereigenschaften an zukünftige Soldaten vererbt werden. Aber Whitney hat abgestritten, dass seine Soldaten schlechte Eigenschaften haben könnten. Da ist mir klar geworden, dass man darüber nicht mit ihm reden kann. Wegen der vielen Fehlschläge, die er hinnehmen musste, als er versucht hat, bessere Soldaten zu erschaffen, geht ihm seine Forschung über alles. Ob die Frauen Schwächen haben, ist ihm egal, und die früheren Teams, die auch welche hatten, verachtet er. Er hat beschlossen, dass seine neuen Teams keine haben werden, damit rechtfertigt er alles, was er tun muss, um sicherzustellen, dass diese Soldaten von allem nur das Beste bekommen. Nach dem Gespräch habe ich beschlossen abzuhauen. Ich war noch nicht für das Zuchtprogramm abgestellt worden, aber das war nur eine Frage der Zeit. Ich habe meine Flucht so sorgfältig geplant, weil ich wusste, dass ich keine zweite Chance bekommen würde, sollte mein erster Versuch scheitern.«

Malichai lehnte sich zurück. »Das mag ich an dir, Amaryllis. Dass du nichts überstürzt. Du denkst nach, bevor du handelst.«

Das kam ihr gerade recht. »Deshalb nehme ich mir ja auch Zeit und stürze mich nicht Hals über Kopf in irgendetwas hinein. Vielleicht solltest du es genauso halten. Damit wir beide keinen Fehler begehen.«

Malichais Magen zog sich zusammen. Sie hatte ihn immer noch nicht verstanden. Er beugte sich vor und konzentrierte seinen Blick voll auf sie. »Baby, du hörst nicht richtig zu, wenn ich mit dir rede. Ich bin auf der ganzen Welt gewesen. In beinahe jedem Land. Und habe überall nach dir gesucht. Auch wenn ich nicht geglaubt habe, dass es dich wirklich gibt. Da werde ich jetzt, wo ich dich gefunden habe, auf keinen Fall damit warten, dir zu sagen, was ich für dich empfinde. Ich weiß, dass du die Richtige für mich bist, weil ich so viele Frauen kennengelernt habe, die es nicht waren. Du passt zu mir. Und das wird immer so sein. Jetzt und in zehn Jahren. Ganz egal. Wir gehören zusammen. Aber das habe ich dir ja schon gesagt.«

»Du machst es mir sehr schwer, dir zu widerstehen. Und du hast es mir sogar gesagt, als du hohes Fieber hattest.«

Plötzlich wurde die Tür des Speiseraums so heftig aufgestoßen, dass sie mit einem lauten Knall gegen die Wand krachte. Die meisten Gäste waren bereits gegangen, doch die Montclair-Schwestern saßen noch an ihrem Tisch und wandten sich mit erschrockenen Schreien um. Burnell und Jay hätten fast ihren Tisch umgestoßen. Craig Williams saß mit einer Frau zusammen, die gestern angereist war. Sie gehörte zu einer Friedensaktivisten-Gruppe, die sich auch in der Pension traf. Ihr Name war Stefani Charles, und sie kam aus Finnland.

Malichai richtete seinen Blick auf die Tür und den Mann, der ihren Rahmen füllte. Er war sehr groß und muskulös. Auch Malichai war ein großer Mann mit ausgeprägten Muskeln, aber seine wirkten natürlich, seine Lebensweise hatte ihn immer stärker werden lassen. Selbstverständlich hatten auch die Veränderungen an seiner DNA einen Beitrag geleistet. Der Mann im Türrahmen dagegen, der sich mit grimmiger Miene im Speiseraum umsah, war offenbar Bodybuilder, doch seine Muskelpakete waren nicht auf die Arbeit mit Gewichten zurückzuführen, sondern auf die Einnahme von Steroiden.

»Kennst du den?«, fragte Malichai leise.

Amaryllis schüttelte den Kopf. »Hab ihn noch nie gesehen. Aber er ist wie einer der Typen, die Whitney auf mich ansetzen würde.«

»Lorrie! Schwing deinen Hintern hier rüber!«, brüllte der Mann im Kommandoton. »Ich werd dir deinen dämlichen Arsch versohlen, bis er grün und blau ist und du nicht mehr gerade stehen kannst.«

Lorrie krächzte jämmerlich und warf fast den Tisch um, als sie aufsprang. Sie wirkte ernsthaft verängstigt. Langsam erhob sich Linda, legte eine Hand auf den Arm ihrer Schwester und schob sie sanft hinter sich.

»Du bist schon seit Monaten nicht mehr mit Lorrie zusammen, Tag. Dir ist gerichtlich verboten worden, dich ihr zu nähern. Du kannst nicht einfach so hier reinkommen.«

»Halt die Klappe, du Miststück. Das geht dich nichts an. Lorrie, wenn du nicht willst, dass hier jemandem was passiert, kommst du jetzt her.«

»Ich habe die Cops gerufen, Tag«, sagte Lexie. Dann stand sie ebenfalls auf und stellte sich neben Linda, um ihre Schwester vor dem massiven Kerl zu beschützen, der sich mit geballten Fäusten ein paar Schritte näherte. Sie hielt ihr Handy hoch. »Sie sind gleich da.«

Marie tauchte hinter dem Mann auf. »Sir, ich muss Sie bitten, mein Haus sofort zu verlassen.«

Tag drehte sich um und ging drohend einen Schritt auf sie zu. »Halt die Schnauze, du verdammtes Luder, oder du wirst es bereuen!«

Abrupt sprang Malichai auf, und Amaryllis ging ein Stück rechts von ihm in Position. »Das reicht«, sagte Malichai leise. »Du hörst jetzt sofort auf, die Frauen zu bedrohen. Marie ist die Besitzerin dieser Pension, und sie hat dich aufgefordert, ihr Grundstück zu verlassen. Lorrie hat eine richterliche Anordnung gegen dich, und die Polizei ist auf dem Weg.«

»Lorrie?« Der Mann spuckte den Namen fast aus. »Du nennst sie Lorrie? Fickst du ihn etwa, Lorrie? Bist du des-

249

halb abgehauen? Wegen dem da?« Verächtlich deutete er auf Malichai.

»Ich habe dich verlassen, weil du mich alle paar Tage geschlagen hast.«

»Du hättest doch bloß aufhören müssen, so faul zu sein«, erwiderte Tag.

Nun, da er ein lohnenderes Ziel hatte, ignorierte er Marie. Er ging nicht um die Tische herum, sondern einfach direkt auf Lorrie zu, wobei er die Tische und Stühle mit Gewalt aus dem Weg räumte. Hastig machten die verbliebenen Gäste ihm Platz und drückten sich an die Wände, wo sie mit gezückten Handys sein einschüchterndes Vordringen filmten.

Lässig stellte Malichai sich vor Linda und Lexie. Zu seiner Überraschung taten Craig, Burnell und Jay es ihm nach. Insgeheim applaudierte er ihnen, doch sie würden seinen Radius einschränken, wenn der Kampf begann, und dann wurde sicher mindestens einer von ihnen verletzt.

»Stellt euch hinter mich«, sagte er leise zu ihnen. »Vor Lorrie und Linda. Ich brauche Bewegungsfreiheit.«

Schnell wichen die Männer zur Seite, taten aber wie geheißen und stellten sich vor die Montclair-Schwestern wie eine weitere Verteidigungslinie. Die wenigen Gäste, die noch im Zimmer waren, drückten sich weiter stumm an die Wände und versuchten, sich so klein wie möglich zu machen, damit sie keine Aufmerksamkeit auf sich zogen.

»Das ist so typisch für dich, Lorrie. Wahrscheinlich hast du ihnen allen einen geblasen, damit sie dir zu Hilfe kommen, wenn dein echter Mann kommt, um dich wertlose Schlampe nach Hause zu holen.«

»Wenn du so über sie denkst, Tag, warum lässt du sie dann nicht in Ruhe?«, wollte Linda wissen.

Amaryllis schlich weiter durch den Raum und signalisierte Malichai, sich zurückzuhalten, löste den Blick aber nicht von ihrem Ziel. Ihre strahlend blauen Augen waren düster und animalisch geworden und glänzten vor Jagdfieber, als sie sich Tag von der linken Seite her näherte.

Tag hatte Malichai fast erreicht, seine Augen funkelten vor Wut. Er war es gewöhnt, stets der größte, gefährlichste Kerl im Raum zu sein, deshalb mochte er es gar nicht, dass Malichai weder Furcht noch Respekt vor ihm zeigte. Plötzlich bemerkte er Amaryllis.

»Noch eine Schlampe, der man Manieren beibringen muss«, blaffte er, machte einen Schritt auf sie zu und holte zum Schlag aus.

Doch Amaryllis duckte sich und legte ihr ganzes Körpergewicht in den Kick, mit dem sie ihm in den Bauch trat. Tag grunzte schwer, klappte kurz zusammen, und als er sich wieder aufrichtete, lag Mordlust in seinem Blick.

Malichai explodierte und reagierte, ohne nachzudenken. Er packte Tag an der Schulter, riss ihn herum und rammte ihm mit seinen gesteigerten Kräften, die er eigentlich verbergen sollte, die Faust ins Gesicht. Der Schlag zerschmetterte Kinn- und Wangenknochen. Wie ein Stein fiel Tag zu Boden, und im selben Moment stürmten mehrere Polizisten in den Raum, die Waffen gezückt.

Mit erhobenen Armen trat Malichai einen Schritt zurück. Auch Amaryllis und alle anderen nahmen die Arme hoch. Tag war der örtlichen Polizei bekannt, deshalb ignorierten die Beamten alle anderen im Raum und legten ihm Handschellen an, ehe er sich wehren konnte.

»Er braucht ärztliche Hilfe«, sagte einer und schaute zu Malichai auf.

»Sie hat ihn getreten«, bot Craig seine Hilfe an und

zeigte auf Amaryllis. »Genau in den Bauch. Das hätten Sie sehen sollen. Er ist zusammengeklappt, als wäre er mittendurch gebrochen. Ich ziehe meinen Hut vor dir, Amaryllis. Das sah klasse aus.«

Die übrigen Gäste klatschten Beifall.

»Ich glaube nicht, dass sie damit sein Gesicht zerschmettert hat«, meinte der Cop. »Er hat Schwierigkeiten, richtig zu atmen. Er verschluckt zu viel Blut.«

Malichai versuchte, ein unschuldiges Gesicht aufzusetzen, während Craig trotz der Polizisten, die Tag umringten, näher an den Verletzten herantrat, um einen besseren Blick auf ihn zu bekommen. Dann nickte er befriedigt.

»Er hat uns alle bedroht, aber besonders Lorrie. Marie hat ihn aufgefordert zu gehen, und Linda hat ihn an das Kontaktverbot erinnert, aber er ist einfach weitergegangen, als wollte er sie umbringen. Das war brutal. Wir waren bereit, uns ihm in den Weg zu stellen, aber Sie sehen ja, was für eine Statur er hat. Malichai hat ihn nur einmal geschlagen. Das war alles. Um Lorrie zu beschützen. Das war reine Selbstverteidigung, für uns alle.«

Mit gerunzelter Stirn schaute der Polizist Malichai an. »Mit was haben Sie ihn geschlagen?«

»Mit der Faust«, antwortete Craig, ehe Malichai es konnte. »Wir haben es alle gesehen.«

»Wir haben es aufgenommen. Auf Video«, bestätigte ein Gast.

Malichai nickte und zeigte dem Polizisten seine Knöchel. »Es war nur ein Schlag. Er ist sehr groß, und ich wollte nicht, dass er Lorrie in die Finger bekommt. Er hat gedroht, sie zu verprügeln. Er hat allen Frauen gedroht. Dann wollte er Amaryllis schlagen. Vielleicht habe ich da einen Adrenalinstoß bekommen, ich weiß es nicht. Aber viel wahrscheinlicher ist, dass das, was er einnimmt, seine Knochen geschwächt hat, was immer es auch ist, denn er war total zugedröhnt. Ich glaube, ich habe ihm das Kinn gebrochen.«

»Sie bleiben alle hier im Raum. Ich möchte Sie verhören«, sagte ein Polizist und ließ die Sanitäter ins Zimmer, damit sie sich um Tag kümmern konnten, der unentwegt stöhnte. Er hörte sich an wie ein verwundetes Tier.

Amaryllis schmiegte sich an Malichai und legte einen Arm um seine Taille. »Er muss wirklich irgendwas eingeworfen haben. Ich kenne alle Bodybuilder, die hier in der Gegend trainieren. Keiner von denen benimmt sich so.«

Einer nach dem anderen berichteten die im Speiseraum Anwesenden, was passiert war. Amaryllis hatte Angst, dass Malichai verhaftet werden würde, doch er wusste, dass dann umgehend Ezekiel auf der Bildfläche erscheinen würde. Ein Anruf von Generalmajor Tennessee Milton würde genügen, und er wäre wieder ein freier Mann. Natürlich schickte man ihn dann wohl nach Hause, doch er war entschlossen, nicht ohne Amaryllis zu gehen.

Am Ende erzählten alle im Speisezimmer eine ähnliche Geschichte und auch, dass sie Angst gehabt hatten, nicht nur um Lorrie, sondern um sämtliche Frauen, sogar um sich selbst. Sie beharrten darauf, dass Amaryllis und Malichai nur sich selbst und die anderen im Raum verteidigt hätten.

Danach ließen sich alle dankbar auf die Stühle rund um den größten Tisch fallen, und Amaryllis und Marie gaben ihnen ein Eis aus.

»So einen Muskelprotz habe ich noch nie gesehen«, meinte Burnell. »Was für ein Widerling. Er hätte doch nicht so gemein zu dir sein müssen, Lorrie.«

Lorrie weinte immer noch, und ihr Make-up war in schmalen Rinnsalen an ihrem Gesicht heruntergelaufen. Lexie und Linda versuchten, die Spuren wegzuwischen. Stefani zog Reinigungstücher aus ihrer Tasche und bot sie den drei Frauen an.

»Danke«, sagte Lorrie unter Tränen. »Ich danke Ihnen allen sehr dafür, dass Sie für mich eingetreten sind. Er wird mich niemals in Ruhe lassen. Ich habe alles getan, was die Polizei mir geraten hat, aber er wird nicht aufhören.«

»Er hat ihr den Arm gebrochen«, sagte Lexie.

»Zweimal«, fügte Linda hinzu. »Und er hat ihr zwei Zähne ausgeschlagen. Das Kinn gebrochen. Ihr mehrmals ein blaues Auge verpasst, die Lippe gespalten und die Rippen gebrochen. Sie ist zweimal vor ihm weggelaufen, aber er hat sie immer gefunden und zurückgeholt. Als sie schließlich wieder zu uns nach Hause gekommen ist, haben wir ein Kontaktverbot erwirkt. Aber wir haben gewusst, dass er weiter nach ihr suchen wird, deshalb haben wir unser Haus vermietet und ein paar Monate bei Freunden gewohnt. Ich weiß nicht, wie er es schafft, sie immer wieder aufzustöbern, aber alle paar Wochen ruft er unter der jeweils neuen Nummer an, wenn sie sie gerade erst bekommen hat und droht ihr, dass er kommen wird, um sie zu holen.«

»Jetzt wird er erst mal sehr lange im Krankenhaus sein«, meinte Malichai. »Und wahrscheinlich mehrmals operiert werden müssen. Hoffen wir, dass er dich vergessen hat, wenn er seine akuten medizinischen Probleme überstanden hat.«

»Ich hätte nie gedacht, dass ich eines Tages hoffen würde, dass ein Mann mich vergisst«, sagte Lorrie, »aber genau das wünsche ich mir. Ich möchte, dass er vergisst, dass er mich je gekannt hat.« Sie langte über den Tisch und tätschelte Burnells Hand. »Sie haben Ihr Leben für mich riskiert. Sie alle.« Wieder stiegen ihr Tränen in die Augen und liefen über. »Ich kann nicht glauben, dass ihr das für mich getan habt. Dabei kennt ihr mich ja nicht mal, und ich bin nicht immer nett.«

»Hör auf zu weinen, Lorrie«, sagte Linda. »Davon kriegst du nur ein rotes, fleckiges Gesicht. Iss lieber dein Eis.«

»Ich habe auch warmes Karamell zum Eis, bedienen Sie sich einfach«, forderte Marie ihre Gäste auf. Sie hatte einen großen Topf mit warmer Karamellsoße, zwei Schüsseln mit gehackten Walnüssen und zwei mit frischer Schlagsahne auf den Tisch gestellt.

Amaryllis zögerte nicht. Sie nahm sich dreimal von der Sauce. »Ich weiß nicht, was mit euch nicht stimmt, aber ich will nicht riskieren, dass sie uns das hier wieder wegnimmt.«

»Wenn man es so sieht …«, meinte Lexie, ließ Karamell über ihr Eis laufen und reichte die Schöpfkelle dann an Stefani weiter. »Ich liebe Ihren Akzent. Woher kommen Sie?«

»Aus Finnland«, gab Stefani bereitwillig Auskunft. »Ich bin für mein Land wegen der Friedenskonferenz hier. Ich treffe die anderen zum ersten Mal persönlich. Wir haben hart gearbeitet, um diese Konferenz auf die Beine zu stellen. Keiner von uns hat damit gerechnet, dass sie so groß werden würde, dass wir ein so großes Zentrum wie das in San Diego anmieten mussten.«

»Wir arbeiten dort als Freiwillige«, erzählte Lexie stolz, wobei sie vergaß, dass sie erst kürzlich nicht allzu begeistert davon gewesen war.

»Diese Tagung ist eine gute Sache«, meinte Craig. »Deshalb bin ich ja gekommen. Ich gehe mit ein paar Freunden hin, die ich im Internet kennengelernt habe. Ich halte sogar einen Vortrag.«

»Wirklich? Welchen denn?«, fragte Stefani.

»Meine Freunde und ich haben uns ein paar coole Ideen für Computerspiele einfallen lassen, die auf eine friedliche Lösung als Ergebnis aus sind, um Menschen, mit unterschiedlichen Vorstellungen zusammenzubringen«, sagte er begeistert. »Sie sind so wie die Spiele, die wir mögen, mit viel Action und viel Geballer, aber am Ende helfen nur die gewaltfreien Konzepte, die die Teams entwickeln.«

Malichai dachte, dass solche Spiele vielleicht ein wenig zu kompliziert sein könnten, aber er hatte ja noch nicht alles darüber gehört, und es sollten schließlich Ideen ausgetauscht werden, also war jeder Ansatz willkommen. Die Teilnehmer konnten sie erst mal kennenlernen, dann weiterentwickeln und vielleicht auch verbessern. Jedenfalls war Craig aus seinem Schneckenhaus herausgekommen und unterhielt sich Auge in Auge mit den Pensionsgästen hier, um an dieser Tagung teilzunehmen.

»Das hört sich toll an, Craig«, sagte Lexie, während sie zu ihm aufsah und mit den Wimpern klimperte. »Möchten Sie auch etwas Sauce?«

Er nickte, und sie tauchte die Kelle in das geschmolzene Karamell und goss es über sein Eis, dabei schenkte sie ihm ein strahlendes Lächeln. »Sagen Sie, wenn es Ihnen reicht.«

Craig sah aus, als würde er vor Staunen über ihre Aufmerksamkeit gleich in Ohnmacht fallen. »Das ist perfekt, Lexie.« Er zögerte, ehe er den Namen sagte, als erwartete er, dass sie ihn zurechtweisen würde.

Malichai grinste Amaryllis an, griff unter dem Tisch nach ihrer Hand, drückte sie an seinen Oberschenkel und strich mit dem Daumen über ihren Handrücken. »Ich helfe dir heute Abend beim Aufräumen. Ich habe eine Überraschung für dich.«

»Das kann ich doch machen«, verkündete Marie entschlossen. »Macht euch einen schönen Abend.«

Malichai schüttelte den Kopf. »Den hätten wir sicher nicht, wenn wir wüssten, dass wir dich mit dem Abwasch alleingelassen haben. Wenn wir uns zusammentun, geht es ganz schnell.«

»Das klingt ja schlimm«, meinte Burnell und zwinkerte Jay zu. »Wie ein flotter Dreier.«

»Vergiss es«, erwiderte Malichai und versuchte, nicht zu lachen.

Amaryllis und Marie wechselten einen langen Blick. Auch sie hatten Mühe, keine Miene zu verziehen.

Streng schaute Malichai sie an und ermahnte sie mit einem überlauten Flüstern: »Nicht lachen. Sonst geht seine Fantasie noch ganz mit ihm durch.«

10

DIE STERNE SCHIENEN SO HELL, dass der Himmel an manchen Stellen fast milchweiß aussah. Malichai streckte sich auf der dicken Futonmatratze aus, die er von Marie bekommen hatte. Er hatte auch zwei Kissen und eine Decke mitgenommen, für den Fall, dass seiner Frau kalt werden sollte. Doch noch wahrscheinlicher war, dass sie kalte Füße bekommen würde, nachdem sie Zeit gehabt hatte, über das, was er gesagt hatte, nachzudenken. Sicher ahnte sie, dass er sie bitten wollte, ihn zu heiraten. Obwohl er sich das eigentlich sparen konnte. Schließlich galt sie bereits als seine Verlobte.

Plötzlich fiel ihm auf, dass er die Sterne anlächelte. Amaryllis drehte sich auf den Bauch und stützte sich auf den Ellbogen ab, um ihm ins Gesicht sehen zu können. »Du grinst.«

»Nein, ich lächle.« Auch wenn es vielleicht wie ein Grinsen aussah. Schließlich brauchte er ihr die große Frage eigentlich gar nicht mehr zu stellen. Da konnte man sich das schon mal erlauben.

»Nein, du grinst. Aber diese Matratze ist wunderbar, also lasse ich es dir durchgehen. Erzähl mir, was heute Morgen passiert ist, nachdem ich gegangen bin. Was mir übrigens sehr schwergefallen ist. Da habe ich was gut bei dir, sollte ich mal Ärger mit dir haben.«

Malichai machte ein finsteres Gesicht. »Das kann ich so

spontan nicht versprechen. Darüber müssen wir länger reden.«

»Nein, ich finde das sehr vernünftig. Wenn ich etwas sehr Schwieriges tue, das ich nicht tun möchte, sollte ich einen Fehler guthaben.«

»Gilt das auch andersrum?«

»Das hängt davon ab.«

»Wovon?« Er drehte sich ihr zu, schlang einen Arm um ihre Taille und zog sie eng an sich. Sie war so warm und weich, und sie gehörte ihm. »Wie meinst du das?«

»Du kannst nicht sagen, dass du es nicht magst, den Müll rauszubringen, und dann einen Freifahrtschein verlangen, wenn du es tust.«

»Aber ich bringe den Müll *wirklich* nicht gern raus. Überhaupt nicht. Er stinkt, und die Frauen wollen immer, dass man die Umwelt rettet, deshalb muss man das verdammte Zeug noch sortieren. Also, ja, wenn ich das mache, habe ich was gut.«

Amaryllis prustete los. Er hatte sie genau beobachtet und gesehen, wie sich dieses Lachen anbahnte. Zuerst hatte sich ihre Unterlippe verzogen, dann hatten sich ihre Lippen geöffnet, und das Lachen war bis zu ihren Augen hochgestiegen, sodass sie in einem tiefen Blau erstrahlten. Dann hatte ihr ganzes Gesicht angefangen zu strahlen, und schließlich lachte sie mit zurückgeworfenem Kopf, ohne an irgendetwas anderes zu denken als an sie beide und ihre alberne Unterhaltung.

Malichai verlagerte sein Gewicht, legte eine Hand um ihren Nacken und zog ihren Kopf nah an seinen heran. Sobald sein Mund ihren berührte, veränderte sich seine Welt. Feuer leckte über seine Haut, in seinen Adern kribbelte es, und die Hitze in seiner Leiste wurde rasend schnell zu einem unkontrollierbaren Brand. Ohne die Lippen von ihren zu nehmen, zog er sie noch enger an sich.

Dann schob er eine Hand unter ihr T-Shirt, um ihre nackte Haut berühren zu können. Die Nacht war warm, und wie üblich trug sie ein Tanktop und die Yogahose, in der sie sich am Ende eines langen Tages am liebsten entspannte. Zärtlich streichelte er sie, während er sie gierig weiterküsste. Je öfter er das tat, desto süchtiger wurde er nach ihrem Geschmack. Ihrer leidenschaftlichen Reaktion. Er wollte immer mehr. Ja, er brauchte das.

Widerwillig ließ er es zu, dass sie den Kopf hob, denn sie mussten beide etwas Atem schöpfen. Doch seine Hand blieb auf ihrem Nacken liegen, und seine Augen schauten so tief in ihre, als wollte er darin ertrinken. »Aber dir ist schon klar, dass du heute Abend nicht von mir wegkommst, oder, Baby?«

»Nein?«

Wieder schwang ein Hauch von Erheiterung in ihrer Stimme mit, und ihre Augen leuchteten wie Saphire.

»Nein.« Er drückte ihr einen Kuss auf die Stirn und suchte mit der anderen Hand nach dem kleinen Schmuckkästchen unter der Matratze. »Ich hab das hier für dich gekauft.« Er wusste nicht, wie andere Männer so was machten, aber sie konnte ruhig wissen, dass er unsicher war, wenn er über etwas so Wichtiges reden musste. Er hatte sogar daran gedacht, ein paar Verse zu zitieren, wollte es aber nicht zugeben.

Amaryllis schaute das Kästchen an, als würde es sie gleich beißen.

»Es ist keine Schlange drin, Schatz.«

Sie schaute ihn an, machte das Kästchen aber nicht auf.

»Ehrlich, Schatz. Du brauchst keine Angst davor zu haben.«

»Wer weiß.« Sie holte tief Luft und öffnete den Deckel. Der Ring steckte in einer samtenen Halterung. Ein Platinreif mit einem glänzenden natürlichen Sternsaphir, der zu ihren Augen passte, umgeben von kleinen Diamanten. Ihr stockte der Atem.

Malichai merkte, wie er sich entspannte. Der Ring gefiel ihr. Es gab keinen Zweifel, er konnte es an ihrem Gesicht ablesen. Sie wollte diesen Ring haben. Er hatte die richtigen Steine und das richtige Design ausgesucht. Schon Anfang der Woche hatte er mit einem Juwelier gesprochen und sich verschiedene Möglichkeiten angesehen. Dann hatte er einen Haufen Geld dafür bezahlt, dass sein Auftrag vorgezogen und der Ring sofort angefertigt wurde.

»Sag mir, was das zu bedeuten hat, Malichai.« Amaryllis warf ihm einen Blick zu, bestaunte dann aber gleich wieder den Ring.

»Du bist meine Verlobte. Also brauchst du einen Ring. Da ist er. Marie hat mir die richtige Größe verraten, also sollte er passen.«

»Ich bin deine Verlobte?«

Langsam versteifte er sich wieder. Eilig nahm er ihr das Kästchen aus der Hand, zog den Ring heraus und steckte ihn ihr an den Finger. »Ja«, sagte er fest. »Anscheinend ist das jedem in San Diego und dem ganzen Staat Louisiana klar, nur dir nicht.«

Er fasste nach dem Saum ihres Tops und zog es ihr über den Kopf. Sie trug keinen BH, deshalb kamen ihm ihre Brüste entgegen. Das nutzte er aus, um die eine in die Hand zu nehmen und zu kneten und an der anderen zu saugen. Beide waren üppig und weich, und ihre Haut schmeckte nach wilden Erdbeeren. Hungrig schob er sich über Amaryllis und bearbeitete ihre Brüste so lange, bis sie leise stöhnte und sich zu winden begann.

Dann küsste er sich weiter nach oben und hinterließ überall seine Male. Knabberte, zwickte, leckte, nahm jeden Zentimeter ihres Dekolletés in Besitz und achtete darauf, dass niemand seine Male übersehen konnte. Es war ein primitiver Akt, doch es fühlte sich für ihn eher wie eine Instinkthandlung an. Fast animalisch. Und es war ihm völlig egal, ob das an seiner Tier-DNA lag oder an ihm selbst, jedenfalls war er hart wie Stein, heiß und total geil. Er brauchte sie mehr als die Luft zum Atmen.

Dann widmete er sich wieder ihrer Brust, um ihr einzuheizen, denn er wollte, dass sie ihn genauso sehr begehrte wie er sie. Das Risiko einer Zurückweisung konnte er nicht eingehen. Jetzt nicht und nie. Sie war die Richtige für ihn. Das wusste er mit absoluter Sicherheit. Als sie sehnsüchtig die Hüften anhob, streifte er ihr zusammen mit der Yogahose auch den Slip ab. Dabei musste er leider ihre Brüste vernachlässigen.

Klugerweise hatte er sich vorbereitet, die Stiefel hatte er bereits ausgezogen und auf einen Gürtel verzichtet, denn er wollte sie auf jede nur mögliche Art verführen. Küsse schienen bei ihr gut anzukommen, und er ging vollkommen darin auf. So gelangte er in eine andere Welt, in der es nur Gefühle gab. Reine Gefühle. Keine Dämonen. Nur pures Vergnügen.

Er küsste sich durch das Tal zwischen ihren Brüsten hinunter und hinterließ auch dort seine Male. Dann erforschte er ihren Oberkörper, nahm sich Zeit, um jeden Zentimeter zu erkunden und sich an ihrem Geschmack zu berauschen. Danach kümmerte er sich ausgiebig um ihren Bauchnabel und drang dann zu den blonden Locken vor, die ihm wie eine kleine Landebahn den Weg wiesen. Das wusste er sehr zu schätzen, und er gab sich große Mühe, keins der goldenen, silbernen und platinfarbenen Härchen zu übersehen.

Schließlich zog er sich sein T-Shirt über den Kopf und warf es beiseite. Er wollte Haut an Haut mit ihr sein, obwohl er eigentlich im Moment nur noch daran denken konnte, wie gern er sie vernaschen würde. Er spreizte ihre Beine und schob seine breiten Schultern dazwischen.

»Malichai«, sagte sie atemlos und gepresst.

Er liebte die Geräusche, die sie von sich gab. Sie war nicht gerade leise, aber auch nicht zu laut. Sie stöhnte nur verhalten und rief gelegentlich seufzend seinen Namen.

»Ich bin bei dir, Amaryllis. Ich passe auf dich auf. Es wird schön werden, das verspreche ich dir.« Er war bereits dabei, die Innenseiten ihrer Schenkel zu küssen, die Stoppeln an seinem Kinn wirkten wie Sandpapier und erregten sie noch mehr.

Er nahm eine einzige langsame Kostprobe, und sein ganzer Körper reagierte darauf. Dunkle Lust wallte in ihm auf. Amaryllis hielt sich mit einer Hand an der Matratze fest und griff mit der anderen in sein Haar, als wollte sie ihn davon abhalten, weiter zu schlemmen. Also umfasste er ihre Pobacken und sicherte sich sein Festmahl.

Ein heißer Atemstoß drang aus Amaryllis' Lunge. Mehr konnte sie nicht tun, um einen Schrei zu unterdrücken. Sie war nicht darauf vorbereitet, wie es sich anfühlte, so verwöhnt zu werden. Der Angriff auf ihre überreizten Sinne versetzte sie beinah in Panik. Nichts hatte sich jemals so gut angefühlt, doch gleichzeitig war es auch eine Eroberung, die eine komplette, bedingungslose Kapitulation forderte.

Mit seiner enormen Kraft konnte er sie leicht stillhalten. Und er ließ nicht locker, trieb sie weiter und weiter, auf etwas sehr Großes zu. Sie spürte, wie sie sich immer mehr anspannte, wie der Druck immer stärker wurde. Das machte ihr Angst und verstärkte das Kribbeln in ihren bereits hypersensiblen Nervenenden. Was auch immer am Ende auf sie wartete, es geriet außer Kontrolle und türmte sich auf wie eine dunkle Woge – ein Tsunami, der drohte, sie zu verschlingen und mit sich zu reißen …

Dann erfasste sie die Riesenwelle, flutete ihre Sinne, überschwemmte sie mit Lust und durchströmte sie mit einem wilden, unbeherrschbaren Begehren. Pulsierendem Leben. Und einer Leidenschaft, die ihr den Verstand raubte und sie völlig ins Chaos stürzte. Sie wusste nicht mehr, ob ihre Augen offen oder geschlossen waren, doch die Sterne leuchteten heller denn je, und dazwischen sah sie kleine bunte Lichter.

Dann zog Malichai sich aus, und sie erhaschte einen Blick auf seinen Körper. Er war wie gemeißelt. Hart wie Marmor. Brust und Bauch nichts als reine Muskelmasse. Das Glied beeindruckend und ein wenig einschüchternd.

Mit einer Hand strich er von ihrem Hals über ihre Brüste bis zu den kleinen Locken auf ihrem Venushügel. Alles in ihr pochte vor Verlangen, sie konnte es kaum erwarten, dass er in sie eindrang, auch wenn sie befürchtete, dass er nicht in sie hineinpasste.

»Schsch, Schatz. Alles wird gut.«

Seine samtene Stimme war wie ein Streicheln, und als er seine Finger in sie hineinschob, leuchteten weitere Lichter auf. Sie konnte nicht anders, sie rieb sich an ihm, der Drang war stärker als die Verlegenheit. Sie hatte keine Hemmungen mehr. Mit den Zähnen riss Malichai eine

Packung Kondome auf und rollte eins hastig über seine pralle Erektion.

Amaryllis hatte gar nicht gemerkt, dass sie Laute von sich gab. Doch nun hörte sie das leise Wimmern, das alles ausdrücken konnte, von Angst bis Sehnsucht, und spürte die breite Eichel, die sich an ihre warme, feuchte Pforte drückte. Weich und fest zugleich. Groß und zielstrebig. Dann bohrte sich Malichais Blick fordernd in ihren. Sie liebte diesen Blick. Der ganz auf sie konzentriert war. Nur sie sah und sonst nichts. In diesem Augenblick gab es in seiner Welt nichts anderes als sie.

Langsam, aber beharrlich, drang er in sie ein, ihre enge Scheide machte es ihm nicht leicht. Sie hielt die Luft an, denn das, was sie empfand, war eine Mischung aus Lust und Schmerz. Sie konnte es nicht genau beschreiben, aber sie wollte nicht, dass er aufhörte.

»Entspann dich, Schatz«, ermutigte Malichai sie und streichelte ihren Bauch mit dieser sanften Geduld, die sie inzwischen von ihm gewöhnt war.

Sie bemühte sich zu gehorchen, und er schob sich etwas weiter in sie hinein. Das machte ihr Angst, war aber auch sehr schön, denn diese erschreckende und schmerzhafte Reibung war köstlich. Sie fühlte sich wie ein Teil von ihm. Zärtlich strich die kühle Nachtluft über ihre Haut. Über ihr war sein Gesicht, dieses geliebte Gesicht, und seine Augen betrachteten sie mit einer Mischung aus Lust und etwas anderem, einem Gefühl, an dessen Existenz sie nie geglaubt hatte, doch allmählich fing sie an zu hoffen, dass sie es doch noch kennenlernen konnte – durch diesen Mann.

Plötzlich kam in ihr ein überwältigendes Gefühl auf, das sie nur als Liebe bezeichnen konnte, und das erschreckte sie zu Tode. Sie hatte nicht damit gerechnet, jemals so viel für einen anderen Menschen zu empfinden. Kurz beugte Malichai sich herab, um sie zu küssen. Und als er das tat, schob er sich unwillkürlich weiter vor. Sie spürte einen scharfen Schmerz, dann war er ganz in ihr, tief vergraben und raubte ihr den Atem und das Herz.

»Küss mich, Baby«, flüsterte er an ihren Lippen. »Es gibt keinen Grund, Angst zu haben. Bei mir bist du in Sicherheit.«

»Wirklich?« Sie brauchte diese Bestätigung, denn sich ihm zu öffnen und ihn in sich zu spüren, war neu für sie. »Du musst das ernst meinen, Malichai.«

»Ich meine es ernster, als du dir vorstellen kannst, Amaryllis.«

Doch sie brauchte sich nichts vorzustellen, wenn sie so eng miteinander verbunden waren und sein Mund sie so drängte, dass sie nicht anders konnte, als sich ihm hinzugeben. Da hob er den Kopf und begann, sich zu bewegen. Zuerst langsam, doch bei jedem Stoß durchzuckten sie heiße Blitze und machten ihr das Atmen schwer.

Als er ihre Hüften packte, spürte sie jeden einzelnen Finger auf der Haut. Dann stieß er schneller zu. Härter. Tiefer. Es fühlte sich an, als jagten Flammen durch ihren Körper und steckten ihn in Brand. Bei jedem harten Stoß wippten ihre Brüste, ein erregender Anblick, der alles noch sinnlicher machte.

Schließlich hob Malichai ihren Po an und hielt sie fest, während er sich in sie hineinbohrte. Wieder und wieder. Ununterbrochen. Ihr Atem wurde aus der Lunge gedrückt, sodass sie nach Luft schrie und brannte. Alles in ihr schien sich auf einen Punkt zu konzentrieren, und die Spannung wurde immer größer. Stärker. Unkontrollierbar. Sie konnte nicht mehr atmen. Nicht mehr schreien. Nicht mehr denken.

Für sie gab es nur noch Malichai. Seinen Körper in ihrem, der diese feurige Reibung erzeugte und sie seinen Namen fast wimmern ließ. Ihre Finger gruben sich in die Matratze, um sich an irgendetwas Realem festzuhalten. Flammenzungen schossen von ihrem Schoß zu ihren Brüsten wie glühende Pfeile, während die Spannung an einem bestimmten Punkt so unerträglich wurde, dass sie dachte, sie würde wahnsinnig werden.

Dann spürte sie, wie sein Glied anschwoll, gegen die engen Wände stieß und sie so sehr dehnte, dass sie seinen Herzschlag spüren konnte. Das war wunderschön, genau wie sein Gesicht mit den tiefen lüsternen Furchen. Mit beeindruckender Präzision machte er weiter und drang so tief vor, dass ihr bei jedem Stoß Hören und Sehen verging.

»Lass los, Schatz. Für mich«, bat er sie. »Ich bin bei dir. Lass dich gehen.«

Sie musste es tun, ihr blieb nichts anderes übrig. Es war angsteinflößend, wie bei der höchsten Achterbahn, die man sich vorstellen konnte – wenn man glaubte, bei der nächsten Abfahrt würde man sterben und dann den größten Spaß seines Lebens hatte. Sie rang nach Atem, schaute ihm in die Augen und überließ alles Weitere ihrem Körper.

Dieser Tsunami war noch gewaltiger als der letzte, er überrollte sie wie eine Sturmflut, die durch nichts aufzuhalten war. Eine Welle nach der anderen, jede größer, stärker und mächtiger als die vorherige, sodass sie bebte vor Wonne. Farben tanzten hinter ihren Augen, dann wurde sie irgendwohin getragen und schwebte in einem Meer aus reiner Freude. Genießerisch. Wollüstig. Ekstatisch.

Und sie nahm Malichai mit, umklammerte sein Glied, um weiter diese köstliche Reibung zu spüren, und verlangte alles von ihm. Bis auf den letzten Tropfen. Erbarmungslos, und er gab es ihr. Sie spürte, wie sein heißer Samen gegen das Gummi klatschte, so fest drückte er sich an ihre Scheidenwände. Sie schrie, als er sich in ihr entlud und ihr Körper mit heftigen Zuckungen auf seine kraftvollen Samenergüsse reagierte.

Nach Luft ringend blieb er auf ihr liegen, das Gesicht an ihren Hals gepresst. Sein schweres Atmen passte zu ihrem eigenen verzweifelten Luftschnappen. Es schien ewig zu dauern, bis er ihren Hals küsste und dann langsam und sichtlich widerwillig aus ihr herausglitt. Sie zischte leise, als eine weitere köstliche Woge der Lust sie schüttelte. Jede noch so kleine Bewegung löste einen neuen Orgasmus aus. Nicht, dass sie sich darüber beschweren wollte, aber es war ziemlich schockierend.

Amaryllis streckte sich und ließ ihn nicht aus den Augen, als er einen Knoten in das Kondom machte, es beiseitelegte und sich wieder ihr zuwandte. Sie lag unter den Sternen und wurde immer noch gelegentlich von einem Zittern überlaufen, das kleine Schockwellen durch sie hindurchjagte. Malichai blieb bäuchlings liegen, einen Arm auf ihren Hüften, und bettete den Kopf auf ihren Bauch. Sein dichtes dunkles Haar kitzelte sie so angenehm, dass sie nur noch Glück empfand. Reines Glück. Sie hatte nicht gewusst, dass körperlich Liebe so schön sein konnte – selbst hinterher.

Sanft glitten ihre Finger durch sein Haar und massierten seine Kopfhaut. »Willst du wirklich, dass ich dich heirate, Malichai? Also in echt? So für immer?«

Niemand hatte sie jemals haben wollen, einfach so, wie

sie war, nur um ihrer selbst willen. Whitney hatte sie nur für seine Experimente missbrauchen wollen, selbst als sie noch klein gewesen war. Und sie hatte sich nicht mit den anderen Mädchen angefreundet, weil Whitney sie alle auf Abstand gehalten hatte, aus Sorge, dass sie sonst zueinanderhalten würden statt zu ihm. Aber der Mann war ein Monster. Wie konnte man da zu ihm halten? Er hätte eine Vaterfigur für sie sein können, doch ihr war schon früh klar geworden, dass etwas mit ihm hinten und vorne nicht stimmte. Einige der anderen Mädchen hatten das lange Zeit nicht gemerkt, und sie hatten ihr leidgetan. Sie hätten einen Vater oder eine Mutter gebraucht. Sie selbst vielleicht auch, aber sie war zumindest schnell zu dem Schluss gekommen, dass Whitney sich für diese Rolle nicht eignete.

Malichai hob den Kopf und bedeckte ihren Bauch mit Küssen. Unzähligen. Und jeder einzelne berührte sie tief. Seine Lippen waren warm und weich, aber prall, und glitten aufreizend über ihre Haut. Dann biss er sie sanft, und es brannte prickelnd, doch sofort linderte seine Zunge den leichten Schmerz, der weitere Explosionen in ihr auslöste.

»Ja, ich will dich für immer, Amaryllis. Ich will, dass du mit mir nach Hause kommst, mich heiratest und bei mir bleibst, ganz egal, was passiert. Und deshalb musst du mir vertrauen.« Er stützte sein Kinn auf ihren Bauch und schaute sie an. Seine Augen hatten wieder diese besondere Farbe – wie florentinisches Gold. Wenn sie so glänzten, schienen sie ihr seinen Namen in die Knochen zu brennen, damit jeder wusste, dass sie ihm gehörte.

»Ich vertraue dir ja.« Dachte sie jedenfalls … Nein, es stimmte … Aber es fiel ihr schwer.

»Das wird schon noch«, erwiderte er. »Ich nehme an, dass es nach Whitney schwierig, ja fast unmöglich ist, irgendjemandem zu vertrauen, besonders einem Mann, den man kaum kennt.«

»Unmöglich ist es nicht. Schließlich habe ich dich die ganze Zeit beobachtet, Malichai.« Das war ihm sicher nicht entgangen. Sie hatte jede seiner Bewegungen verfolgt. Jedes Wort, das er sagte. Wenn es hier einen Stalker gab, dann war sie es, nicht er. Von dem Augenblick an, in dem er angeboten hatte, die Spülmaschine zu reparieren, hatte sie ihn nicht aus den Augen gelassen, damit sie ihre Freunde beschützen konnte, sollte ihnen Gefahr drohen.

Sie wusste, wie er ging. Den Kopf drehte. Atmete. Lächelte. Oh Gott. Sein Lächeln. Wie konnte irgendjemand diesem Lächeln widerstehen? Es fing ganz langsam an und brachte dann seine goldenen Augen zum Leuchten. Sie liebte dieses Funkeln. Dann fühlte sie sich ihm am nächsten.

»Fängst du etwa an, Vertrauen zu mir zu fassen?«

Er grinste sie an, und ihr schmolz das Herz, während wieder dieses flaue Gefühl in ihrem Magen aufkam, das sie feucht und lüstern werden ließ. Sie schob die Finger in sein Haar, als er seine Wange erneut auf ihren Bauch legte. Sie mochte es, wenn seine Bartstoppeln sie kratzten. Sie fand es sexy und erotisch, und ihr wurde dabei so heiß, dass sie ihn unbedingt streicheln wollte. Auch diesmal wollte sie ihn berühren und seinen Körper erkunden. Sie konnte sich nur nicht mehr rühren. Sie war zu erschöpft. Es reichte ihr, einfach zufrieden dazuliegen und ihr Glück zu genießen.

»Amaryllis?« Er wandte den Kopf und knabberte an ihrem festen Bauch.

Sie bäumte sich auf und lachte. Sie hatte noch niemals einen Menschen gekannt, mit dem sie eine Nacht wie diese hätte verbringen wollen. Sie lagen beide nackt unter den Sternen, während die kühle Brise ihre überhitzten Körper umfächelte, und unterhielten sich leise. Machten andere Pärchen das auch so? Waren es die kleinen Dinge, die eine Verbindung enger machten? Und stärker? Sie wusste es nicht, aber sie liebte es, genau so mit Malichai zusammen zu sein. Leise mit ihm zu reden. Von ihm Bestätigung zu bekommen. Und ihm welche zu geben.

»Meinen Körper habe ich dir schon anvertraut, Malichai. Und jetzt lasse ich mir von dir das Herz stehlen, also könnte man sagen, du hast es geschafft. Ich bin definitiv so weit, dass ich dir vertraue.«

»Genug, um mit mir nach Hause zu kommen?«, fragte er nach.

»Das habe ich dir doch längst versprochen. Wenn ich Marie und Jacy damit nicht in Schwierigkeiten bringe, komme ich mit.«

»Und dann heiratest du mich?«

Amaryllis musste lachen. Einfach nur, weil es ihr so viel Spaß machte, bei ihm zu sein. »Auch das habe ich dir schon versprochen.«

»Es hat sich aber nicht so angehört, als würdest du es ernst meinen.«

»Doch, das habe ich. Du willst nur, dass ich es immer wieder sage.«

»Da hast du recht.«

Nun lachten sie beide. Sie mochte, wie ihr gemeinsames Fröhlichsein klang. Fast so, als machten sie zusammen Musik.

»Und du willst auch wirklich Kinder, Amaryllis? Ich

weiß, wir haben das Thema schon kurz gestreift, aber möglicherweise war dir da noch nicht klar, dass ich danach gefragt habe, weil es mir so wichtig ist.«

Amaryllis überlegte still. Sie liebte Jacy, aber sie war nicht ihre Mutter. »Du weißt ja, dass ich nie eine Mutter hatte, Malichai.«

»Ich auch nicht. Oder zumindest war meine keine richtige Mutter. Aber ich möchte Kinder. Vielleicht sogar ein ganzes Dutzend.«

Wieder fing Amaryllis an zu lachen. »Nein, willst du nicht.«

»Okay, das habe ich nur behauptet, damit du drei oder vier nicht für zu viel hältst.«

»Möchtest du mich so provozieren, dass ich dich vom Dach stoße?«

»Ich versuche nur, dir zu sagen, dass ich eine Familie mit dir gründen möchte. Und ich möchte nah bei meinen Brüdern und ihren Kindern wohnen, damit wir die beste Tante und der beste Onkel sein können, die es je gegeben hat. Ich möchte, dass meine Kinder stark werden, und dass meine Töchter so sind wie du, dass sie nachdenken und ihren Verstand benutzen, und dass sie nicht zögern, wenn sie sich verteidigen müssen, egal, wie. Du hast auch nicht gezögert. Das fand ich toll.«

Wieder drehte er den Kopf, sodass sie von seinen Bartstoppeln gekratzt wurde, dann küsste er sie auf den Bauch und knabberte an ihrer Haut. »Meine kleine Kriegerin. Du kannst wirklich alles. Kochen. Kinder kriegen. Und kämpfen. Du bist ein verdammtes Wunder.«

Amaryllis lachte und bemühte sich, die Beine stillzuhalten, denn tief in ihrem Innern wurde ihr schon wieder warm, und dieses schwelende Feuer schien sich schnell zu einem Brand auszuweiten. »Dreh dich auf den Rücken, Malichai.« Sie konnte sich nicht mehr bremsen.

Er gehorchte sofort. »Tut mir leid, Schatz. War ich zu schwer?«

Er lag auf dem Rücken, schaute sie an und weidete sich an ihrem Anblick. Sie gab ihm keine Antwort, sondern rutschte nach unten und legte sich so hin, wie er auf ihr gelegen hatte – den Kopf auf seinem Bauch, einen Arm auf seinen Schenkeln, die Hand auf seiner Hüfte und den Mund nah an seiner Leiste. Malichai versuchte, das Kitzeln auszuhalten, als sie begann, träge seinen Hüftknochen und seine Bauchmuskeln nachzuzeichnen. Doch jedes Mal, wenn sie einen seiner Muskeln erforschte, begann der zu zittern, als fände jeder einzelne Muskel ihr Streicheln genauso sinnlich wie Malichai selbst.

»Es stört dich nicht, dass ich zum Kämpfen erzogen worden bin?«

Warm strich ihr Atem über seine Haut, und bei jedem Wort wehte ein erregender Luftzug über seinen Bauch zu seinem Glied, das anfing, sich zu rühren. Er konnte es nicht verhindern. Schon stieß die breite Eichel an ihren Hals, als bäte sie um Einlass. Ihre Brüste drückten sich an sein Bein, die Nippel zwei harte Spitzen.

»Warum sollte mich das stören? Das wirst du brauchen können, weil wir früher oder später bestimmt mit unseren Feinden konfrontiert sein werden. Ich finde es schön zu wissen, dass ich mich auf meine Partnerin verlassen kann und dass sie an meiner Seite stehen wird, wenn wir unser Heim, unsere Kinder oder unsere große Familie verteidigen müssen.«

Es war etwas schwierig zu reden, wenn sie den Kopf an seinen Bauch schmiegte und mit der Zunge sein Sixpack wie mit einem Pinsel nachmalte. Er blieb ganz ruhig, aber sein Penis nicht. Er wurde einfach immer größer. Länger. Dicker. Und härter. Selbst sein Hodensack spannte sich bereits straff. Das hatte er so bald nicht für möglich gehalten, doch ihm wurde schon wieder heiß, und ein gnadenloser Druck baute sich auf. Jetzt stieß sein Penis schon unten gegen ihr Kinn.

Amaryllis senkte den Kopf ein klein wenig, und es war, als hülle ihr warmer Atem ihn ein. Malichai schloss die Augen und genoss es, dabei hätte er lieber die Kontrolle übernommen, die Hand in ihr Haar geschoben und sein Glied tief in ihren Mund gesteckt. Aber er zwang sich, geduldig zu sein.

Ihre Finger wanderten von seinem Bauch zu seinen Hoden und erforschten sie behutsam. Dann glitt Amaryllis an ihm herunter, und er stieß zischend den Atem aus, weil er ihn nicht mehr zurückhalten konnte. Sie leckte und küsste seine Hoden zärtlich und fuhr sich kostend mit der Zunge über die Lippen.

Dann hob sie den Kopf. »Die sind samtweich, wusstest du das?«

Das war ihm neu. »Nein, mein Schatz.« Er legte eine Hand auf ihren Kopf, denn er konnte nicht anders. Er brauchte mehr. Viel mehr, doch er wollte sie nicht daran hindern, ihn zu erkunden, wenn sie das vorhatte. Sie sollte die Initiative ergreifen. Er wollte nichts von ihr verlangen, was sie ihm nicht von sich aus anbot. Ganz egal, wie sehr er sich danach sehnte, er wollte den dringenden Bedürfnissen seines Körpers nicht nachgeben. Oder ihren Mund dahin dirigieren, wo er ihn haben wollte, und zwar so sehr, dass er fürchtete, es nicht zu überleben, wenn er seinen Willen nicht sofort bekam. »Das wusste ich nicht.«

»Stimmt aber. Die sind weich wie Samt. Und deine Haut schmeckt sehr gut. Ein bisschen wild und maskulin, wie eine seltene exotische Mischung, die nur für mich kreiert worden ist.«

Ehe er etwas erwidern konnte, senkte sie den Kopf erneut und züngelte an seiner Peniswurzel entlang. Ihre Zunge war genauso samtweich, wie seine Hoden ihrer Meinung nach waren. Auch jetzt ließ sie sich Zeit und reizte ihn mit der Zunge, während sie zärtlich seinen Hodensack streichelte und ihn damit ganz verrückt machte.

»Du schmeckst wirklich gut, Malichai.«

»Freut mich, dass du das findest, Amaryllis, denn das, was du da gerade machst, ist total geil.«

Sie schleckte an ihm wie an einem Eishörnchen. »Das sehe ich. Ich finde es schön, dass du so sensibel bist. Dann muss ich nicht fragen, ob es dir gefällt.«

Unwillkürlich grinste Malichai. »Ja, mein Schwanz verrät es dir, Baby. Mach nur weiter so.«

Doch sie hatte die Zungenspitze bereits unter seine Eichel geschoben und das kleine V gefunden, das sein Glied so erregt pochen ließ, dass sie seinen hämmernden Herzschlag an der dicken Vene spüren konnte. Dann leckte sie ihm die Tropfen ab, die schon hervorgequollen waren und ihr zeigten, dass sie alles richtig machte. Wieder nahm sie sich Zeit, bis sie ohne Vorwarnung den Mund über seine Eichel stülpte.

Überrascht kam Malichai ihr mit den Hüften entgegen. Er bekam nicht genug Luft. Sie würde ihn noch umbringen. Ihr Mund war warm und feucht, und es war verdammt geil, ihn an dieser Stelle zu sehen. Amaryllis lag inzwischen bäuchlings zwischen seinen Beinen und begann, ausgiebig zu saugen und zu schlecken. Sie folgte keinem bestimmten Rhythmus, deshalb konnte er nicht erraten, was als Nächstes kommen würde. Sie tat einfach, was ihr in den Sinn kam.

Dann war ihr Mund plötzlich wieder fort, und sie leckte ihn von unten bis oben ab, ehe sie ihren Mund etwas weiter über sein Glied stülpte, während sie seine Peniswurzel mit der Hand liebkoste, dass er dachte, ihm würde gleich der Kopf platzen.

Als sie ihren Mund wieder wegnahm, knurrte er ungeduldig. Da schaute sie ihn an, und er hätte schwören können, dass ihre Augen schelmisch aufblitzten.

»Weißt du eigentlich, wie sexy sich das anfühlt? Du bist echt dick. Und heiß. Glühend heiß. Außerdem schmeckst du großartig. Ich könnte die ganze Nacht so weitermachen. Was hältst du davon?«

Die Vorstellung, die ganze Nacht einfach nur so dazuliegen und sich von ihr verwöhnen zu lassen, ließ vor seinem geistigen Auge eine ganze Reihe von erotischen Bildern auftauchen. Herrgott noch mal! Wieder knurrte Malichai, weil er nicht mehr reden konnte.

»Möchtest du etwas Besonderes, Schatz?«, fragte sie unschuldig. Etwas zu unschuldig.

»Ich will, dass du weitermachst.« Inzwischen war es ihm nicht mehr peinlich, ihr zu sagen, was er wollte. Er fasste in ihr Haar und zog sie näher an sein Glied heran. »Lutsch ordentlich, Baby, und mach wieder das mit der Zunge. Das macht mich verrückt.«

Sie lachte, als er ihren Kopf nach unten drückte und sich fast mit Gewalt in ihren Mund schob. Er spürte die Vibrationen überall. Er liebte es, sie so zu sehen. Wie sie mit hohlen Wangen eifrig saugte. Es fühlte sich großartig an. Einfach perfekt. Genauso perfekt wie der Anblick.

»Ja, so, Baby, und jetzt reib mich. Fester. Immer rauf und runter.« Sie lernte schnell, weil sie genau zuhörte und wollte, dass ihm das, was sie tat, gefiel.

Nun setzte sie auch wieder ihre Zunge ein, und er konnte nicht anders, als die Hüften zu heben und sich tiefer in diese warme, enge Höhle zu schieben. Doch er war vorsichtig und zog sich regelmäßig so weit zurück, dass sie genug Luft holen konnte, bevor er sich wieder vorschob. Er versuchte nicht, noch weiter zu gehen, denn er spürte jetzt schon die Sogwirkung, die seine Hoden nach oben steigen ließ. Mittlerweile bearbeitete sie mit einer Hand sein Glied und mit der anderen seinen Hodensack und brachte ihn um den Verstand.

»Du musst aufhören, Baby«, versuchte er, sie zu warnen. »Ich werde kommen wie ein Vulkan, und beim ersten Mal willst du sicher nichts schlucken. Die meisten Frauen mögen das nicht.«

Doch sie machte ungerührt weiter und hatte ihn schon so weit getrieben, dass er sich nicht mehr bremsen konnte. Sein Samen stieg hoch und schoss aus ihm heraus, wieder und wieder spritzte er in die warme Höhle. Er spürte, wie ihr Mund arbeitete, und sein Glied bemühte sich weiter, ihn zu bedienen, ehe es schließlich friedlich liegen blieb.

Amaryllis hob die langen Wimpern, und er schaute in ihre blau funkelnden Augen. Erst da fiel ihm auf, dass sich seine Hand immer noch in ihrem Haar festkrallte. Sie lächelte, und er zog sein Glied ganz langsam aus ihr heraus, weil es so schön war, es über ihre Zunge gleiten zu lassen.

»Das hättest du nicht tun müssen, Schatz.«

»Wollte ich aber«, erklärte sie. Dann setzte sie sich auf und schaute sich um.

Malichai griff nach der Wasserflasche und reichte sie ihr. »Das war unbeschreiblich, und wenn du das irgendwann mal wiederholen möchtest, ich bin sofort dabei.«

Sie lächelte mit blitzenden Augen. »Das war ziemlich gut. Ich finde es wirklich schön, wie du dich anfühlst. Wie du schmeckst. Und wie du reagierst.«

Das freute ihn, denn er war süchtig nach ihrem Geschmack und ihrem Duft. Ihrem ganzen Körper. Jedem einzelnen Teil.

»Geht es dir gut?«

»Ich hatte das Gefühl, dass du mich genauer kennenlernen wolltest. Deshalb war es nur fair, dass ich das auch tun durfte«, sagte sie.

»Oh, jederzeit, Baby.« Er streckte eine Hand aus, und sie gab ihm die Wasserflasche. »Wir sollten reingehen, ehe es noch später wird. Du musst etwas schlafen. Ich hätte gern, dass du heute Nacht bei mir schläfst. In meinem Bett.«

Amaryllis leckte sich über die Lippen. »Ich weiß nicht, Malichai. Das habe ich noch nie getan. Gemeinsam in einem Bett zu schlafen, ist vielleicht keine besonders gute Idee.«

»Wir werden doch heiraten. Hast du das vergessen? Dann wirst du dich jeden Abend an mich kuscheln. Da gibt es theoretisch nichts zu diskutieren.«

»Tatsächlich?« Amaryllis kniete sich hin und strich sich das Haar zurück. »Das ist mir vor meiner Zustimmung zu dieser Heirat nicht erklärt worden. Dann könnte unser Geschäft doch noch platzen.«

Sie war wunderschön. Das Mondlicht beleuchtete sie wie ein Scheinwerfer, der ihre weiche Haut und ihre Kurven hervorhob. Malichai packte sie an den Schultern und drückte sie auf die Matratze.

»Dann nenn es eine feindliche Übernahme, Baby.«

Ein fröhliches, helles Lachen brach aus ihr heraus, und ihre Augen strahlten so sehr, dass sein Magen ihm in die Knie sackte. Er hatte sie unter sich eingeklemmt, deshalb konnte sie nur den Kopf heben und seine Brust mit Küssen bedecken.

»Ist das nicht gegen die Regeln? Ich habe das Gefühl, dass du sie dir so zurechtbiegst, wie es dir am besten passt.«

»Und was ist dagegen zu einzuwenden?« Er nutzte seinen Vorteil aus und weidete sich an ihren Brüsten, ohne auf ihr Quieken und Zappeln zu achten.

»Dass es Betrug ist.«

»Hast du nie das Sprichwort gehört ›Im Krieg und in der Liebe ist alles erlaubt‹? Denn hier geht es um Liebe, aber wenn du mich nicht heiratest, gibt es Krieg.«

»Hmm.« Amaryllis tat so, als dächte sie nach, zog aber seinen Kopf enger an ihre Brust und ließ ihn gewähren.

Das kostete er natürlich weidlich aus. Er spielte genauso gern mit ihr wie sie mit ihm. Ihre üppigen Kurven machte es ihm leicht, ihr sein Brandmal aufzudrücken, und als er eine Hand zwischen ihre Beine schob, stellte er fest, dass sie schon wieder feucht war. Er fand es großartig, dass ihre Brüste so empfindlich waren, dass sie sofort wieder für ihn bereit war.

Er hob den Kopf und schaute auf sie herunter. »Und? Wie lautet die Antwort?«

»Ich habe die Frage vergessen.« Sie lachte froh und verlegen zugleich.

»Ich möchte, dass du mit mir in meinem Bett schläfst.«

»Okay, ich gehe mit dir ins Bett, aber ich weiß nicht, ob ich dann schlafen kann. Jedenfalls verspreche ich, es zu versuchen.«

Er verliebte sich immer mehr in sie. »Zuerst wird heiß gebadet. Dann wollen wir mal.« Malichai stand auf, stellte Gläser und Flaschen auf ein Tablett und sammelte dann ihre Kleider ein.

»Wir können doch nicht nackt gehen, Malichai«, protestierte Amaryllis kichernd.

»Warum denn nicht? Wer soll uns schon begegnen? Leg dir einfach die Decke um. Ich nehme das Laken. Trau dich, Schatz.«

»Das ist kein Witz, oder?«

»Nein. Und ich verstehe auch nicht, was daran so schlimm sein soll. Du hast meinen Ring am Finger, und es geht verdammt noch mal niemanden was an, was wir tun und wo wir es tun. Wickel dich einfach in diese Decke, dann laufen wir schnell in mein Zimmer. Die Einzige, um die ich mir Sorgen machen würde, ist Jacy, und die liegt schlafend im Bett. Alle anderen dürften genug über Sex wissen, und wenn nicht, wird es ohnehin Zeit.«

Folgsam nahm Amaryllis die Decke und wickelte sie fest um sich. Malichai nahm das Laken und knotete es sich wie einen Sarong um die Hüften. Amaryllis verdrehte die Augen. »Du mogelst.«

»Wie kommst du denn darauf? Ich brauche meine Hände, um das Tablett zu tragen.« Er ging zu der Tür, die ins Haus führte.

»Du hast das alles geplant. Ich bin eindeutig im Nachteil, weil wir Frauen ja unsere Brüste nicht zeigen sollen.«

»Was übrigens nur wenige Männer gut finden. Ich hätte nichts dagegen, wenn alle Frauen ihre Brüste herzeigen würden. Dann wäre die Welt gleich viel schöner.«

Amaryllis musste sich eine Ecke der Decke in den Mund stopfen, um ihr Gelächter zu unterdrücken, als sie auf bloßen Sohlen durch den Flur tappte. Malichai liebte es, sie so zu sehen. Mit strahlenden Augen, die lächerliche Decke fest um ihren kleinen Hintern gewickelt, aber mit freien Schultern, sodass nur das lange Haar ihren Rücken bedeckte. Ihre nackten Füße waren vielleicht das Niedlichste an ihr, doch da er kein Mann war, der Wörter wie ›niedlich‹ oder ›bezaubernd‹ benutzte, hielt er den Mund.

In seinem Zimmer angekommen, ging er in das Bad, das er sich mit Craig Williams teilte. Craig hielt es peinlich sauber, und Malichai schätzte das sehr. Er verschloss die Tür zur anderen Seite und ließ für seine Frau – seine Verlobte – ein Bad ein. Sie lehnte an der Tür und beobachtete ihn mit ihren blauen Augen, die aber nun nicht mehr heiter blickten, sondern sehr ernst.

»Was ist los, Schatz?« Er bemühte sich um einen sanften Tonfall, weil er Angst hatte, dass sie ihr Versprechen zurücknehmen könnte, nachdem die wunderbaren Nachwehen ihrer Orgasmen abgeklungen waren. Es konnte sein, dass er in den nächsten Minuten extrem vorsichtig sein musste.

»Du bist ein erstaunlicher Mann, Malichai, und ich kann nicht glauben, dass du dir von allen Frauen ausgerechnet mich ausgesucht hast. Seit wann war dir das klar? Ich hatte den Eindruck, dass du von Anfang wusstest, wohin die Reise gehen würde.«

Dieses Terrain konnte gefährlich werden – schließlich war Whitney dafür bekannt, dass er Männer und Frauen verpaarte. »Ich habe mich auf den ersten Blick in dich verliebt. Ich habe gesehen, wie du mit Marie und Jacy bist – wie hart du arbeitest, damit deine Freundin mehr Zeit für ihre Tochter hat, auch wenn das bedeutet, dass du ganz schön schuften musst. Mir ist sofort aufgefallen, wie sehr du die beiden beschützt, und das wünsche ich mir auch für mich und meine Kinder und für die Kinder von Wyatt und Trap. Für alle, die mit uns zusammenwohnen. Ich weiß, dass sich das selbstsüchtig anhört, aber Scheiß drauf, du bist wie eine frische Sommerbrise, die Berge versetzen kann, wenn sie zu Sturmstärke aufläuft. Außerdem finde ich dich natürlich verdammt sexy. Wer würde da nicht schwach werden?«

Amaryllis lächelte zögernd. »Hin und wieder werde ich dich das wohl noch mal fragen. Ich hoffe, das macht dir nichts aus. Es ist nur so, dass ich dich für einen außergewöhnlichen Mann halte und dass du mich ausgewählt hast – dich vielleicht sogar in mich verliebt hast – und Kinder mit mir haben willst ... Sie schüttelte den Kopf. »Das ist fast zu schön, um wahr zu sein.«

»Das liegt nur daran, dass Whitney dir so viel Mist erzählt hat, Schatz.« Er ging zu ihr und nahm sie in die Arme, ohne sich darum zu kümmern, dass dabei die Decke zu Boden fiel. Dann küsste er sie fest und innig, damit sie merkte, was er für sie empfand. Aus körperlicher Anziehung war bei ihm in sehr kurzer Zeit Liebe geworden, und nun lag sie in seinen Armen und erwiderte seinen Kuss.

11

MALICHAI LAG IM BETT und starrte zur Decke empor, Amaryllis eng an sich gedrückt. Er hatte noch nie mit einer Frau in einem Zimmer geschlafen. Oder gar im selben Bett. Das war nicht sein Ding gewesen. Doch Amaryllis wollte er ganz nah bei sich haben. Als sie aufgestanden war und erklärte hatte, sie werde nun in ihr Zimmer gehen, hatte er den Gedanken nicht ertragen können, von ihr getrennt zu sein.

Trotzdem ... irgendetwas nagte an ihm und gab einfach keine Ruhe. Sein Hirn weigerte sich abzuschalten, ließ immer wieder die Gedanken kreisen und Alarmglocken anschlagen. Dieses Läuten war nicht besonders laut, eher wie ein leises Hintergrundgeräusch, aber es wollte nicht aufhören. Irgendetwas stimmte hier nicht. Irgendetwas war seltsam, und er musste herausfinden, was. Er wusste, dass keine direkte Gefahr bestand, niemand bedrohte sie, doch immer, wenn er solche Vorahnungen hatte, dauerte es nicht lange, bis es Schwierigkeiten gab. Außerdem musste er Amaryllis noch erzählen, was sie bei der Befragung von Henry Shevfield herausgefunden hatten, und auf dieses Gespräch freute er sich nicht gerade.

»Malichai?«, fragte Amaryllis kaum hörbar, als wüsste sie instinktiv, dass er Ruhe brauchte. »Kannst du nicht schlafen?«

Er strich ihr übers Haar und versuchte, sich von dem

schönen Gefühl nicht ablenken zu lassen. Ihr Kopf lag auf seiner bloßen Brust, und wenn ihr seidiges Haar über seine Haut glitt, schoss heißes Blut in seinen Unterleib. Normalerweise mochte er das, es gefiel ihm, dass seine Frau ihn, selbst wenn sie schlief, so erregen konnte, doch diesmal half das nicht gegen das warnende Wispern in seinem Kopf. Irgendetwas stimmte nicht. Vielleicht musste er nur dieses schwierige Gespräch mit ihr hinter sich bringen, das er so gern vermieden hätte. Doch er wusste, dass es nicht nur das war …

»Ich kann wieder in mein Zimmer gehen«, bot Amaryllis an. »Du bist nicht daran gewöhnt, mit jemandem zusammen zu schlafen«, sagte sie mit einem Hauch von Befriedigung in der Stimme.

»Schlaf weiter, Schatz. Ich glaube, ich drehe nur schnell eine Runde durchs Haus und vergewissere mich, dass alles ruhig ist.« Er würde sie nicht aus seinem Bett steigen lassen, ganz egal, wie oft sie es versuchte.

Sie schlang einen Arm um seine Hüften. »Rede mit mir, Süßer. Was bedrückt dich?«

»Ich weiß nicht. Das ist ja das Problem. Irgendetwas beunruhigt mich …« Er brach ab, denn was genau quälte ihn? Sicher etwas richtig Dummes. »Woher wusste Tag, dass Lorrie hier ist? Die drei haben ihre Spuren doch sehr gut verwischt. Sie haben ihr Haus vermietet und bei verschiedenen Freunden gewohnt, um nicht gefunden zu werden. Erst hier haben sie zum ersten Mal für ihre Unterkunft bezahlt. Vielleicht erfährt er irgendwoher, wenn sie eine ihrer Kreditkarten benutzen, aber das kommt mir ein wenig weit hergeholt vor.«

Nachdenklich setzte Amaryllis sich auf, blieb aber nah bei ihm. »Das kann nicht sein, denn sie haben bar bezahlt.

Marie hat es mir erzählt, weil das extrem selten vorkommt. Sie haben für einen ganzen Monat im Voraus bezahlt.«

Nun klang auch sie besorgt, und das versetzte ihn umso mehr in Alarmbereitschaft. »Also, wenn das so ist, hat dann einer von ihren Freunden sie an Tag verraten? Und wenn ja, warum?«

»Was glaubst du, Malichai? Sind die drei immer noch in Gefahr? Oder?«

»Ich habe eben immer ein Problem, wenn ich mir was nicht erklären kann, das ist alles. Ich wollte dich nicht ängstigen, Schatz. Ich sehe mich nur mal kurz um und kontaktiere vielleicht meine Brüder, ob ihnen bei der Beobachtung des Hauses etwas aufgefallen ist. Glücklicherweise weiß niemand, dass sie hier sind.«

»Du glaubst wirklich, dass etwas im Busch ist, nicht?«, fragte Amaryllis fordernd. »Außerdem hast du mir immer noch nicht erzählt, was passiert ist, als du schwimmen gegangen bist. Um das Thema hast du den ganzen Tag einen großen Bogen gemacht.«

Malichai seufzte. Er hatte geahnt, dass sie alles wissen wollte und sich dann bestimmt furchtbar aufregen würde. Instinktiv zog er sie auf sich und rollte sich herum, sodass sie unter ihm eingezwängt war. Sofort runzelte sie argwöhnisch die Stirn.

»Es ist also schlimm.«

»Ja, ich glaub schon. Sogar sehr schlimm. Dozers Verdacht hat sich bestätigt. Ein Taucher hat versucht, mich umzubringen. Dabei ist er uns in die Falle gegangen, und wir haben ihn zum Verhör in ein Haus gebracht, das Zeke extra angemietet hat.«

Amaryllis zog eine Grimasse. »Ich kann mir vorstellen, wie das abgelaufen ist.«

»Zeke kann sehr einschüchternd sein, auch wenn er keine körperliche Gewalt anwendet«, versicherte Malichai ihr. »Ich bin nicht mal in die Nähe dieses Idioten gekommen, und das war gut so. Er war von hier. Ein Profikiller. Anna und Bryon hatte er nicht auf dem Gewissen, aber er hat uns ohne Weiteres von einigen anderen Morden erzählt, die er in den letzten beiden Jahren für dieselben Auftraggeber begangen hat. Außerdem hatte man ihn angeheuert, eine Pensionsbesitzerin, deren Tochter und eine Angestellte umzubringen. Sobald die Polizei im Haus sein würde, sollte er es in Brand stecken, damit alle Cops und Feuerwehrleute zu Hilfe eilen.«

Entsetzt stieß Amaryllis den Atem aus, und ihr Gesicht wurde so weiß, dass die Haut fast transparent wirkte.

»Du redest von dieser Pension. Uns. Marie, Jacy und mir. Er soll uns alle töten und dieses wunderschöne Haus niederbrennen.«

»Und er hat nicht mit der Wimper gezuckt, als er davon geredet hat, ein Kind zu ermorden, obwohl er verheiratet ist und selber Kinder hat«, sagte Malichai.

»Das hättest du mir gleich sagen sollen.«

»Im Moment seid ihr nicht in Gefahr. Wir haben uns etwas einfallen lassen.«

»Das kannst du nicht mit Sicherheit sagen.«

»Der Mann ist tot. Er war dumm und wollte sich mit Zeke anlegen. Rubin wird sich als Verdächtiger im Fall von Anna und Bryon verhaften lassen. Dann werden sie ihn wieder freilassen, weil er es nicht war, aber in der Zeitung wird ein Artikel erscheinen, der seine Vergangenheit als dubios beschreibt. Wer auch immer die Leute sind, die Henry Shevfield engagiert haben, sie werden schnell einen Ersatz für ihn brauchen. Wir hoffen, dass sie Rubin kontaktieren, weil er zudem auch noch hier wohnt.«

»Darauf fallen die nicht rein. Das ist zu einfach.«

»Manchmal ist das Einfache das Beste.« Malichai drückte Küsse auf ihr Haar und ihre Wangen.

»Versuch nicht, mich abzulenken.«

Schnell rollte Malichai sich auf den Rücken, sodass sie wieder oben lag, und küsste sie heiß und stürmisch, denn in ihm baute sich eine neue Woge wilden Begehrens auf. Amaryllis versuchte, ihm zu entkommen, doch er packte sie an der Taille und riss sie zurück. Sie landete auf seinem Oberkörper, und ihre Brüste drückten sich an seine nackte Haut. Er liebte dieses Gefühl. Er hätte den ganzen Tag so liegen bleiben können, von ihr umschlungen, eingehüllt in ihre Wärme. Ihre Weichheit.

Sie hob den Kopf und begegnete seinem Blick. Ihre blauen Augen lächelten. »Wie leicht du mich ablenken kannst.«

»Aber es reicht offenbar noch nicht.« Wieder küsste er sie und zog sie am Hals näher zu sich heran. Er liebte es, sie zu küssen und ließ sich Zeit, steigerte ihre – und seine – Erregung nur langsam, bis das Feuer, das er geschürt hatte, in ihren Bäuchen angekommen war, von wo aus es sich wie ein Flächenbrand unkontrollierbar über den Blutkreislauf ausbreitete, sodass er beinah – aber nur beinah – die Alarmglocken vergessen hätte, die inzwischen ein wenig lauter geworden waren und in seinem Hinterkopf klingelten.

Also beendete er den Kuss und schaute ihr wieder in die Augen. »Ich küsse dich so gerne.« Er knetete ihre nackten Pobacken. Das tat er fast genauso gern oder vielleicht sogar lieber, als ihr in die Augen zu schauen.

»Ja, mir geht es genauso.« Sie rollte von ihm herunter und griff nach ihrem Tanktop. »Ich merke dir an, wenn du ein ungutes Gefühl hast. Du bist Soldat. Du hast einen Verdacht, und den werden wir nicht ignorieren.«

»Hast du denn kein schlechtes Gefühl?«

Amaryllis schüttelte den Kopf. »Meine Gefühle kreisen momentan um dich. Und um das, was du mit mir gemacht hast. Ich bin etwas wund, aber auf eine schöne, angenehme Art. Ich bin immer noch mit unserem ersten Mal beschäftigt. Aber wenn irgendwas falsch läuft, müssen wir herausfinden, was es ist, um die Leute in dieser Pension zu beschützen. Marie kann es sich nicht leisten, das Haus zu verlieren, selbst wenn du ihr noch so sehr hilfst. Außerdem liebt sie das alles hier.«

Sehr zu seinem Missfallen streifte Amaryllis sich das Tanktop über und bedeckte ihre Brüste. Dann rutschte sie an die Bettkante und schnappte sich ihre Yogahose. Er war ein wenig verliebt in diese Hose, besonders wenn er – so wie jetzt – wusste, dass sie darunter nichts trug. Der Stretchstoff schmiegte sich so wunderschön an ihre Kurven und lenkte seine Aufmerksamkeit auf ihren hübschen Hintern und ihre schlanken Beine.

Malichai rutschte zur anderen Bettkante und schnappte sich seine Sachen. Er konnte sich nicht mehr gegen dieses nagende Gefühl wehren, das ihm einflüsterte, dass etwas nicht stimmte. Er musste alles andere ausblenden und in sich hineinhorchen. Nur so war er all die Jahre am Leben geblieben. Außerdem war er nun auch für Amaryllis verantwortlich. Und für die Pension. Er sagte sich immer wieder, dass vermutlich keine unmittelbare Gefahr bestand, sie aber dennoch bereit sein mussten. Er durfte nicht mehr daran denken, was Amaryllis mit seinem Körper anstellen konnte, sondern musste seinem inneren Alarmsystem volle Beachtung schenken.

Nachdenklich zog Malichai sich an und sortierte die vielen Fragen, die durch seinen Kopf jagten. Am Ende blieb er an zweien hängen. Wie hatte Tag Lorrie gefunden? Und warum war die Antwort darauf so wichtig?

»Soll ich uns Kaffee machen?«, fragte Amaryllis.

Malichai blickte auf seine Uhr. Er liebte ihren Kaffee. Sie war bei allem, was sie tat, sehr penibel. Und ein Grund dafür, warum ihr Essen so gut schmeckte, war, dass sie der Person, für die sie es machte, eine Freude bereiten wollte. »Könnte Marie schon auf sein? Wer macht denn heute das Frühstück?«

»Ich. Deshalb muss ich in einer Stunde mit der Arbeit anfangen. Marie hat heute frei, hast du das vergessen? Sie muss mit Jacy zu ein paar Arztterminen, und danach wollen sie etwas Schönes machen. Marie lässt den Tag gern mit etwas zu Ende gehen, das Jacy Spaß macht, besonders wenn sie gleich mehrere Untersuchungen über sich ergehen lassen musste.«

»Eine kluge Frau. Kaffee wäre großartig, Baby. Ich werd mich mal umsehen und gucken, ob ich herausfinde, was mich hier so stört.«

»Ich werd mir auch ein paar Gedanken machen. Vielleicht komme ich ja darauf, wie Tag Lorrie gefunden haben kann. Aber weißt du, Malichai, man kann nie ausschließen, dass es Zufall war. So was kommt vor. Manchmal sind es diese unerwarteten Zufälle, mit denen keiner rechnen würde, über die man stolpert. Vielleicht war Tag am Strand und hat sie gesehen. Oder einer seiner Freunde.«

Malichai hätte gern gewusst, über was Amaryllis wohl gestolpert war, mit dem sie nicht gerechnet hatte, ehe sie bei

Marie untergekommen war, beschloss aber, sich diese Frage lieber für eine andere Gelegenheit aufzuheben. Eines Tages würde sie es ihm sicher von allein sagen, und wenn nicht, würde er es aus ihr herauslocken, wenn sie eher bereit war, sich ihm anzuvertrauen. Offenbar hatte sie ihr Leben in verschiedene Bereiche aufgeteilt. Das konnte er ihr nicht verübeln, da er es selber so hielt.

»Ich glaube nicht an Zufälle. Lorrie und Lexie wirken manchmal so, als hätten sie Watte statt Hirn im Kopf, aber Linda ist immer wachsam. Sie hätte nicht zugelassen, dass eine ihrer Schwestern irgendwo hingeht, wo sie Tag oder seinen Freunden begegnen könnte. Lorrie hat wirklich Angst vor ihm. Wenn sie bei ihm geblieben wäre, hätte er sie vielleicht getötet. Er scheint nicht zu kapieren, dass er sie nicht wie sein Eigentum behandeln kann. Linda hat die Gefahr auch erkannt.«

Amaryllis nickte und sah zu, wie er seine Jeans überstreifte. »Was glaubst du denn, Malichai, irgendetwas quält dich offensichtlich.«

Er zog seine Socken und Stiefel an, ehe er sie anschaute. »Ich weiß es nicht. Aber mein merkwürdiges Warnsystem hat mich noch nie getäuscht. Wenn es anschlägt – und das tut es –, ist etwas faul, und wir müssen der Sache auf den Grund gehen. Mach du eine Kanne Kaffee, und ich komme zu dir, sobald ich mit meiner Runde fertig bin.« Er betrachtete das kleine Gerät auf seinem Nachttisch. Wenn er in seinem Zimmer war, war der Störsender immer an. Er nahm ihn hoch, stellte ihn ab, steckte ihn in die Tasche und notierte sich im Geiste, dass er das Zimmer durchsuchen musste, wenn sie zurückkehrten. Bislang hatte er dort keine Wanzen entdecken können, aber er wollte kein Risiko eingehen, nachdem nun zweifelsfrei feststand, dass eine größere Aktion im Gange war, bei der die Pension und der Zauberladen eine Rolle spielten.

Als er um das Bett herumging und dabei Waffen in die versteckten Halterungen an seiner Kleidung steckte, stand Amaryllis auf, kam zu ihm und schlang ihre schlanken Arme um seinen Hals. Er liebte es, wenn sie sich an ihn drückte und ihn so fest umarmte.

»Ich lasse dich nur unter Protest gehen. Ich würde gern mitkommen. Falls dir irgendetwas seltsam vorkommt, unternimm nichts ohne mich. Schließlich muss ich im Training bleiben.«

Das hatte ihn, wie so oft bei ihr, direkt ins Herz getroffen, das nun komische kleine Purzelbäume schlug. Solange seine Brüder nichts davon erfuhren, war das in Ordnung. Aber die Hänseleien, die er sich garantiert anhören musste, wenn sie herausfanden, wie schwer er in Amaryllis verliebt war, würden ihm zu schaffen machen. Oder vielleicht doch nicht – denn sie war alles wert.

»Ich rechne nicht damit, dass ich irgendetwas unternehmen muss. Ich suche nur nach Antworten«, beruhigte er sie. »Aber langsam mache ich mir Sorgen, dass du etwas zu aggressiv sein könntest.«

Sie lachte, und sein Körper versteifte sich. »Nein, bin ich nicht. Ich bewege mich nur gerne. Manchmal, wenn ich zu lange eingesperrt bin, werde ich richtig rastlos.«

»Und was machst du dann?«

»Ich renne so schnell ich kann über die Dächer und springe von einem zum andern.«

Entsetzt schloss Malichai die Augen. Einige Häuser hier standen ziemlich weit auseinander. »Dann sollte ich wohl mehrmals am Tag mit dir schlafen, damit du ausgelastet bist. Das scheint mir die beste Idee.«

Wieder lachte sie und hob das Gesicht, damit er sie noch einmal küsste. Er gehorchte, weil er ihr nicht widerstehen konnte, besonders wenn es ums Küssen ging, denn auch ihr Mund schmeckte nach diesem süchtig machenden Erdbeergeschmack, der an ihrer Haut haftete. Danach wollte er sie meist überall küssen, auch zwischen den Beinen. Es war ein faszinierender Kreislauf, auf den er sich nur zu gern einließ.

Amaryllis unterbrach den Kuss als Erste. »Wir müssen aufhören, wenn du auf Erkundungstour gehen willst«, flüsterte sie ihm ins Ohr, zeigte aber gleich darauf, dass sie das nicht ganz ernst meinte, weil sie spielerisch an seinem Ohrläppchen knabberte.

Damit weckte sie erneut dieses düstere Verlangen in ihm, das ihm zuraunte, wie nah ihr Körper doch war. Unter ihrer Yogahose hatte sie schließlich genauso wenig an wie er unter seiner Jeans. Ohne weiter nachzudenken, drehte er sie herum und drückte sie mit einer Hand vornüber aufs Bett.

Dann riss er ihr mit der freien Hand die Yogahose herunter und öffnete seine Jeans. Sein Glied war so hart, dass es schon fast vor Freude explodierte, als er es in die Hand nahm.

»Oh Gott, Baby, sag mir, dass du bereit für mich bist.« Sanft schob er ihre Beine mit seinem Stiefel auseinander und fasste ihr in den Schritt, wo sie glücklicherweise feucht und schlüpfrig war. Das wilde Pochen seines Herzens war selbst am Puls in seinem Glied zu spüren.

Er konnte nicht mehr warten. Er musste sie haben, also zwängte er sich in den Eingang des glühend heißen Schoßes, der ihn erwartete. Sofort umklammerte ihn ihre seidige, unglaublich enge Vagina. Er warf den Kopf zurück, gab sich seiner Lust hin und kostete das Gefühl tief atmend und reglos einen langen Augenblick aus. Dann begann er, sich zu bewegen, sich durch die widerstrebenden Falten zu drängen, bis er so tief in ihr war, dass er nicht mehr wusste, wo er aufhörte und sie begann.

Das war himmlisch, oder zumindest stellte er sich den Himmel so vor. Genau so. Wenn Lust und Liebe zusammenkamen und etwas unbeschreiblich Schönes daraus entstand. Er packte sie an den Hüften und zog sie an sich, wenn er in sie hineinstieß, um die Reibungshitze in die Höhe zu treiben. Zischend stieß er den Atem aus, um nicht zu verbrennen.

»Du bist so eng. Es ist, als wäre ich in einem Schraubstock gefangen. Du bist unglaublich heiß. Im Paradies kann es nicht schöner sein als in dir.«

Amaryllis hielt sich an der Steppdecke fest, kam ihm mit den Hüften entgegen und schrie jedes Mal, wenn er sich in sie bohrte, leise auf. Es war, als würde er von einem Feuersturm überrollt, der ihn läuterte. Es war eine Art Ekstase, die Reibung kaum noch zu ertragen. Dann merkte er, wie sein Samen aufstieg, immer höher und höher, drängend und gnadenlos, unaufhaltbar.

»Jetzt, Baby, komm mit.«

Das ließ sie sich nicht zweimal sagen. Ihre Scheidenmuskeln schlossen sich so fest um ihn, dass er dachte, sie würden ihn würgen. Doch das feste Massieren, Kneten und Melken war so großartig, dass sein dickes Glied noch größer wurde und die gierig sich zusammenziehenden Wände weiter dehnte. Dann kam er, und der Samen, der gegen ihre Wände spritzte, verschaffte ihr einen Orgasmus nach dem anderen. Und er bekam jeden einzelnen mit.

Nach Luft ringend beugte er sich über sie. Erst da wurde ihm bewusst, warum sie sich so heiß angefühlt hatte. Warum er jede Bewegung ihrer Muskeln so genau gespürt hatte. Er hatte kein Kondom benutzt. Er hatte sie nicht geschützt. Stöhnend drückte Malichai seine Stirn an ihren Rücken.

»Verflucht, Baby, ich hab nichts übergezogen. Aber ich bin sauber, das schwöre ich. Und das hätte ich mir normalerweise auch bestätigen lassen, ehe ich es ohne gemacht hätte. Nimmst du vielleicht Verhütungsmittel?« Sie war Jungfrau gewesen, deshalb bezweifelte er das. Schließlich hatte sie ihre Jugend in Whitneys Laboren verbracht. Womöglich wusste sie nicht einmal, was er damit meinte. »Ich hätte nichts dagegen, wenn du schwanger wirst, nur dass ich gern noch etwas mehr Zeit mit dir allein gehabt hätte, aber wir schaffen das schon.«

»Ich nehme die Pille«, erwiderte Amaryllis. »Sobald ich frei war, bin ich in eine Klinik gegangen. Ich hatte Angst, dass er mich zurückholen und mit Owen Starks paaren würde.«

Malichai versteifte sich. »Owen Starks?«, wiederholte er. »Wann hast du den denn kennengelernt?«

»Er war einer von Whitneys bevorzugten Wachmännern. Eine Zeitlang ist er ohne Owen sogar nirgendwo hingegangen. Wenn ich mich richtig erinnere, ist Starks auf der Bildfläche erschienen, als ich ungefähr siebzehn war. Er sah gut aus, und ein paar Mädchen haben gerne mit ihm geflirtet. Zu dem Zeitpunkt wurden wir gerade zu Soldatinnen ausgebildet. Nahkampf. Training an der Waffe. Immer wieder anderen. Bomben bauen und auseinandernehmen. Die Talente, die wir hatten, wurden so optimiert, dass sie uns im Feld nützlich sein konnten. Starks wurde dabei einer der wichtigsten Trainer.«

Ganz langsam, eine Hand immer noch auf ihrem Rücken, zog sich Malichai zurück. Sie gab ihn nur widerwillig frei, sodass sie beide unter Nachbeben erschauerten, während er aus ihr herausglitt. Sie seufzte und schnappte nach Luft, als er sich und sie und mit seinem T-Shirt säuberte.

»Erzähl mir mehr von Starks.« Das klang wie ein Befehl. Er war zu lange Soldat gewesen und zu sehr daran gewöhnt, dass man ihm gehorchte, deshalb war sein Ton barscher, als er beabsichtigt hatte.

Amaryllis zog ihre Yogahose wieder hoch und wandte sich ihm halb auf dem Bett sitzend zu. »Ist das wichtig? Kennst du ihn etwa?«

»Oh ja, und ich will mehr über ihn wissen, alles, was du mir über ihn sagen kannst, und was du für ihn warst in der Zeit, in der du in seiner Nähe warst. Er ist vor etwa sechs Jahren für tot erklärt worden. Angeblich ist er im Kampf gefallen, aber über seine Karriere beim Militär gab es ganz unterschiedliche Berichte. Ziemlich viele glauben, dass er einige seiner Kameraden getötet hat. Es sollte mich eigentlich nicht wundern, dass Whitney einen wie Starks für sich arbeiten lässt, aber ich finde es trotzdem seltsam. Der Kerl hatte sich nämlich für das Programm beworben und die Prüfung nicht bestanden.«

Nun rutschte Amaryllis ganz aufs Bett und hockte sich in den Schneidersitz. Das tat sie oft, sogar im Speisezimmer.

»Starks schien sich nicht für die Mädchen zu interessieren, obwohl einige, wie gesagt, heftig mit ihm geflirtet haben. Beim Training war er sehr streng. Da haben wir von Anfang an begriffen, dass wir ihm besser brav folgen. Ich mochte ihn überhaupt nicht. Ich weiß nicht, warum. Meine Abneigung war so stark, dass sie fast an Ekel grenzte. Ich fand ihn unnötig grausam, besonders gegenüber den Mädchen, die ihn mochten. Fast jede Trainingseinheit mit ihm endete damit, dass eine in Tränen ausbrach. Oft trugen sie schreckliche Prellungen davon.«

»Und du?« Malichai ließ sie nicht aus den Augen, weil er ihre Reaktion sehen wollte.

»Ich habe nicht viel geredet. Ich habe den Mund gehalten und hart trainiert, um alles zu lernen. Überhaupt habe ich mit jedem geübt, der zur Verfügung stand. Es gab ein paar Trainer, die anständig waren. Starks hat nicht besonders auf mich geachtet, weil ich fleißig war und nichts mit Männern am Hut hatte. Ihm ist aufgefallen, dass ich gut war, aber das war es auch schon so ziemlich. Je besser ich wurde, desto strenger wurde er, doch das hat mich nicht gestört, denn so konnte ich mich verbessern. Mir war klar, dass ich sein Ego nicht ankratzen durfte.«

Malichai hatte den Blick nicht von ihrem Gesicht gelöst. Dahinter steckte noch sehr viel mehr. Amaryllis versuchte nur, sachlich zu klingen, obwohl sie emotional so aufgewühlt war, dass sie es kaum verbergen konnte.

»Douglas Hines, einer von den Trainern, war sehr nett. Meistens habe ich mit ihm gearbeitet. In all den Jahren habe ich ihn gern als Partner gehabt, weil er sehr schnell war und ich schneller sein musste, wenn ich nicht getroffen werden wollte. Manchmal haben wir mit Gummimessern gekämpft. Anfangs hatte ich danach überall Striemen, weil er meine Deckung durchbrochen hatte, aber am Ende hat er das nicht mehr geschafft.«

Nervös rieb sie sich das Kinn und strich dann mit drei Fingern über ihren Hals. »Dir das zu erzählen, ist wichtig für mich. Nicht einfach nur Gelaber. Eines Tages kam

Starks da vorbei, wo wir kämpften, mit diesen Übungsmessern. Denen aus Gummi. Ich liebte diese Trainingseinheiten.«

Ihre Stimme klang tränenerstickt, und Malichai hatte das Bedürfnis, sie zu trösten, doch er zwang sich dazu, sich zurückzuhalten. Er musste alles über Starks wissen, was sie ihm berichten konnte.

»Starks wurde wütend auf Douglas und schnauzte ihn an, dass ein Training mit Gummimessern etwas für Feiglinge wäre und ich nie etwas lernen würde, wenn ich nicht fühlen würde, wie ein Messer eindringt. Er zog sein Messer und bedeutete Douglas, dasselbe zu tun. Dann kämpften sie miteinander, aber das war kein Training mehr. Starks wollte Douglas umbringen, und Douglas wusste es. Aber Starks war der Chef im Lager, also hat niemand etwas dagegen unternommen.«

»Starks wollte immer und überall der Beste sein. Er gab gern an.« Malichai ahnte, worauf das hinausgelaufen war. Dass Amaryllis nicht mit ihm geflirtet hatte, ja ihn kaum beachtet hatte, musste Starks in den Wahnsinn getrieben haben. Dieser Mann hatte ein tiefes Bedürfnis, beachtet zu werden, immer derjenige zu sein, der am meisten gefürchtet oder bewundert wurde. Und als seine Aufmerksamkeit auf Amaryllis gelenkt worden war, hatte er sie bei genauerer Betrachtung natürlich begehrt.

»Als er Douglas überlistet und getroffen hat, habe ich ihm angesehen, dass das Absicht gewesen war. Ich habe noch versucht dazwischenzugehen, aber er hat mich zurückgeschlagen. Ich wollte ihn töten, und normalerweise habe ich für eine solche Situation ein Gift parat, doch bei ihm hat das leider nicht geklappt. Keine Ahnung, warum. Nach dem Schlag verlor ich das Bewusstsein.«

Das war das erste Mal, dass Malichai etwas von diesem Gift hörte, aber es überraschte ihn nicht, denn nicht nur Bellisias Biss war giftig, auch der von Cayenne und Pepper.

»Als ich wieder zu mir kam, lag Douglas im Sterben, und alles war voll mit seinem Blut, er, ich und der Boden um uns herum. Starks saß knapp zwei Meter von uns entfernt und sah zu, wie Douglas neben mir verreckte. Ich hab noch versucht, ihn zu retten und um Hilfe gerufen. Da sind ein paar von den Mädchen gekommen, aber keiner von den Wachmännern. Die hatten alle Angst vor Starks.«

Malichais Magen zog sich zusammen. Er kannte Amaryllis. Schließlich behielt er sie stets im Auge. Sie hatte einen starken Beschützerinstinkt. Und sie war eine Kämpferin. Wie gern hätte er das junge Mädchen von damals davon abgehalten, einen furchtbaren Fehler zu begehen. Doch sie hatte ihn begangen, er sah es an ihrem Gesicht.

»Douglas ist in meinen Armen gestorben, sein Blut klebte überall an mir. Dann bin ich aufgestanden und hab mir die Knie abgestaubt, was ziemlich lächerlich ist, wenn man bedenkt, dass ich nicht nur voller Blut war, sondern auch ganz dreckig von dem Sturz. Ich bin zu Starks hinübergegangen, der einfach nur dasaß und sich das alles anschaute, als wäre er im Kino, und habe ihm direkt ins Gesicht getreten. Damit hatte er nicht gerechnet, deshalb ist er hintenübergefallen.«

An der Stelle hatte Starks einen Fehler gemacht, dachte Malichai, er selbst wäre vorbereitet gewesen. Der Mann hatte Amaryllis zwar beobachtet, aber ihren Charakter nicht richtig eingeschätzt. Wahrscheinlich war sein Ego zu groß, um klar wahrnehmen zu können, wie sie war.

»Ich hab mich auf ihn gestürzt und mit Händen und Füßen auf ihn eingedroschen. Ich glaube, ich war wie

von Sinnen. Ich habe immer wieder versucht, ihn zu töten, aber ich habe es nicht geschafft, den giftigen Biss anzubringen. Irgendwann haben die anderen Wachen mich
von ihm heruntergezogen. Ich glaube, sie haben das getan, um mich zu beschützen, trotzdem habe ich mich gegen sie gewehrt. Am Ende ist Whitney nach draußen gekommen, um nachzuschauen, was der Tumult sollte, dann
hat er mich sediert. Danach war mein Leben ein ziem-
licher Alptraum.«

Das konnte Malichai sich gut vorstellen. Die anderen
Wachmänner waren sicher nicht so dumm gewesen, über
Starks zu lachen, nicht einmal über ihn zu grinsen, doch
der konnte nicht vergessen, dass sie gesehen hatten, wie
ein Mädchen ihn verprügelte.

Beruhigend strich Amaryllis sich mehrmals mit dem
Daumen über die Stirn, eine Geste, die Malichai faszinierte. »Irgendjemand hat sogar ein Foto davon gemacht.
Mit dem Handy. Eigentlich durfte ja niemand eins haben,
schon gar nicht auf den Höfen um uns herum, aber einer
von den Wachen muss es reingeschmuggelt haben.«

Malichai stöhnte. »Ist das dein Ernst? Und was hat er
dann damit gemacht? Wollte er etwa, dass man dich tötet?« Am liebsten hätte er diesen Wachmann aufgestöbert und ihm eine Lektion erteilt. Doch auch dazu war es
längst zu spät. Der Schaden war bereits angerichtet.

»Offenbar hat er das Foto ausgedruckt und an Starks'
Spind geklebt. Ich habe es nie gesehen, aber es zeigte, wie
ich ihn verdroschen habe. Er lag auf dem Boden, die Hände erhoben, um mich davon abzuhalten, ihm die Zähne
auszuschlagen. Er hat versucht, darüber zu scherzen, und
behauptet, er hätte das lustig gefunden und mich nicht
verletzen wollen, aber keiner hat ihm das abgekauft.«

Weil es nicht stimmte, dachte Malichai. Er hätte es vielleicht lustig gefunden, von einem Mädchen verprügelt zu werden, aber dieser Starks niemals. Nie. Und er würde es auch nie vergessen. Wahrscheinlich war er von dem Augenblick an auf Amaryllis fixiert gewesen, völlig besessen von ihr. Sicher hatte er sich vorgenommen, ihr zu beweisen, wie überlegen er ihr war.

»Danach war dein Leben ein Alptraum?«, hakte Malichai nach.

Amaryllis zuckte die Achseln. »Wenn wir trainiert haben und er dabei war, hat er mich immer als Partnerin ausgesucht, und am Ende hatte ich jedes Mal Verletzungen. Immer. Mein Gesicht hat er verschont, aber den Rest meines Körpers nicht. Ich musste ständig als Beispiel herhalten. Wenn er mich aus der Reihe holte, wurde es auf dem Hof sofort seltsam still, weil alle wussten, dass er mir gleich wehtun würde.«

»Hast du dich nicht gewehrt?« Malichai wusste bereits, dass sie das getan hatte. Sie brachte es nicht über sich, bei einem Mann wie Starks klein beizugeben.

»Doch, immer. Das hat ihn sehr gefreut und gleichzeitig auch sehr wütend gemacht.«

»Hat Whitney da beschlossen, dich in sein Zuchtprogramm aufzunehmen?«

»Das war wohl eher Starks' Ziel, bis Whitney gemerkt hat, dass ich Heilkräfte habe. Davor hat nur Starks darauf gedrängt. Er fing an, mir zu erzählen, dass Whitney uns beide verpaaren würde. Hat es mir zugeflüstert, wenn wir trainierten. Ich habe jede Mission erfüllt, auf die Whitney mich geschickt hat, aber es war egal, wie gut ich im Feld war. Starks fand bei Whitney ein offenes Ohr und hielt es für eine passende Rache. Dann habe ich diese Schnittwun-

de verarztet, und das Mädchen hat mich verpetzt. Da wusste ich, dass mir nichts anderes übrig blieb, als zu flüchten.
Und das ist mir sogar direkt vor Starks' Augen geglückt.«

»Na gut, Baby«, seufzte Malichai. Sie steckten definitiv
in Schwierigkeiten. »Starks ist ein Gegner, vor dem du erst
Ruhe haben wirst, wenn er tot ist. Ich denke, das weißt du.
Als ich mit ihm zu tun hatte, hat er sich geradezu zwang-
haft selbst für die kleinste eingebildete Beleidigung irgendwie gerächt, deshalb kann ich mir vorstellen, wie er
sich gefühlt hat, als du ihn immer wieder vorgeführt hast.«

»Ich hatte keine andere Wahl, Malichai.«

Sie schaute ihn mit diesem großen blauen Blick an, der
ihm ans Herz ging. Er konnte sich kaum vorstellen, wie
es sein musste zu glauben, dass sie einem gehörte, und
sie dann zu verlieren. Starks würde wie verrückt nach ihr
suchen, besonders wenn Whitney die beiden wirklich ver-
paart hatte.

»Das weiß ich doch, Amaryllis. Hast du mitbekommen,
ob Whitney euch tatsächlich zu einem Paar gemacht hat?«

Sie schnitt eine Grimasse. »Er hat es versucht. Aber es
hat nicht funktioniert. Nach dem, was er Douglas angetan
hatte, war ich so abgestoßen von Starks, dass auch noch so
viele Pheromone nichts daran ändern konnten. Whitney
fand das interessant, doch für Starks war das nur ein weiterer Grund für seine Aggression gegen mich.«

»Manchmal sorgt Whitney nur dafür, dass der Mann besessen von der Frau ist. Weißt du, ob er das bei Starks so
gemacht hat, oder hat er nur an dir herumprobiert?«

»Starks war so auf mich fixiert, dass ich nicht glaube,
dass Whitney wirklich etwas mit ihm machen musste, aber
ich denke, er hat es trotzdem getan. Starks war einfach
irre.«

Ihr Ton war sehr sachlich, doch ihre kleinen nervösen Gesten verrieten sie. Sie hatte Angst vor Starks, und das sollte sie auch. Der Mann war zu allem fähig, sein Ego war riesig. Er war arrogant und fühlte sich allen anderen überlegen. Deshalb konnte Malichai nicht verstehen, wie er mit Whitney zurechtkommen konnte, der seines Erachtens größenwahnsinnig war, doch offenbar war es Starks jahrelang gelungen. Nur wie?

»Beschreib mir die Beziehung zwischen Whitney und Starks. Du hast gesagt, er war der Anführer der Wachen. Dann hat er Whitney sicher auf seinen Reisen begleitet.«

Amaryllis nickte. »Die zwei waren oft unterwegs, was für alle eine Erleichterung war. Keiner konnte sagen, wer von den beiden schlimmer war.«

»Hast du gesehen, wie sie miteinander umgegangen sind?«

»Die ganze Zeit. Whitney ist ja ohne Starks fast nirgendwo hingegangen.«

»Hat Starks sich Whitney gegenüber vorsichtig verhalten? Irgendwie unterwürfig?«

Amaryllis schüttelte den Kopf. »Nein, absolut nicht. Er wirkte nie so ängstlich wie die anderen Wachen. Er trug den Kopf immer hoch und war wachsam. Er hat seinen Job sehr ernst genommen und den Eindruck erweckt, dass er Whitney für schützenswert hielt. Schon allein das war sehr seltsam. Ich kann mir nicht vorstellen, dass Starks für irgendjemanden sein Leben opfern würde, doch für Whitney hätte er es offenbar getan.«

Malichai wusste, dass Starks kein Teamplayer war. Er wäre einem anderen Schattengänger niemals beigesprungen. Er war aus psychologischen Gründen aus dem Programm geflogen, und Whitney war derjenige gewesen, der ihn aussortiert hatte. Trotzdem hatte er am Ende für Whitney gearbeitet, so wie viele andere, die Whitney als für das Schattengänger-Programm untauglich erachtet hatte.

»Er wird weiter nach dir suchen, Amaryllis. Wenn wir verheiratet sind und zu Hause wohnen, musst du darauf vorbereitet sein, dass Starks versuchen wird, dich zurückzuholen.«

Sie atmete tief durch. Er sah ihr an, dass sie besorgt war. »Das weiß ich, Malichai. Ich bin sehr vorsichtig gewesen. Ich habe Marie erzählt, dass ein Ex-Freund mich stalkt und ich deshalb aufpassen muss, und sie hat mir so gut sie konnte geholfen, meine wahre Identität zu verbergen. Meinen Nachnamen und mein Geburtsdatum habe ich mir ausgedacht, weil ich sowieso nicht weiß, wann ich geboren bin. Meine Papiere sind nicht besonders gut, deshalb hatte ich so große Angst, als mir klar wurde, dass die Polizei Nachforschungen über mich anstellen würde. Bestimmt hat Marie bei Tags Anblick gedacht, dass er hinter mir her wäre.«

»Jetzt brauchst du dir über deine Papiere keine Gedanken mehr zu machen. Das ist erledigt. Wir heiraten und du kommst mit mir nach Hause, und weil du eine Schattengängerin bist, wirst du von der Regierung als wertvoll betrachtet und gut beschützt werden.«

»Toll. Ich bin also wertvoll.«

Malichais Lächeln breitete sich nur langsam über sein Gesicht, weil er wegen der Geschichte mit Starks beunruhigt war, doch am Ende setzte es sich durch. »Ja, das bist du definitiv. Wenigstens für mich. Und für die Regierung wohl auch. Jedenfalls müssen sie dich beschützen. Du darfst keiner fremden Regierung in die Hände fallen, denn genau genommen bist du ein nationales Geheimnis.«

Amaryllis lachte. »Das ist ja schon mal was. Ich sollte besser runtergehen, Malichai. Schließlich muss ich noch arbeiten. Und für den Fall, dass diese Unbekannten nicht deinen Freund auf uns angesetzt haben, sondern jemand anders, hab ich überall im Haus Waffen versteckt. Ich gehe auch kein Risiko ein. So leicht tötet mich keiner.«

Da war er sich ziemlich sicher.

»Also mach jetzt deinen Rundgang. Hoffentlich findest du heraus, was dich stört.«

»Hast du denn kein ungutes Gefühl?«, fragte Malichai erneut. »Nichts Ungewöhnliches auf dem Radar?«

Amaryllis schüttelte den Kopf. »Nein. Ich bin ganz auf dich konzentriert. Vielleicht hast du mein Warnsystem kurzgeschlossen, in dem Fall sollten wir … ähm … keinen Sex mehr haben … bis wir irgendwo sind, wo wir keins mehr brauchen.«

»Wir werden immer eins brauchen«, gab er zu bedenken.

Amaryllis zuckte die Achseln. »Tja, tut mir leid. Dann gibt es keinen Sex mehr für dich.« Sie stand auf und tat so, als wollte sie einfach an ihm vorbeigehen.

Doch Malichai hielt sie fest, zog sie an sich und nahm sie fest in die Arme. »Ich fürchte, dass wird nicht gehen. Sex ist so wichtig wie Atmen, Baby, deshalb wirst du lernen müssen, deinen Radar trotzdem im Blick zu behalten.«

»Ich glaube, du hast ihn für immer kaputt gemacht«, sagte sie und schaute zu ihm auf.

Sofort küsste Malichai sie. Er konnte nicht auf diesen einladenden Mund herunterschauen und sie nicht küssen. Sein Warnsystem arbeitete offenbar gut, doch seine Selbstbeherrschung ließ zu wünschen übrig. Er liebte ihren Geschmack. Die Leidenschaft, mit der sie seine Küsse erwiderte. Und ihr Verlangen, das genauso groß war wie seins. Als er es endlich schaffte, sich zusammenzureißen, drückte er seine Stirn an ihre.

»Hör zu, Baby. Wenn ich dieses seltsame Gefühl habe, bedeutet das normalerweise, dass irgendetwas Bedrohliches auf mich zukommt, nicht, dass es schon da ist. Nur dass es irgendwo lauert. Ich kann dieses Gefühl einfach nicht abschütteln, deshalb möchte ich, dass du besonders vorsichtig bist. Wenn du aus dem Haus gehen musst, sag mir Bescheid. Oder einem von meinen Brüdern.«

»Ich hab mir schon gedacht, dass wir nicht akut in Gefahr sind, sonst hättest du dir nicht so viel Zeit für Sex genommen und dann noch ein langes Gespräch über Starks geführt«, erwiderte sie. »Ich wünschte nur, ich nähme die Bedrohung genauso wahr.«

Malichai zuckte die Achseln und richtete sich auf. Er verließ sie nicht gern, wusste aber, dass er endlich zu seinem Rundgang aufbrechen musste, bevor alle anderen aufstanden. »Versprich es mir, Amaryllis. Wenn ich gewusst hätte, dass Starks jemals so nah an dir dran war, ganz zu schweigen von dem, was du mir noch erzählt hast, hätte ich dich nie aus den Augen gelassen.«

Ein leicht ängstlicher Ausdruck glitt über ihr Gesicht. Dann strich sie sich nervös über den Hals, als würde er schmerzen. Malichai versteifte sich.

»Schatz. Hat Starks dich gewürgt?« Wenn der Kerl das getan hatte, war er ein toter Mann. Dann, beschloss Malichai in diesem Moment, würde er ihn erbarmungslos jagen und töten. Er war ihm egal, dass er sich dazu direkt mit Whitney anlegen und einen regelrechten Krieg anzetteln musste. Die Hälfte der Leute im Weißen Haus würde das gut finden. Die andere Hälfte wahrscheinlich für seine Liquidierung stimmen.

Amaryllis musterte sein Gesicht. »Ich möchte nicht mehr über Starks reden, Schatz. Davon bekomme ich Albträume. Lass es uns einfach dabei belassen, dass er mir genügend Angst eingejagt hat, dass ich den Mut aufgebracht habe abzuhauen. Und immerhin habe ich bei der Flucht einen so guten Start hingelegt, dass ich einen gehörigen Vorsprung hatte, als sie mich verfolgt haben.«

Ja, dieser Bastard hatte sie gewürgt. Malichai unterdrückte seine Wut und zwang sich zu nicken. Amaryllis war viel zu empfindsam. Sie konnte sich genauso gut in ihn einfühlen wie er sich in sie. Sie wusste, dass er Starks jagen würde, wenn sie ihm gestand, was der Mann mit ihr gemacht hatte. Doch Malichai brauchte keine Bestätigung. Er war mit Starks auf zwei Einsätzen gewesen. Einer hatte schon gereicht, um zu begreifen, wie der Kerl tickte. Der zweite hatte allen gezeigt, dass Starks jedem von ihnen eine Kugel in den Kopf jagen würde, wenn er irgendeinen Vorteil davon hätte. Der Mann war unzurechnungsfähig.

Malichai folgte Amaryllis aus dem Zimmer. Die Flure waren nur schwach beleuchtet. Die Deckenlampen spendeten gerade so viel Licht, dass man sehen konnte, wohin man ging, denn sie sollten nicht blenden und beim Öffnen einer Zimmertür keine schlafenden Gäste aufwecken. Amaryllis steuerte auf die Küche zu, während Malichai durch den langen Korridor ging.

Im Erdgeschoss gab es zwölf kleine Apartments. Malichai kannte die Grundrisse und die Namen der Gäste, die dort wohnten. Aus mehreren Räumen drang wie zu erwarten gedämpftes Schnarchen. Er suchte nach etwas, das nicht ins Bild passte. Nach irgendeinem Hinweis, der dafür sorgte, dass die Knoten in seinem Magen sich entweder lösten oder fester zusammenzogen.

Typisch Schattengänger, glitt er wie ein Geist durch den langen Flur, dessen Ende er nicht sehen konnte, weil er um mehrere Ecken führte. Das dämmrige Licht warf genug Schatten, um in darin verschwinden zu können. Plötzlich hörte er, dass sich im Delfin-Zimmer etwas bewegte.

Marie hatte alle Zimmer auf dieser Etage mit Meerestieren dekoriert, damit es leichter war, sich zu merken, wie die Gäste hießen und wo sie untergekommen waren. Im Delfin-Zimmer wohnte Tania Leven. Sie war schon wach und lief im Zimmer hin und her. Malichai konnte hören, wie sie leise mit jemandem sprach – einem Mann. Er verschwand tiefer im Schatten neben ihrem Zimmer, um eventuell herauszufinden, mit welchem Mann sie sich um vier Uhr morgens unterhielt.

Warum sollte die Frau im Urlaub nicht mit jemandem anbandeln? So was kam dauernd vor. Er fand es nur komisch, weil Tania immer von ihrer Familie umgeben war, zwei Männern, und überall, wo sie hinging, ihren Bruder und ihren Vetter dabei hatte. Außerdem hatte er sie nie flirten sehen.

Dann ging die Tür auf, und Tommy Leven blieb auf der Schwelle stehen und schaute sich noch einmal um. »Ich seh dich dann beim Frühstück, Schwesterherz«, sagte er.

»Danke, dass du bei mir geblieben bist«, meinte Tania. Sie klang, als hätte sie geweint.

Tommy zuckte die Achseln und schloss leise die Tür. Dann blieb er einen Moment davor stehen und starrte sie an, ehe er an Malichai vorbei wieder in sein Zimmer ging. Malichai lehnte an der Wand und überlegte, warum Tania wohl so aufgewühlt war, dass ihr Bruder fast die ganze

Nacht bei ihr bleiben musste, um mit ihr zu reden. Sie war ihm immer als sehr robust erschienen.

Er wollte gerade weitergehen, als die Tür zum Orca-Zimmer aufging. Es befand sich direkt neben dem Delfin-Zimmer und wurde von Linda, Lorrie und Lexie Montclair bewohnt. Linda schaute durch den Flur, dann zu Tommys Zimmer, schlüpfte schließlich nach draußen und klopfte vorsichtig an Tanias Tür. Malichai runzelte die Stirn. Er hatte die beiden Frauen bisher nie zusammen gesehen.

Tania öffnete die Tür einen Spaltbreit und machte sie ein Stück weiter auf, als sie sah, wer davorstand. Sofort fingen bei ihr neue Tränen an zu fließen. Still standen die zwei Frauen da und betrachteten einander, dann bekam Tania einen Schluckauf.

»Es tut mir leid«, flüsterte sie. »Ich hab nicht aufgepasst, Linda. Das war alles. Ich war zu sorglos. Es war keine Absicht. Das musst du doch wissen.«

Sie hörte sich so zerknirscht an, dass sie Malichai leidtat, obwohl er gar nicht wusste, was sie getan hatte. Linda trat einen Schritt vor, und Tania wich zurück, um sie ins Zimmer zu lassen. Dann legte Linda ihre Arme um Tania und hielt sie fest, während Tania leise zu schluchzen begann.

»Du wirst nur Kopfschmerzen bekommen. Es ist doch vorbei. Tag wird ihr jetzt nicht mehr wehtun. Warst du etwa eifersüchtig? Wir kommst du denn darauf, dass ich mit so einem Mann was anfangen möchte?«

»Er hat immer wieder nach dir gefragt, nicht nach Lorrie. Er verfolgte mich ständig mit ›Kennen Sie eine Linda Montclair?‹ Ich dachte, er wäre dein Ex und wollte dich zurückhaben.«

Linda fasste hinter sich und schloss die Tür, doch während sie das tat, sah er, wie sie die andere Hand in Tanias

Haar schob und ihr Gesicht so ausrichtete, dass sie sie küssen konnte.

Linda und Tania? Was zum Teufel ging da vor? Und Tania hatte Tag getroffen und ihn zur Pension geschickt, weil er nach Linda gefragt hatte? Wahrscheinlich hatte er begriffen, dass Linda bei den dreien das Sagen hatte und ihre Schwester vor ihm versteckte. Aber Tania und Linda? Linda kam aus San Diego, Tania aus North Carolina, zumindest stand das auf ihrem Führerschein. Doch die beiden konnten sich nicht gerade erst kennengelernt haben. Wo waren sie einander begegnet? Wie lange waren sie schon zusammen?

Malichai wartete noch ein paar Minuten gespannt lauschend, aber es gab nichts mehr zu hören. Kein Wort. Er seufzte und ging weiter über den Flur, bis er an der Treppe ankam, die zum ersten Stock führte. Es gab zwei Treppen, eine an jedem Ende des Parterres, und einen behindertengerechten Aufzug im Foyer, direkt beim Empfangstresen, also insgesamt drei Möglichkeiten, um ins Obergeschoss zu kommen.

Er stieg die Treppe hoch, blieb einen Moment in dem breiten Flur stehen und lauschte reglos, ließ seine weiterentwickelten Sinne die Lage peilen. In den Zimmern auf diesem Stockwerk wohnten die fünf Männer, die als Repräsentanten verschiedener Länder an der Konferenz teilnahmen. Und Stefani Charles, die für Finnland da war. Drei weitere Zimmer waren für Vertreter anderer Länder reserviert. Die beiden noch freien Zimmer auf dieser Etage waren von anderen Konferenzteilnehmern gemietet worden, die im Laufe des Tages anreisen würden. Diese Tagung zog viele Leute an, wovon alle örtlichen Motels, Hotels und Pensionen profitierten.

Malichai durchquerte den Flur, doch so weit schien nichts ungewöhnlich. Trotzdem ließen ihn seine Sorgen nicht los, auch wenn es kein Flüstern und kein Verschwörungsgetuschel gab. Nur dieses Bauchgefühl, das ihm sagte, dass irgendetwas nicht stimmte. Vielleicht wirkte Tags plötzliches Auftauchen noch nach, aber das glaubte er nicht.

Malichai drehte sich gerade um, um wieder zurückzugehen, als sich die Tür des Atlantis-Zimmers öffnete und Billy Leven herauskam. Er trug Handschuhe, und zwar sehr dunkle, als er am Knauf rüttelte, um sich zu vergewissern, dass die Tür richtig verschlossen war. Dann schlenderte er den Flur entlang und gab sich dabei so unbeschwert, als hätte er keinerlei Sorgen. Das Atlantis-Zimmer hatte Amaryllis für einen Teilnehmer aus Ägypten vorbereitet, der eigentlich in dieser Nacht hätte anreisen sollen, nun aber wegen einer Verspätung erst am Nachmittag ankommen würde.

Malichai starrte die verschlossene Tür an. Die Levens führten irgendetwas im Schilde. Billy wirkte wie ein netter Kerl, immer gut gelaunt, und doch recht zurückhaltend. Tania schien sehr nett zu sein, hatte aber eine Affäre mit einer Frau, der gegenüber sie vor anderen so tat, als würde sie sie nicht kennen. Und Tommy? Was war mit dem?

Malichai wartete, bis Billy die Treppe hinunterging, dann folgte er ihm langsam, um nicht entdeckt zu werden. Billy ging nicht direkt in sein Zimmer, sondern wurde vom Duft frisch gebrühten Kaffees und brutzelnden Bacons in die Küche gelockt.

Malichai hörte Amaryllis lachen, ehe er hinter Billy auftauchte, der gerade seinen ganzen Charme versprühte. Lässig lehnte der Mann aus North Carolina mit einer Hüfte am Türrahmen und sah zu, wie Amaryllis dem Frühstück auf den Tabletts den letzten Schliff gab.

»Sie müssen mir einfach zeigen, wie Sie das machen, ehe ich nach Hause fahre«, sagte Billy. »Hier gibt es das beste Frühstück, das ich je gegessen habe.«

»Das Rezept ist von Marie«, gab Amaryllis freimütig zu. Dann schaute sie an Billy vorbei zu Malichai. »Hallo, Schatz«, begrüßte sie ihn erfreut. »Möchtest du auch Kaffee?«

»Aber natürlich«, erwiderte Malichai und nickte Billy zu, als der Mann beiseitetrat, um ihn vorbeizulassen. »Sie sind mir also heute Morgen bei meinem Mädchen zuvorgekommen und machen es mir jetzt schwer mit den Komplimenten.«

»Ich war nur ehrlich«, meinte Billy. »Sie haben großes Glück.«

»Das weiß ich«, erklärte Malichai, während er den Duft des Kaffees einsog, den Amaryllis ihm reichte. »Außerdem kocht sie den besten Kaffee der Welt.«

»Sie sind doch Soldat, Malichai«, meinte Billy. »Was halten Sie eigentlich von diesem Friedens-Unsinn?«

Unverbindlich hob Malichai die Schultern. »Ich denke, die Nationen versuchen seit Jahrhunderten, über Frieden zu sprechen, kriegen es aber nie wirklich hin. Sie fragen also, ob ich glaube, dass irgendetwas dabei herauskommt, auch wenn ich es gut fände? Leider nein.«

Billy nickte mehrmals, als bestätigte Malichai nur, was er selber dachte. »Danke für den Kaffee, meine Liebe«, sagte er zu Amaryllis und ging leise vor sich hin pfeifend wieder auf sein Zimmer.

12

»ICH DENKE, WIR MÜSSEN die sehr reale Möglichkeit in Betracht ziehen, dass eine unbekannte Gruppe von Terroristen versuchen könnte, die Friedenskonferenz in die Luft zu jagen«, sagte Ezekiel. »Aber wir haben nicht viele Beweise. Die Polizei hat sich nach Miss Crystal erkundigt und auf einem Kreuzfahrtschiff mit einer Frau telefoniert, die sie für die Gesuchte halten. Zumindest hat ihr Ausweis das Land verlassen. Das ist also im Moment eine Sackgasse, bis die alte Dame wiederkommt.«

»Das muss noch lange nicht heißen, dass Anna und Burnell nicht das gehört haben, was sie dachten«, bemerkte Malichai. »Wenn sich herausstellt, dass tatsächlich davon geredet wurde, möglichst viele Menschen zu töten, wäre das Tagungszentrum der richtige Ort dafür.«

»Genau«, stimmte Ezekiel ihm zu. »Ich habe auch so ein ungutes Gefühl. Mordichai ebenso. Und wann immer wir in der Vergangenheit alle drei dieses Gefühl hatten, war irgendetwas im Busch. Außerdem ist hier zwei Jahre lang ein Profikiller herumgelaufen, der auf Personen angesetzt war, die mit dem Tagungszentrum zu tun hatten.«

»Wie konnte Miss Crystal sich denn eine Kreuzfahrt leisten?«, fragte Malichai.

»Sie hat sie ›gewonnen‹«, erklärte Ezekiel. »Ihre Freunde sagen, sie hätte bei jedem Preisrätsel mitgemacht, das man sich nur vorstellen kann, also besteht die Möglichkeit, dass sie tatsächlich bei einer echten Verlosung gewonnen hat.«

Rubin beteiligte sich nicht an dem Gespräch, sondern studierte die Wandtafel, die Ezekiel bestückt hatte. Er wurde nie von seinem Bauch gewarnt, aber dafür war er ein exzellenter Tüftler, wenn es darum ging, Rätsel zu lösen. Nun schob er die Namen der Verdächtigen auf der Tafel herum wie Figuren auf einem Schachbrett. Sie brauchten neue Ansätze, denn die waren ihnen gerade ausgegangen. Aus welchem Grund sollte irgendjemand es auf diese Konferenz abgesehen haben? Als Malichai Billy erzählt hatte, er bezweifle, dass bei dieser Tagung irgendetwas herauskommen würde, das die Welt oder die Art, wie sie dachte, verändern könnte, hatte er die Wahrheit gesagt. Selbst wenn die Länder miteinander Gespräche führten, schien es am Ende immer nur darum zu gehen, wer was dabei gewinnen konnte.

»Sind irgendwelche Politiker oder wichtige führende Persönlichkeiten bei der Tagung zu Besuch?«, fragte Mordichai.

Ezekiel schüttelte den Kopf. »Die sind absichtlich nicht eingeladen worden. Diese Zusammenkunft ist für normale Menschen, und es soll nur um Ideen gehen. Dinge, die man beitragen kann, um die Sichtweise zu verändern, mit der die Menschen in einem Land die in einem anderen betrachten, ihre Bräuche, ihre Religion und ihre Regierung. Einfach gesagt, um die Weltsicht in jedem Land toleranter zu machen.«

»Das ist aber eine hehre Idee«, meinte Mordichai.

»Stimmt, und sie wird die Probleme der Welt auch nicht lösen, aber die Organisatoren hoffen, dass sie den Toleranzlevel etwas erhöhen können, damit die Menschen sich zusammensetzen, statt sich von Terrorismus und Hass verblenden zu lassen«, berichtete Ezekiel. »Ob das funktioniert oder nicht, ist nicht unsere Sache. Es ist egal, was wir davon halten. Wir sind Soldaten, deshalb beschützen wir unser Land und die, die sich nicht selber schützen können.«

Malichai schüttelte den Kopf und dachte nach. Man musste die Politik beiseitelassen und die Sache in einem größeren Zusammenhang sehen. Eigentlich gab es keinen Grund, diese Tagung zu sprengen …

Manchmal half es ihm, laut zu denken. »Wir sind also auf der Suche nach einer Erklärung. Mal angenommen, Anna und Burnell haben richtig gehört. Dann wollen die Strippenzieher, wer sie auch sind, größtmöglichen Schaden anrichten. Es spielt keine Rolle, ob die Konferenz für sie eine Bedrohung ist oder nicht. Sie wollen einfach durch die Zahl der Toten Aufmerksamkeit erregen. Es geht nicht darum, ob die Opfer US-Bürger sind, sondern nur um die Höhe der Zahl.«

»Die könnten sie doch auch bei einem Football-Spiel erreichen«, meinte Mordichai.

Rubin schüttelte den Kopf. »Nicht in diesem Ausmaß. Wir reden hier von einem Gebäude. Wenn die Ausgänge blockiert werden, wären Tausende darin gefangen. Habt ihr eine Ahnung, was bei der Comic-Con los ist? Das ist der helle Wahnsinn.«

Die Fortunes-Brüder schwiegen verblüfft und wechselten amüsierte Blicke.

»Bist du etwa auf der Comic-Con gewesen, Rubin? Wenn du das so genau weißt?«, fragte Ezekiel, der gerade daran scheiterte, sich seine Erheiterung nicht anmerken zu lassen.

»Hast du dir auch Autogramme besorgt?«, zog Mordichai Rubin weiter auf.

»Er mag Harley Quinn«, verriet Malichai. »Für ein Autogramm von ihr würde er wahrscheinlich stundenlang anstehen.«

Rubin machte ein finsteres Gesicht. »Ich habe nur gesagt, dass ich nichts dagegen hätte, wenn meine Freundin so wäre wie sie. Aber wenn ich wirklich ein Autogramm von ihr haben wollte, würde ich einfach an ihren Sicherheitsleuten vorbeigehen und in ihrem Wohnzimmer auf sie warten.«

»Dir ist aber schon klar, dass wir hier über eine fiktive Figur reden, oder?«, fragte Ezekiel. »Eine Rolle, die von einer Schauspielerin dargestellt worden ist.«

Rubin zeigte ihnen den Stinkefinger, die Standardantwort, wenn sie einander böse waren. »Ich wollte nur sagen, dass es bei so vielen Menschen in einem Tagungszentrum mehr Tote geben würde als in einem Footballstadion.«

»Vielleicht sollten wir irgendwann noch mal über die Comic-Con reden«, meinte Ezekiel, »aber du hast recht, das Tagungszentrum in San Diego ist riesengroß und kann Massen von Menschen aufnehmen. Ich gucke mal, ob ich uns da reinbekomme, damit wir die Sicherheitsmaßnahmen überprüfen können.«

»Und was ist mit Henry Shevfield? Alle, die er umgebracht hat, hatten irgendetwas mit dem Tagungszentrum zu tun. Aber wir wissen nicht genau, wann diese große Ablenkung, für die er sorgen sollte, geplant war.« Mordichai vermied es, Ezekiel anzuschauen, als er das in den Raum warf.

»Joe hat mit dem Generalmajor gesprochen«, berichtete Ezekiel. »Shevfields Tod soll noch unter dem Deckel gehalten werden, seine Leiche wird irgendwann auftauchen. Derweil soll Rubin als angeblicher Killer verdeckt ermitteln. Er wird verhört und freigelassen werden und dann in die Pension zurückkehren. Wir hoffen, dass er danach kontaktiert wird. Die Attentäter haben nicht viel Zeit, jemanden neuen zu finden, um ihre Falle zu stellen, und er ist ja schon vor Ort.«

Malichai wusste, dass dieser Plan nicht vom Generalmajor stammte, sondern von Ezekiel. Er hatte ihn offensichtlich Joe unterbreitet, der ihn dann ihrem Vorgesetzten schmackhaft gemacht hatte.

»Wie viel hast du den Detectives erzählt?«, wollte Malichai wissen.

»Noch nicht besonders viel. Schließlich können wir ihnen nicht allzu viel helfen. Schon gar nicht beim Mord an Anna und Bryon Cooper. Weil das nicht Shevfield war. Wenn man sich seine Arbeit anschaut, hat er wohl nicht gelogen. Wenn er den Mord inszeniert hätte, hätten die Detectives keine Zweifel am Tathergang. Wie es aussieht, hat Bryon sich wohl mit der falschen Hand erschossen«, sagte Ezekiel.

»Wann kommt eigentlich der Rest des Teams?«, fragte Malichai.

»Die anderen sind schon unterwegs. Das hier scheint eine große Sache zu werden, deshalb ist nur eine Notbesetzung zurückgeblieben, um Pepper und die Kinder zu schützen, obwohl ein paar Leute aus den anderen Teams angeboten haben, für uns einzuspringen.«

»Ich würde gern ein paar von unseren Leuten bei Marie einquartieren«, sagte Malichai. »Leider können wir niemanden aus seinem Zimmer werfen. Aber ich könnte zu Amaryllis ziehen, dann wäre meins frei.«

»Ich hab mir überlegt, dass wir mit Marie beratschlagen könnten, ob sie uns Jacy in Sicherheit bringen lässt – und sie vielleicht auch. Bis dahin könnte sie sich doch etwas einfallen lassen. Es gibt noch zwei Zimmer, die sie nicht vermietet, weil sie kein angrenzendes Bad haben, nicht einmal eins, das man sich teilen könnte. Sie hat vorgehabt, das irgendwann zu ändern, aber noch nicht die Zeit dafür gehabt. Außerdem gibt es noch ein Zimmer unterm Dach, heiß wie die Hölle, und den Keller«, referierte Ezekiel. »Ich habe mir den Grundriss angeschaut. Wir können sicher ein paar von unseren Leuten im Keller und in den beiden Zimmern ohne Bad unterbringen. Sie müssen dann das von Amaryllis benutzen. Und wenn wir die Cops dazu bringen können, das Zimmer der Coopers freizugeben, haben wir noch eins mehr.«

Malichai hatte keinen Zweifel daran, dass alles so war, wie Ezekiel es beschrieben hatte. Die Pension war riesig. Früher war sie einmal ein kleines Mietshaus gewesen, das dann so renoviert worden war, dass es von außen aussah wie ein altes viktorianisches Haus. Der damalige Besitzer hatte eine sechsstellige Summe investiert, um es zu einem Ferienhaus für sich und seine große Familie umzubauen. Er hatte die Apartments für seine verheirateten Kinder und ihre Familien angelegt. Deshalb hatten Marie und ihr Mann sich darin eine Pension vorstellen können, als es auf den Markt gekommen war.

»Das hört sich gut an. Aber die Idee, sich in der Pension mit Marie und Amaryllis zu besprechen, gefällt mir nicht, denn die einzig mögliche Erklärung dafür, dass Billy Leven so früh am Morgen in diesem leer stehenden Zimmer gewesen ist, ist meiner Meinung nach, dass er dort ein Abhörgerät angebracht hat. Ich hatte vor, mit Amaryllis zu gehen, wenn sie zum letzten Mal checkt, ob alles in dem Zimmer in Ordnung ist. Dabei kann ich danach suchen. Und sollte ich eins entdecken, müssen wir eine Möglichkeit finden, auch die anderen Räume zu filzen.«

»Du hast recht, Malichai. Nur wie passt Billy Leven ins Bild? Was kann er mit den Leuten aus dem Zauberladen zu tun haben? Bei denen bin ich mir sicher, dass die was aushecken. Aber was hat Leven damit zu tun?«, fragte Ezekiel.

»Geld?«, warf Mordichai ein. »Für Geld tun Menschen alles Mögliche.«

»Aber es macht doch keinen Sinn, jemanden aus North Carolina anzuheuern, wenn man vor Ort schon jemanden hat«, bemerkte Malichai. »Nämlich Shevfield.«

Ezekiel zuckte die Achseln. »Wir können uns hier ruhig weiter die Köpfe heißreden, aber damit kommen wir einer Erklärung offenbar keinen Schritt näher. Malichai, du musst dafür sorgen, dass wir mit Marie darüber reden können, ob ein paar aus unserem Team bei ihr einziehen können. Am liebsten würde ich Draden und Shylah dort stationieren. Shylah sieht zwar aus wie das nette Mädchen von nebenan, bringt dich aber so schnell um die Ecke, dass dir schwindlig wird. Und Trap und Cayenne hätte ich auch gern im Haus.«

»Hat Trap Cayenne etwa erlaubt mitzukommen? Sie ist doch ziemlich schwanger, oder?«, staunte Mordichai.

Malichai schnaubte spöttisch. »Ich mach mir echt Sorgen um dich, Mordichai. Eine Frau ist entweder schwanger oder nicht. Nicht etwas mehr oder weniger. Und auch nicht ›ziemlich‹.«

Wieder zeigte Mordichai ihm den Stinkefinger. »Wer weiß das schon bei Cayenne? Bei der ist alles möglich.«

»Ich weiß nicht, seit wann sie schwanger ist, also habe ich auch keine Ahnung, in welchem Monat sie ist, und Trap verrät es nicht«, sagte Ezekiel. »Jedenfalls sieht sie nicht schwanger aus, aber sie ist auch anders gebaut. Ich war auch überrascht, dass Joe nichts dagegen hatte, dass sie mitkommt, besonders da sie dabei so viel mit Menschen zu tun haben wird.«

»Ja, das fällt ihr wirklich schwer«, sagte Malichai.

»Mir auch«, mischte Rubin sich ein, als wollte er Cayenne verteidigen.

Malichai schaute zu Rubin hinüber. Sein Gesicht war ausdruckslos, doch die Richtung, die das Gespräch nahm, schien ihm nicht zu gefallen, das merkte man ihm an.

»Wir mögen Cayenne alle gern«, beruhigte er Rubin, so gut es ging. »Sie ist anders, ja, aber sie gehört zu unserem Team und zu uns. Sie liebt Trap und macht sein Leben um ein Vielfaches besser, aber die Sache ist die, ganz egal, wie außergewöhnlich und gefährlich sie ist, in Zeiten wie diesen braucht sie doch unseren Schutz. Genau wie wir, wenn wir verletzt oder krank sind. Ich bin nur entsetzt, dass nicht nur Joe, sondern auch Trap ihr erlaubt haben zu reisen. Also darüber bin ich wirklich schockiert.« Das stimmte. Cayenne hatte zwar wegen ihres ungewöhnlichen Körperbaus keinen Babybauch, doch ihre Schwangerschaft musste recht weit fortgeschritten sein.

Malichai hatte keine Ahnung, warum Rubin plötzlich so für Cayenne eintrat, doch dieser dunkle Schatten, der ihn und seinen Bruder Diego manchmal verfolgte, hatte sich über Rubins Schultern gebreitet wie ein Mantel. Er schaute zu Ezekiel hinüber, der ihn und seinen Bruder unter seine Fittiche genommen hatte, nachdem er sie auf der Straße aufgelesen hatte.

Die beiden Brüder stammten aus einem sehr armen Teil der Appalachen und hatten sich als Teenager bis in die Stadt durchgeschlagen, wo sie fast zugrunde gegangen wären. Ezekiel hatte sie mitgenommen und ihnen gezeigt, wie sie auf der Straße überleben konnten. Seitdem waren sie mit Ezekiel, Malichai und Mordichai zusammen und gemeinsam mit ihnen zum Militär gegangen.

»Im Endeffekt ist es so: Wo Trap ist, ist auch Cayenne«, meinte Ezekiel.

Rubin nickte. »Und sie würde alles für ihn tun – und für uns.«

Das stimmte. »Und für Nonny«, fügte Malichai hinzu, um die Stimmung etwas zu heben. »Wer würde das nicht? Ich kann es kaum erwarten, Amaryllis nach Louisiana zu bringen, damit sie alle kennenlernen kann. Und wo wir gerade davon sprechen, glaubt ihr, dass Zara Gino begleitet?«

Ezekiel hüstelte hinter vorgehaltener Hand. »Tja, das ist unwahrscheinlich. Wenn es hier gefährlich werden könnte, wird Gino sie irgendwo in Sicherheit bringen. Wenn es nach ihm geht, darf sie sich nicht einmal einen Zeh anstoßen. Sie arbeitet momentan an einem wichtigen Forschungsprojekt und wollte die Arbeit daran nicht wegen dieser Sache unterbrechen, so wie ich das verstanden habe. Das hat zu ein paar Unstimmigkeiten geführt. Aber sie stellt sich nie gegen Gino. Niemals. Wenn er etwas von ihr will, setzt sie ihr freundlichstes Lächeln auf und tut es.«

Das klang so wehmütig, dass Malichai lachen musste. »Hat meine süße Schwägerin dir etwa schon wieder Schwierigkeiten gemacht?« Er wusste, dass er sich den amüsierten Tonfall verkneifen sollte, weil Amaryllis noch viel schlimmer sein würde, aber sich vorzustellen, wie die zierliche Bellisia einem Mannsbild wie Ezekiel die Stirn bot, war einfach zu schön.

»Ich weiß gar nicht, ob Bellisia das Wort ›Ja‹ überhaupt kennt«, sagte Ezekiel traurig. »Ich spiele ihr nachts im Schlaf ein Band vor, das es ihr beibringen soll, aber bis jetzt hat es nichts genutzt.«

Da musste selbst Rubin lachen, und Malichai begriff, dass sein Bruder dem Gespräch absichtlich eine Richtung gegeben hatte, womit er sie alle zum Lachen brachte. Das machte Ezekiel immer. Bellisia war im Übrigen sehr zierlich, aber eine geübte Kämpferin. Knallhart. Zäh. Und überaus gefährlich.

Zara dagegen war freundlich und nett und sehr mitfühlend. Sie hatte selbst unter Folterqualen die Schattengänger nicht verraten, dabei waren ihre Füße so sehr verletzt worden, dass die Ärzte den Schaden nicht mehr beheben konnten. Sie konnte zwar noch gehen, allerdings nur langsam und meistens sehr vorsichtig. Doch sie war eine starke Frau und hielt fest zu ihnen. Sie würde sogar für die anderen kämpfen, wenn es sein musste, aber ihre größte Gabe war ihr Verstand. Sie gehörte zu den führenden Wissenschaftlern im Bereich der Künstlichen Intelligenz, für den sich die Regierung brennend interessierte.

»Was Gino wohl getan hat, als seine freundliche, nachgiebige Frau ihm die Stirn geboten hat, weil sie lieber weiterarbeiten wollte, statt sich mit den anderen in das Haupthaus zurückzuziehen?«, fragte Malichai neugierig. Ihm fiel nichts ein, was er tun könnte, wenn Amaryllis ihren Kopf durchsetzen wollte. Was blieb einem Mann da schon übrig? Schließlich hatten Frauen das Recht, eigene Entscheidungen zu treffen – nur dass Gino nicht immer wie ein moderner Mann dachte.

»Ich weiß nicht, aber kurz bevor wir abgefahren sind, hat er sie ins Haus der Fontenots gebracht«, erwiderte Ezekiel. »Mit Bellisia redet sie nicht über ihre Ehe mit Gino. Da Bellisia so gegen die Hochzeit war, hat Zara wohl Angst, dass sie Gino hintergeht, wenn sie irgendetwas Negatives erzählt. Und ehe du mich wieder nach meiner Frau fragst, Bellisia hat mir gedroht, dass sie euch allen sofort Bescheid gibt, falls ich mich wie ein Neandertaler benehmen sollte.«

Wieder lachten alle. »Du bist doch nicht nur in der Ehe ein Neandertaler, Zeke. Nur dass wir daran gewöhnt sind, während Bellisia immer noch denkt, dass dir die Sonne aus dem Hintern scheint. Deswegen ist sie wahrscheinlich jedes Mal schockiert, wenn du dich mal wieder wie ein Höhlenmensch aufführst.«

»Ich wünschte, ich hätte jetzt meine Keule dabei«, murmelte Ezekiel. »Jetzt geh wieder in die Pension und arrangiere ein Treffen, damit ich mich so bald wie möglich mit Marie unterhalten kann.«

Malichai nickte und stand auf. In dem Moment verringerte sich der Druck, der – wie er erst jetzt bemerkte – auf seiner Brust gelastet hatte. Auch die Knoten in seinem Bauch lockerten sich ein wenig. Ihm war nicht klar gewesen, wie unwohl er sich fühlte, wenn er nicht bei Amaryllis war. Er hätte es lieber auf die unbekannte Gefahr geschoben, die in der Pension lauerte, wollte sich aber nicht selber belügen. Es lag nur an Amaryllis. Er mochte es ganz einfach nicht, von ihr getrennt zu sein. Er würde einer von diesen anhänglichen Typen werden.

Er bemühte sich, nicht zu froh zu wirken, als er das Haus verließ, das Ezekiel gemietet hatte. Nach all den blöden Bemerkungen, mit denen er die anderen und insbesondere Zeke genervt hatte, war sein Ruf sicher ruiniert, wenn seine

Brüder und Kameraden herausfanden, dass Amaryllis ihn um den kleinen Finger wickeln konnte und er alles für sie tun würde. Also zwang er sich, lässig in den hellen Sonnenschein hinauszuschlendern. Dann setzte er eine Sonnenbrille auf und ging immer schneller über den langen Bürgersteig auf der vom Meer abgewandten Seite der Straße.

Ezekiel hatte Glück gehabt, ein Haus so nahe an der Pension zu bekommen – oder jemand hoch oben hatte die Finger im Spiel gehabt. Anscheinend kamen immer mehr Menschen nach San Diego, aus allen Teilen des Landes und der Welt strömten sie zu dieser Tagung. Eigentlich war es schön zu sehen, dass so viele Menschen ihre Ideen austauschen wollten. Trotzdem konnte er an nichts anderes denken, als daran, wie er diese Menschen beschützen sollte. Das würde bei einem so großen Gebäude nicht leicht sein.

Als Malichai die Eingangstür der Pension aufstieß, spürte er sofort, dass die Lage in dem großen Haus angespannt war. Schnell lief er durch den Flur zur Küche, wo Amaryllis sein würde, um abzuwaschen und für das Abendessen einzudecken. Sie hatte den ganzen Tag gearbeitet, und er war ihr zur Hand gegangen, bis er zu dem Treffen mit Ezekiel und den anderen musste.

Während er um die Ecke bog, die ihn über den Flur von den Apartments zur Küche und dem privaten Bereich brachte, hörte er laute, erregte Stimmen.

Marie stand an der Tür, die zu ihren Räumlichkeiten führte, vor ihr hatte sich ein Mann aufgebaut. Er war groß, mit breiten Schultern und einer muskulösen Brust. Er hatte beide Hände zu Fäusten geballt und stand so dicht vor Marie, dass er sie fast berührte.

Amaryllis stand rechts neben Marie und schaute dem

Mann ins Gesicht. Sie wirkte nicht gerade eingeschüchtert, zumindest sah man ihr das nicht an.

»Treten Sie zurück. Wenn Sie nicht sofort Abstand halten, rufe ich die Polizei. Es ist ja nicht so, als würde Marie diesen Mann vor Ihnen verstecken«, sagte Amaryllis. »Wir haben keine Ahnung, wovon Sie reden.«

»Halt du dich da raus, du Luder!«, schnauzte der Mann, ohne Marie aus den Augen zu lassen. »Er hat mir diese Adresse genannt«, fuhr er fort und spuckte Marie dabei fast ins Gesicht. »Ihr wisst doch, wo er ist. Er schuldet mir Geld, und ich werde es eintreiben, ob ihr mir helft oder nicht. Und wenn ich es nicht von ihm bekomme, hole ich es mir von euch.«

»Das ist eine Drohung«, erwiderte Amaryllis, mit ihrem Handy in der Hand. »Ich habe das hier gerade gefilmt und kann Ihnen versichern, dass das der Polizei gar nicht gefallen wird.«

»Ich *bin* die Polizei, du Miststück«, sagte der Mann hämisch. »Und ich glaube nicht, dass bei irgendjemandem dein Wort mehr gilt als meins. Malichai Fortunes ist irgendwo in diesem Haus.«

»Ja, direkt hinter Ihnen«, sagte Malichai freundlich. Er hatte seinem Bruder bereits geschrieben, um sicherzugehen, dass er Rückendeckung hatte. Falls er verhaftet wurde, musste er umgehend wieder auf freien Fuß kommen. Die einzige Erklärung, die er für dieses kleine Machtspiel finden konnte, war, dass man ihn aus der Pension raushaben wollte. Doch das ergab so früh keinen Sinn. Bis zur Tagung dauerte es immerhin noch eine Woche.

Abrupt fuhr der Riese herum und musterte Malichai. »Dann dreh dich um und nimm die Hände hinter den Rücken«, befahl er.

»Erst will ich Ihre Marke sehen«, sagte Malichai. »Ich glaube Ihnen nicht, dass Sie ein Cop sind, besonders da Sie einfach hier reinmarschiert sind und diese Frauen bedroht haben.«

»Die zwei haben mich angelogen. Also kann ich sie wegen Behinderung der Polizei anzeigen.«

»Nein, das können Sie nicht. Marie ist die Besitzerin dieser Pension und nicht verpflichtet, die Namen ihrer Gäste herauszugeben. Genau genommen gehört es sogar zu ihren Aufgaben, deren Identität zu schützen«, erwiderte Malichai milde.

Daraufhin zeigte der Mann seine Marke. Sein Name war John Mills. Malichai betrachtete ihn sich von oben bis unten. »Ich bin bewaffnet«, sagte er dann. »Und ich habe die Erlaubnis, versteckte Waffen zu tragen. Die werde ich jetzt auf den Tisch legen und Ihnen erlauben, mir Handschellen anzulegen.« Betont langsam tat er, was er angekündigt hatte, und zog zwei Pistolen und verschiedene Messer hervor, die allesamt legal in seinem Besitz waren. Kein echter Polizeibeamter hätte von ihm verlangt, seine Waffen abzugeben. Eher hätten die Cops Angst davor gehabt, dass er sie dann einsetzen würde.

Zeke, bis du da?

Ja. Rubin hat ihn im Blick.

Natürlich, wenn es sein musste, lief Rubin so schnell wie der Wind. Sicher war er direkt nach Malichais Anruf aus dem Haus gestürmt und mit Ezekiel, Trap und Mordichai über den Bürgersteig gerannt, ohne Rücksicht darauf zu nehmen, wer sie sah.

Amaryllis könnte es mit ihm aufnehmen. Ich kaufe ihm nicht ab, dass er ein Cop ist. Er will irgendetwas. Lasst uns herausfinden, was.

Ich möchte nicht, dass du dein Leben auf Spiel setzt, erwiderte sein Bruder in einem Tonfall, der seinen stählernen Willen durchklingen ließ. Wenn es um den Schutz seiner Brüder ging, konnte Ezekiel immer schon zum Berserker werden. Und wenn er seiner Wut freien Lauf ließ, konnte das tödlich enden.

Wenn ihr vier in der Nähe seid, kann nichts passieren. Aber ihr werdet ein Auto brauchen.

Obwohl er mit seinem Bruder sprach, hing sein Blick an Amaryllis. Sie schüttelte kaum merklich den Kopf und schaute dann zu Marie hinüber.

Das ist heller Wahnsinn. Du weißt doch, dass sie dich töten wollen, blaffte Ezekiel.

Das ist die beste Gelegenheit herauszufinden, was der Kerl will. Und mit wem wir es zu tun haben. Wenn dieser Mann je auf der Polizeiakademie war, ist er durchgefallen. Ich habe meine Waffen abgegeben. Direkt vor seiner Nase. Ich hätte ihn auch erschießen oder ein Messer nach ihm werfen können, dann wäre er schon tot. Als er mir die Handschellen angelegt hat, hat er nicht gemerkt, dass ich die Muskeln angespannt habe, um möglichst viel Spielraum zu bekommen.

Aber du bist immer noch gefesselt, und er will dich immer noch umbringen.

Mit Ezekiel konnte man nicht diskutieren, aber irgendwie war es auch schön zu wissen, dass sein Bruder Himmel und Hölle in Bewegung setzen würde, um ihn zu beschützen.

»Lassen Sie mich meiner Verlobten einen Abschiedskuss geben«, verlangte Malichai und ging an Mills vorbei, ehe der protestieren konnte.

»Zeke passt auf mich auf«, sagte Malichai an Amaryllis' Lippen. Dann küsste er sie hart und lange. Kostete den

Moment aus. Ihre verführerische Anziehungskraft lenkte seine Gedanken in eine Richtung, in die sie nicht abschweifen sollten, wenn jemand ihm gerade nach dem Leben trachtete.

»Das reicht jetzt«, schnauzte Mills und packte ihn am Arm.

»Wo bringen Sie ihn hin?«, wollte Amaryllis wissen. »Ich will die Kaution hinterlegen.«

Marie schaute Mills finster an. »Ich werde gegen Sie und Ihre Abteilung Beschwerde einreichen. Wie Sie sich verhalten haben, ist ein Skandal, und wir haben alles auf Video. Wenn das in den sozialen Medien auftaucht, werden Sie gefeuert.«

Mills ignorierte die beiden Frauen und brachte Malichai eilig weg. Marie und Amaryllis liefen hinter ihnen her. Malichai blieb unbeeindruckt, obwohl Mills eine Hand zwischen seinen Schulterblättern und die andere auf seinem Oberarm hatte. Als ob ihn das aufhalten könnte.

»Ich wäre schon mit ihm fertiggeworden«, sagte Amaryllis so laut, dass Mills es hören konnte.

Der angebliche Polizist versteifte sich, ging aber weiter, ohne sich umzuschauen.

Malichai blickte über die Schulter und zwinkerte ihr zu. »Das war mir klar, Baby. In einer Stunde oder so bin ich wieder zurück. Ich freu mich schon aufs Abendessen. Du kennst ja meinen Appetit.«

Amaryllis erwiderte sein Lächeln nicht, und ihm war klar, dass sie in der Küche alles liegen und stehen lassen würde. Sie würde John Mills folgen, um ihren Mann zurückzubekommen. Auch sie hatte keine Sekunde geglaubt, dass der Kerl wirklich Polizist war.

»Was wollte sie denn damit sagen, verdammt?«, fragte

Mills, als er die rechte Hintertür eines dunklen SUV aufriss.

»Schöner Wagen für einen Cop«, meinte Malichai. »Damit wollte sie sagen, dass sie dir den Arsch aufreißen könnte, und sie hat recht. Frauen sollte man nie unterschätzen.«

Mills stieß ihn in den Wagen, schlug die Tür zu und schaute wütend zur Tür der Pension hinüber. Nur Marie stand noch dort. Amaryllis war schon losgelaufen, um ihren Wagen zu holen.

Malichai lehnte den Kopf an den Ledersitz und ignorierte Mills, der sich hinter das Lenkrad warf, den Wagen startete und in den Verkehr einfädelte. Wer auch immer diese Leute waren und was sie auch vorhatten, es handelte sich nicht um eine echte terroristische Zelle, höchstens um eine im Anfangsstadium, also im Grunde um Amateure. Denn ihn zu entführen, war dumm. Schließlich wussten diese Leute so gut wie gar nichts über ihn, und Mills Gesicht war nicht nur von den beiden Frauen gesehen worden. Noch dazu hatte er sich von ihnen filmen lassen.

Malichais Magen zog sich wieder zusammen. Also entweder waren sie dumm, oder es war ihnen gleichgültig. Weil es irgendeinen Grund dafür gab? Und was konnte das sein? Mills hielt sich sehr aufrecht. Wahrscheinlich war er beim Militär gewesen. Und somit daran gewöhnt, Befehle zu geben und zu befolgen. Irgendetwas stimmte hier nicht, aber Malichai hatte nicht genug Informationen, um alle Teile des Puzzles zusammenzufügen.

Er beging nicht den Fehler, durchs Rückfenster zu schauen, um sich zu vergewissern, dass sein Bruder ihnen folgte. Er wusste, dass er sich auf Ezekiel verlassen konnte. Außerdem war er sicher, dass er es selber mit John Mills aufnehmen konnte, wenn es sein musste, doch das Wissen, dass Zeke und die anderen in der Nähe waren, gab ihm zusätzliches Selbstvertrauen.

Mills schien nicht auf den Gedanken zu kommen, dass er verfolgt werden könnte. Er fuhr durch mehrere Seitenstraßen weg vom Meer zum Industriegebiet der Stadt, wo es mehrere Lagerhäuser gab. Auf eins fuhr Mills zu und hielt gerade lange genug an, um einen Code einzutippen, der das Zufahrtstor aufschwingen ließ. Während das schwere Tor sich hinter ihnen wieder schloss, steuerte Mills den Wagen nach rechts und an einer langen Reihe von Hallen entlang. Am Ende der Reihe war ein Lieferwagen geparkt. Das gefiel Malichai nicht, obwohl er wusste, dass das Tor Ezekiel nicht aufhalten würde. Die anderen würden einfach über den Zaun springen und über die Dächer laufen. Dennoch, wenn er in den Lieferwagen gesteckt wurde und sein Team nicht eingriff ...

Dunkler Van. Das Nummernschild kann ich nicht sehen, Zeke. Ich weiß nicht, ob er dasteht, um mich wegzubringen oder meine Leiche.

Der SUV kam so abrupt zum Stillstand, dass Malichai fast mit dem Kopf gegen den Vordersitz geknallt wäre. Mills sprang aus dem Auto, machte die hintere Tür auf und zerrte ihn nach draußen. Dabei erhaschte Malichai einen Blick auf die ältere Frau aus dem Zauberladen, die so unhöflich zu ihm gewesen war. Doch ehe er irgendetwas tun konnte, trat Mills ihm fest gegen das verletzte Bein. Der Kerl trug schwere Stahlkappenstiefel, und der harte Tritt traf einige Wunden.

Malichais Körper reagierte sofort. Ihm wurde so schlecht, dass er sich fast übergeben hätte, als er stürzte und mit dem

Kopf auf dem Asphalt aufschlug. Doch er merkte es kaum, denn Mills trat ihn noch zweimal heftig gegen das Bein, um ihn möglichst stark zu schwächen. Er schien ganz genau zu wissen, wo Malichai angeschossen worden war und trat immer wieder auf das Bein ein, als wollte er es komplett zerstören.

Dann packte er Malichai unter den Achseln und schleifte ihn die paar Schritte bis zur offenen Tür des Lagerhauses, wo die Frau wartete. Neben ihr war ein anderer Mann aufgetaucht, der um die fünfzig zu sein schien. Dieser Mann schlug die hohe Tür hinter ihnen allen zu. Drinnen brannte Licht, trotzdem war es ziemlich dämmrig in der Halle. Dennoch konnte Malichai, nachdem er die Übelkeit, den Brechreiz und den hämmernden Schmerz in seinem Bein niedergekämpft hatte, die zahlreichen Narben im Gesicht des Mannes sehen.

»Mr. Fortunes«, begrüßte dieser ihn. »Von einem Soldaten zum anderen muss ich Ihnen sagen, dass es mir ehrlich leidtut, Sie unter so schlechten Bedingungen kennenzulernen. Sicher verstehen Sie, dass es ein Zeichen unseres Respekts ist, dass wir so vorsichtig mit Ihnen umgehen. Ein Mann, der sich im Einsatz solche Wunden zugezogen hat, ist sicher brandgefährlich.«

Der Mann hatte eine sehr klare Aussprache, und seine Ausdrucksweise deutete darauf hin, dass er eine gute Erziehung genossen hatte. Malichai vermutete, dass er einmal Offizier gewesen war. Ja, es war ein Zeichen von großem Respekt, auf sein verletztes Bein einzutreten, damit er sich nicht mehr wehren konnte. Was für ein Arschloch. Aber Malichai sagte nichts.

Die Handschellen saßen recht locker, und er bemühte sich, sie abzustreifen, ohne die Schultern zu bewegen. Damit niemand bemerkte, was er vorhatte, tat er so, als fiele es ihm schwer, sich aufzusetzen. Dabei machte er ein ausdrucksloses Gesicht, obwohl er bei jeder Bewegung, mit der er sich so auszurichten versuchte, dass sein Rücken zur Wand der Halle zeigte, entsetzliche Schmerzen litt.

Sein Bein tat so weh, wohl ein Zeichen dafür, dass die kleinen Risse, die Amaryllis geflickt hatte, wieder aufgebrochen waren. Ganz sicher hatte Mills das Wunder, das Rubin vollbracht hatte, zunichtegemacht.

»Was wollen Sie denn von mir, Mr. …« Er nannte den Mann absichtlich »Mister«, weil er wusste, dass es ihn ärgern würde, wenn er Offizier gewesen war und hier das Sagen hatte.

»Ich bin Oberstleutnant Callendine und das ist Major Salsberry.« Der Oberstleutnant deutete auf die ältere Frau. Leider sind Sie ihr schon bei einem unserer Einsätze begegnet, Mr. Fortunes. Sergeant Mills kennen Sie ja bereits.« Der Oberstleutnant trommelte mit den Fingern auf seinen Oberschenkel. »Unglaublich, dass ich kaum etwas über Sie herausfinden kann, mal abgesehen davon, dass Sie tatsächlich existieren und Soldat sind. Sie sollten wissen, dass meine Befehle von ganz oben kommen, aus dem Weißen Haus, also sollte es mir möglich sein, an alle Informationen über Sie heranzukommen, doch bislang ist mir das nicht gelungen.«

Mit scharfem Blick musterte er Malichai sorgfältig von oben bis unten. Dabei konnten ihm die deutlich sichtbaren Schweißtropfen, die seinem Gefangenen über Stirn, Hals und Brust rannen, nicht entgehen. Malichai versuchte, gleichmäßig zu atmen, doch das war fast unmöglich, weil ihn bei jedem Luftholen ein greller Schmerz durchzuckte.

Zeke, das hier ist angeblich irgendeine militärische Operation. Der Mann behauptet, er bekäme seine Befehle aus dem Weißen Haus. Von wem dort, hat er nicht gesagt, aber er weiß nichts von unserer Einheit. Sein Name ist angeblich Oberstleutnant Callendine. Die Frau bei ihm ist Major Salsberry. Und der Gorilla, der gerade mein Bein zu Brei getreten hat, Sergeant Mills. Ich hab die Handschellen ab. Brauche nur noch ein paar Minuten, um zu Atem zu kommen. Mal sehen, ob ich herausfinde, was zum Teufel diese Leute vorhaben.

»Wenn Sie wirklich das sind, was Sie behaupten, warum kommen Sie dann nicht einfach zu mir und sagen mir von Soldat zu Soldat, dass ich mich aus der Sache raushalten soll? Ihr Mann da hat der Pensionswirtin einen Heidenschrecken eingejagt. Und er hat sich bei dem Einschüchterungsversuch filmen lassen. Wenn Sie irgendeinen Geheimauftrag haben, warum sind Sie dann so dumm, das Risiko einzugehen, dass sein Gesicht in allen sozialen Medien auftaucht? Und was noch weniger Sinn macht: Warum attackieren und verletzen Sie einen Kameraden?«

Mit erhobener Augenbraue drehte Callendine sich zu Mills um, als erwartete er eine Antwort von ihm.

»Diese Angestellte, die das gefilmt hat, heißt Amaryllis. Sie sah so aus, als würde sie Schwierigkeiten machen. Ich wollte ihr nicht wehtun, deshalb habe ich beschlossen, so bedrohlich wie möglich aufzutreten. Und ich wollte ihnen auch ihre Handys abnehmen, aber dann ist Fortunes gekommen.«

Callendine nickte, als wäre das eine völlig vernünftige Erklärung. Doch das stimmte nicht, und sie ergab für Malichai auch keinen Sinn. Nichts passte zusammen – es sei denn, diese Leute steckten hinter dem Plan, Marie, Jacy und Amaryllis zu töten und dann die Pension niederzubrennen. Wie erschöpft vom Kampf gegen die Schmerzen lehnte Malichai den Kopf an die Wand. In Wahrheit war er inzwischen einfach total angepisst und mehr als überzeugt, dass Callendine hinter den Mordplänen steckte, auch wenn der versucht hatte, sehr seriös zu wirken.

Sicher war Ezekiel gerade dabei, beim Generalmajor Auskünfte über Callendine, Salsberry und Mills einzuholen. Für wen sie arbeiteten und warum sie in San Diego waren. Malichai hielt es für unwahrscheinlich, dass sie alle für denselben Zweck arbeiteten, denn es war durchaus möglich, dass irgendjemand im Weißen Haus ein ganz anderes Ziel verfolgte und ein eigenes Team losgeschickt hatte. Wie auch immer ihr Auftrag lautete, diese drei waren offenbar viel zu schnell bereit, tödliche Gewalt gegen Zivilisten einzusetzen.

»Wir sind auf der Suche nach einem Kollegen, der verschwunden ist«, sagte Callendine. »Sein Name ist Henry Shevfield. Ich bin ziemlich sicher, dass Sie ihm begegnet sind.«

Malichai legte betont nachdenklich die Stirn in Falten und schaute dann theatralisch zur Decke, wie manche Leute es tun, wenn sie sich an eine bestimmte Person oder ein bestimmtes Ereignis erinnern sollen. *Sie fragen nach Shevfield, Zeke.* Er wollte, dass sein Bruder über alles informiert war, für den Fall, dass er es nicht lebend aus der Lagerhalle heraus schaffte.

»Tut mir leid. Ich erinnere mich nicht an jemanden mit diesem Namen.« Er kannte sich mit Verhörmethoden aus. Er hatte so etwas schon öfter mitgemacht. Und er war auch gefoltert worden, den Beweis dafür sah man an seinem Körper, wenn man sich die Mühe machte hinzuschauen. Aber er konnte so wirken und reden, als sagte er die Wahrheit, selbst wenn er das Blaue vom Himmel herunterlog. »Wann soll ich ihm denn über den Weg gelaufen sein?«

Mills machte eine Bewegung, als wollte er wieder auf Malichais Bein eintreten. Jede Zelle in Malichais Körper rebellierte dagegen, doch er schaffte es, keine Miene zu verziehen. Er wollte den Bastard nicht ermutigen, falls er andern gern Schmerzen zufügte. Er musste seinen Puls senken und vorsichtig herausfinden, wie sehr er sich auf sein Bein verlassen konnte, wenn er plötzlich losschlagen wollte.

»Neulich waren Sie im Zauberladen und haben mit der Majorin gesprochen«, fuhr Callendine geduldig fort.

Mit einem schwachen Lächeln auf dem Gesicht ließ Malichai den Blick zu der älteren Frau wandern. »Ach, *das*, ja. Sie war unglaublich unhöflich.«

»Sie haben gelogen«, sagte Callendine. »Sie kennen Miss Crystal gar nicht.«

»Oh doch«, widersprach Malichai. »Meine Verlobte arbeitet in der Pension. Schon das ganze letzte Jahr. Und vor einiger Zeit hat sie mich mit Miss Crystal bekannt gemacht. Es stimmt, dass ich nicht oft Urlaub bekomme, aber wenn, gehe ich immer mein Mädchen besuchen. Sie hilft Marie, weil Jacy wieder krank ist, deshalb kann sie nicht zu mir kommen. Aber da ich ohnehin oft unterwegs bin, ist das okay. Miss Crystal ist eine nette alte Dame und gut mit den beiden Frauen und Jacy befreundet.«

Wütend starrte Callendine die Majorin an. »Ich dachte, Sie hätten gründlich recherchiert.«

Sichtlich beschämt, dass sie nichts von Amaryllis' Verlobung gewusst hatte, zog die Frau den Kopf ein.

»Bei welcher Waffengattung sind Sie?«, fragte Callendine.

»Ich bin bei der Air Force«, erwiderte Malichai.

Mills lachte verächtlich auf. Malichai bemühte sich, seinen Blick nicht zu dem Kerl schweifen zu lassen. Keiner von den dreien sollte das plötzliche Aufblitzen in seinen Augen sehen. Er war stolz auf seine Truppe. Sehr stolz. Aber er wollte nicht alles vermasseln, nur weil er sich mit Mills anlegte, den er längst für einen Idioten hielt.

»Ich verstehe nicht, was hier vorgeht, Sir«, fügte er hinzu und benutzte die Respektsbezeichnung wie aus Gewohnheit, als wäre er sich dessen gar nicht bewusst. Er wusste, dass Callendine das gefallen würde. »Wenn Sie hier einen Einsatz leiten, hätten Sie mir sagen sollen, dass ich mich nicht einmischen soll. Ich hab mich nur nach Miss Crystal erkundigt. Und als die Majorin so unhöflich war, kam mir das komisch vor, wo sie doch angeblich dort arbeitete und die Kunden zum Kaufen bewegen sollte. Da schien mir etwas nicht zu stimmen. Deshalb habe ich automatisch Fragen gestellt.«

Callendine schüttelte den Kopf. »Vielleicht hätte die Majorin etwas freundlicher sein sollen. Sie ist einfach an Ehrerbietung gewöhnt.«

»Was ist mit Anna und Bryon Cooper? Warum musste Mills sie beseitigen? Denn das hat er getan, da bin ich sicher. Was für eine Bedrohung waren die beiden für Ihre Mission?«

»Wie kommen Sie darauf, dass Mills sie getötet hat?«, fragte Callendine.

»Weil es schlampige Arbeit war. Schließlich ist er Soldat, kein Profikiller. Er hatte nicht viel Zeit, deshalb hat er improvisiert, als sich eine Gelegenheit ergab, statt auf eine bessere zu warten.« Das war alles geraten, aber wenn Shevfield das Paar nicht umgebracht hatte, musste es jemand anders gewesen sein, und dass noch ein Killer in die Sache involviert sein könnte, war zu unwahrscheinlich.

»Ja, er hätte noch warten sollen«, gab Callendine zu. »Aber die Frau konnte den Mund nicht halten. Sie hatte etwas belauscht, das sie nicht hätte hören sollen. Wie viel, wussten wir nicht, aber sie stellte eine Gefahr für die nationale Sicherheit dar, die wir nicht hinnehmen konnten.«

»Sie war keine Gefahr«, konterte Malichai. »Niemand hat ihr zugehört.«

»Zurück zu Shevfield. An dem Tag, an dem Sie mit Major Salsberry gesprochen haben, sind Sie schwimmen gegangen.«

Malichai nickte. Er machte nicht den Fehler, sein Bein zu reiben, aber die Versuchung war groß. Er hielt die Hände eng hinterm Rücken und bewegte nur hin und wieder die Schultern, als wollte er die Schmerzen lindern, die die Handschellen verursachten. »Mein Physiotherapeut hat mir geraten, im Meer schwimmen zu gehen. Ich habe ihm versprochen, das auch hier zu machen. Die Ärzte hätten mich nicht zu Amaryllis fahren lassen, wenn ich mich nicht dazu bereit erklärt hätte. Also gehe ich jeden Morgen trainieren.«

»Demnach ist die Verletzung noch frisch.«

Nun nahm das Gespräch eine Richtung, die Malichai nicht gefiel. Diese Information konnte Callendine nutzen, um dem Drahtzieher hinter dieser Mission dabei zu helfen, etwas über Malichai und seine Einheit herauszufinden – zumindest, wo er gewesen war.

Stumm starrte Malichai Callendine an. Mills wollte schon auf ihn losgehen, doch Callendine machte eine abwehrende Handbewegung.

»Verstehe«, sagte er. »Dann müssen Sie zu einer Spezial-
einheit gehören. Wo auch immer Sie sich diese Verletzung
zugezogen haben, und nach den Fotos zu urteilen, die ich
gesehen habe, sind Sie mehrmals angeschossen worden.
Es muss wohl eine geheime Mission gewesen sein.«

Malichai schluckte den Köder nicht und schwieg weiter. Callendine seufzte. »Mr. Shevfield ist mit voller Tauch-
ausrüstung ins Meer gegangen. Sie haben nicht mal Teile eines Neoprenanzugs getragen, und doch sind Sie eine
ganze Weile in Wasser geschwommen, das man als ›sehr
kalt‹ bezeichnen muss. Trotzdem sind Sie ohne Probleme
wieder an Land gelangt, während Shevfield nicht mehr
aufgetaucht ist.«

Malichai erlaubte sich ein weiteres Stirnrunzeln. »Wollen Sie damit irgendwie andeuten, dass ich etwas mit dem
Verschwinden Ihres Mannes zu gehabt habe? Das ist ein
verdammt großer Ozean. Wie kommen Sie darauf, dass
ich ihm darin begegnet sein sollte? Ich bin ein gutes Stück
weit geschwommen und dann zurückgekehrt, wie ich es
jeden Morgen tue. So einfach ist das.«

»Sie sind sehr lange unter Wasser geblieben, Mr. Fortunes. Sie sind dabei beobachtet worden.«

»Dann wird dieser Beobachter Ihnen ja verraten können, dass ich Shevfield nicht begegnet bin.«

»Mein Beobachter war in Kontakt mit Shevfield, und
der hat auf Sie gewartet. Das war das Letzte, was wir von
ihm gehört haben.«

»Dann sollte Ihr Beobachter doch wissen, wo er ist,
denn ich weiß es nicht. Und warum sollte Shevfield auf
mich warten? Was zum Teufel habe ich mit Ihrem Auftrag zu tun?«, fragte Malichai leicht aggressiv. »Ist Ihnen
schon mal der Gedanke gekommen, dass Ihr Beobach-

ter vielleicht etwas mit Shevfields Abtauchen zu tun hat und versucht, es mir in die Schuhe zu schieben? Es wäre ja nicht das erste Mal, dass irgendjemand in einer Einheit jemand anders verschwinden lässt, weil er ihn nicht leiden kann.«

Malichai behielt Mills im Auge und schätzte die Entfernung zwischen ihnen ab. Er hatte das Gefühl, dass Mills der Beobachter gewesen war, den Callendine immer wieder ins Spiel brachte, und Mills war offenbar leicht reizbar. Falls der Kerl wieder auf ihn losgehen würde, sollte er sein blaues Wunder erleben.

»Ruhig«, zischte Callendine, dem offenbar klar war, dass Mills über Malichais Unterstellung wütend sein würde. »Die Rettungsspringer-Einheiten gehen dahin, wo die meisten sich nicht mehr hintrauen, und holen unsere Jungs raus, wenn sie verwundet sind. Ist es das, was Sie tun?«

»Ich bin Arzt«, gab Malichai zu.

Offenbar hatte Callendine vor, diese alberne Befragung fortzusetzen. Ihm so etwas zu verraten, brachte ihn keinen Deut näher an das heran, was er in Erfahrung bringen wollte. Seine Kontaktleute im Weißen Haus hatten ihm anscheinend nichts von den Schattengängern und diesem letzten äußerst geheimen Auftrag gesagt. Ihm zu enthüllen, dass er Arzt war, wirkte, als wäre er einigermaßen kooperativ. Rettungsspringer waren normalerweise keine Schattengänger. Malichai ging es darum, Zeit zu gewinnen, in der Hoffnung, dass der Oberstleutnant lockerer wurde und etwas von sich gab, dass Ezekiel helfen würde herauszufinden, wer diesen Einsatz angeordnet hatte und worum es dabei eigentlich ging. Kein Soldat, der etwas auf sich hielt, hätte einen einheimischen Profikiller angeheuert, um zwei Frauen und ein Kind zu töten und eine ganze Pension voller Gäste in Brand zu setzen.

»Das heißt, Sie sind auch Offizier.« Callendine sah kurz zu dem Major und dann zu Mills hinüber.

»Ja, Sir, das bin ich.«

»Und Sie haben unsere verwundeten Jungs aus der Feuerlinie geschafft, nicht wahr?«

»Ich würde es vorziehen, diese Frage nicht zu beantworten, Sir.«

»Weil der Einsatz geheim war. Arbeiten Sie für die CIA?«

»Nein, für die Air Force. Als Rettungsspringer.« Es wurde Zeit, wenigstens das einzuräumen.

Callendine grinste triumphierend.

»Sind Sie bei der CIA?«, fragte Malichai.

»Nein, bei der Army. Und ich bin genauso stolz auf meine Abteilung wie Sie.«

Er behauptet, er ist in der Army, Zeke. Seine Befehle kommen von irgendjemandem weiter oben. Der Major hat offenbar schon öfter mit ihm zusammengearbeitet. Ich habe ihn geradeheraus gefragt, ob er bei der CIA ist, und er hat Nein gesagt. Ich glaube ihm. Seine Stimme hat stolz geklungen, als er gesagt hat, er wäre in der Army.

»Sie müssen mir sagen, wer Ihnen Ihre Befehle erteilt«, forderte Malichai.

»Sie wissen doch, dass ich das nicht kann. Ich kann Ihnen nur sagen, dass sie direkt aus dem Weißen Haus kommen.«

»Aber nicht vom Präsidenten«, mutmaßte Malichai. Der würde eine Friedenskonferenz niemals für ein Problem halten. Von wem dann? Die drei waren jedenfalls nicht da, um ein Bombenattentat zu verhindern, nicht, wenn sie einen Profikiller beauftragt hatten.

Callendine seufzte schwer. »Ich weiß, dass Sie glauben, das Richtige zu tun, Dr. Fortunes. Und es ist möglich, wenn auch unwahrscheinlich, dass Sie mir die Wahrheit über den Grund Ihrer Anwesenheit gesagt haben. Doch die Tatsache, dass meine Kontaktleute so gar nichts über Sie finden können, lässt darauf schließen, dass Sie zu einer geheimen Einheit gehören. Die Verletzungen, die Sie sich zugezogen haben, lassen dasselbe vermuten. Sie müssen verstehen, dass wir es nicht riskieren können, dass Sie unsere Mission behindern.«

Malichai wusste genau, was nun kommen würde. Callendine würde seinen Kampfhund loshetzen.

Du solltest jetzt besser zur Party kommen, Zeke. Ich dürfte die Hauptattraktion sein.

Sein ganzer Körper versteifte sich, obwohl es das Letzte war, was er wollte und brauchte. Er musste entspannt sein, bereit zu reagieren und sich zu wehren, wenn der Angriff kam – denn das würde er. Das war nicht mehr zu vermeiden.

13

»ICH GEBE IHNEN EINE letzte Chance, hier lebend herauszukommen, Soldat«, sagte Callendine warnend.

Er hat ein paar Soldaten hier draußen, meldete Ezekiel. *Kommst du da drin alleine klar?*

Malichai fluchte innerlich. Er hatte nicht vor, sich von diesem dämlichen Mills wieder vors Bein treten zu lassen. Es würde sich wehren müssen.

Ich tu mein Bestes, aber ich will nicht lügen. Mein Bein ist wieder angeknackst. Ich weiß nicht, wie lange es halten wird, also beeilt euch.

»Ich fürchte, Ihnen muss ich das Gleiche sagen«, erwiderte Malichai und verlagerte vorsichtig sein Gewicht. Er würde seine außergewöhnliche Schnelligkeit und Kraft nutzen müssen, um den Hintern schnell genug hochzubekommen, weil sein Bein sich weigerte, richtig zu funktionieren.

Callendine lächelte, doch es war ein humorloses Lächeln, das nicht bis zu den Augen reichte. Vor Malichai stand ein Mann, der mehr als einmal selbst gefoltert hatte – und anderen befohlen hatte zu foltern. Das machte ihm nichts aus. Er gehörte zu den Typen, die ohne mit der Wimper zu zucken den Mord an zwei Frauen und einem Kind anordneten und eine Pension mit Gästen, Polizisten und Feuerwehrleuten niederbrennen ließen – einfach nur als Ablenkungsmanöver.

»Ich habe großen Respekt vor Ihnen, Dr. Fortunes, aber ich kann es nicht zulassen, dass Sie meiner Mission in die Quere kommen.« Er trat einen Schritt zurück und winkte Mills heran.

Als der auf ihn zustürmte, sprang Malichai ihn an und trat ihm mit seinem gesunden Bein so fest er konnte ins Gesicht, das sich augenblicklich in eine schiefe, blutige Maske verwandelte. Gleichzeitig flog die Tür auf, und Amaryllis kam hereingerannt, so schnell, dass man ihr kaum mit den Augen folgen konnte. Sie steuerte auf Major Salsberry zu, die eine Waffe gezogen hatte und auf Malichais Kopf zielte.

Die Frauen stürzten nicht weit entfernt von dem um sich schlagenden Mills zu Boden, dem Blut aus Nase, Mund und Augen lief. Callendine wich zurück, die Waffe in der Hand, konnte aber nicht schießen, weil Malichai bereits taumelnd auf dem gesunden Bein gelandet war und sich auf ihn warf, um ihn aus dem Gleichgewicht zu bringen. Als Malichais schlimmes Bein auf dem Zement aufkam, schoss ein heißer Schmerz durch ihn hindurch, der ihm den Atem, die Energie und sogar die Sicht raubte. Alles verschwamm, um ihn herum wurde es dunkel, und er musste sich enorm anstrengen, um wach und einsatzbereit zu bleiben.

Amaryllis rollte sich von der Majorin herunter und brachte Callendine mit einem Scherenangriff auf seine Beine zu Fall. In dem Augenblick begann außerhalb der Lagerhalle ein Feuergefecht. Callendine robbte zur Tür und rief der Majorin etwas zu. Die kroch daraufhin über Mills hinweg, sodass er zwischen ihr und Amaryllis lag.

Callendine zielte auf Malichai und drückte genau in

dem Moment ab, in dem Mills sich aufrichtete und blind um sich schlug. Es war reiner Zufall, dass er einen Treffer landete, der Malichais Kinn aber nur streifte, weil er seitwärts auswich. So traf Callendines Kugel Mills und durchschlug seinen Hals.

Major Salsberry packte Callendine und zerrte ihn aus der Lagerhalle zum Parkplatz, auf dem neben dem SUV, mit dem Mills Malichai hergebracht hatte, der Lieferwagen stand. Sie sprang auf den Fahrersitz des SUVs.

»Bleiben Sie unten«, zischte sie ihrem Chef zu, als auch er in den Wagen kletterte – die Waffe immer noch in der Hand, bereit seine Leute zu unterstützen.

Callendine achtete nicht auf sie, sondern sah zu, wie einer der unbekannten Soldaten vom Dach eines Lagerhauses sprang, die Beine um den Hals eines Gegners wickelte, ihm offenbar das Genick brach und sich dann gleich auf den nächsten Gegner stürzte. Callendines Männer waren zahlenmäßig überlegen, aber sie kämpften auf verlorenem Posten. Die Männer, mit denen sie rangen, waren zu schnell, zu effektiv und zu schwer zu fassen. Er brüllte den Befehl zum Rückzug. Mehr Zeit blieb ihm nicht, denn die Majorin raste bereits davon.

Amaryllis kniete neben Malichai. »Ich hätte diese Hexe umbringen sollen«, sagte sie und strich über sein Bein. »Wer war das?«

Malichai schloss die Augen und versuchte, den Schmerz anzunehmen. Man konnte hören, dass der Kampf draußen genauso schnell aufhörte, wie er begonnen hatte. Sie hatten Mills' Leiche, aber sonst nicht besonders viel, um herauszufinden, was zum Teufel hier vorging. Nichts ergab einen Sinn. Absolut nichts. Er deutete auf Mills. »Der mit den Stiefeln. Und er tritt wie ein Pferd.«

»Das sieht böse aus, Schatz.« Amaryllis schien Tränen zu unterdrücken.

Malichai schlug die Augen auf und schaute sie an. Sie war wunderschön. So wunderschön. »Danke, dass du mir nachgefahren bist, Baby«, sagte er. Er war erschöpft, so müde, dass er sich kaum rühren konnte. »Du hast mir das Leben gerettet.« Ohne darauf zu achten, ob sich das Blut aus Mills' Leiche auf dem Zementboden ausbreitete, ließ er den Kopf sinken. Er konnte sich nicht mehr bewegen und musste sich zwingen zu atmen. So schmerzhaft brannte seine Lunge.

»Es gefällt mir nicht, wie sich das anfühlt, Malichai. Aber hier drin gibt es zu viel negative Energie. Ich muss dich hier rausbringen, selbst wenn wir es nur bis zum Parkplatz schaffen.«

Ihretwegen wollte er es versuchen, doch ihm kam es unmöglich vor, ihren Wunsch zu erfüllen. Er war sich nicht sicher, ob er sein Bein noch spürte, aber interessierte ihn das überhaupt noch?

»Malichai«, sagte Amaryllis scharf. »Sieh mich an. Ich muss versuchen, diesen Riss zu behandeln. Du hast innere Blutungen, und ich werde dich nicht verlieren. Wo ist Rubin? Er muss doch in der Nähe sein. Ich kann dich stabil halten, bis er kommt.«

Flatternd öffnete Malichai die Lider und nahm verschwommen ihr Gesicht wahr. »Tut mir leid, Schatz.« Anscheinend hatte er das gesagt. Er versuchte, mit einer Hand ihr Gesicht zu berühren, um ihre Tränen fortzuwischen, aber sein Arm wog eine Tonne.

»Malichai.«

Er erkannte Ezekiels Stimme. Doch sie klang anders als sonst. Besorgt und bestürzt. Das war typisch für seinen

Bruder. In dieser »Wenn-du-mir-nicht-gehorchst,-prügel-ich-dich-windelweich«-Stimmung war sein großer Bruder am schlimmsten. »Wag es bloß nicht zu sterben.«

Mordichai schlang einen Arm um seine Schultern und hielt ihn fest. Dann kam Rubin dazu. Doch Malichai konzentrierte sich auf Amaryllis. Ihr Gesicht tauchte immer wieder in seinem verschwommenen Blickfeld auf. Sie kniete über ihm, das Gesicht starr vor Anspannung.

»Rubin, ich glaube, er hat innere Blutungen«, sagte sie.

»Ich muss sein Bein sehen. Legt es frei. Beeilt euch bitte.«

Die Dringlichkeit in Rubins Stimme musste seinen Brüdern aufgefallen sein, denn sie stellten keine Fragen. Niemand erkundigte sich besorgt danach, wie es weitergehen sollte, oder schlug vor, einen Krankenwagen zu rufen. Trap zog ein großes Messer hervor und trennte einfach wortlos seine Hose auf, damit es frei lag. Malichai merkte es daran, dass es an seinem Bein kühl wurde, sehen konnte er es nicht. Er sah nur noch Amaryllis' Gesicht und den Ausdruck größter Konzentration, mit dem sie sich gemeinsam mit Rubin über sein Bein beugte.

Ruhig und unbewegt wie ein stiller, tiefer See aus blauem Eiswasser untersuchte Rubin ihn, richtete seine Aufmerksamkeit auf eine Stelle, verharrte dort und behandelte sie emotionslos und sehr selbstsicher. Hin und wieder wies er Amaryllis auf etwas hin, das nur sie beide sehen konnten. Doch selbst dann hörte er nie auf mit dem, was er tat.

Amaryllis war das glatte Gegenteil von Rubin. Jedes Mal, wenn sie ihn berührte, spürte er ihr Mitgefühl, ihre Liebe. Immer wieder streichelte sie sein Bein. Dann hielt sie plötzlich den Atem an, und er spürte Hitze. Glühende Hitze. Als hätte sich ein Laser in sein Bein gebrannt. Zuerst war es nur unangenehm, doch dann heiß und unerbittlich. Er versuchte, dem Schmerz auszuweichen, in der Hoffnung, dass der Laser zu einer anderen Stelle wandern würde, doch der Strahl schien ihn zu verfolgen.

Zischend stieß Amaryllis den Atem aus und schaute auf. Einen Augenblick lang schien sie Ezekiel und Trap vielsagend anzuschauen, dann konzentrierte sie sich wieder auf ihn. Malichai spürte, wie sein Bruder mit seinen großen Händen seinen Oberschenkel umklammerte und Trap das Gleiche mit seinem Unterschenkel machte, damit er sich nicht mehr rühren konnte.

Der Laser schien eine Ewigkeit gnadenlos auf einem Punkt zu verweilen, dann bewegte er sich ein wenig und sandte dieselbe konzentrierte *enorme* Hitze aus, die sein Herz zum Hämmern und sein Hirn zum Schmelzen brachte. Er lehnte sich an Mordichai und wünschte sich, er könnte seinen Bruder sehen, doch er sah fast nichts mehr. Nur noch schwarz. Also schloss er die Augen und ließ die anderen machen.

»Scheiße. Scheiße. Verdammt noch mal, Zeke. Er wird ohnmächtig«, sagte Mordichai panisch.

»Er hat zu viel Blut verloren. Wir müssen ihm etwas besorgen«, erklärte Rubin so ruhig wie immer. »Die Arterie ist geflickt, aber du musst dich an den SEAL wenden, den du kennst, Zeke, damit er uns alles Notwendige liefert, so schnell es geht.«

»Hab ich schon«, erwiderte Ezekiel grimmig. »Die SEALs sind unterwegs. Wir haben Glück, dass sie hier sind. Sie sind in Montana stationiert.«

Amaryllis merkte, wie ihre Kraft nachließ. Die Reparaturen an Malichais Knochen waren sehr viel schwieriger

346

und komplizierter als beim letzten Mal. Es war ihr gelungen, die schlimmsten Risse zu versiegeln, aber es waren viel mehr als vorher. Sie konnte sich kaum vorstellen, wie stark die Verantwortung für Malichais Leben auf Rubin lasten musste.

Sie konnte kaum noch knien. Doch Rubin musste Malichai trotzdem am Leben halten, während sie sich ausruhen durfte, das war nicht fair. Sie hatte schwere Arbeit geleistet, doch seine war wesentlich schwieriger und lebensbedrohlicher. Er war es, der Malichais Herz, Lunge und Nieren weiter funktionieren ließ, indem er das Blut durch seinen Körper fließen ließ, obwohl der Druck nicht mehr ausreichte.

»Ich kann dir dabei helfen«, raunte sie Rubin zu.

»Ich brauche dich später noch«, erwiderte er leise. »Ruh dich einfach so gut wie möglich aus.«

Amaryllis schloss die Augen, weil sie niemandes Blick begegnen wollte. Sie konnte nicht nur herumsitzen und abwarten. Nur zuschauen und hoffen. Sie musste irgendetwas tun. Also kniete sie sich neben Malichai und richtete ihre Aufmerksamkeit wieder auf seine Knochen. Sie waren erstaunlich dicht. Genau wie ihre. Das erlaubte ihr und wohl auch ihm, unter Wasser sehr schnell zu schwimmen, aber was war der Grund für diese seltsamen Brüche rund um die Einschusslöcher? Sie hätten längst verheilt sein müssen, doch bei jeder kleinen Anstrengung taten sich die haarfeinen Risse wieder auf. Das machte einfach keinen Sinn. Genauso wenig wie der Angriff auf Malichai.

Sie wischte die Tränen ab, die ihr übers Gesicht strömten, weil es ihr peinlich war, vor den Männern zu weinen, und hielt die Augen geschlossen, richtete den Blick nach innen und betrachtete wie durch einen milchigen Schleier Malichais Wunden. Sie nahm sich Zeit, reparierte nun sorgfältig die kleineren Risse und achtete darauf, jede gezackte Fissur zu schließen und zu verkleben.

Die Gedanken, die ihr um Kopf herumgingen, machten sie ein wenig schwindlig. Hatte sie sich nicht schnell genug auf seine Feinde gestürzt? Sie konnte es nicht sagen, sie hatte nur gewusst, dass sie ihm zu Hilfe kommen musste. Dass Malichai irgendwie das Allerwichtigste für sie geworden war und sie nicht mehr ohne ihn leben wollte. Sie konnte nicht mehr zurück in ein Leben ohne Hoffnung auf eine Zukunft. Malichai war ihre Zukunft.

Sie klebte auch dann weiter Knochen zusammen, als die SEALs auftauchten. Zwei Männer mit grimmigen narbigen Gesichtern, die dennoch wunderschön waren. Das registrierte sie irgendwo, obwohl sie sich später nicht daran erinnern konnte, sie überhaupt wahrgenommen zu haben. Immerhin hatte sie mitbekommen, dass sie sich an Malichai zu schaffen machten und ihn an einen Tropf hängten, der ihn mit Flüssigkeiten und Blut versorgte.

Sie und Rubin bemerkten den Augenblick, in dem sich das Schicksal wendete, den Punkt, an dem Malichais Körper endlich begriff, dass er noch lebte und allein funktionieren musste, ohne dass Rubin Blut in sein Gehirn und seine lebenswichtigen Organe pumpte. Triumphierend schauten sie einander an und genossen den Moment. In Rubins Gesicht hatten sich Furchen tiefer Erschöpfung eingegraben, dabei wirkte er sonst immer so jung. Nun war er blass und ausgelaugt, doch sie beide wussten, dass er Malichais Leben gerettet hatte.

»Danke«, sagte sie so leise, dass nur Rubin es hören könnte. »Du bist ein Wunderheiler.« Die anderen glaubten das auch, aber sie wusste es. Was er getan hatte … war eigentlich unmöglich.

Rubin lächelte matt und sackte kurz in sich zusammen. Sie wandte sich wieder der Arbeit an Malichais Knochen zu, weil sie sich nicht dazu bringen konnte, damit aufzuhören. Sie konnte es einfach nicht, denn sie machte sich Vorwürfe. Sie hätte sich jede Nacht mit dem Bein befassen sollen, anstatt im Bett zu liegen und von Malichai zu träumen. Und einem Leben mit ihm.

»Du musst jetzt aufhören«, flüsterte Ezekiel ihr ins Ohr.

Er klang so sehr wie sein Bruder, dass ihr erneut Tränen in die Augen stiegen. Sie schüttelte den Kopf und legte die Hände über den oberen Abschnitt der gesplitterten Knochen. Sie wollte Malichai Kraft geben. Denn so würden die Knochen nicht halten. Das war ihr klar. Es gab immer noch viele winzige, kaum wahrnehmbare Risse, die mit der Zeit größer werden konnten.

»Hör auf mich, Amaryllis. Du hilfst ihm nicht, wenn du selber krank wirst. Wir bringen ihn zurück zur Pension, bis dahin ruhst du dich aus. Dann kannst du weitermachen.«

Sie hörte Ezekiel kaum. Seine Stimme schien weit weg zu sein. Plötzlich spürte sie, wie er sie hochhob und wegtrug, doch sie wehrte sich, weil sie Angst hatte, zu weit von Malichai entfernt zu sein und ihn zu verlieren, wenn sie nicht da war, um in ihn hineinzuschauen und sich zu vergewissern, dass alle Organe richtig arbeiteten.

»Wir passen auf ihn auf. Und Rubin bleibt bei ihm. Du weißt, dass er Malichai nicht gehen lassen wird. Ruh dich etwas aus. Danach bringen wir dich wieder in sein Zimmer, und du kannst ihn weiter verarzten«, versicherte Ezekiel ihr. »Bis du wieder auf den Beinen bist, passen wir auf euch drei auf.«

Er setzte sie auf den Sitz eines dunklen Autos, schnallte sie an und ging dann um den Wagen herum zur Fahrerseite. »Ich nehme an, Malichai hatte nicht die Gelegenheit, dir zu sagen, dass wir etwas in Erfahrung gebracht haben. Wer auch immer diese Leute sind, sie haben einen Profikiller engagiert, um dich, Marie und Jacy zu töten und danach die Pension niederzubrennen.«

Amaryllis zwang sich, die Lider zu heben und ihm in die Augen zu schauen. Malichai hatte ihr das erzählt, und sie hatte Mutter und Kind alleingelassen, um ihm und seinem Entführer zu folgen. Bestürzt rieb sie sich die pochenden Schläfen. Sie hatte diese überaus wichtige Information allen Ernstes vergessen. Was war bloß los mit ihr? »Ich muss schnell zurück. Marie und Jacy sind ohne jeden Schutz.«

»Es wird noch etwas dauern, bis sie loslegen«, beruhigte Ezekiel sie. »Das alles soll nur von dem eigentlichen Angriff ablenken, der woanders stattfinden wird. Wir wollten Rubin als Profikiller ins Spiel bringen, doch nach dem, was heute passiert ist, glaube ich nicht, dass diese Bande uns den Gefallen tut und im Zauberladen bleibt.«

»Das glaube ich auch nicht. Was sind das für Leute? Was wollen die?«, fragte Amaryllis, obwohl sie ahnte, dass Ezekiel sie nur in ein Gespräch verwickelte, um einen Nervenzusammenbruch zu verhindern, weil sie nicht bei Malichai war.

»Wir glauben, sie haben vor, während der Friedenskonferenz in San Diego eine Bombe hochgehen zu lassen«, sagte Ezekiel.

Stumm und starr verarbeitete sie die Neuigkeit. »Aber dort könnten ganz viele unschuldige Menschen verletzt oder getötet werden«, wisperte sie. »Warum?«

»Darauf haben wir keine Antwort, und wir könnten

auch völlig falsch liegen. Abgesehen von dem, was Anna und Burnell gehört haben oder gehört zu haben glaubten, gibt es keinerlei Hinweise darauf, dass irgendetwas geplant ist. Callendine scheint so etwas wie Immunität seitens der Regierung zu genießen. Wenn er abgezogen wird, werden wir nie erfahren, warum er hier war. Er ist Amerikaner auf amerikanischem Boden. Und hat geschworen, seine Landsleute zu beschützen. Es kann eigentlich nicht sein, dass er eine Gruppe von Soldaten anführt, die ihre Landsleute in die Luft jagen wollen.«

Das ergab auch für Amaryllis keinen Sinn, doch nun war sie ganz sicher, dass Whitney nichts damit zu tun hatte. Der Mann hatte einiges auf dem Kerbholz, aber er war definitiv ein Patriot und würde wollen, dass Callendine aufgehalten wurde.

Sie drehte sich um. Hinter ihnen fuhr ein großer grauer Lastwagen, der von einem SEAL gesteuert wurde. »Das sind auch Schattengänger, oder? Wie ihr.«

»Und du. Du gehörst auch zu uns, Amaryllis.«

Sie zuckte die Achseln. »Nein, ich bin ein gescheitertes Experiment.«

»Hast du eigentlich eine Ahnung, wie selten Geistheiler sind? Ich kenne nur ganz wenige. Joe hat gesagt, du hättest sehr viel Kraft.«

»Wenn das so wäre, wäre Malichais Bein doch jetzt gesund.«

»Joe hat auch versucht, ihm zu helfen«, erinnerte Ezekiel sie. »Genau wie Rubin. Und Rubin ist der Beste. Besser als jeder normale Arzt. Selbst wenn etwas unmöglich ist, er schafft es.«

Amaryllis umarmte sich selbst, damit sie nicht anfing zu zittern. Ihr war so kalt, als wäre jedes bisschen Wärme aus ihr entwichen. Sie hasste diese große Schwäche, die sie plötzlich überfallen hatte. Sie konnte sich kaum noch aufrecht halten. Verstohlen sah sie zu Malichais Bruder hinüber.

»Er möchte mich heiraten.« Sie hielt eine Hand hoch und zeigte Ezekiel den Ring mit dem großen Edelstein.

Er warf ihr ein kleines Lächeln zu. »Das habe ich mir gedacht. Er ist sehr froh, dass er dich gefunden hat.«

Amaryllis befeuchtete ihre Lippen. Sie fühlten sich an, als wären sie komplett ausgetrocknet. Alles an ihr fühlte sich gerade so an – Haut, Haare, Mund. »Er möchte, dass ich mit ihm nach Louisiana komme und dass wir dort in eurer Nähe leben.«

Ezekiel musterte sie scharf. »Möchtest du denn dort leben? Wir wohnen da nah beieinander, damit wir uns im Notfall zusammen in einer Festung verschanzen können, die wir zum Schutz unserer Familien gebaut haben. Das ist eine gute Lösung.« Er deutete auf die vielen Autos auf der Straße. »An einem Ort wie diesem ist es extrem schwer, sich zu schützen.«

»Ich habe hier ein paar Freunde gefunden«, gab Amaryllis zu bedenken. »Marie und Jacy sind wie eine Familie für mich, aber ich würde überall hingehen, wo Malichai mit mir leben will. Ich hänge an nichts. Wer vor Whitney wegläuft, traut sich kaum, irgendwo ein ruhiges Leben zu planen. Wenn man zu lange an einem Ort bleibt, findet er einen. Und wenn man zu oft umzieht, findet er einen vielleicht auch. Hier hatte ich einen Unterschlupf. Ich habe Maries Adresse benutzt und für meine Papiere einen erfundenen Namen. Ich brauchte Geld, um richtig gut gefälschte Ausweise zu bekommen, dafür habe ich gespart.«

»Ich liebe meinen Bruder«, erwiderte Ezekiel. »Ich möchte, dass er glücklich ist. Und das scheint er mit dir zu sein. Ich kenne dich nicht, Amaryllis, aber er glaubt offenbar, dass du sehr gefährlich bist und dass du ihm noch nicht gezeigt hast, was du alles kannst. Wenn er recht hat, wärst du ein großer Gewinn für uns. Aber selbst wenn du ihn nur glücklich machst, bist du in unserer Familie mehr als willkommen. Wir werden dich vor Whitney beschützen. Wir sind darauf vorbereitet. Und eines brauche ich ja wohl nicht zu erwähnen: Je mehr wir sind, desto schlechter kommt er an uns heran.«

Amaryllis hatte eine Warnung erwartet. Sie hätte sich nicht einmal gewundert, wenn Ezekiel ihr gedroht hätte. Das Letzte, was sie erwartet hatte, war ein Willkommen. »Vielen Dank.« Was sollte sie noch dazu sagen? Eigentlich rechnete sie immer damit, zurückgewiesen zu werden. Nur Marie und Jacy hatten ihr das Gefühl gegeben, sie gern um sich zu haben, und nachdem sie ein gutes halbes Jahr bei ihnen gewesen war, glaubte sie es ihnen auch. Malichai hatte sie auf dieselbe unvoreingenommene Art akzeptiert. Und nun machte Ezekiel es genauso. Das gab ihr das Gefühl, Menschen gefunden zu haben, zu denen sie passte. Zu denen sie dazugehörte.

»Ich werde bei Marie deine Hilfe brauchen, Amaryllis«, fuhr Ezekiel fort, als er auf den Parkplatz einbog, auf dem für die Gäste der Pension Stellplätze reserviert waren.

»Oh Gott, ich habe mein Auto vergessen«, fiel ihr plötzlich ein. »Ich habe es einfach vor der Lagerhalle stehen lassen. Und in der Halle liegt ein Toter. Bald wird es da von Polizisten nur so wimmeln.«

»Erstens ist das eine militärische Angelegenheit«, erwiderte Ezekiel. »Es geht um die nationale Sicherheit.

Zweitens bringt Trap deinen Wagen. Außerdem hast du Handschuhe angehabt, als du das Schloss geknackt hast. Trap hat extra auf alles geachtet.«

Ein Schauer überrieselte sie. Sie hatte nicht geahnt, dass irgendjemand auf sie aufpasste, doch es war schön zu hören. »Warum brauchst du Hilfe bei Marie?«

»Ich möchte offen und ehrlich mit ihr reden. Ihr sagen, was hier vorgeht und was unserer Meinung nach bald passieren wird. Wir müssen ein paar von unseren Leuten in der Pension unterbringen. Ich habe einen Plan, aber ich möchte, dass Jacy weggebracht wird. Ich will nicht, dass ein Kind in Gefahr gerät. Wenn Marie sich dafür entscheidet, Jacy zu begleiten und mit ihr nach Louisiana zu gehen, wo sie beide in Sicherheit wären, ist das für mich in Ordnung. Allerdings musst du dann den Laden schmeißen.«

»Wir haben einige Aushilfskräfte, die während der Saison regelmäßig für uns arbeiten. Ich kenne sie alle gut. Sie könnten auch jeden Tag kommen, um die Zimmer zu putzen und in der Küche zu helfen. Sie kommen schon seit dem letzten Monat.«

Ezekiel nickte und parkte den Wagen auf einem der reservierten Plätze. »Ich stütze dich beim Gehen, wenn du glaubst, dass du laufen kannst. Sonst trage ich dich durch die Hintertür rein.«

»Ich brauch nur etwas zu trinken und ein bisschen Ruhe, dann geht es mir wieder gut. Alles an mir scheint trocken wie Sandpapier zu sein«, gab Amaryllis zu. Sie hatte fürchterliche Kopfschmerzen, weil sie so dehydriert war, doch das verriet sie nicht, sondern lächelte ihn nur matt an. »Vielleicht sollten wir mal ausprobieren, ob ich laufen kann.«

»Meine Frau wird dich lieben«, erklärte Ezekiel und

reichte ihr seine Hand, um ihr beim Aussteigen zu helfen. »Sie sieht aus wie eine kleine Elfe, aber sie ist knallhart.«

Amaryllis hörte die Liebe in seiner Stimme, und irgendwie fand sie ihn deswegen noch netter. Am besten gefiel ihr, dass er sich so gut um Malichai kümmerte und kein Geheimnis daraus machte, wie viel seine Brüder ihm bedeuteten. Und nun merkte sie, dass er seine Frau auch so beschützte und liebte – und er würde sie in diesen Kreis aufnehmen.

Ihre Beine gaben fast nach, deshalb musste sie sich an ihm festhalten. Craig Williams stand nur ein paar Schritte von ihnen entfernt neben einem schicken kleinen Mazda und eilte herbei, als er sah, wie sie beinah zusammenklappte.

»Kann ich irgendwie helfen? Soll ich einen Krankenwagen rufen?« Er wirkte ehrlich erschrocken, auch wenn man ihm ansah, dass er vor Neugier platzte.

In dem Augenblick fuhr der Lieferwagen mit Malichai an Bord vor der Hintertür der Pension vor, und als Craig sich erstaunt umdrehte, sah er, wie mehrere Schattengänger aus dem Wagen sprangen. Einer öffnete die Hintertüren und griff in das Auto. Amaryllis hielt den Atem an. Sie hatte Malichai nicht verlassen wollen, aber keine andere Wahl gehabt. Nun starrte sie mit hämmerndem Herzen auf den Wagen.

Dann zogen zwei Männer, augenscheinlich Zwillinge, die Transportliege heraus, als wüssten sie genau, was zu tun war. Außerdem schienen sie sehr kräftig zu sein. Malichai war ein großer, massiger Mann, doch sie trugen ihn mitsamt seinem Tropf im Laufschritt durch die Hintertür, als wäre er ein Fliegengewicht und als täten sie so etwas die ganze Zeit.

Mordichai sprang vom Vordersitz und lief zur Tür, um sie aufzuhalten. Mit weit offenem Mund schaute Craig den Männern nach, dann drehte er sich wieder zu Amaryllis um. Doch Ezekiel hatte sie bereits auf den Armen und trug sie um Craig herum hinter Malichai und den anderen her ins Haus. Also klappte Craig den Mund wieder zu und folgte ihnen eilig.

Marie kam den Männern im Flur entgegen, und als sie Malichai auf der Liege sah, führte sie sie wortlos zu seinem Zimmer und machte ihnen hastig die Tür auf.

»Ma'am«, grüßte sie einer der SEALs, die mit der Trage an ihr vorbeigingen. »Ich bin Jack Norton. Danke, dass Sie uns helfen.«

»Ich bin Ken, Ma'am«, stellte sein Zwilling sich vor. Dann legten sie Malichai vorsichtig auf sein Bett und hängten den Tropf so hoch wie möglich an einem Bettpfosten auf. Ken hatte noch mehr Narben als sein Bruder. Sehr symmetrische im Gesicht und am Hals. An jedem Stück Haut, das sichtbar war. »Der erholt sich wieder. Er wollte nur von seiner Freundin bemuttert werden und hat es etwas übertrieben. Diese Runde geht an die Navy.« Er zwinkerte Marie zu.

Amaryllis hatte selten einen solchen Charmeur kennengelernt. Wenn er anfing zu reden, war es ganz leicht, hinter den Narben den Mann zu sehen.

Marie machte sich an Malichais Kissen zu schaffen, ehe sie Amaryllis ansah. »Bist du sicher, dass er sich wieder erholt?«

»Es ist nur sein Bein«, versicherte Amaryllis ihr. »Es ist wieder verletzt worden, aber mit etwas Ruhe wird das schon. Es gibt nur ein kleines Problem auf dem Parkplatz, mit meinem Auto, ihren Autos und so – du kennst das ja, wir haben nicht genug Stellplätze. Könntest du mir den Gefallen tun und zu Ezekiel gehen und das mit ihm klären? Zeke ist Malichais älterer Bruder.« Sie wollte ihm damit ein Gespräch mit Marie unter vier Augen ermöglichen.

Falls jemand sie belauscht hatte, hoffte sie, dass es nicht seltsam klang, wenn Malichais Familie noch nie zuvor hier gewesen war, obwohl sie angeblich mit ihm verlobt war.

»Natürlich«, sagte Marie bereitwillig und offenbar froh, helfen zu können.

Ezekiel nahm den Männern von der Navy den Lieferwagenschlüssel ab, legte eine Hand leicht auf Maries Rücken und führte sie sanft an Craig vorbei, der sich im Flur herumdrückte und versuchte, einen Blick ins Zimmer zu erhaschen. Doch Mordichai schlug ihm die Tür vor der Nase zu.

Sobald sie unter sich waren, drückte Rubin Amaryllis eine Flasche Wasser in die Hand. »Du musst das trinken.« Dann lehnte er sich auf seinem Stuhl zurück und leerte selbst fast eine ganze Flasche Wasser.

»Ich muss erst nach seinem Bein sehen«, widersprach Amaryllis, nahm aber die Wasserflasche an und hockte sich damit neben Malichai aufs Bett. Ihre Hände fühlten sich heiß an, die Heilkraft strömte bereits aus ihnen heraus und wollte die Fissuren finden, diese feinen Risse, die immer größer und breiter werden würden, bis die Knochen nicht mehr länger hielten und er sein Bein verlieren würde.

»Du musst dich ausruhen, Amaryllis«, entgegnete Rubin fest. »Es hilft ihm nicht, wenn du zusammenbrichst. Trink das verdammte Wasser und gönn dir eine Pause.«

Amaryllis drehte den Verschluss ab und nahm einen Schluck. Das Wasser schien in ihrer ausgedörrten Kehle zu versickern. Ohne auf die anderen zu achten, streckte sie sich neben Malichai aus, um, so wie Rubin ihr geraten hatte, ein paar Minuten Kraft zu schöpfen. Schließlich hatte er viel Erfahrung und wusste, wovon er sprach. Außerdem war Malichai wie ein Bruder für ihn. Ihre Augen fielen zu, doch sie bekam noch mit, wie einer der Zwillinge zu Rubin ging und dafür sorgte, dass auch er eine Infusion bekam.

Etwa eine Stunde später erwachte sie abrupt und war entsetzt, dass sie eingeschlummert war. Rubin stand schon wieder neben Malichai, das Gesicht angespannt vor Konzentration. Sie stellte fest, dass er nicht der Einzige war, der auch eine Infusion bekommen hatte. Während sie schlief, hatten die zwei Schattengänger aus dem anderen Team sie ebenfalls mit verschiedenen Flüssigkeiten versorgt. Amaryllis rutschte vom Bett und kniete sich neben Malichais Bein, ohne Rubin dabei in die Quere zu kommen.

Sie konnte sich nicht länger auf die beiden Männer konzentrieren, die im Zimmer umhergingen, die Rollos herunterzogen, Malichais Blutbeutel auswechselten und seinen Puls und Blutdruck kontrollierten, denn ihre Gedanken kreisten um sein Bein, diese schrecklichen Wunden und den zusätzlichen Schaden, den Mills angerichtet hatte. Auch in der Vergangenheit hatte es Momente gegeben, in denen sie es nicht geschafft hatte, sich von einem Verletzten fernzuhalten, weil sie wusste, dass sie ihm helfen konnte. Doch das hier war anders. Viel intensiver. Alles in ihr schien völlig auf Malichais Wunden fokussiert zu sein. Sie *musste* ihm helfen. Sie hatte keine andere Wahl. Die Heilerin in ihr wurde immer stärker und fordernder.

»Kümmere du dich um den Unterschenkel«, sagte Rubin, der die mächtige Energie, die sich in ihr ansammelte, spürte und verstand.

Dabei schaute er sie gar nicht an, denn auch er sah alles auf ganz andere Weise. Sie konnte es an seinen Augen erkennen, an der Art, wie sie sich verschleiert hatten und nach innen zu blicken schienen. Dabei war es genau andersherum: Man blickte nach außen, durch Haut und Muskeln *hindurch* auf die Wunden. Malichais ganzes Bein lag vor ihr, als wäre sie ein Chirurg und sähe den Knochen hell beleuchtet unter einem Vergrößerungsglas. Jedes Detail deutlich hervorgehoben.

Amaryllis merkte, dass ihre Gabe durch die Praxis stärker wurde, denn noch nie hatte sie eine Verletzung so klar gesehen. Die kleinen Risse hatten dasselbe gemacht wie immer, sie hatten sich ausgehend von den Einschusslöchern und den schlimmsten Tritten wie Krebs durch die Knochen gefressen. Man konnte der Zerstörung förmlich zusehen. Dabei hatte Malichai eigentlich starke Knochen. Warum waren sie plötzlich so leicht zerbrechlich?

Das führte sie zu der Frage, wie es mit seinen anderen Knochen sein mochte. Waren sie auch so brüchig? Sie musste daran denken, das zu überprüfen. Bis dahin hatte sie noch viel zu tun. Sie fing mit der schlimmsten Stelle an, von der die Risse ausstrahlten wie bei einem riesigen Baum mit vielen Ästen. Aber sie blieb geduldig. Sie wollte, dass ihre Reparaturen besser hielten als vorher, damit das Problem nicht wieder auftauchte, falls Malichai noch einmal so angegriffen wurde. Also füllte sie jede gezackte Spalte peinlich genau wieder auf.

Denn die Risse waren nicht alle gleich, man musste beim Versiegeln sehr genau aufpassen, damit man ganz unten anfing, und einige von ihnen reichten sehr tief. Von oben wirkten sie manchmal täuschend flach, nur wie eine kleine Schramme, doch darunter, in der nächsten Schicht, verbreiterten und vertieften sie sich manchmal und machten den Knochen noch instabiler.

Die Hitze, die sich in ihr bündelte, wurde zu einem Laserstrahl, mit dem sie arbeiten konnte. Der kleine Lichtfleck machte es leichter, in die Risse hineinzuschauen und herauszufinden, welche wirklich oberflächlich waren und welche nicht. Es war ihr gelungen, fast den ganzen Unterschenkel zu bearbeiten, als ihre Kraft plötzlich nachließ und sie sich nicht länger aufrechthalten konnte. Sie fiel sogar vornüber und schlug mit dem Kopf gegen Malichais Hüfte.

Sofort war Mordichai bei ihr, schlang einen Arm um sie und half ihr, sich neben Malichai zu setzen und halb aufgerichtet zu bleiben, damit Trap ihr noch eine Flasche Wasser in die Hand drücken konnte.

Ezekiel packte Rubin bei den Schultern. »Du musst aufhören. Ihr zwei macht das jetzt seit Stunden. Rubin. Ich meine es ernst. Setz dich hin, verdammt noch mal!« Der letzte Satz kam im Kommandoton.

Rubin sah so blass aus, dass auch Amaryllis wollte, dass er aufhörte, obwohl sie wusste, wie schlecht es um Malichais Knochen stand. Vielleicht waren sie gar nicht mehr zu retten. Wenn Rubin das nicht schaffte, schaffte es niemand. Er strauchelte kurz, als Ezekiel ihn zu einem Stuhl führte, doch seine Hände zitterten nicht, als er aus seiner Wasserflasche trank. Dann lächelte er sie matt an.

»Wie geht's dir?«

Er kam ihr wie ein echter Freund vor. Er wusste, wie es wirklich um Malichais Bein stand und was getan werden musste, damit es nicht ganz zerbrach. Und er kannte auch den Drang, den ein Heiler verspürte, wenn er so schreckliche Wunden sah. Sie lächelte matt zurück. »Ganz gut.

Es ist komisch, aber ich merke gar nicht, wie die Zeit vergeht. Du?«

Rubin schüttelte den Kopf. »Aber wir machen das schon ziemlich lange.« Er schaute sich im Zimmer um.

Amaryllis folgte seinem Blick. Ezekiel saß auf einem Stuhl und trommelte mit den Fingern auf einen kleinen Tisch. Neben seiner Hand stand eine Tasse Kaffee.

»Ich denke, keiner von euch sollte sich so lange anstrengen«, sagte er. »Ich will nicht, dass ihr eure Gesundheit aufs Spiel setzt. Kannst du nicht dasselbe erreichen, wenn du etwas langsamer machst und kein so großes Risiko eingehst, Rubin? Amaryllis?«

Sie antwortete nicht. Sie war zu müde und außerdem wusste sie nicht, was sie dazu sagen sollte. Sie hatte keine Ahnung, ob sie sich bremsen konnte. Wenn sie vor ihrem geistigen Auge die Verletzungen sah, wurde der Drang zu heilen so übermächtig, dass er nicht mehr zu zügeln war. Ihr war gar nicht aufgefallen, wie lange sie gearbeitet hatte. Sie sah nur die Wunden, die verarztet werden mussten. Es war wie ein Zwang. Wie sollte sie sich dagegen wehren?

»Die Verletzungen sind ziemlich schwer«, sagte Rubin. »Mills hatte Stahlkappenstiefel an und hat genau auf die Stellen getreten, an denen Malichai verwundet worden ist. Trotzdem hätten die Knochen halten müssen. Aber es sind genau die gleichen seltsamen Risse aufgetreten. Ich kann mir das nicht erklären. Es muss einen anderen Grund geben, und ehrlich gesagt ist das Einzige, was mir dazu einfällt, der Notverband.« Er schaute zu Trap hinüber, der wie ein stummer Wächter dastand, mit dem Rücken zur Tür.

»Kannst du ihn noch mal zusammenflicken?«, fragte Ezekiel. Diesmal war sein Ton grimmig.

»Wir versuchen es. Aber auch die Beinarterie ist schwer beschädigt. Wenn ich nicht da gewesen wäre, wäre er innerhalb von Minuten verblutet«, sagte Rubin. »Und was die Knochen anbelangt« – er schaute Amaryllis an –, »kann ich dir keine Antwort geben. Wir tun unser Bestes.«

Plötzlich regte sich Malichai und versuchte, sich aufzurichten. Sofort kam Mordichai ihm zu Hilfe. Malichai legte einen Arm um Amaryllis.

»Wie fühlt sich das Bein an?«, fragte Ezekiel seinen Bruder.

»Als würde es in Flammen stehen. Viel heißer als letztes Mal. Amaryllis gibt so viel Energie ab, dass es kaum auszuhalten ist.« Er schaute zu Rubin hinüber. »Du dagegen bist kalt wie Eis. Es ist interessant, beides gleichzeitig zu spüren.«

Amaryllis freute sich, dass Malichai redete. Er lag im Bett, den Oberkörper auf Kissen gestützt, die Beine von sich gestreckt und einen Arm fest um sie gelegt, als fürchtete er, dass sie weglaufen würde.

Amaryllis wandte das Gesicht von den anderen ab. Sie wollte nur noch schlafen. Wenn sie es schaffte, sich ein wenig auszuruhen, konnte sie wieder von vorne anfangen.

»Gebt mir eine halbe Stunde oder so«, murmelte sie, bevor sie den Kopf an Malichais Brust drückte und die Augen schloss. Das Licht im Zimmer war dämmrig, doch alles begann wehzutun, besonders die Augen, als wären sie verbrannt. Und auch ein Bein tat ihr weh, so sehr, dass sie glaubte, schreien zu müssen. Sie wollte nur ein paar Minuten Ruhe haben.

Ezekiel griff nach seiner Kaffeetasse. »Der Zauberladen ist verlassen, was uns nicht überrascht. Diese Leute haben keine Spuren hinterlassen, nichts, was sie belasten oder uns verraten könnte, was sie planen, aber es ist ganz bestimmt nichts Gutes.«

»Sie sind einfach hier reinmarschiert und haben sich Malichai geschnappt. Sie hätten ihn auch zusammen mit Amaryllis und Marie erschießen können«, sagte Mordichai bissig. »Also haben sie ihn offenbar mitgenommen, um ihn zu verhören.«

Nun würde sie nicht mehr schlafen können. Amaryllis wollte jedes Wort hören. Aber sie konnte die Lider nicht mehr heben, deshalb blieb sie reglos neben Malichai liegen und lauschte.

»Mit wem haben wir es eigentlich zu tun? Bist du da irgendwie weitergekommen?«, fragte Rubin.

»Callendine ist Oberstleutnant in der Army. Major Roseland Salsberry arbeitet seit mehreren Jahren mit ihm zusammen und ist ihm sehr ergeben, auch wenn sie kein Liebespaar sind. Mills stand unter Callendines Befehl. Der Oberstleutnant wird allseits respektiert und bewundert, sowohl von seinen Vorgesetzten als auch von seinen Untergebenen. Mehr als einmal wurde mir gesagt, dass seine Männer ihm überallhin folgen würden, und wenn es direkt in die Hölle ginge«, berichtete Ezekiel.

»Aber was macht er hier? Bin ich in irgendeine Untersuchung hineingestolpert?«, wollte Malichai wissen. »Und selbst wenn es so wäre – was sie vorhaben, kann nicht gut sein, was auch immer es ist.«

Ezekiel stellte seine Kaffeetasse wieder auf das kleine Tischchen und trommelte weiter mit den Fingern. »Niemand scheint zu wissen, warum er hier ist. Er und Major Salsberry sind angeblich für längere Zeit im Urlaub, und mit ihnen auch ein Teil seiner bewährten Einheit. Joe schaut sich das näher an und spricht mit dem Generalmajor darüber.«

»Ich habe Marie das Versprechen abgenommen, dass sie Jacy nach Louisiana bringt. Die Situation hier gefällt mir nicht, und die beiden sind als Zivilisten ohne Schuld in Gefahr geraten«, fuhr Ezekiel fort. »Trap hat den Jet nach Hause geschickt, um unser Team zu holen, und sobald er wieder da ist, können Marie und Jacy damit zurückfliegen.«

Malichai warf dem Mann, der stumm an der Tür stand, ein kleines Lächeln zu. »Danke, Trap.«

Der zuckte nur die Achseln. »Wyatt hat fünf kleine Mädchen. Das sind mir zu viele, um zu Hause zu bleiben und auf sie aufzupassen«, erwiderte er barsch.

Amaryllis verkniff sich ein Lächeln, denn sie fing an zu glauben, dass Trap nicht halb so asozial war, wie er tat – jedenfalls nicht, wenn es um die Menschen ging, die er als seine Familie betrachtete.

»Wann ist es denn bei Cayenne so weit?«, fragte Malichai ihn geradeheraus.

Wieder zuckte Trap die Achseln. »Du kennst sie doch. Sie wird es uns schon rechtzeitig sagen, vorher nicht. Das muss uns reichen.«

»Was soll das heißen?«

»Sie kommt her. Sie mag es nicht, wenn ich weg bin, und sie hat ihren eigenen Kopf, also hört sie leider nicht auf mich. Ich hab ihr gesagt, dass Fliegen nicht gut für sie ist. Aber man sieht ihr nichts an, deshalb denkt sie wohl, sie könnte so tun, als wäre sie gar nicht schwanger.«

»Ich kann mich einfach nicht mit der Vorstellung anfreunden, dass sie sich so kurz vor der Geburt in einer Gefahrenzone aufhält«, meinte Malichai. »Ich habe kein gutes Gefühl dabei. Wenn Callendine die Wahrheit gesagt hat und er auf Befehl von ganz oben handelt, können wir wohl davon ausgehen, dass irgendjemand im Weißen Haus die Schattengänger ausrotten will.«

»Er und seine Leute waren doch schon vor dir hier. Sie können nicht gewusst haben, dass du herkommst«, entgegnete Ezekiel. »Es geht nicht um uns.«

»Aber Amaryllis war hier, und sie ist auch eine Schattengängerin.«

»Du machst dir bloß Sorgen um sie, Malichai. Glaub mir, ich verstehe das. Aber sie konnten auch nicht wissen, dass Amaryllis eine von uns ist.«

Amaryllis wurde von einem warmen Glücksgefühl durchströmt, als Ezekiel das sagte. Sie hatte sich selbst nie als Schattengängerin betrachtet. Schließlich gehörte sie zu den missratenen Experimenten – sie war eine von denen, die schnell aussortiert wurden, weil sie den Ansprüchen nicht genügten. Doch die Männer in diesem Zimmer, allesamt Elitesoldaten, hatten ihr mit nur einem Satz das Gefühl von Zugehörigkeit und Kameradschaft vermittelt, nach dem sie sich so gesehnt hatte.

»Noch irgendetwas über Callendine?«, fragte Malichai.

»Er erledigt jede Mission mit vollem Einsatz, egal, um was es sich handelt, und dasselbe gilt für seine Männer«, berichtete Mordichai gleich. »Als sie abgerückt sind, haben sie ihre Toten mitgenommen. Wir haben nur noch Mills' Leiche.«

Ezekiel schüttelte den Kopf. »Nein, die haben wir auch nicht mehr. Mir ist mitgeteilt worden, dass vor knapp vierzig Minuten jemand in die Gerichtsmedizin eingebrochen ist und den Leichnam mitgenommen hat. Immerhin wissen wir, wer Mills ist. Er ist zweifelsfrei identifiziert worden, deshalb verstehe ich nicht, warum die ein derartiges Risiko eingegangen sind.«

»Callendine hat einen Profikiller angeheuert«, sagte Malichai. »Warum sollte er das tun? Und warum hat dann Mills Anna und Bryon ermordet? Das alles ist völlig verrückt.«

Mordichai trat ans Bett heran, überprüfte Amaryllis' Puls und versuchte dann, sie in eine sitzende Position zu bugsieren, damit er ihr mehr Wasser einflößen konnte.

Sie machte eine abwehrende Handbewegung.

»Du brauchst das. Du bist praktisch ausgetrocknet. Deine Lippen sind so rissig, dass sie bluten. Wenn du dieses Wasser nicht trinkst, hänge ich dich an einen Tropf.«

Die Vorstellung gefiel ihr gar nicht. Sie wollte die Augen öffnen, doch sie brannten und verweigerten die Mitarbeit. Und als sie den Kopf heben wollte, hämmerte es schmerzhaft darin. Mordichai hatte recht, sie war vollkommen ausgetrocknet.

»Das ist eine gute Idee, Mordichai«, sagte Malichai. »Denn ganz egal, wie viel Wasser du ihr so eintrichterst, es wird nicht reichen.«

»Das habe ich mitbekommen«, murmelte Amaryllis, die sich bemühte, nicht rebellisch zu klingen. »Ich trinke ja gleich.«

Doch niemand achtete auf sie. Schnell und geschickt stach Mordichai nach einem kurzen Blick auf ihren Arm in eine Vene, und sie konnte nicht genug Energie aufbringen, um dagegen zu protestieren. Malichai zog sie enger an sich, sodass sie sich sicher und geborgen fühlte und einfach neben ihm liegen blieb und weiter zuhörte.

»Ich denke, wir sollten darauf zurückkommen, dass das Tagungszentrum in San Diego das Ziel ist«, sagte Mali-

chai. »Wenn Anna zum Schweigen gebracht werden musste, weil sie den Cops etwas erzählen wollte, dann hat sie
tatsächlich etwas belauscht, das nicht an die Öffentlichkeit gelangen sollte. Callendine, Salsberry und Mills haben den Zauberladen und Miss Crystals Wohnung im hinteren Teil des Hauses als Hauptquartier benutzt.«

»Und Miss Crystal sind sie losgeworden, indem sie ihr
vorgegaukelt haben, sie hätte eine Kreuzfahrt gewonnen.
Dabei haben sie dafür bezahlt«, sagte Ezekiel. »Also haben
sie Miss Crystal nicht umgebracht. Warum, wo sie doch in
den letzten zwei Jahren keine Skrupel hatten, so viele andere umzubringen?«

»Der Zauberladen musste offen bleiben«, warf Amaryllis
spontan ein. Sie öffnete nicht einmal die Augen. »Wenn
sie Miss Crystal getötet hätten, wäre der Laden geschlossen worden. Es gab niemanden, der ihn übernommen hätte. Das hat sie immer wieder gesagt. Aber wenn man sie
nur für eine Weile verschwinden ließ, hatte man den Laden für sich und konnte von dort aus alles steuern.«

Ezekiel nickte. »Danke, Amaryllis. Ich glaube, du hast
recht. Lebend war sie ihnen nützlicher als tot.«

»Callendine muss jemanden damit beauftragt haben,
Miss Crystal auszukundschaften. Er wäre nie so nachläs-
sig gewesen zu sagen, dass sie ihren Sohn besucht. Es war
einfach dumm, nicht zu verraten, dass sie auf einer Kreuzfahrt ist«, meinte Malichai.

»Das haben die bestimmt durchgespielt«, vermutete
Mordichai. »So wie wir jeden Einsatz immer wieder durch-
spielen, bis wir genau wissen, was wir tun werden, sind die
drei sicher auch einem Drehbuch gefolgt. Ich schätze, in
der ursprünglichen Fassung wollten sie sie beseitigen, also
haben sie sich verschiedene Gründe für ihre Abwesenheit

zurechtgelegt. Doch irgendwann haben sie sie auf eine Kreuzfahrt geschickt, und das hat alle ein bisschen verwirrt.«

Das klang plausibel. Amaryllis hasste die Vorstellung, dass das Leben von Menschen, die sie kannte, für andere nichts zählte, doch Callendine kannte offenbar keine Skrupel. Schließlich hatte er auch jemanden angeheuert, der Marie, Jacy und sie von der Erdoberfläche verschwinden lassen sollte.

»Rubin, du kannst jetzt nicht mehr in den Zauberladen gehen und so tun, als suchtest du Shevfield, weil niemand mehr da ist. Also werde ich dich verhaften lassen und die Zeitungen verbreiten lassen, dass du verdächtigt wirst, Anna und Bryon Cooper getötet zu haben. Dann wird Callendine Informationen über dich einholen. Er muss irgendeinen Informanten bei der Polizei haben oder einen Hacker, der ihm hilft. Man wird dir vorwerfen, ein Profikiller zu sein, aber niemand hat es jemals geschafft, dich wegen Mordes zu verurteilen. Die Polizei wird dich freilassen, weil sie dir nichts nachweisen können, und du ziehst wieder in die Pension.«

»Großartig«, raunte Amaryllis. »Unser Haus wird immer beliebter.«

»Hier ist ja auch immer was los, Baby«, meinte Malichai. »Die Leute lieben das. Dadurch bekommt die Pension noch mehr Zulauf.«

Ezekiel ignorierte die beiden. »Shevfields Leiche wird bald gefunden werden, dann muss Callendine einen von seinen eigenen Männer dazu abstellen, für die geplante Ablenkung zu sorgen, oder er wendet sich an den mutmaßlichen Profikiller, der in der Pension wohnt. Das ist doch sehr verlockend für den Oberstleutnant. Dass du genau da bist, wo er jemanden haben will, um seine Pläne auszuführen, ist bestimmt unwiderstehlich für ihn.«

»Vielleicht findet er es aber auch zu schön, um wahr zu sein?«, meinte Malichai.

Ezekiel zuckte die Achseln. »Das Risiko müssen wir eingehen. Wir haben keine andere Möglichkeit. Sobald Amaryllis sich besser fühlt, kann sie euch den Dachboden aufschließen. Trap und Cayenne wollen lieber in den Keller. Da fühlt Cayenne sich wohler. Aber vorher müssen wir noch das ganze Haus nach Wanzen absuchen. In diesem Zimmer waren keine, das haben wir mehrmals überprüft. Und selbst wenn es so wäre, hier drin gibt es einen Störsender, also lasst uns dieses Zimmer benutzen, wenn wir miteinander sprechen müssen.«

»Ich dachte, du wolltest, dass wir in Amaryllis' Zimmer ziehen«, sagte Malichai.

Ezekiel schüttelte den Kopf. »Nein, dahin kommt wahrscheinlich Gino. Draden und Shylah nehmen eins von den zwei Zimmern, die Marie noch renovieren will. Das heißt, wir sind mit euch beiden insgesamt acht im Haus. Bellisia wohnt mit mir in dem Haus, das ich gemietet habe. Mordichai ebenso, und Joe wird auch zu uns stoßen. Also sind noch drei von uns ganz in der Nähe.«

»Bleiben etwa nur Wyatt und Diego zu Hause?«, fragte Malichai. »Hört sich nicht gut an.«

»Jack und Ken Norton schicken gerade ein paar Leute aus ihrer Einheit nach Louisiana«, erwiderte Ezekiel. »Niemandem wird etwas passieren, während wir uns um das hier kümmern. Jack und Ken würden uns auch mit der Hälfte ihres Teams hier zu Hilfe kommen, falls wir welche brauchen. Außerdem können wir auf die Leute im Stützpunkt zurückgreifen.«

»Es gefällt mir nicht, dass Callendine wirklich Soldat ist, und noch dazu ein guter«, sagte Malichai.

»Mit Auszeichnung«, fügte Ezekiel hinzu.

Malichai fluchte leise. »Diese Geschichte hat alles, was man für ein Riesendurcheinander braucht, Zeke. Wenn Callendine und seine Leute tatsächlich tun, was sie tun sollen …«

»Zum Beispiel einen Profikiller anheuern?«

»Du weißt, was ich meine. Was ist, wenn sie tatsächlich Befehle befolgen? Ein verdienter Offizier? Mit seinen Leuten?« Malichai schüttelte den Kopf. »Die haben uns sowieso schon im Visier, weil man im Weißen Haus nach irgendeiner Entschuldigung sucht, um uns verschwinden zu lassen.«

Erschrocken stieß Amaryllis die Luft aus. Whitney fand nichts dabei, Mädchen verschwinden zu lassen. Für ihn waren sie Wegwerfware. Er tat immer so, als sollten sie froh sein, bei seinen Experimenten zum Wohle ihres Landes ihr Leben aufs Spiel zu setzen. Aber bei diesen Soldaten war es anders. Sie leisteten Unglaubliches im Kampf und retteten bei ihren geheimen Einsätzen mehr Leben als alle anderen. Trotzdem wollte jemand sie verschwinden lassen? Wieso? Nun verstand sie, warum die Schattengänger Festungen bauten. Nicht wegen Whitney, sondern wegen der Leute, die es auf sie abgesehen hatten. Malichai hatte es ihr erklärt, aber sie hatte nicht richtig begriffen, dass jemand mit viel Macht im Weißen Haus, vielleicht sogar der Präsident selbst, den Befehl geben könnte, die Schattengänger zu eliminieren.

»Wir können nicht zulassen, dass diese Leute unschuldige Menschen töten, ganz egal, wer sie sind. Damit lassen wir sie nicht durchkommen. Und deshalb bist du auch mit

Mills gegangen, obwohl es dir möglich gewesen wäre, ihn auszuschalten. Aber so arbeiten wir nicht, und das werden wir auch nie.«

Amaryllis kam zu dem Schluss, dass sie keine Bedenken hatte, sich zusammen mit Malichai ein gemeinsames Leben aufzubauen, wenn seine Freunde diese Einstellung hatten. Sie traten für dasselbe ein wie sie. Deshalb wollte sie ihnen gerne nacheifern und sich ihnen anschließen.

14

WÜTEND STARRTE TRAP DAWKINS Malichai an. »Haben wir dir nicht gesagt, du sollst auf dein Bein achten? Machst du absichtlich alles schlimmer?«

Trap war selbst an seinen guten Tagen schwierig, obwohl er zweifellos ein Genie war und so viele Patente besaß, dass man sie gar nicht mehr zählen konnte. Draden und Wyatt kamen am besten mit ihm zurecht, wobei aber alle Schattengänger im Team inzwischen gelernt hatten, sich nicht von ihm provozieren zu lassen. Trap war ein sehr gut funktionierender Autist mit dem Asperger-Syndrom. Sein Vater hatte seine Mutter und seine Geschwister ermordet, und dann hatten seine Onkel die Tante entführt, die ihm noch geblieben war und ihn aufgezogen hatte. Sie hatten sie vergewaltigt und getötet. Daraufhin hatte Trap sich noch weiter in sich selbst zurückgezogen. Und wer wollte ihm das ernsthaft vorwerfen?

Ins Militär war er eingetreten, weil er lernen wollte, sich zur Wehr zu setzen, damit niemand ihm je wieder etwas wegnehmen konnte. Es gab also einen Grund für sein Verhalten, aber es war ihm auch zur Gewohnheit geworden, nicht zu sprechen, wenn er keine Lust dazu hatte, und sich wochenlang in seiner Arbeit zu vergraben. Er war kurz angebunden, rüde, und es kümmerte ihn einen Dreck, ob man ihn mochte oder nicht.

Doch Malichai wusste, dass unter Traps rauer Schale ein

gutes Herz steckte und dass er alles für die Männer und Frauen in ihrer Einheit und ihrer Familie tun würde. Vor einiger Zeit hatte er Cayenne kennengelernt, und sie hatte ihn völlig umgehauen. Sie war nie aus ihrem Käfig herausgekommen, es sei denn, es sollte an ihr herumexperimentiert werden oder sie sollte zeigen, wie gut sie sich gegen ein Team von Supersoldaten verteidigen konnte. Dabei ging es immer um Leben oder Tod – wobei am Ende stets Cayenne überlebte. Irgendwann hatte der Laborleiter so viel Angst vor ihr gehabt, dass er sie auf die Liste der Gefangenen gesetzt hatte, die getötet werden sollten. Trap war derjenige gewesen, der sie befreit hatte.

In den letzten Tagen, in denen Trap mit nur wenigen aus dem Team zusammen gewesen war, hatte er meist nichts gesagt, sich von allen ferngehalten und nur seinen Job gemacht, doch nun schien er sich aufzuregen.

Malichai ignorierte ihn einfach und konzentrierte sich auf Cayenne. Sie war sehr zierlich, aber das täuschte. Sie hatte schwarzglänzendes Haar, und wenn man genau hinschaute, konnte man an ihrem Hinterkopf, falls die seidigen Strähnen richtig fielen, darin eine rote Sanduhr sehen.

»Wie geht es dir, Süße?« fragte er, weil er sie gern hatte. So wie die anderen auch. Sie war zurückhaltend, aber freundlich und nett und liebte Trap von ganzem Herzen.

Cayenne lächelte zögernd. »Gut. Das mit deinem Bein tut mir sehr leid, Malichai. Wir haben uns alle große Sorgen gemacht. Nonny schickt dir Grüße, und ich soll dir ausrichten, dass sie etwas ganz Besonderes für dich kocht, wenn du wieder nach Hause kommst.«

»Ich weiß es wirklich zu schätzen, dass du hergekommen bist, aber ich mache mir Sorgen um deine Sicherheit,

Cayenne. Du könntest jeden Augenblick Wehen bekommen.« Das war ein Schuss ins Blaue, aber er war Arzt und hatte viel darüber nachgedacht, wann sie wohl schwanger geworden war.

Trap war ganz verrückt nach ihr. Wahrscheinlich hatte er sich nicht die Zeit genommen, zu verhüten, und bei ihrem Hintergrund hatte sie sicher nur wenig bis gar nichts darüber gewusst. Wenn es bei den beiden sofort geklappt hatte, stand die Geburt sicher kurz bevor. Doch als er Trap direkt danach gefragt hatte, hatte der ihm keine richtige Antwort gegeben.

»Jeder von uns ist ja wohl imstande, ein Baby zur Welt zu bringen«, erwiderte Trap abwehrend. »Zeig mir mal dein Bein. Zeke hat mir gesagt, dass deine Frau über außerordentliche Heilkräfte verfügt.« Er schaute zu Amaryllis hinüber, die ganz still war und beinah den Atem anhielt.

Trap wusste verdammt gut, dass Amaryllis eine Geistheilerin war. Schließlich war er dabei gewesen, als sie und Rubin sich bemüht hatten, sein Bein zu retten. Er lenkte absichtlich von Cayenne und ihrer Schwangerschaft ab. Am liebsten hätte Malichai ihn gewürgt. Stattdessen verschränkte er seine Finger mit Amaryllis', um ihr mehr Selbstvertrauen zu geben. Trap hatte alle weiteren Fragen an Cayenne zum Thema Geburt abgeblockt, daher zuckte Malichai nur die Achseln und redete ihr zuliebe einfach weiter. »Ja, und sie hat mein Bein schon öfter wieder zusammengeflickt.«

Amaryllis wollte nicht, dass Cayenne das glaubte, und Trap wusste es ohnehin besser. »In Wahrheit hat Rubin ihm das Leben gerettet. Wir beide haben sein Bein zusammen verarztet«, korrigierte sie Malichai.

Cayenne warf ihr ein kleines Lächeln zu, sagte aber nichts.

Trap fuhr mit den Händen von oben bis unten über Malichais kaputtes Bein. »Und was hast du dabei gesehen?«, fragte er Amaryllis.

»Das weißt du doch, Trap«, mischte Malichai sich ein. Er wollte das Ganze nicht noch einmal durchgehen.

»Ich möchte, dass sie es mir noch mal erzählt«, erwiderte Trap störrisch. »Es ist wichtig. Ich versuche herauszufinden, was zum Teufel da vorgeht, denn ich kann es mir nicht vorstellen. Es passiert immer wieder und immer schneller. Ich will, dass Amaryllis es mir beschreibt. Ich will es nicht über einen Lautsprecher hören, während ich in einem Flugzeug sitze. Sie soll es mir direkt sagen.«

Das überraschte Malichai, denn Trap sprach selten jemanden an, den er nicht kannte.

Noch ehe Malichai sich über Traps Ton beschweren konnte, antwortete Amaryllis. »Die Knochen sind voller kleiner Risse, die schnell größer werden. Ich glaube, dass die Notverbände, die Malichai benutzt hat, um die Blutung zu stoppen und Kraft genug zu haben, um aus der Situation herauszukommen, irgendetwas Seltsames ausgelöst haben, auch wenn das nur eine Vermutung ist, weil ich wider Erwarten an den anderen Knochen nichts Vergleichbares entdeckt habe. Es gibt einfach keine andere vernünftige Erklärung dafür. Rubin denkt das auch.«

»Ich will nicht wissen, was du denkst, sondern was du gesehen hast. Ist das wieder passiert, als Mills ihn getreten hat?«

»Ja, aber die Knochen hatten noch nicht genug Zeit gehabt, um komplett zu verheilen. Malichai hat mir erzählt, dass sein Physiotherapeut ihm aufgetragen hat, täglich spazieren zu gehen und zu schwimmen. Damit bin ich nicht ganz einverstanden, aber Malichai kann es kaum erwarten, wieder hundert Prozent fit zu sein. Es macht ihm nichts aus, hart zu trainieren, aber ich denke, dass er das Bein besser schonen sollte.«

Sie beobachtete, wie Trap seine Hände über Malichais Bein gleiten ließ. Malichai spürte Hitze auf seiner Haut. Aber nicht so wie bei Amaryllis, wenn sie ihn sich vornahm, was sie in den letzten beiden Tagen mehrfach gemacht hatte. Die Energie, die sie verströmte, war so stark, dass er immer damit rechnete, Brandblasen zu bekommen, allerdings hatte es sich beim letzten Mal so angefühlt, als hätte sie gelernt, ihre Kraft besser zu beherrschen.

Amaryllis hatte oft in der Küche zu tun, wo Mordichai und Ezekiel ihr freundlicherweise geholfen hatten, während Rubin im Gefängnis saß. Seit er entlassen worden war, blieb er für gewöhnlich auf seinem Zimmer. In der Pension schwirrte es von Gerüchten, die Malichai durch Burnell und Jay erreichten, die ihn besuchen kamen und ihm nur zu gern berichteten, dass Marie Jacy ins Krankenhaus gebracht habe und im Haus angeblich ein *Berufskiller* wohne, wobei sie das Wort leise, aber mit Betonung aussprachen.

Auch Craig kam gelegentlich vorbei, um mit ihm Schach zu spielen, und unterhielt ihn mit Geschichten über die Reaktionen der anderen Gäste auf die Gerüchte über diesen Killer. Dabei stellte er alle möglichen Fragen über Malichais Verletzungen – wie das denn passiert sei und ob sie bleibenden Schaden hinterlassen würden –, die Malichai samt und sonders locker parierte.

»Ich hasse es, im Bett zu liegen, wenn Amaryllis offensichtlich jemanden braucht, der für Marie einspringt.«

»Es sind genug Leute da«, sagte Trap. »Sie hat jetzt viel Unterstützung. Draden und Shylah sind ihr eine große Hilfe in der Küche. Shylah kann ja gut kochen – na ja –, jedenfalls kann sie Nonnys Rezepte nachkochen, was die meisten anderen Frauen nicht schaffen.«

Cayenne zuckte sichtlich zusammen und wandte sich vom Bett ab. Sofort legte Trap ihr einen Arm um die Schultern und zog sie an sich. »Herrgott, du bist zu sensibel, Baby. Das liegt an diesen verdammten Hormonen. Mir ist es scheißegal, ob du jemals kochen lernst. Das weißt du. Ich finde es toll, dass du zum Kochunterricht bei Nonny gehst, weil du gerne mit ihr und den anderen Frauen zusammen bist, nicht weil aus dir eine großartige Köchin werden soll. Hör auf, so furchtbar empfindlich zu sein.«

Nun zuckte Malichai zusammen. Offenbar wollte Trap seiner Frau damit sagen, dass er sie liebte, und es war klar, dass es ihm wirklich völlig egal war, ob sie kochen konnte oder nicht, aber er hatte sich barsch, fast schon ein wenig verletzend ausgedrückt.

Trap nahm Cayennes Gesicht in beide Hände, hob es an und küsste sie hart und fordernd, bis sie beide nicht mehr zu atmen schienen, sie die Arme um seinen Hals legte und sich ihm völlig hingab.

Erst da hob Trap den Kopf wieder. »Alles in Ordnung, Baby?«

Cayenne nickte. Es schien ihr nicht das Geringste auszumachen, dass alle Traps hungrigen Kuss gesehen hatten. Unwillkürlich grinste Malichai Amaryllis an, die zurücklächelte.

»Ja.«

»Ich muss dafür sorgen, dass Malichais Bein heilt. Ich weiß nicht, was damit los ist. Ich kann ihn nicht richtig beraten, und so was macht mich verrückt.« Er strich mit dem Kinn über Cayennes Scheitel und wandte sich dann wieder Malichai zu. »Es ist übrigens jetzt offiziell, falls dein Bruder es dir noch nicht erzählt hat. Mordichai hat seine Stunden in der Notaufnahme absolviert. Er hat sich für die Ausbildung immer wieder freigenommen, was ziemlich bekloppt ist, weil er das in den letzten paar Jahren ja praktisch schon an vorderster Front gemacht hat. Aber jetzt ist er wirklich offiziell Arzt, und wir können ihn nicht mehr aufziehen.«

Das sah Mordichai ähnlich, kein Wort zu sagen. Alles, was mit den Schattengängern zu tun hatte, wurde üblicherweise streng geheim gehalten. Malichai hatte zwar gewusst, dass sein Bruder seit mehreren Jahren zur Uni ging, aber er hatte sein Studium oft unterbrechen müssen, um auf Einsätze zu gehen. Die hatte er auch alle hinter sich gebracht, doch er hatte beharrlich weiterstudiert, auch wenn es viel länger gedauert hatte als normal.

»Du hast uns nie gesagt, dass du auch Heilkräfte hast, Trap«, sagte Malichai. Jeder von ihnen hatte in dieser Hinsicht das eine oder andere Talent, doch Trap hatte immer behauptet, er nicht, das sei blanker Unsinn.

Abrupt zog Trap seine Hände von Malichais Bein fort. »Hab ich auch nicht. Manchmal kann ich etwas ›sehen‹, aber heilen kann ich nichts. Ich bringe Cayenne jetzt nach unten. Wir möchten hier drin nicht erwischt werden. Und du schonst dieses Bein, damit das verdammte Ding wieder gesund wird.«

»In Ordnung«, erwiderte Malichai, obwohl er nicht wusste, ob er den Rat befolgen würde.

Amaryllis ging zur Tür und schaute nach draußen. Sie

hatten die anderen Räume nach Wanzen abgesucht und mehrere gefunden, alle in den Zimmern der Teilnehmer an der Friedenskonferenz. Sonst war nur noch in Malichais Zimmer eine gewesen. Malichai war ziemlich sicher, dass Callendine jemanden dafür bezahlt hatte, sie anzubringen – höchstwahrscheinlich Billy. Malichai hatte das Abhörgerät zerstört, und nun überprüften sie sein Zimmer mehrmals am Tag, nur um sicherzugehen.

Im Flur war es dämmrig, und Trap und Cayenne verschwanden nach Schattengänger-Art sofort in der Dunkelheit. Trotzdem schaute Amaryllis weiter den Flur entlang, um zu sehen, ob sich irgendeine Tür öffnete. Die Pension war ausgebucht, jedes Zimmer belegt, und alle waren aufgeregt wegen der bevorstehenden Tagung. Oft versammelten sich Gästegruppen im Besprechungsraum oder im Vorderzimmer, um sich über ihre Ideen und Hoffnungen auszutauschen. Wenn man sah, wie freundlich diese Fremden miteinander umgingen, hätte niemand vermutet, dass ein Damoklesschwert über ihren Köpfen hing.

Amaryllis schloss die Tür und verriegelte sie, drehte sich zu Malichai um und lehnte sich mit dem Rücken an die Tür. »Ich finde es komisch, dass deine Schattengänger sich nichts dabei denken, dich mitten in der Nacht zu besuchen, ohne jede Sorge, dass sie womöglich von einem Gast gesehen werden.«

»Sie verlassen sich auf ihre besonderen Sinne, die ihnen verraten, ob irgendjemand in der Nähe ist, und sie sind daran gewöhnt, nachts zu arbeiten. Trap hätte gemerkt, wenn jemand im Flur gewesen wäre.«

»Manche von den Gästen haben die Angewohnheit, sich nachts ins Speisezimmer zu schleichen und sich dort über den Plätzchenvorrat herzumachen.«

»Warum bist du so weit weg von mir?« Malichai muster-te ihr Gesicht. Wenn die anderen Schattengänger in der Nähe waren, war sie nervös, und er konnte es ihr nicht verübeln. Sie musste erst lernen, sie nicht mehr als Super-soldaten zu betrachten – wie die, die zu Whitneys Privat-armee gehörten –, sondern als Soldaten mit besonderen Fähigkeiten, die ihrem Land dienten.

Amaryllis blieb auf der anderen Seite des Zimmers ste-hen. »Ich finde, ihr alle geht zu viele Risiken ein.«

Mit »alle« meinte sie ihn. Offenbar gefiel ihr nicht, dass er sein Bein schon wieder eingesetzt hatte. Sie las ihm zwar nicht die Leviten, so wie Trap es getan hatte, doch sie war mindestens genauso verärgert wie sein Freund. Er wollte nicht, dass seine Frau auf ihn aufpasste. Schließlich hatte er seinen Stolz, vor allem seit die anderen da waren und Amaryllis all die verschiedenen Talente mitbekam, die die anderen auszeichneten.

Trap und Wyatt waren Genies und hatten mehr Geld, als sie ausgeben konnten. Draden war vor seiner Zeit als Schattengänger ein Topmodel gewesen, der angehim-melte Schwarm aller Frauen. Gino war ein extrem gefähr-licher Mann, und Malichai hatte festgestellt, dass Frauen solche Männer oft genauso heiß fanden wie ein Model.

Und was war er? Der Sohn einer Drogensüchtigen, die bereit gewesen war, ihre Kinder zu verkaufen. Er war auf der Straße aufgewachsen. Inzwischen war er zwar Arzt, aber er war nicht so talentiert wie die anderen. Er war einfach nur das – ein Soldat.

Er hatte sich deswegen nie unterlegen gefühlt. Nie. Keinem der anderen gegenüber. Aber da hatte er auch nicht im Bett gelegen, weil sein Bein nichts mehr taugte, während die Frau, die er unbedingt beeindrucken wollte, von Männern umgeben war, die einfach alles konnten. Verdammt. Sie hatte ihm sogar das Leben retten müssen, nicht nur mit ihren Heilkräften, sondern indem sie ihm gefolgt war, als er es zugelassen hatte, dass man ihn entführte.

Er war zu arrogant gewesen, um damit zu rechnen, dass Mills auf sein verletztes Bein eintreten könnte. Daran hätte er aber denken müssen. Er hatte seinem Gegner ja sogar absichtlich von seiner Verletzung erzählt, um zu erklären, warum er schwimmen ging, damit Shevfield die Gelegenheit nutzte, um ihn anzugreifen. Wie unfassbar eingebildet von ihm. Und wenn er nun die Männer sah, die er am meisten bewunderte, die, die er als seine Familie betrachtete, hielt er es kaum aus, im Bett zu bleiben und derjenige zu sein, um den sich alle versammeln mussten, weil er außer Gefecht gesetzt war. Er wollte selber für seine Frau da sein und das nicht seiner Familie überlassen.

»Wir sind Soldaten, Baby. Alle Soldaten gehen Risiken ein. Du doch sicher auch. Ich weiß, dass es bei Whitneys Trainingseinheiten oft um Leben oder Tod geht. Trotzdem hast du es geschafft, ihm zu entkommen und nicht von ihm oder seinen Spionen aufgespürt zu werden.«

»Warum hast du das getan?«, fragte sie gekränkt. »Musste erst dein Freund kommen, um dir zu sagen, dass du noch nicht versuchen solltest, das Bein zu strapazieren? Weil er ein Mann ist? Ein toller Arzt? Ich hab dir das auch gesagt, aber auf mich hörst du ja nicht.«

Malichai war peinlich berührt. Von der Seite hatte er es noch gar nicht betrachtet. »Das hat mit Trap nichts zu tun. Und ich habe auf dich gehört. Ich gebe sogar zu, dass ich irgendwie wusste, dass du recht hast. Ich wollte es nur nicht wahrhaben.«

»Warum nicht?«

Sie hatte sich nicht gerührt. Sie lehnte immer noch an der Tür, und in ihren großen blauen Augen spiegelte sich das Licht der Lampe neben seinem Bett.

»Bitte komm her«, sagte er noch einmal. Er wollte nicht wie ein wehleidiger Schwächling klingen, und das würde er, wenn er ihr sagen musste, dass er eifersüchtig auf seine Freunde war.

»Ich muss wissen, was mit dir los ist, Malichai. Das alles ist nicht leicht für mich. Ich dachte, ich würde mit dir in den Sumpf gehen und deine Freunde nacheinander kennenlernen, bei einem lockeren Beisammensein. Und jetzt übernehmen sie meine Pension. Ich will nicht sagen, dass ich ihnen nicht für ihre Hilfe dankbar bin – denn das bin ich –, aber sie wissen mehr als ich über das, was hier vorgeht. Früher hast du mir zugehört. Und mit mir gesprochen. Wir waren ein Team. Jetzt weiß ich nicht, was du vorhast oder denkst, und fühle mich sehr verloren.«

Das war das Letzte, was er wollte. »Bitte komm zu mir, Amaryllis. Ich fühle mich auch etwas verloren. Ich habe noch nie eine Beziehung gehabt und auch noch nie eine Verletzung, die mich zum schlechtesten Zeitpunkt außer Gefecht setzt. Da ist etwas …« Er konnte es nicht in Worte fassen, aber mit seinem Bein stimmte wirklich etwas nicht. Er konnte es spüren. Der Schaden, woher er auch kam, würde sich nicht so schnell beheben lassen, und er musste hundertprozentig fit sein, um seinem Team bei dieser neuen, schwer zu erkennenden Bedrohung beizustehen. Vielleicht tat er einfach das, was er immer tat – härter trainieren. Indem er versuchte, sich ganz auf seine Verletzung zu konzentrieren, damit sie schneller heilte. Und indem er sich antrieb, stärker zu werden.

»Was ist, Malichai? Rede mit mir.«

»Ich habe Angst, dich zu verlieren«, platzte es plötzlich aus ihm heraus. Er hatte es gar nicht sagen wollen. Wollte es nicht einmal denken.

Amaryllis legte den Kopf schief und runzelte die Stirn. »Das ist vollkommener Blödsinn. Wir sind doch zusammen. Und ich habe dir versprochen, bei dir zu bleiben. Das musst du mir näher erklären, damit ich begreife, was du wirklich meinst.«

»Dann komm her.« Er streckte eine Hand nach ihr aus. Seine Angst wurde immer größer, nicht kleiner. Wegen dieses Gefühls, das ihn immer warnte, wenn irgendetwas nicht stimmte. Es verfolgte und bedrückte ihn. Der Drang, etwas zu tun, die Bettdecke zurückzuwerfen, aufzustehen und endlich alle Probleme anzugehen, war so stark, dass er sich tatsächlich auf die Seite drehte, um aus dem Bett zu steigen.

Das brachte Amaryllis sofort in Bewegung. »*Wehe*, du wagst es!« Und ihre Reaktion ließ keinen Zweifel daran, dass sie eine Schattengängerin war. Mit einem einzigen Sprung durchquerte sie das Zimmer, landete neben seinem Bett und legte eine Hand auf seine Brust, um ihn aufzuhalten. »Ich finde, du solltest lernen, dich mehr mitzuteilen, Malichai.«

Das brachte ihn zum Lächeln, trotz des Grummelns in seinem Bauch, das ihm sagte, dass irgendetwas vorging und Gefahr drohte. »Ich bin mehr der Actiontyp.«

»Du hast ganz ungewöhnliche Augen, sie sind fast golden. Und in der Nacht leuchten sie. Manchmal, wenn du ärgerlich oder besorgt bist, wird aus dem Leuchten ein Glühen, dann siehst du sehr gefährlich aus.« Mit gerunzelter Stirn beugte sie sich vor und strich ihm mit einem

Finger über die Lippen. »So wie jetzt. Du siehst aus wie ein Raubtier, das jagen gehen will.«

»Nicht dich, Amaryllis.«

»Das weiß ich. Warum denkst du, dass du mich verlieren könntest, Schatz? Es muss etwas damit zu tun haben, dass dein Team aufgetaucht ist. Versuch nicht, mir etwas anderes zu erzählen. Du bist in dem Moment auf Distanz gegangen, als die anderen angekommen sind und dich begrüßt haben.«

Malichai zuckte die Achseln und kam zu dem Schluss, dass es besser war, ehrlich zu sein. »Ich werde wohl wehleidig und eifersüchtig rüberkommen, aber besser du merkst jetzt schon, dass ich so sein kann, als später, wenn wir verheiratet sind und ein paar Dutzend Kinder haben …«

»Ach, hör auf.« Lachend stupste sie ihn an der Hüfte an, damit er Platz machte und sie sich zu ihm aufs Bett setzen konnte. »Du bist völlig verrückt. Auf wen bist du denn eifersüchtig? Bitte sag jetzt nicht Trap. Zuerst einmal ist er nicht gerade ein angenehmer Gesprächspartner und besonders schroff, was die Schwangerschaft seiner Frau angeht …«

Malichai liebte ihr Lachen und ließ sich davon einlullen, aber er wollte nicht, dass sie dachte, Trap würde nicht auf seine Frau achten. »Trap bewundert Cayenne.« Dennoch war er froh, dass Amaryllis seinen Kameraden nicht mochte. Schließlich sah er gut aus, hatte viel Geld und zwei gesunde Beine.

»Kann ja sein, dass er sie bewundert, aber nicht weiter darüber nachzudenken, dass sie jeden Augenblick ihr Kind kriegen könnte, nur weil ein paar Ärzte in der Nähe sind, ist schon seltsam. Sie verlässt sich auf ihn, und er gibt den großen Denker, statt sein Herz sprechen zu lassen. Er sollte ihr Ehemann sein, nicht ihr Arzt, der – nebenbei bemerkt – wahrscheinlich in seinem ganzen Leben noch nie ein Baby auf die Welt geholt hat, deshalb sollte er diesbezüglich etwas umsichtiger sein.«

Malichai sah sie erstaunt an und brach dann in Gelächter aus. »Ich verliebe mich immer mehr in dich. In dem Punkt muss ich dir zustimmen. Trap glaubt anscheinend, dass Cayenne nach der Geburt direkt wieder einsatzbereit sein wird. Vielleicht erlebt er da ja eine kleine Überraschung.«

»Dann hör jetzt auf, dir Sorgen darüber zu machen, dass ich mit jemand anders zusammen sein möchte. Das ist lächerlich.«

»Aber ich komm nicht besonders gut weg im Vergleich mit Männern, die zwei Beine haben und kämpfen können, während ich im Bett liege und Däumchen drehe«, erklärte er ihr.

Amaryllis musterte ihn lange. So lange, dass ihm der Magen in die Kniekehlen rutschte. Dann kniete sie sich vor ihm aufs Bett, nahm sein Gesicht in beide Hände und strich mit ihren Lippen über seine. Federleicht. Doch so sanft die Berührung auch war, sie ging ihm durch und durch. Eine einzigartige Erfahrung. Dieser hauchzarte Kuss ließ sein Verlangen langsam, aber unaufhaltsam wachsen.

Dann zog sie mit den Zähnen an seiner Unterlippe und zeichnete mit der Zunge die Umrisse seines Mundes nach. Schnell öffnete er ihn, und schon war sie da, offenbarte ihm ihre Lust und Leidenschaft. Und noch etwas anderes, das sich wie Liebe anfühlte. Das war so neu für ihn, dass er zuerst gar nicht genau wusste, was ihn so berührte und aufmunterte. Ihn so hungrig, ja gierig werden ließ.

Er schlang seine Arme um sie, drückte sie an sich und übernahm die Führung, küsste sie rauer, als er beabsichtigt hatte, aber er war verrückt vor Verlangen. Schon allein deshalb, weil sie sich offenbar trotz allem für ihn entschieden hatte.

»Zieh dein Höschen aus, Amaryllis.« Eine Hand in ihrem Haar vergraben, küsste er sie weiter und machte es ihr schwer, ihm den Gefallen zu tun, aber er konnte nicht anders. Er musste sie weiterküssen. Sie schmeckte so gut, dass er unersättlich war. Er begehrte sie mit jedem Atemzug mehr. Er wollte sie haben, sofort.

Amaryllis bemühte sich, ihm zu gehorchen, und zog, ohne den Kuss zu unterbrechen, ihre Jeans und ihr Höschen herunter. Das hätte eigentlich schwierig bis unmöglich sein sollen, doch irgendwie schafften sie es gemeinsam, und schließlich kniete sie über ihm und ließ sich langsam auf ihn herab.

Sein Glied pulsierte heiß. Es fühlte sich an wie ein stählerner Spieß, und als sie vorsichtig ihre enge Scheide darüberschob, dachte er, sein Kopf würde platzen. Sie erwürgte ihn fast mit ihren feurigen Muskeln, die sich wie eine seidene Faust um ihn schlossen.

Malichai warf den Kopf zurück und hätte am liebsten vor Lust laut gebrüllt, bemühte sich aber, ruhig zu bleiben, als sie auf sein Drängen hin anfing, sich zu bewegen. »So ist es richtig, Baby, reite mich.« Mit den Händen leitete er sie an.

Amaryllis begriff rasch, presste die Muskeln zusammen und reizte, massierte und molk ihn, bis die Reibung schier unerträglich wurde. Er wusste nicht, ob er wegen dieser engen Faust einen unbekannten Rausch erlebte oder eine Lust, die haarscharf an Schmerz grenzte. Doch es spielte auch keine Rolle, denn er wollte nicht, dass das jemals wieder aufhörte.

Amaryllis lehnte den Kopf zurück und wurde schneller, trieb ihnen beiden den Atem aus der Lunge. Es war wunderschön, exotisch, großartig, wie sie ihn in der Dunkelheit bis zum Anschlag in sich aufnahm. Wie schön, dass sie ihm gehörte. Manche Männer brauchten viele Frauen, um sich wie Männer zu fühlen. Aber er hatte immer nur eine gebraucht. Eine Einzige. Und nun, da er sie hatte, wusste er auch, warum.

Bei jeder Bewegung, die sie machte, durchzuckten ihn kleine Stromschläge. Das Blut rauschte so ungestüm durch seine Adern, als wäre er auf Drogen. Automatisch, fast verzweifelt stieß er immer wieder hart zu. Das sollte nie wieder aufhören. Er ließ sich gehen und verlor sich in ihr, in all dieser glühenden Hitze. Schließlich packte er sie an den Hüften und nutzte seine Kraft, um sie fest an sich zu drücken, und jedes Mal, wenn die seidene Faust über seine empfindliche Eichel glitt, verlor er beinah die Kontrolle.

Grimmig beherrschte er sich und zwang sich, seine Frau anzuschauen. Ihr Gesicht zu betrachten, um herauszufinden, wie weit sie war. Sie gab leise Laute von sich, eine Art sanftes Stöhnen, das ihn noch mehr anstachelte. Alles an ihr war perfekt für ihn. Schon ihr Anblick, die Art, wie sie lasziv den Kopf zurücklegte und sich ihm ganz öffnete, wie sie ihn ritt, als könne sie davon nie genug bekommen, und der glückselige Ausdruck auf ihrem Gesicht trieben ihn zum Gipfel.

»Bist du so weit, Baby? Du musst dich beeilen.«

»Ich komme gleich«, keuchte sie ebenso atemlos.

Da riss er sie mit, stürzte im freien Fall von einer Klippe an Sternen vorbei ins Feuer. Sie umschloss ihn so fest, dass er fürchtete, später den Abdruck ihrer Scheide auf seinem Glied zu haben – so etwas hatte er noch nie erlebt. Er befand sich mitten in einem reinigenden Feuer, das ihn versengte und brandmarkte, in einer Welt aus purem Gefühl. Von Samt gestreichelt. Von Seide umhüllt. Von der Musik seiner Frau umgeben.

Er drückte sie an sich und rang verzweifelt nach Luft. Diese überwältigenden Gefühle aus dem Nichts erschreckten ihn. Er presste Amaryllis ganz eng an sich, damit sie das Gesicht an seine Brust legen musste und nicht zu ihm aufsehen konnte, denn er wusste, dass ihm seine Verletzlichkeit ins Gesicht geschrieben stand. Und im Moment konnte er nichts dagegen tun.

Amaryllis wehrte sich nicht. Sie schmiegte sich einfach an ihn und hielt ihn ebenfalls fest umarmt. Es war fast so, als wüsste sie vor ihm, was er brauchte. Manchmal war es ein Kuss. Manchmal nur ein Wimpernstreicheln. Auch jetzt wurde sie nicht ungeduldig, sondern ließ ihm genug Zeit, im eigenen Tempo von seinem Höhenflug zurückzukehren.

Als er endlich wieder klar denken konnte, lockerte er seinen Griff und erlaubte ihr widerstrebend, von ihm herunterzusteigen. Er fand es seltsam, so mit einem anderen menschlichen Wesen verbunden zu sein, nicht nur körperlich, als würden sie sich dieselbe Haut teilen, sondern auch geistig, ja seelisch. Davor hatte er sich am Anfang gescheut, doch nun musste er sich damit abfinden. Denn er war verliebt. Und wie.

Als Amaryllis ins Bad ging, grübelte Malichai. Sie hatte ihm die quälende Sorge genommen, dass sie ihn vielleicht nicht mehr haben wollte, weil er gerade jetzt, wo vielleicht ein Kampf bevorstand, nicht hundertprozentig fit war. Warum verkrampfte sein Magen sich dann immer noch, und warum gaben seine inneren Alarmglocken einfach keine Ruhe? Irgendetwas stimmte nicht, und das Gefühl verschwand nicht, obwohl seine Frau ihm soeben den besten Sex seines Lebens beschert hatte.

Amaryllis kam zurück. Sie trug eine Capri-Yogahose und ein kurzes Tanktop, das nur ihre Brüste bedeckte und ihre Mitte freiließ. Als sie sich bewegte, konnte er einen Blick auf die verlockende Unterseite ihrer Brüste erhaschen. Er fand sie sehr hübsch. Suchend schaute sie sich nach einem Platz um, an dem sie ihre Kleider ablegen konnte, dabei fiel ihr Blick auf sein Gesicht. Sofort erstarrte sie und richtete ihre gesamte Aufmerksamkeit auf ihn.

»Was ist los, Malichai? Ich dachte, wir hätten deine Sorgen zerstreut.«

»Das dachte ich auch. Aber mein Bauch sagt mir immer noch, dass irgendetwas hinten und vorne nicht stimmt.«

»Dann schau ich mal in der Küche nach.« Sie blickte auf ihre Uhr. »Und die Flure zu checken, wird wohl auch nicht allzu lang dauern.«

Malichai versteifte sich. »Ich bleibe nicht hier im Bett liegen, während du dich in Gefahr bringst. Wir wissen doch noch gar nicht, wie schlecht es diesmal um mein Bein steht.«

»Oh doch, das weiß ich. Ich habe mein Bestes getan, aber diese Risse sind hartnäckig. Sie kommen immer wieder. Ich weiß nicht, ob sie nicht schon wieder da waren, bevor Mills dich getreten hat, oder ob sie erst durch seinen Angriff wieder aufgetaucht sind. Aber das ist im Moment auch egal, wichtig ist nur, dass sie zurück sind. Rubin hat stundenlang an dir gearbeitet. Und ich auch. All unsere

Bemühungen dürfen nicht umsonst gewesen sein. Er hat dich ermahnt, das Bein zu schonen, und du musst tun, was er sagt.«

Rubin hatte seinen Blick gemieden, als er ihm diese Anweisung gegeben hatte. »Ich lauf ja nicht rum, Amaryllis. Ich liege einfach nur da«, sagte er rebellisch. Dann wurde ihm klar, dass sein ganzer Körper rebellierte. Irgendetwas war nicht in Ordnung, und er hatte in seiner Umgebung nach dem Grund dafür gesucht. In diesem Moment begriff er, dass sein Alarmsystem anschlug, weil etwas mit ihm nicht stimmte. Mit seinem Bein. Seiner körperlichen Verfassung.

»Malichai?« Amaryllis legte ihre Sachen auf seine Kommode. »Was ist los?«

Ihr gelang es inzwischen schon viel besser, ihn zu durchschauen, und er war sich nicht sicher, ob er das gut fand. Er fuhr sich mit beiden Händen durchs Haar und schaute sie an. Sie war wunderschön und fertig fürs Bett, bereit, sich an ihn zu kuscheln. Er wünschte sich diese Nähe mehr als alles andere – nur der Wunsch, sein Bein nicht zu verlieren, war stärker.

»Ich rufe jetzt sofort Rubin, damit er mit dir zusammen mein Bein untersucht, aber so schön ich dein Top auch finde, darin wird er dich nicht zu sehen bekommen. Das ist nur für meine Augen. Und ich sage dir lieber gleich, dass ich ihn umbringe, wenn ich den Eindruck bekomme, dass du mich gegen ihn austauschen würdest, weil er so gut aussieht.«

Amaryllis brach in ein Lachen aus, das den ganzen Raum erfüllte und dadurch einige von den üblen Knoten in seinem Bauch löste.

»Dann achte ich darauf, nicht so zu wirken, damit du

dir nicht so viel Mühe machen musst. Mittlerweile wird es schwierig, Platz auf dem Friedhof zu finden.«

»Danke für deine Treue.«

»Für dich tu ich doch alles, Schatz.« Sie streifte ihr knappes Top ab und griff extra langsam nach einem T-Shirt. Sofort reizte es ihn, ihre festen, hoch angesetzten Brüste anzufassen, doch sie zog sich feixend das Shirt über und bewahrte ihn vor der Versuchung.

»Das sehe ich.« Seine Stimme triefte vor Sarkasmus.

Wieder lachte Amaryllis. »Ich geh nur schnell in die Küche, während du deinem Kollegen Bescheid sagst.«

»Nicht ohne Verstärkung«, sagte Malichai störrisch.

»Du hast doch gerade gesagt, dass ich eine Schattengängerin bin. Hast du etwa immer Verstärkung dabei? Das ist doch meine Küche. Ich kenne dieses Haus wie meine Westentasche.«

Er hatte sie in ihrem Stolz getroffen. »Na gut, Baby.« Er scheuchte sie aus dem Zimmer. »Ich ruf Rubin und du bist in einer Viertelstunde wieder da.« Demonstrativ blickte er auf seine Uhr. *Trap, Amaryllis geht in die Küche und will sich dann weiter umsehen, um sicherzugehen, dass alles in Ordnung ist. Kannst du sie beschatten? Aber so, dass sie dich nicht bemerkt?*

Kein Problem. Wenn ich das nicht mache, übernimmt Cayenne.

Malichai versuchte, sich nichts anmerken zu lassen. Amaryllis hatte recht gehabt. Trap machte sich nicht die geringsten Sorgen wegen Cayennes Schwangerschaft. Was ihn anging gehörte das zum natürlichen Kreislauf des Lebens. Schließlich brachten die Frauen schon seit Anbeginn der Zeit Kinder zur Welt. Trap gehörte zu den Männern, die dachten, ihre Frau würde ein Kind gebären, die Nabelschnur selber durchschneiden, das Baby in ein Tuch wickeln und anschließend ein ganzes Feld abernten. Aber Malichai hatte im Moment nicht genug Zeit, um ihm ins Gewissen zu reden. Und Cayenne war durch und durch eine Kämpferin.

Ich ruf jetzt Rubin. Ich habe ein schlechtes Gefühl wegen meinem Bein.

Prompt richtete Trap seine Aufmerksamkeit auf ihn, also würde er auf keinen Fall derjenige sein, der auf Amaryllis aufpasste.

Ein schlechtes Gefühl? Wegen deinem Bein? Ich komme sofort.

Ich will, dass Amaryllis in Sicherheit ist.

Trap antwortete nicht mehr, so wie es seine Art war. Malichai fluchte leise. Er hätte den Mund halten sollen. Rubin hatte sehr starke psychische Kräfte. Er war imstande, selbst für die, die nur wenige oder gar keine telepathischen Fähigkeiten hatten, eine Brücke zu bauen, damit sie mit anderen Kontakt aufnehmen konnten. Trotzdem wollte Malichai gern auch noch Ezekiel bei sich haben. Sein älterer Bruder war stets derjenige gewesen, an den sie sich gewandt hatten, wenn es Probleme gab. Er brauchte Ezekiel bei sich. Er sollte einfach nur im selben Zimmer mit ihm sein.

Zeke, sag doch mal Rubin, er soll kommen und sich mein Bein angucken.

Es blieb so lange still, dass Malichai schon dachte, die Verbindung sei fehlgeschlagen. Dann hörte er die Stimme seines Bruders im Kopf, und sie klang besorgt. *Du meinst jetzt sofort, heute Nacht noch? Bist du in Ordnung?*

Ich möchte nur seine Meinung hören, es ist nichts Besonderes. Hat irgendeiner von euch mal Cayenne untersucht? Wisst ihr, wann in etwa der Geburtstermin ist? Er wechselte das Thema absichtlich.

Cayenne war es nach und nach gelungen, sich in ihre Herzen zu stehlen. Sie war eine mutige Kriegerin und Einzelkämpferin. Sie wusste nicht viel über das Leben außerhalb des Käfigs, in dem sie aufgewachsen war, aber sie lernte schnell – ganz besonders alles, was Trap, seine Wünsche und Bedürfnisse betraf. Aber sie mochte auch Nonny und Pepper und die fünf kleinen Mädchen.

Glaubst du im Ernst, Cayenne würde es uns erlauben, sie zu untersuchen? Eher würde sie uns eine Weile kopfüber in einem Netz an einem Baum aufhängen. Trap ist ihr Arzt.

Malichai stöhnte und legte sein Bein anders hin. Es sollte eigentlich nicht so wehtun. Das ängstigte ihn. Wenn der Knochen nicht geborsten, sondern gebrochen wäre, hätte ihn der andauernde reißende Schmerz nicht gewundert, aber das Bein war nicht gebrochen. Irgendetwas passierte damit, und niemand verstand genau, was.

Nachdem Mills es bearbeitet hatte, hatten Rubin und Amaryllis doch Stunden damit zugebracht, es zu flicken. Dabei waren sie sehr sorgfältig vorgegangen, hatten jeden Riss geschlossen und verklebt. Und natürlich war wegen der Tritte mit Schmerzen zu rechnen. Immerhin war Mills ein kräftiger Mann gewesen. Vielleicht hatte er ihn auch so heftig getreten, dass der Knochen doch gebrochen war, aber das bezweifelte Malichai. Irgendetwas ging in ihm vor, und was es auch war, das flaue Gefühl in der Magengrube sagte ihm, dass das sehr schlimme Folgen für ihn haben würde.

Trap schlüpfte ins Zimmer und schaute sich um. »Deine Frau war nicht in der Küche.«

»Sie wollte sich auch noch im Haus umsehen. Manch-

mal habe ich so ein komisches Gefühl, als hörte ich verschwörerisches Getuschel. Ich würde gern ein letztes Mal
die Flure checken, nur um herauszufinden, ob ich langsam verrückt werde oder nicht.«

»Wie ist denn da die allgemeine Meinung?« Trap durchquerte das Zimmer und schlug die Decke zurück, die über
Malichais Bein lag.

»Im Moment halten mich die meisten wohl für verrückt.« Malichai rieb sich den Nasenrücken. »Wann ist
es bei Cayenne eigentlich so weit? Nenn mir ein Datum.
Oder sag mir wenigstens, wie lange sie schon schwanger
ist. Man sieht ihr nichts an, deshalb kann man es nicht
schätzen. Ich verstehe gar nicht, wie das geht, sie ist doch
so zierlich.«

Trap machte eine abwehrende Handbewegung. »Sie hat
eine Art Panzer, eine dünne seidene Schutzschicht unter
der Haut. Als mal jemand auf sie eingestochen hat, wäre
ihm fast die Spitze seines Messers abgebrochen, so un-
durchdringlich ist dieser Schutzschild. Deshalb bekommt
sie keinen Bauch. Das Baby muss ihre Organe beiseite
schieben.«

Entnervt von Traps lässigem Ton schloss Malichai die
Augen. Der Mann musste sich offenbar so distanzieren,
um wegen der Schwangerschaft seiner Frau nicht in Panik
zu geraten. Das war typisch für ihn. Er verließ sich lieber
auf seinen Kopf.

»Du musst doch ungefähr wissen, wann die Geburt ansteht. Ist sie regelmäßig zur Vorsorge gegangen? Oder zur
Vorbereitung? Wyatt ist doch sicher sauer, dass sie mit-
gekommen ist.«

»Wyatt unterhält sich oft mit ihr und achtet darauf, dass
sie ihre Vitamine einnimmt. Natürlich wollte er nicht,

dass sie uns begleitet, aber ich will nicht schon wieder riskieren, dass sie nicht mehr mit mir redet. Als wir es mit diesem tödlichen Virus zu tun hatten, habe ich sie weggeschickt, damit sie in Sicherheit ist, und ich bin nicht sicher, ob sie mir das schon verziehen hat. Aber ich musste kommen, um mich zu vergewissern, dass du diesen Scheiß überstehst, und deshalb ist sie auch dabei. Ich habe es ihr versprochen, und ich breche meine Versprechen nicht. Das kann ich nicht, Malichai. Nicht bei ihr. Wenn sie mir nicht mehr vertraut, sind wir am Ende.«

Wieder redete Trap, ohne ihn dabei anzusehen und so ungerührt, als sprächen sie übers Wetter. Malichai war schwer überrascht. Trap hatte sich *verpflichtet* gefühlt zu kommen, um sicherzustellen, dass es ihm gut ging. Das verschlug Malichai die Sprache, denn Trap redete nicht oft über Gefühle. Malichai hatte immer gedacht, Trap würde ihn zwar tolerieren, aber nicht besonders mögen. Doch sein Verhalten zeigte, dass es ganz anders war.

»Danke, Trap. Ich weiß nicht, was zum Teufel hier vorgeht, aber ich möchte auch, dass meine Frau in Sicherheit ist. Und ich fühle mich besser, wenn du hier bist. Aber ich möchte immer noch wissen, wie lange es bei Cayenne noch dauert.«

Trap zuckte die Achseln. »Keinen ganzen Monat mehr, es gibt schon erste Anzeichen. Am Anfang dachte ich, dass sie womöglich mehr als ein Kind bekommt, aber das kann nicht sein, weil mehrere Babys nicht genug Platz in ihrem Körper hätten. Ich konnte sie nicht dazu überreden, mich mal nachschauen zu lassen. Jede Art von Untersuchung ist ihr äußerst suspekt. Es erinnert sie zu sehr an all die Experimente, die mit ihr angestellt wurden. Es ist durchaus möglich, dass sie wegläuft, wenn sie sich zu sehr bedrängt fühlt. Ihr müsst sie in Ruhe lassen. Und stellt ihr nicht zu viele Fragen.«

»Du bist doch Arzt. Und du rechnest mit einer Mehrlingsgeburt? Ist das dein Ernst, Trap? Dabei könnte es doch Komplikationen geben.«

»Nein«, blaffte Trap. »Es können auf keinen Fall zwei sein. Schau sie dir doch an. Sie ist zu zierlich.«

»Du kannst nicht mehr klar denken. Woher willst du denn wissen, dass es keine Komplikationen gibt, falls es zu einer Mehrlingsgeburt kommt, wenn du über die Schwangerschaft und die Gebärende kaum etwas weißt? Verdammt noch mal, Trap. Wie bist du überhaupt darauf gekommen?«

Trap wägte immer alle Risiken ab. Er war niemand, der ohne Grund über so etwas sprach oder nachdachte. Wenn er das in Betracht zog, war wohl wirklich damit zu rechnen. Am liebsten hätte Malichai ihn geschüttelt.

»Es darf keine Komplikationen geben«, stieß Trap zwischen den Zähnen hervor. »Ich kann ohne sie nicht leben. Verstehst du das? Keine Cayenne, kein Trap. Sie darf nicht gehen, und sie darf nicht sterben. Das bedeutet, dass alles gut gehen wird. Aber sie ist sehr ängstlich. Sie fürchtet sich vor jeglicher Art von Untersuchung und ist kurz davor wegzulaufen. Du kennst sie doch. Wenn sie abhaut, finden wir sie nie wieder. Sie glaubt, sie kann das Kind allein bekommen. Ich muss sie behandeln wie ein rohes Ei und alles einfach so laufen lassen, wie sie es sich vorstellt.«

Malichai holte tief Luft, bevor er etwas antworten konnte. Trap hatte recht. Sie war durchaus imstande wegzulaufen, und wenn sie sich irgendwo im Sumpf versteckte, würden sie sie nicht wiederfinden. Schließlich fürchtete sie sich aus gutem Grund. Er konnte verstehen, was für eine Gratwanderung das für Trap war.

Malichai nickte. »Wir werden das schon schaffen.« Er wusste zwar nicht, wie, aber immerhin wusste er nun, dass Trap Cayennes Schwangerschaft nicht auf die leichte Schulter nahm, sondern nur versuchte, dafür zu sorgen, dass sie nicht in Panik geriet und floh.

Ehe Trap etwas antworten konnte, schlichen sich Rubin und Ezekiel ins Zimmer, und sie brachten Joe Spagnola mit, ihren Teamchef. Dass sein älterer Bruder dabei war, wunderte Malichai nicht, doch Joes Erscheinen überraschte ihn eher, und noch mehr bereitete es ihm Sorgen. Rubin und Joe kamen direkt zum Bett, nickten Malichai zu und hielten ihre Hände über sein Bein.

»Sieht ein bisschen geschwollen aus«, bemerkte Rubin, während er die Hände über den hässlichen Blutergüssen schweben ließ, die bereits verschiedene Schattierungen von Rot und Blau annahmen. »Wie fühlt sich das an, Malichai? Sag mir die Wahrheit und kehr bloß nicht den großen harten Kerl raus.«

»Immerhin hältst du mich für einen harten Kerl«, erwiderte Malichai. Sein Herz klopfte heftig, denn zum ersten Mal seit sehr langer Zeit hatte er seine Angst nicht mehr im Griff. Sein Mund war trocken geworden. Verstohlen schaute er zur Tür, weil er sich wünschte, Amaryllis käme. Nun verstand er umso besser, was Trap gemeint hatte, als er gesagt hatte, er brauche Cayenne.

Wie auf Kommando, als könnte sie seine Gedanken lesen, betrat Amaryllis das Zimmer, steuerte ohne einen Blick zu seinen Besuchern direkt auf ihn zu und nahm seine Hand. »Alles in Ordnung, Schatz?« Sie beugte sich zu ihm herab und strich mit ihren weichen Lippen über seine.

Sofort beruhigte sich sein Magen ein wenig. »Bleibst du auch bei mir, wenn sie mir das Bein abschneiden müssen?« Er versuchte, es wie einen Scherz klingen zu lassen, aber seine Stimme spielte nicht mit.

Ezekiel warf ihm einen scharfen Blick zu. Auch Trap musterte ihn nachdenklich.

Amaryllis nickte. »Auf jeden Fall. Dein Bein ist mir nicht besonders wichtig. Ein paar andere Körperteile schon eher, da müsste ich noch mal nachdenken.« Sie drückte seine Hand und trat näher heran, um Rubin zusehen zu können. »Macht es dir etwas aus, wenn ich zuschaue? Vielleicht habe ich ja was falsch gemacht.«

Malichais Herz verkrampfte sich. Sie hoffte, dass sie etwas übersehen hatte und war bereit, die Schuld auf sich zu nehmen, falls das der Grund für den unerklärlichen Auflösungsprozess in seinem Bein war. Aber er wusste, dass das nicht möglich war. Schließlich hatte Rubin mit ihr zusammengearbeitet. Und obwohl die beiden sich verschiedene Abschnitte der Knochen vorgenommen hatten, hatte Rubin sicher darauf geachtet, was sie tat.

»Du hast nichts falsch gemacht, Amaryllis«, versicherte Rubin ihr. »Das hier ist Joe Spagnola, auch ein Geistheiler.«

Joe nickte Amaryllis zu. »Steig aufs Bett und geh von der anderen Seite ran.«

Wäre er nicht der Patient gewesen, hätte Malichai laut gelacht. Er kam sich vor, als würden ein paar verrückte Wissenschaftler ein Experiment mit ihm machen. Amaryllis krabbelte aufs Bett und hielt ihre Handflächen genauso über sein Bein wie die anderen.

Rubin hatte ihre Bitte vorhin nur mit einem leichten Kopfnicken quittiert. Sein Gesicht zeigte absolute Konzentration und ein leichtes Stirnrunzeln, das Malichai Angst machte.

»Redet, ihr zwei«, sagte Trap. »Ich muss alles wissen, um dieses Rätsel zu lösen.«

Trap war das Hirn, der Denker, auf den man sich verlassen konnte. Wenn ein Rätsel gelöst werden musste, war Trap der richtige Mann dafür.

Unter Amaryllis' Handflächen wurde es hell. Dann drang Hitze an seine Haut und wie ein Laserstrahl durch sie hindurch bis zum Knochen. Malichai versuchte, das Bein stillzuhalten, aber das war nicht leicht. Der kühle Strahl, der von Rubin kam, war das Gegengewicht zu Amaryllis' Hitze.

»Wenn du deine Energie dosiert einsetzen möchtest, musst du aus deinem Qi atmen, deiner Lebenskraft, und verfolgen, wie sie durch dich in ihn hineinfließt. Dein Atem bestimmt, wie viel Energie du für deinen Patienten aufwendest«, erklärte Joe unerwartet.

Sofort gehorchte Amaryllis, atmete langsamer und gleichmäßiger, und fast augenblicklich spürte Malichai den Unterschied.

»Siehst du, wie hell das Licht ist? Wie es die Knochen und Wunden beleuchtet? Licht und Energie sind zwei verschiedene Dinge. Das musst du auch in deinem Kopf so trennen. Der Kühlschrank kann weiterlaufen, wenn du den Herd anmachst.«

Wieder folgte Amaryllis Joes Anweisungen, und die von ihr ausgehende Hitze verringerte sich nochmals um mehrere Grade. Joe räusperte sich, und auf seiner gerunzelten Stirn erschienen Sorgenfalten. Rubins Gesichtsausdruck dagegen blieb völlig unergründlich. Malichai schaute zu Amaryllis. Sie war auf einmal ganz bleich geworden.

»Sagt es einfach«, befahl Ezekiel. Malichai brachte keinen Ton heraus.

»Der Knochen scheint sich irgendwie aufzulösen«, berichtete Joe schonungslos. Ganz direkt, so als würde Malichai schon damit fertig zu erfahren, dass seine Knochen zerbröselten, während sie vielleicht bald einen sehr gefährlichen terroristischen Anschlag auf heimischem Boden vereiteln mussten.

15

IM ZIMMER BLIEB ES es lange still. Malichai fürchtete, dass die anderen mit ihren besonders ausgeprägten Sinnen sein Herz klopfen hörten. Ezekiel kam zu ihm, als ob er ihn so irgendwie vor dem beschützen könnte, was in ihm vorging. Mit beiden Ellbogen stützte er sich nah am Kopf seines Bruders auf die Matratze und schirmte ihn so vor den anderen ab.

»Die Information hilft mir nicht, Joe«, bemerkte Trap verärgert. »Mit dieser Art von Angaben komme ich nicht weiter, verdammt noch mal. Ich brauche Fakten. Beschreib mir also lieber ganz detailliert, was du siehst. Haben wir es mit einem Pilz zu tun? Oder ist der Knochen zu weich? Zu brüchig? Was passiert hier? Ich kann es mir höchstens ansehen, aber nicht so genau wie ihr beide. Ich bekomme nur einen allgemeinen Eindruck.«

Das war genau das, was Malichai brauchte. Trap war wie immer die Person im Raum, die alles durch die Brille der Wissenschaft sah. Auch wenn zwei Geistheiler da waren, von denen einer sogar mit Gedankenkraft operieren konnte. Trap würde einen Weg finden, das alles zu erklären. Doch im Moment war er genervt und schroff zu allen, weil sie ihm nicht die Fakten lieferten, die er brauchte, um dem Geheimnis auf den Grund zu gehen. Malichai war aber auch nicht entgangen, dass Rubin kein Wort gesagt hatte. Kein einziges. Und er hatte weder ihn noch Ezekiel angeschaut. Das fand Malichai schlimmer als alles, was Joe je sagen könnte.

»Was wir hier vor uns haben, sind Hunderte von sehr feinen Haarrissen, die vom Knöchel bis zur Hüfte reichen. Überall in den Knochen. Ausgehend von den ursprünglichen Wunden. Allerdings nicht von allen, nur von den Einschusslöchern. Könnten die Kugeln irgendeine Beschichtung ...«

»Keine Spekulationen«, blaffte Trap. »Haltet euch an die Fakten. Die Risse beginnen an den ursprünglichen Wunden, aber nicht an allen. Was bedeutet das? Ich habe auch Wyatt zugeschaltet. Vielleicht hat er später noch ein paar Fragen.«

Malichai stellte fest, dass er wieder Luft bekam, und sein Herzschlag verlangsamte sich. Er wollte das mitbekommen. Trap reduzierte alles auf mögliche Ursachen. Rational erklärbare Ursachen. Solche, die behoben werden konnten, wenn ein Mann seines Verstandes sich damit befasste. Und dazu noch Wyatt. Der war zwar zu Hause und bewachte ihre Festung, nahm sich aber trotzdem die Zeit, bei der Untersuchung dabei zu sein, um bei der Rettung seines Beines zu helfen.

Er hatte gute Freunde. Und eine wunderbare Familie. Malichai schaute seine Frau an. Sie war genauso konzentriert wie die Männer um sie herum. Außerdem hatte er eine wundervolle Frau und Partnerin. Er verdrängte die letzten Ängste und entspannte sich trotz seiner Schmerzen. Er musste mithelfen, ohne sich von der Vorstellung schrecken zu lassen, wie so viele andere Soldaten einen Körperteil zu verlieren. Wie Jerry, der sich auf eine Granate geworfen hatte, um seine Einheit zu schützen, und dabei einen Arm und ein Bein eingebüßt hatte. Wie so viele gute Männer – und er war kurz davor, sich bei ihnen einzureihen.

Ezekiel legte eine Hand auf seine Schulter, schaute ihn aber nicht an, rückte dabei nur etwas näher an ihn heran, während er sich auf Rubin, Joe und Amaryllis konzentrierte.

»Die Frakturen scheinen rund um die größeren, tieferen Wunden zu beginnen, diejenigen, die ursprünglich den größten Schaden angerichtet haben und ihn fast getötet hätten«, sagte Rubin. »Seine Schlagader war zerrissen. Ich musste sie zusammenhalten, damit er nicht ausblutete, während ich ihn zum Hubschrauber schleppte. Da habe ich etwas Seltsames bemerkt. Das Blut schäumte irgendwie aus den Wunden. Ich musste mir verdammt viel Mühe geben, um ihn beim Sprint zum Heli am Leben zu halten.«

Bestürzt zog Amaryllis die Hände weg und holte tief Luft. Sie sah aus, als würde sie gleich ohnmächtig werden.

»Wir brauchen Licht«, fuhr Joe sie an.

Malichai machte schon den Mund auf, um sich über seinen Tonfall zu beklagen, doch Amaryllis entschuldigte sich nur leise, ließ die Hände wieder über seinem Bein schweben und verströmte das grelle Licht und die Hitze, die durch Haut und Muskeln bis zu den Knochen drangen.

»Was meinst du mit ›schäumen‹? Das hast du bisher nie erzählt, Rubin.« Trap klang noch verärgerter als zuvor.

»Ich bin mit einem Schwerverletzten über der Schulter einen sehr steinigen Hügel hochgerannt. Ich hatte nicht genug Zeit, um jede Wunde einzeln zu untersuchen, Trap. Mir ist nur aufgefallen, dass das Blut anders aus den Wunden kam als üblich. Das hat irgendwo hinten in meinem Hirn festgesessen.«

Rubin klang gelassen, wie immer, doch Malichai kannte ihn. In seiner Stimme lag ein warnender Unterton, der vielleicht nur Menschen auffiel, die mit ihm aufgewachsen waren, so wie er und Ezekiel. Er wechselte einen vielsagenden Blick mit seinem Bruder. Rubin war aufgebracht, und zwar wegen seines Patienten. Wieder spürte Malichai, wie ihm langsam flau im Magen wurde. Das war schlecht. Sein Alarm hatte also nicht ohne Grund angeschlagen.

»Kannst du mir beschreiben, was dir anders vorkam?«

»Blut kann spritzen, rinnen oder nur tröpfeln, fließen und strömen, aber dass es praktisch schäumt, habe ich noch nie erlebt, jedenfalls nicht so, bei derart viel Blut.« Wieder klang Rubin gelassen, doch Malichai merkte, dass er eigentlich nicht weiter darüber reden wollte.

»Interessant«, sagte Trap. »Hast du das gehört, Wyatt?«

»Ja, und war es so viel Blut, wie du es bei einer Schusswunde dieser Größe erwartet hättest, Rubin?«, fragte Wyatt. »Trotz der Notverbände?«

»Mehr. Und es kam auch sehr seltsam heraus. Fast wie eine Fontäne aus Blutbläschen.«

»Man sollte davon ausgehen können, dass du das mir gegenüber erwähnt hättest«, nörgelte Trap.

»Er hat es uns doch gesagt, als wir ihn danach gefragt haben«, bemerkte Wyatt. »Joe, mach weiter.«

Joe zögerte nicht, denn er spürte, dass sich in Rubin etwas zusammenbraute. Der Mann war normalerweise sehr ruhig, aber wenn er explodierte, konnten sie alle zusammen ihn nicht bändigen. »Von den harmloseren Wunden gehen keine Haarrisse aus. Sie sind zwar überall, auch dort, wo die Wunden sind, aber die sind nicht die Ursache dafür. An den größeren verletzten Stellen, wo die Kugeln

alles zerstört haben, beginnen die Risse an den korrodier-
ten Stellen ...«

»Stopp«, unterbrach Trap ihn scharf. »Von Korrosion
war bisher nicht die Rede.«

»Tut mir leid, Trap. Um all diese Wunden herum hat
sich jeweils ein lochfraßartiger großer Ring ...«

»Wie groß?«, unterbrach Trap ihn wieder.

»Sie haben alle einen Durchmesser von etwa sieben
Zentimetern. Vielleicht ein bisschen mehr.«

»Ich muss es genau wissen. Variiert die Größe? Oder ist
sie überall gleich?«

Joe war der Teamchef und wurde allseits respektiert,
doch Trap schien das nicht zu kümmern, er hielt sich
nicht an Regeln. Er war stets in Gedanken, bei seiner Forschung. Nur im Kampf oder bei einem Einsatz war er voll
da. Eigentlich war er für die Arbeit in einem Team nicht
geeignet, aber zu ihnen passte er, und alle wussten, wie
brillant er war.

Zur allgemeinen Überraschung gab Amaryllis die Antwort. »Die Größe ist immer gleich. Ein Ring mit einem
Durchmesser von 7,5 Zentimetern um die ursprüngliche
Wunde herum. Keine Abweichungen, obwohl der Ring
bei zwei der fünf größeren Wunden nicht genau zentriert
ist, also fünf Zentimeter nach oben Spiel hat und zwei bis
drei Zentimeter nach unten.«

»Verdammt«, brach es aus Trap heraus. »Kannst du dieses Zerbröseln abstellen, Rubin?«

Malichais Herzschlag beschleunigte sich, und er wusste, dass alle im Zimmer es hören konnten. Er wollte nicht,
dass sein Bruder ihn anschaute. Er konnte keinen von den
anderen anschauen. Seit er als Kind einen Mann gesehen
hatte, der offenbar früher Soldat gewesen war und nun

auf der Straße bettelte, weil er ein Bein verloren hatte, von dem nur noch ein Stummel übrig war, hatte er schreckliche Angst davor gehabt, auch so zu enden.

»Die Knochen brechen immer schneller«, sagte Rubin. Er schaute auf seine Hände hinunter und dann zu Malichai. »Wenn Amaryllis und Joe mir helfen, haben wir, glaube ich, eine Chance, dich zu heilen, aber das haben wir schon mal versucht. Amaryllis und ich haben heute, nach Mills Attacke, jede einzelne Fissur verschlossen. Sie müssten also immer noch weg sein, doch sie scheinen immer schneller wiederzukommen. Überall, wo diese Ringe sind, entstehen neue Risse, und es werden ständig mehr. Wir müssen herausfinden, warum das so ist. Zu dritt können wir die Knochen zusammenhalten, aber wir müssen unbedingt den wahren Grund für dieses Phänomen ermitteln.«

»Sind Malichais Knochen zu spröde? Was hat er in sich? Er hat Adleraugen. Vogel-DNA? Und er schwimmt wie ein Fisch. Ich brauche alle Informationen über ihn.« Trap wirkte sehr frustriert.

»Seine Knochen sind jedenfalls nicht hohl«, sagte Rubin. »Sie sind stark. Sogar sehr stark. Viel stärker als bei normalen Menschen, deswegen müssen wir überlegen, ob wir ihn in ein Krankenhaus bringen oder lieber unsere eigenen Ärzte herholen sollen.«

»Vielleicht hat er Pinguin-DNA«, schlug Amaryllis vor. »Er schwimmt genauso gut wie ich.«

»Könnte ein normaler Arzt seine Knochen retten? Oder nur einer von uns?«

Malichai schloss die Augen. Er kannte die Antwort auf diese Frage bereits und brauchte unbedingt Trost. Gleichzeitig wollte er von niemandem berührt werden, denn er hatte nicht vor, vor seinen Teamkollegen zusammenzubrechen. Wie viele andere Männer hatten schon Gliedmaßen verloren und dann geliebten Menschen gegenübertreten müssen? Ihre Frauen bitten müssen, mit dem Verlust zu leben? Ihre Kinder fragen müssen, ob das für sie okay war? Er war ein Schattengänger, und die Regierung würde jede Summe ausgeben, um ihn wieder einsatzfähig zu machen, also bekam er sicher sehr schnell eine Prothese, aber er musste sich mit seiner schlimmsten Angst arrangieren.

»Nein, Trap, das ist nicht mit einer OP zu beheben. Amaryllis kann auf ihn achten. Sie kann ihn jeden Abend untersuchen, und wenn es wieder anfängt, werden wir drei uns mit dem Problem befassen, aber das ist keine endgültige Lösung. Du und Wyatt, ihr müsst herausfinden, warum das passiert«, meinte Rubin. »Ich kann dafür sorgen, dass sein Bein vorübergehend wieder kräftiger wird, aber ihr müsst uns trotzdem die Ursache finden.«

»Du hast doch sicher schon eine Vermutung«, forderte Malichai Trap heraus. »Nun sag schon. Warum passiert das alles, und gibt es einen Weg, es aufzuhalten?«

»Du weißt, dass ich nicht gern spekuliere …«, begann Trap.

»Das ist mir scheißegal«, blaffte Malichai. »Ich frage dich von Freund zu Freund, was zum Teufel passiert mit mir?«

Trap seufzte und fuhr sich sichtlich erregt mehrmals mit den Fingern durchs Haar. »Wenn ich raten sollte, einfach so – was ich nicht gern mache –, würde ich sagen, dass der Durchmesser der Größe der neuen Zenith-Pflaster entspricht, die du benutzt hast, um die Blutung zu stillen und deinen Adrenalinspiegel zu heben. Du hast sie auf die fünf schlimmsten Wunden geklebt. Diejenigen, die dich hätten umbringen können. Deshalb sind alle Ringe gleich groß, aber nicht immer zentriert. Du hast sie so hastig auf die Einschüsse gedrückt, dass du gar nicht richtig hingesehen hast. Das Ganze ist eine Reaktion auf das Zenith. Was meinst du, Wyatt?«

»Ich bin zu demselben Schluss gekommen, aber auch ich bin mir nicht hundertprozentig sicher.«

Eine kleine Pause entstand. Joe und Amaryllis nahmen ihre Hände von Malichais Bein, sodass Licht und Hitze sofort verschwanden. Malichai selbst fiel nichts ein, was er hätte sagen können – er hatte die Pflaster bloß auf die gefährlichsten Wunden geklatscht, um die Blutung zu stoppen.

»Lily hat an dem Zenith geforscht, damit wir es gefahrlos benutzen können. Die Arzneimittelzulassungsbehörde ahnt nicht mal, dass es dieses Wundermittel gibt. Es ist ja nicht so, dass es an Menschen getestet werden könnte«, sagte Trap. »Wyatt und ich haben es auf Lilys Wunsch in unserem Labor auseinandergenommen, was ich aber sowieso gemacht hätte. Das Zenith der zweiten Generation sollte eigentlich keinem von uns Probleme bereiten, aber wie bei allen Medikamenten kann es Ausnahmen geben. Vielleicht bist du dagegen allergisch. Wegen unserer genetischen Veränderungen wissen wir oft nicht, was passieren wird, wenn wir Medikamente nehmen. Deshalb ist das Zenith ja an jedem von uns getestet worden.«

»Ich habe Lilys neues Zenith schon mal verwendet«, meinte Malichai. »Am selben Bein. Vor nicht allzu langer Zeit bin ich angeschossen worden, erinnerst du dich noch? Deshalb bin ich mit zu dir nach Hause gefahren, Wyatt, um mich von dieser Verletzung zu erholen. Damals habe ich auch so ein Pflaster draufgeklebt.«

»Also war es das zweite Mal am selben Bein«, resümierte Trap. »Dann ist das wahrscheinlich – und ich sage noch mal, das ist eine Vermutung, die auf nur wenigen Informationen basiert –, sogar sehr wahrscheinlich eine Abwehrreaktion.«

»So was zeigt sich als Ausschlag und Schwellungen«, schnauzte Ezekiel, »nicht als zerbröselnde Knochen.«

»Nein, Zeke«, widersprach Trap, »eine Abwehrreaktion ist eine unbeabsichtigte schädigende Wirkung ...«

»Trap.« Malichai musste seinen Freund aufhalten, ehe die finstere Wut, die in seinem Bruder aufstieg, sich Bahn brach. Trap eignete sich sehr gut als Zielscheibe, doch das alles war nicht seine Schuld.

Abrupt verstummte Trap. Die Wut in seinem Bruder brodelte zwar weiter, doch immerhin fing Ezekiel nun an, tief durchzuatmen, um sie in den Griff zu bekommen, ohne mit den Fäusten auf jemanden loszugehen.

Schnell ging Joe dazwischen. »Wir fangen jetzt mit der Arbeit am Bein an und nehmen es uns zweimal am Tag vor, bis wir eine Lösung gefunden haben. Kannst du Lily kontaktieren, Trap? Weißt du jetzt Bescheid, Wyatt?«

»Ich bin schon dabei, Trap die Dateien zu schicken, die er brauchen wird«, erwiderte Wyatt. Die Verbindung war so gut, dass es sich anhörte, als wäre er mit ihnen im Zimmer. »Du bist doch mehrmals verwundet worden, Malichai. Seit du Whitneys Übergriffe den höheren Rängen gemeldet hast, haben dich seine Anhänger im Visier. Eigentlich haben sie dich nur auf Einsätze geschickt, um dich loszuwerden. Du bist doch schon vor diesen beiden Vorfällen mehrmals angeschossen worden. Hast du damals auch das neue Zenith benutzt?«

Amaryllis war auf die andere Seite des Betts gegangen,

um Ezekiel nicht zu stören, der nahe bei seinem Bruder blieb. Sie setzte sich neben Malichai und lehnte sich auch mit dem Rücken an das Kopfende. Sofort verflocht Malichai seine Finger mit ihren und zog ihre verschränkten Hände an seinen Oberschenkel.

»Damals hatte Lily das Mittel noch nicht optimiert. Sie hat noch daran gearbeitet, weil das ursprüngliche Zenith zu unzuverlässig war, deshalb hat keiner von uns es benutzt.«

»Du bist also nie damit in Kontakt gekommen? Erst als du es an deinem Bein eingesetzt hast?«

»Genau, bevor Lily das Zenith der zweiten Generation fertig hatte, haben Rubin, Joe oder einer von euch sich um die Verletzungen gekümmert – oder ich selbst. Ich hab das Pflaster nie benutzt, bis unser Helikopter abstürzte und ich angeschossen wurde. Und dann bei diesem letzten Einsatz, als die Kugeln mir das Bein zerfetzt haben. Ich habe nicht geglaubt, dass ich das überlebe, so stark hab ich geblutet. Es hieß, entweder die Pflaster nehmen oder an Ort und Stelle sterben.«

»Ich schicke das alles an Lily. Wir werden damit anfangen müssen, jeden einzelnen Schattengänger noch einmal auf seine Reaktion auf das Zenith zu testen«, fuhr Wyatt fort.

»Vielleicht waren deine ja aus einer schlechten Charge«, überlegte Trap. »So was kommt vor.«

»Oder sie haben ungewöhnlich auf Malichais DNA reagiert«, meinte Wyatt.

»Meine Herren, es scheint mir an der Zeit zu sein, dass ihr das woanders weiterdiskutiert«, sagte Joe. »Rubin, Amaryllis und ich müssen vor Sonnenaufgang noch an Malichai arbeiten. Normalerweise kommen Rubin und ich ja ungesehen an Leuten vorbei, aber ich bezweifle, dass uns das momentan am helllichten Tag gelingt, wenn alle Pensionsgäste sich über Navy SEALs und Auftragskiller Gedanken machen.«

»Ja, da magst du recht haben«, erwiderte Trap. »Mach dir keine Sorgen, Malichai, wir finden eine Lösung.«

Malichai sackte in sich zusammen, umfasste aber Amaryllis' Finger fester und presste ihre Hand enger an seinen Oberschenkel. Das stimmte nicht, sie würden keine Lösung finden. Wyatt war seit Jahren sein bester Freund. Es spielte keine Rolle, dass er meilenweit weg in den Sümpfen von Louisiana war und über ein Handy mit ihnen sprach, Malichai konnte jede Veränderung in seiner Stimme deuten. Weder Trap noch Wyatt glaubten daran, dass sie es schaffen würden, sein Bein zu retten.

»Könnt ihr mich wenigstens so lange auf den Beinen halten, bis diese Sache hier in San Diego vorbei ist, Rubin?«

»Wir tun unser Bestes«, erwiderte Rubin und blickte Ezekiel an.

Nicht ihn. Sondern Ezekiel. Malichai biss die Zähne zusammen, damit er nichts sagte, was er später bereuen würde. Niemand konnte etwas dafür. Er hatte sich dafür entschieden, sich wie ein verrückt gewordener Kamikaze-Flieger auf die Bunker der Feinde zu stürzen. Damals war es ihm als einziger Ausweg erschienen, und vielleicht hatte er sogar recht gehabt. Außerdem würde er es wieder tun, um diese Soldaten nach Hause zu bringen, auch wenn er die Konsequenzen jetzt kannte. Er musste einfach warten, bis er allein war, dann konnte er so viel schreien und fluchen, wie er wollte.

Amaryllis schmiegte sich an ihn und küsste ihn federleicht aufs Kinn, doch er spürte es bis ins Mark. Darum ging es. Um unverbrüchliche Treue. Sie war bei ihm. Und sie würde bei ihm bleiben, was er auch durchmachen musste. Das immerhin war positiv.

Die Tür öffnete sich gerade so weit, dass ein Schatten ins Zimmer huschen konnte, dann wurde sie wieder zugemacht, und Cayenne lehnte sich an das dicke Eichenholz, die grünen Augen weit aufgerissen vor Angst.

»Meine Fruchtblase ist geplatzt, Trap. Ich habe Wehen.«

Trap sprang fast durchs Zimmer, blieb dann aber nervös vor ihr stehen und fuhr sich mit den Händen durchs Haar. »Es ist zu früh, Cayenne. Es ist noch nicht so weit«, sagte er vorwurfsvoll, aber mit einem Hauch von Panik in der Stimme.

»Doch, ist es«, zischte sie. »Glaub mir, ich kann nichts daran ändern.«

»Cayenne, komm her.« In Ezekiels Stimme lag vollkommene Autorität. »Malichai, rutsch rüber. Cayenne muss sich kurz aufs Bett legen, damit ich nachsehen kann, ob es dem Baby gut geht. Hast du einen Notfallrucksack hier?«

Malichai hatte immer einen dabei. »Im Bad, unter dem Waschbecken. Mit allem, was man so braucht.«

Hilfesuchend schaute Cayenne Trap an. Der trat einen Schritt zurück und deutete energisch auf das Bett. Sie schüttelte den Kopf. »Ich möchte nach Hause.«

»Bis dahin wirst du es nicht schaffen, Baby, und in der Luft kannst du das Kind auch nicht bekommen. Hier ist es am sichersten. Hier bist du von Ärzten umgeben. Und Amaryllis ist auch da.«

»Ich mag nicht, wenn man mich anfasst. Oder berührt. Ich weiß nicht, ob ich meine Reflexe im Griff habe, Trap«, sagte Cayenne gequält. »Was ist, wenn ich jemanden verletze oder umbringe?«

Das war durchaus möglich, denn ein Biss von ihr war tödlich. Sie war in einem Labor erschaffen worden und konnte eine ordentliche Dosis Gift verspritzen, mit der nicht zu spaßen war. Die Sanduhr in ihrem Haar war keine Zierde, sondern eine Warnung.

»Wir müssen sie ins Krankenhaus bringen«, sagte Joe. »Ich rufe einen Rettungswagen.«

Abrupt drehte Cayenne sich um und rannte zur Tür. Trap holte sie ein, als sie sie gerade aufriss und schlug sie über ihren Kopf hinweg mit seiner großen Hand wieder zu. »Lass das, Baby. Niemand wird dich zwingen, irgendwo hinzugehen, wo du nicht hin willst. Jetzt steig aufs Bett und lass dich von Zeke untersuchen. Ich bleibe bei dir und halte deine Hand. Wenn du jemanden beißen musst, nimm mich, verstehst du? Es würde mich sehr traurig machen, wenn du jetzt nicht tust, was ich sage.«

Traps Stimme klang streng, doch zugleich auch samtweich. So hatte Malichai ihn noch nie reden hören. Folgsam ergriff Cayenne Traps ausgestreckte Hand und ließ sich von ihm zum Bett führen. Dabei machte sie einen kleinen Bogen um Joe, als hätte sie Angst vor ihm, obwohl sie sich sonst vor fast nichts fürchtete. Sie war eine Kämpferin, die man nicht unterschätzen sollte. Sie konnten sich immer auf ihre Hilfe verlassen. So etwas wie Angst hatte sie noch nie gezeigt.

Trap fasste sie um die Taille, hob sie aufs Bett und bedeutete ihr, sich neben Malichai auszustrecken.

»Ich kann auch aufstehen und mich auf einen Stuhl setzen«, bot Malichai an.

»Vielleicht brauchen wir dich«, erwiderte Ezekiel.

»Okay, Schatz, du kennst mich. Ich würde nie etwas machen, was dir oder deinem Baby wehtut. Ich möchte nur kurz schauen, was los ist. Bist du damit einverstanden?«

Ohne die Hand seiner Frau loszulassen, rückte Trap nah an sie heran. »Schau mich an, Cayenne. Ich möchte, dass du das zulässt, verstanden?«

Sie biss sich auf die Lippe, schaute ihren Mann unverwandt an, und zu Malichais Entsetzen füllten ihre grünen Augen sich mit Tränen. Dann nickte sie fast unmerklich.

»Also los, Zeke«, sagte Trap.

»Ich brauch Licht hier«, blaffte Ezekiel.

Amaryllis trat mit einer Taschenlampe neben ihn. »Du kennst mich nicht, Cayenne, mir geht es so wie dir. Ich würde mich auch nie wieder als Versuchskaninchen hergeben. Ich verspreche dir, dass ich es nicht zulasse, dass irgendjemand an dir oder deinem Kind herumpfuscht.«

Sie sprach so leise, dass Cayenne abgelenkt war, als Ezekiel sich Handschuhe überzog und eine dicke Mullunterlage unter sie schob. Trap musste sie dafür anheben, und sie wehrte sich nicht.

»Zeke wird dir und deinem Baby helfen. Alle wollen dir helfen. Denk nur bitte immer daran, dass du eine Schwester bei dir hast. Eine Frau, die zu dir halten wird, egal, was passiert.«

Obwohl Cayenne den Blick nicht von Traps Gesicht löste, spürte Malichai, wie sie sich bei diesen Worten etwas entspannte. Schließlich nickte sie.

»Heb die Knie an und spreiz die Beine, Baby«, forderte Trap sie auf. Obwohl er dicht bei seiner Frau blieb, hatte er seine Position leicht verändert – offenbar wollte er zusehen, was Zeke machte.

Ezekiels Miene war immer ausdruckslos, und das kam ihm jetzt zugute. »Amaryllis, ich brauche warme Handtücher. Kannst du mir welche holen? Joe nimmt dir die Taschenlampe ab. Bring sie mir schnell, dazu heißes Wasser. Und wenn ich sage schnell, meine ich sehr schnell.« Sein Ton war gelassen, doch da die Ansage von Ezekiel kam, wusste Malichai – und jeder, der seinen Bruder kannte –, dass dies ein Notfall war.

Als Amaryllis Joe die Taschenlampe reichte, sprang Cayenne fast aus dem Bett. Wenn Trap ihr nicht eine Hand auf die Brust gelegt und sie zurückgehalten hätte, hätte sie wieder versucht zu fliehen.

»Nein, sie darf nicht gehen!«, protestierte Cayenne.

»Sie muss die Sachen holen, die wir für die Geburt brauchen«, erklärte Trap geduldig. »Sag Amaryllis, dass das in Ordnung ist. Sie ist gleich wieder da. Bis dahin bleibe ich bei dir – und Malichai. Du kennst ihn. Du weißt, dass er für dich sein Leben geben würde. Und Zeke und Joe ebenso. Wir haben doch darüber geredet, dass man sich nicht über Kleinigkeiten aufregen sollte. Du denkst nicht mehr klar. Das liegt an den Hormonen.«

Malichai zuckte zusammen. Die meisten Frauen mochten es nicht, wenn irgendjemand ihre Verhaltensweise auf ihren Hormonspiegel zurückführte. »Süße, ich bin direkt neben dir. Ich würde es niemandem erlauben, dir dein Kind wegzunehmen oder dir irgendwie wehzutun«, versicherte Malichai ihr.

»Ist es okay, wenn ich jetzt gehe?«, fragte Amaryllis. »Wenn nicht, muss ich schauen, ob ich jemand anders dazu bringen kann, uns warme Handtücher zu holen.«

Cayenne begann zu keuchen, scheuchte sie aber mit einer Handbewegung zur Tür, während sie kurz von Trap zu Malichai sah. Amaryllis nahm das als Zeichen, schnell zu gehen.

»Wie weit ist der Muttermund offen?«, fragte Trap.

Ezekiel hielt seine behandschuhte Hand hoch. Blut und Schleim bedeckten seine Finger. »Acht Zentimeter. Sie ist in der Übergangsphase. Und die Wehen sind lang und sehr hart.« Er setzte ein Stethoskop an, um die Herzschläge des Babys abzuhören. Das war wegen des seidenen Panzers, der Cayennes Organe schützte, nicht leicht. Doch Ezekiel nahm sich Zeit und drückte es mehrmals an Cayennes Bauch, bis er plötzlich innehielt.

Es wurde ganz still im Raum, als er lauschte. Alle warteten darauf zu erfahren, ob das Baby den schwierigen Teil der Geburt ohne Probleme mitmachte.

»Dieses Kind ist kräftig. Es will raus, und du machst das großartig, Cayenne«, sagte Ezekiel ermutigend.

Bislang hatte Cayenne keinen anderen Laut von sich gegeben als ein leises Keuchen, und ihr Blick hing immer noch an Trap. Er beugte sich zu ihr herab und küsste sie sanft auf die Stirn. »Es ist bald so weit, Baby, es dauert nicht mehr lange. Alles ist gut. Whitney wird unser Kind nicht bekommen. Keiner wird das. Niemand wird es uns wegnehmen, niemand je eine Chance bekommen, es zu töten.«

Da wurde Malichai klar, warum Cayenne praktisch jede Behandlung abgelehnt hatte. Sie hatte Angst davor, dass jemand ihr Kind umbringen wollte. Schließlich hätte sie auch getötet werden sollen. Sie hatte ihr ganzes Leben lang zugesehen, wie andere starben. Sie wollte keine Papiere, die zu ihrem Kind führen konnten. Sie wollte überhaupt keine Dokumente, die von Whitney oder einem seiner Handlanger gefunden werden konnten. Und ihre Ängste waren durchaus nachvollziehbar. Er wünschte, sie hätte mit ihnen darüber gesprochen, aber Cayenne hatte in einem Käfig gelebt, ohne Familie oder Freunde, ohne zwischenmenschliche Beziehungen. Sie hatte sich gerade erst aus ihrer Deckung herausgewagt und ein zerbrechliches Vertrauen zu ihnen aufgebaut.

»Niemand wird an dein Kind herankommen, Cayenne«, fügte Malichai hinzu. »Wir sind eine Familie. Du gehörst zu uns. Deine Kinder sind unsere Kinder.«

Cayenne nickte kaum merklich. Sie reagierte positiv auf Ansprache, auch wenn sie ihren Mann nicht aus den Augen ließ. Trap war derjenige, dem sie vertraute. Der Mann, den sie liebte. Er hatte recht gehabt, als er gesagt hatte, dass er es sich nicht leisten konnte, dieses Vertrauen noch einmal zu enttäuschen.

»Jetzt atme tief ein, Baby, und wieder aus«, forderte Trap. »Wir haben uns einen Haufen Videos angeschaut, also weißt du, was du tun musst. Du machst das toll. Ich bin stolz auf dich.«

Trap schaute immer wieder zu Ezekiel hinüber. Amüsiert stellte Malichai fest, dass sein Freund blass um die Nase war. Trap gab sich immer sehr distanziert, doch ein so großes Ereignis wie die Geburt seines Kindes ließ auch ihn nicht kalt.

Ich will es dir direkt sagen, Zeke, funkte Trap, sodass die drei anderen es hörten. *Falls irgendetwas schiefläuft, ganz egal, was, rettest du Cayenne. Ich kann ohne sie nicht leben. Du rettest sie. Ich habe ihre Blutgruppe. Und Bellisia hat Blutgruppe Null und ist Rhesus negativ. Das heißt, sie kann jedem Blut spenden. Du sollst einfach wissen, was mir am Wichtigsten ist. Cayenne wird wollen, dass das Baby gerettet wird … aber …*

Es wird nichts schiefgehen. Sie schafft das schon und das Baby auch, erwiderte Ezekiel. *Aber sie vertraut ganz auf dich, Trap.*

417

Deshalb darfst du nicht in Panik geraten. Atme langsamer und
hör auf, an irgendwelche Komplikationen zu denken.

Natürlich ging Trap im Kopf genau die alle durch. So
war er eben. Nur dass es hier um Cayenne ging und er viel
zu stark persönlich betroffen war, um rational zu denken.

Trap gab sich sichtlich Mühe, ruhiger zu atmen, und
hielt Cayennes Blick fest, als könnte er sie mit der Kraft
seines Willens dazu bringen, ohne Schwierigkeiten zu gebären. Malichai fand die Art, wie das Paar sich anblickte,
wunderschön.

Amaryllis kam mit einem Stapel warmer Handtücher
hereingeeilt, lief dann schnell noch einmal zurück und
kehrte mit zwei Eimern voll dampfend heißem Wasser zurück, das sie inzwischen zum Kochen gebracht hatte.

»Wie geht's dir, Cayenne?«, fragte Ezekiel. »Ich werde jetzt noch mal die Herztöne des Babys abhören, nur
um mich zu überzeugen, dass es ihm gut geht. Außerdem
möchte ich herausfinden, wie du vorankommst. Es scheint
recht schnell zu gehen.«

Cayenne nickte. »Und es tut ziemlich weh, Zeke.«

»Du bist in der Übergangsphase, Schatz«, sagte Ezekiel.
»Bei der letzten Untersuchung war der Muttermund acht
Zentimeter weit auf. Lass mal sehen, wie weit du jetzt bist.«

Malichai war stolz auf seinen Bruder. Die Voraussetzungen waren alles andere als optimal, aber Zeke tat sein Bestes, denn es konnte sein, dass Cayenne selbst in diesem Zustand noch weglief. Sie hatte sehr große Angst vor Nadeln.
Und davor, dass ihrem Kind etwas zustoßen könnte. Doch
Ezekiel hatte es geschafft, ihr Vertrauen zu gewinnen, daher legte sie ihre Angst allmählich ab und erlaubte es ihnen, ihr zu helfen.

Nach einer besonders langen und heftigen Wehe wagte

Malichai es sogar, ihr die Schulter zu tätscheln. Sie hatte keinen Laut von sich gegeben, nur schwer geatmet und ihren Mann angesehen. »Du bist unglaublich. Dieses Kinderkriegen ist nichts für Weicheier, aber mich macht es hungrig. Wenn es bei Amaryllis so weit ist, lasse ich mir vielleicht im Kreißsaal ein Buffet aufbauen.«

Zu seiner Überraschung wandte Cayenne daraufhin den Kopf und schaute ihn an. Ihre Augen funkelten belustigt. »Wenn du dir den Bauch vollschlägst, während Amaryllis in den Wehen liegt, wirst du die Nacht sicher nicht überstehen. Wenn sie dich nicht umbringt, nehmen die anderen Frauen ihr das ab, Nonny eingeschlossen.«

Selbst Trap musste lachen, und die schreckliche Anspannung im Raum löste sich.

Plötzlich erschien ein Lächeln auf Ezekiels Gesicht. »Da ist es. Es ist bereit, auf die Welt zu kommen. Der Herzschlag ist stark und regelmäßig. Die letzte Wehe hat es ein bisschen gebremst, aber wir müssen uns keine Sorgen machen. Du bist schon neun Zentimeter weit offen, fast zehn. Bald wirst du pressen müssen, Schatz. Weiß du noch, wie das geht? Hast du dir Videos angeschaut?«

Cayenne nickte. »Aber ich möchte dabei nicht liegen. Ich würde lieber sitzen.«

»Malichai, kannst du dich so vor das Kopfbrett setzen, dass sie sich an deine Beine lehnen kann?«, fragte Ezekiel. So schlug er zwei Fliegen mit einer Klappe, denn dann konnte Malichai nicht weglaufen. »Schaffst du das mit deinem Bein?«

Ezekiel musste doch wissen, dass er sein Bein ohne Schwierigkeiten anwinkeln konnte. »Würde sie sich nicht besser fühlen, wenn Trap hinter ihr säße?«, fragte Malichai trotzdem hoffnungsvoll.

»Ich muss Trap sehen können«, erklärte Cayenne. Wieder wandte sie den Kopf und schaute ihn an. »Ist das okay für dich?«

Amaryllis beobachtete ihn so genau, dass er sich mit ihr verbunden fühlte, obwohl sie neben Joe und Ezekiel stand und die Handtücher warm hielt.

»Natürlich, Schatz«, sagte er zu Cayenne. »Ich bleib ganz ruhig hier sitzen. Aber wenn das Kind geboren ist, will ich es auch sofort sehen.«

»Einverstanden«, sagte Cayenne, dann erfasste sie eine noch heftigere, längere Wehe. Schnell wandte sie den Kopf fast verzweifelt wieder Trap zu.

Malichai kannte nicht viele Frauen, die stärker waren als Cayenne. Sie stand auf ihren eigenen Beinen. Und behauptete sich immer. Sie bat nicht um Hilfe. Er hatte dasselbe wie Trap gedacht. Dass Kinder zu bekommen, für Frauen eigentlich recht einfach sei. Er war zwar Arzt und wusste, was passieren konnte, doch für die meisten Frauen war es etwas Natürliches, und daher musste man sich deswegen eigentlich keine großen Sorgen machen. Doch nun sah er das anders.

Cayenne war sehr still geworden, und ihre Augen schlossen sich, als dämmerte sie weg. Sie hatte nun definitiv Presswehen, und ihr Körper ruhte sich vor der nächsten großen Herausforderung aus.

Er musste sich die Sache mit dem Kinderkriegen noch einmal durch den Kopf gehen lassen. Sie konnten doch auch ohne Kinder ein schönes Leben führen. Nicht jeder brauchte welche, damit die Familie komplett war. Außerdem hatte er Katzen-DNA in sich. Vielleicht bekamen sie ja Katzen. Tiger. Leoparden. Etwas Großes, das ihm half, seine Frau zu beschützen.

»Malichai, anscheinend spinnst du ein bisschen, und alle bekommen es mit.« Ezekiels Stimme triefte vor Sarkasmus.

»Ich muss ins Bad«, sagte Cayenne plötzlich, riss die Augen auf und wollte aufstehen.

»Das ist das Baby, der Druck, den es ausübt«, erklärte ihr Trap. »Komm, lehn dich an Malichai.«

Sanft fasste er sie um die Taille und drückte sie gegen die Beine seines Freundes, über die Malichai eine dünne Decke gelegt hatte, damit Cayenne es etwas bequemer hatte.

»Möchtest du etwas Eis, Baby?«, fragte Trap, als Amaryllis ihm ein Glas mit Eissplittern reichte.

Cayenne nickte. »Danke, gern.« Sie blickte zu Amaryllis hinüber.

Malichai war stolz auf seine Frau. Sie hatte auch keine große Ahnung vom Kinderkriegen, und doch hatte sie daran gedacht, etwas Eis für Cayenne mitzubringen.

Plötzlich stöhnte Cayenne und umklammerte Malichais Bein und Traps Arm. »Ich muss pressen. Sofort.«

Ezekiel schüttelte den Kopf. »Joe, halt ihr rechtes Bein hoch, Trap, du das linke, und macht mir Platz. Cayenne, drück das Kinn an die Brust und atme aus, während du presst. Konzentrier dich. Verschenk keine Wehe. Nutz jede einzelne aus. Du schaffst das. Es geht um dich und dein Baby. Hilf ihm beim Rauskommen.«

Er feuerte sie weiter an und sagte ihr, dass er schon Haare sehen könne, viel dunkles Haar mit einem roten Schimmer. »Da ist der kleine Kopf. Hör auf zu pressen, Cayenne. Hechle kurz, bis ich den Mund gesäubert habe. Okay, jetzt drück. Da ist es. Du hast ein Kind. Einen Jungen. Dein Junge ist da, und er sieht gut aus.«

Sofort ließ Joe Cayennes Bein los und lief um Amaryllis herum zu dem Baby. Es war sein Job, sich zu vergewissern, dass es richtig atmete und alles in Ordnung war. Ezekiel klemmte die Nabelschnur ab, durchtrennte sie und reichte ihm den Jungen.

Cayenne und Trap fingen an zu lachen. Dann beugte Trap sich über seine Frau und küsste sie. »Das war großartig, Schätzchen. Ich kann kaum fassen, wie du das gemacht hast. Er sieht gar nicht so klein aus, wie ich gedacht habe.« Er schaute zu Ezekiel auf. »Durch ihren Panzer kann man nichts sehen, aber da alle anderen Frauen Mehrlinge bekommen haben, dachten wir, das wäre vielleicht einfach so bei Schattengängern.«

Malichai sackte der Magen in die Kniekehlen. *Zeke.* In seinem Kopf rief er leise den Namen seines Bruders.

Ezekiel schloss kurz die Augen und schaute dann Joe an. *Draden, Shylah, ihr müsst mir ein Wärmebett für ein Frühchen besorgen. Egal, wie ihr das macht. Von mir aus stehlt das verdammte Ding, aber schafft es sofort her. Wir werden es brauchen. Wir können unsere Patienten nicht ins Krankenhaus bringen, dann bekommt Whitney Wind davon. Sorgt für eine 24-Stunden-Pflege mit den besten Säuglingskrankenschwestern, die ihr finden könnt. Und für die nötige Ausrüstung. Die können wir im Keller aufbauen. Das ist der beste Ort. Trap hat genug Geld, egal, was gebraucht wird. Joe, wie sieht es bei dem Kleinen aus?*

Ihm geht's gut. Ich würde sagen, er hat einen Apgar-Wert von neun. Ich schätze, er bringt fünf Pfund auf die Waage. Das ist eine schöne Größe. Seine Lunge arbeitet hervorragend. Dieses hier macht sich gut. Bist du sicher, dass es noch ein zweites gibt?

Malichai antwortete für seinen Bruder. *Ja, das bin ich. Ich hab die ganze Zeit gedacht, es ginge um mich oder diese Verschwö-*

rung rund um die Pension, doch es ging um Cayenne. Selbst Trap hat gedacht, es gäbe noch ein zweites, den Gedanken aber verdrängt, weil er das nicht wahrhaben wollte.

Ich brauche OP-Kleidung für jeden, als Erklärung, warum wir hier sind. Gibt uns eine viele bessere Tarnung, meinte Joe.

Trap hörte mit. Und auch die anderen Schattengänger hörten die alarmierende Nachricht, nur Cayenne nicht. Steif kehrte Trap auf seine Position neben dem Kopf seiner Frau zurück und nahm ihre Hand.

Als Cayenne ihn anschaute, verdüsterte sich ihr Gesicht. »Ich fühl mich nicht besonders gut, Trap.«

»Hast du das Gefühl, du müsstest noch mal pressen?«, fragte er.

Sie schüttelte den Kopf. »Mir ist nur übel.«

»Los«, befahl Ezekiel seinem Team. »Sofort. Rubin, ich brauche dich, um durch ihren Panzer zu schauen und zu sehen, was da vorgeht. Amaryllis, du gibst ihm so viel Licht wie möglich.«

Amaryllis gab nicht zu bedenken, dass Joe das sicher viel besser könnte, denn er wurde für das erste Baby gebraucht. Sie blickte kurz zu Malichai, als wollte sie Kraft schöpfen, dann ließ sie beide Hände über Cayennes fast flachem Bauch schweben. »Da ist eine kleine Barriere. Wie ein eng gewebtes Netz.«

»Leuchte hindurch«, befahl Ezekiel knapp. Er legte gerade die erste Plazenta in eine Schale.

»Ich versuch's ja«, erwiderte sie, ohne die Stimme zu heben.

»Schrei sie nicht an, Zeke«, sagte Rubin leise. »Ich sehe das Kind jetzt. Es ist sehr klein. Aber es lebt. Es bewegt sich. Sieht so aus, als würde die Kleine nach ihrem Bruder suchen.«

»Wo soll ich ansetzen? Ich muss ihren Herzschlag kontrollieren«, erklärte Ezekiel.

»Nein, nein, weiter nach links. Genau da. Sie dreht dir den Bauch zu, also müsstest du ihn hören können.« Rubin hörte auf zu sprechen, damit Ezekiel lauschen konnte.

Abrupt hob er den Kopf. »Wir müssen sie sofort holen. Helft mir.«

Joe wickelte den kleinen Jungen in warme Handtücher und reichte ihn Malichai. Glücklicherweise hatte Malichai an einem Tropf gehangen, deshalb war alles Notwendige da.

Cayenne sah aus, als ob sie schliefe. Sie hatte sich aufs Bett rutschen lassen, und sobald alles vorbei zu sein schien, hatte sie sich auf die Seite gedreht und sich zusammengerollt wie ein Fötus.

»Tut mir leid, Schatz.« Trap beugte sich zu ihr herab, nahm ihren Kopf in beide Hände und schaute ihr in die Augen. »Joe muss eine Nadel in dich hineinstechen. Da ist noch ein Baby. Die Kleine reagiert nicht mehr. Wir müssen sie aus dir herausholen. Verstehst du, was ich sage? Sie werden eine Nadel in deinen Arm hineinstechen.«

Nadeln waren für Cayenne noch schlimmer als alles andere. Deshalb erwarteten alle, dass sie heftig protestieren würde. Sie runzelte die Stirn. »Willst du damit sagen, dass ich noch ein Baby bekomme?«

»Rubin sagt, es ist ein Mädchen.« Trap hielt ihr Gesicht fest, damit sie ihn weiter ansah.

Malichai nahm ihren Arm. Joe fand eine Vene und setzte die Infusion. Dann schaute er zu Trap auf. »Ist sie gegen irgendetwas allergisch?«

»Nicht, dass ich wüsste. Wenn ja, stand es jedenfalls nicht in ihrer Akte.«

»Dann betäubt sie«, blaffte Ezekiel. »Wo zum Teufel bleiben Draden und Shylah mit den Geräten?«

»Zaubern können die beiden leider nicht«, ermahnte ihn Malichai. Dann glitt er vom Bett, zog sich eine Jogginghose an, schrubbte sich eilig die Hände und streifte Handschuhe über. Sein Bein schmerzte bei jedem Schritt, aber das spielte keine Rolle. Traps und Cayennes Tochter war in Lebensgefahr. Er war Anästhesist und wurde gebraucht. Das war alles, was zählte. Er war in mehreren medizinischen Fachgebieten ausgebildet, so wie die meisten Schattengänger, doch fast alle von ihnen hatten das rigorose Studium der Anästhesiologie hinter sich gebracht. Vor allem das wurde im Einsatz oft gebraucht – und chirurgische Kenntnisse.

»Holen wir die Kleine«, wiederholte Ezekiel. »Amaryllis, ich brauch dich neben mir. Du wirst mich führen. Ich muss durch den Seidenpanzer oder darum herum, um an das Baby heranzukommen. Wenn es nicht anders geht, kann ich mir auch von hinten oder von der Seite her Zugang verschaffen, aber das birgt unkalkulierbare Risiken.« Er musterte sie. »Traust du dir das zu?«

Sie nickte, schaute aber zu Joe hinüber. »Vielleicht wäre er die bessere Wahl.«

»Ihn brauche ich für das Baby und Rubin dafür, im Notfall schwere Blutungen zu stillen, die ich durch den Panzer nicht sehe.«

»Du schaffst das, Amaryllis«, sagte Malichai. Er war sich sicher, dass sie imstande war, Ezekiel zu dem Baby zu führen. Ganz bestimmt konnte sie das.

»Du hast es Cayenne versprochen«, erinnerte Trap sie. »Du hast gesagt, du tust alles, was nötig ist.«

Malichai gefiel es nicht, dass er Amaryllis damit noch

mehr unter Druck setzte, doch sie nickte nur und hielt beide Handflächen über Cayennes Bauch, also richtete er seine volle Aufmerksamkeit auf seine Patientin, um sicherzustellen, dass sie nichts spürte, wenn Ezekiel sie aufschneiden musste, um das Baby auf die Welt zu bringen.

Sie hatten nichts, was sich für eine lokale Betäubung eignete, also mussten sie Cayenne in Narkose versetzen. Das war aus mehreren Gründen besser, denn ihr Biss war schließlich tödlich. Und diese OP konnte durchaus schiefgehen.

»Die Kleine ist wach, Trap. Sing ihr was vor. Oder rede mit ihr. Lass sie wissen, dass ihre Eltern und ihr Bruder auf sie warten. Dass alles gut wird«, wies Ezekiel ihn an.

Trap hatte eine gute Singstimme und ließ sich nicht lange bitten. Er sang für seine Tochter, dachte sich Texte aus, die ihr von ihrem Zuhause und ihrer Familie erzählten, und dass sie auf sie warteten. Dass sie überall Freunde hätte. Menschen, die sie liebten. Sie habe sie schon reden hören und kenne ihre Stimmen. Dann sang er ein Schlaflied, und Ezekiel stimmte ein. Auch Malichai kannte den Refrain und sang leise mit.

»Weiter rechts«, flüsterte Amaryllis. »Jetzt geradeaus. Weiter so. Sonst triffst du den Panzer und brichst die Spitze vom Skalpell ab.«

Malichai wusste, dass Ezekiel den schwierigsten Job hatte. Er selbst musste Cayenne nur gerade so weit betäuben, dass sie mit Sicherheit nichts spürte. Doch sein Bruder musste blind operieren. Gerade hatte er den ersten Schnitt gemacht und trennte nun vorsichtig die Muskeln, um an den Uterus zu gelangen.

»Wohin jetzt?«

»Sie ist direkt vor dir. Du kannst sie berühren.«

Ezekiel schaute zu Trap hinüber. Der nickte. Malichai versuchte, seinem Bruder telepathisch möglichst viel Zuspruch zu schicken. In dem Augenblick kamen Draden und Shylah herein, die einen Rollwagen mit medizinischer Ausstattung vor sich herschoben. Beide trugen Arztkittel und schlugen rasch ein paar neugierigen Pensionsgästen die Tür vor der Nase zu.

Ezekiel widmete sich wieder der Aufgabe, das Baby zu holen. Er setzte vorsichtig zum nächsten Schnitt an, und Amaryllis diktierte ihm jede Bewegung, dann zog er das Baby heraus, durchtrennte die Nabelschnur und reichte die Kleine Joe.

Sie war so klein, dass Malichai fast das Herz stehen blieb. Wie konnte ein so winziges Baby bloß überleben? Shylah und Draden beeilten sich, die nötigen Apparate für das kleine Mädchen aufzubauen.

»Rubin«, sagte Ezekiel plötzlich alarmiert.

Trap fuhr herum, ließ Joe und seine Tochter stehen und ging zurück zu seiner Frau, denn Blut tropfte rot auf den Boden unter dem Bett.

Wehe, du stirbst mir weg, Cayenne, drohte Trap. *Rubin…*

»Unterbrich ihn nicht«, schnauzte Ezekiel.

Trap war so bleich geworden, dass Malichai befürchtete, er würde umkippen. So erschüttert hatte er seinen Freund noch nie gesehen. Mit zitternden Händen strich er sich immer wieder durchs Haar. Schließlich brachte er seinen Mund nah an das Ohr seiner Frau heran.

»Baby, hör mir zu. Ohne dich geht es mir nicht besonders gut. Das weißt du. Also tu das nicht, verdammt noch mal. Was Rubin auch macht, lass es zu. Lass es einfach zu.«

Das zu hören, war herzzerreißend und ging Malichai sehr nahe. Trap war ein Mann, der immer rational blieb, sich vor allem abschottete und nie Gefühle zeigte. Zu sehen, wie er am Bett seiner Frau zusammenbrach, war fast unerträglich.

Ehe Ezekiel den Schnitt vernähen konnte, musste Rubin die Blutgerinnsel aus Cayennes Bauch entfernen und alles säubern und kauterisieren, damit es keine weiteren Blutungen gab. Es war nicht leicht, das zu tun, wenn man nur verschwommen sah, denn auch seine Sicht wurde durch den seidenen Panzer behindert. Amaryllis tat ihr Bestes, um ihm zu helfen, aber er sah alles anders als sie, und sie bezweifelte, dass sie ihm viel nützte.

Niemandem war nach Reden zumute, und wenn es nicht zu umgehen war, flüsterten sie nur. Malichai ließ seine Patientin kaum aus den Augen, doch als er sich einmal kurz umschaute, war die Kleine verkabelt und lag in dem Säuglings-Wärmebett. Ihr Bruder wurde gerade neben sie gelegt, aber so, dass er nicht an die Schläuche herankam, die seine Schwester brauchte.

Die Zeit kroch dahin, doch man durfte Rubin nicht drängen. Er wirkte nie angestrengt, allerdings kannte Malichai ihn sehr gut und hatte ihm die Anspannung angemerkt, als er vorgetreten war, um Ezekiel zu helfen. Gott sei Dank schien sie nun allmählich von ihm abzufallen. Schließlich richtete Rubin sich langsam auf und schaute von Ezekiel zu Trap. Er nickte kurz. Nur einmal. Das war alles. Dann ging er einen Schritt auf einen Stuhl zu und wankte.

Joe packte ihn am Arm und half ihm, sich hinzusetzen. Malichai fluchte innerlich. Er würde Rubin noch mehr zur Last fallen, wenn er wieder einmal versuchen musste, sein Bein zu retten.

Nun war Ezekiel an der Reihe und vernähte den Kaiserschnitt sorgfältig mit sehr kleinen Stichen. Er hatte den seidenen Schutzschild umgangen, sodass dieser glücklicherweise noch intakt war.

»Ich möchte nicht, dass Cayenne zu lange betäubt ist, Zeke«, sagte er zu seinem Bruder. »Ich wecke sie jetzt auf, wenn du damit einverstanden bist.« Er hatte ihr eine möglichst leichte Narkose gegeben, weil er nicht wusste, wie sie darauf reagieren würde.

Ezekiel nickte, und Trap fasste nach Cayennes Hand. Kurz darauf regte sie sich, drehte den Kopf zur Seite und erbrach sich heftig. Damit hatten Malichai und Trap gerechnet. Ihr Verdauungssystem war sehr viel anfälliger als das anderer Menschen, weil sie nur mit Feldrationen groß geworden und an die meisten Nahrungsmittel und Getränke nicht gewöhnt war. Wenn sie mit den anderen ausging, hatte man den Eindruck, sie würde das Gleiche essen und trinken, doch fast immer befreite sie sich schnell wieder davon, weil das meiste sie krank machte.

Trap hatte das schon bei ihrer ersten Begegnung erlebt. Sie mochte kein Bier, schien es aber trotzdem zu trinken, wenn alle welches tranken. Er hatte versucht, ihr zu erklären, dass es gleichgültig war, was die anderen über sie dachten, trotzdem gab sie sich immer Mühe, sich anzupassen. Trap hatte seine Freunde gebeten, ihr bei Essen und Getränken stets Alternativen anzubieten, wenn sie mit ihnen zusammen war, doch wenn sie das mal vergaßen, ahmte Cayenne sie einfach nach.

Malichai schaute sich im Zimmer um. Mit dem fahrbaren Wärmebettchen und den vielen Ärzten sah es hier aus wie in einem Krankenhaus. Seine Augen begegneten denen seiner Frau. Sofort schüttelten sie beide den Kopf.

»Malichai«, sagte Ezekiel leise. Er kontrollierte wieder einmal Cayennes Blutdruck und Puls. »Du sollst dein Bein nicht belasten.«

Kaum hatte sein Bruder das gesagt, begann es schmerzhaft zu pochen. Und was noch schlimmer war, alle im Raum starrten ihn an. Malichai deutete auf Cayenne. »Ich schätze, im Moment liegt jemand in meinem Bett, der es viel nötiger hat.«

»Runter von dem Bein«, befahlen Ezekiel und Rubin gleichzeitig.

16

MALICHAI SASS MIT TRAP und Cayenne im Keller und wartete darauf, dass Amaryllis in der Küche fertig wurde. Marie und Jacy waren inzwischen im Haus der Fontenots in den Sümpfen nahe New Orleans angekommen. Sie hatten in Traps äußerst luxuriösem Privatjet fliegen können, sehr zur Freude von Jacy. Und Nonny würde Marie bestimmt auch glücklich machen, deshalb sorgte er sich nicht allzu sehr um die beiden. Dafür aber umso mehr um sein Bein.

Joe und Amaryllis hatten ihn am Morgen behandelt und die neuesten Haarrisse verklebt. Er hatte kein Wort gesagt, aber sein Bein hatte den ganzen Tag geschmerzt, obwohl er gar nicht viel gemacht hatte. Der Keller war zu einem kleinen Krankenhaus umfunktioniert worden, mit einem Bett für Cayenne und zwei kleineren für die Babys. Sie hatten Krankenschwestern, die sie unterstützten, doch da es Malichai verboten worden war, Amaryllis in der Pension zur Hand zu gehen, und er es nicht aushielt zuzuschauen, wie sie die ganze Arbeit machte, blieb er lieber im Keller und half Trap und Cayenne mit den Babys, insbesondere mit dem kleinen Mädchen. Es hatte immer noch keinen Namen. Er wünschte sich, dass Trap und Cayenne sich bald einen aussuchten, denn er spürte, dass das Kind alles mitbekam, was um es herum vorging.

Die Kleine war die Tochter zweier Schattengänger, zweier sehr intelligenter, physisch und psychisch weiterentwickelter Menschen. Sie schien sehr wach und aufgeweckt zu sein und ihre Umgebung genau zu registrieren. Außerdem war sie sehr kooperativ, vor allem wenn er leise mit ihr sprach und ihr erklärte, warum er bestimmte Dinge mit ihr machte. Warum sie Beatmungsschläuche brauchte. Warum ihre Lunge nicht voll entwickelt war und die Spritze ihr helfen würde.

Ihr Bruder hatte inzwischen den Namen Axel bekommen, und Malichai hatte gemerkt, dass der Kleine den Namen mochte. Und das sollte er auch, denn Axel war einer der wenigen Menschen gewesen, die Trap respektierte. Er war an der Front gestorben, weil er seine Kameraden, Marines, und ein paar Schattengänger gerettet hatte, die sich um die Verletzten gekümmert hatten. Trap war dabei gewesen. Und er selber auch. Axel war ein guter, starker Name. Aber so einen brauchte das kleine Mädchen erst recht.

»Worauf wartest du, Trap?«, fragte er.

Cayenne zog ihre kleine Tochter fürsorglich an sich. Dann schaute sie ihren Mann an, sagte aber nichts. Das hatte Malichai auch nicht erwartet. Amaryllis hätte viele Vorschläge gehabt, doch Cayenne ließ meist Trap entscheiden.

»Ich warte damit, bis all diese Schläuche wegkommen«, erwiderte Trap grimmig.

»Das solltest du nicht, sie mag es nicht, namenlos zu sein«, informierte Malichai ihn.

Langsam wandte Trap sich um. Dann lief er mit Axel auf dem Arm im Keller hin und her. »Was soll das heißen, sie mag es nicht?«

»Sie hat telepathische Fähigkeiten. So wie dein Sohn. Sie sprechen miteinander. Es gefällt ihr nicht, dass du ihr noch keinen Namen gegeben hast. Genau genommen

432

denkt sie, dass du sie nicht haben willst. Offenbar nimmst du sie nie auf den Arm. Nur Cayenne macht das.«

Trap blieb so abrupt stehen wie ein im Scheinwerferlicht gefangenes Reh. Dann fuhr er sich mit einer Hand durchs Haar, sodass es wild vom Kopf abstand und er aussah wie der verrückte Wissenschaftler, für den die meisten ihn hielten. Doch er fasste schnell wieder nach seinem Sohn und drückte ihn an sich, als könnte der Junge jeden Augenblick auf den Boden fallen.

»Schau sie dir doch an«, platzte es schließlich aus ihm heraus. Es klang wie eine Anklage.

Zum ersten Mal zeigte Cayenne eine Reaktion. Sie zog das Mädchen noch enger an sich und schützte es, die Augen auf ihren Mann gerichtet, mit ihrem Körper. »Ich werde ihr einen Namen geben, Malichai.« Sie schaute in das kleine Gesicht und lächelte. »Ich freue mich über dich, meine Hübsche. Ich wusste nicht, dass du da warst und ruhig abgewartet hast. Du bist wie ich, nicht wahr? Axel ist wie dein Vater, aber du bist wie ich. Dir macht es nichts aus, still im Hintergrund zu bleiben.«

»Ich freue mich auch über sie, Cayenne«, sagte Trap. »Du hast mich falsch verstanden. Ich kann sie nicht auf den Arm nehmen, weil sie so klein ist. Ich habe Angst, sie zu zerdrücken. Das habe ich gemeint, als ich gesagt habe ›Schau sie dir doch an‹. Es geht darum, dass sie so klein ist. So winzig. Guck dir meine Hände an und dann guck sie an.«

Malichai kannte Trap und hörte, dass er die Wahrheit sagte. Er liebte dieses kleine Mädchen und hatte furchtbare Angst, ihm wehzutun. Genauso wie er furchtbare Angst davor hatte, Cayenne zu verlieren. Das war wohl der wahre Grund, warum er ihr bislang noch keinen Namen gegeben hatte.

»Ich hab längst einen Namen ausgewählt«, fügte Trap unwirsch hinzu. »Schon bevor sie geboren war. Drusilla. Ich möchte sie Drusilla nennen. Wir haben mal darüber geredet, Cayenne, und du hast gesagt, dass du damit einverstanden wärst.« Trap klang gerührt, was bei ihm mehr als ungewöhnlich war.

»Ich weiß«, bestätigte Cayenne ihm. »Sie ist wie ich, Trap. Sie ist ruhig, aber sie ist eine Kämpferin.«

Trap setzte sich neben Cayenne und reichte Axel an Malichai weiter. Dann streckte er die Arme nach seiner Tochter aus. »Gib sie mir, Schatz. Du sollst doch nichts tragen. Eigentlich solltest du noch gar nichts machen.«

»Sie ist untergewichtig, und Axels Gewicht ist gerade mal durchschnittlich.« Zögernd und sehr vorsichtig legte sie Trap das Baby in den Arm.

Sofort schlug die Kleine die Augen auf. Malichai hätte gern darauf hingewiesen, wie intelligent ihr Blick war, doch das war sicher nicht nötig. Trap würde es auch von allein merken. Wie könnte er das übersehen? Malichai sah, wie Trap schwer schluckte und sein Blick feucht wurde. Dann lächelte er seine Tochter an.

»Hallo, Schätzchen. Du bist wie deine Mutter. Ruhig, aber gefährlich, und sehr stark. Das ist das größte Kompliment, das ich dir machen kann.« Er beugte sich zu Cayenne hinunter. »Küss mich, Schatz. Ich weiß, dass du verärgert bist, und zwar aus gutem Grund, aber ich benehme mich nicht so, weil ich die Kleine nicht lieb habe. Sie ist nur so winzig, dass ich Angst habe, sie anzufassen. Küss mich, Cayenne.«

Egal, was Trap von ihr verlangte, Cayenne tat es immer – immer. Deshalb war Malichai sehr überrascht, als sie nun zögerte. Sie war also wirklich böse auf ihren Mann. Sie

434

hatte rund um ihr Bett wunderschöne zarte Spinnennetze aufgehängt, um etwas Privatsphäre zu haben, doch die, die sie für die Bettchen der Kinder gewebt hatte, waren von einer Schwester abgenommen worden, und Trap hatte sie nicht daran gehindert.

Auffordernd schaute sie Malichai an, und er legte ihr Axel in die Arme, deutete nach oben und ging die Treppe hoch ins Foyer, um dort auf Amaryllis zu warten. Das Zusammenleben mit einem anderen Menschen schien schwierig zu sein. Trap und Cayenne waren wie füreinander gemacht, sie passten perfekt zusammen, und dennoch gab es Probleme und Missverständnisse. Was bedeutete das für ihn und Amaryllis? Er hatte keine Ahnung von zwischenmenschlichen Beziehungen, und sie auch nicht.

Als er im Foyer Platz genommen hatte, erschien Billy Leven auf der Bildfläche, schaute sich um und setzte sich in den Sessel neben ihm. Billy war derjenige gewesen, der die Wanzen in dem Zimmer angebracht hatte, wo eigentlich der Gast wohnen sollte, der bei der Friedenskonferenz Ägypten vertrat. Doch Marie hatte den Belegungsplan kürzlich geändert, angeblich weil die Schattengänger mehr Platz brauchten. Also hatte sie Draden und Shylah dort einquartiert und behauptet, sie hätte sich bei den Buchungen vertan und eigentlich vorgehabt, dem Paar dieses Apartment zu geben. Daraufhin gab es eine weitere gründliche Reinigung, wobei auch die Wanzen verschwanden. Höchstwahrscheinlich war Billy auch für die Wanzen verantwortlich, die in Malichais Zimmer gefunden worden waren.

Marie war darüber sehr aufgebracht gewesen. Anschließend hatte sie durchsickern lassen, dass Jacy mehr ärztliche Hilfe benötige und sie deshalb wegfahren müssten.

Alle hatten das verstanden. Vorher hatte sie noch weitere Aushilfen eingestellt, damit Amaryllis nicht alleine bis in die Nacht schuften musste, da die Pension voll belegt war.

»Tut Ihr Bein wieder weh?«, fragte Billy schwermütig.

Malichai war bereits aufgefallen, dass er oft so klang, als stünde die Welt kurz vor dem Untergang. »Ein bisschen. Ich habe es mit dem Sport übertrieben. Ich bin daran gewöhnt, hart zu trainieren und an meine Grenzen zu gehen, aber ich glaube, das ist im Moment nicht das Beste für mich.«

»Jetzt, da ich Sie mal allein antreffe« – Billy senkte die Stimme zu einem verschwörerischen Flüstern –, »was zum Teufel ist Ihnen denn zugestoßen? Gerade war noch alles in Ordnung, und kurz darauf werden Sie mit einem Krankenwagen der Navy hergebracht, und dann bekommt die Frau Ihres Freundes ein Kind …«

Lässig zuckte Malichai die Achseln. »Viel mehr gibt es nicht zu sagen. Ich bin vor einiger Zeit mehrmals angeschossen worden, sodass mein Bein an verschiedenen Stellen verletzt wurde. Aus irgendeinem Grund wollen diese Wunden nicht heilen. Der Knochen ist gesplittert, und ich bin gestürzt. Die Jungs von der Navy hatten einen Lieferwagen, keinen Krankenwagen, und haben mich hergebracht. Sie sind Freunde des Freundes, der mich hier besucht. Seine Frau war schwanger, doch bis zur Geburt sollte es noch einen Monat dauern. Während alle um mich bemüht waren, hat sie nicht nur Wehen gekriegt, sondern auch gleich noch die Kinder. Wir konnten sie nicht mehr ins Krankenhaus bringen, und Trap schwimmt im Geld, also hat er hier eine Krankenstation eingerichtet.«

»Also deshalb sind all diese Wachleute da unten«, meinte Billy. »Weil er so reich ist.«

Malichai musste ein Schmunzeln unterdrücken. Offenbar hatte Billy versucht, in den Keller zu gelangen, um zu spionieren. Der Kerl war sehr neugierig und wollte genau wissen, was in der Pension vorging. »Und die nehmen ihre Aufgabe ernst. Trap ist sehr besorgt um die Sicherheit seiner Frau und seiner Kinder. Sobald er kann, wird er sie von hier wegbringen.«

»Ist er nicht wegen der Friedenskonferenz gekommen?«

»Nein, er wollte mich sehen. Ich fahre nicht oft weg, und er wollte die Gelegenheit ausnutzen. Ich bin ja auch nicht wegen der Konferenz hier, sondern wegen Amaryllis.«

»Wie kam es, dass Sie so schwer angeschossen wurden?«, fragte Billy.

Malichai hätte ihn gern abgewimmelt, weil er allen Löcher in den Bauch fragte, aber irgendetwas in Billys Stimme hielt ihn davon ab. Dieser Mann fragte ihn nicht nur aus krankhafter Neugier aus. Es war ihm wichtig, das zu erfahren. Malichai war sich ziemlich sicher, dass Billy irgendwie mit Callendine zu tun hatte, und aus irgendeinem Grund war die Antwort auf diese Frage entscheidend für Billy.

»Ich kann Ihnen nichts Genaues erzählen, weil das geheim ist, aber es ist bei einem Rettungseinsatz passiert. Zwei von uns haben sich absetzen lassen, um die wahren Helden so gut wie möglich zusammenzuflicken, doch wir sollten auch noch die schweren Geschütze ausschalten, die unsere Helis davon abhielten, uns wieder abzuholen. Und davon gab es einige. Wir sind nachts gelandet, haben viele Gegner getötet und dachten, wir hätten sie alle erwischt. Wir wussten nicht, dass am Morgen eine Ersatzmannschaft kommen würde.«

Er rieb sich den Oberschenkel, der verdammt wehtat. Früher hatte der Schmerz erst nach Tagen und viel Belastung eine solche Stärke erreicht. Er hätte seinen letzten Dollar darauf verwettet, dass Amaryllis neue Haarrisse finden würde, wenn sie nachschaute.

»Sie haben uns festgenagelt, als wir versuchten, die Jungs zum Treffpunkt zu bringen. Irgendetwas musste passieren, also habe ich die Stellungen angegriffen und ein paar Granaten geworfen. Überraschenderweise habe ich diese idiotische Attacke überlebt und bin zurückgerannt. Die Helis setzten schon zur Landung an, und mein Partner half den Verwundeten, es dorthin zu schaffen. Da hat mich ein Maschinengewehr niedergemäht und mir einen schönen Reißverschluss seitlich ins Bein getackert.«

Schon wenn er darüber redete, wurden seine Schmerzen schlimmer. Er roch noch das Schießpulver. Den Gestank von Blut und Tod. Hörte das Knattern der Hubschrauberrotoren. Das Bellen von Rubins Gewehr. Präzise und absolut tödlich. Spürte die Schmerzen in seinem zerfetzten Bein. Jeden einzelnen Einschlag.

»Sie sind immer noch in der Armee«, sagte Billy voller Respekt.

»Ich werde immer Soldat sein«, erwiderte Malichai.

»Irgendjemand hat Sie ›Doc‹ genannt und gesagt, Sie seien Arzt, als ich ihn danach gefragt habe.«

Malichai zuckte die Achseln. »Ich bin Soldat und ja, auch Arzt. Wenn ich losziehe, um einen verwundeten Soldaten zu versorgen, möchte ich in der Lage sein, ihn zu seiner Frau und seiner Familie zurückzuschicken, aber nicht in einem Leichensack – also habe ich auch Medizin studiert.«

»Ich war auch beim Militär. In der Army. Vor vielen Jahren, bei der Aufklärung. Das waren meine schönsten Jahre. Mit guten Männern. Ein paar von meinen Freunden sind dabeigeblieben und haben groß Karriere gemacht. Das hätte ich auch tun sollen, aber meine Frau war krank und brauchte mich zu Hause.«

»Das tut mir leid, Billy, das ist hart. Ich hätte dasselbe getan. Ist es okay, wenn ich frage ...«

»Sie hat es nicht geschafft. Sie hatte Krebs. Aber sie hat lange gekämpft. Drei Jahre. Ich bin ihr nicht von der Seite gewichen und bin dankbar für jeden einzelnen Tag. Dann ist sie gestorben, und seitdem bin ich allein. Ich verbringe viel Zeit mit meinen Freunden im Internet und mit meiner Cousine Tania und meinem Vetter Tommy.« Er kratzte sich am Kopf. »Bei all diesem medizinischen Durcheinander haben Sie sicher nichts von den Gerüchten über diesen Auftragskiller mitbekommen.«

Malichai zog eine Braue hoch. »Auftragskiller?«, sagte er skeptisch, doch innerlich triumphierte er.

»Ja, es hat in allen Zeitungen gestanden. Anscheinend hat ein hiesiger Geschäftsmann – so wie man hört, ein guter Bürger und Kirchgänger mit einer Frau und zwei Kindern – als Auftragsmörder gearbeitet. Aber irgendjemand hat ihn umgelegt. Die Cops haben noch einen anderen Mann verhaftet, der auch ein Profikiller sein soll ...«

»Moment.« Malichai hob eine Hand. »Dann wären es ja schon zwei.«

»Ja, und einer von denen kam hier aus der Stadt. Der ist tot. Der zweite heißt Rubin Edon. Der wohnt in unserer Pension. Wenn Marie da wäre, würde sie ihn bestimmt vor die Tür setzen, aber Amaryllis, das arme Mädchen, hat ja kein Hausrecht. Die Polizei konnte den Mann nicht festhalten. Sie hatten nicht genug Beweise.«

»Das ist verrückt«, sagte Malichai möglichst unbekümmert.

»Es gibt noch einen komischen Kerl hier im Haus, der sich Gino nennt. Der sieht auch aus wie ein Auftragskiller. Irgendwie italienisch. Höchstwahrscheinlich gehört er zur Mafia.«

»Das ist aber eine steile These, Billy. Nur weil er vielleicht italienischer Abstammung ist?«

»Sie müssen ihn sich mal ansehen, dann sagen Sie mir, was Sie denken«, beharrte Billy.

Wieder zuckte Malichai die Achseln. »Sind Sie wegen der Friedenskonferenz hier?«

»Oh nein!« Billy wäre fast aus seinem Sessel gesprungen. »Halten Sie mich für so dämlich, dass ich bei einem Haufen von verwirrten alten Hippies mitmache, die meditieren und Gras rauchen und die ganze Nacht darüber reden, wie cool es wäre, wenn die Menschen auf der Welt nur noch Liebe machten? Zur Hölle mit denen! Von mir aus können die ihre Drogen nehmen und ihre Orgien feiern und miteinander reden, bis sie blau anlaufen, aber waren Sie jemals beim Burning Man? Sie behaupten, bei dem Festival ginge es nur um Kunst. Darum, eine Stadt für die Kunst aufzubauen. Dabei laufen die Frauen dort meist nackt herum, und die Männer lassen ihre Ärsche aus den Hosen hängen. Da machen eklige Menschen eklige Sachen, sie vögeln wild herum und teilen sich die Joints. Das sind wertlose Menschen. Und für solche Leute kämpft man dann? Für die sind Sie fast gestorben? Das finde ich zum Kotzen.«

Malichais Magen verkrampfte sich, und seine Alarmglocken gingen los. »Ich bezweifle, dass alle Konferenzteilnehmer so sind. Viele Leute würden gern versuchen, mit einander zu reden, um eine gemeinsame Basis zu finden und vielleicht den Standpunkt des jeweils anderen zu verstehen. Man kann nicht Tausende von Menschen aus so vielen verschiedenen Ländern in einen Topf werfen und behaupten, das wären alles Vollidioten. Manche vielleicht. Das sind wahrscheinlich die, über die berichtet wird, aber die Mehrheit dieser Leute möchte wirklich etwas verändern. So wie wir Soldaten auch.«

Billy zuckte die Schultern. »Kann sein, aber dann sollten sie sich nicht mit drogensüchtigen Hippies zusammentun.«

»Da haben Sie nicht ganz Unrecht«, stimmte Malichai ihm zu und wechselte das Thema. »Haben Sie noch Kontakt zu Ihren Freunden in der Army?« Verstohlen rieb er sich wieder das Bein. »Falls ich aus medizinischen Gründen aussortiert werde, wäre es schön zu wissen, dass meine Freunde trotzdem zu mir halten.«

»Die Brüder, die man beim Militär findet, bleiben einem ein Leben lang«, sagte Billy im Brustton der Überzeugung. »Das sollten Sie inzwischen gemerkt haben.«

Wieder rieb Malichai sich das Bein, diesmal ganz offen. »Ja.« Er grinste Billy an. »Ich schätze, ich wollte das nur noch einmal bestätigt haben.«

»Einer von meinen Kameraden, den ich ewig kenne, schon seit der Ausbildung, und mit dem ich mehrere Jahre zusammen gedient habe, ist jetzt Berater des Vizepräsidenten. Er ist die Karriereleiter hochgestiegen, und ich bin verdammt stolz auf ihn. Er ist gekommen, um nach mir zu suchen, als ich nach dem Tod meiner Frau auf Sauftour gegangen bin und drei Monate betrunken war. Hat mich ausgenüchtert und wieder in die Spur gebracht. Er hat noch nie meinen Geburtstag vergessen. Ruft immer an oder kommt vorbei. Und wenn er das nicht schafft, schickt er mir ein Flugticket, damit ich ihn besuchen kann.« Billy grinste Malichai an. »Ich bin schon ein paar Mal im Weißen Haus gewesen. Wer hätte das gedacht?«

»Das ist schön zu hören, Billy. Ich fühle mich schon viel besser. Ich weiß nicht, was ich tun soll, wenn ich nicht mehr beim Militär bin. Ich nehme an, ich werde mich damit zufriedengeben müssen, die Soldaten ausschließlich als Arzt zu unterstützen, aber das wird sich wohl ziemlich anders anfühlen. Tja, ich habe mein Bein noch gar nicht verloren und jammere jetzt schon herum.« Einen Moment lang drückte er sich die Finger auf die Augen. »Ich frage mich, wie das wohl für Amaryllis sein wird. Ich habe so viele gute Männer alles verlieren sehen, wenn ihnen ein Körperteil abhandengekommen war.«

»Wenn sie Sie verlässt, ist sie es nicht wert, ihr nachzutrauern«, konstatierte Billy streng. »Was werden Sie tun, wenn alle zur Eröffnung dieser ›Ideen für den Frieden‹ gehen oder wie immer sie diesen Unsinn nennen? Dann ist hier bestimmt tote Hose.«

»Ehrlich gesagt ist mein Freund auch Soldat. Er wurde mehrfach ausgezeichnet, auch wenn niemand je davon erfahren wird. Ich nehme an, dass er seine Orden nicht einmal seiner Frau gezeigt hat. Er ist noch im Dienst und gerade erst von einem Einsatz zurückgekommen, bei dem er die Welt vor einem Virus bewahrt hat, das mit dem Ebola-Virus vergleichbar ist. Die Risiken, die er eingeht, um Kameraden und Zivilisten zu beschützen, lassen einem wirklich die Haare zu Berge stehen. Ich habe Ihnen ja schon erzählt, dass seine Frau vorzeitig Zwillinge geboren hat. Dem Jungen geht es gut, er hat keine Probleme, aber das Mädchen braucht noch etwas Zeit. Ich helfe den Eltern. Und werde wahrscheinlich auch während der Eröffnung bei ihnen bleiben.«

Zweimal öffnete Billy den Mund und klappte ihn schnell wieder zu. Dann schüttelte er den Kopf. Schließlich seufzte er tief. »Das verstehe ich nicht. Warum bringen sie diese Kinder nicht ins Krankenhaus?«

Demonstrativ schaute Malichai sich um, neigte sich Billy zu und sagte mit gesenkter Stimme: »Auf seinen Kopf ist ein Preis ausgesetzt und auf den seiner Frau ebenso. Deshalb sind die beiden mitten in der Nacht hier aufgetaucht. Mein Freund hatte vor, länger zu bleiben, doch dann haben die Ereignisse sich überschlagen. Wenn gewisse Leute wüssten, dass er hier ist, würden sie Himmel und Hölle in Bewegung setzen, um ihn und seine Familie zu eliminieren. Sobald die Babys fliegen dürfen, wird er hier verschwinden.«

Billy fluchte unterdrückt. »Das ist echt Scheiße! Hört sich so an, als wäre er einer von den Guten. Ein anständiger Kerl. Es gibt unzählige nutzlose Menschen, die an Joints hängen und alle möglichen Drogen einwerfen, damit sie sich vormachen können, dass sie Genies sind, aber eigentlich machen die nur Party. Und hier haben wir einen tollen Mann, der weiß, was es heißt, hart zu arbeiten und Opfer zu bringen, und der sitzt im Keller fest, weil Kopfgeldjäger hinter ihm her sind.«

»Das Witzige an dem Ganzen ist, dass er tatsächlich ein Genie ist. Wenn es auf der Erde einen klugen Kopf gibt, der ein paar Probleme lösen könnte, wenn man ihm nur zuhören würde, dann ist er es.«

»Offenbar verschwendet er seine Zeit auch nicht«, meinte Billy. »Er verbringt sie mit seiner Frau und seiner Familie, wenn er nicht gerade seinem Land dient. Solche

Vorbilder gibt es kaum noch.« Er erhob sich. »Ich habe noch eine Verabredung. Ich hoffe, Ihr Bein erholt sich und Ihnen geht es auch langsam wieder besser.«

»Das wird schon. Machen Sie sich um mich keine Sorgen.«

Malichai sah Billy nach, als er wieder nach draußen ging. Dann sandte er sofort alle Informationen telepathisch an die anderen Schattengänger.

Billy steckt in der Sache mit drin. Er sagt, er hat einen Freund, der den Vizepräsidenten berät. Er hat uns Rubins Tarnung abgekauft. Ich hab ihm erzählt, dass Trap ein hochdekorierter Soldat und Freund ist, der mitsamt seiner Familie steckbrieflich gesucht wird. Und dass seine Frau Wehen bekommen hat, als sie mir einen nächtlichen Besuch abstatten wollten. Ich kann hier jetzt nicht weg. Billy war sichtlich durcheinander. Was auch geplant ist, ich fürchte, es wird bei der Eröffnung der Konferenz passieren.

Ezekiel antwortete. *Wir haben Callendine und Salsberry nicht finden können. Sie sind offiziell Offiziere der Armee und handeln auf Befehl. Der Generalmajor versucht herauszufinden, wo sie sich aufhalten. Hier in der Stadt gibt die Navy den Ton an, aber die arbeitet mit uns zusammen und sucht nach den beiden. Es heißt, dass mehrere Leute von der Army in der Stadt sind. Nicht ungewöhnlich, doch die scheinen nicht zum Spaß hier zu sein. Wir haben sie im Blick.*

Joe übernahm. *Wir haben einen guten Fingerabdruck von Salsberry. Er wurde überprüft und für echt befunden. Also schließe ich mich der Vermutung an, dass die zwei wirklich hierher beordert wurden. Ich weiß nur nicht, von wem und warum. Der Generalmajor verlangt Antworten auf diese Fragen. Die Tatsache, dass ein ausgezeichneter Schattengänger sein Bein verlieren könnte, hilft, zum Kern der Sache vorzudringen, aber es*

dauert zu lange. Er meint, dass man ihn wohl absichtlich hin-
hält.

Die lockere Art, in der Joe davon sprach, dass er Inva-
lide werden könnte, verschlug Malichai den Atem. Denn
wenn Joe das sagte, der mehr wusste als die anderen, war
es wahrscheinlicher, als ihm lieb war. Er zwang sich, tief
durchzuatmen, und sog Amaryllis' Duft ein. Als er ihrer
gewahr wurde, veränderte sich sofort alles, und ihm wurde
leichter ums Herz, einfach nur durch ihre Anwesenheit.

Malichai schaute auf. Da stand sie vor ihm, das blonde
Haar fiel ihr ins Gesicht und lang über ihren Rücken, und
ihre blauen Augen strahlten ihn an. Sie war wunderschön
und schien von innen heraus zu leuchten. Sanft schlang
sie eine Hand um seinen Nacken, beugte sich herab und
küsste ihn. Nahm ihm den Atem und verscheuchte die
düsteren Gedanken in seinem Kopf, damit Platz für sie
war. Sie schmeckte süß – so herrlich süß. Er zog sie auf seinen Schoß und küsste sie leidenschaftlich, obwohl er wusste, dass sie das in der Öffentlichkeit nicht tun sollten, aber
er brauchte sie. Und sie gab ihm alles.

Die Haustür war links neben dem Empfangstresen, und
als sie aufging, wehte von draußen eine Brise herein, die
das Feuer, das so rasch zwischen ihnen aufgelodert war, lö-
schen hätte können, es stattdessen aber anfachte. Also ver-
tiefte Malichai den Kuss und ließ seine Zunge einen feurigen Tango mit ihrer tanzen …

Plötzlich schrie Amaryllis auf, und ihr Schreckens- und
Schmerzensschrei drang bis in seinen Rachen. Dann wur-
de sie von ihm weg- und zu Boden gerissen. Ein riesiger
Mann stand über ihr, das Gesicht eine verzerrte Maske aus
purer Wut und Boshaftigkeit. Dann schleifte er sie an den
Haaren rückwärts zur Tür. Amaryllis hatte sich mit beiden

Händen an den Kopf gefasst, um den schrecklichen Druck auf die Kopfhaut zu verringern, während sie hastig versuchte, auf die Füße zu kommen. Doch der Angreifer zog sie zu schnell hinter sich her.

»Was soll das, du verlogenes Miststück? Glaubst du etwa, du könntest mir weglaufen? Ich hab dir doch gesagt, dass ich dich überall finde. Und diesmal bin ich nicht allein. Das heißt, dein kleiner Fickfreund ist ein toter Mann.«

Malichai wusste sofort, mit wem er es zu tun hatte. Er hatte Owen Starks schon früher gekannt, noch ehe der Kerl bei Whitney angeheuert hatte. Also schickte er schnell einen Notruf an seine Kameraden, auch weil Starks behauptet hatte, er sei nicht allein.

Dann sprang er, ohne Rücksicht darauf, dass jemand ihn sehen könnte, mithilfe seiner gesteigerten Kräfte in die Höhe, zog die Knie an und flog durch den Raum. In letzter Sekunde streckte er die Beine aus und rammte mit der Kraft eines Güterzugs die Stiefel in Owens Brust. Der Stoß war so hart, dass der Kerl rückwärts gegen die Wand krachte und das Holz zum Splittern brachte. Das ganze Haus erbebte unter dem lauten Aufprall, zwei Bilder fielen herunter, und Glas zerbrach auf dem Boden in Scherben.

Taumelnd kam Amaryllis auf die Füße, eilte zu Malichai und versuchte, ihn wegzuziehen. »Wir müssen gehen. Du kannst nicht mit ihm kämpfen. Mit keinem von ihnen, glaub mir. Sie haben eine Art Panzer.«

Malichai wusste nur zu gut, was Whitney mit seinen Supersoldaten angestellt hatte. Owen hatte so etwas wie eine stählerne Platte entweder unter seiner Kleidung oder unter seiner Haut. Dieser Panzer war so ähnlich wie Cayennes seidener Schutzschild. Als er Owen getreten hatte, hatte er den Rückstoß am ganzen Körper gespürt. Glücklicherweise war er sicher wieder gelandet, doch sein Bein war wacklig.

Er war schon öfter mit Whitneys Supersoldaten aneinandergeraten. Meistens überlebten sie nicht lang, schon gar nicht fünf Jahre, obwohl Owen laut Amaryllis schon so lange bei Whitney war. Doch sie waren zäh und muskelbepackt. »Geh zu Trap und Cayenne und bleib da, bis ich dich hole«, befahl er. Amaryllis hatte ihm erzählt, dass sie Owen aus irgendeinem Grund nicht töten konnte. Sie selbst wusste nicht, warum das so war, aber Malichai war ziemlich sicher, dass Whitney dahintersteckte.

»Wenn du hierbleibst, um zu kämpfen, bleibe ich bei dir.« Amaryllis schaute nicht ihn an, sondern behielt Owen im Auge, der sich kopfschüttelnd aufrappelte und sich die Brust rieb.

Auf Malichai achtete er kaum. Sein Blick kehrte immer wieder zu Amaryllis zurück, als könnte er nichts dagegen tun. Oder als hielte er den Mann an ihrer Seite für keine Bedrohung. Das wunderte Malichai, denn da sie einander schon begegnet waren, hätte Owen wissen müssen, dass er brandgefährlich war.

»Komm jetzt mit.«

Amaryllis schüttelte den Kopf. »Du hast mir wehgetan. Bleib mir bloß vom Leib!«

»Das hast du verdient. Whitney will dich wiederhaben. Du gehörst mir, das weißt du. Und wenn dir irgendjemand in diesem Haus lieb ist, gehst du mit mir, sonst wird es hier viele Tote geben.«

Malichai wusste, dass die meisten Gäste in etwa einer Stunde zurückkehren würden, wenn sie sich an ihren üblichen Tagesablauf hielten. Er ging ein paar Schritte nach rechts, um herauszufinden, ob er damit Owens Aufmerksamkeit auf sich ziehen konnte. Bislang schien der Kerl ihn nicht zu erkennen. Dabei war er recht klug. Schnell. Und sehr von sich überzeugt. Ihm war sonst nie etwas entgangen. Also musste er doch eigentlich wissen, dass er es mit Malichai Fortunes zu tun hatte, dessen Ruf noch furchterregender war als sein eigener. Irgendetwas stimmte da nicht.

Plötzlich wurde die Tür so fest aufgestoßen, dass sie in den Angeln wackelte, und ein sehr großer Mann erschien im Türrahmen. Er schaute erst Amaryllis an und richtete den Blick dann auf Malichai. Amaryllis stöhnte auf und zog hinten an Malichais Hemd, um ihn rückwärts von den zwei Riesen wegzuzerren – die Zwillinge zu sein schienen. Die beiden glichen sich wie ein Ei dem anderen. Owen Starks hatte keine Geschwister, doch der Neuankömmling sah genauso aus wie er, bis hin zu der kleinen Narbe in der Augenbraue.

»Das ist nicht gut«, sagte Gino, als er an Malichais Seite trat. »Gibt es etwa noch mehr von der Sorte?«

»Mein Bauch sagt Ja«, meinte Malichai.

Gino drehte sich um und musterte Amaryllis. »Du gehst besser zu Cayenne und Trap.«

Er ließ es so klingen, als würde Cayenne Amaryllis brauchen, und Malichai war ihm dankbar dafür. In Wahrheit war Cayenne die tödliche Gefahr und würde Amaryllis beschützen.

»Ich lasse Malichai nicht allein. Hast du denn nicht bemerkt, dass ich ihn irgendwie ablenke? Ich wette, wenn der echte Owen kommt, ist das anders. So könntet ihr ihn entlarven.«

Malichai wollte, dass sie ging, aber er wollte auch, dass Whitneys Supersoldaten aus Maries wunderschönem Heim verschwanden, ehe es in Schutt und Asche gelegt wurde. Sie mussten an dem Gorilla vorbei, der den Türrahmen ausfüllte. Aber Amaryllis war störrisch und weigerte sich, den Rückzug anzutreten. Er machte noch einen Schritt nach rechts und zog das schlimme Bein nach, wobei er sich bemühte, nicht zu stöhnen. Seine Gegner würden noch früh genug merken, dass er angeschlagen war.

»Komm her, Amaryllis«, sagte der Soldat im Türrahmen und schnipste mit den Fingern, als ob er sie damit zur Räson bringen könnte.

»Träum weiter«, sagte Malichai seelenruhig. »Amaryllis ist mit mir verlobt. Wir heiraten in ein paar Tagen. Sag Whitney lieber, dass er sie in Ruhe lassen soll.«

»Scheiß auf Whitney. Amaryllis gehört mir. Sie hätte nicht weglaufen sollen. Kümmer du dich um deine eigenen Angelegenheiten, sonst kriegst du was ab.«

Owen der Erste schüttelte immer noch den Kopf und rieb sich die Brust. Ohne einen Blick zu Malichai ging er ein paar Schritte auf Amaryllis zu. Dann zog er die Augenbrauen zusammen und kräuselte abschätzig die Lippen. »Das ist doch nicht nötig, Amaryllis. Hier muss niemand verletzt werden.«

»Ich nehme den«, entschied Gino. »Er sieht größer aus, und ich habe heute noch nicht viel gegessen. Du kannst die Nummer zwei im Türrahmen haben.« Er ließ die Fingerknöchel knacken und grinste.

Wir müssen versuchen, sie aus dem Haus zu bekommen. Das hier wird übel enden, verbreitete Malichai. *Falls noch mehr von denen auftauchen, brauchen wir Verstärkung.*

Er nickte Gino zu und ging um Owen den Ersten herum, der ihn nach wie vor kaum beachtete. Owen der Zweite war hin- und hergerissen, ohne sich vom Fleck zu rühren, schaute er zwischen Amaryllis und Malichai hin und her.

Als Malichai hinter sich die Faustschläge hörte, mit denen Gino angriff, legte er ebenfalls los und sprang Owen den Zweiten genauso an wie seinen Vorgänger, um ihn aus der Tür herauszustoßen. Doch als seine Stiefel den Supersoldaten trafen, hörte er Amaryllis leise aufschreien und nach Luft schnappen.

Er war noch in der Luft, drehte sich aber mit der Biegsamkeit einer Katze herum und landete geduckt fast genau da, wo Owen der Zweite gestanden hatte. Ein dritter Owen hatte Amaryllis gepackt, und sie wehrte sich mit allen Kräften gegen ihn. Das musste der echte Owen sein. Der, den er von früher kannte. Ein listiger, berechnender, egoistischer Typ, dem jedes Mittel recht war, um zu bekommen, was er wollte, selbst wenn er dafür töten musste – und er wollte Amaryllis.

Amaryllis konnte sich nicht richtig verteidigen, weil sie nur wenig Platz hatte. Und Gino konnte ihr nicht helfen, weil er mit dem ersten Owen beschäftigt war. Der war zwar langsam, aber ein Muskelprotz mit Riesenkräften, die er gut einzusetzen wusste. Im Vergleich mit dem echten Owen wirkte Amaryllis sehr klein, aber sie gab nicht auf und wusste, was sie tat. Sie trat ihm mit einem Fuß in die Rippen, damit sie unter seinen Panzer gelangte, und drehte sich dann so, dass sie ihm den anderen Fuß ins Gesicht knallen konnte und ihn so fast zu Fall brachte. Ihm blieb nichts anderes übrig, als sie loszulassen, damit er nicht stürzte.

Dann starrten die beiden einander an, Owen zwischen Amaryllis und Malichai.

Anzüglich grinste er Amaryllis an. »Hast du wirklich geglaubt, du könntest mir entkommen?«

»Immerhin konnte ich fliehen, obwohl du immer damit geprahlt hast, das wäre unmöglich«, bemerkte Amaryllis, die langsam zurückwich, um sich etwas mehr Platz zu verschaffen.

Offenbar wollte sie in den großen Tagesraum. Er bot mehr Bewegungsfreiheit und bessere Chancen, Owen aus dem Weg zu gehen. Sie konnte es sich nicht leisten, von ihm gepackt zu werden und musste versuchen, ihn mit harten, schnellen Abwehrschlägen auf Distanz zu halten. Sie hatte viel Zeit gehabt, darüber nachzudenken, wie man Owen besiegen konnte. Aber Malichai wollte sie dabei auf keinen Fall sich selbst überlassen.

Er wollte sich gerade auf Owen werfen, als er einen Hieb in den Rücken bekam. Es fühlte sich an, als wäre ein Baum auf ihn gefallen. Er taumelte nach vorn, stürzte beinah, fing sich aber wieder und wirbelte zu Owen dem Zweiten herum. Der Supersoldat versuchte, sein Straucheln auszunutzen und griff an, doch Malichai hatte das Gleichgewicht schon wiedergefunden und schickte den Angreifer mit einem gezielten Roundhouse-Kick gegen das kantige Kinn zu Boden.

Dann jagte eine Schmerzwelle durch seinen Körper. Sein Bein fühlte sich an, als wäre es in Tausende Teile zerbrochen. Es tat so weh, dass sein Magen rebellierte und ihm die Galle hochkam. Mühsam schluckte er sie wieder herunter. Er konnte den Fuß nicht mehr aufsetzen, jedenfalls nicht, solange dieser höllische Schmerz nicht nachließ. Er atmete tief durch und konzentrierte seine Gedanken darauf, den Körper wieder unter Kontrolle zu bekommen. Er spürte, dass Owen ihn beobachtete, und wusste, dass er sich auf beide Beine stellen musste, sonst würde der Kerl seine Schwachstelle sofort entdecken.

Malichai zog sich weiter ins Zimmer zurück, er musste Owen den Zweiten loswerden, um Amaryllis beispringen zu können. Er zog das Messer aus seinem Stiefel und schickte eine kurze stumme Entschuldigung an Marie, weil ihr Boden gleich furchtbar aussehen würde. Er hielt das Messer mit der Klinge am Handgelenk unter dem Arm versteckt. Dann wich er absichtlich vor seinem Gegner zurück, tat so, als würde er erneut straucheln, und wie erwartet stürmte der Supersoldat los, um ihm seine riesigen Fäuste ins Gesicht rammen. Doch das durfte nicht geschehen. Denn ein Treffer genügte, um ihn auszuschalten.

Malichai duckte sich und stieß Owen dem Zweiten das Messer tief in die Achselhöhle. Das war eine der wenigen Stellen, an denen Whitneys Supersoldaten nicht geschützt waren. Beim Herausziehen drehte er das Messer noch herum, dann sprang er schnell zurück, weil Blut durch den Raum spritzte.

Owen der Zweite heulte auf und stieß eine lange Reihe von Flüchen aus, ehe er voller Wut und Mordlust erneut angriff. Offenbar hatte er das gleiche Temperament wie der echte Owen. Seine Augen glühten so rot vor Zorn, dass er fast diabolisch wirkte, doch er verfehlte Malichais Kopf immer wieder. Einmal traf er mit der linken Hand die Wand und hinterließ ein faustgroßes Loch im Holz. Nun blutete er auch an den Knöcheln, doch er schien es nicht zu bemerken.

Malichai umkreiste ihn ständig, sodass Owen der Zweite gezwungen war, sich wie ein Tänzer mit ihm zu drehen, während Malichai auf die nächste Attacke wartete. Er musste Geduld haben und verbot sich jeden Gedanken an

Amaryllis und wie es ihr wohl gerade ging, an Maries Gäste, die vielleicht bald zurückkehrten, und an Cayenne und die Babys im Keller. Und er wusste, dass Gino mit der gleichen Geduld darauf wartete, Owen den Ersten zu töten.

»Was zum Teufel geht hier vor?«, rief plötzlich Billy Leven dazwischen. »Soll ich die Polizei alarmieren, Malichai?«

»Bleiben Sie zurück«, sagte Malichai und fluchte innerlich. Das Letzte, was er wollte, war, dass Billy ihm und Gino zusah, denn sie würden ihre besonderen Kräfte einsetzen müssen, um Owen Starks und seine Klone zu besiegen.

»Amaryllis«, stieß Billy hervor, schockiert, dass jemand sie offenbar schlagen wollte – noch dazu ein Kerl, der fast doppelt so groß war wie sie.

»Kommen Sie ihm nicht zu nahe, Billy«, warnte Amaryllis ihn.

Malichai tauchte wieder unter Owens Arm hinweg, bohrte sein Messer in die rechte Achselhöhle des Supersoldaten und drehte es auch diesmal beim Herausziehen um. Nun schoss bei jedem keuchenden Atemstoß und jedem schnellen Schritt, den der Klon machte, Blut aus ihm heraus. Die Wände sahen aus, als hätte ein verrückter Künstler sie überall mit dunkelroter Farbe bemalt. Owen der Zweite erschauerte, dann setzte er sich mit einem Mal auf den Boden und wiegte sich vor und zurück.

Malichai ließ ihn so sitzen und lief an Gino vorbei, der bei Owen dem Ersten im Wesentlichen die gleiche Strategie verfolgte, nur dass dieser Supersoldat ein wenig schneller und definitiv cleverer zu sein schien als derjenige, mit dem Malichai es zu tun gehabt hatte.

Da tauchte plötzlich Billy mit einer Pistole in der Hand hinter Owen auf und richtete die Waffe auf ihn. »Schluss jetzt, sofort! Sonst erschieße ich Sie.« Er meinte es ernst. Niemand zweifelte daran, dass er seine Drohung wahrmachen würde.

Malichai setzte zum Sprung an, um ihn umzuwerfen und vor Schaden zu bewahren, doch Owen war schneller und riss Billy zu Boden, während der Schuss auf seine Brust von seinem Panzer abprallte. Als Malichai auf seinem Rücken landete, hatte sich Owen die Waffe bereits geschnappt und hielt sie auf Billy gerichtet. Malichai nahm seinen dicken Schädel in beide Hände, um ihm den Hals umzudrehen.

»Owen! Nicht!«, schrie Amaryllis.

Owen sah tatsächlich zu ihr hinüber und grinste, als er den Abzug durchdrückte. Er schien gar nicht zu bemerken, dass Malichai mit aller Kraft versuchte, ihm das Genick zu brechen. Dann explodierte Billys Brust, und übrig blieben nur Blut und zerfetztes Fleisch. Ohne den Blick von Amaryllis zu lösen, warf Owen die Pistole einfach in die Blutlache. Billy fiel auf den Rücken und starrte auf den Ringkampf, bei dem Owen immer wieder auf Malichais verletztes Bein einschlug, um ihn loszuwerden.

Amaryllis lief um die beiden Männer herum, die sich auf dem Boden wälzten, und versuchte, das Blut aufzuhalten, das in Strömen aus Billy herausfloss. Da richteten sich seine Augen auf ihr Gesicht, er hob eine Hand und berührte die Träne auf ihrer Wange. »Sag Malichai, er muss fort von hier, und sein Freund auch. Ihr müsst hier weg.« Ein Schauer durchlief ihn, dann war er tot.

Amaryllis schloss kurz die Augen, ehe sie sich verstört umschaute und sah, wie Owen Malichais Bein traktierte. Owen hatte nicht nur besondere Talente, sondern auch Berge von Muskeln in Brust und Armen. Die Kraft, die er ausübte, wenn er auf Malichai eindrosch, war gewaltig, doch der zeigte keinerlei Reaktion und übte gnadenlos weiter Druck auf Owens Genick aus, der nun doch seine außergewöhnliche Stärke zu spüren bekam.

Langsam stand Amaryllis auf, machte einen Bogen um Gino, der gerade Owen den Ersten mit einem Messerangriff täuschte und nach links auswich, um sie vorbeizulassen. Sie ging ohne Eile weiter, die Pistole in der Hand. Billys Pistole. Der Waffe, die Owen benutzt hatte, um einen Mann zu erschießen, der nicht das Geringste mit Whitney und seinen Machenschaften zu tun hatte. Mit diesen widerlichen Zuchtversuchen. Oder diesen neuen Klonen. Was sollte das überhaupt? Sollte sie etwa mit drei Owens zurückkehren? Einer war ja wohl schlimm genug.

Sie steuerte direkt auf Owen zu und drückte ihm die Pistole an den Hals. Sofort erstarrte er. Sein Hals war eine der wenigen verletzlichen Stellen an ihm. Malichai hielt seinen Kopf so fest, dass er ihn nicht bewegen konnte. Dann wurde es sehr still im Raum.

»Das wäre Mord, Amaryllis«, sagte Owen. »Wenn du abdrückst, ist das Mord.«

Er wehrte sich nicht, wartete einfach nur ab und legte sein Schicksal in ihre Hände. Ein kleines höhnisches Grinsen glitt über sein Gesicht. Er wusste, dass sie es nicht fertigbrachte, den Abzug zu drücken. Sie versuchte es und krümmte den Finger, doch jedes Mal, wenn sie schießen wollte, hielt irgendetwas sie davon ab. Am liebsten hätte sie laut geschrien.

Plötzlich griff eine behandschuhte Hand über ihre Schulter und nahm ihr die Pistole ab. Dann drückte Rubin den Lauf an Owens Hals. »Zwischen einem Mistkerl und einem feinen Kerl zu unterscheiden, ist mir noch nie schwergefallen. Und da, wo ich herkomme, fackeln wir mit Mistkerlen nicht lange«, sagte er sehr leise mit seinem leichten Akzent. »Ich würde es begrüßen, wenn Sie jetzt wegschauen würden, Ma'am.«

Als Amaryllis ihn verständnislos anblickte, legte Rubin ihr sanft seine freie Hand auf die Augen und drückte ab. Die Kugel durchdrang Owens Hals und trat hinten am Schädel wieder aus. Vorsichtshalber setzte Rubin den Lauf noch etwas höher an und feuerte ein zweites Mal, um sicherzugehen, dass der Supersoldat tot war. Dann ließ er die Waffe fallen und ging fort, ganz so wie ein Auftragsmörder es getan hätte, falls irgendjemand ihnen zusah.

Malichai sank zu Boden und atmete gegen die schrecklichen Schmerzen in seinem Bein an. Alles war voller Blut, doch sonst war in der Pension alles intakt geblieben. Billy war tot, das war ein großer Verlust. Er hatte den Mann gemocht, ja sogar respektiert, obwohl Billy etwas mit Callendine zu tun gehabt hatte. Deshalb hätten sie ihn gebraucht. Sie hätten ihn weiter beschattet, aber er war von ihnen gegangen, ehe er sich noch einmal mit seinem alten Freund treffen konnte, und nun würden sie keine Gelegenheit mehr haben herauszufinden, was genau Callendine plante. Es war anzunehmen, dass er versuchen würde, das Tagungszentrum in San Diego in die Luft zu jagen, und zwar am Tag der Eröffnung der Konferenz. Doch das waren nur Annahmen, die nicht viel weiterhalfen, wenn es um Menschenleben ging. Handfeste Beweise waren ihnen lieber.

Gino gesellte sich zu ihm, seine Brust und sein Gesicht waren blutverschmiert. Er grinste Malichai kurz an. »Drei von diesen Bastarden waren drei zu viel.«

»Das sehe ich auch so.« Als Amaryllis sich neben ihn setzte, nahm Malichai ihre Hand.

Es war zu spät, um alle Spuren zu beseitigen, ehe die Pensionsgäste auftauchten, deshalb schickte die Navy ganz schnell Leute, die eilig die gesamte Front der Pension absperrten, sodass die Gäste durch die Hintertür gehen mussten und nicht durch den Eingangsflur spazieren konnten. Die Ermittler der Navy sprachen auch mit der Polizei und beantworteten ihre Fragen, während die angerichteten Schäden untersucht wurden. Sie waren auf den vorderen Raum beschränkt geblieben, und man würde sie so bald wie möglich reparieren.

»Ich nehme an, die arme Marie wird nie wieder Gäste haben«, sagte Amaryllis und lehnte den Kopf an Malichais Arm.

»Unterschätz nicht die unglaubliche Neugier der Menschen. Die meisten Gäste werden wohl wiederkommen. Das sind doch tolle Geschichten, die sie ihren Freunden und ihrer Familie erzählen können, auch wenn sie keine Ahnung davon haben, was hier vorgeht.«

»Wenn Billy etwas mit der Sache zu tun hatte, warum wollte er dich dann warnen? Er hat mir gesagt, ich soll dir und deinem Freund sagen, ihr sollt hier weggehen. Und er hat das sehr ernst gemeint.«

»Wir sind ziemlich sicher, dass Rubin den für Shevfield gedachten Plan ausführen soll, die Pension als Ablenkung zu benutzen. Wenn alle Cops und Feuerwehrleute hier sind, haben Callendine und seine Leute viel Zeit, um das zu tun, was sie vorhaben, was auch immer es ist, und unentdeckt davonzukommen. Billy war ein Mann, der sein Vaterland geliebt hat, deshalb ist es seltsam, dass er in dieser Sache mit drinsteckte. Aber offenbar wollte er nicht, dass Trap und ich hier sind, wenn das Haus abgefackelt wird«, überlegte Malichai.

»Kannst du aufstehen?«, fragte Gino.

Malichai hatte schon die ganze Zeit befürchtet, dass jemand ihn das fragen würde, denn sie waren den Navy-Leuten im Weg. Er schüttelte den Kopf. »Nur mit ganz viel Hilfe.«

17

IM ZIMMER HERRSCHTE absolute Stille. Nur das Ticken der Wanduhr war zu hören und selbst das klang gedämpft. Alle hatten auf Rubin gewartet, der unbemerkt von den anderen Pensionsgästen wie ein Schatten im Dunkeln hereingeschlüpft war.

Die Fähigkeit, mit Geisteskräften zu heilen, die Amaryllis und Joe besaßen, war eine sehr seltene Gabe, und wenn Whitney wüsste, dass sie dazu imstande waren, würde er sie zurückhaben wollen. Doch Rubins anderes Talent, dass er mit der Kraft seines Geistes sogar operieren konnte, war noch viel wertvoller und musste unbedingt von allen Teammitgliedern geheim gehalten werden. Sonst hätte Whitney Himmel und Hölle in Bewegung gesetzt, um an ihn heranzukommen, und bestimmt würde er Rubins Hirn komplett auseinandernehmen, um herauszufinden, wie er das machte.

Am Anfang, als zum ersten Mal klar wurde, dass Malichai ihn brauchen würde, waren Ezekiel und Joe dagegen gewesen, dass Amaryllis von seiner Gabe erfuhr, doch diese Vorsichtsmaßnahme war inzwischen überflüssig. Malichai würde sie schließlich heiraten, und außerdem war sie selbst eine Schattengängerin. Entweder mussten sie ihr genug vertrauen, um sie in ihren Kreis aufzunehmen, oder er würde mit ihr fortgehen. Jedenfalls galten für sie dieselben Regeln wie für alle anderen.

Malichai versuchte, normal zu atmen und seinen Herz-schlag zu kontrollieren, als Rubin an sein Bett trat, zer-quetschte dabei jedoch beinah Amaryllis' Hand.

»Es ist interessant, dass Owen dich gefunden hat, Ama-ryllis«, sagte Rubin, während er das dünne Laken über Malichais Bein zurückschlug. Malichai trug Shorts, sodass es größtenteils unverhüllt war. Rubin fuhr mit den Hän-den über das Bein, schaute dabei aber Amaryllis an. »Mali-chai hat uns erzählt, wie sorgfältig du deine Flucht geplant hast. Dafür bewundert er dich sehr. Ich fand deinen Plan auch brillant. Du hast nicht nur Whitney überlistet, son-dern auch zwei weitere Frauen freibekommen. Und das war noch dazu ein Vorteil für deine eigene Flucht, weil sie nicht so geschickt und zielstrebig waren und deshalb von dir abgelenkt haben.«

Amaryllis nickte. »Leider muss ich zugeben, dass ich da-mit durchaus gerechnet hatte.«

»Wieso leider?«, fragte Rubin. »Schließlich hast du über-lebt. Das ist unser Ziel. Aber Owen hat dich trotzdem ge-funden.« Er schloss die Augen und ließ die Hände über den Schwellungen und Blutergüssen schweben, die auf Owens Schläge zurückzuführen waren. »Du weißt doch, dass Whitney mit Peilsendern arbeitet, oder?«

»Ja, natürlich.«

»Wieso wusste Owen, wo er dich finden kann? Und wo-her wusste er von Malichais Bein? Malichai hat mir ver-sichert, dass er gut aufgepasst hat. Er hat trotz seiner Schmerzen keine Miene verzogen, und dennoch wusste Owen Bescheid.«

Rubin verstummte, und es wurde wieder still im Zimmer. An seinem ausdruckslosen Gesicht war nicht zu erkennen, was er dachte, doch Malichai wurde flau im Magen. Dann schlug Rubin die Augen wieder auf und richtete sie erneut auf Amaryllis.

»Owen war völlig besessen von dir. Wenn er früher gewusst hätte, wo du steckst, wäre er eher gekommen. Das verleitet mich zu der Annahme, dass er es erst kürzlich herausgefunden hat. Irgendjemand hat es ihm verraten und ihm auch gleich berichtet, dass Malichai vor Kurzem ins Bein geschossen wurde.«

»Wer sollte denn von Owen wissen?«, fragte Amaryllis. »Keiner hier kennt ihn. Und ich habe nur mit Malichai über ihn geredet. Damals hier im Zimmer, weißt du noch? Als du wach geworden bist und dir etwas komisch vorkam. Tag hatte Lorrie gefunden, und du hast dich gefragt, wie.«

»Verdammt, Malichai«, meldete Ezekiel sich zum ersten Mal zu Wort. »Dieser hinterlistige Billy hatte dein Zimmer schon verwanzt, ehe du den Störsender eingesetzt und es gründlich durchsucht hast. Callendine hat Owen den Tipp gegeben. Wahrscheinlich hat er diese Informationen nach oben weitergeleitet, wo man beschlossen hat, lieber Owen zu schicken, als Whitney einzuweihen. Damit konnten sie hier Unruhe stiften und nebenbei vielleicht gleich noch die anwesenden Schattengänger loswerden.«

Amaryllis wich Rubins Blick aus. Wenn Billy sie wirklich belauscht hatte, hatte er noch viel mehr mitbekommen als ihr Gespräch über Owen. Um sie aufzumuntern, grinste Malichai sie schelmisch an. Zum Teufel, er brauchte selber etwas Aufmunterung. Er versuchte sich zu erinnern. Er hatte den Störsender eingesetzt, weil ihm das in Fleisch und Blut übergegangen war, er hatte ihn immer dabei, nur für den Fall, dass jemand Abhörgeräte angebracht hatte. Doch an dem Abend hatte er ihn nicht aus der Tasche geholt. Er hatte Sex mit Amaryllis gehabt und dann mit ihr über Owen geredet.

»Ich war heute am Strand, allein, und hab gelesen, da bin ich von einem von Callendines Leuten kontaktiert worden«, verkündete Rubin, während er weiter Malichais Bein untersuchte. Er war inzwischen am Unterschenkel angelangt. »Der Mann war offenbar Soldat. In der Army. Ich habe Joe zur Überprüfung ein Foto von ihm geschickt. Anscheinend ist er Sergeant und steht unter Callendines Befehl. Er heißt Kolt Michigan. Er hat mir den Job angeboten, die Pension niederzubrennen. Doch diesmal war nicht die Rede von Amaryllis und Marie. Sie haben sich auf zwei von den Gästen verlegt. Jay Carpenter und Burnell Strathom. Kunsthändler aus LA. Zuerst soll ich die beiden töten und dafür sorgen, dass ihre Leichen im Haus gefunden werden. Anschließend soll ich anonym Hilfe rufen. Und sobald die Polizei da ist und die Leichen inspiziert, möchten sie die Pension in Flammen aufgehen sehen.«

»Rubin«, sagte Amaryllis leise. »Was ist bloß mit diesen Leuten los? Billy hat ihnen doch sicher erzählt, dass im Keller momentan zwei Babys untergebracht sind.«

»Deshalb hat Billy ja versucht, uns zu warnen«, erinnerte Malichai sie. »Trap sollte seine Familie wegbringen und ich dich. Er wollte nicht, dass uns etwas zustößt.«

»Aber mit den anderen hatte er kein Mitleid«, erwiderte sie. »Ich versteh das einfach nicht.«

Malichai ging es ehrlich gesagt genauso. Als Kind hatte er so viele unverständliche Dinge gesehen – wie Menschen eine Entscheidung trafen, die sie nicht hätten treffen müssen. Angst, Hunger, Verzweiflung und Kämpfe ums Überleben konnte er nachvollziehen, doch wie man

Häuser und Familien zerstören, das Leben von Kindern, Frauen und Männern nicht achten konnte, diese ganze Intoleranz, all das hatte er noch nie begriffen. Weder als Kind noch als Erwachsener. Wenn er für sein Land kämpfte, dann vor allem für die Menschen, die dort lebten. Damit sie die Freiheit hatten zu wählen. Er hoffte nur, dass sie sich für etwas Gutes entschieden. Und Unschuldige zu ermorden, war keine gute Wahl, ganz egal, von welcher Seite aus man es betrachtete.

»Ich habe Trap und Cayenne meine Hilfe angeboten«, gestand Rubin. Er hörte sich fast so an, als wäre es ihm peinlich. Er sprach wie immer sehr leise und ruhig, doch alle im Zimmer verstanden ihn gut. Irgendetwas an seiner sonoren Stimme war sehr beruhigend. Vielleicht sprach da der Heiler aus ihm. Malichai war sich nie ganz sicher. Denn Rubin vollbrachte Wunder, wenn es darum ging, Leben zu retten, konnte aber auch kaltblütig töten.

»Sie hatten nichts dagegen, dass ich Drusilla behandle, damit ihre Lungen sich schneller entwickeln. Ich habe nur etwas nachgeholfen, sie waren schon fast fertig für die Abreise. Es ist mir gelungen, und jetzt können sie die Babys wegbringen. Heute Nacht ist es so weit.«

Malichai war erleichtert, das zu hören. Er sah Amaryllis an, dass es ihr genauso ging, trotzdem beging er nicht den Fehler, ihr vorzuschlagen, Trap und Cayenne zu begleiten, auch wenn es ihm schwerfiel.

»Was ist mit Cayenne?«, fragte Joe. »Hat sie es auch zugelassen, dass du ihr hilfst?«

Rubin seufzte. »Ja, aber Trap hat sie praktisch dazu gezwungen. In solchen Situationen fühle ich mich nicht wohl. Cayenne muss von sich aus zu uns kommen. Im Sumpf fühlt sie sich sicherer, deshalb fällt es ihr dort leichter zu kooperieren. Dort hat sie Nonny und Pepper, die sie bei allem unterstützen. Mit den anderen hat sie sich noch nicht so gut angefreundet wie mit den beiden. Aber irgendwann wird es so weit sein. Sie bemüht sich ja, sich zu öffnen. Ich denke, die Babys werden ihr dabei helfen. Jedenfalls möchte sie unbedingt nach Hause zu Nonny, aber es wäre nicht gut, die Kleinen jetzt schon fliegen zu lassen.«

»Wo bringt Trap sie denn hin?«, fragte Amaryllis.

»Shylah und Draden begleiten Eltern und Kinder zu einem sicheren Haus und kommen dann zurück, damit wir es nicht allein mit Callendine aufnehmen müssen. Trap und Cayenne werden in dem Haus bleiben, bis die Babys alt genug sind, um zu fliegen«, sagte Ezekiel.

»Und wann sollst du Burnell und Jay umbringen?«, fragte Malichai.

»Übermorgen ist der große Tag, da wird auch die Friedenskonferenz eröffnet. Ist das nicht ein schöner Zufall?«, sagte Rubin. Seine Hände glitten immer noch unendlich langsam über Malichais Oberschenkel.

Der versuchte, seine Miene zu deuten, doch sie war unergründlich. Das war schon immer so gewesen, selbst in seiner Jugend, vor vielen Jahren, als er den Fortunes-Brüdern zum ersten Mal auf der Straße begegnet war. Schon damals war er so ruhig gewesen, und fast genauso geschickt mit Waffen.

»Ich habe mir mit Zeke zusammen die Baupläne für das Tagungszentrum angeschaut«, berichtete Joe. »Wir müssen uns nach wie vor mehr auf Vermutungen verlassen, als uns lieb ist. Sie werden es wohl auf die Stützbalken des Gebäudes abgesehen haben. Wenn die gleichzeitig zusammenbrechen, haben sie genau das, was sie wollen – möglichst viele Tote.«

»Immerhin bekommen wir Verstärkung«, sagte Ezekiel aufmunternd. »Team Zwei aus Montana ist angekommen, und die SEALs helfen uns auch. Das Tagungszentrum ist riesig. Also schaffen wir das nicht allein. Und da wir damit rechnen, dass der Anschlag in zwei Tagen erfolgt, haben wir auch nicht viel Zeit, uns vorzubereiten.«

»Wäre es möglich, die Konferenz abzusagen?«, fragte Amaryllis.

Ezekiel schüttelte den Kopf. »Ich fürchte, das geht nicht. Schließlich haben wir keine konkreten Beweise, dass sie wirklich das Ziel ist. Ein paar von unseren Helfern achten auch auf andere wichtige Gebäude in der Stadt, die eher für einen Anschlag infrage kämen. Selbst der Navy-Stützpunkt wäre ein besseres Ziel. Es ist uns bestätigt worden, dass keine Politiker eingeladen sind und nicht einmal zur Eröffnung einer auftauchen wird.«

»Wir können also nur hoffen, dass wir uns täuschen«, sagte Joe, »aber wenn nicht, sind wir jedenfalls nicht überrascht.«

»Rubin«, sagte Ezekiel, »was ist mit Malichais Bein?«

Wieder schlug Malichais Herz hart gegen seine Brust, denn er wusste, dass die Antwort schlecht ausfallen würde. Sein Bein tat die ganze Zeit furchtbar weh. Die *ganze* Zeit. Joe und Amaryllis hatten sich ständig damit beschäftigt, und trotzdem hatten sich in den Knochen immer wieder diese Haarrisse gebildet. Eigentlich war er sogar ziemlich sicher, dass sie immer schneller wiederkamen. Also musste die Antwort schlimm sein, und er fürchtete sich davor.

Er holte tief Luft und versuchte, sich nichts anmerken zu lassen. Dabei kostete es ihn seine ganze Selbstbeherrschung, Amaryllis' Hand nicht in seiner zu quetschen.

Rubin schaute auf und blickte ihm in die Augen. Malichai sah Mitleid darin. Und Verständnis. Doch das wollte er nicht. Dann erklärte Rubin ihm – nicht Ezekiel oder den anderen – alles ganz sachlich.

»Ich fange jetzt an und repariere die Knochen noch mal. Aber ich kann nur die Schäden beheben, die neu aufgetreten sind. Was auch immer das Zenith mit der Knochenstruktur macht, ich kann nichts dagegen tun. Vielleicht hat Lily eine Idee. Wir müssen einfach dafür sorgen, dass die Knochen nicht zerbröseln, bis wir wissen, wie wir den Prozess aufhalten können. Du musst dein Bein schonen, Malichai. Spiel nicht mehr den Helden. Lauf nicht mehr. Und tritt niemanden mehr. Du bleibst im Innendienst, außer Gefecht. Noch so eine Showeinlage wie heute, und du verlierst dein Bein. Dann ist nichts mehr zu machen.«

Die sonore Stimme mit dem gedehnten Südstaatenakzent blieb leise und gelassen, daher wusste Malichai, wie ernst es ihm war. Im Zimmer war es mucksmäuschenstill geworden, und Malichai war das Herz in die Hose gerutscht. Alle anderen hatten wohl noch Hoffnung, aber Rubin nicht. Er kannte Rubin in- und auswendig, und das beruhte auf Gegenseitigkeit. Ihn kaltzustellen, wenn sein Team in Schwierigkeiten war, bedeutete, Unmögliches von ihm zu verlangen.

Malichai schloss die Augen und zwang sich, über Amaryllis nachzudenken, während Rubin ebenfalls etwas Unmögliches versuchte – ihn mit der Kraft seiner Gedanken zu heilen. Amaryllis hatte ihn erwählt. Bei ihrem Aussehen und ihrer Klugheit hätte sie jeden haben können, doch sie hatte sich für ihn entschieden. Deshalb trug sie jetzt seinen Ring. Er legte seinen Daumen darauf und rieb ihn, als könne er so auf wundersame Weise sein Leben und seine Zukunft verändern.

Dann dachte er an das Haus, das er gerade baute. Hatte er Rücksicht darauf genommen, wie seine Frau es haben wollte? Er hatte nur an alle möglichen Sicherheitsvorkehrungen gedacht. Selbst bei den Fenstern. Er war gern im Freien und fühlte sich in Gebäuden schnell beengt, also brauchte er viele davon. Mit kugelsicheren Scheiben. Getönten. Damit man hinaus-, aber nicht hereinschauen konnte.

»Stört es ihn, wenn wir miteinander reden?«, fragte Amaryllis leise.

Malichai schüttelte den Kopf. »Die meisten schauen ihm nur stumm vor Staunen zu.«

»Sie schauen ihm zu?«, wiederholte sie. »Ich seh gar nicht, dass er was macht. Hin und wieder sendet er einen Lichtstrahl aus, dann passiert wieder lange nichts. Wenn Joe jemanden heilt, ist das viel cooler, weil man alles so deutlich sieht.«

Ein kleines Lächeln huschte über Rubins Gesicht. Dabei ertappte man ihn selten. Malichai hatte ihn einmal gefragt, warum er so wenig Licht und Hitze abgab, wenn er arbeitete. Darauf hatte Rubin erwidert, dass er so viel Energie wie möglich spare, falls er noch andere Patienten operieren musste. Das war zwar vernünftig, aber nicht besonders spektakulär. Doch Rubin ging es nicht um Aufmerksamkeit, sondern um Kontrolle. Ein Heiler musste seine Gabe im Griff haben.

»Soll ich den Aushilfen an diesem Tag besser freigeben?«, wisperte Amaryllis. »Allen? Hier bei der Arbeit sind sie doch in Gefahr, oder?«

Gebannt verfolgte Malichai, wie Farben aus Rubins

Handflächen kamen. Es war dunkel im Zimmer, sodass die bunten Lichtblitze gut zu erkennen waren. Da man nicht wissen konnte, wann es dieses Phänomen noch einmal zu sehen geben würde, konnte Malichai die Augen nicht davon abwenden, wie Rubin die Hände langsam über sein Bein wandern ließ. Es fühlte sich wie Laserstrahlen an, die einem chaotischen Muster folgten, als wären sie betrunken.

Ezekiel beruhigte Amaryllis. »Rubin wird die Pension doch nicht wirklich anzünden oder deine Gäste töten. Vielleicht kommen wir noch zu dem Schluss, dass wir ihren Tod vortäuschen müssen, um Callendine und seine Leute aus der Deckung zu locken, aber wir werden das Haus nicht in Brand setzen. Es besteht keine Gefahr für die Aushilfen.«

Amaryllis lachte nervös. »Ich habe nicht richtig nachgedacht. Natürlich wird niemand hier Feuer legen.«

Malichai zog ihre Hand an die Lippen und küsste ihre Fingerknöchel. »Dieses Haus ist im letzten Jahr dein Zuhause gewesen und bedeutet für Marie und Jacy ihren Lebensunterhalt. Es wundert mich nicht, dass du dir Sorgen um die Pension und die Bewohner und Arbeitskräfte machst.«

»Was habt ihr über diesen Berater des Vizepräsidenten?«, mischte Mordichai sich ein.

»Seine rechte Hand ist Liam Hamilton. Er ist für seinen Dienst in der Armee ausgezeichnet worden und hat haufenweise Orden und Medaillen«, berichtete Gino. »Außerdem war er mit Billy Leven befreundet und hat ihm mehr als einmal aus einer Notlage geholfen, nachdem Billys Frau an Krebs gestorben war. Auch deswegen schätzt der Vizepräsident ihn so sehr.«

»Woher weißt du das?«, wollte Mordichai wissen.

»Direkt aus einem Zeitungsartikel mit Informationen, die der Presse vor ein paar Jahren offenbar zugespielt wurden«, meinte Gino. »Anders als du les ich öfter mal was.«

Weiter hinten im Zimmer kicherte jemand, und Malichai schaffte es zu grinsen. Seine Freunde versuchten, ihn abzulenken. Er war ihnen dankbar dafür, aber es beschäftigte ihn, dass sein Bein nicht halten würde, jetzt wo sein Team ihn brauchte. Und Amaryllis auch. Rubin hätte ihn genauso gut auffordern können, gleich im Bett zu bleiben. Innendienst war nichts für ihn – er war Soldat. Ein Mann der Tat. Er würde nicht wissen, was er tun sollte, wenn er nur auf seinem Hintern saß.

»Hat der Vizepräsident Callendine den Auftrag erteilt, auf Terroristenjagd zu gehen?«, fragte Ezekiel. »Lautet so die offizielle Erklärung?«

»Dem Generalmajor ist es gelungen, kurzfristig einen Termin beim Vizepräsidenten zu bekommen. Er glaubt nicht, dass Callendine so etwas explizit befohlen worden ist, aber es gibt einen unterschriebenen Befehl«, sagte Joe. »Der Vizepräsident behauptet, ihm würden von seinen Beratern täglich unzählige Papiere zur Unterschrift vorgelegt, die er dann absegne.«

»Ohne sie genauer anzuschauen?«, fragte Gino halb spöttisch, halb ungläubig.

»Wäre doch möglich«, grübelte Ezekiel. »Wenn man lange genug mit jemandem zusammenarbeitet, vertraut man ihm blind. Und in der Eile unterschreibt man eben schon mal schneller.«

»Aber hier geht es um die Sicherheit des Landes«, blaffte Gino. »Da kann sich der Vizepräsident ja wohl die Zeit nehmen und kurz drüberlesen, damit er weiß, was zum

Teufel er da in Gang setzt, insbesondere wenn es dazu führt, dass einige von unseren Leuten unschuldige Bürger töten.«

»Ich vermute, dass Callendine sich seine Leute selber ausgesucht hat«, sagte Joe. »So wie Violet Smythe alle Schattengängerinnen verachtete, denen Whitney Insekten- oder Schlangen-DNA eingepflanzt hatte, und sie unbedingt ausrotten wollte, gibt es wohl auch Splittergruppen, die jeden, der gegen eine starke Armee ist, als Verräter betrachten.«

Malichai dachte, dass Joe damit auf dem richtigen Weg sein könnte. Billy hatte sich sehr abfällig über die Menschen geäußert, die etwas mit der Friedenskonferenz zu tun hatten. Dabei ging es einfach nur darum, Menschen zusammenzubringen, damit sie sich austauschen konnten, doch er hatte das für Unsinn gehalten. Auf der anderen Seite hatte er für Soldaten sehr viel übrig gehabt. Während Callendine nicht gezögert hatte, den Befehl zu geben, ihn zu töten, hatte Billy einen Augenblick lang bedauert, dass er vielleicht dazu gezwungen sein würde.

»Das ist aber ziemlich weit hergeholt, Joe«, sagte Ezekiel. »Dass deswegen eine Friedenskonferenz gesprengt und Hunderte, vielleicht sogar Tausende von Menschen getötet werden sollen, um was zu erreichen?«

»Die Armee geht da rein, räumt auf, erklärt, das sei ein terroristischer Angriff gewesen, und dass sie mehr Geld braucht. Verdammt, ich weiß nicht, was sie wollen, verdammt«, erwiderte Joe. »Uns allen ist klar, dass die Armee mehr Geld gebrauchen könnte, aber das ist nicht der richtige Weg. So will keiner von uns das Budget aufstocken.«

»Nach der Unterhaltung mit Billy«, sagte Malichai in der Hoffnung, sich so von dem immer grimmiger werdenden Zug um Rubins Mund abzulenken, »dachte ich, dass er Soldaten idealisiert. Er hätte wohl alles getan, um ihnen das Leben zu erleichtern. Wenn sein Freund im Weißen Haus ihm weisgemacht hat, dass man dort versucht, mehr Geld für Soldatenfamilien lockerzumachen und Ausrüstung zu beschaffen, die Soldaten das Leben retten kann, diese alten Hippies – wie er sie nannte – das aber verhindern würden, kann ich mir vorstellen, dass sich Billy bereit erklärt hat, bei der Sache zu helfen. Callendine kann sehr überzeugend sein. Und dieser Liam hatte Billy oft geholfen, wenn er in Not war.«

»Ich kann nicht glauben, dass Callendine irgendjemandem so eine Begründung abkauft«, sagte Ezekiel.

»Du hast recht, Zeke. Mehr Geld für egal wen wird wohl kaum Callendines Motiv sein. Mitgefühl gehört nicht zu seinen Stärken – nicht mal, wenn es um Soldaten geht. Immerhin hätte er mich gefoltert, um mich zum Sprechen zu bringen, wenn es nötig gewesen wäre. Er hätte mich sogar umgebracht. Bei ihm geht es sicher nicht um Geld. Ich denke, er verachtet die Konferenzteilnehmer und will sie alle tot sehen. Er freut sich darauf, sie zu töten, und seine Leute denken genauso. Mills hat nicht eine Sekunde gezögert, mir das Bein kaputtzutreten, obwohl er wusste, dass ich verletzt worden bin, als ich Soldaten gerettet habe. Callendine und höchstwahrscheinlich auch die Leute um ihn haben ihrem Land gedient und zu viele Jahre Schläge für andere eingesteckt, und nun fühlen sie sich nicht richtig gewürdigt oder so was. Ich weiß nicht, was in Dreiteufelsnamen sie wollen, doch ihre Verachtung für alle, die sich nach Frieden sehnen, ist offensichtlich.«

»Wie viele Männer hat er denn?«, fragte Gino. »Hat unser Chef das aus dem Vizepräsidenten herausbekommen?«

»Das wird noch überprüft«, sagte Joe. »Ich schätze, es ist nur eine kleine Truppe. Er braucht nicht allzu viele Leute. Je weniger, desto besser. So kann niemand sich verplappern.«

Die Schattengänger wechselten verärgerte Blicke. Malichai fing an zu glauben, dass der Vizepräsident etwas mehr wusste, als er zugab, denn »das wird noch überprüft« hieß, dass die Unterlagen verschwunden waren und irgendjemand anders am Ende die Schuld auf sich nehmen musste, falls man es nicht schaffte, diese Geschichte geheim zu halten.

»Kann der Generalmajor zum Präsidenten vordringen?«, fragte Ezekiel.

Joe zuckte die Achseln. »Ich vermute, dass die Leute, die die Schattengänger loswerden wollen, ihm wie immer den Weg versperren, selbst wenn sie nicht wissen, was sein Anliegen ist. Und dabei werden ihnen diesmal noch Liam Hamiltons Freunde helfen, wer immer die auch sind. Wenn diese beiden Gruppen ihn vom Präsidenten fernhalten, werden wir aus dieser Richtung nicht viel Unterstützung bekommen. Das Einzige, was wir sonst noch tun können, wenn wir es für nötig halten, ist, die anderen Teams zu Hilfe zu rufen. Sie können sofort kommen, aber dann müssen wir ihnen jetzt Bescheid geben. Bei Bedarf kann vielleicht sogar einer von den Teamchefs den Präsidenten erreichen, wenn es dem Generalmajor nicht gelingt.«

Malichai widerstand dem Drang, sich den Oberschenkel zu reiben. Sein Bein schmerzte ohne Ende, und da Rubin nach wie vor daran arbeitete, wurde ihm immer übler von den brennend heißen Stichen, die sich langsam von unten nach oben in seine Knochen bohrten, doch er hätte alles ertragen, um sein Bein zu retten. Schließlich wusste er, dass Rubin sein Bestes tat. Manchmal verzerrte sich das Gesicht seines Ziehbruders vor Schmerz. Das machte Malichai traurig. Er hasste es, dass Rubin das Gleiche aushalten musste wie die, die er heilte, wenn auch nur für ein paar Sekunden, denn diese Risse im Knochen taten sehr weh, das konnte Malichai bezeugen.

»Wir können es uns nicht leisten, die Sache aus den Händen zu geben«, gab Ezekiel zu bedenken. »Ich meine, wir sollten sie mit denen zusammen angehen, die wir im Moment hier haben. Mit unserem Team, Team Zwei und den SEALs – immerhin haben wir das Glück, dass Ken und Jack die Befehlshaber der Navy-Teams kennen, deshalb helfen sie uns auch. Außerdem müssen wir die Gesichter unserer Leute kennen. Sonst kann sich einer von Callendines Männern daruntermischen.«

Malichai versuchte, sich auf das zu konzentrieren, was sein Bruder und Joe beredeten. Ezekiel hatte ein gutes Argument gebracht. Normalerweise arbeiteten sie immer nur in kleinen Einheiten, mit ihren eigenen Leuten. So waren sie schnell und effizient und mussten sich nicht zurückhalten, wenn sie ihre besonderen Gaben einsetzen wollten. Sie würden ja ohnehin schon öffentliche Aufmerksamkeit erregen, und zudem hatten einige von den SEALs keine Geheimhaltungsverpflichtung und durften deshalb nichts von den Schattengängern erfahren.

Als Malichai sich die Schläfen rieb, legte Amaryllis sofort eine Hand unter sein Kinn und strich mit dem Daumen über seine Lippen. Er sah sie an und war sofort von ihrem Blick gefesselt. Sie hatte ungewöhnliche Augen, schräg wie die einer Katze und so blau, als trüge sie Kontaktlinsen, aber die Farbe war echt. Ein sattes, leuchtendes Ozeanblau. Der dichte Kranz langer schwarzer Wimpern darum herum steigerte noch das Gefühl, in geheimnisvolle, faszinierende Tiefen zu schauen. Malichai zwinkerte und versuchte, über sich selbst zu lachen, weil er solchen Unsinn dachte, doch er schaffte es nicht, den Blick von ihr zu lösen.

»Wir werden sie aufhalten, Malichai. Was sie auch vorhaben, wir halten sie auf«, sagte sie leise. »Auf jeden Fall. Dazu sind wir da.«

Trotz des ständigen Schmerzes in seinem Bein und trotz der zunehmenden Angst, dass er es für immer verlieren würde, hörte das schreckliche Grummeln in seinem Bauch endlich auf. Amaryllis hatte recht. Ihnen blieb nichts anderes übrig. Schließlich waren sie Schattengänger. Soldaten. Sie schützen die, die sich nicht selber schützen konnten. Sie würden alles tun, was nötig war, um Callendine und seine Truppe daran zu hindern, ein Haus voller Unschuldiger in die Luft zu jagen.

Malichai strich Amaryllis eine Strähne ihres seidigen blonden Haars hinters Ohr. Schon wenn er ihr Gesicht sah, ging es ihm besser.

»Ich bin froh, dass du dir diese Pension ausgesucht hast«, sagte Amaryllis. »Wie bist du eigentlich auf uns gekommen?«

Malichai wusste, dass sie versuchte, ihn von Rubin abzulenken, der immer noch mit seinem Bein beschäftigt war. Er brauchte sehr lange und sagte kein Wort, doch auf seiner Stirn standen kleine Schweißperlen, und hin und wieder hatte man den Eindruck, er schwanke vor Erschöpfung. Ezekiel und Mordichai waren schon näher an ihn herangerückt, für den Fall, dass er gestützt werden musste. Doch keiner der beiden rührte ihn an oder störte ihn bei der Arbeit, obwohl sie beide leicht besorgt wirkten.

»Das waren die Frauen und Nonny«, sagte Malichai. »Und die kleine Schlangenbrut. Sie hatten verschiedene Orte ausgesucht, einen in Hawaii und ein paar in Florida, ich weiß es nicht mehr so genau. Ich habe sie über meinen Urlaub entscheiden lassen, weil mir das Ziel herzlich egal war und ihnen das Aussuchen solchen Spaß gemacht hat. Ich hab die Damen selten so viel lachen und herumalbern hören wie bei dieser Gelegenheit.«

»Das stimmt«, pflichtete Gino ihm bei. »Ich war dabei, selbst Zara, meine Frau, hat mitgemacht. Ich höre sie schrecklich gern lachen. Alle Frauen haben am Küchentisch gesessen und alle möglichen Pläne für Malichais Urlaub gewälzt. Ich glaube, auch Hochseefischen war dabei. Sie haben sich ausgemalt, was für verrückte Sachen dir dabei passieren könnten, zum Beispiel, dass ein Fisch dich über Bord zieht oder dass du einer Nixe begegnest, und dann haben sie sich totgelacht.«

»War es nicht Pepper, die schließlich San Diego und diese Pension ausgewählt hat?«, fragte Malichai. »Sie war auch da, mit den kleinen Schlangen. Die sind immer dabei. Thym hat neben Cayenne auf dem Tisch gesessen, die kleine Cannelle, wir nennen sie Elle, auf Nonnys Schoß und Ginger neben ihrer Mutter auf einem Stuhl, wobei sie sich quer über den Tisch gelegt hat. So haben sie, wie üblich, Rat gehalten.«

»Nein, Pepper war das nicht«, entgegnete Gino. »Es war Thym. Sie hat den anderen gesagt, du müsstest hierher fahren. Dabei hat sie die Werbebroschüre der Pension hochgehalten. Sie hat das jedes Mal wiederholt, wenn jemand etwas anderes vorschlug. Einmal hat sie sogar mit Tränen in den Augen darauf bestanden. Am Ende hat Nonny die Broschüre genommen und verkündet, Thym habe gewonnen, also würdest du nach San Diego fahren. Da hat die Kleine gestrahlt wie ein Honigkuchenpferd.«

»Stimmt«, sagte Malichai. »Das hatte ich vergessen. Ich wusste nur noch, dass Nonny das letzte Wort gehabt hatte. Thym redet meist nicht sehr viel. Und Elle auch nicht. Sonst spricht Ginger immer für das Trio. Aber diesmal hat Thym sich durchgesetzt. Diese kleinen Mädchen sind alle sehr begabt.«

»Vielleicht sogar wesentlich begabter, als wir es uns vorstellen können«, meinte Mordichai. »Du hast gesagt, Thym sei sehr hartnäckig gewesen. Ist es möglich, dass sie gewusst hat, dass du hier die richtige Frau treffen würdest?«

»Woher hätte sie das wissen sollen?«, fragte Malichai. Er zog Amaryllis' Hand an sich, die, an der sie seinen Ring trug.

»Ich will verdammt sein, wenn ich das weiß, sag du es mir doch. Wie treffen wir unsere Entscheidungen?«

Darauf hatte Malichai keine Antwort. Er zuckte die Achseln. »Falls die Kleine uns sagen kann, wo wir die richtige Frau finden, solltest du ihr öfter diese kleinen runden Zimtbonbons zustecken, die sie so gern mag, auch wenn ihre Mutter das nicht gern sieht. Vielleicht verrät sie dir dann, wo du hinmusst.«

»Du willst doch nur, dass Pepper mich ausschimpft«, wehrte Mordichai ab.

»Ist das schon jemals passiert? Pepper regt sich nie auf und wird niemals böse.«

Ezekiel räusperte sich. »Wenn sie in den Wehen liegt, kann das schon vorkommen«, räumte er ein. »Vor allem wenn man Wyatt heißt und Schuld daran hat, dass sie schwanger geworden ist.«

476

»Noch dazu mit Zwillingen«, meinte Gino. »Das scheint bei den Schattengängern ja im Trend zu liegen. Ich bin ziemlich sicher, dass meine Frau nicht allzu begeistert wäre, wenn sie Zwillinge bekommen würde.«

Amaryllis drückte Malichais Hand. »Ja, das wäre ich auch nicht.«

»Merk dir das lieber«, frotzelte Mordichai. »Sonst bekommst du noch Schwierigkeiten.«

Diesmal war das Gelächter echt und sorgte dafür, dass die Spannung im Raum und der Druck in Malichais Brust nachließen. »Wie haben Pepper und Wyatt die Zwillinge genannt?«

»Grace, nach Nonny, und Fleur, nach Wyatts Mutter.«

»Das sind so schöne Namen«, meinte Amaryllis. »Die gefallen mir. Ich habe weder Mutter noch Vater.« Sie schaute Malichai an.

Er schüttelte den Kopf. »Ich glaube, viele kleine Mädchen werden nach Nonny benannt werden.«

Ezekiel nickte zustimmend. »Das glaube ich auch. Bald werden eine Menge Enkelkinder bei ihr herumrennen, die Grace heißen.«

Sie lachten, doch Malichai hielt das durchaus für möglich. Er jedenfalls würde seiner Tochter gern den Namen der Frau geben, die er so sehr bewunderte. »Wie kommt Pepper eigentlich mit den vielen kleinen Mädchen zurecht?«

»Du solltest besser fragen: ›Wie kommt Wyatt damit zurecht?‹«, korrigierte Ezekiel sie grinsend. »Das Schlangen-Trio denkt, die Babys gehörten ihm, und besteht darauf, sich um sie zu kümmern. Wyatt macht sich Sorgen, dass sie aus Versehen gebissen werden. Pepper ist erschöpft, weil sie so viel stillen muss. Und Nonny ist, wie immer, der ruhende Pol im Zentrum des Sturms. Wyatt hat andauernd mindestens zwei kleine Mädchen bei sich, obwohl ich glaube, dass Diego jetzt auch manchmal auf die Babys aufpassen muss, ob es ihm gefällt oder nicht.«

Malichai hätte sich fast an dem Wasser verschluckt, das er gerade trank. Diego? Mit Babys im Arm? Das würde er gern sehen. Verstohlen schaute er zu Rubin hinüber, doch falls der etwas von der Unterhaltung um ihn herum mitbekam, ließ er es sich nicht anmerken. Die Anstrengung und die Schmerzen waren ihm inzwischen deutlich anzusehen. Das rückte für Malichai augenblicklich alles wieder ins rechte Licht. Über die Familie zu Hause zu reden, hatte geholfen, die Angst um sein Bein zu verdrängen, doch ein Blick auf Rubin verriet ihm, dass es kein leichter Kampf war, es zu retten.

Rubin hatte stundenlang konzentriert gearbeitet und nur Pause gemacht, um etwas Wasser zu trinken, ehe er sich wieder seiner Aufgabe widmete. In diesen Pausen hatte er nicht gesprochen und niemanden angesehen, auch nicht seinen Patienten. Das war ungewöhnlich für ihn und verhieß nach Malichais Ansicht nichts Gutes.

Amaryllis musste wieder an die Arbeit gehen, um das Abendessen für die Gäste zuzubereiten und ihnen zu versichern, dass alles in Ordnung kommen und die Haustür bald wieder benutzbar sein würde. Bei dem Kampf sei es um militärische Angelegenheiten und eine Familie gegangen, die bald abreisen würde, sodass mit weiteren Störungen nicht zu rechnen sei.

Da Trap und Cayenne im Keller wohnten und fast alle Gäste das mitbekommen hatten, weil die Krankenschwestern sich dort die Klinke in die Hand gaben, hatten sie sich eine Erklärung zurechtgelegt, die sie für gut hielten.

Demnach gehörte Trap zu einem Team, das von Terroristen verfolgt wurde. Doch die Attentäter waren aufgehalten worden, ehe sie zu ihm und seiner Familie vordringen konnten. Nun würde er mit seiner Familie umziehen, sodass keine Gefahr mehr bestehe.

Daraufhin äußerten die meisten Gäste ihr Mitgefühl und wollten den heldenhaften Soldaten sehen, um ihm die Hand zu schütteln. Doch das war unmöglich, weil seine Identität und die seiner Familie geheim bleiben mussten. Die, die Billy näher gekannt hatten, waren sehr aufgebracht, Tania und Tommy waren besonders bestürzt und ließen ihre Wut an Amaryllis aus. Tania schrie und weinte, bis nur noch Tommy sie trösten konnte, sie in den Arm nahm und an seiner Schulter schluchzen ließ, während Amaryllis hilflos danebenstand. Sie hatte Malichai erzählt, dass sie sich furchtbar fühle, als ob das alles irgendwie ihre Schuld sei. Eigentlich rechnete sie damit, dass die beiden aus der Pension ausziehen würden, doch das taten sie nicht, sie zogen sich nur in ihre Zimmer zurück und weigerten sich, wieder herauszukommen. Die anderen Gäste legten Blumen und Beileidsbekundungen vor ihren Türen ab, und Amaryllis wusste nicht recht, ob sie die Sachen liegen lassen oder besser wegräumen sollte, damit niemand darüber stürzte und sich verletzte.

Malichai wünschte, er könnte aufstehen und ihr helfen. Sie wirkte jetzt schon müde und angespannt, weil sie den ganzen Laden allein schmeißen musste, ohne Marie. Entscheidungen für ihre Freundin zu treffen, war nicht leicht. Sie fragte sie oft per Mail um Rat, und dass Callendine und seine Truppe es auf die Pension abgesehen hatten, belastete sie zusätzlich. Sie hatte Angst um ihre Gäste – und um ihn.

Trap, Cayenne und die Kleinen sind sicher angekommen, meldete Draden. *Shylah und ich sind in einer knappen Stunde zurück.*

Erleichtert atmete Malichai aus. Ihm war gar nicht bewusst gewesen, wie sehr er sich um die Babys sorgte. Nun befanden sie sich in einem sicheren Haus, umgeben von einer Armee aus Wachen und den besten Ärzten unter den Schattengängern. Paul Mangan, ein junger Mann aus Team Drei, war von San Francisco nach San Diego geflogen worden, um Trap zu unterstützen. Er war der Einzige außer Rubin, der auch mit Geisteskraft operieren konnte. Zwei Mitglieder seines Teams hatten ihn begleitet, Javier Endermann und Gideon Carpenter. Die zwei wirkten recht friedlich, doch Malichai wusste, dass sie vor allem zu Pauls Schutz da waren und beide extrem gefährlich werden konnten. Er freute sich, dass sie mit auf Trap und seine Familie aufpassten.

Ich wünsche euch eine erfolgreiche Jagd, fügte Trap hinzu.

Pass auf deine Familie auf. Unwillkürlich legte Malichai eine Hand auf seine Hüfte und fragte sich, ob er bei ihrem nächsten Wiedersehen sein Bein noch haben würde oder nicht.

Plötzlich trat Rubin einen Schritt zurück und schwankte. Ezekiel stützte ihn, führte ihn zu einem Stuhl, und Mordichai reichte ihm eine offene Flasche mit kaltem Wasser. Dann wurde es unheimlich still im Zimmer. Rubin schien nicht zu bemerken, dass alle auf seine Einschätzung warteten, als hätte er sie ihnen nicht längst mitgeteilt. Malichai wollte sie nicht unbedingt noch einmal hören, jedenfalls nicht solange seine Brüder noch im Raum waren und Ezekiel so nah bei ihm stand.

Er wollte nicht zusammenbrechen. Er wusste, was Rubin sagen würde, denn er hatte sein Gesicht beobachtet. Seine Knochen waren so löchrig wie Schweizer Käse. Und der Schaden verschlimmerte sich zusehends. Also würde Ezekiel ihn, wie Rubin geraten hatte, zum Innendienst verdammen, aber wenn er sein Bein ohnehin verlieren würde, was machte das dann noch für einen Unterschied? Lieber nahm er an dem Einsatz teil, als im Bett zu liegen und sich selbst zu bedauern.

Rubin trank die halbe Wasserflasche aus und presste das kalte Glas an seine Stirn. Dann streckte er die Beine aus, lehnte sich zurück und schloss die Augen. »Du hast eine verdammt hohe Schmerzschwelle, Malichai«, sagte er voller Respekt.

Das war das Letzte, was Malichai erwartet hatte, und es erstaunte ihn. »Es tut schon ziemlich weh«, gab er zu. »Ich hätte dich wohl warnen sollen.«

Ein leichtes Lächeln kräuselte Rubins Lippen und ließ ihn wieder so jung aussehen wie sonst, nur dass sein Gesicht noch etwas grau war. »Ich schätze, das hätte mir auch nicht viel genutzt. Die Knochen zerfallen immer schneller. Wenn das neue Zenith der Grund dafür ist, müssen wir alle aufhören, es zu benutzen, bis Lily herausfindet, warum das passiert und wie.«

»Könnte es nicht sein, dass ich ungewöhnlich darauf reagiere? Dass ich, wie Trap und Wyatt vermuten, dagegen allergisch bin?«, fragte Malichai. Er wusste nicht genau, warum er so gern eine einfache Erklärung gehabt hätte. Eine, die er verstehen konnte.

»Das wäre möglich. Aber auf dem Gebiet bin ich kein Experte. Ich repariere bloß Brüche und andere Schäden. Ansonsten bist du stark und gesund, aber die früher extrem dicken Knochen in deinem Bein sind voller winziger

Löcher. So ein aggressives Fortschreiten habe ich noch nie gesehen. Ich habe versucht, Bilder von dem, was ich gesehen habe, über Joe an Trap, Wyatt und Lily zu schicken. Ich weiß nicht, wie gut solche Sachen telepathisch funktionieren, aber wenn diese Zerstörung vom Zenith kommt, sollte es ernsthaft niemand mehr benutzen.«

»Wie sollen wir denn beweisen, ob das stimmt?«, fragte Malichai.

»Wenn ich das wüsste, verdammt. Das müssen Trap, Wyatt und Lily machen. Ich kümmere mich nur um dein Bein.« Rubin seufzte, rieb sich die Schläfen und schaute mit gerunzelter Stirn zu Boden, nicht zu Malichai, wie er es normalerweise getan hätte.

Leise trat Ezekiel noch dichter an seinen Bruder heran. »Was ist mit seinem Bein?«, fragte er grimmig.

Da schaute Rubin auf und schüttelte den Kopf. »Ehrlich gesagt, ich weiß es einfach nicht. Wir haben es mit etwas zu tun, das keinem von uns je untergekommen ist. Amaryllis hatte sich schon zweimal mit dem Bein beschäftigt, ehe ich dazugekommen bin, und schon da war der Zerfall schlimm.«

»Und dann musste er noch gegen einen Supersoldaten antreten«, bemerkte Ezekiel. »Er hat ja schließlich nicht im Bett gelegen und Däumchen gedreht.«

»Zeke«, sagte Malichai leise. »Niemand hat Schuld an diesem Schlamassel. Rubin hat gerade stundenlang versucht, mein Bein zu retten. Wenn ich am Ende dieser ganzen Geschichte noch eins habe, ist es ihm zu verdanken.«

»Das weiß ich. Wirklich. Es tut mir leid, Rubin«, entschuldigte Ezekiel sich umgehend. »Es ist bloß schwer zu verstehen. Wir benutzen Zenith doch schon lange, und keiner hat Schwierigkeiten damit gehabt. Auch Malichai hat es ohne Probleme schon einmal an dem Bein eingesetzt.«

»Das können wir nicht genau sagen«, widersprach Rubin. »Vielleicht hat der Zerfall des Beins schon damals begonnen, nur dass er langsamer fortschritt. So wie das Gift mancher Insekten auch gefährlicher wird, wenn es bereits im System ist. Beim ersten Mal merkt man noch nichts. Aber beim zweiten Mal wird man krank. Und beim dritten Mal stirbt man.« Er setzte die Wasserflasche wieder an und trank noch mehr.

Malichai freute sich, dass die Falten, die die Anspannung in Rubins Gesicht gegraben hatte, langsam verschwanden. »Lass uns endlich darüber reden, für wie wahrscheinlich du es hältst, dass ich mein Bein behalte. Und sei ehrlich. Ich will die Wahrheit hören.«

Rubin nickte. »Ich weiß nicht, was wir noch machen könnten. Du solltest es jedenfalls nicht belasten. Wir müssen dich ständig im Auge behalten. Und Joe und Amaryllis müssen aufpassen und nachsehen, ob die Haarrisse auch wieder auftauchen, wenn du das Bein schonst. Wenn du irgendwo hinwillst, musst du an Krücken gehen, ohne das Bein zu belasten. Ich stehe zu dem, was ich gesagt habe. Du solltest dich bei dem ganzen Einsatz raushalten, aber ich weiß, dass das nichts für dich ist, also bleibt nur der Kontrollraum, mit hochgelegtem Bein.«

»Und dann? Wenn ich es geschont habe. Und es nicht benutze. Was habe ich davon, Rubin?«, fragte Malichai, ehe Ezekiel oder Joe ihm noch sagen konnten, dass er nicht mal den Kontrollraum zu Gesicht bekommen würde. Oder in dem Fall wahrscheinlich den Überwachungswagen.

»Ich weiß es nicht«, erwiderte Rubin müde und sehr entmutigt.

Seine leise, beruhigende Stimme hatte noch nie so matt geklungen. Malichai vermied es, Ezekiel anzuschauen, denn sein Bruder kannte Rubin ebenso gut wie er. Wenn Rubin keine Ahnung hatte, wie man sein Bein retten konnte, wusste es niemand.

»Wir müssen uns darauf verlassen, dass unsere drei Genies herausfinden, was zum Teufel hier vorgeht und was wir dagegen tun können, und können nur hoffen, dass ihnen das gelingt, ehe der Schaden aus irgendeinem Grund schneller angerichtet ist, als wir ihn wieder beheben können.« Plötzlich schaute Rubin ihm in die Augen. »Kannst du die Schmerzen aushalten, Malichai? Wenn dein Bein so zerfressen wird, kannst du das ertragen?«

Malichai spürte die Blicke seiner Kameraden auf sich. Und die seiner Brüder. Ihr Mitleid. Ihre Wut. Ihre Hilflosigkeit. Er empfand genau dasselbe. Seine Hand rieb schon wieder über die Knoten, die sich in seinem Oberschenkel bildeten, weil er immer wieder versuchte, den ständigen Schmerz im Bein wegzumassieren. Und dieser Schmerz würde langsam, aber sicher zunehmen, bis er so groß war, dass er kaum noch einen klaren Gedanken fassen konnte.

Dann dachte er an die Alternative. An den beinamputierten Soldaten auf der Straße mit den traurigen Augen und dem leeren Gesicht, der um Nahrung bettelte, nur um ein bisschen zu essen. Es war kalt gewesen, und Malichai hatte so sehr gefroren, dass Ezekiel eine Jacke für ihn gestohlen hatte. Der Soldat hatte auch eine Jacke gehabt, aber keine Decke. Sie hatten welche gehabt in dem Unterschlupf, den sie für sich beanspruchten. Und Essen auch. Also war Malichai dort hingegangen, hatte seine Essensration in seine Decke gewickelt, war zu dem Soldaten zurückgekehrt und hatte sie ihm gereicht.

Zuerst hatte der Mann sich geweigert, sie anzunehmen, und langsam den Kopf geschüttelt, weil er einem Straßenkind, das nicht viel mehr hatte als er, nichts wegnehmen wollte. Doch Malichai hatte darauf bestanden. Als er in der Nacht nach Hause gekommen war, hatte er Ezekiel nicht erzählt, was er getan hatte, und nichts von Zekes Essen abhaben wollen. Als er vor Kälte gebibbert hatte, hatte Zeke ihm zornig befohlen, mit unter seine Decke zu kriechen, und er hatte es getan, denn wenn Zeke wütend wurde, gehorchte man besser.

»Ja, das halte ich aus«, sagte Malichai. Er war auf der Straße aufgewachsen. Er war zäh.

18

MALICHAI DACHTE, ER hätte bereits alles gesehen. Er war auf der ganzen Welt gewesen und hatte Feiern in vielen Ländern erlebt, manche mit seltsamen Ritualen und unglaublich extravaganten, tollen Kostümen. Und auch im Fernsehen hatte er die eigenartigen, aber sehr schönen Treffen bei der Comic-Con und den *Doctor-Who*-Konferenzen verfolgt, bei denen unzählige Menschen sich mit verschiedenen Kostümen passend zur Geschichte der beliebtesten Helden und Heldinnen der Popkultur verkleideten.

Doch er hatte noch nie gesehen, dass so viele unterschiedliche Menschen aus aller Herren Länder zusammenkamen, die alles Mögliche anhatten, von Anzügen bis hin zu Sarongs. Es gab Frauen, die von Kopf bis Fuß verschleiert waren, Männer mit Turbanen und solche, die nichts anderes als Boardshorts und Sandalen trugen. Und alle lächelten und nickten, manche versuchten, sich mit Zeichen verständlich zu machen, andere unterhielten sich in holprigem Englisch oder anderen Sprachen, aber alle bemühten sich, einander zu verstehen.

Er bemerkte, dass viele ein Handy in der Hand hielten und Apps benutzten, um das, was sie sagen wollten, übersetzen zu lassen. Doch obwohl er die Monitore vor sich fest im Auge behielt, entdeckte er keine Person, die wegen ihrer Kleidung aus der Menge herausragte. So bunt war die Mischung aus Menschen, die auch durch traditionelle Trachten und religiöse Gewänder zum Ausdruck brachten, dass sie die Ziele dieser Konferenz unterstützten. Ideen auszutauschen. Menschen einfach nur zusammenzubringen, um darüber zu reden, wie man einander und die jeweiligen Kulturen besser verstehen könnte.

Malichais Aufgabe war es, in dem Trubel Callendines Männer zu identifizieren. Das SEAL-Team hatte an strategischen Punkten Fahrzeuge mit Störsendern geparkt, falls welche benötigt wurden, um die Fernzündung einer Bombe zu verhindern. Wenn Callendine diese rund um das Gebäude platzierten Fahrzeuge bemerkte, würde er natürlich gleich wissen, wozu sie da waren, doch es ging nicht anders. Sie konnten nur hoffen, dass die Bomben allesamt aus der Ferne gezündet werden sollten, denn sonst musste jede einzeln entschärft werden. Und sie mussten alle finden. Sämtliche Teammitglieder suchten in der Nähe der Stützbalken danach, besonders bei den tragenden.

Malichai hoffte, dass sie sich irrten, aber er hatte ein schlechtes Gefühl, dieses Nagen im Bauch, das ihm immer verriet, wenn Gefahr drohte. Auch wenn es ihm nicht gefiel, hatte dieses Bauchgefühl ihn und seine Kameraden doch schon mehr als einmal gerettet. Immer wieder schaute er angespannt von einem Bildschirm zum andern, nicht nur weil er Callendines Männer suchte – deren Fotografien an das Whiteboard geheftet waren, das über der Reihe von Bildschirmen hing –, sondern auch weil er einen kurzen Blick auf Amaryllis werfen wollte, nur um sich zu vergewissern, dass es ihr gut ging. In den letzten Minuten hatte er nichts von ihr gesehen, und das machte ihn nervös. Er hasste es, dass er kaltgestellt war. Es war egal, wie oft Ezekiel ihm erzählte, wie wichtig sein Job sei, das wusste er selbst; er wollte einfach da sein, wo es zur Sache ging – und auf Amaryllis aufpassen.

»Fällt dir irgendwas auf?«, fragte Avery, einer von den Technikern, der genau wie er zur Beobachtung abgestellt worden war.

»Bis jetzt nicht«, erwiderte Malichai. »Es ist, als suchte man eine Nadel im Heuhaufen. Wie schaffst du das bloß die ganze Zeit?«

Avery galt als einer der besten Analytiker. Die anderen Teammitglieder sprachen voller Bewunderung und Respekt von ihm, und auch Malichai wusste, wie wertvoll so jemand war, der alle Informationen, die er an die Männer an der Front weitergab, zuvor mehrmals akribisch überprüfte. Er gab niemals auf, bis er sie wieder heil nach Hause gebracht hatte. So einer war Avery. Er saß geduldig in einem Lieferwagen, wie lange es auch dauerte, und blickte auf Monitore, bis seine Augen blutunterlaufen waren, so lange, bis er den Feind gefunden hatte und die beste Möglichkeit, ihn aufzuhalten.

»Das könnte ich dich auch fragen. Bei den vielen Einsätzen. Du weißt, worauf du dich einlässt und stürzt dich trotzdem immer wieder ins Feuer. Ich bin hier zu Hause. Das ist meine Welt. So kann ich dafür sorgen, dass ihr alle wieder heimkommt. Auf diese Weise mache ich die Welt sicherer für die draußen.« Er deutete auf die unzähligen Menschen, die durch die vielen Türen ins Gebäude strömten.

Avery löste den Blick nicht ein einziges Mal von den Bildschirmen, was Malichai daran erinnerte, sie auch im Auge zu behalten. Er hatte die Gesichter von Callendines Crew so lange betrachtet, dass sie ihm ins Hirn eingebrannt waren. Er brauchte nicht nach oben zu blicken, um sich zu vergewissern. Er hatte die Männer genau vor

Augen, die Callendine ausgesucht hatte, um einen Anschlag auszuführen, den der Vizepräsident abgesegnet hatte, ob willentlich oder nicht.

»Der Mann, der gerade aus der zweiten Tür kommt«, sagte Avery plötzlich.

Malichais Blick sprang zur bezeichneten Tür. »Ja. Verflucht noch mal! Das ist einer von ihnen. Wir haben recht. Wir haben es geahnt. Herrgott, sie wollen den Laden wirklich hochjagen.«

Der Mann war Sergeant Kolt Michigan, ein sehr aggressiver Kerl. Er diente genau wie Mills und Major Roseland Salsberry schon mehrere Jahre unter Callendine. Der Oberstleutnant und Liam Hamilton beeinflussten ihre Leute also schon länger. Jemandem, der Beziehungen zum Weißen Haus hatte, vor allem wenn auch der Vizepräsident irgendwie involviert war, würde es nicht schwerfallen, die Männer über Jahre in die Richtung zu lenken, die Callendine für richtig hielt. So hatte er die aussieben können, die Ärger gemacht hätten, und sie einfach einem anderen Kommando unterstellt.

Kolt Michigan kommt aus dem Gebäude. Zweite Tür. Bellisia, du bist am nächsten dran. Kannst du ihn ausschalten, ohne dass jemand etwas bemerkt? Falls Callendine ihn im Visier hat, soll er nicht gewarnt werden, sagte Malichai. *Warte, bis der Fund der Bombe bestätigt ist, ehe du ihn dir vornimmst. Sie sollte an einem der größeren Stützbalken in der Nähe der zweiten Tür sein. Sobald ihr die Sprengladung gefunden habt, gebt ihr Bellisia Bescheid, damit sie die Zielperson tötet.*

Bin schon unterwegs, sagte Ezekiel.

Es gab eine kleine gespannte Pause.

Du kannst loslegen, Bellisia, meldete Ezekiel. *Ich hab die Bombe.*

Verstanden, bestätigte sie.

Bellisia war sehr zierlich. Sie hatte blaue Augen und blonde Haare und war im Wasser zu Hause. Doch im Moment war sie Kolt auf den Fersen. Da sie so klein war, ging sie im Meer der Besucher unter, und Malichai erhaschte nur hin und wieder einen Blick auf sie. Dann fielen ihm auch die kleinen bläulichen Ringe auf ihrer Haut auf. Ein Großteil dieser verräterischen Anzeichen ihrer Gefährlichkeit war jedoch unter ihrer Kleidung versteckt. Sie ging im Gleichschritt schräg hinter Kolt, und als seine Hand zufällig ihr Gesicht streifte, brachte sie ihren tödlichen Biss an, war aber bereits in der Menge verschwunden, ehe er sich erstaunt umdrehte.

Mit gerunzelter Stirn betrachtete Kolt seine Hand, sah aber nichts Besonderes. Er trug Handschuhe und hatte nur einen kurzen Schmerz am Handgelenk gespürt, als ob ein Insekt ihn gestochen hätte. Wenn er nicht so angespannt gewesen wäre, hätte er es wahrscheinlich gar nicht bemerkt. Er rieb über die Stelle und ging weiter. Er hatte noch recht viel Zeit, um zu verschwinden, entfernte sich aber dennoch zügig vom Tagungszentrum. Er wollte nicht mehr in der Nähe sein, wenn das Ding in die Luft flog. Es waren zu viele Familien da, zu viele Kinder. Das störte ihn mehr, als er angenommen hatte. Trotzdem, sie mussten geopfert werden. Sie mussten weg. Er lief weiter.

Plötzlich brach ihm der Schweiß aus. Aus irgendeinem seltsamen Grund begann eine kleine Ader an seinem Handgelenk zu pochen, und sein Unterarm wurde taub, als er zu seinem Wagen eilte. Das Parkhaus, in dem er sein Auto gelassen hatte, war ein Stück weit weg, und er musste sich durch all die Menschen auf dem Bürgersteig drängeln, die ihrem sicheren Tod entgegengingen. Schon der

Gedanke daran ließ bei ihm die Galle hochkommen. Jeder Schritt machte mehr Mühe. Er rieb sich den Arm, der – komisch – inzwischen ganz taub geworden war.

Es fiel ihm immer schwerer zu atmen, doch er schaffte es noch die Rampe hinauf in den zweiten Stock des Parkhauses, in dem sein Wagen stand. Sie waren in einem sicheren Haus verabredet, das Callendine zu diesem Zweck ausgesucht hatte. Schnell riss Kolt die Autotür auf und stieg ein. Stechender Schweiß tropfte ihm von der Stirn in die Augen. Sein Herz hämmerte. Vielleicht hatte er einen Herzinfarkt. Er zog sein Handy aus der Tasche, aber seine Finger schienen ihm nicht zu gehorchen, also ließ er es fallen.

Dann stellte er fest, dass er zur Seite rutschte und sich nicht mehr bewegen konnte. Er starrte an die Wagendecke und fragte sich, was zum Teufel passiert war. Inzwischen schien sein ganzer Körper taub zu sein. Er hatte Schwierigkeiten zu atmen und rang um jedes bisschen Luft. Als er sich übergeben musste, konnte er nicht einmal den Kopf zur Seite drehen, er konnte sich nicht mehr rühren. Nur noch nach oben schauen und erkennen, dass er dabei war zu sterben. Er musste nur noch abwarten, bis alle Organe nacheinander versagten.

»Du musst deiner Einheit Bescheid sagen«, drängte Avery. »Sonst geht der uns durch die Lappen.«

»Es hat sich schon jemand um ihn gekümmert«, versicherte Malichai ihm. »Und Ezekiel hat die Bombe gefunden.«

Zum ersten Mal ließ Avery die Monitore aus den Augen und richtete den Blick auf ihn. Er sah ihn lange an, ehe er sich wieder den Bildschirmen zuwandte.

Eine Fernzündung ist nur im Notfall vorgesehen. Ich schau

mir die Bombe jetzt an, sagte Ezekiel. *Können wir die Leute hier rausschicken?*

Damit würden wir riskieren, dass Callendine die anderen Bomben zündet. Es muss noch mehr geben. Kannst du deine ausknipsen, Zeke?, fragte Malichai mit flauem Magen.

Sie waren alle bestens ausgebildet im Umgang mit Sprengstoff, doch das hatte nichts zu bedeuten, wenn man den Bombentyp nicht kannte. Es standen zu viele Menschenleben auf dem Spiel. Sie müssten in Kauf nehmen, dass Callendine die anderen Bomben zündete. Vielleicht konnten die Störsender das allerdings verhindern.

Die schaff ich. Sie benutzen offenbar die übliche Technologie, nichts Besonderes. Sie haben nicht damit gerechnet, dass wir ihnen auf die Spur kommen.

Malichai konnte Bellisia in der Menge nicht mehr ausmachen, denn sie war nach drinnen gegangen, wo sie vielleicht die Chance hatte, einen von Callendines Männern aufzuspüren. Er bezweifelte, dass diese Leute wussten, wie sie aussah oder was sie erwartete, außerdem war sie bei dem, was sie tat, zu schnell und zu gut, um erwischt zu werden. Bislang schien es nicht so, als hätte Callendine jemals vom Schattengänger-Programm gehört, geschweige denn von denen, die dazugehörten.

»Da ist der Verdächtige Nummer zwei«, meldete Avery. »Er ist in Eile, kommt aus Tür Nummer vier.«

Malichai starrte auf seinen Bildschirm, um das zu überprüfen. Sie konnten sich keine Fehler erlauben. »Ich seh ihn auch.«

Shylah, du bist dran, kannst du dich um James Rodenburg kümmern? Groß, Jeans, T-Shirt, ungefähr 35, links von dir, kommt gerade aus der vierten Tür. Eine Frau und ein Kind sind ihm im Weg. Du musst ihn ein Stück weit entfernt von den Besu-

chern töten, damit keine Spur zu uns zurückführt. Draden, der Kerl kommt gerade aus der vierten Tür, also sollte die Bombe dort irgendwo sein. Finde sie schnell und gib uns dein Okay.

Malichai kannte Dradens Frau nicht so gut wie die anderen, aber er wusste, dass sie auf sehr ungewöhnliche Art tötete – mit einem Blasrohr.

Hab ihn im Blick, konstatierte Shylah selbstsicher.

Und ich hab die Bombe, erwiderte Draden. *Lass ihn nicht entkommen.*

Auch Shylah trug Jeans und T-Shirt. Das störrische Haar hatte sie zu einem Pferdeschwanz hochgebunden und auf Make-up verzichtet. Sommersprossen sprenkelten ihre Nase und ließen sie sehr jung aussehen. Sie lächelte mehrere Leute an, und ihr Lächeln war so ansteckend, dass es ihnen unmöglich war, es nicht zu erwidern. Sie versuchte gar nicht erst, sich zu verstecken. Sie war zu groß und zu auffallend. Das wusste sie, deshalb trat sie so offen auf und blieb ein paar Meter hinter Rodenburg.

Der ging die Straße entlang zum selben Parkhaus, das Kolt benutzt hatte. Shylah blieb stehen und blickte quer über die Straße auf eine kleine Grünfläche gegenüber. Dann hustete sie in ihre Faust und drehte sich dabei nach ihrem Ziel um.

Rodenburg schlug sich an den Hals und schaute sich um. Als er die Hand zurückzog, war Blut daran. Es lief ihm am Hals herab in sein T-Shirt. Er ging noch ein paar Schritte weiter und fragte sich, was da gerade geschehen war. Er hatte nur einen Stich gespürt. Mehr nicht. Dann fand er sich auf dem Boden des Parkhauses wieder, und mehrere Menschen, die um ihn herum standen, machten ängstliche Gesichter. Eine junge Frau beugte sich über ihn, berührte ihn am Hals und schüttelte den Kopf.

»Ich habe keine Ahnung, was mit ihm nicht stimmt, aber irgendjemand sollte einen Krankenwagen rufen.«

Rodenburg hätte ihr gern gesagt, dass das sinnlos war. Er ging davon aus, dass die alle zur Pension gerufen worden waren, wo Gäste und Cops gerade im Feuer umkamen oder zuvor schon getötet worden waren. Doch die Welt um ihn herum verschwand einfach ganz langsam.

Erledigt, er stirbt. In ein paar Minuten bin ich wieder da, sobald ich mich unbemerkt unter die Leute mischen kann.

Ich bin bei der Bombe, die er versteckt hat. Scheint leicht zu entschärfen zu sein. Sie haben sich selbst viel Zeit gelassen, um hier wegzukommen. Da wollte wohl niemand das eigene Leben für dieses Unternehmen opfern, sagte Draden.

Mach dich an die Arbeit, riet Malichai. Sein Magen gab keine Ruhe. Das waren erst zwei von den sechs Männern, die, wie Joe endlich herausgefunden hatte, mit Salsberry, Mills und Callendine verschwunden waren, und alle stammten aus Callendines Einheit. Zwei. Avery musste wieder zeigen, was er konnte.

»Auf der anderen Seite. Kommt auch aus der Tür. Carter Jorganson«, verkündete er in wie gewohnt ruhigem Ton. Obwohl er in einem Wagen saß, fand er zielsicher mitten in einem riesigen Durcheinander die richtigen Köpfe.

Das, was er als Nächstes tun musste, fiel Malichai sehr schwer. *Amaryllis. Carter Jorganson, links außen. Kommt gerade raus. Ganz in Schwarz. Jeans, Stiefel, T-Shirt und auffällige schwarze Jacke. Selbst das Haar ist schwarz. Kannst du ihn unbemerkt aus dem Spiel nehmen? Callendine soll nichts davon mitbekommen.*

Alles klar. Ihre Stimme klang kühl und sehr selbstbewusst.

Als Owen und seine Klone aufgetaucht waren, war sie

fast in Panik geraten, doch in allen anderen Situationen hatte sie recht kaltblütig reagiert. Sie hatte es nicht geschafft, Owen zu erschießen, doch bei Jorganson hatte sie offenbar kein Problem, ihn auszuschalten. Er fragte sich, was Whitney unternommen hatte, um Owen vor ihr zu schützen, und er hoffte, dass nur Owen vor ihr gefeit gewesen war.

Ich habe die Bombe gefunden, sagte Gino.

Du kannst loslegen, Amaryllis. Gino hat die Bombe.

»Such weiter, Avery. Uns fehlen noch drei von den Scheißkerlen«, sagte Malichai laut.

Er wusste, dass diese Aufforderung unnötig war, doch mehr konnte er nicht tun, wenn er mit seinem Hintern im Sessel saß, während seine Frau sich da draußen mit gut ausgebildeten Soldaten anlegte. Sie durfte vom Feind nicht entdeckt und identifiziert werden. Nachdem Joe und Ezekiel sich lange mit ihr unterhalten hatten, hatten sie ihm beide versichert, dass Amaryllis auf sich selber aufpassen könne, trotzdem hatte er den Drang, sie zu beschützen. Er wollte draußen im Feld sein, den anderen helfen und dafür sorgen, dass all diese unschuldigen Menschen überlebten.

Sobald sie Callendines Crew ausgeschaltet hatten, würden sie das Gebäude evakuieren, doch im Moment konnten sie nur versuchen, eine Bombe nach der anderen zu entschärfen, und hoffen, dass ihnen genug Zeit blieb, bis Callendine merkte, dass sein Plan in Gefahr war.

Jorganson musste sich beherrschen, um sich nicht durch die Herde von Schafen zu drängen. Denn das waren diese Leute, nichts als blökende Schafe, die nur eins im Kopf hatten: den Frieden. Es gab keinen Frieden. Es würde nie welchen geben. Und genau diese Menschen würden sich in die Hose machen, wenn sie jemals wirklich in eine Situation gerieten, in der sie sich selbst oder andere verteidigen mussten. Denn das würden sie nicht schaffen. Sie würden weinen wie Babys und erwarten, dass jemand anders das übernahm, und danach würden sie ihre Retter verdammen. Diese Schafe kamen jetzt in die Hölle, und sie hatten es verdient.

Es gelang ihm, sich davon abzuhalten, eine ältere Frau zu schubsen, die von Kopf bis Fuß in einen farbenfrohen Sari gehüllt war; sie schritt sehr graziös dahin, aber so verdammt langsam, dass er sie am liebsten angeschrien hätte. Es war zwar nicht so, dass die Bomben unmittelbar hochgehen würden, aber Callendine wollte, dass sie alle weit weg vom Tagungszentrum waren, wenn es so weit war, damit sie nicht damit in Verbindung gebracht wurden. Wenn möglich schon in der Luft, in einem Flugzeug. Deshalb musste er jetzt zu seinem Auto. Er hatte einen Sportwagen gemietet und ihn im untersten Stockwerk des Parkhauses weiter oben an der Straße abgestellt. Das Auto gefiel ihm, und er freute sich schon darauf, es ein letztes Mal zu fahren. Darauf konzentrierte er sich, als er einer weiteren Menschengruppe auswich.

Trotzdem wurde er abgedrängt und gegen eine junge Frau gestoßen, ein hübsches kleines Ding mit rotem Haar und unglaublich dunklen Augen. Sie hielt ihn an den Handgelenken fest, um ihn vorm Fallen zu bewahren, als er stolperte. Ganz kurz hatte er das Gefühl, durch den Handschuh an seiner linken Hand gepikst worden zu sein, doch die Fingernägel der Frau waren nicht besonders lang und insgesamt wirkte sie eher zierlich.

»Entschuldigen Sie«, murmelte sie und ging weg, zurück in die Gruppe der Friedfertigen.

Es tat ihm fast leid, dass sie zu den Schafen gehörte. Da er jetzt aus dem Menschenauflauf heraus war und wieder atmen konnte, ohne den Gestank von Schafen in der Nase zu haben, marschierte er zügig weiter. Er hatte es fast bis zu seinem Auto geschafft, als ihm auffiel, dass er nicht mehr viel von seinem Körper spürte. Er hatte keine Schmerzen, fühlte sich aber wie gelähmt. Er konnte sich kaum noch bewegen. Langsam ließ er sich hinter das Steuer des Sportwagens sinken und wollte den Anlasser drücken, doch seine Arme gehorchten ihm nicht. Er war wirklich gelähmt, und diese Lähmung breitete sich nach und nach im ganzen Körper aus, bis er nicht mehr imstande war, einen Laut von sich zu geben oder auch nur zu denken. So ging das weiter, bis sein Hirn nicht mehr imstande war, seinen Körper dazu zu bringen zu atmen, und sein Herz aufhörte zu pumpen.

Fertig. Das schafft nur konzentriertes Kegelschneckengift, wie es ausschließlich Whitney herstellen kann, gab Amaryllis zu. *Komme jetzt mit meiner roten Perücke und meiner hübschen Aufmachung zurück.*

Aber das wollte Malichai nicht. Woanders war sie viel besser aufgehoben. Die Kameras beobachteten alle Seiten des Gebäudes, und die Teams waren vom Hauptstützpunkt ausgeschwärmt, um noch mehr Bomben zu finden. Sie waren sich ziemlich sicher, dass es sechs sein mussten. Drei waren schon entschärft worden. Aber es gab noch drei.

»Am Hinterausgang. Näher am Hotel. Ich hätte ihn fast übersehen. Ray Valli«, meldete Avery. »Tut mir leid. Kannst du deine Leute noch rechtzeitig da hinbeordern?«

Bellisia? Kannst du zum Hinterausgang gehen? Da ist Ray Valli. Weißes T-Shirt. Jeans. Cowboystiefel. Er haut ziemlich schnell ab.

Keine Sorge, beruhigte Bellisia ihn.

Malichai nickte Avery zu, nahm die Augen aber nicht vom Bildschirm. *Joe, er ist am Hinterausgang. Wir wussten, dass der auch blockiert werden musste.*

Sie hatten durchgespielt, wie sie das Gebäude so gesprengt hätten, dass möglichst viele Menschen dabei getötet würden. Dazu musste man unbedingt den Haupt- und den Hinterausgang abriegeln können.

Bin dran, erwiderte Joe grimmig. *War schon dabei, mich hier umzusehen. Es gibt hier einen dunklen Flur, und ich bin ziemlich sicher, dass er aus dem gekommen ist. Ich habe eine Tür dort auf- und zugehen hören. Ach verdammt, die Bombe ist hier, und es ist die wichtigste.*

Ray Valli wollte das Tagungszentrum so schnell wie möglich hinter sich lassen. Er hatte mehr als einmal mit den anderen über ihre Befehle diskutiert. Sie ergaben einfach keinen Sinn für ihn. Auch wenn sie aus dem Weißen Haus kamen, wie Callendine behauptete. Die anderen hatten ihn immer wieder beruhigt, aber die Menschen in diesem Tagungszentrum waren Bürger der Vereinigten Staaten. Na gut, nicht alle, aber die Mehrzahl. Hatten sie nicht geschworen, genau diese Menschen zu beschützen? Er hatte die Bombe genau so platziert, wie man es ihm aufgetragen hatte, aber er hätte den Familien mit Kindern gern gesagt, dass sie weglaufen sollten. Trotzdem tat er es nicht. Er starrte sie nur an und stellte sich vor, wie sie in Stücke gerissen wurden. Das machte ihn krank. Von so einem Scheiß hatte er in anderen Ländern genug gesehen. Das brauchte er in seinem eigenen nicht auch noch – schon gar nicht, wenn er dafür verantwortlich war.

Es würde ihm schwerfallen, damit zu leben, aber zum Teufel damit. Jorganson hatte recht, diese Leute waren

Schafe, die nicht auf die Stimme der Vernunft hörten. Sie verstanden es nicht, wenn man ihnen simple Wahrheiten erklärte. Sie wollten einfach glauben, dass alle Menschen gut sind. Manche auf der Welt waren wirklich zu dumm, um am Leben zu bleiben. Das war Jorgeys ewiges Mantra, und es stimmte. Valli holte tief Luft, drückte das Rückgrat durch und begann den langen Rückweg zum Auto. Es stand im dritten Stockwerk des Parkhauses am Ende der Straße.

Es wurde schon heiß, obwohl noch nicht einmal Nachmittag war. Er schwitzte, und er schlug nach einem Insekt an seinem Hals. Eins hatte ihn bereits innen am Handgelenk gestochen, danach hatte er auch geschlagen. Er mochte keine Insekten. Er versprühte die ganze Zeit Abwehrspray, aber er hatte noch keins gefunden, das Mücken zuverlässig fernhielt. Er ging forsch weiter, doch nach ein paar Minuten stellte er fest, dass sich sein Arm taub anfühlte und ihm das Atmen schwerfiel. Er wollte nicht, dass Callendine ihn so sah, dann würde er ihn tagelang rennen lassen, bis er wieder in Form war. Er hatte wohl zu lange auf dem Sofa gesessen und Fußball und Basketball geguckt.

Als er sein Auto endlich erreicht hatte, brannte seine Lunge schmerzhaft. Er lehnte den Kopf zurück, schloss die Augen, gönnte sich etwas Ruhe und hoffte, dass Callendine ihn nicht beobachtete. Er wollte nur kurz so bleiben …

Er ist hinüber, meldete Bellisia.

Damit waren es vier. Malichai schaute auf seine Uhr. Sie hatten in weniger als fünf Minuten mehr als die Hälfte der Gesuchten gefunden und eliminiert, doch Ezekiel war immer noch mit der ersten Bombe beschäftigt. Bislang war nicht eine entschärft worden.

»Hinterausgang, ganz links. John Sawyer«, meldete Avery.

Malichai nickte bestätigend. *Shylah, John Sawyer am Hinterausgang, ganz links. Er ist gerade rausgekommen und steckt sich auf dem Bürgersteig eine Zigarette an. Siehst du ihn? Bist du da?*

Ja, er grinst in sich hinein. Denkt, er käme ungeschoren davon. Da täuscht er sich. Ich mache mich an ihn ran.

Bring ihn nicht zu nah am Zentrum um. Kann sein, dass Callendine ihn im Auge hat. Wenn er mitbekommt, dass wir ihn durchschaut haben und seine Leute liquidieren, jagt er alles in die Luft. Wir müssen einfach sämtliche Bomben finden und unschädlich machen.

Sie gingen ein sehr großes Risiko ein, aber sie waren überzeugt, dass Callendine bereit war, ein Gemetzel anzurichten, sollte er merken, dass alles aufgeflogen war.

»Sie dürfen hier nicht rauchen, Sir.«

John Sawyer fuhr herum und sah eine junge Frau mit Sommersprossen, die ihn aus großen braunen Augen anschaute. Ihr Haar war zu einem Pferdeschwanz zurückgebunden, aber selbst das konnte die wilde Lockenmähne nicht zähmen. Sie lächelte ihn mit ihrem vollen Mund an, als hätte sie ihm ein Kompliment gemacht. Dabei wollte sie doch tatsächlich ihm, einem Soldaten, einem Mann, der für ihre Freiheit, ihr gottverdammtes Recht zu leben, gekämpft hatte, vorschreiben, was er tun und lassen sollte.

»Fick dich«, sagte er und schnippte ihr die Zigarette mitten ins Gesicht.

Sie stand so dicht vor ihm, dass das glühende Ende sie eigentlich am Auge hätte treffen müssen. Er war sogar stehen geblieben, um das mitzuerleben, damit er sich noch lange an der Erinnerung erfreuen konnte. Wenn es darum ging, Schwachen wehzutun, hatte er jede Menge Erfahrung. Und er machte ihnen klar, wie dumm sie waren und dass sie einen Mann wie ihn sehr viel respektvoller behandeln sollten. Callendine hätte ihm wahrscheinlich eine Kugel in den Kopf gejagt, wenn er etwas von dem Scheiß wüsste, den er gemacht hatte, aber er war vorsichtig gewesen. Er wollte nur gern sehen, wie diese süße kleine Hexe begriff, wer hier das Sagen hatte.

Aber irgendwie reagierte sie blitzschnell. Er hatte nicht einmal gezwinkert, dennoch hatte er nicht mitbekommen, wie sie es geschafft hatte, die Zigarette abzufangen. Wieder lächelte sie ihn an, doch diesmal war es kein nettes Lächeln. Die dunkelbraunen Augen wirkten plötzlich kühl und alles andere als freundlich. Nun sah sie nicht mehr aus wie ein junges Mädchen, sondern wie etwas ganz anderes.

Hab die Bombe gefunden, gab Mordichai ihr sein Okay. *Leg los, Shylah.*

»Was willst du?« Irritiert schaute er sich um.

Dabei stach ihn etwas in den Hals, und er schlug danach. Dann hastete weiter und legte die Hand auf die Wunde, weil sie so pochte. Ein Schweißtropfen, der an seinem Hals hinab in sein T-Shirt rann, trieb ihn zur Eile an. Er hatte das Parkhaus schon fast erreicht, doch seine Beine waren weich wie Gummi, also ließ er sich auf der Grünfläche davor ins Gras sinken, um sich kurz zu erholen. Ohne es zu wollen, legte er sich hin und starrte in den Himmel.

Über sich nahm er verschwommen das Gesicht einer Frau wahr. Er kannte diese Sommersprossen. Die Frau sagte kein Wort, fasste nur dahin, wo das Insekt ihn gestochen hatte und verschwand, ließ ihn in Ruhe weiter zum Himmel aufschauen, bis er auch den nicht mehr sehen konnte.

Er ist tot. Kann die Bombe unschädlich gemacht werden?

Mordichai arbeitet noch dran. Jetzt haben wir fünf. Eine noch.

Malichai wandte sich an Avery. »Komm schon, Bruder, wir brauchen den Letzten. Wir müssen den Scheißkerl finden.« Obwohl er sich auf den Techniker verließ, ließ er selber den Blick über die Bildschirme wandern. Da waren bloß so viele Leute. Hunderte. Tausende. Wo kamen die alle her? Sie waren schnell gewesen, doch Callendine würde den Polizeifunk nach dem Notruf abhören, der die Rettungskräfte zur Pension locken sollten. Darum hatten sie sich gekümmert, auch wenn Rubin gar nicht dort war, sondern im Tagungszentrum auf der Suche nach der letzten Bombe.

Der Anruf bei der Polizei würde Callendine erst mal genügen, doch wenn weder die Feuerwehr noch der Notarzt ausrückten, würde er sofort merken, dass etwas nicht stimmte. Er hielt sich ganz genau an seine Pläne, und wenn etwas schieflief, ging er über zu Plan B. Wenn sie dafür sorgten, dass die Bomben nicht per Fernzündung ausgelöst werden konnten, was würde er dann tun? Vielleicht war er ja auf die Möglichkeit vorbereitet, dass die Zündung aus der Distanz nicht funktionierte.

»Da«, sagte Avery wie immer sehr ruhig. »Der Letzte, Nathan Treadway. Er will durch den mittleren Ausgang hinten und ist stehen geblieben, um sich mit einer Familie zu unterhalten, die gerade reinkommt.«

Malichai entdeckte den Mann, der neben einem Zwillingsbuggy in die Hocke gegangen war. Die Eltern sahen jung aus und hatten vier Kinder. Auch die Älteren waren offenbar Zwillinge. Sie schienen vier oder fünf Jahre alt zu sein und die im Buggy noch keine zwei. Treadway wusste, dass er eine Bombe in dem Gebäude installiert hatte, und nahm sich dennoch die Zeit, locker mit Kindern zu plaudern, die er töten wollte.

Amaryllis, siehst du Nathan Treadway? Er ist direkt vor dem mittleren Ausgang hinten. Hockt vor einer Familie mit vier Kindern und einem Zwillingsbuggy. Junge Eltern. Er lacht und spricht mit den Eltern und streicht über die Locken der Babys im Buggy. Malichai versuchte, seine Stimme gelassen klingen zu lassen, dennoch merkten alle im Team, wie ihm zumute war.

Ich schnapp ihn mir, antwortete Amaryllis zuversichtlich.

Jetzt sah Malichai sie endlich. Sie ging direkt vor der Tür in Position, ein paar Schritte entfernt auf dem Bürgersteig, wo sie sich an ihren Schnürsenkeln zu schaffen machte. Treadway richtete sich wieder auf und schlenderte mit einem kurzen freundlichen Winken zu den Eltern und anscheinend zufrieden vor sich hin pfeifend durch die Tür.

Hab die Bombe gefunden. Mach mich ans Werk, sagte Rubin.

Bin in zwei Minuten bei dir, ließ Ezekiel verlauten. *Meine ist entschärft.*

Es war ein sehr schöner Tag. Treadway wünschte, er könnte dabei sein, wenn das Gebäude zusammenstürzte. Es war riesig, und die Bomben waren so angebracht, dass sie die wichtigsten Stützbalken zerstörten. Also würde es in sich zusammenfallen, und alle, die darin waren, saßen in der Falle, wenn die Decke herabstürzte. Das war sicher wunderschön anzusehen. Er hoffte, dass es draußen Kameras gab, die den Einsturz des Gebäudes und das langsame Sterben der darin Gefangenen filmten. Wie sie da lagen. Die Trümmer. Den Schmutz. Die Balken mit den dicken Halterungen. Den staubigen Zement. Die Ziegelsteine. Die Decke. Was für ein großartiger Anblick.

Er wich einer Frau aus, die ihre Schnürsenkel zusammenband, und beachtete sie nicht weiter, auch wenn er ihr gern einen Klaps auf den Po gegeben hätte, einfach weil Frauen sich inzwischen wegen jeder Kleinigkeit beschwerten, als dürften die Männer sie nicht mal mehr anschauen. Aber er wollte sich deswegen nicht aufregen und sich den tollen Tag verderben lassen. Die Sonne schien, und dieses Zentrum würde all diese Idioten unter sich begraben, die nicht selber denken konnten. Sie plapperten nur alles nach. Jeder Einzelne von ihnen. Und ihren Kindern brachten sie auch bei, alles einfach nachzuplappern. Sie übernahmen keine Verantwortung für sich selbst, sondern lebten vom Staat. Sie hatten keinen Respekt vor denen, die sie schützten; im Gegenteil, sie machten sie ständig schlecht. Ihm reichte es jetzt, deshalb schlug er zurück. Er wusste wie man kämpfte. Und die?

Pfeifend ging er auf geradem Wege zu dem Parkhaus, in dem sein Leihwagen stand. Er war echt sauer, dass Callendine ihnen befohlen hatte zu verschwinden, und hatte sogar überlegt, ob er nicht so tun sollte, als hätte er ein Problem mit dem Wagen, damit er bei der Explosion zuschauen konnte. Es fand es einfach nicht fair, dass er nach all der Planung das Ergebnis nicht miterleben durfte. Hoffentlich war im Internet auch viel von der brennenden Pension zu sehen. Mit etwas Glück gab es dort auch noch jede Menge Opfer.

Als er in das Parkhaus kam, blieb er stehen und blickte sich um. Eine Gruppe von Menschen hatte sich um jemanden geschart, der auf dem Boden lag. Er wandte sich ab und ging direkt zur Treppe, die ins nächste Stockwerk führte, wo sein SUV geparkt war. Der Wagen hatte getönte Scheiben, weil es ihn einen Scheiß interessierte, dass ihnen das nicht erlaubt war. Er ließ sich nichts verbieten. Zufrieden steuerte er auf das Auto zu, als er hinter sich ein leises Hüsteln vernahm.

Erstaunt fuhr er herum. Vor ihm stand die Frau, die er vor dem Tagungszentrum gesehen hatte, die mit den Schnürsenkeln. Sie hatte rote Haare und dunkle Augen und lächelte ihn an. »Sie haben das hier verloren. Sie sind so schnell gegangen, dass ich sie kaum einholen konnte.« Sie reichte ihm seine Brieftasche.

Es kam ihm etwas komisch vor, dass sie ihm dabei mit den Fingern über die Handfläche strich, doch dann lächelte sie ihn freundlich an und ging weg.

»Warten Sie. Danke. Das habe ich nicht erwartet.« Das stimmte. Sie sah zwar aus, als gehörte sie zu diesen Idioten, aber sie benahm sich nicht so.

»Gern geschehen«, sagte sie, ohne sich umzudrehen. »Es ist ein herrlicher Tag. Ich glaube, mich ruft der Strand.«

Treadway wünschte, er könnte auch zum Strand gehen, und freute sich, dass die Frau diese Richtung einschlug und nicht zurück zu den Schafen ging. Er schloss das Auto auf und fasste nach dem Türgriff, verfehlte ihn aber. Seltsam. Seine Hand fiel einfach herunter. Er starrte sie an und versuchte noch einmal, den Türgriff zu fassen zu kriegen. Er sah alles doppelt, und der Schmerz, der von seiner Hand her den Arm hochschoss, war kaum zu ertragen. Er stellte fest, dass er den Arm nicht mehr bewegen konnte, fast so als wäre er gelähmt.

Er wollte den Kopf drehen, um sich nach Hilfe umzuschauen, doch seine Halsmuskeln reagierten nicht. Seine Lunge rang nach Luft. Hilflos sank er gegen den Wagen, klappte zusammen und landete halb unter dem Auto hart auf dem Zementboden. Er konnte nicht mehr atmen und nichts mehr sehen. Sein ganzer Körper brannte vor Schmerz, und er hatte keine Ahnung, was mit ihm vorging. Dann wurde alles um ihn herum schwarz.

Er ist tot, sagte Amaryllis.

Irgendetwas an ihrem Tonfall störte Malichai. Sie musste doch froh sein. Damit war Callendines ganzes Team ausgelöscht. *Was ist los, Amaryllis?*

Callendine ist hier, im Parkhaus. Ich dachte, er wäre näher am Tagungszentrum, aber er ist ganz oben, auf dem Dach, und überwacht alles vom dritten Stockwerk aus. Er hat gesehen, dass seine Männer hereingekommen sind, aber nicht wieder heraus. Und er hat gesehen, wie ich Treadway seine Brieftasche zurückgegeben habe. Jetzt kommt er, um nachzuschauen. Ich schätze, er wird zu Plan B übergehen. Hol alle da raus, wenn du kannst, Malichai.

Und er war nicht bei ihr. Er saß hier mit hochgelegtem Bein, um sich zu schonen, während sie es gleich im Parkhaus mit einem Mann zu tun bekam, der sie eiskalt erschießen würde, sobald er seinen toten Untergebenen sah. Die Schattengänger- und SEAL-Teams, die nicht mit den Bomben beschäftigt waren, begannen sofort, die unzähligen Menschen so schnell, aber so geordnet wie möglich in Sicherheit zu bringen.

Alle kamen eilig aus dem Gebäude gelaufen und versuchten, sich davon zu entfernen. Malichai hielt die Augen auf die Bildschirme gerichtet, doch in Gedanken war er bei Amaryllis.

Hör mir zu, Baby. Der Kerl schießt, bevor er Fragen stellt. Und zwar dahin, wo es am wehsten tut, ohne dass es dich umbringt. Er darf dich nicht sehen. Kannst du da raus?

Er hockt neben dem SUV und schaut nach Treadway. Dabei spricht er in sein Handy. Sicher will er das Zentrum immer noch

hochjagen. Schafft die Leute da raus. Ihr müsst das hinkriegen.
Jetzt blickt er sich um und versucht, die anderen herzubeordern.
Ich kann hören, wie er sie anruft.

Sie wollte sich Callendine schnappen. Malichai war sich
sicher. Sie würde ihn nicht entkommen lassen. Vor lauter
Angst, dass er Amaryllis verlieren könnte, dass ihr nicht
klar war, wie skrupellos der Mann war, mit dem sie es aufnahm, hätte er die Frau, die so überaus zufrieden aus dem
Tagungszentrum kam, beinahe übersehen. Neben ihr gingen Tania und Tommy Leven. Die beiden hielten Händchen. Als sie draußen waren, trennten sie sich von der Majorin.

Malichai hielt die Luft an. *Mist, Mist, Mist. Ich seh Major
Salsberry. Sie hat Plan B ausgeführt und eine siebte Bombe scharf
gemacht. Bringt die Leute da raus. Bellisia, Shylah, wenn eine
von euch in der Nähe ist, sie kommt gerade durch den Vordereingang,
im Norden, und geht vom Parkhaus weg. Wenn möglich,
sollte eine von euch Amaryllis helfen, sie ist oben im Parkhaus
und ist hinter Callendine her. Tania und Tommy Leven steuern
auch darauf zu. Die beiden sind ein Paar.*

Er war bereits aufgesprungen und stieß die Wagentü-
ren auf. Außer ihm war niemand von den Schattengängern da. Jeder Bombenexperte war mit anderen Dingen
beschäftigt oder auf der anderen Seite des Gebäudes. Seine Brüder. Sein Team. Die Frauen. All diese unschuldigen
Menschen, die seine Kameraden so verzweifelt zu retten
versuchten, ohne dass eine Panik ausbrach, bei der viele umkommen würden. Schon bevor er auf dem Boden
aufkam, wusste er, was ihn das kosten würde. Sein Bein.
Er musste sich entscheiden. Aber er hatte keine Wahl.
Nicht wirklich, nicht so, wie er gestrickt war. Selbst wenn
sein schlimmster Albtraum wahr werden würde, er konn-

te nicht im Wagen bleiben und zusehen, wie Unschuldige starben.

Sobald er landete, und obwohl er sich bemühte, sein verletztes Bein zu schonen, schoss ein gewaltiger Schmerz von seinem Oberschenkel in seine Hüfte. Ihm kam die Galle hoch, doch er kämpfte dagegen an, wie auch gegen die Schwärze am Rande seines Gesichtsfelds. Dann lief er los, schob die Leute beiseite und rief ihnen zu, sie sollten sich beeilen, von dem Gebäude wegzukommen. Doch er schaffte es hinein, ohne irgendjemanden umzurennen.

Instinktiv lief er nach rechts zum Hauptstützbalken, um den sie sich alle Sorgen gemacht hatten. Die daran angebrachte Bombe hatte Ezekiel schon entschärft. Aber Salsberry hatte so zufrieden ausgesehen, als sie aus dem Zentrum gekommen war, und ihrer Miene war die Verachtung für die Menschen, die sie töten wollte, so deutlich anzusehen gewesen, dass sie ganz sicher Callendines Plan B umgesetzt hatte. Sie wäre für diesen Mann gestorben. Diese Frau tat das nicht für Geld oder gar weil sie felsenfest an die Mission glaubte, sondern für Callendine.

Zielsicher fand Malichai die neu angebrachte Bombe, und sein Herz setzte fast aus, als er sich vor sie hockte. *Oh Scheiße. Das sieht schlimm aus. Alle raus hier. Sie hat die zwei Bomben miteinander verkabelt, Zeke. Ich schau mir das mal an, sie hat sie neu verdrahtet …* Er brach ab und studierte die Schaltung, ohne auf die Minuten zu achten, die so schnell verrannen. Es blieb nur noch wenig Zeit. Sie hatte sich absichtlich gerade genug Zeit gelassen, um zu verschwinden.

Ich bin unterwegs.

Das war Zeke, und Malichai wollte nicht, dass er kam. *Hau ab. Haut alle ab. Alle.* Oh Gott. Da waren so viele Menschen. Viel zu viele. Er hörte Kinder weinen und Erwach-

508

sene schreien. Es herrschte völliges Chaos, doch die SEAL-Teams blieben ruhig und versuchten, Ordnung in den Wahnsinn zu bringen.

Er musste ruhig atmen, um über die Wellen der Übelkeit und den unerträglichen Schmerz hinwegzukommen. Er wusste, dass sein Bein gebrochen war. Vielleicht sogar in tausend Teile zersplittert. Aber was spielte das für eine Rolle, wenn all diese Menschen starben? Es musste ihm gelingen, diese Bombe schnell zu entschärfen. Darin war er doch immer gut gewesen. Einer der Besten. Wenn er es schaffte, die eigene Angst und die Schmerzen zu ignorieren und sich zu konzentrieren …

Shylah war immer noch auf der anderen Seite des Gebäudes, um die Teams zu unterstützten, die die Menschen durch die Hinterausgänge evakuierten. Bellisia dagegen war vorn geblieben, um dort für einen geordneten Rückzug zu sorgen. Sie war klein und wusste, dass nur wenige auf sie hören würden, doch wenn sie in irgendeiner Weise behilflich sein konnte, wollte sie es versuchen. Ezekiel und Joe sicherten die Kommunikation und schlugen Brücken zu den Schattengängern, die telepathisch nicht so begabt waren, damit alle gleichzeitig erfuhren, was los war.

Major Roseland Salsberry hatte soeben Hunderte, wenn nicht Tausende unschuldige Männer, Frauen und Kinder zum Tode verdammt. Dazu kamen all die Soldaten, die versuchten, den Bösewichten das Handwerk zu legen – die Schattengänger, die SEALs, die Männer von der Navy und die Sicherheitsleute, die verzweifelt versuchten, alle rechtzeitig nach draußen zu bringen. Bellisia hatte nicht vor, der Majorin das durchgehen zu lassen.

Sie konnte sehen, wie zufrieden sie dahinschlenderte, während die Menschen um sie herum in Panik davonrannten. Weinende Kinder wurden zu Boden gestoßen, und ihre Eltern bemühten sich hektisch, sie wieder hochzureißen, ehe sie niedergetrampelt wurden. Salsberry lächelte beim Anblick dieses wilden Gedränges, als hätte sie genau damit gerechnet, und nun freute sie sich darüber, dass es tatsächlich so eintraf.

Bellisia schlich sich so nah an sie heran, dass sie sie fast berührte und den Biss anbringen konnte, der Salsberrys Leben ein Ende setzen würde. Es war ganz leicht, das Gift des Blaugeringelten Oktopus in ihre Venen zu spritzen, ohne dass sie mehr als einen kurzen Stich spürte. Sie war ohnehin zu beschäftigt damit, sich in ihrem großen Erfolg zu sonnen, um so etwas zu bemerken. Und es war auch ganz leicht, den gemessenen Schritten der Frau zu folgen, die sich vorsichtig von der Menschenmenge und dem Parkhaus entfernte.

Das Gift entfaltete bereits seine Wirkung. Whitney hatte darauf geachtet, die Dosis des Giftes, das sie in ihre Opfer pumpte, so zu erhöhen, dass eine Rettung nicht mehr möglich war. Salsberry schien an den Händen und Armen schon etwas zu spüren, höchstwahrscheinlich eine Taubheit oder ein Kribbeln, denn sie rieb sich ständig darüber.

»Ich heiße Bellisia Fortunes«, sagte Bellisia leise, während sie zu der Majorin aufschloss. Sie sprach absichtlich sehr leise, damit Salsberry gut zuhören musste. »Ich weiß nicht, ob Ihre Geheimhaltungsstufe hoch genug ist, aber beim Militär gibt es ein Programm für sogenannte Schattengänger.«

An Salsberrys Gesicht und ihrem erstaunten Seitenblick sah Bellisia, dass sie davon gehört hatte. Die Frau versuchte zu sprechen, brachte aber nichts heraus, denn das Gift hatte schon ihren Kehlkopf lahmgelegt. Weil sie sich bewegte, verteilte es sich sehr schnell in ihrem Kreislauf. In einer Minute würde sie umfallen, dann konnte ihr niemand mehr helfen.

Bellisia lächelte Salsberry an, als wären sie miteinander verschworen. »Sie haben also davon gehört. Ich gehöre zu den Schattengängern. Genauer gesagt zu den ersten Auftragskillerinnen, und ich bin sehr, sehr gut in meinem Job, Roseland. Ich wollte nur, dass du weißt, dass du gerade stirbst, und wenn irgendjemand das verdient hat, dann du.« Damit drehte sie sich auf dem Absatz um und ging davon, während Salsberry hinter ihr tot zusammenbrach.

Eilig kehrte Bellisia zum Parkhaus zurück. Sie hüpfte wie ein Kind über den Bürgersteig, für den Fall, dass Kameras auf sie gerichtet waren. Sie brauchte nicht lang, um das verliebte Pärchen einzuholen. Tania und Tommy Leven betraten gerade lachend das Parkhaus. Dann blieben sie stehen, Tommy legte die Arme um Tania, drückte sie an eine Betonwand und küsste sie gierig.

»Das war echt aufregend, Tommy«, wisperte Tania. »Ich liebe dich so.«

»Ich liebe dich auch«, sagte er.

Plötzlich rempelte Bellisia die zwei im Vorbeigehen an, und als beide reflexartig die Arme austreckten, um sie am Fallen zu hindern, brachte sie unbemerkt ihre kleinen Bisse an, und das Gift begann zu fließen. Dankbar lächelte Bellisia das Pärchen an wie ein ganz normales nettes Kind, allerdings eins mit blassblauen Ringen auf der Haut.

»Oh, danke.«

Tania und Tommy kümmerten sich nicht weiter und machten sich Arm in Arm auf den Weg zu ihrem Auto.

Doch sie wurden immer langsamer. Dann strauchelte Tania, und Tommy versuchte, sie zu stützen, als ihre Beine nachgaben. Dabei stürzten sie beide. Schwer. Weil sie sich nicht mehr abstützen konnten. Dann blieben sie reglos liegen.

Amaryllis nahm die rote Perücke ab, rollte sie fest zusammen und legte sie vorsichtig an die Säule, die Treadways Mietwagen am nächsten war. Dann zog sie sich langsam in den Schatten zurück, streifte Rock und Bluse ab, wobei sie darauf achtete, dass sie außerhalb der Blickwinkel der Kameras blieb, und ließ ihre Kleidung – ebenfalls zusammengerollt, als wollte sie sie verstecken – hinter einer anderen Säule liegen. Unter ihrer Verkleidung trug sie eine Yogahose und ein T-Shirt, die den Hintergrund reflektierten, sodass sie mit ihrer Umgebung verschmolz. Schließlich stellte sie ihre Schuhe so unter ein Auto, dass sie gerade noch zu sehen waren.

Ihr Haar war bereits fest hochgebunden und steckte unter einem Netz, damit die Perücke besser hielt. Schnell zog sie sich Schuhe mit weichen Sohlen an, schaute zu den Kameras hoch und schloss sie mit einem Energiestrahl kurz. Das Ergebnis war bühnenreif und das laute Klirren der Glasscherben im ganzen Stockwerk zu hören.

Mit gezückter Waffe wirbelte Callendine herum, schaute auf die Scherben und dann zu den Kameras. Er war kein Feigling, deshalb stand er langsam auf und ging bedächtig los, um herauszufinden, warum das Glas zerbrochen war. Dabei entdeckte er die zusammengerollte Perücke an der breiten Betonsäule, berührte sie mit der Schuhspitze, drehte der Säule den Rücken zu und ließ den Blick über die Autos wandern.

Nun wusste er, dass er gejagt wurde. Von da, wo er stand, entdeckte er praktisch sofort die Schuhe unter dem Auto, das einige Plätze entfernt von der Leiche seines Soldaten stand. Amaryllis sah, wie er erstaunt die Augen aufriss und dann erneut das Stockwerk nach weiteren Hinweisen absuchte. Es dauerte mehrere Minuten, bis er die Kleidung erspähte und sich aus seiner Komfortzone herauswagen musste, um sich im Schutz der Autos dorthin zu schleichen. Dann ging er in die Hocke und begutachtete seinen Fund.

Er verriet ihm, dass Treadway von einer Frau getötet worden war. Callendine schüttelte immer wieder den Kopf, als verstünde er das nicht – als könnte er es nicht glauben. Er hatte immer noch nicht herausgefunden, wie der Mann gestorben war. Und was noch schlimmer war, niemand von seinen Leuten war zu erreichen, und das bedeutete, dass sie wahrscheinlich ebenfalls alle tot waren. Amaryllis hatte nicht das geringste Mitleid mit ihm. Schließlich war er es gewesen, der diesen furchtbaren Anschlag geplant und ausgeführt hatte, aus welchem Grund auch immer, noch dazu auf dem Boden seines eigenen Landes.

Sie pirschte sich von einem Wagen zum nächsten immer näher an ihn heran. Sie musste ihren giftigen Biss anbringen, ehe er ihr eine Kugel durch den Kopf jagen konnte. Also brauchte sie eine Ablenkung. Eine kleine Unaufmerksamkeit, damit sie ungesehen so weit kam. Für genau diese Situation hatte sie trainiert. Wochen. Monate. Und Jahre. Es ging nur darum, unbemerkt so nah an den Mann heranzukommen, dass ihn nichts mehr retten konnte. Whitney hatte sie mit einem höchst effektiven Gift ausgestattet und sichergestellt, dass es extrem schnell wirkte.

Callendine machte den Fehler, wieder zu seinem toten Mann zurückzukehren und sich noch einmal hinzuhocken, um die Todesursache zu ermitteln. Um das Ganze zu begreifen, damit er nicht in dieselbe Falle tappte. Als er sich erneut erhob und anfing, das Stockwerk mit Blicken zu durchkämmen, wusste sie, dass sie ihn hatte. Sie kroch einfach unter den SUV, glitt wie eine Schlange über Treadways Leiche und verschmolz dabei derart damit, dass Callendine, falls er zufällig nach unten schaute, nur das sehen würde, was er erwartete.

Als plötzlich die Fehlzündung irgendeines Autos zu hören war, injizierte Amaryllis im selben Moment ihr Gift in Callendines Fußknöchel, glitt zurück unter den SUV und kam auf der anderen Seite wieder zum Vorschein. Callendine war durch den lauten Knall kurz abgelenkt gewesen, sodass er den Stich kaum bemerkt hatte. Doch es dauerte nicht lang, bis er den Schmerz spürte. Unwillkürlich beugte er sich vor, um sich das Fußgelenk zu reiben, schaute sich aber noch einmal sorgfältig um, ehe er die Hand danach ausstreckte.

Seltsamerweise griff er daneben, als könnte er seine Bewegungen nicht richtig koordinieren. Erstaunt starrte er seine Hand an. Er hatte zu viele Finger. Seine Pistole fiel ihm herunter und landete neben Treadway. Er sah ihr nach, doch es kam ihm so vor, als schlügen zwei Waffen auf dem Boden auf, und beide konnte er nur sehr undeutlich sehen. Sein Knöchel brannte wie Feuer. Noch nie hatte er solche Schmerzen gehabt.

Mit einem Mal stand jemand neben ihm. Eine Frau. Ihr Gesicht konnte er nicht richtig erkennen, es war zu verschwommen. Er wusste, dass es wichtig war, sich zu merken, dass eine Frau ihm das angetan hatte, doch er sackte bereits auf Treadway zusammen und konnte nichts dagegen tun, obwohl es ihm peinlich war, denn er hatte keine Kontrolle mehr über seinen Körper. Er schaffte es kaum noch zu atmen.

»Ich bin mit Malichai Fortunes verlobt, und ich war nicht besonders begeistert, als ihr Handlanger versucht hat, ihn umzubringen, Callendine. Und ich finde es auch nicht gut, dass Sie und Ihre sauberen Kollegen unschuldige Menschen töten wollten. Aber ihr seid nicht damit durchgekommen. Keiner von euch.«

Die Frau richtete sich hoch auf und ging davon. Callendine versuchte, ihr nachzuschauen, doch er sah kaum noch etwas und rang mit brennender Lunge röchelnd nach Luft. Ein paar Minuten lag er noch sterbend da, dann war Ruhe.

Malichai arbeitete so schnell er konnte, ging die Drähte durch und war dankbar, dass die Bombe viel einfacher gebaut war als die, die er in der Ausbildung auseinandergenommen hatte. Denn für die brauchte man mehr Zeit, als sie hatten. Trotzdem musste er alles bis auf die Bombe ausblenden. Die rennenden Menschen und ihr Geschrei. Das Kreischen der Kinder. Dass Amaryllis irgendwo da draußen auf sich gestellt war. Und die Folterqualen in seinem Bein, wo jedes Nervenende spitze Stiche meldete.

Er ignorierte das alles und konzentrierte sich auf die Bombe. Auch als Ezekiel sich neben ihn hockte, um die alte Bombe abzuklemmen, die Major Roseland Salsberry mit der neuen verbunden hatte, damit sie sich an einer noch größeren Zerstörung weiden konnte.

Schweißperlen rannen ihm über Stirn und Brust. Es war nicht wie bei den Männern im Film, die Bomben so leicht und lässig entschärften, als täten sie das jeden Tag, doch er hatte immer ein Händchen dafür gehabt. Zum Teil lag das wohl an seinem Talent, das dem eines guten Chirurgen ähnelte. Aber zu diesem Instinkt kam auch eine fundierte Ausbildung, deshalb handelte er schnell, fast automatisch.

Nach einiger Zeit hatte er es geschafft und durchschnitt den letzten Draht, dann konzentrierte er sich auf die Bombe, die Zeke sich vorgenommen hatte. Die Uhr tickte, doch Ezekiel war fast fertig, aber nach einem genauen Blick legte Malichai die Stirn in Falten. Irgendetwas stimmte da nicht. Ohne die Bombe aus den Augen zu lassen, hielt er die Hand seines Bruders fest. Zeke warf ihm einen Schulterblick zu, wehrte sich aber nicht gegen seinen Eingriff, obwohl er diese Bombe schon einmal entschärft hatte.

Äußerst behutsam öffnete Malichai mit der Spitze seiner Zange eine kleine Klappe an der Seite der Bombe. Sie fiel kaum auf, war aber irgendwie fehl am Platz. Es gab keinen Grund dafür. Also wieso war sie da? Dahinter schlängelten sich zwei unschuldig wirkende blaue Drähte zusammen mit zwei roten zum Sprengzünder hoch.

Zeke schaute Malichai an. Dann schüttelte er den Kopf und ließ sich auf die Fersen sinken. »Ich hätte uns in die Luft gejagt. Woher hast du das gewusst?«

Hatte er nicht. Malichai konnte ihm nicht sagen, warum er ein Gefühl für Sprengkörper hatte, es war einfach so, und in diesem Fall hatte es nicht nur sie beide gerettet, sondern auch die Leben der Menschen, die noch nicht evakuiert waren. Es war nicht leicht, mehrere Tausend Zivilisten aus einem Gebäude zu bringen, nicht einmal wenn mehrere Armee-Einheiten dabei zusammenarbeiteten.

Malichai folgte den blauen und roten Drähten zum Auslöser. Sie waren miteinander und mit anderen Drähten verschlungen. Major Salsberry hatte es ihnen absichtlich so schwer wie möglich gemacht. Malichai blieb nichts anderes übrig, als seinem Talent zu vertrauen – und das tat er. Die Zeitschaltuhr war schon viel zu nahe an die letzte Minute herangerückt. Er wählte einen blauen Draht und durchtrennte ihn, obwohl er hörte, wie sein Bruder erschrocken nach Luft schnappte.

Die Uhr hörte auf zu ticken, und die zwei Bomben wirkten plötzlich sehr harmlos. Malichai erlebte einen Moment der Euphorie, dann überwältigten ihn die Schmerzen, zerfetzten seine Eingeweide und ließ ihn bewusstlos zu Boden fallen.

IM HINTERGRUND WAR DAS ununterbrochene Piepen von Maschinen zu hören. Die gedämpften Geräusche wurden immer lauter und nerviger, sodass Malichai nichts anderes übrig blieb, als zu versuchen, die Augen aufzuschlagen. Doch aus irgendeinem Grund weigerten sich seine Lider, sich zu heben. Vielleicht war er einfach nur hundemüde. Dann fielen ihm die Gerüche auf, und ihm wurde klar, dass er in einem Krankenhaus war, denn da war er schon oft genug gewesen. Aber er hatte keine Schmerzen. War er womöglich verletzt eingeliefert worden und danach eingeschlafen? Auch das wäre ihm nicht zum ersten Mal passiert.

Während er weiter probierte, die verklebten Augen zu öffnen, versuchte er nachzudenken, was los war. Er konnte sich nicht mehr erinnern, ganz egal, wie sehr er sich darum bemühte. Zuerst war es ihm so vorgekommen, als wäre die Welt weit weg, doch die Maschinen mit ihrem ständigen Piepen störten ihn und hinderten ihn daran, wieder einzuschlafen.

»Malichai.«

Jemand sagte seinen Namen. Er hatte ihn deutlich gehört. War da etwa ein Hauch von Angst in der Stimme seines Bruders? Denn es war Ezekiel, der ihn rief. Und wenn Zeke rief, antwortete man besser. Malichai gab sich noch mehr Mühe, die Lider zu heben, und schämte sich dafür, dass er bei der Arbeit eingenickt war. Dann gelang es ihm, die Augen ein klein wenig zu öffnen und durch die schmalen Schlitze zu linsen.

Er lag in einem Bett, hing an Apparaten, und Schläuche in seinen Armen führten zu Beuteln mit Flüssigkeiten und sogar Blut. Was war geschehen? Er zwang sich, den Blick durch den Raum wandern zu lassen. Amaryllis' undeutliches Gesicht kam in sein Blickfeld. Sie wirkte, als hätte sie geweint. Mordichai stand neben ihr. Rubin und Diego hinter den beiden. Und zwischen ihnen … Nonny. Sein Herz schlug hart gegen seine Brust. Sofort beschleunigte sich das Piepen einer Maschine. Nonny war da. Alle konnten hören, wie schnell sein Herz plötzlich pochte.

An Ezekiels Gesicht blieb sein Blick hängen. Sein Bruder stand neben dem Bett, auf der Höhe seines Kopfes, bereit, ihn vor den anderen abzuschirmen. Auch vor Amaryllis. Das war nicht gut. Das konnte nicht gut sein. Er konnte die Augen nicht weiter aufmachen. Er wollte es auch gar nicht mehr, doch er schaute weiter zu seinem älteren Bruder auf. Zeke war alles für ihn. Vater. Bruder. Vorgesetzter. Ihm würde er in die Hölle folgen. Doch im Moment brauchte er eher einen Vater. Und Ezekiel enttäuschte ihn nicht.

»Ich würde gern allein mit ihm sein, wenn es euch nichts ausmacht«, sagte er mit der für ihn typischen Autorität. »Malichai wacht auf, und ich brauche ein paar Minuten, um allein mit ihm zu sprechen.«

»Natürlich«, sagte Mordichai, ehe irgendjemand anders etwas erwidern konnte.

Er nahm Amaryllis bei der Hand, und Rubin legte sanft einen Arm um Nonny. Die beiden gingen sehr vorsichtig mit den Frauen um. Behutsam, beinah ehrfürchtig geleiteten sie sie aus dem Raum und ließen nur Ezekiel zurück.

Nun klopfte Malichais Herz so heftig, dass er Angst hatte, es würde platzen.

Sein Bruder schob einen Arm unter ihn. »Möchtest du dich aufsetzen?«

»Sag es mir einfach.« Doch er wusste es schon. Er konnte es nicht spüren, aber er wusste es. Nonny war da, und in ihrem Alter hätte sie den weiten Weg aus ihren geliebten Sümpfen bis zu ihm nicht auf sich genommen, wenn es nicht schlechte Neuigkeiten gäbe – vielleicht sogar sehr schlechte.

Oh Gott. Heiße Tränen stiegen ihm in die Augen und schnürten ihm die Luft ab, sodass er kaum atmen konnte, dabei hatte sein Bruder noch kein Wort gesagt.

»Sie mussten dir das Bein abnehmen, Malichai. Was auch immer dazu geführt hat, dass die Knochen sich auflösten, es ist immer weiter nach oben gestiegen, fast so wie ein Pilz; es war nicht aufzuhalten. Als du aus dem Wagen gesprungen bist, um ins Zentrum zu laufen, ist der Knochen zersplittert wie Glas. Es war unmöglich, ihn wieder zusammenzuflicken.«

Der Arm um seine Brust bot ihm Halt. So wie Ezekiel es immer getan hatte. Er war immer für seine Brüder da gewesen. Und das würde sich nicht ändern, ganz egal, was passierte, auch wenn es schlimm war. Sie hatten schon Schlimmeres durchgemacht, aber stets gemeinsam. Dies war sein persönlicher Albtraum, und dann war da noch Amaryllis. Er konnte und wollte sie nicht bitten, dieses schreckliche Leben mit ihm zu teilen.

Vor den anderen hätte er nicht geweint. Dann hätte er stoisch alles ertragen und hätte keinen Ton von sich gegeben, doch nun war nur Ezekiel da. Also legte er einfach die Arme um seinen älteren Bruder, presste das Gesicht in seine Halsbeuge und ließ sich gehen. Ließ seinen Gefühlen freien Lauf und weinte sich an der breiten Schulter seines Bruders aus. Weinte wie ein Baby und schämte sich nicht einmal dafür.

Ezekiel drückte ihn an sich und forderte ihn kein einziges Mal auf, sich zusammenzureißen. Er hielt ihn einfach fest und ließ ihn schluchzen, um sein verlorenes Bein trauern. Als seine Tränen schließlich versiegten – Malichai hatte keine Ahnung, wie viel Zeit vergangen war –, reichte Zeke ihm irgendetwas, womit er sich schnäuzen konnte, und zog einen Stuhl ans Bett.

»Du wirst hier noch etwas ausharren müssen, ehe wir dich nach Hause bringen können. Ich bleibe bei dir. Wenn ich mal weg muss, wird einer von den andern mich vertreten. Amaryllis möchte auch bei dir bleiben. Sie kann natürlich in der Pension schlafen.«

Malichai schüttelte den Kopf. »Hier ist es nicht sicher für sie. Außerdem möchte ich sie nicht sehen, Zeke …«

»Sei doch kein Trottel. Niemand wird diese Frau davon abhalten können, ich am allerwenigsten. Sie hat es sich verdient, bei dir bleiben zu dürfen. Als du ihr einen Ring an den Finger gesteckt hast, hat sie gewusst, was passieren könnte. Sie wird dich nicht verlassen, nur weil unsere schlimmsten Befürchtungen wahr geworden sind, und beleidige sie nicht, indem du ihr das auch nur vorschlägst. Ernsthaft, Malichai, du bist durcheinander, das verstehe ich, das ist die erste Reaktion auf die Nachricht, aber du wirst dich jetzt nicht zum Idioten machen und alle vor den Kopf stoßen, die dich lieben, nur weil du so traurig und wütend bist.«

Deswegen war Ezekiel auch sein Vorgesetzter. Er redete nicht um den heißen Brei herum, deshalb hatte Malichai

Respekt vor ihm. »Weißt du noch, als ich klein war und der Winter so hart war und ich meine Decke und mein Essen verschenkt hatte? Wie sauer du da auf mich warst?«

Ezekiel fuhr sich mit den Fingern durchs Haar und wich seinem Blick aus. »Ja, natürlich. Es war so rattenkalt, dass ich dachte, du würdest dich totfrieren, wenn du rausgehst, um zu pinkeln. Du warst ja nur ein Strich in der Landschaft.«

Dabei wandte er sich seinem Bruder wieder zu und strich ihm das Haar aus der Stirn. Malichai spürte, dass die Finger seines Bruders zitterten, und das schockierte ihn.

»Ich bin losgegangen, um eine Decke für dich zu organisieren. Ich dachte, irgendjemand hätte dir deine weggenommen. Den wollte ich mir vorknöpfen. Stattdessen habe ich den Soldaten aufgestöbert. Er wollte mir die Decke wiedergeben. Aber ich habe ihm gesagt, er soll sie behalten. Ich war verdammt stolz auf dich.«

Zu Malichais Überraschung blinzelte Ezekiel aufsteigende Tränen weg.

»Er hat gesagt, du seist ein großartiger Junge mit viel Mitgefühl. Du hast immer gemerkt, wenn es jemandem auf der Straße noch dreckiger ging als uns, und hast dann versucht, ihm zu helfen. Ich nicht. Ich weiß nicht, ob dir das klar war. Danach habe ich mich bemüht, mehr wie du zu sein.« Ezekiel strich ihm immer noch übers Haar.

»Als ich gesehen habe, dass der Mann nur ein Bein hatte, habe ich schreckliche Angst bekommen, dass ich einmal so enden würde wie er, als obdachloser Veteran, um den sich nach vielen Jahren im Dienst kein Schwein kümmert. Ich habe ihn in ein Pflegeheim gebracht und dafür bezahlt, wenn ich konnte … Ich wollte mit ihm in Kontakt bleiben, um ihn, wenn es so weit sein würde, beerdigen zu lassen. Aber ich war so viel unterwegs, dass ich ihn vor einigen Jahren doch aus den Augen verloren habe, und als er gestorben ist …« Malichai verstummte vor Scham darüber, dass er den Soldaten enttäuscht hatte.

Ezekiel schaute auf seine Hände hinunter. »War ich da. Du warst auf einem Einsatz im Kongo, als er abgetreten ist, und ich habe ihn mit militärischen Ehren begraben lassen.«

»Oh, danke, Zeke.«

»Du kriegst das hin, Malichai. Du bist der stärkste Mann, den ich kenne. Du schaffst das. Es wird ein langer und schwerer Weg werden, aber wir alle sind bei dir. Wir wissen doch beide, dass die Regierung dir eine superteure Prothese verpassen wird, weil so viel Geld in deine Ausbildung gesteckt wurde und man will, dass du einsatzfähig bleibst. Du kannst aber auch ablehnen. Trotzdem wirst du noch unschätzbar wertvoll für uns sein, wenn du zu Hause auf unsere Frauen und Kinder aufpasst. Du kannst immer noch Soldat sein. Ganz wie du willst. Du hast die freie Wahl. Bis dahin bringst du einen Tag nach dem andern, einen Schritt nach dem anderen hinter dich. Wir alle helfen dir dabei.«

Malichai wusste vom Verstand her, dass alles, was sein Bruder sagte, stimmte, doch vom Gefühl her war es schwer zu akzeptieren. Er hatte noch immer nicht nach unten geschaut, dahin, wo einmal sein Bein gewesen war. Das wollte er erst tun, wenn er allein war. Dann würde er sich auch die Hüfte reiben, an der er einen Phantomschmerz spürte, so als wäre sein Bein noch da und imstande, ihn noch sehr lange zu quälen.

»Die anderen werden dich sehen wollen, aber du brauchst sie erst reinzulassen, wenn du so weit bist«, versicherte Ezekiel ihm. »Ich kann sie noch länger hinhalten, wenn du willst.«

Sein Bruder verurteilte ihn nicht. Das würde er niemals tun. Ezekiel würde ihm so viel Zeit lassen, wie er brauchte, um sich zu fassen.

»Gib mir nur noch ein paar Minuten.« Er musste nach unten schauen, dahin, wo das Bein fehlte. Er musste sich damit abfinden. Dass seine Brüder und Nonny ihn so sahen war eine Sache, aber Amaryllis? Nein. Das war etwas anderes. Er sollte doch alles für sie sein. Ein ganzer Kerl. Ihr Mann und Beschützer. Kein Krüppel. Als Behinderter passte er nicht in das Bild, das er sich von ihrem Leben gemacht hatte.

Sein Bruder wartete ein paar Minuten, trat dann noch einmal an sein Bett, um ihn in eine sitzende Position zu bringen, und fuhr das Rückenteil ein Stück hoch, sodass Malichai sich wohl oder übel aufrichten musste. Trotzdem schaute er wieder nicht nach unten. Seine Hüfte pochte, und auch im Oberschenkelstumpf pochte und juckte es, aber er traute sich nicht hinzufassen. Schon bei dem Gedanken drehte sich ihm der Magen um. Er zwang sich, an Jerry zu denken, den Soldaten, den er in Afghanistan gerettet hatte. Der hatte nicht nur ein Bein verloren, sondern auch einen Arm. Wo war der eigentlich jetzt?

»Würdest du jemanden für mich finden, Zeke?«

Er legte eine Hand auf seine Hüfte, rieb sie aber nicht, holte nur einmal tief Luft. »Sein Name ist Jerry Lannis. Er hat sich in Afghanistan für seine Einheit geopfert. Und dabei einen Arm und ein Bein verloren. Rubin hat ihn da rausgeschafft, und dann ist er nach Deutschland geflogen worden. Kannst du herausfinden, wo er jetzt ist und wie es ihm geht?«

Er hätte das selber tun sollen. Er hätte sich nach dem Jungen erkundigen und ihn vielleicht sogar besuchen sollen. Wie viele hatten sie eigentlich bei dem Einsatz gerettet? Es waren jedenfalls sehr viele gewesen. Sie hatten sie einfach so heim zu ihren Lieben gebracht, völlig zerstört. Er hatte gedacht, weil sie Familien hatten, würde es ihnen bestimmt gut gehen, aber er hatte nicht bedacht, was das mit ihrem Stolz gemacht hatte. Ihrer Männlichkeit. Mist. Er drückte die Finger auf die Augenwinkel und schüttelte den Kopf.

»Ich weiß nicht, Zeke. Ich weiß nicht, ob ich es schaffe, ihr in die Augen zu sehen.«

»Glaubst du, sie hält jetzt weniger von dir?«

»*Ich* halte weniger von mir. Nicht von anderen Soldaten, denen es so geht wie mir. Die bewundere ich für ihren Mut. Aber ich frage mich, wenn sie mir jetzt gegenübersteht, was habe ich ihr schon zu bieten?«

»Du bist immer noch derselbe.«

»Mit einem Bein weniger.« Das klang, als würde er jammern, und das war das Letzte, was er wollte, aber Herrgott nochmal, es ging um Amaryllis. »Ich weiß, was du sagen willst, Zeke.« Malichai rieb sich die schmerzende Stirn. Er war so schrecklich müde. Am liebsten wäre er unter die Decke gekrochen, um dieses Gespräch zu beenden und beim Aufwachen festzustellen, dass das alles in Wirklichkeit nur ein schlimmer Alptraum gewesen war. »Kannst du mir Nonny holen?«

Ezekiel nickte. »Natürlich.«

Nonny brachte den Duft von Salbei und Lavendel mit, der sie zu Hause auch immer umgab. Sie sah auch so aus wie immer, wunderschön, alt und weise, unverwüstlich und absolut zuverlässig. Ihr Anblick hätte ihn fast zum

Weinen gebracht, doch gleichzeitig gab er ihm auch viel Mut. Sie steuerte direkt auf sein Bett zu, nahm seine Hand und drückte ihre dünnen, trockenen Lippen sanft auf seine Wange.

»Sei stark, mein Sohn. Du brauchst jetzt jedes bisschen Mut, und ich weiß, dass du genug davon hast, um dich und deine junge Frau durch all das hier zu bringen. Du wirst das hinkriegen, weil du so bist, wie du bist.« Sie drückte seine Hand.

Ihre Haut war papierdünn, aber sie war kräftig. Sie setzte sich auf den Stuhl, den Ezekiel neben das Bett gezogen hatte, während er sich in einem Sessel auf der anderen Seite des Zimmers niederließ. Dass er blieb, verriet, dass er nach wie vor im Beschützermodus war. Er hielt sich im Hintergrund, blieb stumm und still, war aber da, für alle Fälle.

»Danke, dass du gekommen bist, Nonny. Ich weiß, wie sehr du den Sumpf und die Drillinge liebst.«

Sie warf ihm ein Lächeln zu. »Am meisten vermisse ich meine Pfeife. Hier gibt es nirgendwo einen Platz, an dem ich sie anzünden kann, ohne dass irgendjemand mir erzählt, das wäre nicht gesund.«

»Genau, so ist es.«

»Aber hier habe ich dich und die Kinder, und ich durfte in Traps Flugzeug fliegen. So was habe ich noch nie gesehen. Man könnte fast darüber nachdenken, das Haus aufzugeben und stattdessen lieber in diesem Ding zu wohnen.«

Das brachte Malichai zum Lächeln. Nonny würde das Haus, das ihre Enkelsöhne für sie gebaut hatten, niemals aufgeben. Sie liebte das Leben im Sumpf. Sie hatte ein großes Opfer gebracht, als sie hergekommen war, um ihn zu besuchen, aber sie würde das niemals zugeben.

»Du hast Amaryllis getroffen?«

Nonny nickte. »Ein wunderbares Mädchen und sehr verliebt in dich. Sie ist eine treue Seele, die bestimmt auch in schlechten Zeiten für dich da sein wird. Sie ist wie die anderen Frauen daheim und wird bei dir bleiben, mit dir ein Zuhause aufbauen – so wie ich mit meinem Berengere.« Wenn sie den Namen ihres Mannes erwähnte, war ihre Stimme stets voller Liebe. »Sie ist eine gute Frau, aber ihr Jungs habt ja alle ein gutes Händchen bei der Partnerwahl.«

»Der Gedanke, dass sie sich mit so etwas befassen muss, gefällt mir nicht«, sagte Malichai grimmig und versuchte, nach unten zu schauen, schaffte es aber nicht ganz.

Nonnys Händedruck wurde fester. »Wenn sie ein Bein verlieren würde, würdest du dann nicht bei ihr bleiben und sie unterstützen? Oder würdest du denken, sie wäre es nicht mehr wert?«

»Natürlich nicht, aber das ist eine andere Geschichte.«

»Wieso?«

»Ich bin ein Mann. Ich sollte sie beschützen. Ich sollte zwei Beine haben, damit ich Mistkerle wie Whitney von ihr fernhalten kann.«

»Was wäre, wenn man ihr die Gebärmutter herausnähme? Oder wenn sie Brustkrebs bekäme? Und man ihr die Brüste abnehmen müsste? Wäre sie dann in deinen Augen keine richtige Frau mehr?«

»Nein, verdammt«, sagte er betroffen. Niemals würde er wollen, dass Amaryllis glaubte, er würde sie nicht mehr haben wollen, wenn sie eine Brust verlor oder keine Kinder bekommen konnte. »Amaryllis ist sehr wichtig für mich, aber nicht wegen so was, sondern weil sie so ist, wie sie ist.« Es war ihm bitterernst. Sie bestand nicht nur aus Brüsten

und Bauch. Er hatte verstanden, worauf Nonny hinaus-
wollte. Aber er kam nicht gegen seine Gefühle an. Ganz
egal, wie sexistisch oder wie lächerlich das wirkte. Bei ihm
war es einfach so, auch wenn andere vielleicht anders reagierten.

»Es wird Zeiten geben, in denen du traurig bist und darüber nachdenkst, Amaryllis wegzuschicken, aber dagegen
musst du ankämpfen. Diese Sache kann euch auseinan-
derreißen oder so stark machen, dass ihr unschlagbar seid.
Sie wird zu dir halten. Das kann ich dir garantieren. Und
du musst es zulassen, denn dann habt ihr zwei eine ganz
besondere Beziehung, die bis zum Ende eurer Tage halten wird.«

Er glaubte Nonny, denn sie musste es wissen. Sie hatte eine besondere Gabe. Wenn sie etwas vorhersagte, traf
es ein. Er musste nur über sein Problem hinwegkom-
men, diese Befürchtung, dass er mit nur einem Bein minderwertig sein würde. Wieder versuchte er, nach unten
zu schauen, und wieder schaffte er es nicht ganz, doch
immerhin glitt seine Hand von seiner Hüfte zu seinem
Oberschenkel. Und noch ein bisschen weiter. Obwohl
sein Herz wie verrückt schlug. Da war nicht mehr viel.
War das überhaupt noch genug für eine Prothese? Wie
viel Stumpf brauchte man? Ein kleines Stück musste es ja
wohl sein.

»Atme einfach weiter, Malichai«, kam Ezekiels Stimme
aus dem Schatten. Ruhig und vernünftig. Ganz unauf-
geregt, und er atmete deutlich hörbar aus und ein. Malichai folgte seinem Rhythmus, so wie er seinem Bruder
immer folgte.

Das Piepen einer Maschine, an die er angeschlossen
war, wurde langsamer und stabilisierte sich. Ein wenig be-

schämt blickte Malichai zu Nonny hinüber. Sie grinste ihn an. Auch dieses vertraute Grinsen half ihm, sich zu beruhigen.

»Bist du bereit, dein Mädchen zu sehen? Amaryllis kann es kaum erwarten, dich zu besuchen. Sie möchte dir etwas sagen und behauptet, es sei sehr wichtig.«

Malichai wusste, dass er Amaryllis nicht länger von sich fernhalten konnte. Er wollte sie nicht kränken. Bald würden die Ärzte kommen, und er musste sie allein sehen. Damit er ihren Gesichtsausdruck deuten konnte. Um sicherzustellen, dass sie bei ihm bleiben und die lange Zeit durchstehen wollte, die es sicherlich dauerte, bis er sich wieder erholt hatte.

»Ja, ich bin bereit.« Das stimmte nicht. Er schaute zu Ezekiel hinüber und bemerkte den kurzen überraschten Blick in seine Richtung. Wenn irgendjemand ihn kannte, dann Zeke. Sein Bruder wusste, dass er Nonny gerade angelogen hatte. Wahrscheinlich kam er deswegen in die Hölle.

Nonny nahm ihn beim Wort, ging zur Tür und rief Amaryllis herein. Dann war sie da, seine Frau, die inmitten der Krankenhausgerüche wie eine frische Brise wirkte, so wie sie es stets tat. Sie sah wunderschön aus, trotzdem merkte man ihr an, dass sie viel geweint hatte. Lächelnd kam sie direkt auf ihn zu und hauchte ihm mehrere Küsse auf die Lippen.

»Du hast mir Angst gemacht, Malichai. Ehrlich«, sagte sie leise.

»Du mir auch, als du hinter Callendine her bist«, erwiderte Malichai. »Hast du ihn ausgeschaltet?«

»Oh ja. Er ist in dem Parkhaus gestorben. Sie sind alle tot. Selbst Tania und Tommy Leven. Die haben mit denen unter einer Decke gesteckt. Bellisia hat sie erwischt, als sie im Parkhaus rumgeknutscht haben. Anscheinend war Tania Tommys Frau, nicht seine Schwester. Sie hat Linda übers Internet kontaktiert, weil Linda und ihre Schwestern bei fast allen Konferenzen als freiwillige Helfer mit dabei sind. Deshalb nahm Tania an, dass Linda praktisch alles über das Zentrum weiß, unter anderem wie man am schnellsten hinein- und herauskommt.«

»Und da Linda lesbisch ist«, fügte Ezekiel hinzu, »ist sie auf Tania reingefallen.«

Amaryllis nickte. »Ja, und das ist ihr sehr peinlich. Die Militärpolizei konnte haufenweise Beweise sicherstellen. Ich glaube, die sind auch sehr zufrieden, bis auf die Tatsache, dass sie sich die seltsamen Gifte in den Leichen nicht recht erklären können.«

»Darüber würde ich mir keine Sorgen machen«, meinte Ezekiel. »Irgendjemand weiter oben wird diese ganze Geschichte unter den Teppich kehren.«

»Aber ich hoffe, sie knöpfen sich wenigstens den Typen vor, der dahintersteckt«, sagte Amaryllis. »Und den Vizepräsidenten.«

»Das wird nicht passieren«, entgegnete Ezekiel. »Das wissen wir alle, aber immerhin ist der Präsident jetzt gewarnt.«

»Meinst du, er wusste davon?«, fragte Malichai.

»Nein, das glaube ich nicht. Anscheinend war er ehrlich entrüstet«, erwiderte Ezekiel. »Joe ist mit dem Generalmajor nach Washington geflogen, um mit ihm zu reden, und Joe merkt, wer lügt und wer die Wahrheit sagt. Wenn er dem Präsidenten glaubt, reicht mir das.«

Malichai legte einen Arm um Amaryllis' Taille. Sie stand auf der Bettseite, wo ihm das Bein fehlte, und das war ihm unangenehm. Er wollte nicht, dass sie nach unten schaute, doch andererseits musste sie sich ansehen, womit sie es den Rest ihres Lebens zu tun haben würde, wenn sie bei ihm blieb. »Schatz, ich will, dass du eins weißt: Wenn du mich verlassen willst, ist jetzt der Moment, es zu sagen, ich würde es dir nicht übel nehmen, du kannst einfach gehen, das wäre okay für mich.« Auch wenn er sich zu diesem Angebot zwingen musste.

Eine lange Pause entstand, denn Amaryllis antwortete nicht. Zu hören war nur das Piepen und Stöhnen der Maschinen, die weiter ihre Arbeit verrichteten und alle Besucher im Raum und die Schwestern auf dem Flur über seinen Zustand unterrichteten. Es blieb ihm nichts anderes übrig, als zu seiner Frau aufzublicken. Sie betrachtete ihn mit ihren erstaunlich blauen Augen und musterte lange Zeit sein Gesicht.

»Glaubst du wirklich, ich würde dich verlassen, Malichai? Denkst du, ich wäre so oberflächlich? Ich liebe dich. Von ganzem Herzen. Und ich würde alles für dich tun. Aber da du mit dem Thema angefangen hast, ich habe … nein … wir haben ein Angebot bekommen. Dr. Whitney hat mich neulich Abend angerufen und mir lange von einem Forschungsprojekt erzählt, mit dem er sich in letzter Zeit beschäftigt hat. Ich habe alles überprüft, und es scheint zu stimmen, was er mir erzählt hat.«

Ezekiel stand auf und kam zur anderen Seite des Betts. »Dem Kerl kannst du kein Wort glauben, Amaryllis. Der denkt nur an sich.«

»Das weiß ich. Es sei denn, es geht um die Schattengänger. Mit denen will er unbedingt Erfolg haben. Jeder Fehler, den er bei diesem Programm gemacht hat, wurmt ihn. Er ist wie besessen davon und kann sie anscheinend nicht in Ruhe lassen. Ich glaube ihm seine Geschichte, auch wenn er manches sicherlich so hingedreht hat, wie es ihm in den Kram passt.«

Malichai war nicht wohl dabei, dass Whitney es geschafft hatte, mit Amaryllis in Verbindung zu treten, doch der Tod der drei Owens und der vereitelte Anschlag waren nicht zu verbergen, und Amaryllis führte die Pension, die im Zentrum der Ermittlungen stand. So hatte er sie finden können. Aber Whitney wusste dann auch, dass sie von Schattengängern umgeben war.

»Das Ganze war nicht seine Schuld. Er hat nichts mit dem neuen Zenith zu tun und schon gar nichts mit meiner Reaktion darauf«, sagte Malichai. »Falls das das Problem ist.«

»Trap glaubt das«, berichtete Ezekiel. »Er hat sich eingehend damit befasst, wenn er nicht gerade Cayenne bei den Zwillingen helfen musste. Er sagt, es scheint an deinen Knochen und an deiner DNA zu liegen. Also dürfte Amaryllis mit dem neuen Zenith ähnliche Schwierigkeiten bekommen. Als du es zum ersten Mal verwendet hast, hast du ihm praktisch Tür und Tor geöffnet. Trap kann dir das mit der Sequenzierung besser erklären, weil er so was liebt, ich würde es mir lieber ersparen.«

Malichai war das alles herzlich egal, solange dieser Alptraum endlich aufhörte. »Werde ich weiter damit zu kämpfen haben?«

»Trap sagt Nein. Wir haben verhindert, dass die Krankheit weiter fortschreitet. Sie war so aggressiv, weil du so oft getroffen worden bist und fünf Verbände gebraucht hast. Das war eine Menge Zenith, noch dazu über das ganze Bein verteilt. Die Knochen sind einfach zerbröselt. Aber glaub mir, Bruder, Rubin hat jeden einzelnen Knochen in deinem Körper überprüft, um sicherzustellen, dass das nicht noch mal vorkommt.«

Das war eine große Erleichterung, denn Malichai hatte sich Sorgen gemacht, dass das, was seine Knochen zerfraß, sich wie Krebs in ihm ausbreiten würde.

»Warum hast du mir nicht gesagt, dass Whitney dich angerufen hat, Amaryllis?«

Als Familienoberhaupt war er daran gewöhnt, alle Entscheidungen zu treffen oder zumindest um Rat gefragt zu werden. Und auch als Führungsoffizier der Schattengänger war er derjenige, der die Richtung vorgab.

Amaryllis zuckte die Achseln. »Bevor irgendjemand etwas von Whitneys Vorschlag erfuhr, wollte ich herausfinden, ob er gut ist. Ich habe jahrelang in einem seiner Lager gelebt. Ich bin dort aufgewachsen und habe ihn beobachtet. Daher kenne ich ihn ziemlich gut. Er hatte sich angehört, als sagte er die Wahrheit, aber ich wollte bei Malichai und den anderen keine falschen Hoffnungen wecken.«

Malichai fiel sofort auf, dass sie sich ausgeklammert hatte. Es ging nicht um sie und ihn. Oder um sie und die Schattengänger. Es ging um Malichai und die Schattengänger ohne sie. Das gefiel ihm nicht, doch diesmal gelang es ihm, das Klopfen seines Herzens zu kontrollieren und gleichmäßig zu halten.

»Es gibt einen kleinen Salamander, der im Wasser lebt, Axolotl genannt, der das größte Genom hat, das jemals vollständig entschlüsselt worden ist. Die Forschung ist sehr interessiert an diesem Tier. Eigentlich wird es sogar immer berühmter, weil es die Fähigkeit hat, alle Körperteile nachwachsen zu lassen, auch die Augen. Es kann sein Rückenmark regenerieren und jedes abgeschnittene Glied ersetzen, selbst Teile des Hirns, doch das können die meisten Salamander.«

Malichai hatte das Gefühl zu wissen, wohin die Reise ging. Er schaute zu seinem Bruder hinüber. Noch so ein Whitney-Experiment. Dieser Wissenschaftler war den anderen immer einen Schritt voraus, weil er bereit war, jedem Vorreiter auf seinem Gebiet auf die Zehen zu treten und neue Verfahren auszuprobieren, ehe sie darauf getestet worden waren, ob ihre Anwendung sicher war. Wozu war er selber bereit für ein neues Bein? Ein eigenes? Würde er zu unerprobten Mitteln greifen? Völlig neuen Methoden? Ein Teil von ihm wollte nicht, dass Amaryllis weiterredete. Er war müde und konnte die Augen kaum noch aufhalten. Sein nicht vorhandenes Bein pochte und juckte quälend, doch er konnte immer noch nicht an sich herunterschauen. Und er wollte auch nicht, dass Amaryllis es tat. Er war noch nicht so weit, dass er sein Schicksal annahm. Sie durfte ihm keinen Ausweg anbieten und erwarten, dass er das Angebot ausschlug.

»Er hat gesagt, dass die Axolotl Stammzellen nutzen, um sich zu heilen, und dass er ihr ganzes Erbgut decodiert habe. Dann hat er behauptet, einen Weg gefunden zu haben, die Fähigkeit zur Erneuerung des genetischen Materials und letztendlich auch von Gewebe zu aktivieren. Mit anderen Worten, er könnte Malichai ein neues Bein wachsen lassen, indem er ihm ein Medikament gibt oder erneut seine Gene manipuliert. Whitney will Lily in die Technologie einweihen, wenn Malichai sich einverstanden erklärt, dieses Experiment als Erster zu wagen.«

Ezekiel schüttelte den Kopf. »Lasst euch doch nichts vormachen, ihr zwei. Whitney ist ein Genie, und was das Genspleißen und die Gensequenzierung angeht, ist er weiter als jeder andere auf dem Planeten, das will ich gar nicht abstreiten. Schließlich kupfert er skrupellos bei anderen Forschern ab, um die Nase vorn zu haben. Das wissen wir, weil er Zara genau dazu benutzt hat. Und selbstverständlich habe ich auch vom Axolotl gehört. Ich glaube, Trap hat sogar welche in dem Labor in seinem Haus. Er meint, bei ihnen könnten in drei Wochen ohne Narben neue Glieder wachsen, und glaubt ebenfalls, dass sie der Menschheit in Zukunft große Dienste leisten werden, aber Whitney? Wollt ihr ihn etwa deshalb wieder in euer Leben lassen? Auf keinen Fall. Das wäre eine Katastrophe. Ich lasse nicht zu, dass du diesem Kerl vertraust, Malichai.«

Hier ging es doch um sein Bein. Um seinen Körper. Fast hätte Malichai seinem Bruder das an den Kopf geworfen, doch er wusste, dass es kindisch klingen würde. Heute war sein erster Tag als Beinamputierter, und er sollte erst einmal tief Luft holen und gründlich nachdenken. Ezekiel hatte recht. Jeder Handel mit Whitney war ein Risiko. Es gab immer einen Preis, manchmal musste man ihn nicht gleich zahlen, aber es gab ihn – und irgendwann musste man die Zeche begleichen. Er war dazu bereit, sich von Whitney irgendwelche Tier- oder Insekten-DNA einpflanzen zu lassen, sich von Testosteron aufputschen oder von seidenen Panzern schützen zu lassen, egal, was nötig war, um sein Bein zurückzubekommen. Das war seine Entscheidung, und niemand hatte etwas mitzureden.

»Was hat er noch gewollt?«, fragte Malichai, ohne auf den Ausbruch seines Bruders einzugehen, denn Whitney hatte sicherlich mehr verlangt, als Amaryllis zugegeben hatte.

»Das spielt keine Rolle, weil du das Angebot nicht annimmst«, blaffte Ezekiel.

Doch Malichai schaute nicht ihn, sondern seine Frau an, und bemerkte den Ausdruck, der über ihr Gesicht glitt. Nur ganz kurz, aber er war ihm nicht entgangen. Ja. Whitney hatte ihr seinen Preis genannt.

»Schatz«, drängte er sie leise, »was hat er noch zu dir gesagt?«

Sein Tonfall ließ Ezekiel verstummen.

Amaryllis zuckte die Achseln. »Er will, dass ich zu ihm zurückgehe«, sagte sie lässig, als wäre das nicht das größte Opfer auf der Welt, nachdem ihr die Flucht gelungen war. »Als Gegenleistung möchte er mich untersuchen, um herauszufinden, wie ich es schaffe zu heilen.« Sie wusste, dass sie nie mehr frei sein würde, wenn Whitney sie wieder in die Finger bekam. Er würde sie in sein Brutprogramm stecken und ihr das Leben zur Hölle machen. Sie würde sich opfern – für ihn, Malichai. Ihr Leben aufgeben, damit er ein neues Bein bekam.

Malichai spürte, wie Zorn in ihm hochkochte. Das war typisch Whitney. Er hatte Amaryllis unter Druck gesetzt, ihm zu beweisen, ob ihre Liebe zu Malichai groß genug war. Sie sollte zu ihrem Peiniger zurückkehren, nur damit er ein neues Bein bekam.

Stumm zählte Malichai bis hundert, weil er nicht wie Ezekiel klingen wollte, wie ein Diktator, der ihr vorschreiben wollte, was sie tun durfte und was nicht. Das war nicht der richtige Weg, nicht bei Amaryllis – bei niemandem, aber erst recht nicht bei ihr. Er lehnte sich zurück und schloss die Augen, er war so müde, dass er sich fragte, ob er es wohl je wieder schaffen würde, sie aufzuschlagen, doch er ließ Amaryllis nicht los. Er brauchte sie. Ganz nah bei sich. Er musste mit ihr verbunden bleiben.

»Er kennt uns nicht, oder? Er weiß nicht, wie sehr ich

dich liebe und brauche. Und du mich. Ich würde dich niemals für ein Bein aufgeben. Oder für irgendeinen anderen Körperteil. Du würdest das auch nicht tun«, sagte er im Brustton der Überzeugung. »Schauen wir der Wahrheit ins Auge, Amaryllis. Ich bin ein Schattengänger. Allein meine Ausbildung hat die Regierung Millionen Dollar gekostet. Da werden sie doch nicht wegen so einer Kleinigkeit wie einem fehlenden Bein damit aufhören, mich loszuschicken, wenn sie mich brauchen. Wenn Whitney das, was seine Forschungen über diesen Salamander ergeben haben, nicht schon an Trap oder Lily weitergereicht hat, werde ich die beste Prothese kriegen, die es gibt, und sie wird wahrscheinlich sehr futuristisch aussehen. Uns kann völlig egal sein, wie das hier weitergeht. Komm ins Bett und leg dich zu mir. Ich möchte dich nah bei mir haben.«

Mehr konnte er nicht tun. Hauptsache, sie lag neben ihm. Er schlug die Augen nicht auf, weil er es nicht mehr schaffte. Sicher würde ihn bald der Schlaf übermannen. Doch vorher musste er sich vergewissern, dass Ezekiel auf sie aufpassen würde. Er hoffte, er hatte sich deutlich genug ausgedrückt, damit Amaryllis wusste, dass sie zusammen besser waren als getrennt.

Sie ging zur anderen Seite des Betts. »Du weißt aber schon, dass ich dann Ärger mit den Krankenschwestern kriege, oder?«

»Ich beschütze dich vor ihnen«, versprach er. Er hoffte, dass er dabei lächelte, aber er war sich nicht sicher, er war zu müde.

Amaryllis kletterte aufs Bett und schmiegte sich an ihn. Es fühlte sich gut und richtig an.

»Scheiß auf Whitney«, sagte Malichai leise und drehte den Kopf, damit er die Lippen auf ihr seidiges Haar drücken konnte. »Ich werde immer das hier haben. Dich. Ich liebe dich von ganzem Herzen, mein Schatz.«

»Ich liebe dich auch, Malichai. Schlaf jetzt, mein Süßer, ich pass auf dich auf.«

Sehr schön, Bruderherz. Ich bin stolz auf dich.

Manchmal wusste Ezekiel nicht, wann man es gut sein lassen musste. Nun brannten in Malichais Augen schon wieder Tränen, weil er zu gefühlsduselig war, verdammt. Doch diesmal lag es nicht an seinem Bein. Das würde er später betrauern, jetzt ging es dank Whitney und seiner Tricks darum, dass Amaryllis bei ihm blieb. Sie hätte ihn verlassen. Sie hätte ihr Leben gegen ein Bein eingetauscht. Er hatte es an ihrem Gesichtsausdruck gesehen und in ihren Gedanken gelesen. So sehr liebte sie ihn. Wer konnte so dumm und selbstsüchtig sein, wegen eines Körperteils auf eine solche Liebe zu verzichten?

Das Piepen der Apparate im Ohr und den Duft von Amaryllis' Haar in der Nase, nickte Malichai ein, einen Arm um ihre Taille gelegt, die andere Hand auf seiner Hüfte, wo er immer noch die Schmerzen des nicht mehr vorhandenen Beins spürte. Doch er hatte sich von der Realität abgekoppelt und ganz auf Amaryllis konzentriert.

»Schläft er?«, fragte Ezekiel.

»Scheint so«, erwiderte sie leise. »Schwer zu sagen.«

»Ich finde es schrecklich, dass er das durchmachen muss. Danke, dass deine Liebe zu ihm so groß ist, dass du ihm dieses Angebot gemacht hast. Und danke, dass du jetzt bei ihm bleibst. Er braucht dich. Jetzt mehr denn je. Er muss lernen, darauf zu vertrauen, dass du ihn auch ohne sein Bein genauso liebst.«

Zärtlich strich Amaryllis über Malichais Brust. »Ich würde alles für ihn tun, Ezekiel«, gestand sie. »Einfach alles.

Nur bei Owen habe ich versagt. Er war wie überlebensgroß, ein Gegner, den ich nie besiegen konnte. Vielleicht hat Whitney mich so konditioniert, dass ich dazu nicht imstande war, schließlich hätte ich ihn mit Gift umbringen oder den Abzug durchdrücken können, aber es ging einfach nicht. So war das jedes Mal, wenn ich gegen ihn angetreten bin. Sogar als ich ihn hätte erschießen müssen, um meinen Mann zu retten. In dem Moment habe ich Malichai im Stich gelassen, und ich habe mir geschworen, dass das nie wieder vorkommt.«

»Du weißt doch, dass Whitney uns dummes Zeug einredet, oder? Als er Owen zu seinem Goldjungen gemacht hat, hat er bestimmt dafür gesorgt, dass ihr Frauen mit euren tödlichen Giften es genauso wenig schafft, seinen liebsten Leibwächter aus dem Weg zu räumen wie den Herrn Doktor selbst. Das wäre nur vernünftig, Amaryllis, sonst wäre er wohl schon lange weg vom Fenster. Wenn du mit Malichai darüber geredet hättest, hätte er dir dasselbe gesagt.«

Amaryllis schaute sich um. »Gib es hier Kameras? Oder Mikrofone?«

Ezekiel schüttelte den Kopf. »Nein, das Zimmer ist sauber. Und wir kontrollieren es dreimal am Tag, nur um sicherzugehen. Worüber machst du dir Sorgen?«

»Eine von den Frauen, die mit mir geflohen ist, ein Mädchen namens Coral, ist in der Pension aufgetaucht. Sie hat mich gefragt, ob sie bei Marie bleiben kann. Ich mag sie, aber ich frage mich, ob Whitney sie nicht wieder eingefangen und aus einem bestimmten Grund zu mir geschickt hat. Du weißt doch, wie gern er Spielchen spielt. Wenn ich sie Marie empfehle, wird die sie behandeln, als gehörte sie zur Familie. So ist sie eben. Und wenn ich es nicht tue, bekommt sie den Job nicht. Das täte mir sehr leid, denn sie sieht aus, als würde sie dringend einen brauchen.«

»Möchtest du, dass wir sie überprüfen?«, fragte Ezekiel vorsichtig. Das war das erste Mal, dass Amaryllis das Team um etwas bat. Aber sie hätten es ohnehin getan, denn sie hatten Marie und Jacy praktisch adoptiert. Ab sofort würden sie alle, die länger für Marie arbeiteten, unter die Lupe nehmen. Doch dass Amaryllis sich damit an sie wandte, war ein großer Fortschritt.

»Wenn es euch nichts ausmacht.«

»Natürlich nicht«, sagte Ezekiel. Wir werden sowieso noch eine Weile hierbleiben müssen. Wir können Malichai nicht nach Hause bringen, bevor er sich erholt hat. Ihm wird nichts anderes übrig bleiben, als Krankenhaus, Reha und häusliche Pflege hier hinter sich zu bringen. Das wird eine Weile dauern. So lange musst du für ihn stark sein.«

»Fahren die anderen bald zurück?«

»Ja, es geht nicht anders«, erwiderte Ezekiel. »Bellisia, meine Frau, bleibt hier. Sie hilft Cayenne und Trap bei den Babys. Drusilla entwickelt sich gut und wird bald so weit sein, dass sie reisen kann. Trap möchte seine Familie nach Hause bringen. Cayenne mag es nicht, dass die Krankenschwestern ihr vorschreiben, was sie mit ihren eigenen Kindern tun darf und was nicht.«

Amaryllis runzelte die Stirn. »Na und? Das ginge mir genauso.«

»Sie spinnt wunderschöne Netze und hängt sie als Vorhänge auf, um mehr Privatsphäre zu haben. Doch die um die Babys herum reißen die Schwestern immer wieder herunter. Cayenne beschwert sich nicht darüber, aber Trap glaubt, dass ihr bald der Geduldsfaden reißt. Schließlich kann er den Schwestern nicht sagen, dass sie die Netze in

Ruhe lassen sollen, weil sie nichts Schönes darin sehen, sondern das Produkt einer Riesenspinne in der Nähe der Kinder.«

»Verstehe. Das könnte ein Problem werden.«

»Deshalb ist es gut, dass Bellisia hierbleibt. Sie ist nicht Cayennes engste Freundin, aber in dieser Situation doch eine Hilfe. Zara ist diejenige, die irgendwie immer alle besänftigt. In der Hinsicht ähnelt sie Nonny. Man könnte es als eine Art Mediation bezeichnen, bei der alle sich entspannen, besonders die Kleinen. Auch Cayenne scheint recht gut darauf zu reagieren. Bellisia ist viel direkter.« Er grinste, als er das sagte.

Amaryllis musste mitlachen. »Und das gefällt dir.«

Ezekiel zuckte die Achseln. »Meine Frau ist ein kleiner Hitzkopf. Eine Kämpferin. Sie verteidigt die Werte und die Menschen, an die sie glaubt.«

»Und wie ist Shylah? Dradens Frau?«

»Das ist schwerer zu erklären. Sie ist nett. Und sehr mitfühlend. Aber in zwei Sekunden mit dir fertig, wenn du ihre Zielperson bist. Pepper, Wyatts Frau, ist der liebste Mensch, den es gibt. Sie sollte zusammen mit den Drillingen, Wyatts Kindern, eliminiert werden, Manchmal bekommt sie Hirnblutungen, wenn sie zu viel Gewalt sieht, aber wenn es sein muss, würde sie uns und die Babys mit aller Kraft verteidigen. An ihrer Haut ist etwas, das die Männer verrückt nach ihr macht, wenn sie sie berühren, deshalb muss sie ihre sexuelle Anziehungskraft ständig unterdrücken. Das ist schwierig für sie. Nonny ist ihr da eine große Hilfe gewesen.«

»Und wie ist Cayenne?«

»Die hast du ja schon kennengelernt. Sie hat früher in einer winzigen Zelle gelebt. Nie eine Familie gehabt und immer nur Feldrationen zu essen bekommen. Niemand hat sie gut behandelt. Trap war derjenige, der sie aus ihrer Zelle herausgeholt hat. Daraufhin hat sie Wyatt und Pepper geholfen, die Drillinge zu befreien, aber wir wussten nicht, ob sie das getan hat, weil die Mädchen ihr leidtaten oder weil sie sich bei Trap bedanken wollte. Danach ist sie verschwunden. Irgendwann kamen dann Gerüchte über einen Dieb auf, der mehrmals Leute auf dem Heimweg nach einem Kneipenbesuch ausgeraubt hat. Also nur schlechte Menschen, und meist wussten die Bestohlenen hinterher nicht mehr viel davon. Trap war überzeugt, dass Cayenne dahintersteckte. Und er hatte recht.«

»Wie schrecklich. Sie muss große Angst gehabt haben.«

»Kann sein. Dabei hatten wir alle ein wenig Angst vor ihr, denn sie ist brandgefährlich, Amaryllis. Sie weiß ihre Seide und ihr Gift gut einzusetzen, und sie zögert nicht. Sie kann dich lähmen oder töten. Natürlich hat Nonny sich ihrer angenommen. Sie würde ja jedes kranke Tier aus dem Sumpf mit nach Hause bringen, wenn Wyatt es zuließe. Aber es war Trap, der einen Weg gefunden hat, Cayenne zu uns zu holen.«

»Das war sicher nicht leicht.«

»Nein, schon deshalb nicht, weil Trap auch niemandem traut. Er ist Autist, und alle, die er je geliebt hat, sind getötet worden – ermordet. Viele aus seiner Familie, von seinem eigenen Vater. Deshalb hat er sich immer mehr in seine eigene Gedankenwelt zurückgezogen und andere Menschen mit seinem rüden Benehmen abgeschreckt. Wenn irgendjemand so getan hat, als wollte er sich mit ihm anfreunden, war es am Ende meist wegen seines Geldes, denn davon hat er eine ganze Menge. Cayenne aber musste sich in jeder Hinsicht auf ihn verlassen, und das hat ihm geholfen. Er musste lernen, sich anzupassen, zu reden und ein Vorbild zu sein. Am Anfang hat er viele Fehler gemacht, auch heute kommt das noch vor, aber er macht sie nur einmal und nie wieder, weil Cayenne sein Ein und Alles ist.«

»Das habe ich gesehen. Bei ihr scheint es umgekehrt genauso zu sein.«

»Oh ja, das ist klar«, meinte Ezekiel. Dann seufzte er, stand auf und streckte sich. »Vor euch liegt ein langer, steiniger Weg, Amaryllis. Das wird nicht leicht für Malichai. Ich glaube, vor genau dieser Situation hat er sich immer gefürchtet.«

»Er ist sehr stark. Das hat Nonny mir ins Ohr geflüstert, als wir draußen im Warteraum saßen. Und dass ich auch stark sein muss. Das habe ich mir fest vorgenommen«, sagte sie entschlossen. »Du brauchst dir keine Sorgen zu machen, ich weiche ihm nicht von der Seite.«

Ezekiel kam ums Bett herum und küsste seinen Bruder sanft auf die Wange, dann legte er eine Hand an Amaryllis' Gesicht. »Ich weiß. Und ich verlass mich darauf. Wir alle verlassen uns darauf.« Damit drehte er sich um und verließ das Zimmer.

Dankbar, dass ihr Herz nicht auch an einen Apparat angeschlossen war, starrte Amaryllis an die Decke. Sonst hätte es im Zimmer wohl wie wild gepiepst, nicht weil sie Angst vor den Folgen der Amputation hatte, sondern weil sie mit dem Gedanken gespielt hatte, Malichai zu verlassen, ohne vorher mit ihm zu reden, und damit wahrscheinlich die Chance vertan hätte, ihr Leben lang von einem außergewöhnlichen Menschen geliebt zu werden.

»ICH WÜRDE WIRKLICH gern wissen, was für eine Hardware du da am Bein hast, denn das hier schafft mich«, sagte Jerry Lannis, der sich den Schweiß von der Stirn wischte und die Augen fest auf Malichai gerichtet eine halbe Flasche Wasser in sich hineinkippte.

Malichai hob eine Braue. »Ich kann nichts dafür, dass du nicht trainiert hast. Ich laufe jeden Tag durch die Hügel, während du dich ausruhst und versuchst, deine Frau dazu zu bewegen, dir den Rücken zu massieren oder dich sonst wie zu verhätscheln.«

Jerry prustete Wasser durch die Nase. »Und ich kann nichts dafür, dass deine Frau dir in den Hintern tritt, wenn du nicht laufen gehst. Das letzte Mal, als du hinter deiner Zeit zurückgeblieben bist, habe ich fast damit gerechnet, dass sie nach draußen kommt und dir das Fell über die Ohren zieht, weil du zu bequem geworden bist. Meine Frau verwöhnt mich eben gern.« Er grinste breit und wackelte mit den Augenbrauen.

»Jedenfalls«, fuhr Malichai fort, »haben wir noch eine halbe Stunde Laufen vor uns. Und danach muss ich schwimmen. Kommst du mit, oder reicht's dir für heute?«

Schwimmen war für Jerry im Moment schwierig. Er musste sich noch an seine neue Armprothese gewöhnen, und obwohl Malichai gern behauptete, er sei faul, war er sehr ehrgeizig. Malichai wusste, dass Jerry manchmal depressive Phasen hatte, denn dann rief er an, und sie trafen sich irgendwo, um zu reden. Wenn sie zu weit voneinander entfernt waren, unterhielten sie sich am Telefon. Sie hatten einen Pakt miteinander geschlossen. Auf Ezekiels Drängen hin hatte Malichai einen Psychotherapeuten aufgesucht, und der hatte ihm geraten, sich einen vertrauten Menschen zu suchen, mit dem er sich austauschen konnte.

Es gab mehr als fünfzehnhundert Soldaten, die im Irak oder in Afghanistan einen Körperteil verloren hatten, und Ezekiel wollte unbedingt, dass sein Bruder die beste Behandlung bekam, nicht nur für den Körper, sondern auch für den Geist. Deswegen hatten sie Hilfe bei den Soldaten gesucht, die ihm vorangegangen waren. Die schon unter Depressionen gelitten hatten und diese Abwärtsspirale kannten. Und Malichai wollte Jerry dieselben Möglichkeiten verschaffen und hatte deshalb mit ihm Kontakt aufgenommen. Im Laufe ihrer Genesung waren sie dann enge Freunde geworden.

Normalerweise trainierte Malichai jeden Tag mit seinem Team oder Amaryllis, es sei denn, Jerry war zu Besuch. Er lebte mit seiner Familie in der Nähe des Armeestützpunkts in Washington, doch seine Frau wollte gern umziehen, sobald er entlassen wurde. Sie hatte das Gefühl, dass es nicht gut für ihn war, zusehen zu müssen, wie seine Freunde einfach ohne ihn weitermachten. Das Training mit Malichai schien ihn aufzumuntern, deshalb wollte sie gerne in seine Nähe ziehen.

Malichai war sehr dafür. Die Familie hatte auch bereits ein Haus in New Orleans gefunden, das ihnen sehr gut gefiel, doch er hatte ihnen geraten, sich vor dem Kauf mit dem dortigen Wetter vertraut zu machen. Im regnerischen Washington herrschte ein ganz anderes Klima. In New Orleans war es zwar auch feucht, aber sehr heiß. Die Besitzer hatten sich bereit erklärt, das Haus zunächst für ein paar Monate zu vermieten, damit die Familie herausfinden konnte, ob ihnen das Leben in der Stadt gefiel, ehe sie sich endgültig entschieden.

»Ich denke, ich komme mit zum Schwimmen und versuche, diesen Arm mal einzugewöhnen. Meine Tochter findet ihn total cool. Sie will auch so einen.«

Malichai lachte. »Ich habe festgestellt, dass Kinder alles viel einfacher und unkomplizierter wirken lassen. Ich hab sie gern um mich. Ich dachte, wir könnten in Traps Pool gehen.«

Jerrys Gesicht erhellte sich. »Glaubst du, er hat nichts dagegen?«

»Dem ist das völlig egal. Wir nehmen den großen Pool, im Kinderbecken sind sicher die Kleinen. Die wissen, dass sie nicht ins tiefe Wasser dürfen, schon gar nicht, wenn Erwachsene da ihre Bahnen ziehen, aber sie werden uns sicher zuschauen. Nur damit du gewarnt bist. Die sagen, was sie denken.«

»Ich hätte meine Kinder mitbringen sollen.«

»Das habe ich dir doch gesagt. Amaryllis freut sich, wenn Denise zu Besuch kommt, und deine beiden Mädels hätten sicher viel Spaß mit den kleinen Schl…, mit Wyatts Töchtern.«

»Warum nennst du sie immer ›kleine Schlangen‹? Das habe ich schon öfter von dir gehört.«

Sie joggten zusammen einen Hügel hinauf und dann den Weg entlang, der in den Sumpf führte. Malichai war dankbar, dass die Äste der Bäume sich um sie geschlossen hatten, konnte sich aber nicht davon abhalten, sich ständig umzuschauen. »Sag das niemals laut. Pepper könnte dich hören. Die drei Kobolde haben ziemlich fest zugebissen, als sie Zähne bekamen, daher der Spitzname. Pepper mochte ihn nicht. Aber manchmal rutscht er uns noch heraus.«

»Ich pass schon auf«, meinte Jerry, während sie den Weg einschlugen, der zu Traps und Cayennes Haus führte.

Das Wasser fühlte sich gut an, deshalb entschied sich Malichai, noch im Pool zu bleiben, als Jerry nach Hause fuhr. Er schwamm weiter Runde um Runde. Jerry hatte recht, die Hardware an seinem Bein war sehr effizient, die beste, die es gab, sodass er immer noch blitzschnell war. Nur das leise Anschleichen musste er noch üben. Aber das war alles, er konnte sich nicht beklagen.

Später gesellte Amaryllis sich zu ihm, und er freute sich, sie in dem kleinen Bikini zu sehen, den er ihr aufgeschwatzt hatte. Sie trug ihn nur, wenn sie allein waren, denn sie stellte ihren Körper nicht gern zur Schau, aber für ihn machte sie eine Ausnahme. Die Kinder waren gegangen, außer ihnen beiden war niemand mehr da, also konnte er in aller Ruhe das winzige königsblaue Dreieck betrachten, das sich über ihre Pobacken spannte und ihre perfekten Rundungen betonte. Er liebte es, sie von hinten zu sehen, schon allein wegen dieses Anblicks.

Und dann gab es da noch den großartigen Seitenanblick. Er bewunderte ihre üppigen Brüste und hätte sie den ganzen Tag anstarren können. Mehr als einmal, wenn er im Krankenhaus gedacht hatte, der Phantomschmerz und das Jucken würden ihn in den Wahnsinn treiben, hatte sie ihn schnell damit abgelenkt, dass sie ihm ihren sexy Spitzen-BH gezeigt hatte, durch den sich die Konturen ihrer Nippel abzeichneten. Weil sie im Grunde sehr schüchtern war, und er wusste, wie viel Überwindung sie das kostete, hatte er es umso mehr zu schätzen gewusst und sich nur zu gern darauf eingelassen.

Sie hatte ihn auch diesen Bikini kaufen lassen, der eigentlich lediglich aus Bändchen bestand, sehr hübschen königsblauen Schnüren, die ihre runden Brüste rahmten, mit einem winzigen Stück Stoff dazwischen, das es kaum schaffte, ihre Nippel zu verdecken. Wenn sie nass war, so wie jetzt, war es so, als hätte sie gar nichts an. Als sie aus dem Wasser auftauchte und mit ihren ozeanblauen Augen und ihrem wunderschönen vollen Mund auf ihn zukam, sah sie aus wie eine zu allem entschlossene Verführerin. Er hatte Glück gehabt, und er wusste es.

Er zog sie an ihrem Oberteil zu sich heran. Hastig schaute sie sich um.

»Wir sind ganz allein, Schatz. Ich will doch nicht, dass jemand dich so sieht. Trap ist in seinem Labor, das heißt, dass auch Cayenne dort ist. Alle anderen sind nach Hause gegangen. Hier gibt es nur uns und diesen Pool. Ich kann auch noch das Licht ausmachen«, schlug er vorsichtig vor. Er wollte sie zu nichts drängen. Er war etwas abenteuerlustiger als sie, aber wenn sie sich nicht wohlfühlte, war es ihm auch recht, ins Haus zu gehen. Schön und aufregend würde es überall werden.

»Oh ja, bitte mach das Licht aus«, forderte sie ihn auf und senkte eine Schulter, damit der Bikiniträger herunterrutschen konnte.

Malichai hielt die Luft an, denn so rutschte auch der Rest herunter, und ihre spitzen Nippel reckten sich ihm sehnsüchtig entgegen. Er konnte nicht anders. Er musste sie berühren. Sanft strich er mit dem Daumen wenigstens über einen, ehe er sich zwang, sich umzudrehen und die

Stufen hochzusteigen, um das Licht auszumachen und sie beide in Dunkelheit zu tauchen.

Der Pool selbst wurde noch von einem schwachen Schimmer aus einem Unterwasserscheinwerfer erhellt, der plötzlich zu Rosarot wechselte. Lachend schaute Amaryllis erst das Lichtspiel und dann ihn an.

Malichai lachte auch. »Das sieht Trap ähnlich. Wahrscheinlich lässt er noch vor Drusillas zweitem Geburtstag Einhörner auf den Beckenboden malen.«

»Es ist wunderschön«, bemerkte Amaryllis.

»Du bist wunderschön«, korrigierte er sie und drückte den Mund auf ihre nackte Brust, während er die Bikinischnüre ganz entfernte. Ihr Busen war kühl vom Wasser, aber voll und verführerisch, und der Nippel eine harte, aber empfindliche Knospe.

Die andere Brust bearbeitete er mit den Fingern. Er liebte es, neben ihr aufzuwachen. Und mit ihr ins Bett zu gehen. Sie brachte ihn ständig zum Lachen. Sie war genau die Richtige für ihn. Wenn sie ihm einen blies, fühlte er sich wie im siebten Himmel. Niemand machte das so schön wie sie. Und wenn er sie nahm, umklammerte ihre enge Scheide ihn wie eine seidene Faust und führte ihn ins Paradies.

Er schlang einen Arm um ihre Taille, hob sie ein Stück aus dem Wasser, löste die Bänder am Bikiniunterteil und ließ es fortschwimmen. Sofort wickelte sie die Beine um seine Hüften und presste sich erwartungsvoll an ihn. Auch das liebte er an ihr. Sie hatte für die öffentliche Zurschaustellung von Zuneigung nicht so viel übrig wie einige andere Frauen, aber sie wies ihn nie ab. Sie war immer bereit für ihn, immer auf der Suche nach Möglichkeiten, mit ihm zusammen zu sein.

Dann war er in ihr und dachte nur noch an sie und das, was sie ihm bescherte. Wie sie ihm einheizte, bis er dachte, er würde von innen heraus verbrennen. Wie viel Liebe und Lust sie empfanden, egal, wie er sie nahm, und wie wunderbar es war, wenn sie beide zusammen kamen. Das Wasser um sie herum geriet in Wallung, und sie stieß diese leisen erstickten Schreie aus, die die Hintergrundmusik zu ihrer Vereinigung bildeten und ihn weiter anstachelten.

Dann schwebten sie beide so schwerelos dahin wie jedes Mal. Er konnte kaum noch atmen vor lauter Liebe zu ihr. Als er wieder auf die Erde zurückkehrte, die Nacht, die Sterne und das Lichtspiel um sie herum wieder wahrnahm und feststellte, dass es nicht Amaryllis' Zauber war, der ihn blendete, genoss er einfach dieses wunderbare Gefühl, wie sehr er sie liebte. Lange Zeit hielt er sie fest, und sie rührte sich nicht, die Arme um ihn geschlungen, stellte sie keine einzige Frage, verlangte nicht, dass er sie losließ, verharrte genauso wie er, zufrieden damit, vom ständig wechselnden Licht beschienen zu werden, während Malichai sein Hochgefühl auskostete.

Irgendwann küsste er sie sanft auf den Nacken. »Ich habe Trap gesagt, wir würden ins Labor kommen.«

»Such aber erst meinen Bikini. Er ist irgendwo hingetrieben. Ich muss noch duschen und mir etwas anziehen.«

»Du willst nicht, dass die Kinder morgen kleine Stofffetzen auf dem Beckenboden finden?«, zog er sie auf.

Sie grinste ihn an und stieg nackt die Stufen hoch. Malichai sah ihr den ganzen Weg nach, denn sie war ein himmlischer Anblick.

»Sie erzählen nur Blödsinn, Whitney«, blaffte Trap. »Es gibt zweiunddreißig *Milliarden* Basenpaare im Genom des Axolotl-Salamanders, und in Wahrheit waren Wissenschaftler in Wien, Heidelberg und Dresden die Ersten, die dieses Genom komplett entschlüsselt haben, was für das Nachwachsen von Gliedmaßen bei Menschen ein riesiger Sprung nach vorn sein wird, aber so weit sind wir noch nicht. Die haben die Arbeit gemacht, nicht Sie. Ich werde Ihnen Malichai nicht schicken, damit Sie an ihm herumpfuschen können. Und zwar deswegen, weil Ihre ganze Geschichte auf einer Lüge aufgebaut ist und ich Ihnen kein Wort glaube.«

»Denken Sie wirklich, ich würde einen von meinen sehr seltenen Schattengängern als erste menschliche Versuchsperson für solche Experimente benutzen?«, wollte Whitney wissen. »Sie sind zu eingebildet, Dawkins. Das waren Sie schon immer. Sie bringen Malichai um ein eigenes Bein, ein ganz neues aus Haut und Knochen, weil Sie es nicht für möglich halten, dass es nachwächst – nur weil *Sie es nicht hinkriegen.*«

Malichai war es leid, den Streitereien zwischen Trap und Whitney zuzuhören. Es kam ihm so vor, als wären sie tagein, tagaus damit beschäftigt, doch dies war das erste Mal, dass sie ihn dazuholten. Gerade hatte Whitney indirekt angedeutet, dass er Experimente mit Menschen machte – und das hieß, mit jungen Mädchen und Frauen. Denn die hielt er für nutzlos, nur für Forschungszwecke geeignet.

»Dann erklären Sie mir mal Folgendes«, sagte Trap nun etwas interessierter. »Als Sergej Nowoshilow offen zugab, einen Weg gefunden zu haben, komplizierte Gebilde wie zum Beispiel menschliche Beine nachwachsen zu lassen, berichtete er, dass sich beim Axolotl an der Stelle des menschlichen PAX3-Gens, das für muskuläres und neuronales Wachstum *unbedingt nötig* ist, ein PAX7-Gen befindet.«

»Was vernünftig klingt, weil ein Salamander seine eigenen Stammzellen braucht und wir unsere. Das ist Haarspalterei, Trap«, erwiderte Whitney. Alle waren überrascht, dass er Trap nicht mit seinem Nachnamen, sondern mit dem Vornamen ansprach. »Ich sage es noch einmal, ich kann dafür sorgen, dass Malichai ein neues Bein bekommt, ohne Narben. Aus eigenem Gewebe, indem ich das muskuläre und das neuronale Wachstum anrege.«

»Das wird irgendwann kommen, aber wir sind noch Jahre davon entfernt, obwohl unsere besten Forscher daran arbeiten«, widersprach Trap sachlich wie immer. »Selbst wenn Sie deren Ergebnisse stehlen, was Sie ja schon seit Jahren tun, bringen Sie das nicht zustande.«

»Sie sind stur wie ein Ochse und glauben immer, dass Sie im Recht seien. Ich schicke Ihnen Beweise, wenn Sie mir nicht glauben. Ich habe keine Lust mehr, mich mit Ihnen zu streiten.«

Malichais Herz zog sich fest zusammen. Er wechselte einen Blick mit Trap und schaute dann zu Amaryllis hinüber. Sie schien genauso verwirrt zu sein wie er, denn sie fuhr sich nachdenklich mit der Zunge über die Unterlippe.

»Was für Beweise?«, fragte Trap.

»Die Art von Beweisen, die nicht mal ein Arschloch wie Sie von der Hand weisen kann«, schnauzte Whitney. Danach rauschte es laut, und die Verbindung brach ab.

Amaryllis rückte so eng an Malichai heran, dass sie praktisch auf seinem Schoß saß. »Was hat er denn damit gemeint?«

»Ich weiß es nicht, Schatz«, sagte er leise. »Und es ist auch egal. Mein Bein fühlt sich auch so großartig an. Ich werde jeden Tag stärker.« Er wollte nicht mehr darüber nachdenken, ob Körperteile nachwachsen konnten oder nicht. Er wollte nichts mehr davon hören, denn sonst würde er davon träumen, Wie wohl jeder andere auch.

»Damit meint er«, sagte Cayenne, trat aus dem Schatten, wo sie sich oft versteckte, und ging direkt zu Trap, der sie rückwärts an sich zog und in den Arm nahm, »dass er wieder einmal eine von uns benutzt hat. Oder auch mehrere. Er hat einen Arm oder ein Bein oder mehr abgeschnitten und versucht, die fehlenden Teile nachwachsen zu lassen. Höchstwahrscheinlich hat er es nach einem Fehlversuch immer wieder probiert, bis er Erfolg hatte, denn so ist er.«

Sie drehte sich um, schlang die schlanken Arme um Traps Nacken und legte den Kopf wie zum Trost an seine Brust. Die Lampe über ihr warf Licht auf sie und ließ die rote Sanduhr, die sich manchmal in ihrem schwarzglänzenden Haar zeigte, deutlich hervortreten. Im Vergleich zu Trap wirkte sie sehr zierlich, und er legte schützend die Arme um sie.

Malichai verschloss die Augen vor der schrecklichen Wahrheit, dass Whitney einigen kleinen Mädchen wohl genau das angetan hatte, um seinen Schattengänger-Teams eine wundersame Heilung anbieten zu können. Seinen Soldaten. Denen, die seiner Meinung nach so etwas verdient hatten. Wenn auch andere davon profitierten, machte ihm das nichts aus, aber eigentlich tat er es für die Schattengänger. Die, die er quälte, um seine Methode zu perfektionieren, zählten für ihn nicht. Die sollten froh sein, dass sie im Dienste der Wissenschaft so viel zum Wohl ihres Landes beitragen durften. Das glaubte er nicht nur selber, er sorgte auch dafür, dass die Mädchen so dachten.

Für ihn waren sie nicht mehr wert als die Tiere, die sonst hauptsächlich für Experimente benutzt wurden – sie waren seine Laborratten.

Eine kleine, traurige Pause entstand. »Ich verachte diesen Mann aus tiefstem Herzen«, meinte Malichai. »Bei jedem Atemzug.« Er stand auf und reichte Amaryllis seine Hand.

Sie ergriff sie, und er zog sie hoch.

»Ich denke, das tun wir alle«, stimmte Trap ihm zu. »Hast du dich ordentlich angestrengt beim Schwimmen?«

»Oh ja. Danke, dass wir deinen Pool benutzen dürfen«, erwiderte Malichai. »Ich bring meine Frau jetzt nach Hause. Morgen wird geheiratet. Ich erinnere dich im Beisein von Cayenne daran, damit sie dich hinbringt, Trap.«

»Ich bin bei uns derjenige, der alles in den Kalender einträgt«, erwiderte Trap empört.

Cayenne drehte sich um und lächelte. »Das stimmt, und dann schaut er nicht mehr drauf. Das mache ich. Ich bringe ihn mit, keine Sorge.«

»Danke, meine Liebe«, sagte Malichai. »Nonny kocht für die Feier, also wenn er nicht wegen der Zeremonie kommen will, dann wenigstens, um was zu essen.«

»Nonny mag es nicht, wenn man so was wie eine Hochzeit schwänzt«, sagte Cayenne streng. »Sie hat uns beiden erklärt, dass solche Ereignisse für die Leute, die wir mögen, sehr wichtig sind und dass wir deshalb immer dazukommen sollten. Also werden wir da sein.« Sie schaute zu Trap auf. »Ganz sicher. Mit Geschenken. Und hübsch angezogen.«

Trap nahm ihr Gesicht in beide Hände. »Ja, wir werden da sein«, bestätigte er und schaute ihr in die Augen.

Malichai musste grinsen. Er war sich nicht ganz sicher,

ob Trap und Cayenne klar war, dass er und Amaryllis noch im Raum waren. »Wir gehen dann jetzt. Bis später.«

Trap hob eine Hand, als sie das Labor verließen, dann küsste er Cayenne.

Amaryllis, die genau unter seine Schulter passte, legte einen Arm um seine Taille und passte sich seiner Schrittgeschwindigkeit an. »Ich habe deine Laufzeit gestoppt, als Jerry eine Pause eingelegt hat, du wirst schneller, Malichai. Scheuert die Prothese noch, wenn du so schnell läufst?«

»Nein, seit der letzten Anpassung ist alles perfekt.«

Sie schwieg kurz, und Malichais Magen zog sich zusammen. Jetzt würde die unvermeidliche Frage kommen, und er war sich nicht sicher, was er darauf antworten sollte.

»Möchtest du doch das Versuchskaninchen für Whitney spielen, Malichai?«

Er schüttelte den Kopf. »Ich weiß es nicht genau, Amaryllis. Wirklich nicht. Im Moment gebe ich mir alle Mühe, meine alte Form zurückzubekommen, damit ich wieder auf Einsätze gehen und meiner Einheit helfen kann. Mehr weiß ich nicht. Whitney traktiert Trap schon eine ganze Weile mit diesem Unsinn, aber nicht nur er, sondern auch Lily und Wyatt haben mir übereinstimmend versichert, dass es noch gute fünfzig Jahre dauern wird, bis diese Technologie einsatzfähig ist. Und ich will meine Zeit nicht mit Träumen verschwenden. Ich muss mit dem arbeiten, was ich habe.«

Er blieb auf dem schmalen Pfad stehen, der zum Haus der Fontenots führte. Ihr Haus war noch nicht ganz fertig. Die Arbeiten gingen gut voran, und das Hämmern war oft bis zur Abenddämmerung zu hören, doch im Moment wohnten sie noch bei Wyatt, Pepper, Nonny und den fünf kleinen Mädchen, die kaum zu bändigen waren und überall herumwuselten. Malichai zog Amaryllis an sich.

»Ich habe dich, Schatz. Ich liebe dich mehr als irgendetwas anderes auf der Welt. Wenn ich in unsere Zukunft blicke, ist sie immer schön und glücklich. Immer voller Liebe, weil du darin vorkommst. Und selbstverständlich werden wir immer stapelweise Romane dahaben, die wir vor dem Einschlafen lesen, und das ist gut, weil ich vorhabe, die besten Ideen daraus zu klauen.«

Er nahm ihr Gesicht in beide Hände und küsste sie auf den Mund. Sie sah aus wie ein Engel, küsste wie eine Sünderin und liebte ihn so, wie nur sie es konnte. Sie war alles, was er sich je von einer Frau erhofft hatte, und ob mit oder ohne Bein, er hielt sich für einen sehr glücklichen Mann.

DANKSAGUNG

Dieses Buch war kompliziert, und es musste eine riesige Menge an Details berücksichtigt werden. Domini war dabei meine Ansprechpartnerin und hat sehr viel zusätzliche Zeit investiert. Brian hat mich bei diesem Buch richtig gedrängt, wenn ich versucht war, es einfach unters Bett zu schieben und zu vergessen. Es war aus vielen verschiedenen Gründen wichtig für mich, aber schwer zu schreiben. Noch einmal danke dafür, Domini, dass du unermüdlich redigierst, ganz egal, wie oft ich dich bitte, dasselbe Buch noch einmal zu lesen, ehe wir es weiterschicken.

Die magischen Welten von Christine Feehan

> Bonusmaterial

Werkverzeichnis

HEYNE ‹

Werkverzeichnis

1. Die Schattengänger

Jägerin der Dunkelheit

(Shadow Game)

Dr. Whitney soll aus den Schattengängern eine Truppe Elitesoldaten machen, doch das geheime Experiment geht schief, und etliche der Männer kommen auf mysteriöse Weise ums Leben. Ihr Anführer, Captain Ryland Miller, ahnt, dass er das nächste Opfer sein wird. Millers letzte Hoffnung ist Whitneys junge geniale Tochter Lily. Von der ersten Sekunde an sind sie voneinander wie gebannt – was keiner weiß: Auch Lily trägt übersinnliche Fähigkeiten in sich.

Spiel der Dämmerung

(Mind Game)

Fast ihr ganzes Leben hat die übersinnlich begabte Dahlia Le Blanc in der Abgeschiedenheit der Sümpfe Louisianas verbracht, doch als eines Tages bei einem ihrer Geheimeinsätze etwas schiefläuft, ist es damit vorbei, denn jetzt ist ihr ein Killerkommando auf den Fersen. Retten kann sie nur noch der geheimnisvolle Schattengänger Nicolas Trevane. Gemeinsam machen sie sich an die Verfolgung ihrer Feinde und entdecken dabei eine feurige Leidenschaft.

Tänzerin der Nacht

(Night Game)

Raoul »Gator« Fontenot, Mitglied der Schattengänger, kehrt zurück in seine Heimatstadt, um Iris »Flame« Johnson zu finden, die einst von Dr. Whitney für Versuche auserwählt wurde. Als Teenager entkam sie dem wahnsinnigen Wissenschaftler und ist seitdem auf der Flucht. Als Gator Flame zufällig trifft, folgt er ihr und rettet sie aus einer gefährlichen Lage. Mit ihren vereinten übersinnlichen Fähigkeiten machen sie sich schließlich auf, um das mysteriöse Verschwinden einer jungen Sängerin aufzuklären.

Schattenschwestern

(Conspiracy Game)

Die junge Briony Jenkins ist nicht nur eine äußerst begabte Trapezkünstlerin, sie hat außerdem starke übersinnliche Fähigkeiten: Sie kann die Gefühle ihrer Mitmenschen spüren. Auf der Tournee ihrer Trapeztruppe durch Afrika läuft sie dem Schattengänger Jack Norton in die Arme, der sie, selbst gerade erst einem Gefangenenlager entkommen, vor einer Rebellentruppe rettet. Die übersinnliche Anziehungskraft zwischen den beiden hat weitreichende Folgen und bringt nicht nur Briony in große Gefahr.

Düstere Sehnsucht
(Deadly Game)

Von klein auf wurde die übersinnlich begabte Mari Smith in Dr. Whitneys Labor festgehalten und zur Elitesoldatin ausgebildet. Dabei hat sie die Methoden des wahnsinnigen Wissenschaftlers nie infrage gestellt. Als sie bei einem Einsatz dem charismatischen Schattengänger Ken Norton in die Hände fällt, wird sie von ihrer Leidenschaft überwältigt. Mari beginnt zu begreifen, dass es auch ein Leben außerhalb der Kaserne gibt. Doch zuvor muss sie ihre Leidensgenossinnen aus Dr. Whitneys Klauen befreien.

Fesseln der Nacht
(Predatory Game)

Als der ehemalige Navy-Offizier Jess Calhoun, an Körper und Seele von seiner dunklen Vergangenheit als Schattengänger gezeichnet, die geheimnisvolle Saber Wynter bei sich aufnimmt, steht sein Leben plötzlich kopf: nicht nur kann er sich der erotischen Ausstrahlung der jungen Frau nicht entziehen, sie schwebt auch noch in großer Gefahr. Während Saber den Kampf gegen die Dämonen ihrer Vergangenheit zu verlieren droht, muss Jess alles daransetzen, die Frau zu retten, die er liebt.

Magisches Spiel

(Murder Game)

Der Schattengänger Kaden Montague wird mit einer heiklen Mission betraut: Zwei gegnerische Gruppen liefern sich ein makaberes Wettrennen quer durch das ganze Land und hinterlassen dabei eine Spur aus Leichen. Die Täter: angeblich Schattengänger. Nur Kaden ist in der Lage, die Wahrheit herauszufinden und dem mörderischen Spiel ein Ende zu bereiten, doch dazu benötigt er die Hilfe des talentierten Mediums Tansy Meadows, deren erotischer Ausstrahlung Kaden vom ersten Augenblick an verfällt …

Schicksalsbund

(Street Game)

Bei einem Routineeinsatz hat der kampferprobte Mack McKinley plötzlich ein schlechtes Gefühl. Sein Sonderkommando scheint in einen Hinterhalt geraten zu sein. Dann steht Mack unerwartet Jamie gegenüber, der Frau, der einst seine ganze Leidenschaft galt. Schon ein Blick aus Jamies Augen kann die Welt eines Mannes in ihren Grundfesten erschüttern. Vor Jahren hatten sie und Mack eine Beziehung, die so flüchtig wie elektrisierend war. Von einem auf den anderen Tag verschwand sie spurlos.

Im Bann des Jägers

(Ruthless Game)

Rose Patterson ist auf der Flucht vor einem Wahnsinnigen, der all ihre Gedanken und Albträume beherrscht. Und schlimmer noch: Er will nicht nur sie, sondern auch das ungeborene Kind, das sie unter ihrem Herzen trägt. In ihrer Verzweiflung weiß Rose kaum noch, wem sie trauen kann. Bis sie Kane Cannon wiedertrifft, ihren einstigen Schattengänger-Gefährten – und Vater ihres Kindes. Die Leidenschaft, die sie miteinander verband, flammt rasch wieder auf. Kane würde für Rose alles opfern, sogar sein Leben.

Spiel der Finsternis

(Samurai Game)

Als ein gefährlicher Diktator die Macht an sich reißen will, sehen sich die in alle Winde zerstreuten Schattengänger mit ihrer bislang schwierigsten Aufgabe konfrontiert: Sie müssen ihn ausschalten und erwählen dazu zwei aus ihrer Mitte, die gleichermaßen von Leidenschaft und Rachegelüsten getrieben sind. Zwei, die nichts mehr zu verlieren haben – außer ihrem Leben und ihrer Liebe zueinander.

Geliebte der Dunkelheit

(Viper Game)

Schattengänger Wyatt Fontenot ist ein Mann von geradezu tödlicher Schnelligkeit und Präzision. Ein Mann, den die verführerische Pepper gerade dringend an ihrer Seite braucht, denn die drei kleinen Mädchen, die sich in ihrer Obhut befinden, schweben in höchster Gefahr. Kann Wyatt Pepper und ihren Schützlingen helfen? Und können Wyatt und Pepper der ebenso magischen wie verbotenen Anziehungskraft, die sie aufeinander ausüben, widerstehen?

Im Bann der Jägerin

(Spider Game)

Die betörend schöne Cayenne ist eine geradezu tödliche Falle für jeden Mann – im wahrsten Sinne des Wortes, denn ihr Kuss ist tödlich wie der einer Spinne. Auf der Flucht vor dem gefährlichen Wissenschaftler Dr. Whitney begegnet Cayenne dem attraktiven Schattengänger Trap Dawkins, der verspricht, sie vor ihren Feinden zu beschützen. Doch kann sich Trap auch selbst schützen vor Cayennes ebenso unwiderstehlicher wie fataler Anziehungskraft?

Tänzerin im Schatten

(Power Game)

Als die schöne Spionin Bellisia von einem unglaublichen Verrat erfährt, bricht sie mit Dr. Whitney und
flieht in die Bayous, um die dort lebenden Schattengänger zu warnen. Einer von ihnen ist der attraktive
Arzt Ezekiel, und als sich die beiden das erste Mal begegnen, fliegen augenblicklich Funken. Endlich fühlt
sich Bella nicht mehr nur wegen ihrer besonderen
Kräfte begehrt. Doch dann schlagen die Feinde zu, und Bella droht Ezekiel
für immer zu verlieren.

Geliebte Feindin

(Covert Game)

Als die weltweit führende IT-Expertin und Spionin
Zara Hightower einem chinesischen Verbrechersyndi-
kat in die Hände fällt, bekommt der attraktive Schattengänger Gino Mazza den Auftrag, sie zu befreien.
Dass Zara bildschön ist und Gino sie vom ersten Augenblick an heiß begehrt, macht seine Mission nicht
einfacher. Zumal er nicht weiß, ob Zara wirklich nur
ein hilfloses Opfer ist oder ihn geradewegs in eine tödliche Falle lockt ...

Gefährliches Glück

(Toxic Game)

Als der charismatische Schattengänger Dr. Draden Freeman bei einem Einsatz im indonesischen Dschungel einem gefährlichen Virus ausgesetzt wird, bittet er seine Kameraden, ihn zum Sterben zurückzulassen. Dann taucht wie aus dem Nichts die atemberaubend schöne Shylah Cosmos auf. Sie ist fest entschlossen, Dradens Leben zu retten, auch wenn sie sich dadurch selbst in Gefahr bringt. Für Shylah und Draden beginnt ein tödlicher Kampf um ihr Leben und ihre zarte Liebe ...

Tödliches Spiel

(Lethal Game)

Schattengänger Malichai Fortune ist begabter, kompromissloser und härter als seine Brüder. Als er nach einer schweren Verletzung nach San Diego zur Kur geschickt wird, macht das dem rastlosen Kämpfer schwer zu schaffen. Seine düstere Stimmung hellt sich in dem Moment auf, in dem er der blonden Schönheit Amaryllis begegnet und sich leidenschaftlich in sie verliebt. Dann ereignen sich mysteriöse Dinge in der Stadt, und Amaryllis gerät in Lebensgefahr ...

2. Die Leopardenmenschen

Wilde Magie

(Fever)

Die schöne Rachael Lospostros ist auf der Flucht vor
ihrer eigenen Vergangenheit und hofft, in den grünen
Tiefen des Dschungels Schutz zu finden. Dort stößt sie
auf Rio Santana, einen wilden Eingeborenen, der sie
jedoch für einen Feind hält. Im Kampf wird Rachael
schwer verletzt, aber anstatt sie zu töten, pflegt Rio die
sinnliche Fremde hingebungsvoll gesund.

Magisches Feuer

(Burning Wild)

Der Milliardär Jake hat eine schwere Kindheit hinter
sich: Nachdem er die Erwartungen seiner Eltern, seine magischen Fähigkeiten zu nutzen, nicht erfüllen
kann, vereinsamt er zunehmend. Was seine Eltern jedoch nicht wissen: Jake verbirgt seine Gabe bewusst
vor ihnen. Als es zu einem dramatischen Autounfall
kommt und er der schönen Emma begegnet, verfällt
er der jungen Witwe und öffnet zum ersten Mal einer anderen Person sein
Herz …

Wildes Begehren

(Wild Fire)

Der charismatische Leopardenmensch Conner Vega kehrt in den Regenwald Panamas zurück, um der skrupellosen Drogenbaronin Imelda Cortez das Handwerk zu legen. Doch die verführerische Verbrecherin ist nicht die einzige Herausforderung, die im Dickicht des Dschungels wartet, denn Conner trifft Isabeau Chandler wieder – die Frau, die er einst schmählich betrog.

Feuer der Wildnis

(Savage Nature)

Ein düsteres Geheimnis liegt über Sarias Familie: Ihre Brüder durchstreifen nachts als »Geisterkatzen« die Sümpfe von Louisiana. Und auch Sarias eigene Verwandlung steht kurz bevor – doch davon will Saria nichts wissen. Erst als sie Drake begegnet, kann sie ihr Erbe nicht mehr länger leugnen. Denn er erkennt sofort die Gestaltwandlerin in ihr – und die ihm bestimmte Gefährtin.

Dunkle Liebe

(Leopard's Prey)

Der Cop Remy Boudreaux liebt seinen Job, noch mehr liebt Remy allerdings die Bayous, die üppig wuchernde Sumpflandschaft rund um New Orleans. Nur hier kann er dem Leoparden in sich ungehindert freien Lauf lassen. Während einer Ermittlung begegnet er eines Abends der geheimnisvollen Jazzsängerin Bijou, einer Frau von geradezu betörender Sinnlichkeit. Remy erkennt sofort die Gestaltwandlerin in ihr – und seine Seelenverwandte.

Geliebte Jägerin

(Cat's Lair)

Als Kind wurde die junge Gestaltwandlerin Cat Benoit von dem gefährlichen Psychopathen Rafe Cordeau gefangen gehalten. Jahre später gelingt ihr die Flucht, und sie kann sich in Texas ein neues Leben aufbauen. Dort begegnet sie auch dem unverschämt attraktiven Ridley Cromer, und aus anfänglicher Freundschaft wird schnell feurige Leidenschaft. Doch wie lange kann sie ihre neue Liebe vor Rafe geheim halten?

Entfesselte Göttin

(Wild Cat)

Als die atemberaubend schöne Siena Arnotto dem Gestaltwandler Elijah Lostopos begegnet, verändert sich ihr Leben von einem Moment auf den anderen. Ein Blick auf den attraktiven Elijah, und Siena ist klar, dass der Mann ihres Lebens vor ihr steht. Und dass auch in ihr das magische Erbe der Leopardenmenschen schlummert. Doch noch bevor Siena und Elijah ihr Glück genießen können, entdeckt Siena ein dunkles Geheimnis in ihrer Familiengeschichte. Ein Geheimnis, das ihre Liebe zu Elijah für immer zerstören könnte ...

Ruf der Dunkelheit

(Leopard's Fury)

Dass sie das magische Blut der Leopardenmenschen in sich trägt, hat die schöne Bäckerin Evangeline Tregre schon immer verdrängt. Und bisher ist ihr das auch ganz gut gelungen. Doch dann begegnet sie Alonzo Massi. Sinnlich, selbstbewusst und geheimnisvoll – und ebenfalls ein Leopardenmensch. Vom ersten Augenblick an ist Evangeline klar, dass sie Alonzos erotischer Ausstrahlung nichts entgegenzusetzen hat …

3. Shadows

Stefano

(Shadow Rider)

Stefano Ferraro ist verdammt attraktiv, verdammt reich und verdammt mächtig – und er hat ein magisches Geheimnis: Er kann mit den Schatten verschmelzen und Licht und Dunkelheit seinem Willen unterwerfen. Ziemlich praktisch, wenn man der Boss eines der einflussreichsten Familienclans Chicagos ist! Als Stefano eines Tages der ebenso schönen wie temperamentvollen Francesca Cappello begegnet, ist ihm sofort klar, dass er diese Frau zu der Seinen machen muss. Francesca jedoch hat ihren eigenen Kopf und ist nicht gewillt, Stefanos Verführungskünsten so einfach zu erliegen …

Ricco

(Shadow Reaper)

Der Milliardär und Playboy Ricco kennt kein anderes Leben als das eines Schattengleiters: Als Mitglied des mächtigen Ferraro-Clans kann er Licht und Dunkelheit seinem Willen unterwerfen. Als sein ungestümes Temperament und düstere Geheimnisse aus der Vergangenheit nicht nur ihn, sondern seine ganze Familie in Gefahr bringen, muss er handeln. Und die Frau finden, die ihn retten kann – seine einzig wahre Liebe ...

Giovanni

(Shadow Keeper)

Frauen, Partys, Skandale – das ist die Welt von Schattengleiter Giovanni Ferraro. Doch tief in seinem Inneren fühlt er sich einsam und leer. Bis er eines Tages in einem Nachtclub die hübsche Sasha von einem lästigen Verehrer befreit. Sasha ist fasziniert von Giovannis düsterer Schönheit und seiner gefährlichen Ausstrahlung, und schon bald sind die beiden gefangen in einem betörenden Spiel aus Lust und Verführung ...

Vittorio

(Shadow Warrior)

Schattengleiter Vittorio Ferraro würde für seine Geschwister alles tun, Loyalität gegenüber seiner Familie hat für ihn oberste Priorität. Und doch wünscht er sich nichts sehnlicher, als selbst die Frau fürs Leben zu finden. Als er Grace Murphy begegnet, kann er sein Glück kaum fassen: Sie ist nicht nur betörend schön und wahnsinnig klug, sondern selbst auch eine Schattengleiterin. Doch Grace' Bruder ist ein Psychopath, und als seine Schwester sich in Vittorio verliebt, gerät der gesamte Ferraro-Clan in sein Visier ...

Taviano

(Shadow Flight)

Seit dem Augenblick, als er ihr als Teenager das Leben rettete, hat Schattengleiter Taviano Ferraro sein Herz an die zauberhafte Nicoletta Gomez verloren. Unter den wachsamen Augen des mächtigen Ferraro-Clans ist Nicoletta zu einer betörenden Schönheit herangewachsen – und zu einer starken und unabhängigen Frau. Als sie erneut den Feinden der Ferraros in die Hände fällt, setzt Taviano alles daran, sie zu retten. Auch wenn das bedeutet, dass er jedes einzelne Gebot der Schattengänger-Gilde brechen muss ...